ELIZABETH ELLIOTT

HELD MEINES HERZENS

Roman

Aus dem Amerikanischen
von Brigitta Merschmann

Deutsche Erstausgabe

WILHELM HEYNE VERLAG
MÜNCHEN

HEYNE ALLGEMEINE REIHE
Nr. 01/10629

Titel der Originalausgabe:
THE WARLORD

Besuchen Sie uns im Internet:
http://www.heyne.de

Umwelthinweis:
Das Buch wurde auf
chlor- und säurefreiem Papier gedruckt.

Redaktion: Birgit Groll

Printed in Germany 1998
Umschlagillustration: John Ennis/Agentur Schlück
Umschlaggestaltung: Atelier Ingrid Schütz, München
Satz: Pinkuin Satz- und Datentechnik, Berlin
Druck und Bindung: Ebner Ulm

ISBN 3-453-13701-9

Für Nancy Fulton, Cyberfreundin par excellence.

Besonderen Dank an meine Freunde von Litforum und RWA-Onlines für ihren unschätzbaren Rat und ihre Ermutigung.

Prolog

Das Heilige Land im Jahre 1278

Von der Altstadt war nur wenig übrig geblieben. Das Werk zahlloser Generationen war im Laufe einer dreitägigen Schlacht in Schutt und Asche gelegt worden. Die Überreste von Mauern und Gebäuden aus der Zeit um Christi Geburt ragten in der Dämmerung vor dem Wüstenhimmel auf – als Schatten ihres einstigen Glanzes. Rauchfahnen stiegen aus der schwelenden Asche und vermischten sich mit dem Dunstschleier, der die Stadt einhüllte.

Ein einsamer Ritter bahnte sich den Weg durch die Überreste eines Torbogens, der dem Feind tausend Jahre lang getrotzt hatte. Zwischen herabgefallenen Steinen und verbranntem Holz lagen die Menschen, die hier gelebt hatten. Ihre Leichen legten stummes Zeugnis von der Schlacht ab, die noch am Tag zuvor in der Stadt getobt hatte.

Der Ritter, dem die Bilder und Geräusche des Kampfes noch frisch in Erinnerung waren, zeigte sich nicht erschüttert über die Spuren des Gemetzels ringsum. Sein Streitroß ging vorsichtig durch die Trümmer, und obgleich es völlig erschöpft war, reagierte das Tier auf jedes Kommando.

Das Gesicht Kenric von Montagues aber blieb unbewegt. Die Toten hier ließen den Edelmann ebenso kalt wie all die anderen, die er in den letzten drei Jahren des Kreuzzuges im Heiligen Land gesehen hatte. Da sich die Bewohner von Al' Abar der Kapitulation widersetzt hatten, war ihre Stadt belagert worden. Ihre Verteidigungsanlagen waren geschleift worden, und es war kein Haus verschont geblieben, das ihnen hätte Unterschlupf bieten können. Alle waren sie getötet worden. Solche Ereignisse hatten sich im Laufe der Jahre zu oft wiederholt, als daß Kenric mehr fühlte als die bleierne Müdigkeit nach einem langen Kampf.

Kenrics Rüstung und der Panzer seines Pferdes waren

von Asche und Schweiß verkrustet, das Leder steif von getrocknetem Blut. Wieder ein Waffenrock verdorben, dachte er und blickte auf das vormals weiße Gewand mit dem scharlachroten Kreuz auf der Brust hinunter. Nur der Saum rings um das Kreuz setzte das heilige Emblem von dem blutverschmierten Stoff ab. Gott sei Dank war es diesmal nicht sein eigenes Blut. Als sein erschöpftes Pferd stehenbleiben wollte, trieb er es ärgerlich weiter.

Dann sah er den Schild – drei goldene Löwen auf feuerrotem Grund. Er lag vor den Trümmern eines Hauses, das vermutlich einem wohlhabenden Kaufmann gehört hatte. Neben dem Schild entdeckte er die halbnackte Leiche einer Frau. Der Soldat, nach dem Kenric suchte, lag mit dem Gesicht im Staub neben ihr, und über ihm die Leiche eines arabischen Jungen.

Kenric betrachtete dieses Bild mit der leidenschaftslosen Miene eines Menschen, dem die Greuel des Krieges vertraut sind. Der Junge war gewiß der Sohn oder der Bruder der Frau gewesen. Vermutlich hatte er sie vor diesem Ritter noch retten können, aber andere hatten dann das Werk vollendet, das jener begonnen hatte.

Er stieg ab und drehte die Leiche des Ritters mit dem Fuß auf den Rücken. Aus dem Kettenhemd des Toten holte er eine goldene Halskette hervor. Dann zog er ihm den Ring vom Finger und verstaute beides in seinem Kettenhemd, bevor er wieder aufstieg und sein Pferd zum Stadtrand lenkte.

Gewöhnlich gab sich Kenric mit derlei Beutestücken nicht ab, aber König Edward würde verstimmt sein, wenn der Siegelring oder das Kreuz seines Neffen in die Hände der Ungläubigen fielen. Die persönliche Habe seines Neffen würde dem König überdies als Beweis dienen, daß dieser in der Schlacht gefallen und nicht elendiglich unter der Folter umgekommen war, der die Christen von ihren arabischen Kerkermeistern unterzogen wurden. Ein schimpflicher Tod. Die Barden würden traurige Balladen über den jungen Mann und seine tapferen Ruhmestaten dichten, ohne zu erwähnen, daß er bei dem Versuch einer Vergewaltigung getötet worden war. Kenric bezweifelte, daß man über ihn selbst ein überschwengliches Lob singen würde, falls er im Kampf fiel. Nein, es gab bereits Balladen in Hülle und Fülle über Kenric von Montague, und keine ließ sich als besonders schmeichelhaft bezeichnen.

Nahe dem Stadtrand hatte sich eine kleine Gruppe von Rittern versammelt. Einer von ihnen deutete auf Kenric, als dieser aus den Trümmern auftauchte. Die Männer drehten sich um und beobachteten aufmerksam ihren herannahenden Anführer. Der König würde über den Tod seines Lieblingsneffen zutiefst betrübt sein, Kenric jedoch hatte sich nicht mehr Anteilnahme anmerken lassen als beim Tod eines beliebigen gemeinen Fußsoldaten. Manch einer fragte sich, was geschehen mußte, um ein Gefühl auf das Gesicht des Kriegsherrn zu zaubern.

Ein junger Knappe eilte ihm entgegen und hielt sein Pferd, während Kenric abstieg. Sein Freund Roger Fitz Alan löste sich von der Gruppe, um ihn zu begrüßen. Auch ein junger Priester eilte zu Kenric. Beide Männer erkannten die Absicht des anderen und beschleunigten ihre Schritte, um als erster am Ziel zu sein.

»Sir Kenric«, rief der Priester und winkte mit seiner kleinen, dicken Hand. »Schenkt mir einen Augenblick Gehör.«

Kenric beachtete ihn nicht. Er warf seinem Knappen die Zügel seines Pferdes zu. »Sorge dafür, daß er reichlich Wasser bekommt, Evard. Und daß er kräftig abgebürstet wird. Beeil dich! Wir brechen in einer Stunde auf.«

»Aye, Mylord«, murmelte der Knappe und führte das Pferd davon.

Fitz Alan wies mit dem Kopf auf den Priester. »Er hat von den Brüdern de Gravelle gehört.«

Kenric quittierte die Warnung mit einem kurzen Nicken. »Sagt Simon, er soll überprüfen, ob die Proviantwagen beladen sind. Bei Tagesanbruch sind die Späher mit der Nachricht zurückgekommen, daß Raschids Armee weniger als zwei Tagesmärsche von hier entfernt ist. Die Männer sind im Augenblick zu erschöpft, um es mit diesem Teufel aufzunehmen. Wenn wir Glück haben, werden wir nur kleinere Scharmützel bestehen müssen, bis wir das Meer erreichen.«

Fitz Alan verneigte sich leicht und machte sich auf die Suche nach Simon, um Kenrics Befehl auszuführen.

»Sir Kenric«, rief der Priester erneut. Er blieb dicht neben ihm stehen. Sein Gesicht war von der Hitze des frühen Morgens gerötet und Schweißtröpfchen sammelten sich in den Speckfalten seines bleichen Nackens. Obwohl Pater Vachel sich zu seiner vollen Größe von einem Meter fünfundsechzig aufrichtete, wirkte er dennoch klein und unbedeutend neben dem hochgewachsenen Kriegsmann. »Ihr könnt nicht solch grausame Strafe über die de Gravelles verhängen, von der man mir berichtet hat, Sir Kenric. Welche Verbrechen sie auch begangen haben mögen, kein Christ hat solch einen Tod verdient.«

»Laßt mich, Priester.« Kenric verscheuchte Pater Vachel mit einer nachlässigen Handbewegung. Er ließ ihn einfach stehen und ging entschlossen auf die Gruppe der Ritter zu. Sie scharten sich um zwei Männer, die splitternackt an Pflökken festgebunden im Sand lagen. Kenric blieb zu Füßen der Gefangenen stehen. Auf den Gesichtern der Männer spiegelte sich Todesangst. Kenric verschränkte die Arme vor der Brust und verkündete das Urteil.

»Ranulf und Dominic de Gravelle, Ihr habt euch verschworen, mich zu ermorden. Euer vergifteter Wein tötete jedoch vier meiner Männer. Dafür müßt Ihr sterben.«

Kenric ließ den Brüdern de Gravelle einen Augenblick Zeit, um sich mit ihrem Schicksal abzufinden. Dabei sah er zum Horizont auf die rasch aufgehende Sonne und ließ den Blick über die Ruinen der Stadt schweifen. »Ihr werdet durch die Hitze der Sonne umkommen oder von der Hand der Ungläubigen sterben, die der Rauch, der von Al' Abar aufsteigt, aus der Wüste herbeilockt.«

Ranulf de Gravelle biß die Zähne zusammen, Dominic hingegen brach in Tränen aus und flehte um Gnade. Kenric zog langsam sein Schwert. Seine Augen waren schwarz, gefühllos. »Oder Ihr könnt auch eines ehrenhafteren Todes sterben, als Ihr ihn mir zugedacht hattet.«

Dominic fuhr fort zu jammern, Ranulf jedoch musterte seinen Anführer aus schmalen Augen.

»Ihr wollt wissen, wer uns den Auftrag erteilt hat«, stellte er ausdruckslos fest. Er stemmte die Schultern in den Sand und kämpfte mit den Fesseln, um in das tränenüberströmte Gesicht seines Bruders zu sehen. Sein Kopf fiel zurück. Ein rascher Tod war die einzige Gnade, auf die sie hoffen konnten. Der Tod von der Hand des Mannes, der statt ihrer hätte sterben sollen. Ranulf stieß eine leise Verwünschung aus und weigerte sich, den Namen des Verschwörers preiszugeben.

»Man hat uns bei Hof angesprochen«, platzte Dominic heraus. »Wir verbreiteten, wir seien Söldner und suchten einen Dienstherrn. Mein Bruder und ich hatten nicht die Absicht, zu Meuchelmördern zu werden, aber die Belohnung für den Anschlag auf Euer Leben war zu verlockend, Mylord. Gold, eine Burg, fruchtbares Land. Ranulf wurde die Mitgift versprochen, die Eure Schwester in eine Heirat einbringen soll.«

»Also steckt mein Vater dahinter«, stellte Kenric mit unbewegtem Gesicht fest. Er hatte gewußt, daß das Komplott vom alten Baron Montague ausging und sich nur Gewißheit verschaffen wollen.

Dominic nickte ängstlich. »Baron Montague sagt, Ihr seid ein Bastard. Eine Brut des Teufels. Er wird allmählich alt und gebrechlich und ist entschlossen, Eurem jüngeren Bruder Guy Ländereien und Titel zu vererben. Er hoffte, Ihr würdet im Heiligen Land sterben, wie so viele andere vor Euch. Es ist auch bekannt, daß die Ungläubigen auf dem Schlachtfeld Ausschau nach Euch halten, um den Ruhm für Euren Tod zu ernten. Selbst sie haben einen Preis auf Euren Kopf ausgesetzt. Doch Ihr wart unbesiegbar. Als er erfuhr, daß der König Euch nach Hause beordern wollte, veranlaßte Baron Montague unsere Überfahrt hierher, und wir schlossen uns Eurem Heer an.«

»War mein Bruder Guy an dem Plan beteiligt?«

»Das kann ich nicht sagen. Er nahm an keinem unserer Treffen teil.«

»War noch jemand anderes dabei?«

»Nein, nur Ranulf und ich. Aber Ihr sollt wissen, daß der

Plan, den Wein zu vergiften, von Ranulf und nicht von mir stammte«, sagte Dominic. »Ich bitte Euch, habt Gnade, Mylord. Ich wollte mich nicht in diese Blutfehde einmischen, und das habe ich Ranulf auch gesagt.«

»Aber Ihr habt mich nicht gewarnt, Dominic«, erwiderte Kenric milde. »Ihr wußtet von dem Komplott, habt jedoch geschwiegen, und deshalb mußten vier Männer sterben. Ihr werdet den gleichen Preis für den Verrat bezahlen müssen wie er.«

»Ihr habt Euren Atem verschwendet, teurer Bruder«, höhnte Ranulf. Haßerfüllt sah er seinen Anführer an. »Ihr solltet tot sein, Kenric von Montague«, zischte er. »Welcher Zauber erhält Euch am Leben?«

»Gottes Wille«, entgegnete Kenric. Kalt sah er erst auf Ranulf, dann auf Dominic herab, dessen Augen sich angstvoll weiteten, als Kenric das Schwert hob. Doch er konnte nichts tun, um seinem Schicksal zu entgehen, er konnte seinen Henker nicht mehr umstimmen. Ranulfs Zuruf, er solle dem Tod mutig ins Angesicht blicken, ging in seinem Gebrüll unter.

Nachdem Kenric das Urteil vollstreckt hatte, wandte er sich ab und verließ in düsterer Stimmung den Schauplatz der Hinrichtung. Vier Männer durch Verrat getötet, zwei weitere von seiner Hand. Hinter ihm die Ruinen einer Stadt, von Leichen übersät. Kenric überschlug in Gedanken seine Verluste, plante bereits, welchen Rittern und Soldaten er neue Aufgaben zuweisen würde, um jene zu ersetzen, die Al' Abar nicht mehr verlassen würden. Er beschwor die Erinnerung an die Toten herauf – Männer, die lachten, tranken und mit ihren Schwertkünsten prahlten. Sie waren für immer unter der unerbittlichen Sonne dieser Hölle zum Schweigen gebracht worden. Andere würden an ihre Stelle treten, Ritter und Soldaten, alle versessen auf Gold und Ruhm. Viele würden den gleichen Tod finden wie ihre Gefährten.

Und Ranulf de Gravelle hatte gefragt, wie Kenric inmitten all dieses Sterbens überleben konnte? Die Antwort war lächerlich einfach. Kenric kannte keine Angst. In den vergangenen drei Jahren hatte er dem Tod jeden einzelnen Tag ins Angesicht geblickt und sich an seine stete Gegenwart gewöhnt. Es war diese Akzeptanz des Todes, die Kenric neben seinen Schwertkünsten am Leben erhielt. Ein Krieger, der ohne Furcht kämpfte, beging wenige Fehler, da seine Gedanken ausschließlich auf Taktik und Strategie gerichtet waren.

Kenric kannte seinen Wert für König und Vaterland. Er wies alle Eigenschaften des idealen Kriegers auf: einen von Kindheit an gestählten Körper; einen Verstand, der in allen militärischen Strategien der letzten tausend Jahre unterwiesen war; und ein Herz, dem man schon vor langer Zeit jedes Gefühl ausgetrieben hatte. Solch ein Krieger ließ nur Tod und Zerstörung hinter sich zurück, war selbst ein Werkzeug des Todes. In seinem Leben war kein Platz für Gedanken an Ruhm oder Ehre, er kannte weder Ausgelassenheit noch Prahlerei, sondern folgte nur seinem Schicksal. Wieder eine Schlacht gewonnen. Die nächste würde nur zu bald folgen.

Kenric steuerte auf ein blauweiß-gestreiftes Zelt vor der Stadt zu, das einzige Zelt, das von dem vor fast zwei Wochen errichteten Heerlager noch übrig war. Nach einer kleinen Stärkung würde er die Kleider wechseln und dem Heer den Marschbefehl erteilen: zurück zum Meer, zurück nach England, wo bereits ein neuer Krieg auf sie wartete.

Baron Montague hatte recht, wenn er seine Rückkehr fürchtete. Der alte Mann wußte, daß Kenrics Macht wachsen würde, wenn der König ihn in den walisischen Krieg entsandte. In England und sogar im nebelverhangenen Wales würde es nicht mehr so leicht sein, Kenric, den liebsten Gefolgsmann des Königs, zu ermorden. Vielleicht lebte er sogar lange genug, um das Land zu erben, das Baron Montague ihm mit allen Mitteln vorzuenthalten trachtete.

»Sir Kenric!« rief der Priester. Er kam erneut herbeigeeilt und zupfte Kenric am Ärmel, um ihn auf sich aufmerksam zu machen. Kenric schüttelte ihn ab und ging unbeirrt weiter.

»Ihr werdet mir allmählich lästig, Priester. Sprecht Euren

Segen über Al' Abar und sucht dann Euer Maultier. Wir rükken ab.«

»Ihr habt den de Gravelles nicht die Gelegenheit gegeben, ihre Sünden zu bekennen und mit reinem Gewissen vor ihren Schöpfer zu treten«, sagte Pater Vachel vorwurfsvoll, wenngleich er durch den schnellen Tod der Verräter besänftigt schien. Sie lebend in der Stadt zurückzulassen, wäre in seinen Augen die größere Sünde gewesen.

»Ich habe ihnen die Beichte abgenommen«, erwiderte Kenric unbeeindruckt.

»Das ist Gotteslästerung!«

Kenric zuckte nur die Achseln, seine Aufmerksamkeit war von den Vorbereitungen seiner Armee zum Abmarsch in Anspruch genommen. »Macht einen Spaziergang durch die Stadt, Priester. Zählt nach, wie viele Tote dort liegen, die nicht das Vorrecht hatten, vor ihrem Tod die Beichte bei einem Priester abzulegen.«

»Das ist nicht dasselbe. Die wenigen Eurer Ritter, die starben, haben ihr Leben mutig in der Schlacht dahingegeben und brauchten nicht zu beichten«, erklärte Pater Vachel. »Und die Ungläubigen in dieser Stadt hatten nicht das Recht zu beichten. Sie starben durch den Willen Gottes.«

»Nein.« Kenric wandte sich nun endlich dem Priester zu. Pater Vachel wich vor seinem kalten, ungerührten Blick zurück. Erschrocken hob er die Hand, um sich zu bekreuzigen.

»Sie starben durch meinen Willen.«

1.

Fünf Jahre später
Nordengland

Die Winternacht war fast zu hell für Kenrics Mission. Sein Blick glitt über die schwarze Silhouette von Langston Keep. Er hielt Ausschau, ob sich im Schatten der Zinnen etwas bewegte, während er im stillen den wolkenlosen Himmel verwünschte. Der Halbmond tauchte den schneebedeckten Boden in silbriges Blau, was jeden, der sich in offenes Gelände vorwagte, zur leichten Zielscheibe der in der Festung postierten Wachen machte.

»Es könnte eine Falle sein«, raunte Fitz Alan.

Kenric nickte. Er sah seinen Atem im fahlen Licht des Mondes und bewegte sich rastlos hin und her, um sich vor der eisigen Nachtluft zu schützen und seine bösen Vorahnungen abzuschütteln. Der Wald hinter ihnen bot nur wenig Schutz, so daß sie bei einem Überfall aus dem Hinterhalt schnell entdeckt wären. Alles hing für sie davon ab, daß ein Schotte den anderen verriet, und das war nahezu eine Garantie für eine Falle. Doch Kenric war entschlossen, sein Vorhaben auszuführen, und Fitz Alan würde sich dieser Entscheidung beugen, zumal der König die Hand mit im Spiel hatte.

»Der Plan scheint mir zu simpel«, sagte Fitz Alan leise. »Wir hätten Männer zu unserer Rückendeckung mitnehmen sollen.«

Kenric antwortete ihm nicht. Er spähte zu den hohen Sträuchern in dem Graben zu Füßen der Festung. Dort wurden die Umrisse zweier vermummter Gestalten sichtbar. Als sie näher kamen, war das leise Knirschen des Schnees unter ihren Füßen zu hören. Trotz der Gefahr, in der sie sich befanden, lachte Kenric beinahe laut auf. Die eine Gestalt war groß und breit gebaut, die andere klein und ungeheuer dick.

Kenrics Soldaten würden sich vor Lachen am Boden wälzen, wenn sie davon hörten. Ein Riese und eine unförmige Tonne – dieses Gespann sollte die Beute zwei der wildesten Krieger Englands sein? Fünf Jahre Krieg in Wales, in denen er jedes Ungemach auf sich genommen hatte, das es im Leben eines Soldaten gab, und dies sollte seine Belohnung sein?

»Vielleicht ist ihr Gesicht ja erträglicher als ihre Gestalt«, flüsterte Fitz Alan, und man konnte das Lächeln in seiner Stimme hören. »Noch nie ist mir eine so fettleibige Frau untergekommen.«

Der Hüne hob den Kopf, als habe er die Witterung von Gefahr aufgenommen. Geräuschlos zog Kenric sich in den Schatten des Waldes zurück. Fitz Alan duckte sich, während er beobachtete, wie das ungleiche Paar sich vorsichtig dem Versteck näherte und kaum zehn Schritte entfernt stehenblieb.

»Es könnte eine Falle sein, Onkel Ian.«

Die sanfte Stimme gehörte zu der Tonne. Kenric hielt es für ein gutes Zeichen, daß sie seine Befürchtungen teilte. Die Frau lüftete ihre Kapuze, um sich auf der Lichtung umzusehen. Sie spähte in den Wald.

»Fliehen wir auf eigene Faust, solange wir noch die Gelegenheit haben«, flüsterte sie. »Ich kann Euch den Rücken freihalten, sollten wir auf Räuber stoßen. Er kommt nicht mehr. Laßt uns gehen.«

Plötzlich holte die Frau erschrocken Luft, während ihr Onkel mit gezücktem Schwert herumfuhr.

»Legt Euer Schwert auf den Boden, Laird Duncan«, befahl Kenric.

Ian Duncan rührte sich nicht. Der Mond spendete Kenric genug Licht, um den schottischen Laird zu erkennen, doch sein Gesichtsausdruck blieb ihm verborgen.

»Tut, was ich Euch sage.« Warnend tippte Kenric die massige Gestalt der Frau mit der Spitze seines Schwertes an. »Sonst bohrt sich diese Klinge in die Rippen Eurer Nichte.«

Ian legte sein Schwert auf den Boden und zog seine Nichte an sich. Er sah Kenric an, wies jedoch mit dem Kopf auf Fitz Alan. »Ihr solltet allein kommen.«

»Ein treuer Freund«, erwiderte er achselzuckend. »Holt die Pferde, Fitz Alan.«

»Lady Remmington reitet mit mir.« Ian hielt das Mädchen schützend fest. »Ich habe mein Pferd knapp eine Meile von hier zurückgelassen.«

»Wir haben Euer Pferd bereits.« Kenric hob Ians Schwert auf und steckte seines wieder in die Scheide, fast enttäuscht, daß ihm die Lady so mühelos zugefallen war. Er hatte nicht die geringste Lust, sich seinen Preis genauer anzusehen. Wie einnehmend ihr Züge auch sein mochten, sie würden nicht über ihre Gestalt hinwegtäuschen können. Hätte sie ihr Gesicht sonst nicht längst enthüllt? »In der Abtei von Kelso sind alle Vorkehrungen getroffen.«

»Ihr seid bereit, den Plan auszuführen, zu tun, was von Euch erwartet wird?« fragte Ian. Er mußte lange auf eine Antwort warten.

»Aye«, erwiderte Kenric schließlich mit fester Stimme. »Ihr könnt in der Abtei von Kelso bleiben, bis die Suchmannschaften zurückbeordert werden oder gleich zu Eurer Festung weiterziehen, nachdem –«

»Heute nacht noch kehre ich nach Schottland zurück«, unterbrach ihn Ian.

»Warum reiten wir zur Abtei von Kelso?« fragte Lady Remmington. Ihre leise Stimme ging fast in der dicken Kapuze ihres Mantels unter.

»Seid still, Tess«, wies Ian sie zurecht. »Da sind die Pferde. Tut, was ich Euch sage, dann wird alles gut. Rasch jetzt, wir müssen uns beeilen.«

»Ja, Onkel«, erwiderte Tess ergeben.

Fitz Alan kam mit den Pferden zurück, und die beiden Kriegsmänner saßen auf. Ian hob das unförmige Mädchen auf sein Pferd, dann schwang er sich hinter sie in den Sattel. Die Tiere bewegten sich nahezu lautlos durch den Wald, da ihre Hufe vorsorglich mit Stofflappen umwickelt waren. So spät in der Nacht brauchten sie keine Patrouillen von Langston Keep zu befürchten, aber die Wälder dienten Verfemten als Unterschlupf: Räubern und Mördern, die auf den Straßen des Königs ihr Unwesen trieben und schutzlose Reisende überfielen. Kenric wußte, daß sie es jederzeit mit solchem Gesindel aufnehmen konnten, doch ihm fehlte die Zeit für derlei Abenteuer. Die Nacht war bereits halb vorüber, und jede Stunde zählte.

Tess Remmington verschwendete kaum einen Gedanken an Räuber. Ihre Sorge galt den Soldaten, die jederzeit aus der Festung stürmen konnten, um die Verfolgung aufzunehmen. Ihr Stiefvater würde rasend sein vor Zorn, wenn er ihre Flucht bemerkte. Schon bei dem Gedanken an Dunmore MacLeith gefror Tess das Blut in den Adern. Die äußere Erscheinung des Schotten war trügerisch. Er war groß und kräftig gebaut, sein dunkelbraunes Haar war an den Schläfen ergraut, was ihm einen Anschein von Würde verlieh. Aber Tess wußte besser als jeder andere, daß in seiner Brust ein zu kaltblütigem Mord fähiges Herz schlug. Dieses Ungeheuer hatte sich nur eine Woche nach dem geheimnisumwitterten Tod ihres Vaters mit ihrer Mutter vermählt. Schon damals erschien es ihr verdächtig, daß Dunmore MacLeith wie zufällig in der Festung auftauchte. Einen Monat nach der Hochzeit wurde dann auch ihre Mutter auf dem Friedhof von Remmington beigesetzt – nach einem ›Sturz‹ von der Turmstiege. Jeder wußte, daß die Baronin vorhatte, die Kirche und König Edward um eine Annullierung der Ehe zu ersuchen. Viele, darunter auch Dunmore MacLeith, hatten geglaubt, daß ihre Bitte Gehör finden würde.

Tess fragte sich, wie König Edward all die Jahre den Machenschaften der MacLeith gegenüber so blind hatte sein können. Nahmen der Krieg in Wales, der Konflikt mit der Kirche und die endlosen Zwistigkeiten unter seinen Baronen den König zu sehr in Anspruch, als daß er in dem fernen Castle Ordnung schaffen konnte? Er hatte sie vergessen, und man hatte Tess daran gehindert, ihm ihren Fall vorzutragen. Dunmore MacLeith residierte auf Remmington Castle, während Tess, die rechtmäßige Erbin, fünf Jahre lang in dem abgelegenen Vorposten Langston Keep gefangensaß.

Vor kurzem jedoch hatte sie einen Geheimgang entdeckt, der von ihrer Schlafkammer zu dem Graben außerhalb der

Festungsmauern führte. Solche Tunnel waren in Grenzposten wie Langston Keep häufig zu finden, sie sollten den Menschen als Fluchtwege dienen, wenn der Posten einem Invasionsheer in die Hände fiel. Der Geheimgang hatte Tess die Freiheit wiedergegeben – Freiheit von Dunmore MacLeith und seinen Plänen für ihre Zukunft.

Nach zweistündigem Ritt stieg die Gruppe vor dem Haupttor der Abtei von Kelso ab.

Eine kleine Seitenpforte sprang auf, und als habe er auf ihre Ankunft gewartet, hielt ein Mönch eine Laterne in die Höhe. Tess sah, wie der größere ihrer beiden Begleiter nähertrat und sein Gesicht zeigte. Der Mönch nickte, drehte sich wortlos um und deutete auf einen im Dunkeln liegenden Pfad.

Fröstelnd zog Tess den Mantel enger um sich. Der Mönch sah aus wie ein Todesbote in seiner schwarzen Kutte und mit den langen, knochigen Fingern, die ihnen den Weg wiesen. Sie griff nach dem Umhang ihres Onkels und ging so dicht hinter ihm, wie der schmale Pfad es zuließ.

Der Weg führte zum Portal einer großen Kapelle, in die sie eintraten. Tess schob ihre Kapuze zurück, achtete jedoch darauf, daß ihr Gesicht verborgen blieb, wie ihr Onkel es ihr eingeschärft hatte. Ian hatte sie gewarnt, er kenne die Männer nicht, mit denen sie sich heute nacht treffen sollten, und je weniger sie über Tess wüßten, um so besser. Als sie sich umsah, staunte sie über die herrliche gotische Architektur und die normannische Handwerkskunst und verstand, warum die Abtei von Kelso als eines der kostbarsten Kleinodien der Kirche galt. Tess glaubte, noch nie solche Erhabenheit gesehen zu haben. Ergreifende religiöse Fresken bedeckten die Wände, und die meisten Standbilder waren vergoldet. Der sanfte Schein zahlloser Bienenwachskerzen gemahnte eher an ein zum Fest gerüstetes Königsschloß als an eine Kapelle. Nahe der Kanzel wartete ein alter Priester in einem Ornat aus reichbesticktem rotem Satin mit Goldbesatz – ein Bild königlicher Würde. Sein Gesicht war von Jahren der Entbehrung gezeichnet, doch in seinen Augen blitzte ein Lächeln auf, das noch strahlender wurde, als sie auf ihn zuschritten.

»Seid gegrüßt, mein Sohn.« Der Priester ging langsam und steif auf Kenric zu und ergriff mit seinen mageren Fingern die kräftigen Hände des Kriegers. »Es ist lange her, viel zu lange. Ihr seid zu einem edlen Mann herangereift.«

»Danke, Pater Olwen. Es tut gut, Euer Gesicht zu sehen.« Kenric lächelte dem Priester zu. »Ihr erinnert Euch gewiß noch an meinen Freund Roger Fitz Alan. Und dies ist Laird Duncan.«

Kenric drehte sich um und nahm den hünenhaften Schotten zum ersten Mal genauer in Augenschein. Er selbst maß gut einen Meter achtzig, und Duncan war fast ebenso groß. In das wettergegerbte Gesicht des schottischen Laird hatten sich um seine blauen Augen herum zahllose Fältchen eingegraben – ein Mann, der gern und oft lachte. Er lächelte nun auch Kenric an.

Kenric entdeckte bald den Grund für die Heiterkeit des Schotten. Ian hatte seinen Mantel zurückgeschlagen, und man sah nicht nur das blaugrüne Plaid des Duncan-Clans, sondern auch den Griff eines massiven Breitschwerts, das an seinem Rücken festgeschnallt war. Soviel dazu, daß er meinte, diesen Mann entwaffnet zu haben. Kenric nahm sein Versäumnis mit einem kurzen Nicken zur Kenntnis und wandte sich Lady Remmington zu, die neben Ian stand. Sie hatte Kenric den Rücken zugewandt und schien in die Darstellungen des Jüngsten Gerichts vertieft. Er versuchte sich eine kleine, beleibte weibliche Ausgabe von Ian Duncan vorzustellen, und war froh, daß sie den Takt besaß, verhüllt zu bleiben. Wer immer König Edward erzählt hatte, es sei eine Freude, dieses Mädchen zu betrachten, hatte wohl einen eigenartigen Sinn für Humor.

Der Priester unterbrach Kenrics Überlegungen. Er räusperte sich, ein Wink, daß er dem Mädchen vorgestellt werden wollte.

»Pater Olwen, dies ist Lady Remmington«, sagte Kenric schlicht.

Die Schultern des Mädchens zuckten. Mit gesenktem Kopf wandte sie sich dem Priester zu.

»Ich freue mich, Euch zu sehen, meine Liebe.« Pater Olwen ergriff ihre Hände und drückte sie fest. »Die Umstände sind ein wenig ungewöhnlich, aber ich bin sicher, wir können Euren –«

»Verzeiht, Pater«, unterbrach ihn Ian. Er ignorierte den erstaunten Blick des Priesters und zog Tess an sich. »Gibt es einen Ort, an dem ich unter vier Augen mit Lady Remmington reden kann?«

»Nun, Ihr könntet –«

»Was immer Ihr der Lady zu sagen habt, Ihr könnt es ihr hier sagen«, unterbrach Kenric mit finsterer Miene.

»Da bin ich nicht so sicher«, sagte Ian skeptisch. »Meine Nichte weiß sehr wenig über den Plan. Ich hielt es für besser, ihr die Situation erst zu erklären, wenn wir uns in sicherer Entfernung zu Langston Keep befinden.«

»Sie weiß nichts von der Heirat?« fragte Kenric scharf.

»Heirat?« krächzte das unförmige Bündel.

»Sachte, Mädchen, regt Euch nicht auf, bevor ich Euch alles erklärt habe.« Ian ergriff ihre Hände.

»Heirat!« wiederholte sie mit lauterer Stimme. Sie riß sich los und stemmte die Hände in die Hüften.

Zu ihrer heillosen Verblüffung sahen die Ritter und der Priester, wie Lady Remmingtons ungeheurer Bauch plötzlich auf ihre Füße hinunterrutschte. Ihr Mantel öffnete sich, und zwei große Leinensäcke kamen zum Vorschein. Sie mußte die Säcke unter dem Mantel verborgen über den Schultern getragen haben, um sich vor der Kälte zu schützen.

»Ihr habt nichts von einer Heirat gesagt!«

Die Blicke der drei Männer schnellten von den Leinensäkken zu ihrem Gesicht.

»Sie ist überhaupt nicht fett«, flüsterte Fitz Alan.

Lady Remmington wandte ihnen noch immer halb den Rücken zu, und Kenric lächelte, als die wundersam verwandelte Dame Laird Duncan einen kräftigen Stoß versetzte. Als sie zornig zu dem Schotten aufsah, fiel die Kapuze auf ihre Schultern herab, und herrliches honigblondes Haar quoll hervor.

»Ich wußte nicht, wie Ihr es aufnehmen würdet«, begann Ian.

»Ihr wußtet verdammt gut, wie ich es aufnehmen würde! Und jetzt habt Ihr mich auch noch dazu gebracht, vor einem Priester zu fluchen!« Sie drehte sich zu Pater Olwen um und faltete die Hände. »Verzeiht mir, Pater. In meinem Zorn habe ich ein sündiges Wort gesprochen. Ich werde zu Gott beten und ihn anflehen, mir meine Verfehlung zu vergeben. Aber mir scheint, mein Onkel hat mich getäuscht.«

Kenric merkte nicht, daß er den Atem anhielt, bis sie sich wieder ihrem Onkel zuwandte. Ein Blick in diese blitzenden Veilchenaugen, und ihm waren tatsächlich die Knie weich geworden. Der König trieb seinen Spott mit ihm. Nur ein Blinder würde dieses Mädchen als hübsch bezeichnen. Tess von Remmington war eine überwältigende Schönheit!

»Ihr werdet Euch erklären.« Tess verlieh ihren Worten mit einer herrischen Kopfbewegung Nachdruck. Sie löste die Haken ihres Mantels und streifte ihn von den Schultern, drapierte ihn dann sorgfältig über ihren Arm, als habe sie alle Zeit der Welt, um sich Ians Erklärung anzuhören. »Hoffentlich überzeugen mich Eure Worte.«

»Ich wollte es Euch ja sagen«, erwiderte Ian leise in Gälisch. »Aber Ihr hattet Euch derart auf die Idee mit dem Kloster versteift, daß ich nicht wußte, ob Ihr unter den gegebenen Umständen in die Flucht einwilligen würdet. Schließlich sollt Ihr mit einem Mann vermählt werden, den Ihr noch nie zuvor gesehen habt.«

»Dieser Plan ergibt keinen Sinn, Onkel.« Tess antwortete ihrerseits in Gälisch und warf einen Seitenblick auf die vermeintlichen Söldner, die sie zur Abtei geleitet hatten. »Mein Eintritt in ein Kloster ließe sich mit religiöser Berufung rechtfertigen. Aber die Heirat mit einem Mann aus Eurem Kreis? Weder Euer König noch der meine werden glauben, daß Ihr nicht die Finger dabei im Spiel hattet. Mit diesem Plan bringt Ihr Euer Leben in Gefahr.«

»Beruhigt Euch, Mädchen.« Ian legte seine großen Hände auf Tess' Schultern. »Ich werde Euch beweisen, daß ich nur Euer Bestes im Sinn habe. Euer eigener König Edward hat Euren Bräutigam bestimmt.«

»Wie?« Tess schien plötzlich Hoffnung zu schöpfen,

dann aber trat Argwohn auf ihr Gesicht. »Aber der König hat bereits die Wahl meines Stiefvaters gebilligt. Wie kann Edward einen anderen Gatten bestimmen, wenn er MacLeith in dieser Angelegenheit sein Wort gegeben hat?«

»Nun ja, das ist schon eine heikle Angelegenheit«, gab Ian zu und rieb sich das Kinn. »MacLeith bereitet Edward seit dem Tag Sorge, als er die Herrschaft über Remmington an sich gerissen hat. In den vergangenen fünf Jahren war er rein äußerlich ein treuer Vasall, aber Edward durchschaut MacLeith und erkennt die Gefahr, die von ihm ausgeht. Kein Engländer ist mehr Herr über einen der Außenposten von Remmington; das Plaid von MacLeith flattert auf jeder Zinne. Euer Stiefvater wußte, daß die Zeit reif war, um die Geduld Edwards durch eine ihm nützliche Heirat auf die Probe zu stellen. Hätte Edward sich der Wahl MacLeith' widersetzt, hätte er dadurch Eurem Stiefvater einen Vorwand geliefert, sich gegen seinen Lehensherrn aufzulehnen und einen Krieg anzuzetteln. Und jeder weiß, daß in einen Grenzkrieg, in den der König von England verwickelt ist, bald auch der König von Schottland eingreift. Durch seine Zustimmung hat Edward einen Krieg vermieden, MacLeith jedoch auch Remmington in den Rachen geworfen.«

»Also hat der König nicht vor, zu seinem Wort zu stehen?« fragte sie und runzelte verwirrt die Stirn. »Wird das MacLeith nicht erst recht einen Vorwand liefern, Edward herauszufordern?«

»Nicht, wenn Edward Unkenntnis über die Heirat heuchelt.« Ian lächelte. Es wunderte ihn immer noch, daß ein Engländer so gewieft sein und sich einen derart gerissenen Plan ausdenken konnte. »Auf diese Weise wird es nur Krieg zwischen Eurem Gatten und Eurem Stiefvater geben. Edward kann Eurem Gatten Unterstützung gewähren, doch solange er eine unmittelbare Beteiligung vermeidet, hat König Alexander keinen Grund, sich einzumischen.«

»Und wen will der König gegen MacLeith aufbieten?«

»Euer Bräutigam ist einer der angesehensten Barone des Königs«, berichtete Ian ihr begeistert. »Ihr habt nicht mit einem Baron gerechnet, oder?«

»Nein«, sagte Tess langsam. »Ehe er MacLeith' Wahl billigte, dachte ich, Edward würde meine Hand einem der landlosen Ritter versprechen, die an seinen Turnieren teilnehmen, als eine Art Siegespreis. Es ist ungewöhnlich, einem Mann, der bereits Land besitzt, eine solch große Mitgift zufallen zu lassen.«

»Euer Bräutigam ist wahrlich kein Bettler. Sein Besitz ist mindestens ebenso groß wie der Eure. Es ist bekannt, daß er niemals wieder hergibt, was ihm einmal gehört. König Edward hat Eure Hand dem einzigen Kriegsmann versprochen, der in der Lage ist, Dunmore MacLeith aus dem Land zu jagen. Ihr sollt Baron Montague heiraten«, verkündete er. »Der Baron ist –«

»Der Henker von Wales?« fragte sie erstickt. Ihre Hände glitten zu ihrem Hals. »Ihr habt vor, mich mit dem Henker von Wales zu verbinden?«

»Hütet Eure Zunge, Mädchen.« Ian richtete sich zu voller Größe auf. Vor ihr stand jetzt nicht mehr der nachsichtige Onkel, sondern der mächtige Laird. »Ich kann nicht dulden, daß Ihr den Mann schmäht, den Ihr heiraten werdet. Ihr habt zu viele Ammenmärchen gehört. Baron Montague wird geachtet von jenen, die für Euer Vaterland kämpfen, und gefürchtet von seinen Feinden. Ich selbst hätte keine bessere Wahl treffen können, hätte man mir die Entscheidung überlassen. Ich werde ruhiger schlafen, wenn Baron Montague an meiner Grenze herrscht und nicht dieser Schakal MacLeith, der sich die Lippen nach meinem Land leckt. Oder glaubt Ihr etwa, daß MacLeith einen Edelmann wie Montague zu Eurem Gatten bestimmt hätte?«

»Ihr wißt, wen er mir zugedacht hat.«

»Aye, sein eigener Sohn Gordon ist der Auserwählte. Obwohl es zweifelhaft ist, ob man Gordon MacLeith als Mann bezeichnen kann.«

»Ist mein jetziges Schicksal denn besser?« flüsterte Tess.

Sie merkte, daß ihre Hände noch an ihrem Hals lagen, und ließ sie rasch sinken. Was hatte sie ihrem König nur getan, um eine solche Entscheidung zu verdienen? Jeder, von Schottland bis zur Normandie, kannte den Namen des Barons von Montague. Er hatte sich in den Turnieren als schier unbesiegbarer Schwertkämpfer und später im Kreuzzug des Königs als furchtloser Krieger bewiesen. Im walisischen Feldzug war sein Name zur Legende geworden. Aber in den Berichten über seine Taten war niemals von Galanterie oder Ritterlichkeit die Rede. Nein, die Erzählungen über den Henker von Wales waren in Ströme von Blut getaucht. In Tess' Augen war er ein Dämon, kein Mensch. Selbst die Männer von MacLeith flüsterten, wenn sie von ihm sprachen. Sie hüteten sich, seinen Namen auszusprechen, als sei er der Böse selbst. Tess schauderte. Der Henker von Wales, so hieß es, machte keine Gefangenen. In manchen Gegenden von Wales sollte es weit und breit keinen Einwohner walisischen Bluts mehr geben. Er hatte sie alle erschlagen.

Gewiß waren manche Schilderungen übertrieben, aber in all den blutrünstigen Geschichten mußte ein Körnchen Wahrheit stecken. Tess hatte nicht das mindeste Verlangen, aus erster Hand zu erfahren, inwieweit sie zutrafen. An der steifen Haltung und der entschlossenen Stimme ihres Onkels erkannte sie jedoch, daß er sich bereits entschieden hatte und jeder Einwand ihrerseits Zeitverschwendung wäre. Sie beschloß, Ian zu Ende anzuhören und anschließend den Priester um Asyl in der Kirche zu bitten. Ein Mann Gottes wollte doch bestimmt nicht mitansehen, wie ein vornehmes Mädchen gezwungen wurde, solch ein Ungeheuer zu heiraten. Wenn ihr Bräutigam eintraf, würde sie bereits unter dem Schutz der Kirche stehen und wäre damit seinem Zugriff entzogen.

»Edward hat Baron Montague schon vor einer Weile ausgewählt«, fuhr Ian fort. »Pater Olwen war in früheren Jahren des Königs Beichtvater. Er wird die Trauung vollziehen und anschließend eine Abschrift der Heiratsurkunde nach London schicken. Was die MacLeith betrifft, so sollen sie glauben, daß Ihr auf eigene Faust geflohen seid. Man wird ihnen zutragen, daß Baron Montague Euch entführt hat, um ein Lösegeld zu fordern, dann jedoch beschloß, Euch statt dessen zu heiraten.«

»MacLeith wird vor nichts zurückschrecken, um mich

zurückzuholen. Wenn er mich wieder gefangennimmt, könnte die Ehe annulliert werden. Selbst die englischen Barone würden ihm dieses Recht zubilligen. Was wird dann aus den Plänen des Königs?«

Ian ärgerte sich sichtlich über ihren Einwand, ging jedoch darauf ein.

Kenric verstand gut genug Gälisch, um dem Gespräch zu folgen, doch er hörte kaum hin. Sein Blick wanderte über ihren üppigen blonden Zopf, über ihre zarte Taille und ihre gerundeten Hüften. Er wollte ihr seidiges Haar berühren, die anmutig geflochtenen Locken lösen und seine Hände in deren schieres Gold tauchen.

Diese Vorstellung nahm Kenric gefangen, bis er sich fragte, ob er sich die Farbe ihrer Augen nicht nur eingebildet hätte. Prächtige Juwelen konnten solch ein faszinierendes Blauviolett widerspiegeln, aber in den Augen einer Frau hatte er so etwas noch nie gesehen. Während er noch über die wundersame Farbe ihrer Augen nachdachte, wandte Lady Remmington leicht den Kopf, und er konnte ihr ganzes Gesicht sehen. Die verführerischen Augen waren hinter dichten Wimpern verborgen. Ihre Miene war gelassen, beherrscht, ja hoheitsvoll. Doch er merkte, wie sich jedesmal, wenn ihr Onkel das Wort ›Heirat‹ aussprach, ihre Mundwinkel verzogen. Dennoch büßte ihr voller Mund nichts von seinem Reiz ein. Eine herrlich geschwungene Oberlippe, eine volle, vorgewölbte Unterlippe – er wollte diese köstlichen Lippen mit den seinen berühren. Er wollte sich davon überzeugen, daß ihre Haut so samtweich war, wie es den Anschein hatte. Ihre Lippen öffneten sich, und er sah ihre Zungenspitze, als sie ihre Lippen befeuchtete – eine unschuldige und doch so verführerische Geste, daß Kenric den Atem anhielt. Er begriff, daß diese erlesene Schönheit keine Hexenaugen brauchte, um einen Mann zu fesseln. Allein ihr zartes Profil ließ körperliche Begierde in ihm aufsteigen.

Er zwang sich, den Blick abzuwenden, und versuchte, seine Fantasien zu zügeln. Er konnte sich nicht erinnern, wann er das letzte Mal körperlich auf eine Frau reagiert hatte, ohne sie zu berühren. Himmel, er kannte sie nicht einmal.

Was war nur mit ihm los? Sein Blick glitt zu Fitz Alan, und er stellte befriedigt fest, daß sein Gefolgsmann ebenso verzaubert von Lady Remmingtons Erscheinung war wie er. Fitz Alan staunte mit offenem Mund.

»Ihr seid ja ganz vernarrt«, raunte Kenric ihm hinter vorgehaltener Hand zu. Fitz Alan schloß den Mund, wandte jedoch nicht den Blick von dem Mädchen.

»Ihr hattet recht.« Kenrics Stimme klang selbstgefällig. »Ihr Gesicht ist tatsächlich erträglicher.«

»Sie ist ein Engel«, flüsterte Fitz Alan ehrfürchtig.

Lächelnd wandte Kenric sich wieder Lady Remmington zu. Sie stritt gerade heftig mit Ian. »Richtig, ein Engel mit Temperament.«

Sein Lächeln verschwand, als er ihre nächsten Worte vernahm.

»Die einzige Lösung ist, mich in ein Kloster zu bringen. Ich werde mein Gelübde ablegen.«

»Das einzige Gelübde, das Ihr ablegen werdet, ist das Ehegelübde«, stieß Kenric hinter ihr in nahezu vollendetem Gälisch hervor.

»Ich wurde ... wurde ...«

Tess verstummte. Sie drehte sich um und sah ihn an. Schlagartig ging ihr die Wahrheit auf.

Ihre Helfer waren keine gemeinen Söldner.

Söldner trugen bekanntlich nicht so feine Kleider wie die Männer, die vor ihr standen. Sie besaßen auch keine kostbaren, kunstfertig geschmiedeten Waffen. Nein, sie würde sich nicht in den Schutz der Kirche begeben können, bevor ihr Bräutigam eintraf. Er stand bereits vor ihr.

Aber welcher von beiden war es?

Ihr Blick glitt zu dem Mann zu ihrer Rechten, und sie fand nichts an seiner äußeren Erscheinung auszusetzen. Ja, er wirkte sogar ausgesprochen anziehend. Sein hellbraunes Haar und seine dunkelbraunen Augen hatten wohl schon so manches Frauenherz dahinschmelzen lassen. Das mutwillige Lächeln des Ritters verriet, daß er um seine Wirkung wußte, doch bald verschwand es, und er wurde verlegen, als habe man ihn bei etwas Verbotenem ertappt. Tess' Hoffnungen verflogen, ihr Herz wurde schwer. Sie hätte wissen müssen, daß Baron Montague nicht von solch einnehmendem Äußeren sein würde. Nein, er war der andere, der Mann, der aussah wie der Teufel selbst.

Er war größer als sein Freund, größer sogar als Onkel Ian, und seine muskulöse Gestalt ließ ihn noch imposanter erscheinen. Sein Mantel war zurückgeschlagen, und ihr Blick wanderte langsam über seinen Körper; sie musterte ihn mit unverhohlener Neugierde. Er war in ein feingeschmiedetes Kettenhemd und einen blau-weißen Überrock gehüllt. Seine Rüstung verbarg jedoch kaum seinen kräftigen Körperbau, seine breite Brust. Sie betrachtete seine starken Arme, die er vor der Brust verschränkt hielt. Diese Oberarme würde sie nicht einmal mit beiden Händen umfassen können. Der Mann war ein Riese, obgleich sie zugeben mußte, daß er keineswegs grobschlächtig wirkte. Jeder Teil seines Körpers schien in vollendeter Proportion zu seiner Größe zu stehen. Er erinnerte sie an den geschmeidigen Panther, den Dunmore MacLeith als Haustier hielt; von kaum zu bezähmender Kraft, ebenso faszinierend wie tödlich.

Ihr Blick wanderte zu seinem Kopf. Er hatte die Kapuze zurückgeschoben, so daß man sein schwarzes Haar sah. Ebenso dunkle Augen blickten ihr aus einem finster dreinblickenden Gesicht entgegen, das durch eine tiefe Narbe auf einer Wange entstellt war.

Sein Gesichtsausdruck war dem Anlaß nicht angemessen.

Tess öffnete überrascht die Lippen, als sie plötzlich spürte, daß irgend etwas an diesem Mann ihr vertraut war – eine Erinnerung, die sogleich wieder verblaßte. Und doch unterschied er sich von dieser flüchtigen Erinnerung. Seine Augen waren zu dunkel, dachte Tess stirnrunzelnd, und seine Gesichtszüge zu ausgeprägt, zu lebendig. Sie betrachtete ihn abermals von Kopf bis Fuß und versuchte herauszufinden, wo sie diesen Mann schon einmal gesehen haben mochte.

Kenric wußte, daß er mit seinem Blick Freund wie Feind einschüchtern konnte. Doch an Lady Remmington prallte er ab. Wie sie ihn von oben bis unten musterte, wie ein Koch, der ein Stück Fleisch inspizierte, war beleidigend. Er würde dieses unverfrorene Frauenzimmer in ihre Schranken weisen.

Sie sah ihm in die Augen. »Ihr seid es«, flüsterte sie und wurde blaß.

»Aye, ich bin es«, erwiderte er spöttisch. Einen Augenblick lang hätte er schwören können, daß sie ihn angesehen hatte wie einen vertrauten und teuren Freund oder aber wie einen Liebhaber. Aber die Wärme in ihren Augen verschwand so schnell, daß er sich fragte, ob er sich das nicht nur eingebildet hatte. Ihr ungläubiges Staunen war der Situation eher angemessen. Man hatte sie gerade dem Henker von Wales vorgestellt, einem Mann, dessen Namen Mütter nannten, um ihre Kinder zu erschrecken und zum Gehorsam zu zwingen. Nun, wenigstens war sie nicht ohnmächtig geworden.

»Ihr werdet mich heiraten, ob Ihr wollt oder nicht«, sagte er in seiner Muttersprache. Die gutturalen Laute des Gälischen gingen ihm nur schwer über die Lippen, und er wollte, daß die Lady jedes einzelne seiner Worte verstand. Der König von England hatte ihm Tess von Remmington geschenkt, und Kenric hatte die Absicht, dieses Geschenk zu behalten. Er lächelte sie kalt, triumphierend an. »Oder wagt Ihr es, Euch dem Befehl unseres Königs zu widersetzen?«

Tess kämpfte unter dem Blick des Barons um ihre Fassung – ein nahezu sinnloses Unterfangen, da sie bereits völlig außer sich war. Wer wäre auch nicht erschrocken, wenn vor ihm plötzlich ein Traumbild zum Leben erwachte? Es war gespenstisch. Sicher war das der Grund, warum ihr plötzlich schwindelig wurde.

Sei nicht töricht, wies sie sich zurecht und schüttelte den Kopf, um diese kindischen Gedanken loszuwerden. Nun gut, sie hatte das Bild eines schwarzhaarigen Mannes gesehen, während sie schlief, einen Mann, der ihre Träume so völlig beherrschte, daß sie ihn zu kennen glaubte. Der Traum war eine Woche lang jede Nacht wiedergekehrt. Zufall. Natürlich. Einfach nur Zufall.

Sie warf abermals einen Blick auf das Gesicht des Barons. Kalter, skrupelloser Machtwille ging von dem Mann aus, der vor ihr stand, einem Mann, der ohne Gefühl oder Bedauern töten konnte. In den schwarzen Augen, die sie fixierten, lag keine Spur von Wärme, in dem entschlossenen Gesicht nicht der kleinste Hinweis auf Sanftheit. Er versuchte sie mit seinem Blick in die Knie zu zwingen.

Und es gelang ihm.

Sie spürte, wie ihr ein Schauer über den Rücken lief. Fröstelnd rieb sie sich die Arme. Diese Augen verschlangen sie wie eine Beute, die in der Falle saß. Die Macht, die sie ausstrahlten, war gewaltig, sie konnten jeden Menschen zwingen, sich seinem Willen zu unterwerfen. Zu ihrem Erstaunen empfand sie jedoch weder Furcht noch Entsetzen. Es war seltsam, aber sie hatte das Verlangen, auf ihn zuzugehen, ihn zu berühren, ihn zu –

»Habt Ihr die Absicht, mir noch zu antworten, Lady Remmington?« Baron Montagues Stimme war voller Hohn. »Oder soll ich die Frage wiederholen? Ihr scheint mir regelrecht verwirrt.«

Da ging Tess' Temperament mit ihr durch. »Es ziemt sich nicht, einer vornehmen Dame solche Blicke zuzuwerfen.«

Sie wandte sich an Pater Olwen, und Kenrics ungläubige Miene entging ihr. »Vielleicht könnt Ihr diesen Männern helfen, zur Vernunft zu kommen, Pater. Ich möchte Euch meine Lage schildern, dann werdet Ihr gewiß erkennen, was in dieser Situation angebracht ist, und könnt Euren Freunden den rechten Weg weisen.«

»Ich will tun, was ich kann«, sagte Pater Olwen unsicher. »Ihr sollt jedoch wissen, daß König Edward mich über den Grund für diese Verbindung unterrichtet hat, Lady Remmington.«

Tess nickte, griff nach ihrem Zopf und spielte mit seiner Spitze.

»Tess ...« Ian zog ihren Namen in die Länge, so daß es fast wie das Zischen einer Schlange klang. Eine Warnung.

»Ich wünsche nicht, mich zu vermählen.« Tess sah, daß Ian vortrat, und beeilte sich, dem Priester ihre Gründe darzulegen. »Es ist mein Wunsch, Nonne zu werden. Wie es der Brauch ist, können meine Besitztümer aufgeteilt werden, sobald ich mein Gelübde ablege. Es wird sein, als wäre ich gestorben.«

»Ihr seid aber nicht tot, Lady.«

»Remmington würde an König Edward zurückfallen«, fuhr Tess fort, ohne auf den Einwurf des Barons zu achten. Sie versuchte seine Stimme zu ignorieren, die mühelos den ganzen Raum ausfüllte, so durchdringend, daß sie sie beinahe körperlich spürte. Großer Gott, was geschieht mit mir, dachte sie von Panik erfüllt und konzentrierte sich mühsam auf ihre Argumentation. »Wenn ich in ein Kloster eintrete, wird Remmington ohne jedes Blutvergießen in englischer Hand bleiben. Mein Stiefvater und König Alexander können sich nicht dagegen auflehnen, weil in beiden Ländern die gleichen Gesetze gelten, und sie nicht wagen würden, in solch einer Angelegenheit der Kirche zu trotzen. Wenn ich heirate, wird es hingegen unweigerlich Krieg geben.«

Nach Beendigung ihrer kleinen Rede senkte sie den Kopf, da sie Pater Olwen nicht mehr in die Augen sehen konnte. Sie hatte einem Priester frech ins Gesicht gelogen! »Ihr seht doch ein, daß mein Plan der bessere ist, Pater Olwen?«

Der Priester blickte zu Boden und wippte auf den Fersen. Tess strich die wirre Spitze ihres Zopfes glatt. Sie war überzeugt, daß ihr Onkel die Lüge durchschaute. Er witterte ihre Schwindeleien jedesmal. Und Baron Montague? Kannte auch er die Wahrheit? Gott helfe ihr, denn im Grunde war es ihr glühendster Wunsch, diesen wilden Kriegsmann zu heiraten!

»Was sagt Ihr zu den Worten der Lady?« fragte der Priester Kenric.

»Sie spricht die Wahrheit«, gab er liebenswürdig zu. »Bis auf einen Punkt.«

Tess blieb fast das Herz stehen. Atemlos wartete sie darauf, daß der Baron ihren Betrug enthüllte.

»Es wird auf jeden Fall Krieg geben, ganz gleich, was sie mit ihrem Leben anfängt.«

Sie schloß die Augen und seufzte erleichtert auf. Sie hörte

nicht, wie er lautlos den Raum durchquerte, wußte nicht, daß er neben ihr stand, bis er mit seinen warmen Fingern ihr Kinn hob. Überrascht schlug sie die Augen auf. Er blickte ihr tief in die Augen, seine Miene war undurchdringlich. Für Tess stand die Zeit still, als sie einander ansahen, ohne etwas zu sagen. Und doch empfing sie in diesem stummen Austausch eine Botschaft. Eine Warnung, ja, aber vielleicht auch noch etwas anderes.

»Sie wird mich heiraten«, sagte er überheblich, ohne den Blick von ihr abzuwenden. Er hob die Hand und fuhr mit dem Daumen über ihre Unterlippe, worauf ihr erneut ein eigenartiger Schauer über den Rücken lief. »Ihr habt es drüben im Wald doch gewiß schon vermutet, Lady Remmington.«

Er gab ihr keine Gelegenheit zu antworten. Seine Hand fiel jäh herunter, als könne er es nicht mehr ertragen, sie zu berühren.

»Macht uns keine Schwierigkeiten, Lady. Ich bin kein Mann, der für seine Geduld mit weiblichen Launen bekannt ist.«

Tess ärgerte sich über seine Überheblichkeit, schwieg jedoch, weil sie nicht sagen wollte, daß sie ihn und seinen Gefährten für Söldner gehalten hatte, die sie nur wohlbehalten in ein Nonnenkloster bringen sollten. Er würde sie gewiß für naiv halten.

»Am besten fangen wir jetzt an«, sagte Kenric zu dem Priester. Er nahm Tess' Hand und zog sie zum Altar. »Wir haben bereits genug Zeit verschwendet.«

Das gab Tess neuen Auftrieb. Sie versuchte, ihre Hand zu befreien, und als ihr dies nicht gelang, wandte sie sich ihm zu.

»Erst soll Pater Olwen mir raten.« Sie ergriff die Hand des Priesters mit ihrer anderen Hand. »Das sind Kriegsmänner, Pater. Sie denken nur an den Kampf. Ihr seht doch ein, daß mein Plan richtig ist. Gewährt Ihr mir Zuflucht?«

Tess zuckte zusammen, so fest packte der Baron ihre Finger. Sie jedoch sah unbeirrt den Priester an, ermutigt, weil er über ihre Worte nachzudenken schien. Pater Olwen war ihre einzige Hoffnung.

»Die Kirche ist den wahrhaft Berufenen vorbehalten«, sagte der Pater schließlich. »Ihr müßt den Wünschen Eures Königs Folge leisten.«

»Aber ...« Tess schrie auf, als Kenric ihre Hand so kräftig drückte, daß sie dachte, er würde ihr die Finger brechen.

»Es wird langsam spät«, sagte Kenric schroff. »Euer Onkel muß einen Vorsprung haben, wenn Eure Abwesenheit entdeckt wird.«

»Das alles geht so schnell!« Tess wandte sich hilfesuchend an ihren Onkel, doch Ian hob die Hände, ein Zeichen, daß sie sich fügen sollte. »Mir bleibt so wenig Zeit, um über diesen Schritt nachzudenken«, flüsterte sie.

»Beeilt Euch mit dem Nachdenken, sonst wird Euer Stiefvater Zeuge der Zeremonie sein.« Kenric seufzte ungeduldig. »Ihr habt die Wahl, Lady. Entweder ich oder MacLeith.«

Sie dachte – wenn auch nur flüchtig – an MacLeith. In ihren Augen war der Henker von Wales zwar kaum die bessere Wahl, aber zumindest war sie nach fünf langen Jahren von ihrem Stiefvater befreit. Allerdings hatte sie es gar nicht eilig, ihre Freiheit wieder preiszugeben. Und was die Heirat mit diesem Mann betraf, so war der Preis für ihre Freiheit sehr hoch. Andererseits, wenn sie es geschickt anstellte, könnte sie dem Baron ebenso entkommen, wie sie MacLeith entkommen war. Wenn sie zu König Edward vordringen und mit ihm sprechen könnte, würde er die Weisheit ihres Plans erkennen und die übereilte Heirat annullieren.

Ihr Blick wanderte langsam von den Stiefelspitzen des Barons zu seinen kräftigen Armen, die er wieder vor der Brust verschränkt hatte. Sie lächelte verstohlen über die Ironie der Situation. Baron Montague war der einzige Mann in England, dessen übler Ruf den von MacLeith noch übertraf. Ganz gleich wie lange diese Ehe bestehen mochte, sie war neugierig, wie Dunmore MacLeith reagieren würde, wenn er erfuhr, daß sie den Henker von Wales geheiratet hatte.

»Ich bin bereit, Mylord.«

2.

Eine Stunde später waren die Heiratspapiere unterzeichnet, und die kleine Gruppe wurde zu den Pferden zurückgebracht. Die Trauung nahm Tess wie durch einen Nebel wahr. Wie aus weiter Ferne hörte sie die Glückwünsche ihres Onkels, als er nach der Zeremonie ihren Arm nahm und sie aus der Kapelle geleitete.

»Tut Eure Pflicht«, sagte Ian barsch zu seiner Nichte. Sie standen draußen vor den Toren der Abtei, und er schloß sie fest in seine Arme. »Eure Familie soll stolz auf Euch sein.«

»Ja, Onkel.« Tess wandte schuldbewußt den Blick ab. Vielleicht würde eines Tages ihre Familie tatsächlich stolz auf sie sein, wenn sie ihren Plan durchführen konnte, überlegte sie. So sehr sie es sich auch wünschte, sie wußte, daß sie ihren Onkel nicht nach Schottland begleiten konnte. Schottlands König Alexander war Dunmore MacLeith' Verbündeter und würde Onkel Ian nur befehlen, Tess ihrem Stiefvater auszuliefern. Und sie konnte nicht zulassen, daß ihr Onkel bei seinem König in Ungnade fiel. Zum Abschied umarmte sie ihn stürmisch und fragte sich, wie er sie wohl empfangen würde, wenn sie ihn jemals wiedersah. »Gott schütze Euch.«

»Sorgt Euch nicht um mich«, sagte er munter, doch seine besorgte Miene strafte seine Worte Lügen. »Ihr macht so oft ein brummiges Gesicht, daß die Montagues denken werden, Ihr seiet von einer Bärin aufgezogen worden.«

Tess versuchte ihn anzulächeln, schaffte es jedoch nicht. Als Ian noch einmal ermutigend ihre Hand drückte, wußte sie, daß ihre Zeit abgelaufen war. Baron Montague trieb sein Pferd an und beugte sich vor, um sie vor sich in den Sattel zu heben.

Es war eigenartig, dem Fremden, der nun ihr Gatte war, so nah zu sein. Er umfaßte sie und hielt die Zügel vor ihrer Brust. Ihr Körper war an den seinen gepreßt, sie spürte seine

Wärme und genoß das sichere Gefühl, das seine starken Arme ihr vermittelten. Stirnrunzelnd rief sie sich in Erinnerung, daß sich seine körperliche Stärke eines Tages auch gegen sie wenden könnte.

»Ich weiß, Ihr werdet sie gut behandeln, Baron«, rief Ian ihnen nach. In seinen Worten lag eine Warnung.

»Bei mir ist sie in Sicherheit«, entgegnete der Baron überheblich, als fasse er das Ansinnen, es könne anders sein, als Beleidigung auf.

Sicherheit. Das war das Wort, nach dem Tess gesucht hatte. Sie hatte sich jahrelang nicht sicher gefühlt. War es nicht merkwürdig, daß dieser Mann, der in ganz England für seine Grausamkeit bekannt war, ihr so mühelos dieses Gefühl vermitteln konnte? Beruhigt lehnte sie den Kopf an die Schulter des Barons.

Kenric hob zum Abschied die Hand, dann wendete er entschlossen sein Pferd und gab ihm die Sporen, um so schnell wie möglich zu seiner Festung zu gelangen. Der Horizont färbte sich allmählich rosa, und schon bald würde man Tess' Flucht entdecken. Gott sei Dank mußte er nicht wie Ian über Remmington-Gebiet reiten. Der Schotte würde sehr viel Glück brauchen, um über die Grenze zu seiner Festung zu gelangen, ohne dabei auf eine von MacLeith' Patrouillen zu stoßen. Sie hatten zwar einen anstrengenden zweitägigen Ritt vor sich, würden jedoch schon in wenigen Stunden seiner ersten Patrouille begegnen. Bis dahin griff man sie wohl kaum an, und nach der ersten Wegstrecke hatte Kenric zweihundert Mann längs der Straße postiert. Seine Männer und ihre Pferde sollten frisch und ausgeruht sein, wenn sie es mit MacLeith aufnehmen mußten. Er hielt kurz inne, um seinen Mantel um seine Frau zu wickeln, dann gab er dem Hengst erneut die Sporen.

Da bisher alles nach Plan lief, wandten sich Kenrics Gedanken seiner jungen Braut zu, die sich als angenehme Überraschung entpuppt hatte. Bald spürte er ihren Kopf an seiner Brust. Sie war eingeschlafen. Ihr weicher Körper schmiegte sich an ihn und rief eine unerwartet heftige körperliche Reaktion hervor. Wieder staunte er, wie leicht dieses Mädchen ihn erregen konnte. Als sie die Hüften bewegte und sich auf der Suche nach Wärme noch fester an ihn drückte, stöhnte er unwillkürlich auf. Allmählich wurde das Reiten zur Qual. Notgedrungen ließ er das Pferd im Schritt gehen und holte mehrmals tief Luft, um sich wieder zu fangen.

»Gibt es Schwierigkeiten?« fragte Fitz Alan.

»Nein«, erwiderte Kenric schroffer als beabsichtigt.

»Sind wir da?« fragte Tess schlaftrunken.

»Die Pferde müssen eine Zeitlang im Schritt gehen«, antwortete Kenric knapp. »Schlaft wieder ein.«

Er zog sie abermals an seine Brust, und insgeheim wünschte er nichts sehnlicher, als mit ihr in den Wald gehen zu können, um die glühende Begierde zu stillen, die sie in ihm weckte. Doch seine Vernunft hielt ihn davon ab. Die Sonne ging bereits auf, und sie konnten jederzeit auf MacLeith' Leute treffen. Außerdem war es viel zu kalt. Dennoch war der Gedanke verführerisch.

»Ich hätte nicht gedacht, daß ich so schnell einschlafen würde.« Sie streckte sich und zappelte, bis Kenric entschlossen die Hand auf ihre Hüfte legte, damit sie ihn nicht vollends um den Verstand brachte. »Euer Körper ist erstaunlich warm, Mylord.«

Tess konnte nicht sehen, daß Kenric das Gesicht verzog.

»Wäre es ein sehr ungünstiger Moment, um Euch eine Frage zu stellen?« Sie hob erwartungsvoll die Augenbrauen, doch die Miene des Barons blieb abweisend. Er ließ sich nicht dazu herab, ihr zu antworten. Was für ein Grobian. Da sie seinem einschüchternden Blick nicht standzuhalten vermochte, wandte sie sich dem Weg zu und tat so, als habe sie sein Schweigen nicht bemerkt. »Ich weiß nicht, bei welchem Namen ich Euch nennen soll.«

»Ich bin Euer Herr und Gebieter, Lady. Ihr könnt mich mit ›Mylord‹, ›Baron‹ oder ... ›Gatte‹ anreden.«

Seine maßlose Überheblichkeit versetzte Tess in Wut. Sie erwog, ihm dafür zu danken, daß sie überhaupt das Wort an ihn richten durfte, überlegte es sich dann jedoch anders. Solange diese Farce andauerte, würde sie sich höflich verhalten, wenn er auch entschlossen schien, es ihr möglichst schwer zu machen. »Wonach ich eigentlich fragen wollte, ist Euer Taufname, Gatte. Ich kenne Euren Titel, Baron Montague, aber ich kenne Euren Vornamen nicht.«

Er besaß die Frechheit, sie anzulächeln. Tess blickte rasch wieder auf den Weg, da sie fürchtete, trotz ihrer Wut sein Lächeln zu erwidern.

»Mein Name ist Kenric.«

Selbst durch ihre Kapuze hindurch spürte Tess seine Lippen an ihrem Ohr und seinen Atem an ihrer Wange. Seine tiefe Stimme vibrierte in ihrem Körper.

»Mit diesem Namen dürft Ihr mich ansprechen, wenn wir allein sind, Frau.«

Nach kurzem Schweigen schob er ihre Kapuze beiseite.

»Ihr findet meinen Namen lustig?«

»Hm?« machte sie gedankenverloren.

»Warum lächelt Ihr?«

»Eure Stimme«, erwiderte Tess verträumt. »Ich kann sie spüren. Genau hier.« Sie legte die Hand zwischen ihre Brüste und lachte leise. »Es kitzelt.«

Kenric starrte gebannt auf ihre kleine Hand, bis sein Körper ihn zwang zu atmen und er den Blick abwenden mußte. Er schloß die Augen, und eine Fülle von Bildern stieg in ihm auf. Die meisten zeigten seine Gattin – nackt. Ärgerlich über sich und seine Schwäche schlug er die Augen wieder auf. Himmel, entweder war dieses Mädchen eine meisterhafte Verführerin oder das süßeste, unschuldigste weibliche Wesen, das es gab. Er war fest entschlossen, erst wohlbehalten auf seiner Burg zu sein, ehe er ihren Zauber zu ergründen gedachte.

»Ihr scheint Euch durchaus meiner Gesellschaft zu erfreuen – für eine Frau, die unbedingt Nonne werden wollte.« Der schuldbewußte Blick seiner Frau erinnerte ihn an ihr Zögern vor dem Altar. Das half ihm, sein Blut zu kühlen.

»Ich muß Euch ein Geständnis machen«, sagte sie zerknirscht. »Ich habe lange darüber nachgedacht und halte es für das beste, Euch meine Sünde zu beichten.«

Diese Ankündigung traf Kenric unvorbereitet. Ihm wurde eiskalt. Sie hat einen Liebhaber, dachte er wütend. Wie rücksichtsvoll, wie ehrenhaft, es sich von der Seele zu reden, bevor er selbst die Wahrheit herausfand. Sein Gesicht wurde hart, ein Vorgeschmack auf den Zorn, der in ihm schwelte. Wenn sie annahm, daß er dieses Geständnis als nobel empfinden würde, hatte sie sich getäuscht. Obwohl er dazu verpflichtet war, sie zu behalten, selbst wenn sie zwanzig Liebhaber gehabt hatte, brauchte er es nicht gutheißen. Er zog die Zügel an, gab Fitz Alan durch einen Wink zu verstehen, er solle vorausreiten, und schwieg, bis er sicher war, daß sein Freund nichts hören konnte.

»Ich bin ganz Ohr«, sagte er sarkastisch.

»Ich habe den Priester belogen.« Sie sprach so leise, daß Kenric sich vorbeugen mußte, um sie zu verstehen. »Ich habe ihm gesagt, ich wollte nicht heiraten.«

»Wir haben nicht soviel Zeit, Tess.« Kenrics Stimme klang gelassen, aber die Wut war ihm deutlich anzumerken.

»Es kommt selten vor, daß ich lüge, Mylord, und niemals vor einem Priester«, erklärte sie rasch. »Ich könnte es verstehen, wenn ihr mich für schlecht haltet, aber ich wollte unbedingt jegliches Blutvergießen vermeiden.«

»Und?«

»Nun, als wir uns in der Kapelle gegenüberstanden, mißfiel mir der Gedanke, Euch zu heiraten, schließlich nicht mehr. Aber ich mußte versuchen, einen Krieg zu verhindern, und der Plan mit dem Kloster erschien mir als das beste Mittel dazu. Und da ich außerdem darum bat, Nonne werden zu dürfen, konnte ich Pater Olwen gegenüber ja schlecht zugeben, daß ich von Anfang an von Euch eingenommen war und mir die Vorstellung, Eure Gattin zu sein, reizvoll erschien. Nonnen hegen keine solch irdischen Gedanken. O ... ich meine ... ich hatte wirklich nicht viel Zeit, über eine Eheschließung nachzudenken. Dennoch war ich plötzlich neugierig. O Gott!«

Tess spürte, daß sie rot geworden war, überrascht von den Worten, die ihr fast gegen ihren Willen entschlüpft waren. Wie dumm von ihr! Warum hatte sie nicht gleich offen gesagt, daß sie ihn begehrte? Ihr Gatte sah sie verblüfft an.

Er fragte sich bestimmt, was für eine Frau er da geheiratet hatte. Tess wandte den Blick ab. Der Plan, sein Vertrauen zu gewinnen, indem sie ihm ihre Lüge gestand, war völlig mißglückt.

»Seht mich an, Tess«, befahl er. Sie hob den Kopf, und vor Verlegenheit schossen ihr die Tränen in die Augen. Er legte die Hand an ihre Wange und strich mit dem Daumen über ihre zarte Haut. »Habt Ihr mir jetzt die Wahrheit gesagt?«

»Ja.« Sie blickte auf seinen Mund, denn in die Augen konnte sie ihm nicht mehr schauen. »Obwohl ich eigentlich nicht vorhatte, Euch all das zu sagen.«

Er lächelte. Überrascht wich Tess zurück, um sein Gesicht zu betrachten, und sah, wie die Farbe seiner Augen sich von dunklem Stahl in weiches Taubengrau verwandelte.

Er ist es doch, dachte sie in ungläubigem Staunen. Kenric von Montague war der Mann, den sie in ihren Träumen gesehen hatte! Das plötzlich vor ihren Augen zum Leben erweckte Bild löste jedoch noch andere Erinnerungen aus. Ian hatte einmal gesagt, ihre Großmutter habe in die Zukunft sehen können, und Tess hatte bis zu diesem Augenblick nicht gewußt, daß sie ebenfalls über diese Fähigkeit verfügte. Aber darüber könnte sie später noch nachdenken, im Moment hatte sie nur Augen für das Lächeln ihres Gatten. Sie berührte seine Wange, fasziniert von den rauhen Härchen, die zeigten, daß er sich zwei Tage lang nicht hatte rasieren können. Kenrics Lächeln verschwand, als sie sein Gesicht berührte.

»Eure Augen sind grau«, sagte sie leise.

»Ich bin froh, daß Ihr mir das erzählt habt.«

»Ihr wußtet nicht, daß Eure Augen grau sind?« fragte sie, und ihre Hand glitt auf seine Schulter.

Kenric mußte sich stark konzentrieren, um dem Gespräch folgen zu können. Mit ihren Augen konnte sie einen Heiligen in Versuchung führen. Sie wechselten je nach ihrer Stimmung die Farbe – mal leuchteten sie wie Saphire und dann wieder wie Amethyste.

»Doch, das wußte ich.« Er nahm Tess' Hand und drückte einen Kuß auf ihre Handfläche, lächelte über das Frösteln, das sie überlief. »Ich bin froh, daß Ihr mir gesagt habt, was Ihr in der Kapelle empfandet. Es ist keine Sünde, die Wahl seines Königs gutzuheißen.«

Sie wurde rot und wollte sich wieder abwenden, doch Kenric hielt sie am Kinn fest, neugierig auf die Reaktion ihrer Augen. Tiefblau wie das Meer, dachte er.

»Seid ihr ungehalten, weil ich Pater Olwen belogen habe?« fragte sie zögernd.

»Nein, Tess.« Kenric konnte nicht anders, er mußte einen Kuß auf ihre Stirn drücken. Es gefiel ihm, ihre Haut an seinen Lippen zu spüren, dann jedoch zwang er sich, von ihr abzulassen. Ihr scheues Geständnis wurde belohnt, denn den Gedanken, mit ihr in den Wald zu gehen, gab er nun endgültig auf.

»Die Lüge war eine Sünde, aber einem edlen Motiv entsprungen«, sagte er. Plötzlich klang seine Stimme wieder überheblich, und seine Miene war verschlossen. »Frauen sind nicht immer verantwortlich für ihre Taten.«

Tess schluckte die scharfen Worte, die sich ihr auf die Lippen drängten, hinunter. Es lohnte sich nicht, jetzt einen Streit anzufangen. Zumal sie keine schlagkräftige Antwort wußte, die seine Ansichten über die Frauen hätte erschüttern können. Also nickte sie nur steif und wandte ihm den Rücken zu, in der Hoffnung, daß dieser elende Mensch wenigstens klug genug war, den Grund für ihre Wut zu bemerken. Es gab hundert Fragen, die sie ihm stellen wollte, um möglichst viele Dinge in Erfahrung zu bringen, die ihren Fluchtplänen nützlich sein könnten. Doch zunächst mußte dieser Mann mit hartnäckigem Schweigen bestraft werden, damit er über seine unhöfliche Bemerkung nachdenken konnte.

Hatte sie tatsächlich angenommen, Baron Montague sei der richtige Mann, um über ihre Sünde zu urteilen? Frauen waren nicht verantwortlich für ihre Taten – Himmel! Alle freundlichen Gefühle, die sie ihm gegenüber gehegt hatte, waren auf einmal vergessen. Er hielt sie für minderwertig, ein Kind, dem man keinen Vorwurf machen konnte, weil es den Unterschied zwischen richtig und falsch noch nicht kannte. Ha! Was für ein Witz. Als ob gerade der Henker von Wales diesen Unterschied kannte!

Kenric lächelte zufrieden, als er ihre Reaktion sah, ein Zeichen, daß er erreicht hatte, was er wollte. Er gab dem Pferd die Sporen, mehr denn je entschlossen, auf schnellstem Wege zur Burg Montague zu gelangen.

Die ersten Schwierigkeiten kündigten sich knapp eine Stunde später an. Eine zwölfköpfige Patrouille begegnete ihnen, und jeder der Soldaten trug das Plaid von MacLeith.

Kenric und Fitz Alan berieten sich rasch und gelangten zu dem Schluß, daß die Patrouille vermutlich noch nichts von Tess' Verschwinden wußte. Der Trupp ritt nach Norden, wahrscheinlich kamen die Soldaten von einer Mission in London zurück. Kenric lenkte sein Pferd an den Straßenrand. Er hatte Tess fest in seinen Mantel eingewickelt, um sie vor dem scharfen Wind zu schützen.

»Wacht auf, Tess.«

Er sprach leise, doch Tess reagierte auf seinen Tonfall und seine Körperhaltung. Sie schüttelte ihre Benommenheit ab. Kenric beugte sich zu ihr hinunter.

»Eine Patrouille von MacLeith kommt auf uns zu, aber ich bezweifle, daß die Männer von Eurer Flucht wissen«, flüsterte er. »Sie nähern sich von Süden. Haltet Euer Gesicht bedeckt und laßt auf keinen Fall meine Taille los, was immer auch geschieht.«

Noch ehe sie zustimmend nicken konnte, packte er sie und setzte sie hinter sich in den Sattel. Sie zog die Kapuze tief in die Stirn, schlang zitternd die Arme um die Taille ihres Gatten und betete.

Die Soldaten kamen rasch näher und hielten neben den drei Reisenden an. Das Klappern der Hufe, Klirren der Geschirre und Knarren von Leder wurden immer leiser, bis schließlich Stille eintrat, die nur vom Wiehern eines Pferdes unterbrochen wurde.

»Seid gegrüßt«, rief der Anführer endlich, ein derber Mensch mit herausfordernder Miene. Sein buschiger Vollbart sollte wohl über sein gelichtetes Haupthaar hinwegtäuschen. Sein unverhohlen neugieriger Blick musterte abwechselnd die beiden Ritter. »Was treibt ehrliche Männer an einem solch elend kalten Tag ins Freie?«

»Wir sind auf dem Weg von Revensforth nach Montague«, erwiderte Fitz Alan. Er rieb seine dunklen Bartstoppeln. »Baron Montague ist von den Schlachtfeldern des Königs heimgekehrt, und man sagt, er sucht Kriegsleute, um die Gefallenen zu ersetzen. Mein Cousin und ich haben den Dienst bei Baron Revensforth quittiert und wollen uns von Montague anwerben lassen.«

Der Anführer musterte ihn aus kleinen Augen. Sein Pferd scharrte ungeduldig im Staub, als wartete es auf eine Entscheidung. Ein schlechtes Zeichen, denn ein unruhiges Pferd ließ oft auf einen jähzornigen Herrn schließen. Der Mann wies mit dem Kopf zur Straße.

»Wir sind auf dem Weg nach Remmington. Ist die Straße frei?«

»Aye«, erwiderte Fitz Alan. »Uns hat niemand aufgehalten.«

»Dann wünsche ich Euch noch einen guten Tag.« Der Soldat wollte sein Pferd wenden, hielt jedoch inne, als sein Blick auf Tess fiel. Er beugte sich seitlich aus dem Sattel und musterte sie. Da er nicht viel erkennen konnte, wandte er sich an Kenric.

»Es ist zweifelhaft, ob Montague Verwendung für Eure Klingen hat, wenn Ihr ein Frauenzimmer mitbringt. Lohnt es sich denn, ihretwegen auf Obdach und Brot zu verzichten?«

»Sie ist meine Frau«, erwiderte Kenric achselzuckend. »Sie wird sich ihr Brot schon verdienen.«

Der Soldat nickte, schien jedoch nicht die Absicht zu haben, weiterzuziehen. Sein verschlagener Blick ging von Kenric zu Fitz Alan, dann wieder zu Kenric. Beide durchschauten, was er vorhatte: Er schätzte die Stärke seiner Gegner ab.

»Meine Männer und ich haben einen langen Ritt durch die Kälte hinter uns.« Der Soldat ließ Kenric nicht aus den Augen, seine Hand lag am Heft seines Schwerts. »Eine gute Woche ist vergangen, seit uns eine Frau das Bett angewärmt hat.« Auf sein fast unmerkliches Zeichen zogen seine Männer ihre Waffen. Er stützte sich an dem Knauf seines Sattels ab und lächelte tückisch. »Vielleicht könnte Eure Frau ihr Brot ja auch auf den Straßen des Königs verdienen.«

Das Lächeln des Mannes wurde boshaft, verschwand aber, als keiner der beiden Ritter etwas sagte. Kenric und Fitz Alan fixierten ihn stumm.

»Natürlich würden wir Euch für ihre Dienste bezahlen.« Sein Pferd scharrte jetzt noch heftiger, und er richtete sich auf.

Da zog Kenric plötzlich sein Schwert, und dem Soldat blieb keine Zeit, ihm auszuweichen. Die Klinge traf ihn am Hals. Die anderen Männer sahen ungläubig zu, wie ihr Anführer vom Pferd stürzte, und dieses Zögern kostete zwei weitere Männer das Leben. Dann erst nahmen die Soldaten den Kampf auf, in zwei Gruppen aufgeteilt, um die Ritter getrennt anzugreifen. Doch bald schon bedauerten sie die unüberlegte Herausforderung ihres toten Anführers.

Die Bewegungen Kenrics und seines Pferdes waren aufeinander abgestimmt, als seien sie zusammengewachsen, Tess aber hatte alle Mühe, sich an Kenric festzuhalten. Diese Aufgabe erforderte ihre ganze Kraft. Jeder Schwerthieb erschütterte ihren Körper, und die Wucht der Schläge schleuderte sie fast aus dem Sattel. Wehe dem, der das Ziel eines dieser Hiebe war!

Kenric und Fitz Alan gingen mit der Umsicht und Genauigkeit erprobter Krieger zu Werke. Der Wald bot ihnen Rükkendeckung, und sie kämpften Seite an Seite, um die Angreifer von vorn abzuwehren. Da sie ohne ihre schweren Schilde reisten, hielten sie in jeder Hand ein Schwert, eines, um auszuteilen, und das andere, um zu parieren.

»Es ist die Remmington-Hexe!« schrie einer der Soldaten, als Tess die Kapuze vom Kopf glitt. »Tötet ihn! Er hat das Mädchen!«

Kenric nutzte diese Ablenkung und durchbohrte zwei weitere Soldaten. Fitz Alan hatte nicht soviel Glück, er brachte nur einen Mann zu Fall, doch inzwischen war die Anzahl der Schotten bereits um die Hälfte ihrer ursprünglichen Zahl verringert.

Einer von Fitz Alans Widersachern versuchte Kenric

durch einen Angriff von der rechten Seite zu überraschen. Er scheiterte, lenkte Kenric jedoch lange genug ab, so daß ein anderer zu seiner ungeschützten linken Seite vordringen konnte. Drei Männer griffen Kenric von vorn an, während der vierte Tess von ihm zu trennen versuchte. Dieses Vorhaben wurde durch Kenrics Breitschwert vereitelt, mit dem er immer wieder auf den verbeulten Schild des Mannes einhieb.

Der Soldat verlor die Nerven, als einer seiner Kameraden bei einem neuerlichen Ausfall getötet wurde. Er ließ seinen Schild fallen, stürzte sich auf Tess, schlang die Arme um ihren Hals und versuchte sie vom Pferd zu zerren. Sie überraschte ihn, indem sie Kenric plötzlich losließ, und sie beide vom Pferd fielen. Der Soldat landete rücklings auf dem Boden und verlor fast das Bewußtsein. Als er die Augen öffnete, stand Tess über ihm wie ein Racheengel.

»Wagt es nicht, Euch zu rühren.«

Tess hielt einen scharfen Dolch in der Hand, bemerkte aber nicht, daß er verstohlen nach dem Schwert tastete, das er bei seinem Sturz hatte fallen lassen. Als der Mann sich aufrichten wollte, hielt Tess den Dolch an seine Kehle, um ihn zu warnen. Im gleichen Augenblick aber schlug er ihr mit dem Heft seines Schwerts auf den Kopf. Der Schlag war schlecht gezielt und fügte ihr keine Verletzung zu, doch die Wucht des Angriffs ließ sie vornüber taumeln. Dabei bohrte sich ihr Dolch bis zum Heft in seinen Hals.

Tess sprang auf und schrie. Rückwärts stolperte sie über den harten Boden und starrte den Mann dann aus sicherer Entfernung an. Blut spritzte in einer Fontäne aus seinem Hals. Wer soviel Blut verlor, sollte nicht mehr am Leben sein, und doch hörte sie, wie er gurgelnd nach Atem rang. Seltsamerweise versuchte der Mann nicht, die Blutung zu stillen. Mit der einen Hand preßte er sein Schwert an die Brust, die andere lag zuckend neben seinem Kopf.

Endlich verstummte das qualvolle Gurgeln, die Haut des Mannes wurde bleich, und seine Lippen färbten sich blau. Sie erkannte ihren Angreifer nicht wieder. Tess bückte sich und zog das blutgetränkte Plaid über sein starres Gesicht, zu schockiert, um für seine Seele zu beten. Statt dessen machte sie kehrt und floh in den Wald, um den gräßlichen Anblick aus ihrer Erinnerung zu verscheuchen. Sie bemerkte nicht, wie die übrigen gegnerischen Soldaten fielen, und sie ahnte auch nicht, daß Kenric aufgeregt nach ihr suchte.

»Ich sagte, Ihr solltet nicht loslassen!« brüllte er, als er sie gefunden hatte und vom Pferd sprang. Er packte Tess an der Schulter und drehte sie zu sich um. »Ihr habt absichtlich losgelassen!«

Sie sagte nichts und wich auch nicht zurück, nur ihre Augen füllten sich mit Tränen.

Kenric wußte nicht, wann er das letzte Mal einen Menschen so angeherrscht hatte, geschweige denn eine Frau. In seiner Wut war er gewöhnlich kalt und unnachgiebig wie Stahl, verlieh seinem Mißfallen mit leiser, drohender Stimme Ausdruck, die viel wirksamer war als lautes Schreien. Daß seine Frau nicht ahnte, wie groß sein Zorn war, fachte ihn noch mehr an.

»Er hatte mich am Hals gepackt«, flüsterte Tess mit zitternder Stimme. Sie stützte sich an Kenrics Armen ab. »Hätte ich nicht losgelassen, dann hättet Ihr das Gleichgewicht verloren und Eure Angreifer hätten einen Vorteil errungen.«

»Widersetzt Euch nie wieder meinen Befehlen!« rief Kenric, ohne auf die in seinen Augen fadenscheinige Erklärung einzugehen. Er schüttelte Tess, bevor er sie dann fest an sich drückte. Sein Herz hämmerte immer noch von der unbekannten Furcht, die ihn ergriffen hatte, als der Mann sie vom Pferd gerissen hatte. Er hatte gekämpft wie der Teufel und sich seiner Gegner, die ihm nehmen wollten, was sein war, rasch entledigt.

»Still jetzt«, sagte er barsch. Tess war in Tränen aufgelöst. Gott, wie er es haßte, wenn Frauen weinten. Doch das hielt ihn nicht davon ab, ihr Haar zu streicheln, das so weich und seidig war, wie er vermutet hatte. Der Duft von Frühlingsblumen kam ihm in den Sinn, und er schüttelte den Kopf, um diese Fantastereien zu vertreiben. »Ihr habt keinen Grund zu weinen. Ihr seid jetzt in Sicherheit.«

Sie murmelte etwas an seiner Brust. Kenric hob ihr Kinn. Trotz der Tränen war sie wunderschön. »Was sagtet Ihr?«

»Ich sagte, ich war die ganze Zeit in Sicherheit. Ich wäre Euch eine schlechte Frau, wenn ich nicht darauf vertraute, daß Ihr mich beschützt.«

Kenric lächelte, als er das Blitzen in ihren Augen sah. Ein gutes Zeichen. Die Tränen würden bald trocknen.

Doch da folgte ein neuer Tränenstrom, und als Tess sprach, wurde sie immer wieder von Schluchzern unterbrochen. »Aber ich werde ... mich in Zukunft ... an Eure Befehle halten.«

»Sie sind alle tot«, teilte Fitz Alan ihnen fröhlich mit, während er sein blutiges Schwert am Plaid eines der gefallenen Soldaten abwischte.

»Wir reiten los«, sagte Kenric. »Mir wird bedeutend wohler sein, wenn wir unseren ersten Posten erreicht haben.«

»Wenigstens waren es nur zwölf Männer.« Fitz Alan warf das Plaid weg, führte die Pferde zurück auf die Straße und wollte aufsteigen.

»Ich danke Euch, daß Ihr Euch um den Kerl gekümmert habt, der es auf meine Dame abgesehen hatte«, sagte Kenric zu ihm. »Ich hatte alle Hände voll mit den anderen zu tun.«

Fitz Alan, der erst mit einem Fuß im Steigbügel stand, hielt inne. »Ich habe ihn nicht getötet.«

Die Männer schauten einander an, dann blickten sie sich argwöhnisch nach Tess um. Diese hielt den Kopf gesenkt und wischte sich mit dem Ärmel die Augen. Kenric wies mit dem Kopf auf den Soldaten. Fitz Alan ging schnell zu ihm hinüber und schob mit der Spitze seines Schwerts das Plaid zur Seite. Die Augen des Soldaten standen weit offen und starrten blicklos in den grauen Himmel. Als das Plaid sich von der Leiche löste, gab es den kleinen Dolch frei, der im Hals des Mannes steckte. An dem juwelenbesetzten Griff erkannte Kenric die Waffe, die Tess am Gürtel getragen hatte. Ihm war der Dolch bereits in der Abtei aufgefallen, da ihn die feine Verarbeitung des Hefts beeindruckt hatte. Noch mehr erstaunte ihn jetzt jedoch seine Treffsicherheit.

»Sie hat ihn getötet«, murmelte Fitz Alan.

Kopfschüttelnd zog Kenric den Dolch aus der Leiche. Er konnte nicht glauben, daß diese zierliche Frau einem Mann die Kehle durchbohrt hatte. Der Beweis, daß sie sich zu verteidigen wußte, lag allerdings vor ihm im Staub.

»Es war ein Unfall«, sagte Tess ernst. Kenric wandte sich von dem Toten ab und sah sie an. An seiner Miene erkannte sie, daß er ihr nicht glaubte. Und wer konnte es ihm verdenken? Eine Klinge in der Schulter oder im Bauch – vielleicht. Aber direkt in der Kehle des Mannes? Es schien, als habe sie es kaltblütig geplant. Sie wandte sich an Fitz Alan und hoffte, daß wenigstens er sie verstehen würde. Doch Fitz Alan schaute sie an, als sei ihr ein zweiter Kopf gewachsen.

»Ihr habt es gerade nötig, über mich zu Gericht zu sitzen.« Empört deutete sie auf das Gemetzel ringsum. »Ihr habt Eure Hände wohl überhaupt nicht mit Blut besudelt.«

Kenric und Fitz Alan tauschten einen verwirrten Blick.

»Mylady«, begann Fitz Alan, »wir dachten nicht –«

»Gut, Ihr habt überhaupt nicht gedacht«, murmelte sie. Mit verschränkten Armen blickte sie die Ritter böse an, während ihr Tränen in die Augen schossen. »Es ist grausam von Euch, die Gewissensbisse, die mich quälen, weil ich einem Mann das Leben genommen habe, noch zu schüren. Einer von Euch hätte ihn früher oder später ja doch getötet, also kommt es auf dasselbe heraus. Ja, recht überlegt, hätte einer von Euch den Strolch beseitigen müssen, bevor ich gezwungen war, diese Bluttat selbst zu vollbringen. Dank Eurer habe ich jetzt einen Mord auf mein Gewissen geladen.«

Sie kehrte ihnen den Rücken zu und ging zu dem Streitroß des Barons, während Kenric seinem Freund bedeutete, sich das Lachen zu verbeißen. Fitz Alan gehorchte mit Mühe.

Niemand sagte ein Wort, als Kenric Tess in den Sattel hob und hinter ihr aufstieg. Er raffte seinen pelzbesetzen Mantel zusammen, baute ein warmes Nest für Tess und zog sie an seine Brust, bevor er Fitz Alan anlächelte.

Tess seufzte und schloß die Augen. Es kümmerte sie nicht, was ihr Gatte von ihr dachte. O nein. Doch dies war der schlimmste Tag in ihrem Leben, das wußte sie jetzt schon, und dabei war es noch nicht einmal Mittag.

3.

Nachdem sie den Schauplatz des Kampfes verlassen hatten, ritten sie eilig weiter. Zuerst staunte Tess über die vielen Soldaten, denen sie auf der Straße immer wieder begegneten – sie gehörten alle zu Kenrics Männern. Bis zum Nachmittag hatten sich ihnen dann mehr als hundert Reiter angeschlossen, und sie gewöhnte sich allmählich an den Lärm, den so viele zum Kampf gerüstete Männer und Pferde verursachten. Sie fürchtete sich nicht mehr vor MacLeith. Eher war sie ihres Gatten wegen beunruhigt. Er wurde mit der Zeit immer reizbarer. Auf die gelegentlichen Fragen seiner Soldaten gab er knappe, schroffe Antworten, die sie von weiteren Gesprächen abschreckten.

Selbst Tess' einziger Versuch, sich mit ihm zu unterhalten, endete kläglich. In der Meinung, Kenric würde ihre Frage als die Sorge einer treuen Gattin auslegen, erkundigte sie sich mit leiser, ergebener Stimme, ob er mit dem, was er durch ihre Heirat erlangt habe, zufrieden sei. Sie hoffte, eine zustimmende Antwort würde ihr mehr über die Pläne verraten, die er im Hinblick auf Remmington schmiedete.

Während Tess auf seine Antwort wartete, betrachtete sie sein kantiges Gesicht. Dabei fiel ihr erneut auf, welch beeindruckende Macht er ausstrahlte. Sie spielte ein gefährliches Spiel mit einem gefährlichen Mann. Niemand hatte sie jemals allein durch seine Blicke so verunsichert, nicht einmal MacLeith. Eines stand fest: Kenric von Montague war anders als alle Männer, denen sie bisher begegnet war. Und er war auch der unzugänglichste von allen. Statt ihre Frage zu beantworten, auf die es nur eine Antwort geben konnte, starrte er sie unerträglich lange an. Nur er kannte die Gedanken, die sich hinter seinen wintergrauen Augen verbargen. Tess hielt seinem stählernen Blick stand, eine große Leistung angesichts der Furcht, die er ihr einflößte.

»Nein.«

Ihre Frage war abgewiesen, Tess entlassen. Sie seufzte enttäuscht auf. Es war eine kindische Frage gewesen, das wurde ihr leider erst jetzt klar. Aus seinem Blickwinkel betrachtet, hatte Kenric praktisch überhaupt nichts gewonnen. Die Heirat hatte ihm eine Frau eingebracht, die ihre ärmliche Habe in zwei Leinensäcken verstauen konnte, und einen Schwiegervater, der nicht die mindeste Absicht hatte, ihr Erbe an ihn abzutreten. Ein Kriegsherr sah in solch einer Verbindung wohl wenig Vorteile.

»Nun, vielleicht habe ich mich falsch ausgedrückt«, wagte sie sich erneut vor. »Ich weiß, mein Stiefvater wird Euch lästig fallen –«

»Lady, sowohl Euer Stiefvater als auch Ihr fallt mir lästig. Hört auf mit dem Geschwätz.«

»Geschwätz?« wiederholte sie aufgebracht. »Ich habe lediglich eine höfliche Frage gestellt, die –«

»Aye, Ihr schwatzt die ganze Zeit. Außerdem ziemt es sich nicht für eine Ehefrau, ihren Gatten auszufragen.«

»Und wie soll sich Eure Ehefrau Eurer Meinung nach verhalten, Mylord?«

Kenric preßte die Lippen aufeinander, als er die Mißbilligung in ihrer Stimme hörte. »Ich wollte keine Ehefrau. Ebensowenig wie Ihr einen Ehemann wolltet, Lady. Wir haben auf Befehl unseres Königs geheiratet, und ich schlage vor, Ihr macht das Beste daraus. Ihr könnt damit beginnen, indem ihr so lange schweigt, bis man das Wort an Euch richtet: ich kann nämlich geschwätzige Frauenzimmer nicht leiden.«

Tess war klug genug, nichts zu erwidern, doch innerlich kochte sie wegen der ungerechtfertigten Grobheit ihres Gatten. Sie schien ihm nicht wichtiger zu sein als ein Hund, ein Tier, das am meisten geschätzt wurde, wenn es treu zu Füßen seines Herrn lag. Nur hatte dieser Herr kein Verlangen nach einem Schoßtier. Vermutlich würde er überglücklich sein, wenn der König ihre Ehe annullierte. Ebenso wie sie.

In ihre Gedanken vertieft, merkte sie gerade noch rechtzeitig, wie Kenric die Hand hob, als wolle er sie schlagen. Instinktiv schützte sie ihren Kopf mit den Armen und barg ihr Gesicht an seiner Brust.

Als der Schlag ausblieb, spähte sie unter ihrem Arm hervor, bedeckte ihr Gesicht dann schnell wieder und wartete. Kenrics Hand lag auf seiner Schulter, als habe er nur seinen Mantel ordnen wollen. Ha! Auf diese alte List fiel sie nicht herein. Gordon und Dunmore MacLeith hatten sie mit diesem Trick immer wieder getäuscht und sie geschlagen, sobald sie unvorsichtig wurde. Sie hatte mit der Zeit gelernt, daß sie nur lange genug ihr Gesicht verbergen mußte, um nicht geschlagen zu werden. Doch sie haßte es zu warten.

»Seht mich an.«

Tess preßte die Arme auf ihre Ohren und schüttelte den Kopf. Kenric wollte sie packen, hielt sich jedoch zurück. So konnte er sie bestimmt nicht davon überzeugen, daß er ihr nichts Böses antun wollte.

»Ich werde Euch nicht schlagen«, sagte er ungeduldig. Er war froh, daß sie mehrere Längen vor den anderen ritten und seine Männer diese Szene nicht mitbekamen. Manch einer könnte sonst meinen, die Dame führte bereits jetzt eine unglückliche Ehe. Solche Scherereien konnte er nicht gebrauchen. »Wie kommt Ihr darauf, daß ich Euch schlagen will?«

Tess schwieg. Als sie schließlich antwortete, kam ihre Stimme gedämpft hinter ihrem Arm hervor. »Meine Fragen haben Euch geärgert.«

»Ihr denkt, daß ich Euch jedesmal schlagen werde, wenn Ihr mich ärgert?« Ja, aber was sollte sie von dem Henker von Wales anderes erwarten? dachte er und spürte, wie Tess nickte. »In der Abtei von Kelso habt Ihr mich mit Euren kindischen Einwänden weit mehr geärgert. Und habe ich Euch dort etwa geschlagen?«

»Mein Onkel hätte es Euch sicher heimgezahlt«, entgegnete sie, ohne ihre Deckung zu verlassen.

»Ihr habt mich geärgert, als Ihr heute morgen während des Kampfes losgelassen habt. Ja, ich war sehr zornig auf Euch, weil Ihr mir nicht gehorcht habt. Und – habe ich Euch da geschlagen?«

Sie blieb stumm und rührte sich nicht.

»Und es hat mich ebenso geärgert, daß Ihr den guten Priester belogen habt, der uns traute.« Es schadete nichts, seinerseits noch eine kleine Lüge hinzuzufügen. Er suchte angestrengt nach einem weiteren Beweis, erkannte jedoch, daß es unklug wäre, sie darauf hinzuweisen, daß sie ihn auch in diesem Augenblick reizte. Statt dessen nahm er sanft ihren Arm. Sie ließ es zu, daß er ihre Arme wegzog, und protestierte auch nicht, als er sie bei den Schultern nahm. Doch als er ihr Kinn berührte, zuckte sie zusammen. Er runzelte die Stirn, wartete jedoch geduldig, bis sie ihn ansah. In ihren Augen standen Angst und Mißtrauen.

»Haben sie Euch oft geschlagen?« fragte er leise. Sie wich seinem Blick aus und zuckte die Achseln.

»Das hängt davon ab, was Ihr unter ›oft‹, versteht«, sagte sie steif. »Die MacLeith halten einen Faustschlag für nützlicher als alle Worte, wenn ihnen jemand mißfällt.«

»Ich verstehe.« Er untersuchte ihr Gesicht nach irgendwelchen Narben, fand jedoch kein Anzeichen dafür, daß sie regelmäßig geschlagen worden war.

»Ich ziehe deutliche Worte vor«, beschied er sie, um sie zumindest in dieser Hinsicht wissen zu lassen, was sie in Zukunft erwartete. Er wollte keine Frau, die sich jedesmal duckte und zusammenfuhr, wenn er sie berührte oder eine jähe Bewegung machte. »Es wird keine Prügel mehr geben.«

Sie nickte rasch, dann senkte sie den Kopf, doch nicht bevor Kenric ihren erstaunten Blick erhascht hatte. Er spürte, wie sich ihr Körper nach und nach lockerte. Sie lehnte sich an ihn. Vorhin noch hatte er sich gewünscht, daß sie ihre Kapuze über den Kopf zog und ihn in Ruhe ließ, doch nun, da sie genau das tat, war er enttäuscht.

Dennoch wartete er geduldig auf die Litanei ihrer Klagen. Bestimmt würde sie ihm haarklein berichten, wie die MacLeith sie mißhandelt hatten, ihn mit jedem winzigen Detail langweilen. Frauen liebten es, sich zu beklagen, vor allem einem Mann gegenüber, der in ihrem Sinne Vergeltung üben konnte. Erst als Tess sich noch tiefer in ihren Mantel vergrub, erkannte Kenric, daß sie nicht die Absicht hatte, ihm mehr zu erzählen. Gut, sie schwieg also, dann sollte er eigentlich zufrieden sein.

Über den Kopf seiner Braut hinweg blickte Kenric finster in die Ferne.

Zwei Stunden später erwachte Tess in einem dunklen Zimmer. Sie wußte nicht, was sie plötzlich aus dem Schlaf gerissen hatte. Ihr Blick fiel auf eine Wand, die aus Tierhäuten zu bestehen schien. Sie schaute nach oben, und bald erkannte sie, daß das vermeintliche Zimmer in Wahrheit ein Zelt war. Sie lag auf einem Fell, einem Bärenfell, so vermutete sie, als sie ihre Finger im drahtigen Pelz vergrub. Ein langer, wohliger Augenblick verstrich, bis ihr die Ereignisse des heutigen Tages und der vergangenen Nacht einfielen. Ihr Herz schlug schmerzhaft gegen ihre Rippen, als die Erinnerungen auf sie einstürmten.

Tess sprach erneut ein stilles Gebet für die Seele des Soldaten der MacLeith, den sie getötet hatte. Sie bezweifelte, daß ihr Gatte den Seelen jener, die er erschlagen hatte, soviel Achtung erwies. Dennoch bot dieser Mann ihr Sicherheit und Schutz.

Tess runzelte die Stirn. Vorsichtig drehte sie sich um und spähte über ihre Schulter. Kenric saß in einiger Entfernung mit gekreuzten Beinen auf einem Stapel von Fellen. Eine Kerze, die in der Nähe des Zelteingangs stand, beschien sein Gesicht, doch wie gewöhnlich gaben seine Augen nichts preis. Dennoch lag in seinem Blick eine Intensität, die sie einschüchterte. Irgend etwas hatte sich verändert, aber was? Es überlief sie kalt.

Oh, er dachte vermutlich, welch gewandte Mörderin er geheiratet hatte. Welch passende Braut für den Henker von Wales – eine Frau, die nur wenige Stunden nach der Vermählung einen Mann erschlug, mit einem Geschick, das auf Erfahrung schließen ließ. Und sie hatte sein Vertrauen gewinnen wollen! Solch eine Frau würde er niemals aus den Augen lassen.

Sie bezwang ihre Furcht und Unsicherheit, setzte sich auf und ordnete ihr Gewand, fuhr übertrieben sorgfältig über den zerknitterten braunen Stoff, während sie überlegte, was sie sagen könnte. Die Stille im Zelt erschien ihr unnatürlich, fast unheilvoll nach dem ohrenbetäubenden Hufeklappern so vieler Stunden.

»Ich bin wieder eingeschlafen, nicht wahr?«

Kenric antwortete nicht, und sie kämpfte erneut mit ihrer Angst. Seine Augen erinnerten sie an einen Wolf, der seine Beute belauerte. Schmerzlich wurde ihr bewußt, wie wenig sie über diesen Mann und seine Stimmungen wußte. Das Wenige, das ihr bekannt war, spendete ihr kaum Trost. Er hatte gesagt, er wolle keine Ehefrau. Hinter seinem bohrenden Blick, dem jede menschliche Wärme fehlte, verbargen sich zweifellos Überlegungen, wie er sie am besten loswerden konnte. Ihr Herz fing an zu pochen, als ihr die Geschichten über den Henker von Wales wieder einfielen.

Vielleicht trank er ja wirklich Blut zum Nachtmahl.

Seine Augen wurden schmal, und sie fragte sich, ob er ihre Gedanken erraten hatte, ihre Angst spüren konnte. Sie befeuchtete ihre Lippen und versuchte ihre Befangenheit abzuschütteln.

»Ich habe Hunger.«

Tess runzelte die Stirn. Eigentlich hatte sie es ganz anders sagen, ihn nur daran erinnern wollen, daß seit ihrer letzten Mahlzeit ein Tag vergangen war, um dann höflich um etwas zu essen zu bitten. Aber seine Stimmung hatte auf ihre Manieren abgefärbt.

Wortlos stand Kenric auf und verließ das Zelt. Wenig später kam er zurück, aber sie wußte erst, daß er Essen bestellt hatte, als sie eine Stimme draußen vor dem Zelt vernahm.

Auf Kenrics Befehl trat ein Junge von dreizehn oder vierzehn Jahren ein, der ein Tablett mit Speisen und Wein brachte. Als er den Blick hob, blieb er wie angewurzelt stehen. Er starrte seine neue Baronin selbstvergessen an, zu verzaubert, um die sich verfinsternde Miene seines Herrn zu bemerken.

»Laß uns allein«, fuhr Kenric ihn an.

Seine zornige Stimme erweckte den Knappen wieder zum Leben. Beinahe stieß er das Tablett um, als er hastig dem Befehl seines Herrn nachkam.

»Danke.« Tess schenkte ihm ein freundliches Lächeln, um ihn zu ermutigen. Es beunruhigte sie, daß sogar die eigenen Leute des Henkers von Wales sich vor ihm zu fürchten schienen. Ein böses Omen.

Der Junge riß seine Pelzmütze vom Kopf und verbeugte sich wenigstens fünfmal, während er rückwärts aus dem Zelt ging.

»Euer Knappe?« fragte sie, froh darüber, ein Gesprächsthema gefunden zu haben. Kenric antwortete nicht, doch als sie den Kopf hob, sah sie ihn nicken. »Er wirkte ein wenig ... verstört.«

»Thomas ist lediglich neugierig auf seine neue Baronin.«

Tess nickte gedankenverloren, wenig besänftigt durch diese Erklärung. Wahrscheinlich hatte Fitz Alan dem Jungen von dem Schotten erzählt, den sie getötet hatte, und das war der Grund für sein merkwürdiges Verhalten. Noch ein Gedanke ging ihr plötzlich durch den Sinn, und sie riß erschrocken die Augen auf. Kenric hatte sie als die neue Baronin bezeichnet. Sie war Baronin Montague, seine Gattin, und dies war die Nacht nach ihrer überstürzten Vermählung. Tess wußte nicht viel über die Ehe, aber zumindestens war ihr bekannt, daß eine Braut in der Hochzeitsnacht mit dem Bräutigam zu Bett ging.

Um sich abzulenken und ihre bangen Gedanken zu überspielen, nahm Tess ein Messer vom Tablett und schnitt ein Stück Käse in kleine Bissen. Ihr Gatte verhielt sich nicht wie ein Mann, der vorhatte, das Bett mit seiner Frau zu teilen.

Vielleicht wollte er sie ja wirklich loswerden. Sie wußte nur zu gut, daß der gewaltsame Tod einer Ehefrau mühelos vertuscht werden konnte.

Der Bissen, den Tess sich in den Mund gesteckt hatte, schien anzuschwellen, bis sie zu ersticken drohte. Als habe er ihre Not erraten, schenkte Kenric Wein in zwei Kelche, reichte ihr einen und ließ sich dann wieder auf seinen Fellen nieder. Sie trank gierig, dann stellte sie den Kelch auf das Holztablett. Plötzlich hatte sie keinen Appetit mehr. Da sie jedoch selbst um das Essen gebeten hatte, wollte sie ihn nicht verärgern, und so nahm sie einen Laib Brot, brach ein kleines Stück davon ab und stopfte es sich in den Mund. Der Wein stand zum Glück griffbereit neben ihr. Nach einem Blick auf Kenric sah sie schnell wieder auf das Essen und schob sich eine getrocknete Apfelscheibe in den Mund. Sie hoffte inständig, daß ihre Stimme nicht ihre Unsicherheit verriet.

»Eßt Ihr auch etwas von diesen Köstlichkeiten?«

»Nein. Ich habe vor knapp einer Stunde meinen Hunger gestillt, als wir hier ankamen.«

Tess wollte nach dem Weinkelch greifen, doch ihre Hand zitterte so sehr, daß sie statt dessen noch eine Apfelscheibe nahm.

»Ich habe nicht vor, heute nacht mit Euch zu schlafen, wenn es das ist, was Euch beunruhigt.« Er musterte sie über den Rand seines Kelchs hinweg. »Bis wir die Wärme und die Annehmlichkeiten von Burg Montague erreicht haben, werdet Ihr lediglich dem Namen nach meine Gattin sein. Zweifellos habt Ihr zahlreiche Geschichten über mich gehört, aber ich bin kein wildes Tier und auch kein primitiver Bauer, der seine Lust nicht zügeln kann.«

»Ich ... habe nicht viele Geschichten gehört«, sagte sie wenig überzeugend.

»Angesichts Eurer Angst müssen es wirklich gute Geschichten gewesen sein, denn immerhin saht Ihr aus, als würdet Ihr in Ohnmacht fallen, als Euer Onkel in der Abtei von Kelso meinen Namen nannte.«

»Ich war nur erstaunt.«

»Und ich werde morgen vom Papst heiliggesprochen.«

Tess runzelte die Stirn. »Ich wollte nur liebenswürdig zu Euch sein. Ihr solltet es auch mal versuchen.«

Kenric unterdrückte ein Lächeln. Wenn sie neuen Mut schöpfte, war sie tollkühn. Allerdings hatte sie auch einen Kelch Wein getrunken und nippte bereits von dem nächsten. Er bezweifelte, ob sie überhaupt bemerkte, daß er ihr nachgeschenkt hatte. »Ich möchte meinen Ruf nicht aufs Spiel setzen, indem ich mich zu diesem späten Zeitpunkt noch der Liebenswürdigkeit befleißige.«

»Ihr seid nicht der Mann dieser Geschichten.«

Eine schwarze Braue schnellte fragend in die Höhe.

»Ja, ich habe die Geschichten gehört, wenn Ihr es unbedingt wissen wollt«, sagte sie mit einem Anflug von Ungeduld. »Natürlich sind sie alle reine Erfindung.«

»Sie treffen im großen und ganzen zu«, warnte er sie, da er den Inhalt der Erzählungen sehr wohl kannte. Das meiste ließ sich nicht abstreiten. Er war zuallererst Kriegsmann, ein Mann, der dazu ausgebildet war, zu töten. Und diese Aufgabe erfüllte er ohne Wenn und Aber. Am besten sah und akzeptierte sie ihn so, wie er war, statt sich ein Wunschbild zurechtzuzimmern.

Sie strich ein Staubkorn von ihrem Gewand, und ihr Blick wich dem seinen aus. »Man sagt, Ihr verspeist kleine Kinder zum Abendessen.«

»Was!«

»Kleine Mädchen sollen Euch am liebsten sein. Dann spült Ihr Euer Essen mit einem Becher Blut hinunter, dem Blut des Feindes, den Ihr während der Mahlzeit erschlagen habt, um Euch Unterhaltung zu verschaffen.«

»Nun gut. Ich gebe zu, manche Geschichten schießen ein wenig übers Ziel hinaus.« Kenrics Miene wurde grimmig. »Aber ich habe viele Männer getötet, Frau. Ich bin skrupellos und kenne keine Barmherzigkeit. Es gibt gute Gründe für meinen Ruf.«

»Gut, aber ganz England weiß, daß Ihr Edwards mächtigster Kriegsherr seid. Die anderen Barone müssen große Achtung vor Euch haben.«

Er lächelte über ihre Unwissenheit. »Macht Euch keine Hoffnungen auf ein prächtiges Leben bei Hofe, oder auf die Anerkennung anderer Edelleute, Tess. Die meisten Barone Edwards sind froh, daß ich für ihre Sache kämpfe. Aber nur wenige sind bereit, mit einem Mann, an dessen Händen soviel Blut klebt, Freundschaft zu schließen. Viele bei Hofe würden mich lieber in der Hölle schmoren sehen, als mich an ihrer Tafel willkommen zu heißen. Als meine Frau werdet Ihr ebenso unerwünscht sein wie ich.«

»Vielleicht sind sie eifersüchtig«, sagte sie nachdenklich, trotz seiner Warnung scheinbar unbekümmert.

Kenric merkte, daß es ihr allmählich schwerfiel zu sprechen. Sie nuschelte fast.

»Ich bin es gewohnt, wegen meines Namens gehaßt zu werden«, fuhr sie fort. »Also seid versichert, daß meine Gefühle durch die Ansichten der Höflinge nicht verletzt werden. Hätte man mir die Wahl gelassen, hätte ich Euch möglicherweise selbst zum Gatten erwählt.« Sie nickte, als ob sie damit ihre Worte noch unterstreichen wollte. »Euer Name ist der einzige, den mein Stiefvater fürchtet.«

»Also tragt Ihr meinen Namen gern.« Er lächelte. »Und ich habe Eure überströmende Freude die ganze Zeit als Angst und Widerstreben mißdeutet.«

»Ich habe nicht behauptet, daß ich überglücklich war. Eigentlich wollte ich Nonne werden, wenn Ihr Euch erinnern wollt. Aber ich habe akzeptiert, daß mein König mir ein anderes Leben zugedacht hat, und ich will Euren Rat beherzigen und aus unserer Ehe das Beste machen.«

»Meine Dankbarkeit kennt keine Grenzen, Lady.« Kenric nahm es sich heraus, ihr empörtes Gesicht mit einem Lächeln zu quittieren. Dann nahm er ihren Kelch an sich und schob das Tablett zum Eingang des Zelts. »Ihr habt zwei Kelche Wein getrunken, Tess. Wir haben morgen noch einen langen Ritt vor uns, und durch zuviel Wein am Abend wird er nicht leichter. Am besten schlafen wir jetzt, denn wir werden schon in aller Frühe geweckt.«

Tess' Blick hing an seinem Mund, als habe sie Mühe, sich auf seine Worte zu konzentrieren.

»Werden wir bald in Montague sein?« fragte sie.

»Morgen. In der Abenddämmerung.«

»Ein warmes Bett wäre herrlich.« Tess lächelte, als sie sich wieder auf ihrem Bärenfell niederließ.

Ein warmes Bett wäre herrlich.

Kenric biß die Zähne zusammen. Diese Worte gingen ihm immer wieder durch den Kopf, bis er an nichts anderes mehr denken konnte. Tess drehte sich um und richtete ihre Bettstatt aus Pelzen her, bevor sie sich mit dem Mantel zudeckte.

»Gute Nacht, Baron.« Tess gähnte, und er sah, wie sie unter dem weiten Mantel zitterte.

Kenric antwortete nicht. Er löschte die Kerze und horchte auf die leisen Geräusche, als Tess sich unruhig bewegte. Nicht lange, und er hörte ihre Zähne klappern.

Kenric hob den Mantel und legte sich neben sie auf das Fellager. Er breitete noch seinen pelzgefütterten Mantel über sie, und mit einem langgezogenen, zufriedenen Seufzer schmiegte sie sich an ihn und suchte seine Wärme.

»Haltet still«, zischte er und schob ihre Hüften weg.

Tess gehorchte. »Ich möchte Euch danken, mein Gatte«, sagte sie scheu.

»Wofür?« fragte Kenric überflüssigerweise. Er konnte sich schon denken, daß sie ihm danken wollte, weil er ihre kostbare Jungfernschaft nicht angetastet hatte.

»Weil Ihr mich von den MacLeith fortgebracht habt«, erwiderte sie leise. »Weil Ihr mir Sicherheit gebt. Ihr wart gut zu mir, obwohl ich nur wenig in diese Ehe eingebracht habe. Es wird sogar Krieg geben. Die MacLeith werden mich zurückholen wollen.«

Kenric seufzte. »Ihr habt keinen Grund mehr, die MacLeith zu fürchten, Tess. Sie werden Euch nie wieder etwas tun können. Schlaft jetzt.«

Sie schwieg fast eine volle Minute.

»Mylord?«

»Was ist denn?«

Sein gereizter Ton mußte sie erschreckt haben.

»Ach, nichts. Es war nicht wichtig.«

Kenric holte tief Luft, und es war eine Zeitlang still, während Tess rastlos hin und her rutschte. Sie drehte sich auf die Seite, auf den Bauch, dann wieder auf die Seite, und immer benutzte sie Kenrics Arm als Kissen. Da zog er den Arm so plötzlich weg, daß sie nicht rechtzeitig reagieren konnte und ihr Kopf, nur durch das Fell geschützt, auf den gefrorenen Boden schlug.

»Ihr sagt jetzt, was Ihr zu sagen habt, und dann schlaft Ihr. Habt Ihr mich verstanden?«

»Ja, gut …«

»Sagt es schon!«

»Ihr habt vergessen, mich nach der Trauung zu küssen.

Ich nehme an, es ist nicht vorgeschrieben, aber ich dachte daran, und ich hatte mich schon … nun, ich hatte mich darauf gefreut, es wäre mein erster Kuß gewesen. Obwohl Ihr mich ja auf die Stirn geküßt habt. Ich hatte nur nicht …«

Sie verstummte sofort, als Kenric ihr Gesicht umfaßte. Sein Daumen lag an ihrer Wange. Wie sanft er doch trotz seiner Kraft sein konnte! Sein warmer Atem liebkoste ihr Gesicht, und sie fühlte, wie nah er ihr war. Eine Ewigkeit schien zu vergehen, bis seine Lippen die ihren berührten – ein so zarter, so erlesener Kuß, daß sie überrascht die Augen aufschlug. Sie hätte nie vermutet, daß dieser grimmige Kriegsherr eine so zärtliche Seite haben konnte. Er schien so hart, so unerbittlich, doch seine Lippen waren so weich, als sie die ihren berührten …

Kenric wollte Tess ihren Brautkuß geben und ihr dann befehlen zu schlafen. Der süße Geschmack ihres Mundes und ihre Hingabe an den Kuß ließen ihn jedoch weitergehen. Sie lernte schnell, ahmte seine Bewegungen nach und preßte ihre Lippen jedesmal ein wenig fester auf die seinen, wenn er den Kopf heben wollte. Es war leicht, ihren Mund zu öffnen, um ihn zu erkunden, und ihr leises Stöhnen brachte ihn fast um den Verstand. Kenric konnte nicht widerstehen. Ausgiebig kostete er mit der Zunge von ihr, und sofort reagierte sein Körper auf das erotische Spiel. Sie versuchte nicht einmal, sich ihm zu entziehen. Sie wartete, bis er jeden Winkel ihres Mundes erforscht hatte, dann wandte sie an, was er sie soeben gelehrt hatte, zuerst scheu, dann immer mutiger.

Tess' Küsse waren so berauschend wie ein fremdartiger, vollendeter Wein. Kenric wurde von wildem Verlangen überwältigt, ihren Mund ganz und gar zu besitzen. Er zog die Umrisse ihrer Lippen nach, sog sie begierig ein, überrascht und erfreut, als sie es ihm gleichtat. Als er spürte, wie Tess, Hände über seine Brust glitten und dort verhielten, wartete er, ob sie ihn von sich schieben würde. Diese Umarmung war längst mehr als der Kuß, den eine Braut auf ihrer Hochzeit empfing. Kenric war außer sich vor Verlangen, er wollte soviel von ihrer Süße kosten, wie sie es zuließ. Sollte sie ihn jedoch von sich weisen, würde er von ihr ablassen.

Ihr Griff an seinem Hemd wurde stärker, und er hob widerstrebend den Kopf. Statt ihn wegzuschieben, versuchte Tess ihn mit aller Kraft an sich zu ziehen. Kenric stöhnte wild auf und küßte sie, wie er nie im Leben eine Frau geküßt hatte, er sehnte sich nach ihr, konnte nicht genug von ihr bekommen. Und doch hielt ihn ein letzter Rest von Vernunft zurück. Er zwang sich, seine Hände nicht tiefer wandern zu lassen als bis zu ihrem Hals. Tess zu berühren, ihre weiche, warme Haut, die glatten Konturen ihres Gesichts, ihr seidiges Haar zu spüren – all das stellte ihn eine Zeitlang zufrieden – eine viel zu kleine Zeitspanne.

Dann löste er sich so plötzlich von ihr, daß sie keine Gelegenheit hatte, ihn wieder an sich zu ziehen. »Ihr hattet Euren Kuß. Also schlaft jetzt.«

Tess lag erst reglos da, dann drehte sie sich auf die Seite und vergrub ihr Gesicht im Pelz. Kenric hörte sie leise schluchzen und erkannte, daß seine scharfen Worte sie verletzt hatten.

Warum empfand er nur das Bedürfnis, sie zu trösten?

Das kam nicht in Frage. Er war entschlossener denn je, noch zu warten. Er hatte es sich geschworen. Er war Kriegsmann, an Mühen und Entbehrungen gewöhnt. Eine Nacht auf sein Vergnügen warten zu müssen war gar nichts. Er wollte Tess in seinem Bett, in einem warmen Zimmer besitzen, sehen, wie sie vor Verlangen zitterte, nicht vor Kälte. Eines Tages würde sie es ihm danken, wenn sie seine Gründe verstand. Sehr bald sogar.

»Mein Kuß hat Euch nicht gefallen«, warf sie ihm schluchzend vor.

Er verdrehte die Augen und seufzte, überzeugt, daß sie ihn willentlich reizen wollte. »Es hat mir gefallen.«

»Ha!«

»Ihr seid meine Braut.« Er zog sie an seine Brust, obwohl sie sich steifmachte. »Ich will Euch nicht in diesem Zelt zu meiner Gattin machen. Ihr bleibt meine Braut, bis wir in Montague sind und in dem warmen Bett liegen, auf das Ihr

Euch so freut. Versteht Ihr, was ich sage, Tess? Eure Küsse bereiten mir großes vergnügen, aber sie bringen mich dazu, mehr zu wollen. Viel mehr.«

Sie schwieg, er spürte jedoch, wie sich ihr Körper lokkerte.

»Es hat mir auch gefallen, Euch zu küssen«, sagte sie scheu.

»Das habe ich gemerkt.« Er streichelte ihr Haar, versuchte sein Verlangen zu vergessen, und kämpfte gegen die Versuchung an, mit seinen Händen ihren Körper zu erkunden. »Und jetzt schlaft ein. Wir haben morgen einen beschwerlichen Ritt vor uns, und ich muß mich ausruhen.«

Sie rückte näher an ihn heran und seufzte zufrieden. Kenric lächelte in der Dunkelheit, belustigt von den raschen Stimmungsumschwüngen seiner Frau. Sie war so offen in ihren Empfindungen, eine Freude für einen Mann, der mit den Schlichen und Intrigen der Kurtisanen aufgewachsen war. Aus diesem Grund wollte er auch Rücksicht auf ihre Gefühle nehmen. Sie war eine der wenigen Frauen, die seinen Beschützerinstinkt weckten. Tess war auf ihn angewiesen, vertraute voll und ganz auf die Sicherheit, die er ihr bot.

Er würde ihr noch einen Tag Zeit geben, um ihn besser kennenzulernen, zu erkennen, welch nobler Gatte er war, wie rücksichtsvoll er sein konnte. Er schloß die Augen und kam sich fast wie der Heilige vor, der zu sein er vorgegeben hatte.

Als Tess erwachte, war ihr, als müsse sie sterben. Sie fühlte sich ganz steif und ihr ganzer Körper schmerzte. Als sie sich umdrehte, stellte sie fest, daß Kenric bereits aufgestanden war. Nur gut, daß er sie in diesem Zustand nicht sehen würde. Der kalte Erdboden hatte ihr den Rest gegeben, und erst beim dritten Versuch gelang es ihr, aufrecht zu stehen. Doch der kalte Boden war nicht der einzige Grund für die Schmerzen, die sie plagten.

Fast zwei Wochen waren seit Gordon MacLeith' letztem Besuch in Langston vergangen, und die Spuren der Prügel, die sie hatte ertragen müssen, verheilten langsamer als gewöhnlich. Kein Wunder. Die Schläge – die schlimmsten bisher – waren die Strafe für die Beleidigungen gewesen, die sie ihm an jenem Tag ins Gesicht geschleudert hatte. Zum Glück hatte sie ihr dickstes Wollkleid getragen, sonst hätte er sie fürs Leben gezeichnet. Sie sprach erneut ein Dankgebet, daß Gordon nur eine kurze Reitgerte bei sich getragen hatte und keine richtige Peitsche, die jedes Gewand zerfetzt hätte. So hatten nur wenige Schläge ihre Haut verletzt, und die Wunden reichten nicht allzu tief. Der lange Ritt war dem Heilungsprozeß nicht gerade förderlich gewesen, aber in noch einmal vierzehn Tagen würden die Striemen bestimmt verschwunden sein. Obgleich sie erst eine Woche vor ihrer Flucht von ihrem Krankenlager aufgestanden war, gewöhnte sie sich allmählich an den dumpfen Schmerz, der jeden Tag ein wenig nachließ.

Ob sie es verhindern konnte, daß Ihr Gatte ihre Verletzungen entdeckte? Er hatte genug von ihrem Temperament zu spüren bekommen, um zu wissen, daß sie die Prügel geradezu herausgefordert hatte. Nicht, daß sie Gordon haltlose Vorwürfe gemacht hätte. Es entsprach alles der Wahrheit. Dieser Mann war ein Wüstling, und jeder im Clan der MacLeith wußte von seiner Vorliebe für männliche Gespielen. Sie war nur die erste gewesen, die es Gordon ins Gesicht gesagt hatte. Und obendrein noch im Beisein seiner Soldaten. Sie hatte sich die Prügel selbst zuzuschreiben. Aber wie hätte sie ahnen können, daß sie so bald vermählt sein würde? Ein Gatte würde sie früher oder später unweigerlich nackt sehen. Sie mußte einen Weg finden, um es hinauszuzögern.

»Wir brechen auf«, verkündete Kenric.

Tess fuhr zusammen. Kenric stand dicht hinter ihr.

»Ich wollte Euch nicht erschrecken«, sagte er leise. »Habt Ihr mich nicht eintreten hören?«

»Nicht einmal Schatten bewegen sich so lautlos wie ihr, Mylord.« Sie drehte sich zu ihm um, da sie sich inzwischen von dem Schreck erholt hatte. Sein Anblick erstaunte sie. Über Nacht war er schön geworden! Sie musterte ihn ungeniert und fragte sich, wie sie ihn nur jemals für den Teufel selbst hatte halten können. Die Farbe seiner Augen war viel zu weich, die wie gemeißelten Gesichtszüge viel zu einnehmend. Sein nachdenkliches Lächeln erschien ihr als ein Wunder.

»Fehlt Euch etwas?«

»Was?« fragte sie verwirrt.

»Ihr seht mich so eigenartig an.«

»Oh.« Tess riß mühsam den Blick von ihm los. Sie suchte schnell nach einer Ausrede. »Vielleicht sehe ich morgens immer eigenartig aus.«

Kaum waren die Worte heraus, stöhnte sie innerlich auf. Und vielleicht bin ich auch die dümmste Frau der Welt, dachte sie.

»Ich hoffe es.« Kenric lächelte. »Euer Blick erinnert mich irgendwie an die Lüge, die Ihr Pater Olwen aufgetischt habt.«

»Ich glaube, ich bin reisefertig«, sagte Tess, wobei sie allzu durchschaubar versuchte, das Thema zu wechseln.

Kenric nahm ihren Mantel und legte ihn ihr um die Schultern, ohne zu merken, daß sie vor Schmerz zusammenzuckte. Er zog ihr die Kapuze über den Kopf. »Heute ist es noch kälter. Hoffen wir, daß es nicht schneit, bevor wir Montague erreichen.«

Kenrics Hoffnung erfüllte sich nicht. Knapp eine Stunde nach ihrem Aufbruch begann es zu schneien. Große weiße Flocken wehten träge vom Himmel herab, bis Wind aufkam und diese in harte Eiskörner verwandelte. Tess selbst war in zwei warme Mäntel eingehüllt, aber sie sorgte sich um Kenric und seine Männer. Die Soldaten setzten Fellmützen auf, einige von ihnen trugen auch Handschuhe. Dennoch froren sie erbärmlich. Obwohl Tess am dicksten eingemummt war, plagten sie Anfälle von Schüttelfrost. Mal zitterte sie am ganzen Körper, dann wieder wurde ihr ganz heiß.

Ein Fieber, erkannte sie schließlich schaudernd. O Gott, laß es ein harmloses Fieber sein. Vor dem Fieber fürchteten sich Arm und Reich gleichermaßen. Wenngleich nicht jede Art unbedingt zum Tode führen mußte, konnte man es doch nie vorhersehen. Sie schlang die Arme um Kenrics Taille und dachte, daß Gott so grausam nicht sein könne.

Kenric schob Tess ein wenig von sich. Er konnte es ihr nicht verdenken, daß sie sich dem langweiligen Ritt und der rauhen Witterung entzog, indem sie schlief. Doch als der Morgen vorrückte, fragte er sich allmählich, wie ein Mensch so lange schlafen konnte. Nun, wenigstens würde sie ausgeruht sein, dachte er lächelnd. Sie würde ihre Kräfte für die Nacht brauchen, die ihm vorschwebte.

Um die Mittagszeit schlug das Wetter um, und Kenric stellte erleichtert fest, daß auf ihrem Weg kaum noch Schnee lag. Als die untergehende Sonne schließlich durch die letzten grauen Wolken brach, waren sie bereits in Sichtweite der Burg.

Kenric beugte sich zu Tess hinunter. »Ihr seid zu Hause, Frau.«

4.

Dunkel und abweisend erhob sich Burg Montague im schwindenden Dämmerlicht – ein wenig einladender Ort, der durch die verkohlten Bäume ringsum noch düsterer wirkte. Die leblosen Äste der Bäume, die wie stumme Wachen die massive Steinfestung flankierten, hoben sich gespenstisch vom Schnee ab. Tess fröstelte bei diesem tristen Anblick.

»Im Innern der Burg sieht es nicht viel besser aus«, warnte Kenric sie. »Seid lieber auf das Schlimmste gefaßt, dann wird es Euch nicht ganz so übel erscheinen.«

»Was ist mit den Bäumen geschehen?« fragte sie, ohne seiner Warnung Beachtung zu schenken. Es hatte keinen Sinn, ihrer Fantasie freien Lauf zu lassen und sich auszumalen, was wohl ›das Schlimmste‹ bedeuten mochte. Schon bald würde sie es mit eigenen Augen sehen.

»Ich habe sie abbrennen lassen. Sollte ein gegnerisches Heer die Burg belagern, würden sie ihm nur Deckung bieten.«

Tess nickte und warf einen Blick über seine Schulter. Seine Soldaten ritten schweigend, mit verbissenen Gesichtern. Im Gegensatz zu ihnen würden die Männer der MacLeith unter lautem Jubelgeschrei in den Vorhof ihrer Heimstatt einziehen, wenn sie für ihren Laird eine Erbin entführt hätten. Die ernsten Gesichter ringsum trugen jedoch nur zu ihrer Beklommenheit bei.

Der Baron ließ die Männer einzeln an sich vorüber durch die Außentore ziehen. Sie spürte, wie die gedrückte Stimmung zunahm, als die Soldaten den Vorhof überquerten. Sie passierten die Innentore, ohne daß ein Grußwort von den Mauern erscholl. Im Haupthof saßen die Männer nicht ab, sondern stellten sich gemäß ihres Ranges zu beiden Seiten des Fahrwegs auf, der in eine breite Steintreppe mündete. Ihre Stufen führten in die Halle von Montague. Kein einziger Diener war zu sehen, sehr ungewöhnlich für eine weitläufige Burg von der Größe Montagues. Tess war zu neugierig, um sich über diesen kalten Empfang zu ärgern. Kenrics Männer schienen keine Menschen innerhalb der Burgmauern zu erwarten.

Der Burgherr selbst ritt bis zur Steintreppe, stieg ab und hob auch Tess vom Pferd. Alle Blicke folgten ihnen, als sie die Stufen erklommen. Noch nie hatte Tess im Mittelpunkt der Aufmerksamkeit so vieler Menschen gestanden. Nun war sie ihre Baronin, die Gattin ihres Anführers. Wußten sie, daß sie ihretwegen bald in den Krieg ziehen würden, daß sie für eine ungewollte Braut, eine Fremde, eine Mörderin ihr Leben würden aufs Spiel setzen müssen?

Tess klammerte sich an Kenrics Arm fest, und er nahm ihre Hand. Die Berührung zeigte sofort Wirkung. Sie spürte förmlich, wie seine Kraft sie einhüllte, ihr Gelassenheit einflößte, neue Kraft in ihr weckte. Zunächst dachte sie, es sei eine unabsichtliche Geste, da er ja nicht wissen konnte, wie ihr zumute war. Doch dann flüsterte Kenric ihr zu: »Beruhigt Euch, Tess. Die Stufen führen in den Festsaal, nicht zu einem Opferstein.« Er wandte sich seinen Männern zu und ersparte der verlegenen Tess die Antwort.

»Ich habe Tess Remmington zur Frau genommen«, begann er. Seine Stimme hallte von den Steinmauern wider. »Ihr alle wißt, daß ich Dunmore McLeith herausgefordert habe, indem ich sie zu meiner Braut machte. Seit dem gestrigen Abend ist Dunmore MacLeith Usurpator meines Landes.«

Tess sah zu ihm auf und wünschte sogleich, sie hätte es nicht getan. Das Gesicht ihres Gatten war furchteinflößend. Er lächelte, gewiß, aber das Lächeln reichte nicht bis zu seinen kalten Augen.

»Die MacLeith werden diese Heirat anfechten, ich aber habe die Absicht, den schottischen Landdieben Remmington Castle samt allen englischen Außenposten abzunehmen, komme, was da wolle.«

Die Männer jubelten. Nein, das war kein Jubel, dachte Tess. Es war ohrenbetäubendes Kampfgeschrei, das ihre fiebrigen Kopfschmerzen noch verstärkte. Der Lärm schwoll an, als Kenric sie an sich zog, ihre Kapuze zurückschob und ihr den Mantel abnahm. Er legte ihr die Hände auf die Schultern – eine unmißverständlich besitzergreifende Geste.

»Ihr werdet mit Eurem Leben für das Leben meiner Dame einstehen. Der Treueschwur, den Ihr mir geleistet habt, gilt künftig auch meiner Gattin.«

Fitz Alan zog sein langes Kampfschwert, und alle taten es ihm nach, bis der Hof von Schwertern blitzte, ein jedes das stumme Unterpfand des Treueschwurs. Tess dachte, etwas sagen zu müssen, doch zum ersten Mal in ihrem Leben fehlten ihr die Worte. Das wildeste Heer Englands hatte ihr gerade seine Treue geschworen. Nein, Kenric hatte ihr die Treue der Männer zu Füßen gelegt. Und sie hatte vor, sie alle zu verraten.

»Kommt, Tess«, raunte Kenric ihr zu und führte sie zum Portal.

Tess versuchte nicht mehr über Treue und Verrat nachzudenken, als sie über eine zweite Steintreppe in die Halle gelangten. Sie konzentrierte sich darauf, die fremde Umgebung wahrzunehmen. Der Festsaal von Montague kündete von Reichtum wie auch von Verwahrlosung. Die Spuren einstiger Pracht waren noch überall sichtbar. Ihr Blick fiel auf kunstvoll geschnitzte Gesichter, Blumen und Miniaturszenen an den Vierungen der mächtigen Tragbalken. Die Fenster waren bunt bemalt und die Verschalungen ebenso kunstvoll geschnitzt wie die Balken. Zwei große Kamine flankierten den Saal. Beide waren mit einem eigenen Rauchfang versehen, nicht wie auf Langston Keep, wo man einfach ein Loch in die Decke geschlagen hatte. Die Wände waren mit kostbaren bunten Teppichen geschmückt, und an den riesigen Rundsäulen, die das Dach trugen, hing das Banner von Montague.

Doch ebenso unübersehbar war der Verfall. Schmutzige, zerrissene Binsenmatten lagen auf dem Fußboden. Von den Essensresten und den Hunden, die sich frei im Saal bewegten, ging ein übler Geruch aus. Die in U-Form angeordnete Tafel in der Mitte des Saals bestand aus grob gezimmerten

Holztischen. Lange Bänke und primitive Hocker waren die einzigen Sitzgelegenheiten.

Welche Katastrophe auch immer über diesen Saal hereingebrochen sein mochte, allzu lange war es noch nicht her, dachte sie. Wenn sie die Absicht hätte, hierzubleiben, würde zunächst einmal gründlich saubergemacht werden und ein Zimmermann bestellt werden müssen. Kenrics Burg brauchte dringend die Hand einer Frau, die für Behaglichkeit sorgte, zum Beispiel jener, die in diesem Augenblick auf sie zukam.

Die Frau trug die prächtigen Kleider, von denen Tess während ihrer Zeit auf Langston nur geträumt hatte. Ihr Gewand bestand aus reichverziertem blauen Samt, bestickt mit weißen Hirschen. An ihrem Hals und ihren Handgelenken funkelten Saphire. Welliges pechschwarzes Haar umrahmte ein zartes Gesicht mit hohen, edlen Wangenknochen und blauen Augen. Sie schien ein wenig älter als Tess, doch vielleicht lag das nur an ihrer steifen, würdevollen Haltung. Ihre Augen verengten sich in kaum verhohlenem Haß, als sie vor Kenric stehenblieb.

»Willkommen zu Hause, *Bruder.*« Ihre Begrüßung war so kalt, daß es Tess nicht gewundert hätte, wenn sich Eiszapfen in der Luft gebildet hätten.

»Guten Abend, Helen«, erwiderte Kenric knapp. Er zog Tess an sich und stellte sie seiner Schwester vor.

»Ich freue mich, Euch kennenzulernen«, sagte Tess aufrichtig. Diese Frau könnte eine Verbündete sein, ihr vielleicht zur Flucht verhelfen. Sie umfaßte Helens Hände und lächelte ihre Schwägerin an in der Hoffnung, das Eis ihrer Augen ein wenig zum Schmelzen zu bringen. »Ich hoffe, wir werden gute Freundinnen.«

Helens beherrschte Miene wurde einen Augenblick unsicher, bevor die Maske kühler Gleichgültigkeit sich wieder auf ihre Züge legte. Sie machte sich los und faltete die Hände vor der Brust.

»Wir werden sehen«, erwiderte sie mit hoheitsvollem Nicken.

»Meine Männer brauchen dringend eine Stärkung«, sagte

Kenric zu seiner Schwester. Sein Gesicht gab ebenso wenig preis wie das ihre. »Veranlaßt, daß sie so bald wie möglich etwas zu essen bekommen.«

»Die Küche ist nicht darauf vorbereitet, zu so später Stunde noch eine Mahlzeit auf den Tisch zu bringen«, beschied ihn Helen. Sie drehte sich um und sagte über die Schulter: »Ich werde sehen, was sich auftreiben läßt.«

Kenrics Gesicht blieb ausdruckslos. Tess staunte über die Selbstbeherrschung ihres Gatten. Die MacLeith hätten Helen beim ersten Wort die Peitsche schmecken lassen.

»Helen wußte nicht, daß Ihr heute abend eintrefft?« fragte sie, nicht imstande, ihre Neugier zu zügeln.

»Sie wußte es.«

Kenrics Tonfall besagte, daß für ihn das Gespräch beendet war. Er nahm seinen Platz am Kopf der Tafel ein und bedeutete Tess, sich neben ihn zu setzen. Endlich erschienen auch die Dienstboten und brachten große Krüge mit Wein oder Ale zu den Männern, die an den Tischen saßen oder am Kamin standen. Einige von ihnen hatte sie im Hof gesehen, aber viele warteten bei ihrer Ankunft bereits im Saal. Montagues Vasallen, vermutete Tess, als sie ihre kostbaren, farbenprächtigen Kleider betrachtete – die Ritter, die über Montagues Außenposten oder kleinere Festungen herrschten. Es war nicht ungewöhnlich, daß sie sich hier ohne ihre Damen versammelten. Und so war Tess, abgesehen von den Dienerinnen, die einzige Frau im Saal.

Mehrere der Männer schienen Kenric unbedingt etwas sagen zu wollen und hatten ihn schon bald in ein angeregtes Gespräch verwickelt. Tess versuchte sich abzulenken, um nicht zu lauschen, doch das war nicht einfach. Helen war verschwunden, und Fitz Alan unterhielt sich mit einigen Soldaten, die sie nicht kannte. In ihren Augen war es ein Zeichen von schlechten Manieren, ein Gespräch mit jemandem anzufangen, dem sie nicht offiziell vorgestellt worden war.

Gelangweilt, weil sie auf sich allein gestellt war, gab sie es auf, Gleichgültigkeit zu heucheln, und hörte neugierig dem Gespräch zu, das ihr faszinierende Einblicke in Kenrics bisheriges Leben gewährte. Am bemerkenswertesten war der

Umstand, daß Kenric seit seinem Aufbrauch zum Kreuzzug vor neun Jahren das Land der Montagues vor kurzem zum ersten Mal wieder betreten hatte. Sein Aufenthalt im Heiligen Land entschuldigte sein Fernbleiben zweifellos, doch auch in den fünf Jahren des walisischen Kriegs hatte Kenric nie die Zeit gefunden, um seine Familie zu besuchen. Nicht einmal, als vor drei Jahren sein Vater gestorben war und Kenric seinen Titel erbte.

Kenrics Vasallen redeten unermüdlich auf ihn ein, während Tess mit dem Schlaf kämpfte. Die Aufregung um ihre Ankunft hatte sich gelegt, und das Gespräch hatte sich Themen zugewandt, die sie nicht interessierten. Nach fast einer Stunde wurde das Mahl aufgetragen, wenn man den Fraß, der vor sie hingestellt wurde, überhaupt als solches bezeichnen konnte. Entweder waren die Gerichte nicht gar oder aber angebrannt. Es schmeckte abscheulich. Hätte sie vorgehabt, mit Kenric verheiratet zu bleiben, stände ein Kontrollgang durch die Küche ganz oben auf der Liste ihrer Aufgaben. Aber sie würde sich nicht lange genug auf Montague aufhalten, um sich mit derlei Pflichten einer Burgherrin zu befassen. Bei der erstbesten Gelegenheit würde sie fliehen.

Niemand hielt sich lange mit dem ungenießbaren Mahl auf. Kenric erhob sich, nachdem er gegessen hatte, was er für eben noch erträglich hielt, und gesellte sich zu einer Gruppe, die an einem der Kamine stand. Tess blieb an ihrem Platz, da sie nicht wußte, was man von ihr erwartete. Sie versuchte sich zu beschäftigen, indem sie über die Arbeiten nachdachte, die erledigt werden mußten, um Ordnung in der Burg zu schaffen. Gewohnheit, sagte sie sich. Von Geburt an war sie dazu erzogen worden, einen Besitz von der Größe Montagues zu führen. Helens Erziehung mußte diesbezüglich stark vernachlässigt worden sein. Die Zustände auf Burg Montague waren himmelschreiend. Die schmutzstarrenden Matten, die nicht stubenreinen Hunde und die faulenden Speisereste waren wohl nur der Anfang. Wie es wohl um den Rest der Festung bestellt war?

Tess streckte sich verstohlen, um ihren verkrampften Rücken zu lockern, und versuchte den Gedanken an ein bequemes Bett abzuschütteln. Sie dachte ein wenig mit Sorge daran, daß Kenric sie auf der Burg zu seiner Gattin machen wollte. Allerdings zweifelte sie daran, daß er die heutige Nacht dafür ausersehen haben könnte. Schließlich hatte er wenigstens vier Tage lang im Sattel gesessen und in den letzten beiden Nächten kaum Schlaf gefunden. Ihm war gewiß nicht nach solch anstrengendem Zeitvertreib zumute.

Wenig später fuhr Tess erschrocken auf. Sie war tatsächlich an der Tafel eingenickt! Vor Kenric und seinen Männern! Sie beruhigte sich erst, als ihr ein rascher Blick in die Runde zeigte, daß niemand davon Notiz genommen hatte.

Ihre Lider waren bleischwer. Verzweifelt suchte sie etwas, das sie zu fesseln vermochte, um wach zu bleiben. Kenrics Anblick konnte sie jederzeit fesseln, aber man würde es gewiß für unschicklich halten, wenn sie ihren Gatten mit den Blicken verschlang. Also wandte sie sich statt dessen der an einer Wand drapierten Waffensammlung zu. Sie malte die Umrisse der Waffen nach, die bald jedoch verschwammen. Erneut wurde sie von Panik ergriffen. So sehr sie auch gegen die Müdigkeit ankämpfte, es war vergeblich. Sie stützte das Kinn in die Hand und nahm all ihre Kraft zusammen, um die Augen offenzuhalten. Dennoch sank ihr der Kopf auf die Brust.

Warum habe ich überhaupt dagegen angekämpft? fragte sie sich. Nur ein paar Minuten, dann würde sie die Augen wieder öffnen und sich völlig erfrischt fühlen.

Am anderen Ende des Saals ließ ein Diener sein Tablett fallen, und das laute Klirren schreckte Tess auf. Verwirrt hob sie den Kopf, hielt sich die Stirn und wünschte, der Raum würde aufhören, sich zu drehen. Kenric war sofort bei ihr.

»Was fehlt Euch?« wollte er wissen. Er setzte sich auf den Hocker neben Tess und legte den Arm um ihre Schultern. Als er die andere Hand auf ihre Stirn legte, stieß er eine Verwünschung aus. »Ihr habt hohes Fieber, Tess. Warum habt Ihr mir nicht gesagt, daß Ihr krank seid?«

»Krank?« Tess wollte den Kopf schütteln, doch von der jähen Bewegung wurde ihr schwindelig. Sie stützte sich mit einer Hand auf Kenrics Knie. Plötzlich wußte sie, wie recht er hatte, und sagte deshalb rasch: »Bestimmt ist es nur ein ganz leichtes Fieber, Mylord. Morgen früh ist es gewiß auskuriert.«

Kenric antwortete nicht. Er hob Tess auf, und ohne zu merken, daß sie vor Schmerz zusammenzuckte, ging er zu der Treppe, die zu den oberen Kammern führte. Dort hielt er kurz inne, um Fitz Alan Anweisungen zu geben.

»Sagt den Männern, daß meine Frau von der Reise erschöpft ist, und bittet sie, sich dennoch ungehindert meiner Gastfreundschaft zu erfreuen. Sie hat Fieber«, fuhr er mit gedämpfter Stimme fort. »Schickt jemanden zu der alten Heilerin im Dorf. Sie soll morgen früh ihr widerliches Gebräu bringen.«

Tess wollte protestieren, doch Kenrics scharfer Blick brachte sie zum Schweigen. Sie sagte immer noch nichts, als er in seine Kammer trat und sie aufs Bett legte. Aber es waren nicht die Fieberschauer, die Tess' Lippen versiegelten, sondern ihr Staunen über den Anblick, der sich ihr bot.

Kenrics Schlafkammer war der Inbegriff exotischen Luxus'. Wunderschön verarbeitete Kerzenhalter, Teller und ihr unbekannte fremdartige Gegenstände reihten sich auf dem Kaminsims aneinander, die meisten aus purem Gold. Zwei Pokale waren so reich mit Juwelen verziert, daß man das Metall unter den Edelsteinen kaum noch sah. Hier lagen keine schmutzigen Matten auf dem Fußboden. Statt dessen bedeckten dicke persische Läufer den kalten Stein, vermutlich hatte er sie auf den Kreuzzügen erbeutet. Das Bett bedeckte eine Decke aus schwerem blauem Brokat, und der Baldachin aus schimmernder nachtblauer Seide war mit Goldfäden durchwirkt.

»Ihr seid reich!« rief sie und schüttelte ihre Benommenheit ab, um die Kammer zu bewundern. »Diese Kammer ist prächtiger als die Gemächer des Königs!«

»Meine Dienste zahlen sich eben aus«, erwiderte Kenric trocken. Er drückte sie in die Kissen, dann wandte er sich ab, um noch Holz ins Feuer zu legen. »Und was wißt Ihr vom Schlafgemach des Königs?«

»Nichts«, gab sie zu. »Aber ich bin sicher, daß es dort nicht so schön sein kann.«

»Ich bin froh, daß es Euch gefällt.« Er kam zu ihr zurück, verschränkte die Arme und spreizte die Beine, als bereite er sich auf einen Kampf vor. »Und jetzt werdet Ihr mir den Gefallen tun, in diesem Bett liegenzubleiben, bis Euer Fieber gesunken ist.« Er zeigte auf die Leinenbündel am Fuße des Betts. »Thomas hat Eure Taschen gebracht. Ich helfe Euch aus Euren Kleidern und ziehe Euch Euer Nachtgewand an.«

»Ich … ich möchte lieber in meinen Kleidern schlafen, Mylord.«

»Ihr braucht Ruhe. Diese schweren Kleider können nicht bequem sein.«

»Ihr seht nicht hin, während ich mich umkleide?«

»Ich bin Euer Gatte«, sagte er überheblich. »Ihr mögt zwar zu krank sein, um heute nacht Euren ehelichen Pflichten nachzukommen, aber es gibt keinen Grund, warum ich nicht sehen sollte, was ich nicht besitzen kann.« Sein Blick war entschlossen. »Jetzt gleich.«

»Ich fühle mich sehr wohl in meinen Kleidern«, beteuerte sie und faltete die Hände vor der Brust, während sie die Augen schloß. »Und ich bin viel zu müde, um mich noch so anzustrengen. Bitte erlaubt mir jetzt zu schlafen, Mylord.«

Sie wartete auf einen weiteren Einwand Kenrics. Als er schwieg, spähte sie unter ihren Wimpern hervor. Ihre Augen weiteten sich, als sie sah, daß er sich entkleidete.

»Anders als Euch ist mir Bequemlichkeit wichtiger als Sittsamkeit, wenn ich schlafe.«

Er wollte also nur neben ihr im Bett schlafen. Tess beruhigte sich und seufzte erleichtert. An den letzten beiden Tagen im Sattel hatte sie sich an die Nähe seines warmen, festen Körpers gewöhnt, und sie freute sich darauf, ihn heute nacht neben sich zu spüren. Schließlich war es keine Sünde, seine Umarmungen als angenehm zu empfinden.

Kenric achtete nicht auf sie, während er sich auskleidete, und sie konnte nicht umhin, ihn verstohlen zu mustern. Sie wurde immer mutiger, und bald betrachtete sie den Körper ihres Gatten mit unverhohlener Neugier. Der herrliche Anblick nahm ihr fast den Atem. Die männliche Kraft, die sie bisher nur erahnt hatte, bot sich nun ungehindert ihrem Blick dar. Unter der äußeren Hülle kam der ungebärdige Krieger zum Vorschein. Dies war der gefährliche Mann der Legenden, dachte sie, als sie seine Muskeln betrachtete. Sie konnte nur erahnen, wie diese Muskeln sich spannten, wenn er eine Waffe schwenkte und die ungeheure Macht seines Körpers ausspielte.

Abermals fühlte sie die eigenartige Unruhe, die von ihrem Bauch ausging und sich in ihrem ganzen Körper ausbreitete. Sie erkannte jetzt, was es war; Verlangen. Körperliches Verlangen. Sie wollte ihn berühren, wollte wissen, wie diese Kraft sich anfühlte.

Kenric drehte sich um und legte seine Reithose ab, und Tess schlug schnell die Augen nieder. Dann spürte sie, wie er neben ihr ins Bett glitt.

»Schlaft ein, Tess. Ich bin zu erschöpft, um mit Euch zu streiten.«

Schlafen? Wohl kaum, dachte Tess. Angekleidet neben ihm in einem Zelt zu liegen – nun gut. Aber im Bett, wenn er nackt war? Ihr Gatte? Der Gedanke ließ sie vor Erregung erschauern. Doch sie bedrückte noch eine weit größere Sorge. Sie kannte Kenric bereits gut genug, um zu wissen, daß er der Bitte, ihre Kleider anbehalten zu dürfen, zu schnell entsprochen hatte. Was hatte er vor? Sie war zu müde für eine Kraftprobe, zu krank, um klar zu denken. Sie nagte an ihrer Unterlippe, bis sie beschloß, sich schlafend zu stellen, nur um zu sehen, was er tun würde. Wenig später war sie tatsächlich eingeschlafen.

Kenric wartete, bis seine Braut tief und fest schlief, dann begann er, sie zu entkleiden. Tess dazu zu überreden, sich aus freien Stücken auszuziehen, war Zeitverschwendung, und er hatte zu viele Schlachten geschlagen, um an einer nutzlosen Taktik festzuhalten. Auf diese Weise ließ sich die Angelegenheit viel schneller lösen. Kenric war zufrieden mit sich. Er gab sich keine Mühe mehr, besonders vorsichtig zu Werke zu gehen, als sie nicht einmal bemerkte, wie er ihr das Gewand über den Kopf zog.

»Schläft wie eine Tote«, murmelte er.

Sie stöhnte im Schlaf, und dieser Schmerzenslaut erinnerte ihn daran, daß er sie zwar ansehen, jedoch nicht berühren durfte. Und er sah sich satt. Das Feuer spendete ihm genug Licht, um sich an ihrer Vollkommenheit zu weiden, es verwandelte ihre Haut in schieres Gold. Sein Blick verweilte auf ihren vollen, üppigen Brüsten, bevor er weiter nach unten wanderte, über die schmale Taille und den flachen Bauch zu dem Dreieck aus dichtem dunkelblondem Haar. Ein langer, lustvoller Augenblick verstrich, bis er sich endlich von diesem verführerischen Anblick losreißen konnte, um die wohlgeformtesten Beine in Augenschein zu nehmen, die er jemals gesehen hatte.

»Wunderschön.«

Er sagte es atemlos, versunken in ihre Schönheit ließ er den Blick noch einmal über ihren Körper wandern. Sie war klein, ja, aber ihr Körper hatte nichts Kindliches mehr. Ihre weiblichen Rundungen waren wie geschaffen für die Hände eines Mannes. Seine Hände. Er sehnte sich danach, sie zu berühren, aber das noch größere Sehnen in seinen Lenden sagte ihm, daß es nicht bei dieser einen Berührung bleiben würde. Noch nie hatte er mit einer so schönen Frau geschlafen, nie hatte er gedacht, daß ihm einmal solche Vollkommenheit zum Geschenk gemacht würde, da sein eigener Körper so ungeschlacht und von Narben übersät war.

Nur noch eine Nacht, versprach er sich und staunte darüber, wie tief seine Enttäuschung reichte. Er hatte Tess eine Lektion erteilen wollen und lernte statt dessen selbst etwas: beginne nie, was du nicht zu Ende führen kannst. Er war müde, sie hatte Fieber, es war der denkbar ungünstigste Zeitpunkt. Aufstöhnend legte er sich neben seine unberührte Braut. Schnell breitete er die Decke über sie, um nicht der Versuchung zu erliegen, und verschränkte die Hände hinter dem Kopf. In seiner Erregung mußte er sich angestrengt auf etwas anderes konzentrieren, um seiner Begierde Herr zu werden.

»Morgen früh seid Ihr gefälligst gesund«, befahl er seiner schlafenden Braut.

Tess seufzte. Sie drehte sich auf den Bauch, schob den Kopf halb unter die Decke und ahnte nicht das geringste von der Not ihres Gatten.

Gott stellte seine Selbstbeherrschung auf eine harte Probe, dachte Kenric und drehte sich auf die Seite, um ihren Schlaf zu bewachen. Er hatte eine Frau bekommen, die er nicht wollte, und jetzt, da er sie wollte, konnte er sie nicht besitzen. Welche Ironie des Schicksals.

Tess bewegte sich im Schlaf, und die Decke rutschte ihr von den Schultern. Kenric gab den Kampf auf, er fuhr mit den Fingern über ihre weich geschwungene Schulter, dann wanderten sie tiefer …

Er hielt inne. Vorsichtig betastete er die seltsamen Schwellungen auf den Schulterblättern seiner Braut. Verwirrt runzelte er die Stirn. Er stieg aus dem Bett und ging zum Kamin, um eine Kerze zu holen, da er ein helleres Licht als den schwachen Feuerschein brauchte, um dieser merkwürdigen Entdeckung auf den Grund zu gehen.

Mit der einen Hand hielt er die Kerze in die Höhe, während er mit der anderen die Decke zurückschlug. Er konnte nicht fassen, was sich seinem Blick darbot. Schweigend und völlig verblüfft starrte Kenric auf das Labyrinth blutroter Striemen. Jemand hatte sich dieses zarte Geschöpf mit der Peitsche vorgenommen und wie ein Tier auf sie eingedroschen.

Mit wild klopfendem Herzen wachte Tess auf, das Brüllen eines wilden Tieres klang ihr noch in den Ohren. In ihrer Angst brauchte sie eine Weile, um sich zurechtzufinden. Die plötzliche Erkenntnis, daß sie nackt in Kenrics Bett lag, beruhigte sie keineswegs. Als sie seine Stimme hörte, riß sie erschrocken die Augen auf.

»Wer hat das getan?« Er flüsterte. Seine Stimme war ausdruckslos.

»Es tut kaum noch weh«, beteuerte sie schnell, da sie genau wußte, wovon er sprach. Sie wollte ihrem Gatten in die Augen sehen, hatte jedoch vergessen, daß er ebenfalls nackt war. Rasch heftete sie den Blick auf ihr Kissen. »Es ist häßlich, aber längst nicht so schlimm, wie es aussieht. Mich stört es gar nicht mehr. Selbst Mag, die Frau des Bäckers, sagte, dieses Mal würde ich keine Narben zurückbehalten.«

»Dieses Mal?« Er sprach langsam, betonte jedes Wort. »Den Namen!«

»Gordon MacLeith«, erwiderte sie leise. Verzagt wartete sie auf die Frage nach dem Grund für die Schläge, denn sie wußte, daß sie die Wahrheit würde sagen müssen. Sie war einfach zu durcheinander, um sich eine gute Lüge auszudenken.

Kenric schwieg. Mit unbewegtem Gesicht starrte er auf ihren Rücken. Die Blutergüsse zogen sich von ihrem Hals bis zu ihrer Taille, die meisten hatten sich bereits gelb verfärbt, woran er erkannte, daß viele Tage vergangen waren, seit sie die Gewalttätigkeiten über sich hatte ergehen lassen müssen. Beim Anblick ihrer Verletzungen dachte Kenric, daß sie Glück hatte, noch am Leben zu sein. Gordon MacLeith hingegen war bereits so gut wie tot. Als er überlegte, daß der Sohn nichts tun würde, was der Vater nicht billigte, verdoppelte sich seine Wut. Niemals, so nahm er sich vor, würde er seine neuen Feinde unterschätzen. Sie waren wie Tiere und als solche zu unberechenbar. Dies war keine Lektion, die man einem aufbrausenden Mädchen erteilt hatte, um es zur Besinnung zu bringen. Das entsprang einem tiefen Haß, der mit der Peitsche ausgetragen wurde.

Endlich erhob er sich vom Bett, ging zur Tür und öffnete sie so leise, daß Tess zusammenzuckte, als er in die Halle brüllte: »Fitz Alan!«

Er wartete kurz, horchte in die folgende Stille und stieß einen Fluch aus. Schnell schlüpfte er in eine Hose und verschwand.

Tess drehte sich um und zog die Decke bis zum Kinn. Ihre Scham verwandelte sich in ein weit unangenehmeres Gefühl – in Angst. Daß Kenric aufgebracht war, stand fest. Aber warum hatte er nicht mehr Fragen gestellt? Und was konnte er von Fitz Alan wollen?

Kenric erschien wieder in der Tür, dicht gefolgt von Fitz Alan und zwei weiteren Männern. Ihre gezückten Schwerter deuteten darauf hin, daß Kenric ihnen nicht erklärt hatte, worum es ging. Sie blieben in der Tür stehen und wandten sich stumm dem Baron zu, warteten auf seinen Befehl. Kenric sah Tess an. Sein eiskalter Blick erschreckte sie.

»Legt Euch auf den Bauch.«

Die Worte durchbohrten sie wie ein Messer. Sie wußte jetzt, was er vorhatte. Ein Mann konnte eine Ehefrau mit einem Makel jederzeit verstoßen. Heftig schüttelte sie den Kopf, wagte nicht zu sprechen. Kenric nahm ihre Weigerung schlicht nicht zur Kenntnis.

»Sofort!«

Der wütend hervorgestoßene Befehl hatte die gewünschte Wirkung. Tess kroch unter die Decke, legte sich jedoch auf den Bauch. Er griff nach dem Bettzeug und schob die Decke bis zu ihrer Taille hinunter. Tess preßte die Arme an sich und bedeckte ihr Gesicht. Tränen der Demütigung rannen ihr über die Wangen.

»Sagt mir noch einmal, wer das getan hat«, forderte Kenric sie auf. Sie blieb still, bis er ihr die Hände vom Gesicht wegzog.

»Gordon MacLeith!« schrie Tess auf. Dann vergrub sie den Kopf in die Kissen und hoffte, sie würde ersticken.

»Der König wird von dieser Heirat erfahren«, sagte er mit kalter, klarer Stimme zu seinen Männern. »Ihr alle seid Zeuge, daß sie in diesem Zustand zu mir gekommen ist. Nehmt Eure Waffen und wartet in der Halle auf mich. Ich muß erst einmal in Ruhe nachdenken

»Aye, Mylord«, sagte Fitz Alan leise. »Wir warten in der Halle auf Euch.«

Kenric nickte, und die Männer verschwanden. Sanft breitete er die Decke wieder über die zuckenden Schultern seiner Gattin, dann kleidete er sich rasch an.

»Quält Euch nicht selbst, Tess«, sagte er, während er sanft ihr Haar streichelte. Sie schluchzte immer noch in die Kissen. »Es ist nicht Eure Schuld.«

Tess wollte nicken, aber wie konnte sie seine Worte annehmen? Es war ihre Schuld. Sie hatte Gordon wissentlich herausgefordert. Dies jedoch war die grausamste, gemeinste Strafe von allen, sie glauben zu machen, daß sie ihren Peinigern entkommen war, nur um sie zu ihnen zurückzuschikken – weil sie einen Makel aufwies, den diese ihr erst zugefügt hatten. Sie weinte noch heftiger und merkte nicht, daß Kenric das Zimmer verlassen hatte, bis sie schließlich den Kopf hob. Langsam setzte sie sich auf und versuchte, klar zu denken.

»Was soll ich nur tun«, flüsterte sie und umschlang ihre Knie. Mag hatte ihr einmal eine Geschichte erzählt, über eine Frau, die von ihrem Gatten verstoßen wurde, weil sie stotterte. Das Mädchen und ihr Verlobter waren sich vor der Trauung nie begegnet, und man hatte ihr eingeschärft, bis nach der Zeremonie zu schweigen. Einen Tag nach der Hochzeit entdeckte ihr Ehemann den Makel, und sie wurde zu ihrer Familie zurückgebracht und die Heirat annulliert.

Tess wußte, daß sie sich eigentlich freuen sollte. Sie selbst hatte die ganze Zeit die Annullierung gewollt. Daß Kenric sie nun ebenso wollte, würde die Prozedur nur beschleunigen. Aber zu den MacLeith zurückzukehren, nachdem sie ihnen durch Flucht getrotzt hatte? Die Strafe würde sie nicht überleben. Wie sie Gordon kannte, würde er dafür sorgen, daß sie gründlich für ihre Torheit bezahlte.

Tess stützte den Kopf auf ihre Knie. Plötzlich erschien ihr jede Geschichte, die sie über ihren Gatten gehört hatte, glaubhaft. Er war wirklich der Henker von Wales, ein Mann ohne Gefühl und Gewissen. Er mußte doch wissen, wie ihr Schicksal ausah, wenn sie erneut den MacLeith in die Hände fiel. Es wäre ihr Todesurteil, das er ebenso mit seinem Schwert hätte vollstrecken können.

Ihr Kinn zitterte, und erneut schossen ihr Tränen in die Augen. Wütend wischte sie sie ab. Weinen würde nichts daran ändern. Sie glitt vom Bett und suchte ihre Kleider, während sie sich fragte, warum Kenric sich die Mühe gemacht hatte, sie zu entkleiden. Hatte er geahnt, daß sie etwas zu verbergen hatte? Gut, dachte sie, Kenric kannte sie kaum, und doch durchschaute er bereits all ihre Schwindeleien und Ausflüchte.

Ein Plan reifte in ihrem Kopf, während sie sich ankleidete. Was auch geschah, freiwillig würde sie nicht zu den Mac-

Leith zurückkehren. Sie mußte sich bis zum König durchschlagen.

Die erste und größte Schwierigkeit war, aus der Burg Montague herauszukommen. Aber selbst wenn sie es schaffte, durch die Tore der Burg ins Freie zu gelangen, hatte sie weder etwas zu essen noch ein Pferd. Ihr Blick fiel auf die Pokale auf dem Kaminsims. Nur ein einziges dieser Gefäße würde ihr mindestens ein Jahr lang Unterkunft und Brot sichern. Lange starrte sie auf die Edelsteine, doch dann schüttelte sie den Kopf.

In einem ihrer Bündel steckten ein kleiner Bogen und ein Köcher mit Pfeilen. Kleinwild konnte sie durchaus erlegen, und eher würde sie die Wälder des Königs ausrauben als ihren Gatten. Der König würde ein Kaninchen hier und da kaum vermissen, Kenric hingegen würde der Verlust eines seiner herrlichen Pokale gewiß schmerzen. Nein, sie wollte nicht, daß er noch geringer von ihr dachte – falls das überhaupt möglich war.

Tess kleidete sich zu Ende an, schnallte die Kleiderbündel um ihre Schultern und legte ihren Mantel um. An der Tür blieb sie stehen und warf einen letzten Blick auf das herrliche Gemach, prägte sich jede Einzelheit ein, um sich stets daran erinnern zu können, daß sie einst ein solch prächtiges Zimmer bewohnt hatte.

5.

In der großen Halle war es merkwürdig still. Nur eine Handvoll Soldaten war um einen der Kamine versammelt. Niemand nahm Notiz davon, als die neue Baronin die Stiege hinunterschlich, und als die Tür aufging, glaubten die Männer, es sei ein Diener, der eine Besorgung zu erledigen hatte.

Tess zog sich die Kapuze tief ins Gesicht, da ein scharfer Wind wehte, und versuchte sich zu erinnern, in welcher Richtung die Haupttore lagen. Es war alles so anders gewesen, als sie von Kenrics Männern umringt Einzug gehalten hatten. Der Hof lag jetzt verlassen da, und als sie ihn überquerte, hielt sie sich sorgfältig im Schatten. Das Haupttor der Burg von Montague tauchte hinter den Stallungen auf. Tess schrie beinahe auf bei dem Anblick, der sich ihr bot.

Die Zugbrücke war nicht heruntergelassen.

Wie hatte sie diese Schwierigkeit übersehen können? Es gab in ganz England keinen Torwächter, der zu dieser Stunde die Brücke hinunterlassen würde. Und selbst wenn es ihr gelänge, die Wachen dazu zu überreden, so gab es doch noch eine zweite Zugbrücke am Torhaus der Außenmauer. Sie würde es nie schaffen.

Tess lehnte sich resigniert an die Stallwand. Sie konnte nicht bis zum Morgen warten, wenn die Brücken für die Dörfler hinuntergelassen wurden. Ihre Flucht mußte im Schutz der Dunkelheit vonstatten gehen, wenn sie weit genug kommen wollte, um sich im Wald zu verstecken. Denn sie rechnete damit, daß Kenric einen Suchtrupp nach ihr ausschickte.

Es mußte einen anderen Weg geben. Tess schloß die Augen und dachte an die Zeit zurück, als sie auf Remmington Castle lebte. Obgleich anders angelegt, wies die Wohnstatt ihrer Kindheit etwa die gleiche Größe auf wie Montague. Wie hätte sie aus Remmington entwischen können, wenn die Tore geschlossen waren? Die Antwort fiel ihr blitzartig ein.

Über die Seitenpforte! Fast jede größere Festung verfügte über eine Seitenpforte, die hoch in die Burgmauer eingelassen war. Die kleinen Tore dienten dem Zweck, feindliche Soldaten oder Spione daran zu hindern, sich im Schutze mit Vorräten beladener Wagen Zutritt zur Burg zu verschaffen. Daher wurden die Waren am Fuß der Mauer entladen und auf einer hölzernen Rampe nach oben befördert. Einer Rampe, die unmittelbar an den Außenmauern verlief! Bestimmt gab es auch auf Burg Montague solch eine Pforte, aber würde sie das Tor bis zum Morgengrauen finden?

Tess schob sich an der Mauer entlang und achtete darauf, nicht von den Wachen auf den Zinnen über ihr entdeckt zu werden. Das Glück war ihr hold, und knapp eine Stunde später wurde ihre Suche belohnt. Sie verbarg sich im Schatten und nahm die Pforte erst einmal in Augenschein, bevor sie sich weiter vorwagte.

Montagues Seitenpforte war eine schlichte, mit zwei Querbalken gesicherte Tür. Der Torwächter stand auf seinem Posten auf der Zinne und ließ die Rampe nicht aus den Augen. Eine Fackel beschien die Axt, die er bereithielt, um die Stützpfeiler zu durchschlagen und die Rampe zum Einsturz zu bringen, sobald die Burg angegriffen wurde.

Tess nahm all ihren Mut zusammen und rief ihn an. Er beugte sich über die Mauer und blinzelte im schwachen Licht der Fackel, als versuche er, sie zu erkennen.

»Was wollt Ihr, Frau?«

»Hinaus«, erwiderte Tess.

»Hinaus«, wiederholte er und lachte. »Nicht zu dieser späten Stunde.«

»Mein … mein Ehemann hat mich verstoßen.« Es war ein schwacher Vorwand, doch ihr fiel nichts anderes ein.

»Sucht Euch ein Nachtlager bei den Küchenmägden und geht morgen früh«, befahl er. »Der Koch wird bis dahin nüchtern sein und Euch vielleicht wieder aufnehmen. Ihr solltet klüger sein und nicht alles glauben, was dieser Mann sagt, wenn er betrunken ist.«

»Mein Gatte besteht darauf, daß ich noch heute nacht die Festung verlasse«, wandte Tess ein. Sie begriff allmählich, daß er sie verwechselte. Vielleicht konnte sie seinen Irrtum zu ihrem Vorteil nutzen. »Ich muß seinen Wünschen Folge leisten.«

»Hält sich wohl für den Herrn über Burg Montague«, murmelte er. »Dann geht Ihr zu Eurer Familie ins Dorf?«

»Ja.« Tess hielt den Atem an.

Der Torwächter verwünschte alle lästigen Frauenzimmer dieser Welt, dann stieß er einen Jungen, der zu seinen Füßen schlief, mit der Stiefelspitze an. »Klettere hinunter und kümmere dich um den unteren Balken.«

»Bringt jemand Vorräte?« fragte der Junge und rieb sich den Schlaf aus den Augen. »Es ist dunkel. Wieso sollte –«

»Die Frau des Kochs muß zu ihrer Familie ins Dorf.« Der Torwächter tätschelte ihm liebevoll das Haar. »Kümmere dich um den unteren Balken, dann geh nach Hause in dein warmes Bett, Sohn. Heute nacht brauche ich deine Hilfe nicht mehr.«

Tess atmete auf, als die Balken zur Seite geschoben wurden. Sie konnte nicht fassen, daß sie tatsächlich gehen durfte, bis das Tor schließlich aufschwang. Welch gewiefte Lügnerin sie geworden war! Allerdings mußte sie einräumen, daß ihr die Verwechslung mit der Frau des Kochs sehr geholfen hatte.

Die Pforte fiel hinter ihr ins Schloß, und sie trat unsicher auf die dunkle Rampe. Das tückische Holzgestell war nur vom schwachen Licht des Mondes erhellt. Es wirkte steiler als die Rampe auf Remmington, obgleich sie diese nie betreten hatte. Der Torwächter rief ihr von der Mauer aus etwas zu.

»Seid vorsichtig. Ein falscher Schritt, und Ihr brecht Euch das Genick.«

»Danke für die Warnung«, murmelte sie.

Tess ertastete sich den Weg über die steile Rampe und hätte am liebsten den Boden geküßt, als sie endlich unten ankam. Sie ging schnell über die Fahrstraße der Burg und hielt nur kurz an der Stelle inne, wo diese in die Straße des Königs einmündete. Rasch schlug sie die Kelso entgegengesetzte Richtung ein, und am Saum des Waldes drehte sie sich noch einmal um und warf einen letzten Blick auf die Burg. Sie konnte nicht fassen, daß sie so leicht entkommen war. Glücklich war sie darüber nicht. Lieber wäre sie in Kenrics herrlichem Gemach geblieben – wenn auch nur so lange, bis es ihr besserging. Ihr tat jeder Knochen im Leib weh.

Tess entfernte sich rasch von der Burg, bevor ihr Selbstmitleid ihre Pläne durchkreuzen konnte. Geh weiter bis zum Morgengrauen, sagte sie sich, dann such dir ein Versteck, an dem du dich den Tag über ausruhen kannst. Dieser Plan schien ihr vernünftig. Sie wußte zwar noch nicht, wie sie sich warmhalten sollte, während sie schlief, aber mit dieser Schwierigkeit würde sie sich später befassen. Ihre vordringlichste Sorge war, einen großen Vorsprung zu erlangen, ehe Kenric ihr Verschwinden entdeckte. Sie war schon einmal geflohen, aus Langston Keep, warum sollte es ihr also nicht ein zweites Mal gelingen? Gewiß, sie hatte kein Pferd und kein Geleit, aber solange sie diese Unwägbarkeiten ignorierte, sprach alles zu ihren Gunsten.

Die Sonne stand schon hoch über dem Horizont, als John zur Küche schlurfte, um seinen Morgenimbiß einzunehmen. Er sah, daß die Männer des Barons in alle Richtungen ausschwärmten, und erfuhr von einem vorbeikommenden Soldaten den Grund für die Aufregung.

»Die neue Baronin ist verschwunden«, sagte der Soldat zu ihm und schüttelte ungläubig den Kopf. »Ihr habt während Eurer Wache nichts gesehen?«

»Nein«, erwiderte John, den diese Nachricht verblüffte. »Nur die Frau des Kochs war gestern nacht an der Seitenpforte.« John kratzte seinen Bart. »Wenigstens ... Nein, ich bin sicher, daß es die Frau des Kochs war. Die Lady ist ein hübsches Mädchen, wie ich höre. Klein und zierlich, ist es nicht so?«

»Richtig. Der Baron ist völlig aufgebracht, weil er glaubt, daß sie entführt worden ist. Als würde es jemand mit seinem Zorn aufnehmen wollen.«

»Wohl kaum«, stimmte John ihm zu. Der Soldat eilte davon, um die Speisekammer zu durchsuchen, und ließ den nachdenklichen John allein zurück.

»Nein, es kann nicht sein«, sagte John sich und schüttelte den Kopf über seine eigene Dummheit. Dennoch konnte es nicht schaden, seine Zweifel zu überprüfen. Der Koch würde ihn vermutlich für sonderbar halten, aber er könnte ruhiger schlafen, wenn er Gewißheit hatte.

In der Küche herrschte ein völliges Durcheinander; die Dienstboten suchten in jedem Verschlag, in jedem Faß nach der neuen Herrin. John fand es merkwürdig, daß in den kleinsten Winkeln nach einer erwachsenen Frau gesucht wurde. Es war undenkbar, daß eine Dame in eines der Zwiebelfässer paßte, und doch lagen deren Deckel überall auf dem Boden. Schließlich fand er den Koch bei den Mehlfässern, und das Gesicht des Torwächters wurde ebenso weiß wie das Mehl, als er die kräftig gebaute Frau in seiner Nähe sah.

»Wo seid Ihr gestern abend hingegangen?« John packte die Frau am Arm und drehte sie zu sich um.

»Nirgendwohin«, keuchte die Frau des Kochs, überrascht von dem plötzlichen Angriff.

»Was geht hier vor?« brüllte der Koch. Er befreite den Arm seiner Frau. »Was ...« Er packte den totenblassen Torwächter an den Schultern. »Was ist mit Euch? Ihr seid weiß wie Schnee, Mann.«

»Eure Frau hat die Burg gestern nacht nicht verlassen?« flüsterte John. Der Koch schüttelte den Kopf. »Gibt es in der Burg eine Frau, die ihr ähnlich sieht?«

»Meine Frau hat nicht ihresgleichen. Ein Mann in meiner Stellung kann sich eine wohlgenährte Frau leisten. Sie ist –«

»O Gott«, jammerte John. »Ich bin ein toter Mann.«

»Wovon sprecht Ihr? Warum –«

»Der Baron«, stammelte John. »Wo ist der Baron?«

»Zuletzt war er im Stall.«

Der Torwächter lief schneller zur Küchentür hinaus, als er jemals in seinem Leben gelaufen war.

Verzweifelt suchte er nach seinem Herrn, bis er ihn schließlich in der Nähe des Tors zum Vorhof entdeckte. Er stürzte auf ihn zu, und die Soldaten, die ihren Baron umringten, handelten instinktiv, um den Kriegsherrn vor dieser unbekannten Bedrohung zu schützen. Im Nu lag John bäuchlings im Staub, und drei Schwerter richteten sich auf seine Kehle.

»Die Herrin«, krächzte John. »Ich muß dem Baron erzählen –«

Er wurde am Kragen hochgezogen. Seine Füße baumelten in der Luft.

»Wo ist sie?« brüllte Kenric.

»Ich hätte schwören können, daß es die Frau des Kochs war«, stieß John hervor, dem der Anblick von Baron Montagues Gesicht blankes Entsetzen einflößte. »So breit wie ein Pferd war sie ...«

»Antworte!«

John nahm zweimal Anlauf, bevor er sprechen konnte, da der Baron ihn an der Kehle gepackt hielt. »Die Familie«, keuchte er. »Sie sagte, sie wolle zurück –«

Kenric warf den Mann achtlos zu Boden und stürzte zu den Stallungen. Die Wut beschleunigte seine Schritte, denn seine schlimmsten Befürchtungen hatten sich bewahrheitet. Tess befand sich außerhalb der Burgmauern. Vielleicht war sie bereits erfroren oder einem der wilden Tiere zum Opfer gefallen, die im Wald lauerten. Eine Frau allein würde in der Wildnis, zumal in dieser Eiseskälte, nicht lange überleben, und schon gar nicht, wenn sie vom Fieber geschwächt war. Wenn er sie lebend fand, würde sie sich wünschen, tot zu sein, ehe er fertig mit ihr war.

Knapp eine Viertelstunde später donnerte Kenrics Streitroß mit fünfzig weiteren Pferden durch die Tore. Die Reiter hatten hastig ihre Waffen angelegt und waren für jede Bedrohung gerüstet. Die Gruppe hielt sich auf der Hauptstraße, bis sie in den Wald eintauchte, und dort schickte Kenric einzelne Späher aus, um das Gelände zu durchkämmen. Nach einer halben Stunde hielt der Troß an.

»Sie ist zu Fuß«, sagte Kenric zu Fitz Alan, obschon er eher mit sich selbst sprach als zu seinem Freund. »So weit kann sie nicht gekommen sein.«

»Wohl kaum«, bestätigte Fitz Alan.

»Tess wußte, daß Ian Duncan sie nicht aufnehmen kann. Und sie denkt gar nicht daran, zu den MacLeith zurückzukehren.« Kenric runzelte die Stirn, als er merkte, daß er zum ersten Mal, seit Tess' Verschwinden klar denken konnte. Er verwünschte sich erneut, weil er gestern nacht in der Halle geschlafen hatte. Er hatte gedacht, seiner zerschundenen Gattin am Morgen gelassener gegenübertreten zu können.

»Wo könnte sie sonst noch hingegangen sein?« fragte Fitz Alan. »In ein Kloster?«

»Der König.« Kenric wendete mit verbissener Miene sein Pferd. »Sie kann sich an niemanden sonst wenden. Sie hat die Straße nach London eingeschlagen.«

Die Männer kehrten zur Burg zurück, um dann in südlicher Richtung auszuschwärmen. Die Straße war gefroren, zerfurcht und mit Pferdewagen verstopft, so daß man zu Fuß kaum vorwärtskam. Also suchten sie zu beiden Seiten der Straße, hielten Ausschau nach irgendwelchen ungewöhnlichen Spuren in der dünnen Schneedecke.

»Da!« Kenric zeigte auf eine Lücke im gefrorenen Unterholz. Sie folgten den Fußspuren in den Wald und gelangten schließlich zu einer kleinen Lichtung, die auf drei Seiten von steilen Hängen eingefaßt und mit gewaltigen Felsblöcken übersät war. Kenric suchte mit den Blicken das freie Gelände ab und folgte den Spuren zu einem Felsvorsprung zwischen zwei Blöcken.

»Bleibt, wo Ihr seid«, rief eine leise Stimme. Tess tauchte aus ihrem Versteck hinter einem der Felsblöcke auf und wandte sich ihrem Gatten zu. Der Pfeil, mit dem sie auf Kenrics Brust zielte, verlieh ihren Worten Gewicht, so daß seine Männer ihre Pferde zügelten. Kenric achtete nicht auf ihre Warnung und hielt weiter auf sie zu.

Tess sah halb erfroren aus. Ihr Gesicht war wächsern, ihre Lippen beinahe so blau wie ihre glasigen Augen. Die dunklen Ringe unter ihren Augen, ein Zeichen der Erschöpfung, ließen sie aussehen wie ein Gespenst. Kenric hatte den Eindruck, daß sie jeden Augenblick zusammenbrechen würde.

»Bleibt stehen, sage ich!«

Aus ihrer Stimme sprach Angst, doch Kenric schüttelte nur den Kopf und trieb erneut sein Pferd an.

»Ich durchbohre Euch mit dem Pfeil. Ich schwöre es.«

Tess schien außer sich zu sein, doch Kenric war nicht weniger zu allem entschlossen.

»Ich bringe Euch zurück.«

»Ich gehe nicht zu den MacLeith zurück«, rief Tess. Diese Worte brachten Kenric endlich dazu, sein Pferd zu zügeln.

»Lieber sterbe ich von Eurer Hand oder von der Eures Vasallen.« Sie wies mit dem Kopf auf Fitz Alan. Kenric sah sie an, als habe sie den Verstand verloren. Sie spannte den Bogen noch straffer. »Ich meine es ernst.«

»Wovon sprecht Ihr, kleine Närrin? Ich bringe Euch nach Hause.«

»Wieso?«

»Wieso?« Kenrics Pferd scheute, und er mußte das Tier erst einmal beruhigen. Am liebsten wäre er losgaloppiert, um seine abtrünnige Gattin mit Gewalt in den Sattel zu zerren. Doch sie hielt die Sehne so straff, wie er es ihr nie zugetraut hätte. Wenn sie eine nur leidliche Schützin war, würde ihr Pfeil ihn aufspießen. Wie hätte er ahnen sollen, daß man in voller Rüstung ausrücken mußte, um die eigene Frau zurückzuholen?

»Hört auf mit dem Unsinn, Tess.« Er versuchte sich seine Wut nicht anmerken zu lassen. Der auf seine Brust gerichtete Pfeil verlangte diplomatisches Geschick. Trotzdem fügte er herrisch hinzu: »Ihr kommt sofort mit mir!«

»Ihr habt mich verstoßen«, rief Tess, und die Tränen strömten ihr ungehindert übers Gesicht. »Ihr wollt mich nicht zu Eurer Gattin. Ihr brachtet sogar Eure Männer zu mir, um ihnen meinen Makel zu zeigen und Euren Anspruch zu stützen, wenn Ihr um die Annullierung der Ehe nachsucht. Ich werde meine Rückkehr nach Remmington keine vierzehn Tage überleben. Die MacLeith kennen keine Barmherzigkeit. Wenn ich Glück habe, werde ich nicht einen Tag überleben. Wie könnt Ihr mich zurückschicken, wenn Ihr wißt, welches Schicksal mir droht?«

»Erst gestern habe ich Euch versprochen, daß Ihr niemals

mehr zu Dunmore MacLeith zurückkehren müßt«, sagte er und verbarg seine Wut nicht länger. Hielt sie ihn denn wirklich für ein solches Ungeheuer? »Ich habe Euch nicht verstoßen. Meine Männer sollen nur vor dem König bezeugen, daß ich einen gerechten Grund hatte, Gordon MacLeith zu töten.«

Tess antwortete nicht, doch die Hand, mit der sie den Bogen hielt, begann merklich zu zittern.

»Wenn Ihr den Bogen nicht bald senkt, werdet Ihr mich noch unabsichtlich töten.« Kenrics Pferd scharrte mit den Hufen und schnaubte, als wolle es sich den Äußerungen seines Herrn anschließen. Tess zögerte noch immer. »Eine tiefe Fleischwunde wird mich Euch nicht geneigter machen, Frau.«

»Ihr ... Ihr täuscht mich auch nicht?« fragte sie, während sie langsam die Waffe sinken ließ.

Kenric gab seinem Pferd die Sporen. Er sprang hinunter und packte seine Frau. Sein Griff war schmerzhaft.

»Ihr werdet nie wieder vor mir davonlaufen«, rief er so laut, daß Tess zusammenzuckte. »Habt Ihr das verstanden?«

»Jawohl, mein Gatte«, sagte sie leise. Sie schlang die Arme um seinen Hals und zog seinen Kopf zu sich, um ihm etwas zuzuflüstern. Kenric war so überrascht, daß er es zuließ. »Ich versichere Euch, ich bin noch nie ohnmächtig geworden, aber ich höre ein ganz merkwürdiges ... Läuten und ...«

Sie verstummte, und ihr Körper wurde schlaff. Kopfschüttelnd hob Kenric sie auf.

»Von Fieber geschüttelt, will sie sich auf eigene Faust nach London durchschlagen«, murmelte er. »Entweder seid Ihr unglaublich tapfer oder unglaublich dumm. Ich kann noch nicht sagen, für welche Möglichkeit ich mich entscheide.«

»Laßt ihre Sachen holen«, befahl er Fitz Alan und wies mit dem Kopf auf die Bündel, die noch auf dem Boden lagen. »Ich bin neugierig, welche Überraschungen sie sonst noch in ihrem Gepäck hat.«

Kenric bestieg sein Pferd. Dabei verlagerte er seine Last auf eine Schulter, als er sich in den Sattel schwang.

»Ihr Irrtum ist begreiflich«, sagte Fitz Alan.

»Ihr Irrtum war dumm«, fuhr Kenric ihn an. »Sie hätte wissen müssen, daß ich sie nicht zu diesen Hunden zurückschicke.«

»Sie haben sie fünf Jahre lang gequält«, gab Fitz Alan vorsichtig zu bedenken. »Sie wird ihre Angst nicht über Nacht vergessen können.«

Kenric war nicht anzumerken, ob er ihm zugehört hatte, aber er nahm sich seine Worte zu Herzen. Er spürte, daß Tess sich in seinen Armen regte, und schob den Mantel zur Seite. Ihre Augen waren immer noch glasig, ihr Gesicht totenblaß. Sie sahen einander an und versuchten jeweils zu ergründen, was im anderen vorging. Tess brach schließlich das Schweigen.

»Habt Ihr meine Strafe schon festgelegt?« Ihre Stimme klang matt und ausdruckslos.

»Nein«, entgegnete Kenric. Tess schien im Augenblick schon genug durchzumachen. Noch vor einer Stunde hätte er sie liebend gern verprügelt. Aber jetzt? »Welche Strafen habt Ihr in der Vergangenheit für Ungehorsam empfangen?«

»Eine Woche Gefangenschaft in meinem Zimmer«, sagte sie mit mitleiderregend schwacher Stimme. »Bei Wasser und Brot. Manchmal eine Woche Arbeit in der Küche, im Stall, auf den Feldern oder ...«

»Ich verstehe«, sagte Kenric gedehnt. Er verzog den Mund. »Das sind die Strafen, die Euch die MacLeith gewöhnlich auferlegten?«

Zunächst nickte sie, dann schüttelte sie den Kopf. »Meistens die Peitsche.«

Sie schloß die Augen, zu müde, um sie noch länger offenzuhalten. Tess empfand Gewissensbisse, weil sie solch geringe Strafen genannt hatte. Mit solchen Strafen konnte sie leben. In ihrem Zustand wäre eine Woche in ihrem Zimmer ... nein, in Kenrics Zimmer – der Himmel.

6.

Als Tess erwachte, war sie von bauschigen goldenen Wolken umgeben, die an einem so blauen Himmel dahintrieben, wie sie ihn noch nie gesehen hatte.

»Wie schön«, hauchte sie ehrfürchtig. »Genauso hatte ich ihn mir vorgestellt.«

»Wen?« fragte eine tiefe Stimme.

Sie streckte die Arme aus, um die herrlichen Wolken einzufangen. »Den Himmel!«

Etwas Kaltes, Nasses klatschte auf ihre Augen und vertrieb das schöne Bild. »Nein!« schrie sie auf, als kräftige Hände sie hinunterdrückten, immer tiefer hinab in einen dunklen Abgrund. Sie versuchte sich festzuhalten, den Sturz aufzuhalten, doch sie fiel und fiel, bis sie auf weichem Boden aufkam. Als sie die Augen öffnete, nahm sie nur Dunkelheit wahr. Dann loderten rings um sie Feuerzungen auf und schlossen sie ein, so siedend heiß, daß sie glaubte, ihre Haut werde Feuer fangen. Ihr Körper war wie gelähmt, sie konnte sich nicht rühren, war unfähig, dem Inferno zu entfliehen.

In den Flammen erschienen die grauenhaften Fratzen von Feuerdämonen – die Dämonen des Jüngsten Gerichts aus der Abtei von Kelso. Tess erstarrte vor Entsetzen. Eines der Ungeheuer löste sich aus dem Feuer und kam auf sie zu, lachte höhnisch über ihre Hilflosigkeit, sein heißer Atem schlug ihr ins Gesicht. Tess kniff die Augen zu und schrie in heilloser Angst.

Zwei kräftige Arme griffen plötzlich nach ihr und hoben sie aus dem Abgrund heraus. Sie fürchtete schon, sie sei in der Gewalt des Dämons, bis sie den Mut fand, die Augen zu öffnen, und verblüfft Kenric erkannte.

Woher war er auf einmal gekommen?

»Laßt mich nicht fallen«, bat sie. Sie klammerte sich an seinen Armen fest und blickte über seine Schulter in das Inferno der Tiefe, schauderte, als die Flammen an Kenrics Stiefeln leckten. »Es war entsetzlich da unten.«

»Ich halte Euch.«

Er sprach weiter, doch seine Worte schienen zu verschwimmen, bis sie nur noch ein leises Summen hörte, das schließlich auch verstummte. Manchmal drangen Gesprächsfetzen an ihr Ohr, aber die Laute waren schon wieder verklungen, ehe sie einen bleibenden Eindruck hinterlassen konnten. Zeit und Wirklichkeit rückten in die Ferne. Es gab keine Vergangenheit, keine Gegenwart, nur die wirbelnden Farben eines unbekannten Traums, dem Form und Substanz fehlten. Das Nichts verschwand erst, wenn das Summen wieder einsetzte, immer lauter wurde, bis Tess gezwungen war, das leere Traumbild loszulassen. Aus dem Summen wurde schließlich eine Stimme, eine vertraute Stimme, doch sie fand kein Gesicht zu ihr. Sprach sie Lateinisch?

»Ein Priester«, flüsterte sie, als sie den traurigen Singsang zu erkennen glaubte. Man hatte nach einem Priester geschickt, also lag jemand im Sterben. Sie versuchte die Augen zu öffnen, schaffte jedoch nicht einmal das. Erst einen Augenblick später erkannte sie, daß wohl sie selbst die Sterbende war! Sie fing an zu weinen, hielt jedoch inne, als sie wie durch einen Nebel Kenrics Stimme hörte. Deutlich verstand sie seine Worte.

»Ich werde nicht nach einem Priester schicken!«

»Aber Ihr müßt ihr die Bitte erfüllen«, erwiderte ein anderer. »Sie stirbt.«

»Tess stirbt nicht. Ich werde es nicht zulassen!«

Tess ließ sich abermals mit dem Nebel davontreiben, ungeheuer erleichtert, weil sie wußte, daß sie nicht sterben würde. Ja, es tat gut, dieser Sorge ledig zu sein. Kenric würde auf sie aufpassen. Er würde sie beschützen. Als sie an ihn dachte, nahm allmählich ein neuer seltsamer Traum in ihrem Kopf Gestalt an. Sie sah Kenric als Jüngling von höchstens fünfzehn Jahren. Er stand in einer Gruppe von Gleichaltrigen, überragte sie jedoch alle. Seine körperliche Entwicklung deutete bereits den mächtigen Kriegsführer an, der er später werden sollte. Er stand im Mittelpunkt der Gruppe, einem pockennarbigen Jungen mit mausbraunem Haar zugewandt. Die beiden stritten erbittert miteinander, und Tess bemühte sich, die Worte zu verstehen.

»Du bist ein Bastard«, höhnte der Junge. »Deine Mutter war nichts weiter als eine Hure, die die Beine für den König breit gemacht hat.«

Kenric ballte die Hände zu Fäusten, seine Züge verhärteten sich, doch er griff den Spötter nicht an. Seiner Stimme war anzumerken, wieviel Kraft es ihn kostete, seinen Zorn zu unterdrücken.

»Du nimmst diese Worte zurück und gibst zu, daß du ein elender Lügner bist«, forderte er laut. »Oder ich werde dich töten, Royce von Northton.«

»Oho.« Royce lachte und verzog angewidert den Mund. »Also würde der Bastard des Königs einen Menschen töten, nur weil er die Wahrheit spricht. Nun, ich habe Neuigkeiten für dich, Kenric, Sohn der Hure des Königs: Das würdest du nie schaffen.« Royce wandte sich zuversichtlich an seine Gefährten, um sich ihrer Unterstützung zu versichern. »Habt ihr euch nie gefragt, warum erprobte Kämpfer im Turnier so schnell vor ihm im Staub landen? Ich behaupte, das Gold des Königs beschleunigt ihren Sturz, damit sein Bastard als der bessere Mann aus dem Kampf hervorgeht.«

»Bei Gott, Royce«, rief ein Junge aus der Menge. »Das ist Hochverrat. Sei nicht –«

»Sei still.« Royce fixierte Kenric aus schmalen Augen. »Ich warte schon lange darauf, daß das Blut dieses Bastards meine Klinge ziert. Er verspottet uns mit jedem Turnier, das er gewinnt, läßt uns aussehen wie kleine Kinder. Erklärt mir doch mal, wie wir ihn bei den Waffenübungen besiegen können, wenn erfahrene Streiter im Turnier vor ihm in die Knie gehen wie alte Weiber?«

»Hast du schon einmal in Erwägung gezogen, daß ich euch gewinnen lasse?« fragte Kenric mit zusammengebissenen Zähnen.

»Ha! Du bist der Lügner!« Royce wollte ihm einen Stoß gegen die Schulter versetzen, doch Kenric drehte sich zur

Seite, so daß er ihn verfehlte. »Du hast jeden ehrlichen Ritter mit deinen Betrügereien geschändet, du mußt sterben!«

Royce zog sein Schwert, doch Kenric war schneller, er wehrte den schlechtgezielten Hieb mühelos ab. Der Kreis der Jungen öffnete sich, einige feuerten Royce an, andere standen auf Kenrics Seite.

Noch bevor ein Dutzend Hiebe gefallen waren, erkannten alle, welch ungleicher Kampf sich vor ihren Augen abspielte. Royce focht wie der Teufel, während Kenric sich ihn ohne große Anstrengung vom Leibe hielt. Das Wissen, daß mit ihm gespielt wurde, und seine Unfähigkeit, Kenrics Verteidigung zu durchbrechen, versetzte Royce in heillose Wut, sein schweißbedecktes Gesicht war von Haß verzerrt, während Kenric nicht einmal schneller atmete.

Der Kampf ging weiter, bis Kenric der Lektion endlich müde wurde und Royce die Waffe aus der Hand schlug. Die Klinge flog gegen die Brust des Jungen und riß ihn um. Kenric setzte ihm die Spitze seines Schwerts an die Kehle.

»Somit ist es bewiesen.« Kenric sprach ruhig, sein Gesicht war ausdruckslos. »Die Kämpfe, die ihr gegen mich gewonnen habt, sollten euch allen diese Demütigung ersparen. Die Ehre bedeutet einem Ritter alles, und ich würde sie niemals verraten, um einer von euch zu werden. Ich habe mir meine Sporen heute ehrlich verdient, und ich habe nichts getan, was deine üblen Verleumdungen gegen meine Familie rechtfertigt.« Er bohrte die Spitze seines Schwerts leicht in die Haut des Jungen. Seine Stimme klang jetzt nicht mehr gleichgültig. »Und nun wirst du dich entschuldigen.«

»Fahr zur Hölle, Bastard.«

Kenric sah den am Boden liegenden Jungen lange an, der Ekel und die Versuchung, ihn zu töten, standen ihm deutlich ins Gesicht geschrieben. Schließlich zog er sich zurück.

»Steh auf, du elender Wurm.« Er rammte das Schwert in die Scheide. »Ich werde meine Klinge nicht mit deinem Blut besudeln.«

Kenric machte kehrt und schritt davon, das schweigende Publikum wich zurück, um ihn passieren zu lassen. Er merkte nicht, daß er in Gefahr war, bis ihm jemand im letzten Moment eine Warnung zurief. Da fuhr er herum, nur einen Sekundenbruchteil ehe Royce' Schwert sich in seinen Hals bohren konnte. Rein instinktiv zog Kenric sein Schwert und stieß es blitzschnell in die Brust seines Angreifers. Royce war tot, noch ehe er zu Boden stürzte.

Der Nebel breitete sich abermals aus, und Tess gab sich alle Mühe, Kenric nicht zu verlieren. Er blickte sich um und suchte vergeblich nach der Frau, die warnend seinen Namen gerufen hatte.

»Ich bin hier, Kenric. Seht Ihr mich?«

»Ich sehe Euch sehr gut.«

Der Nebel lichtete sich, und Tess stellte überrascht fest, daß sie im Bett lag. Kenric saß in einem Stuhl an ihrer Seite, aber dieser Kenric war älter, der Mann, den sie geheiratet hatte.

»Ich sah, wie Ihr ihn getötet habt«, flüsterte sie und suchte seine Hand zwischen den zerknüllten Laken, suchte seinen Trost. »Ich hatte solche Angst.«

Kenric runzelte verwirrt die Stirn, während er ihre Hand drückte. Dann zog er die Laken glatt. »Wen habt Ihr mich töten sehen?«

»Den Jungen, der damals solch abscheulichen Dinge sagte.« Tess streckte die Hand nach seiner Wange aus. Sein Gesicht war so vertraut, als ob sie ihn schon immer gekannt hätte. »Ihr nanntet ihn Royce.«

Kenrics Miene war nun nicht mehr überrascht, sondern zornig. »Wer hat Euch davon erzählt?«

»Niemand. Ich sah es jetzt eben in meinem Traum. Als Royce Euch hinterrücks angriff, rief ich Euren Namen, um Euch zu warnen. Ich dachte, Ihr hättet mich rufen hören.«

O ja, er hatte das Rufen gehört, dachte Kenric grimmig, der sich noch genau an jenen Tag erinnerte. Aber Tess war nicht dort gewesen. Einer der Umstehenden hatte ihn gewarnt, seine Stimme war in der Aufregung gekippt und hatte sich wie das Kreischen einer Frau angehört. Doch Kenric erinnerte sich auch noch an die Verwirrung in den Gesichtern seiner Gefährten, als er sich für die Warnung bedanken wollte, denn sie alle beteuerten, sie hätten nichts gehört. Wahrscheinlich waren alle viel zu aufgeregt gewesen, dachte Kenric damals. Es ging alles so schnell. Und bis zu diesem Augenblick hatte er kaum noch an diesen merkwürdigen Umstand gedacht.

Woher wußte Tess, daß er die Stimme einer Frau gehört hatte?

Er kramte in seinem Gedächtnis, versuchte sich zu erinnern, wie die Stimme geklungen hatte. Da wurde ihm plötzlich bewußt, was er da tat, und er schüttelte ungläubig den Kopf. Der Gedanke, daß Tess ihn soeben im Schlaf gewarnt hatte und er es vor nahezu zehn Jahren gehört haben sollte, war haarsträubend. Wie konnte er sich nur auf so etwas einlassen?

Ihr Fieberwahn war ansteckend, dachte er. Die Geschichte hatte sich vermutlich wie all die anderen verbreitet, die Tess zu kennen schien. Ja, das war das Geheimnis. Eine Geschichte, von vielen, die sie irgendwo aufgeschnappt hatte, und die ihr im Fieber auf diese Weise erschien.

Er nahm ihre Hand von seinem Knie und schob sie unter die Bettdecke. Sie war wieder eingeschlafen, doch ihre Stirn glühte. Es war zwei Tage her, seit er sie aus dem Wald zurückgeholt hatte, und immer noch war kein Zeichen der Besserung zu erkennen. Manchmal schlief sie ruhig, öfter jedoch befand sie sich in einem qualvollen Zustand zwischen Schlafen und Wachen. Zumindest schien sich ihr Befinden nicht zu verschlimmern.

Er konnte immer noch nicht fassen, daß sie zu Fuß hatte entkommen wollen, nicht einmal Proviant hatte sie für die mehrwöchige Reise mitgenommen. Sie hätte nicht einmal den ersten Tag überstanden. Wäre er an jenem Abend bei klarem Verstand gewesen, hätte er sie niemals allein gelassen. Es war seine Pflicht, seine Gattin zu beschützen, sogar vor sich selbst. Er hatte Tess ernsthaft unterschätzt und auf Anhieb Loyalität und Vertrauen von einer Frau erwartet, die beides in ihrer Jugend kaum kennengelernt hatte. Dennoch hatte sie sein Vertrauen mißbraucht, und dazu würde er ihr nie wieder Gelegenheit geben.

Kenric stand auf und lockerte seine verkrampften Muskeln. Er war seiner Gattin nicht von der Seite gewichen, denn viele seiner Leute auf Montague empfanden Tess als Bedrohung, und es gab keinen einzigen Dienstboten innerhalb der Festung, dem er ihr Leben anvertrauen würde. So manch einer würde in Jubel ausbrechen, wenn sie diesem Fieber erlag.

Er hoffte, einige Stunden schlafen zu können, bevor ihr nächster Alptraum sie einholte, und legte sich neben Tess. Müde rieb er sich die Augen. Sie versuchte, sich an ihn zu schmiegen, und als sie leise im Schlaf wimmerte, zog er sie sanft an sich. Es fühlte sich gut an. Unwillkürlich fuhr er mit den Fingerspitzen über ihre Wange und staunte, wie glatt und weich sie war. Auf ihrem friedlichen Gesicht zeigte sich keine Spur von Furcht oder Haß, auch nicht ihres aufbrausenden Temperaments, das ihm nicht übel gefiel. Sie sah so unschuldig und verletzlich aus, und der Impuls, sie zu beschützen war nahezu überwältigend. Kenric kämpfte nicht dagegen an. Nein, es war seine Aufgabe, jene zu beschützen, die unter seiner Obhut standen. Was ihn beunruhigte, war das Gefühl der Enge in seiner Brust.

Der Rand eines Bechers drückte sich an Tess' Lippen, aber sie durfte nur einen winzigen Schluck trinken, bevor ihr das kühlende Wasser wieder entzogen wurde. Sie öffnete die Augen, um gegen diese neue Grausamkeit zu protestieren, doch statt dessen hielt sie verwundert den Atem an bei dem Anblick, der sich ihr bot. Ein Engel saß an ihrem Bett!

Goldene Wolken umrahmten die Gestalt, und ein helles Licht umgab sie, so hell, daß Tess ihr Gesicht nicht klar erkennen konnte. Doch sie erkannte den Engel. Er war der heilige Petrus, und das helle Licht entströmte den Himmelstoren.

»Ich sollte eigentlich nicht hier sein«, sagte sie zu ihm.

»Und warum nicht?« fragte der Engel.

»Weil ich nicht sterben werde. Kenric hat es selbst gesagt.«

Der Engel antwortete ihr nicht sogleich. Dann sagte er

überrascht: Das war eigentlich nicht für deine Ohren bestimmt.«

»Du bist der heilige Petrus, und ich soll dir alles über mein Leben erzählen, anschließend wirst du entscheiden, ob ich die Himmelstore passieren darf.« Tess runzelte die Stirn. »Aber ich glaube nicht, daß ich hier sein sollte. Ich habe Kenric deutlich sagen hören, daß ich keinen Priester brauche, weil ich nicht sterben werde.« Ihre Augen füllten sich mit Tränen, und sie begann zu weinen. »Vielleicht war es aber nur Einbildung.«

»Du wirst nicht sterben.« Der Engel wischte ihr die Tränen von den Wangen und schloß sie in die Arme. Sogleich ließ ihre Angst nach. »Warum erzählst du mir nicht von deinem Leben, während wir hier warten?«

Tess erfüllte ihm seine Bitte. Sie erzählte ihm alles, was ihr einfiel, das Gute und das Schlechte, und sie wußte, daß der Engel sie ihrer menschlichen Schwächen wegen nicht zu streng beurteilen würde. Mehrmals schlief sie während ihres Berichts ein, doch wenn sie erwachte, sah sie ihn jedesmal geduldig an ihrem Bett sitzen und warten. Jedesmal stellte er ihr die gleiche Frage. Sobald sie erwachte, bat er sie, ihm seinen Namen zu sagen. Er schien zu glauben, sie könne ihn vergessen.

Der Engel schien ein besonderes Interesse an ihrem Leben in Langston Keep zu haben. Obgleich Tess ihm sagte, daß sie nicht gern von jener Zeit sprach, beantwortete sie dennoch gehorsam seine Fragen. Bald sollte sie ihm über die wenigen Tage, die seit ihrer Heirat vergangen waren, berichten.

»Kenric macht mir manchmal angst«, gestand sie. »Ich bin noch nie einem Mann wie ihm begegnet. Die Geschichten über ihn sind so furchteinflößend, doch in seinen Augen sehe ich nicht die Grausamkeit, die ich in den Augen der MacLeith sah. Vielleicht verbirgt er sie nur besser. Es ist beunruhigend, niemals zu wissen, was er denkt.«

»Weshalb fürchtest du dich vor ihm?«

Sie schüttelte den Kopf. »Ich fürchte mich vor seiner Stärke. Ich bezweifle, daß ich Prügel von ihm überleben würde.«

»Dein Gatte hat dir versprochen, dich nicht zu schlagen. Zweifelst du an seinen Worten?«

»Männer vergessen schnell ihre Versprechen, wenn sie in Wut geraten«, erwiderte sie. Dann machte Tess sich eine Zeitlang an der Bettdecke zu schaffen, bevor sie den zweiten Grund für ihre Furcht gestand. »Er will mich nicht. Es ist nicht schwer für einen Mann, sich eine ungewollte Braut vom Hals zu schaffen.«

»Glaubst du wirklich, dein Gatte ist fähig zu einem Mord, nur um eine Heirat rückgängig zu machen?«

Tess dachte kurz darüber nach, dann zuckte sie die Achseln. »Gordon MacLeith hat gedroht, mich zu töten, sobald ich einen gesunden Erben geboren hätte. Er sagte, man werde dann glauben, ich sei im Kindbett gestorben. Es war eine ungeschickte Drohung, denn sie festigte nur meinen Entschluß zur Flucht. Kenric ist weit klüger und verschlagener als beide MacLeith. Hätte er mir das gleiche Schicksal zugedacht, würde ich gewiß nicht von seinem Plan erfahren, bis ich die Klinge an meinem Hals spürte. Es ist nicht leicht, mit dieser Furcht zu leben.«

»Eure Furcht ist kindisch. Euer Gatte will Euch nichts Böses tun.«

»Weißt du das genau?« fragte Tess hoffnungsvoll. »Er scheint mich nicht besonders zu mögen, wenngleich ich seine Enttäuschung verstehen kann. Gewiß hatte Kenric die Auswahl unter den schönsten Damen des Hofes, doch der König hat ihn an mich gekettet.«

»Du hältst dich selbst nicht für reizvoll?«

»Oh, meine Eltern sagten, ich sei hübsch, aber alle Eltern halten ihre Kinder für liebenswert. Nein, Männer wollen Frauen wie die Königin oder Kenrics Schwester. Heute sind dunkles Haar und helle Haut in Mode.« Tess seufzte resigniert. »Vielleicht wird Kenric sich ja an mich gewöhnen.«

»Und wirst du dich an deinen Gatten gewöhnen?«

»Ich bezweifle, daß es jemals dazu kommen wird.« Sie lachte auf. »Wenn ich ihn ansehe, zittern mir jedesmal die Knie, und mein Körper vibriert.«

»So schlimm erscheint er dir?«

»O nein«, hauchte sie verträumt. Sie gähnte und hoffte, daß der Engel es ihr nicht übelnahm, wenn sie einen Augenblick die Augen schloß. »So wunderschön.«

Kenric fuhr sich mit der Hand durchs Haar. Er war ebenso erschöpft wie seine Braut. Während der vergangenen vier Tage hatte er nur wenig geschlafen, sich nur hin und wieder neben Tess ausgestreckt. Meistens aber war er auf dem Stuhl eingedöst, den er an ihr Bett gezogen hatte. Immerhin waren ihre Fieberträume aufschlußreich gewesen. Er gähnte abermals und versuchte seine Gedanken zu stoppen, um einzuschlafen. Wenig später schrak er auf.

Tess hatte sich im Bett aufgesetzt und lächelte bezaubernd. Er erwiderte ihr Lächeln unsicher, da er sich fragte, wer er wohl dieses Mal sein würde. Es schien fast, als sei sie genesen, aber ihre Miene wirkte eigenartig, sie gab sich, als sei sie einige Jahre älter, ihr Blick schien reifer. Die Farbe war in ihr Gesicht zurückgekehrt und sie war, wenn möglich, schöner denn je.

»Kenric!« Ihr Lächeln war strahlend. Sie streckte die Arme aus und drückte ihn fest an sich, als er sich zu ihr aufs Bett setzte. »Ihr habt mir so sehr gefehlt!«

Ihre überschwengliche Begrüßung verblüffte ihn. »Fühlt Ihr Euch besser?«

»Ich fühle mich herrlich, jetzt da Ihr zurück seid. Es scheint, als sei ein Jahr vergangen, nicht nur ein Monat. Was haltet Ihr von Eurem jüngsten Sohn?«

»Mein Sohn?« fragte Kenric aufrichtig erstaunt über diese Wendung des Gesprächs.

»Ja, Euer Sohn.« Tess stieß ihn scherzhaft in die Seite. »Ihr seid eine Woche nach seiner Geburt aufgebrochen. Ihr habt Euer Kind doch nicht schon vergessen? Oder schmollt Ihr mir immer noch, weil ich keine Tochter zur Welt gebracht habe?«

»Ich … ich weiß nicht, was ich sagen soll«, erwiderte Kenric wahrheitsgemäß.

»Dann sagt doch, daß Ihr glücklich seid, weil Ihr drei prachtvolle Söhne habt.« Sie schmiegte sich an seine Brust.

»Die Geburt liegt lange genug zurück, um jetzt an unsere Tochter zu denken«, säuselte sie verführerisch und hauchte kleine Küsse auf seinen Hals, bis Kenric sie von sich schob.

»Jetzt nicht«, sagte er und ärgerte sich, weil seine Stimme vor Verlangen erstickt klang. »Ihr müßt Euch ausruhen.«

»Ich habe mich einen ganzen Monat lang ausgeruht.« Ihr Schmollen verwandelte sich in ein Lächeln, als sie mit den Fingern über die Innenseite seines Oberschenkels fuhr. Kenric packte ihre Hand. Er konnte nicht fassen, was sie da tat. Das mutwillige Lächeln verschwand von ihrem Gesicht. »Ihr wollt mich nicht?«

»Jetzt nicht«, sagte er erneut und fragte sich, wie um Himmels willen er mit dieser Situation umgehen sollte. Er wußte, daß das Fieber sie trieb, aber ihr Blick und ihr überzeugter Ton ließen die Härchen in seinem Nacken zu Berge stehen. »Wie lange sind wir schon verheiratet?«

»Welch seltsame Frage. Habt Ihr das Fest zu unserem fünften Hochzeitstag bereits vergessen?« Sie wirkte besorgt und legte sanft die Hand auf seine Stirn. »Fühlt Ihr Euch auch wohl, Mylord? Ihr benehmt Euch recht seltsam.«

Kenric stand auf und erinnerte sich an die Worte der alten Martha über Fieberfantasien, doch er konnte das seltsame Gefühl nicht abschütteln, daß dieser Wahn einen wahren Kern beinhaltete.

»Was habt Ihr? Fehlt dem Kleinen etwas?«

»Nein, Ihr seid es, die krank war, Tess. Seit vier Tagen leidet Ihr unter hohem Fieber, seit ich Euch im Wald fand, wo Ihr mit Pfeil und Bogen auf mich zieltet.«

»Das ist Jahre her«, wandte sie ein. »Warum sagt Ihr so etwas?«

»Weil es die Wahrheit ist. Ich habe dieses Zimmer seit Tagen nicht verlassen, und ich war erst recht keinen Monat fort.«

»Ich glaube, Ihr solltet Euch ins Bett legen«, zog Tess ihn halbherzig auf. Sie klopfte auf die Bettdecke. »Kommt, ruht Euch eine Weile bei mir aus. Ihr habt eine sehr lange Reise hinter Euch, Liebster.«

Kenric schlüpfte wider besseren Wissens zu ihr ins Bett. Er war keineswegs überrascht, als Tess ihn küssen wollte.

»Nur einen Kuß«, versprach sie. »Dann schlafen wir. Einverstanden?«

Kenric lächelte, als er ihren hoffnungsvollen Blick sah. Er beugte sich zu ihr, küßte sie zärtlich und spürte schon bei dieser leichten Berührung die wütende Hitze ihres Fiebers. Tess war eingeschlafen, bevor er sich von ihr zurückzog. Kenric ließ sich in die Kissen sinken und seufzte. Wie sollte er diese neuesten Trugbilder deuten?

7.

Verwirrt und schlaftrunken schlug Tess die Augen auf. Das trübe Licht, das durchs Fenster hereinschien, sagte ihr, daß der Tag entweder gerade begann oder aber zu Ende ging. Morgendämmerung, entschied sie. Ohne aufzusehen, wußte sie, daß ihr Kopf auf Kenrics Brust lag und er den Arm um ihre Taille geschlungen hatte. Sein tiefes, gleichmäßiges Atmen ließ sie glauben, daß er schlief.

Sie blickte seitlich auf seine nackte Brust, ihre Wimpern strichen über den schwarzen Haarflaum. Die Bettdecke reichte ihm bis zur Taille, doch Tess, die ihr Bein um seines geschlungen hatte, konnte spüren, daß er nichts anhatte. Noch nie hatte sie so nah neben einem nackten Mann gelegen. Sein klarer, regelmäßiger Herzschlag war beruhigend, sein Duft vertraut. Sie atmete ihn tief ein.

Tess schob ihr Bein höher. Eigentlich hatte sie nur eine bequemere Lage gesucht, daher erschrak sie, als ihr Knie den intimsten Teil seines Körpers streifte. Auch wenn Kenric selbst noch schlief, sein Körper war wach. Noch ehe sie über diese Entdeckung schockiert sein konnte, nahm Kenric ihr Gesicht in seine Hände und zwang sie, ihn anzusehen.

»Wie fühlt Ihr Euch?«

»Scheußlich.« Vor Schreck brachte sie nur ein heiseres Flüstern zustande.

Kenric griff nach einem Kelch, der auf einem Tisch neben dem Bett stand. Er stützte sie mit einem Arm und hielt ihr das Gefäß an die Lippen. »Trinkt das.«

Tess trank den Becher gierig leer. Kenric nahm ihn und musterte sie prüfend. »Das Fieber ist verschwunden.«

»Ich sagte doch, daß es bis zum Morgen ausgestanden sein würde«, erwiderte sie trotzig und zog die Bettdecke hoch. Wenn man mit einem nackten Mann zusammen im Bett aufwachte, mußte man auf der Hut sein, vor allem wenn der Mann anscheinend übler Laune war. Aber Tess konnte noch keinen klaren Gedanken fassen. Sie preßte die Fingerspitzen an die Schläfen und versuchte sich zu konzentrieren. Ihr Kopf tat weh, und ihre Augen schienen nicht zu folgen, wenn sie den Kopf bewegte. »Seht Ihr? Kein Grund zur Sorge.«

Kenric schlug die Bettdecke zurück. Mit einem kaum unterdrückten Fluch stieg er aus dem Bett. »Es ist schon Morgen, Frau. Und höchste Zeit, die Rechnung zu begleichen.«

»Welche Rechnung?« fragte Tess, die gegen ihre Verwirrung ankämpfte. Sie sah sich im Zimmer um und stellte überrascht fest, daß große Unordnung herrschte. Ein Tablett mit Speiseresten stand auf dem Tisch, und Kenrics Kleider lagen auf dem Fußboden verstreut. Sie erinnerte sich nicht daran, daß es hier gestern nacht so ausgesehen hatte.

»Glaubt Ihr wirklich, daß Ihr Euch mir widersetzen könnt, ohne bestraft zu werden?« fragte er, während er in eine Hose schlüpfte.

»Ich habe mich Euch widersetzt, indem ich Fieber bekam? Ich soll bestraft werden, weil ich krank wurde?«

»Ihr werdet bestraft, weil ich Euch suchen mußte«, sagte Kenric mit zusammengebissenen Zähnen. »Ihr werdet bestraft, weil Ihr mich um ein Haar in die äußerst unangenehme Situation gebracht hättet, wenige Tage nach unserer Vermählung eine Erklärung für Euren Tod zu finden. Ihr seid fast umgekommen, kleine Närrin.«

»Es war doch nur ein Fieber«, flüsterte sie.

Er betrachtete ihr Gesicht, suchte nach einer Antwort, die er offenbar nicht fand. »Was wißt Ihr von Eurer Krankheit?«

»Ich weiß noch, daß Ihr mich gestern abend hierher gebracht habt. Wir sprachen kurz miteinander und zogen uns zurück.«

»Dann erlaubt mir, Euer Gedächtnis aufzufrischen, Lady.« Kenric verschränkte die Hände hinter dem Rücken und sah sie finster an. »Keine zwei Stunden nachdem ich Euch hierher gebracht hatte, seid Ihr geflohen wie eine Diebin in der Nacht. Nicht nur aus meinem Bett, sondern aus der Burg. Und das geschah nicht gestern nacht, sondern vor fünf Tagen.«

Der entsetzte Ausdruck auf Tess' Gesicht zeigte, daß ihr erst jetzt alles wieder einfiel. Sie verbarg ihr Gesicht hinter den Händen, als wolle sie damit den Ansturm der Erinnerungen aufhalten.

»Dann stellt Euch mein Entzücken vor, als ich meine Gattin fand und sie mit einem Pfeil auf meine Brust zielte. Verglichen damit war es nur noch ein geringes Vergnügen, fünf Tage lang im Ungewissen zu sein, ob sie leben oder sterben würde.«

»O nein …« Tess bedeckte immer noch ihr Gesicht, begann jedoch hin und her zu schaukeln.

»Ich nehme an, das bedeutet, Ihr erinnert Euch an Eure Dummheit. Gibt es noch irgend etwas, das Ihr zu klären wünscht? Laßt es mich wissen, Frau. Ich zähle Euch nur zu gern jede einzelne Eurer Missetaten auf.«

»Ich kann mich an die Zeit der Krankheit nicht erinnern«, sagte Tess hilflos. »An alles, was davor geschah, schon, aber nicht an die Zeit, nachdem wir den Wald verlassen hatten.«

»Ihr hattet Tobsuchtsanfälle«, erwiderte er nun fast gelangweilt. »Am ersten Tag, als Ihr die alte Martha saht, die Heilerin, die ich zu Eurer Pflege geschickt hatte, strecktet Ihr die arme Frau mit einem Fausthieb nieder.«

»Nein!«

»Doch. Die Diener dachten, Ihr wärt von Dämonen besessen. Ihr wißt doch, daß die meisten Menschen glauben, man könne Dämonen nur austreiben, indem man glühende Kohlen auf die Haut des Kranken legt?«

Tess wurde bleich und schüttelte den Kopf.

»Statt meinen verängstigten Dienern zu erlauben, sich um eine Frau zu kümmern, die sie offenbar für wahnsinnig hielten, übernahm ich selbst diese Aufgabe. Ihr könnt mit Euch zufrieden sein, Lady. Viele wären beeindruckt, wenn sie erführen, daß der Henker von Wales sich Euch zuliebe in einen Krankenpfleger verwandelt hat.«

»Ich … ich kann das alles kaum glauben«, flüsterte Tess, der es schwerfiel zu begreifen, was er sagte.

»In der Nacht unserer Vermählung hätte ich dasselbe gesagt«, erwiderte Kenric gelassen. »Doch seit unserer Heirat habt Ihr einem Mann die Kehle durchschnitten, mich verraten und mir mehr Schwierigkeiten aufgehalst als irgendein anderes weibliches Wesen auf dieser Erde. Falls Ihr vorhattet, mich diese Eheschließung bedauern zu lassen, ist es Euch gelungen. Ich hätte Euch in ein Kloster bringen sollen, als ich noch die Gelegenheit dazu hatte.«

»Ja, das hättet Ihr tun sollen«, sagte sie leise. »In einem Kloster hätte ich nie erfahren, welch eine Last es ist, einem anderen Menschen das Leben zu nehmen. Ich wäre auch nicht in Versuchung geführt worden, mein Leben zu riskieren, nur weil ich dachte, mich durch die Flucht vor dem sicheren Tod zu retten. Während der Vesper zu sprechen wäre wohl das schlimmste Vergehen gewesen, dessen ich mich schuldig gemacht hätte.«

Der kalte Ausdruck auf seinem Gesicht, ließ Tess ihren unbesonnenen Gefühlsausbruch bedauern. Sie wußte, daß sie hätte schweigen sollen.

»Dreht mir nicht die Worte im Mund um, Tess. Euer jämmerlicher Versuch, mein Mitgefühl zu wecken, ist sinnlos. Damit wollt Ihr die Schuld für Eure Handlungen nur auf andere abwälzen, statt Euch Eurer Verantwortung zu stellen. Und genau das ihr jetzt, Frau. Es ist Zeit, die Rechnung zu begleichen. Durch Euer Verhalten habt Ihr jedes Recht auf Rücksichtnahme seitens Eures Gatten verwirkt. Ich werde heute als Euer Lord über Euch richten. Steht auf, Tess.«

Seine kalte Entschlossenheit ließ sie erstarren. Stumm sah Tess ihn an, gelähmt von Furcht. Verzweifelt suchte sie nach einer Möglichkeit, sich zu verteidigen. Sie hatte ihn verraten. Sie würde die gleiche Strafe wie jeder andere Verräter erhalten. Aber welche? Ihr schwindelte bei den ensetzlichen Bildern, die ihr durch den Sinn gingen.

Obgleich sie seinem Befehl nachzukommen versuchte, hinderten sie Angst und die lange Krankheit daran. Es gelang ihr zwar, die Beine aus dem Bett zu schwingen, doch dann gaben ihre Knie unter ihr nach und sie fiel zu Boden. Gedemütigt und verängstigt blieb sie dort liegen und wartete.

»Steht auf«, wiederholte er ohne jedes Mitgefühl.

Sie schüttelte den Kopf. »Ich kann nicht«, flüsterte sie.

Das Schweigen dauerte so lange an, daß Tess die Handflächen klamm wurden. Ihre Hände begannen zu zittern.

»Also seid Ihr nicht in der Lage, Eure Strafe zu empfangen«, sagte er endlich. »Ebenso wie es Euch nicht möglich sein wird, Eure ehelichen Pflichten zu erfüllen.«

Tess nickte matt. Ihr Nachtgewand hatte sich um ihre Beine geschlungen, und ein Ärmel war ihr von der Schulter gerutscht, aber sie war zu benommen, um sich über etwas so Belangloses wie Sittsamkeit Gedanken zu machen. Ihre schlimmsten Befürchtungen wurden wahr. Sie hatte versucht, dem Henker von Wales zu entkommen, und er hatte ihre Flucht vereitelt. Genau wie die MacLeith wollte er sie lebend haben. Doch sie würde für ihren Betrug bezahlen müssen, teuer bezahlen müssen.

Tess schloß die Augen, sie war jenseits von Tränen, jenseits von Bitten um Gnade. Sie war sich über die Folgen im klaren gewesen und konnte jetzt nichts anderes tun, als sie hinzunehmen. Der Mann, neben dem sie noch eben so vertraut gelegen hatte, kannte kein Mitgefühl, keine Zärtlichkeit. Er hatte ihr gerade klargemacht, daß er sie nicht ertragen konnte. Und sie verfügte über viel Erfahrung mit Männern, die sie haßten.

Kenric packte sie an den Armen und zerrte sie hoch. Er hatte die ganze Zeit gewußt, daß sie zu schwach war, um aufzustehen. Dennoch hatte er es ihr befohlen. Nur so konnte er sich auf absehbare Zeit Befriedigung verschaffen. An der Totenblässe ihres Gesichts erkannte er, was geschehen würde, noch bevor sich ihre Augen verdrehten und sie in seinen Armen zusammensank.

»Ich werde genau sieben Tage fort sein. Sie wird das Zimmer während meiner Abwesenheit nicht verlassen. Ist das klar?«

Kenrics Stimme weckte Tess, doch sie öffnete die Augen nur einen Spaltbreit und regte sich nicht unter der Bettdecke. Unter den Wimpern hervor sah sie zwei Soldaten auf der Schwelle stehen. Beide nickten und sagten: »Aye, Mylord.«

»Das gleiche gilt für Euch«, fügte Kenric an eine Frau gewandt hinzu, die neben dem Bett stand. »Wenn sie einen von Euch dazu überredet, meinen Befehl zu mißachten, werde ich Euch alle drei in den Kerker werfen lassen. Miriam, Ihr werdet dafür sorgen, daß ihre Verletzungen so schnell wie möglich verheilen. Ich will sie gesund sehen, wenn ich zurückkehre. Völlig gesund.«

»Aye, Mylord«, erwiderte Miriam.

»Auch darf sie keine Besucher außer der alten Martha empfangen. Sagt meiner Gattin, sie darf nichts tun, was ihre Gesundheit aufs Spiel setzt, und daß sie die Zeit nutzen soll, um sich geziemend auf meine Rückkehr vorzubereiten.«

Tess schloß die Augen, und Angst überwältigte sie fast. Ihr blieben also sieben Tage, um sich auf ihre Bestrafung vorzubereiten.

Nachdem er gegangen war, quälte Tess sich mit Fantasien, welch grausame Strafe ihr wohl zugedacht war. Dann wieder versuchte sie sich mit Vermutungen darüber aufzumuntern, welche Strafen nicht in Frage kamen. Wenn Kenric an jenem Tag im Wald die Wahrheit gesagt hatte, wollte er sie nicht den MacLeith ausliefern. Das wäre das Schlimmste gewesen, das sie sich vorstellen konnte. Er hatte auch gesagt, er werde sie nicht schlagen, aber in diese Worte setzte sie kein großes Vertrauen mehr. Er hatte ihr ein Versprechen gegeben, und sie hatte ihn verraten. Also hatte sie kein Recht mehr, zu erwarten, daß er sein Versprechen hielt.

Sie wußte nicht, daß sie laut geseufzt hatte, bis Miriam von ihrer Näharbeit aufsah. Die beiden Wachen waren mit Kenric hinausgegangen, nur die Dienerin war geblieben.

»Ihr seid wach, Mylady?« fragte Miriam. Tess nickte bedrückt. »Ich heiße Miriam, Mylady. Der Baron ist vorhin zu einer Reise aufgebrochen. Er wird –«

»Ich habe jedes seiner Worte gehört. Ihr braucht sie nicht zu wiederholen.«

Miriam neigte den Kopf, und Tess tat ihre schroffe Antwort bereits leid. Es war nicht Miriams Schuld, daß man ihr den Befehl erteilt hatte, ihre Baronin zu bewachen. Die Dienerin hatte ein freundliches Gesicht, gütige blaue Augen, und ihr weichgewelltes graues Haar verlieh ihr etwas Mütterliches. Ihr beigefarbenes Kleid zeigte, daß sie eine nicht unbedeutende Stellung auf Burg Montague innehatte, vermutlich war sie Helens Kammerzofe. Tess schlug einen herzlicheren Ton an. »Es scheint, wir werden eine Zeitlang Gefährtinnen sein, Miriam.«

»Ja, Mylady.«

Langes, beklommenes Schweigen trat ein. Tess sah die Dienerin unverwandt an, und während sie noch abzuschätzen versuchte, wie ergeben sie Kenric war, ob sie sich vielleicht bestechen lassen würde, zerbrach sie sich bereits den Kopf, womit sie sie bestechen könnte. Selbst wenn es ihr möglich wäre, die Dienerin auf ihre Seite zu ziehen, standen noch zwei von Kenrics Wachen vor der Tür, die gleichen Männer, die in jener Nacht herbeigeeilt waren, als Kenric ihre Verletzungen entdeckte. Das bedeutete vermutlich, daß sie zu Kenrics engsten Vertrauten gehörten. Sie würde niemals durch diese Tür gelangen. Miriam wandte sich schließlich wieder ihrer Näharbeit zu.

»Ich möchte, daß Ihr mir alles über Burg Montague erzählt, was Ihr wißt«, sagte Tess unvermittelt. Die Dienerin blickte argwöhnisch auf.

»Mistress Helen gestattet keinen Klatsch über die Familie, Mylady.«

Die Antwort verriet, daß Miriams Loyalität Helen galt, nicht Kenric, doch darüber würde Tess später nachdenken.

»Ich bitte Euch nicht, über die Familie zu klatschen«, sagte Tess. »Ich bin Eure Baronin, Miriam. Ich habe das Recht, über die Bewohner der Burg Bescheid zu wissen. Ihr könnt damit beginnen, mir die Namen derjenigen zu nennen, die eine wichtige Stellung innerhalb der Burg bekleiden, die Pflichten der Dienstboten und alle Händler oder Handwerker, die innerhalb der Burg oder im Dorf leben.«

»Mylady! Es leben mehr als dreihundert Seelen in der Burg, und ebenso viele im Dorf.«

»Dann müssen wir die Liste vielleicht zweimal durchgehen, um dafür zu sorgen, daß ich niemanden vergesse.«

Miriams Liste zu erstellen, nahm zwei Tage in Anspruch,

obgleich Tess sie nicht aufforderte, alle Namen zu wiederholen. Zu Tess' großer Freude war Miriam, die geborene Geschichtenerzählerin und flocht unwillkürlich eigene Gedanken und Gerüchte mit ein. So erfuhr Tess zum Beispiel, daß Kenric sich weigerte, sich in irgendeiner Weise mit der Verwaltung der Burg zu befassen. Er kümmerte sich zwar um die Verteidigung, doch es war Helens Aufgabe, die täglichen Verrichtungen im Haushalt zu überwachen. Soweit Tess es beurteilen konnte, war Helen ihren Pflichten bis zu Kenrics Rückkehr aus Wales nur unzureichend nachgekommen. Und seitdem hatte sie noch weniger oder gar nichts getan. Außerdem galt auf Burg Montague eine eigenartige Zeitrechnung. Alles Wichtige war entweder vor oder nach dem Tod des alten Barons geschehen. Mit der Übernahme des Titels durch Kenric begann scheinbar die Zeit des Niedergangs, und Tess spürte, daß man ihrem Gatten deshalb insgeheim grollte. Um so besser, dachte sie und schob den hartnäckigen Gedanken beiseite, daß Kenric von seinen Leuten ungerecht beurteilt wurde.

Die alte Martha, die Frau, die Tess unwissentlich im Fieberwahn angegriffen hatte, stattete ihr auch einen Besuch ab und erwies sich als wenig nachtragend. Vor allem als Tess versprach, Kenric um eine Helferin für die alte Frau zu bitten. Sie brauchte jemanden, der ihr beim Sammeln der Kräuter zur Hand ging, und Tess hoffte insgeheim, selbst diese Helferin sein zu dürfen. Ein Ausflug vor die Stadtmauern, um Kräuter zu sammeln, könnte ihr eine neue Gelegenheit zur Flucht eröffnen. Obwohl ihr erster Versuch kläglich gescheitert war, hatte sie den Plan, zum König vorzudringen, noch nicht aufgegeben. Es könnte nur länger dauern, ihn zu verwirklichen, jetzt da sie Kenrics Mißtrauen geweckt hatte.

Nach nur drei Tagen lief sie im Zimmer auf und ab wie ein Tier im Käfig. Die allmähliche Wiederherstellung ihrer Gesundheit hatte einen Anfall von Langeweile zur Folge, der nur von der Furcht unterbrochen wurde, was geschehen würde, wenn die Zeit vorüber war.

Obzwar Miriam sich alle Mühe gab, eine gute Gesellschafterin zu sein, machte die Gefangenschaft Tess rastloser denn je. Da sie wußte, daß sie in dieser Stimmung nicht der angenehmste Umgang war, hatte Tess Mitleid mit der Zofe und gab Miriam die Erlaubnis, wieder ihren gewohnten Pflichten nachzugehen.

Nachdem Tess sich selbst Miriams Gesellschaft beraubt hatte, bestand ihre einzige Zerstreuung darin, Kenrics Gemach zu erkunden. Die herrlich geschnitzten Truhen waren fest vor neugierigen Fingern verschlossen, was sie maßlos ärgerte. Nur die Truhe, die Kenric ihr zugedacht und für sie leergeräumt hatte, und seine Kleidertruhe ließen sich öffnen. Eine Entdeckung, die sie am Boden von Kenrics Truhe machte, erleichterte ihr die Gefangenschaft beträchtlich.

Kenric besaß drei Bücher.

Tess war erstaunt, ausgerechnet Bücher in der unverschlossenen Truhe zu finden. Wenn solch kostbare Schätze so leicht zugänglich waren, mußten die hinter Schlössern verborgenen Reichtümer geradezu unermeßlich sein. Der König selbst besaß nur vier Bücher, und jeder wußte, daß sie in der königlichen Schatzkammer aufbewahrt wurden. Kenrics Reichtum gab ihr immer neue Rätsel auf.

Obgleich niemand sie sehen konnte, blickte Tess sich schuldbewußt um, bevor sie den ersten gepunzten, ledergebundenen Folianten behutsam aufschlug. Nur wenige Männer außerhalb des Klerus konnten lesen, und von einer Frau, die diese Fähigkeit besaß, hörte man so gut wie nie. Bruder Bennet, Tess' Beichtvater, hatte ihrem Wissensdurst gegenüber jedoch endlose Nachsicht walten lassen. Kenric wäre vermutlich empört, wenn er von ihren ungewöhnlichen Fähigkeiten erführe. Im Augenblick war Tess des unerwarteten Fundes wegen zu aufgeregt, um sich davor zu fürchten.

Das erste Buch war in lateinischer Sprache verfaßt. Die Einführung schilderte, wie es zur Übersetzung einer Reihe von Geschichten, die als Äsopsche Fabeln bezeichnet wurden, aus dem Griechischen gekommen war. Der erste Buchstabe jeder Seite nahm fast ein Viertel des Raums ein und war in wunderschönen leuchtenden Farben gemalt. Darstellungen der in der Geschichte beschriebenen Figuren waren kunstvoll mit dem Buchstaben verschlungen, um ihre Handlungen auf der betreffenden Seite zu illustrieren. Fast brauchte man des Lesens nicht mächtig zu sein, um den Inhalt zu kennen. Tess setzte sich auf Kenrics großes Bett und vertiefte sich in die Geschichten. Die Zeit verging nun verblüffend schnell, und schon fielen die goldenen Strahlen des Abendlichts in ihr Fenster. Viel zu bald erschien Miriam mit dem Essen und trieb Tess mit ihrem endlosen Geplauder fast zum Wahnsinn. Die fesselnde Geschichte eines eitlen Fuchses wartete unter dem Kissen versteckt. Tess hatte sie erst zur Hälfte gelesen. Nach einer Stunde wagte sie, die Zofe fortzuschicken. Tess hatte Gewissensbisse, weil die Zofe schließlich nur so lange blieb, um ihr die Zeit zu vertreiben, doch selbst Miriams Geschichten ließen sich mit denen Äsops nicht vergleichen. Bis zum Ende der Woche hatte Tess die Fabeln viermal gelesen, und die beiden öden Bücher über Kriegsführung zweimal.

Nur noch eine Nacht, dachte sie wohl zum hundertsten Mal, als sie abends zu Bett ging. Am folgenden Tag würde Kenric zurückkehren und ihre Gefangenschaft wäre Gott sei Dank beendet. Sie hätte inzwischen sogar den Galgen in Kauf genommen, um nur endlich das Zimmer verlassen zu können. Schon bei den MacLeith hatte sie es kaum ausgehalten, zur Strafe eingesperrt worden zu sein, doch zumindest war sie damit ausgestanden. Ihren jetzigen Zustand empfand sie als noch grausamer.

Das klägliche Ende ihrer Flucht hatte sie nur darin bestärkt, daß sie zu Recht Fluchtpläne schmiedete. Die vergangene Woche hatte sie gelehrt, daß sie einen Mann geheiratet hatte, der keinen Deut barmherziger war als die MacLeith, der seinen Rachedurst ebenso unnachgiebig stillen wollte wie ihre früheren Peiniger. Allerdings mußte sie ein gewisses Maß seines Vertrauens zurückgewinnen, wenn sie jemals die Hoffnung haben wollte, diese Burg zu verlassen. Jeder Gedanke, ihn um Verzeihung zu bitten, wurde sogleich verworfen. Diese Rolle hatte sie niemals überzeugend gespielt. Aber vielleicht wußte er Einsicht zu schätzen. Sie könnte ihn glauben machen, daß sie ihren Fehler einsah und ihm in Zukunft gehorchen würde. Es käme auf einen Versuch an.

Die Kerze auf dem Nachttisch flackerte und erlosch in einer Talgpfütze. Es war sehr spät geworden. Sie legte noch einmal Feuerholz nach, dann schmiegte sie sich in die Kissen und übte halblaut ihre Ansprache für Kenric. So hatte sie wenigstens etwas anderes zu tun, als sich nur vor der Rückkehr ihres Gatten zu fürchten.

8.

Tess schlief seit einer Stunde, als Kenric die Tore der Burg passierte und alle mit seiner frühen Ankunft überraschte. Seine frühe Rückkehr war ein Fehler, dachte er. Tess würde vermutlich denken, daß er es keinen Tag länger ohne sie aushalten konnte. Er ging direkt in seine Kammer, um zu prüfen, ob seine Braut da war, wo sie sein sollte. Zumindest war das der Vorwand, den er vor Fitz Alan geltend machte. Er merkte nicht, wie angespannt er war, bis er die Tür zu seiner Kammer öffnete. Erleichtert seufzte er auf. Tess schlief tief und fest in seinem Bett.

Sie hatte die Bettdecke weggestrampelt, und das Nachtgewand war ihr bis zu den Hüften hochgerutscht, so daß man ihre wohlgeformten Beine sah. Der Schein der Flammen tauchte ihre Haut in weiches Licht, und ihr Haar schimmerte in einem eigenen goldenen Feuer. Dieses Bild hatte er vor Augen gehabt, als er diese Frau zum ersten Mal gesehen hatte. Nur etwas fehlte noch, dachte er finster. Auf ihren Lippen sollte eigentlich das zufriedene Lächeln einer erfüllten Gattin liegen.

Ein grimmiger Ausdruck trat auf sein Gesicht, und er lachte fast laut über seine Fantasien auf. Wie konnte er nur annehmen, daß eine Frau, die selbst vor seinen harmlosesten Berührungen zurückschreckte, in seinem Bett Genuß finden würde? Statt nach dem Lächeln zu schmachten, das er niemals zu Gesicht bekommen würde, sollte er sich lieber Gedanken machen, ob sie freiwillig zu ihm kommen oder er sie mit Gewalt nehmen müßte, wie alles andere in seinem Leben.

Kenric riß sich aus seinen Überlegungen und warf die Tür hinter sich zu, um seine Braut zu wecken. Er hatte nicht die leiseste Absicht, sie in dieser Nacht schlafen zu lassen.

»Ich dachte, Ihr schlaft«, log er und setzte eine strenge Miene auf, als sich ihre schlaftrunkenen Augen bei seinem Anblick weiteten.

»Kenric!« Die sorgfältig einstudierte Ansprache war vergessen, als Tess ihn erkannte. Sie hatte nicht mehr gewußt, welch eigenartige Wirkung seine Gegenwart auf ihre Sinne hatte, eine Wirkung, die sie nie wirklich vorhersagen, geschweige denn verhindern konnte. Ihre Augen weideten sich an seinem Anblick, und sie spürte die gleiche Flut verwirrender Empfindungen, die an jenem ersten Abend in der Abtei auf sie eingestürmt waren – Furcht, Verlangen und eine überwältigende Vertrautheit, das beunruhigende Gefühl, ihn besser zu kennen als jeden anderen Menschen auf der Welt.

Er trug noch immer seine Rüstung, den Helm hielt er mit einer Hand, die andere Hand lag am Heft seines Breitschwerts. Ihr Blick wanderte über sein Kettenhemd. Die meisten Männer wirkten steif und unbeweglich in ihrer Rüstung. Die Anstrengung, die es sie kostete, das zusätzliche Gewicht zu tragen, äußerte sich in ihrer starren Körperhaltung. Kenric aber bewegte sich, als sei er nur in leichten Seidenstoff gehüllt. Eher schien seine äußere Hülle unter der Belastung zu vibrieren, die gewaltige Kraft des Mannes bändigen zu müssen. Das große Zimmer wirkte auf einmal kleiner, doch Tess wußte, daß nicht nur sein Körper, sondern noch mehr seine Ausstrahlung soviel Raum beanspruchte.

»Kommt, Frau. Helft mir, die Rüstung abzulegen«, befahl er und schnallte bereits sein Schwert ab.

Er hielt den Atem an, als sie aus dem Bett stieg und auf ihn zukam. Sie war so wunderschön, wie er sie in Erinnerung hatte, ja, schöner noch, jetzt da sie wieder genesen war. Das dünne Hemd, das sie trug, überließ nur wenig der Fantasie, und er wandte sich ab, bevor er dem Impuls nachgab, sie an seine Brust zu pressen, den zarten Stoff herunterzureißen und sich an dem zu weiden, was ihm allein gehörte.

Nein, noch wollte er sie nicht in Besitz nehmen, erst wenn er wußte, daß es ihm aus freien Stücken dargeboten wurde. Um so süßer wäre die Eroberung, um so lohnender das lange Warten. Erwarte nicht zuviel, warnte ihn eine innere Stimme. Sei lieber auf Tränen und Bitten gefaßt.

Von ihr abgewandt, legte Kenric seinen Helm auf eine Kleidertruhe, dann wies er sie an, seinen Beinschutz zu lösen, während er sein Kettenhemd auszog. Ihre Berührung war verwirrend sanft, ganz anders als die tüchtigen und schnellen Handgriffe seines Knappen, da sie die verborgenen Schnallen erst suchen mußte. Kenric unterdrückte die Empfindungen, die ihre Hände in ihm weckten, und konzentrierte sich darauf, die Verschlüsse des Kettenhemdes zu lösen.

»Hattet Ihr eine angenehme Reise?« fragte sie.

»Aye.« Eine ausgezeichnete Reise, dachte Kenric, während er das Kettenhemd in eine Truhe legte. Genau was er brauchte, um seine Selbstbeherrschung wiederzufinden. Er würde ihr beweisen, daß sie einen Mann geheiratet hatte, kein wildes Tier, das sie verschlingen wollte. »Ihr könnt im Bett auf mich warten, Tess.«

Die Rüstung hatte Kenric mit großer Sorgfalt abgelegt, doch Überrock, Hemd und Hose ließ er achtlos zu Boden fallen, während er in Gedanken zu dem Augenblick vorauseilte, in dem er zu seiner Braut ins Bett steigen würde. Er zögerte nur kurz, dann entschied er, den Lendenschurz anzubehalten. Zwar schlief er gewöhnlich ohne Kleider, doch wollte er seine Absichten nicht allzu deutlich verraten. Allerdings war dieses letzte Kleidungsstück kaum dazu angetan, seinen Körper vor den neugierigen Blicken seiner Frau zu verbergen.

Als er sich ihr zuwandte, genügte ein Blick in ihre violetten Augen, um sein Inneres aufzuwühlen und seinen Körper in gehärteten Stahl zu verwandeln. Ihr Blick strich kühn über sein nacktes Fleisch, und er sehnte sich danach, an den Stellen von ihren Händen berührt zu werden, wo ihn zuvor ihr Blick liebkost hatte. Er atmete schwer, als sie ihm endlich wieder ins Gesicht sah.

Er sah Tess unverwandt an, ließ sich zu ihr aufs Bett gleiten und stützte sich zu beiden Seiten ihres Kopfes mit den Händen ab. »Wollt Ihr Euren Gatten nicht mit einem Kuß willkommen heißen?«

Ihr Blick war unsicher, obgleich sie nickte. Kenric näherte

sich ihrem Gesicht und spürte ihren warmen Atem an seinen Lippen, bevor er ihren Mund mit dem seinen bedeckte. Er zog den Kuß in die Länge, saugte und knabberte beinahe spielerisch an Tess' Lippen. Zufrieden stellte er fest, daß sie seine erste Lektion im Küssen nicht vergessen hatte. Schließlich wandte er sich ihrem glatten Hals zu. Er war hungrig, als habe er seit Jahren keine Frau besessen. Sie würde seine Gattin sein, seine willige Frau, dachte er lächelnd. Seine Hände glitten über ihre Schultern und Arme, dann wieder zu ihren Schultern, als wolle er sich ihrer Gegenwart versichern. Er umschloß ihr Handgelenk und hob den Arm, um ihren Puls zu küssen. Seine Lippen wanderten zu der weichen Haut in ihrer Armbeuge, um ausgiebig von ihr zu kosten.

»Ich möchte mich –«

»Ihr möchtet meine Gattin sein.«

»Ich bin bereits Eure Gattin«, sagte sie und bog den Kopf zurück, um ihren Hals zu entblößen, als seine Lippen über den Ausschnitt ihres Hemdes fuhren.

»Ihr seid meine Braut«, murmelte er und küßte ihre Ohrmuschel. Sein warmer Atem ließ auch Tess schneller atmen. »Aber das wird sich sehr bald ändern, meine Kleine.«

»Ich meinte … ich wollte sagen –« Tess gab auf, als sie Kenrics Zunge an ihrem Ohr spürte. Ihr Körper versteifte sich, und ihr Stöhnen hatte nichts mehr von den weichen Seufzern, die sie eben noch ausgestoßen hatte.

»Daß Euch gefällt, was ich tue«, beendete Kenric den Satz für sie.

»Ja«, flüsterte sie, als sie erneut seine Zunge spürte. Er verhielt noch einen Augenblick an ihrem Ohr, dann fuhr er mit den Lippen an ihrem Kinn entlang und fand ihren Mund.

Jäh zog er sich zurück und forschte in ihrem Gesicht. »Ich möchte Euren Rücken sehen.«

»Er ist verheilt.« Im Augenblick waren die Verletzungen an ihrem Rücken ihre geringste Sorge. Ihre Haut prickelte so stark, daß sie sich beinahe taub fühlte. Ihr war schwindelig und ihr Herz tat weh, aber es war kein echter Schmerz. Hitze breitete sich in ihrem Körper aus, ein seltsames Gefühl, das sie trieb, sich Kenric entgegenzustrecken. Sie schlang die Arme um seinen Nacken und zog ihn an sich.

Kenric aber schob sie sacht fort und streckte sich neben ihr aus. Er wollte sich ihren Rücken ansehen, bevor die Lust ihn zu sehr mitriß und er in seiner Leidenschaft vergaß, auf sie zu achten. Die Flammen seiner Begierde ließen sich nicht mehr löschen, doch er wußte, daß dieses erste Mal zu wichtig war, um das Feuer ungehindert auflodern zu lassen. Er würde sanft mit ihr umgehen, ihr seine Geduld und sein Geschick beweisen, ihr Verlangen langsam und mit Bedacht entfachen. Aber vorher mußte er wissen, wieviel er ihrem verletzten Körper zumuten durfte.

»Zeigt mir Euren Rücken«, forderte er. Errötend senkte sie den Blick. Er hob ihr Kinn, versuchte die Geduld zu üben, die er sich insgeheim gelobt hatte. »Es ist nur natürlich, wenn Ihr Euch scheut, mir Euren Körper zu zeigen. Aber Ihr sollt wissen, daß ich Euch oft angeschaut habe, als Ihr krank wart. Ich habe Euch sogar gebadet.«

Sie hielt den Atem an. »Das kann nicht sein.«

»O doch.« Er wußte nicht, ob Tess empört oder gedemütigt war, oder vielleicht auch beides. Ihm gefiel ihre Scheu, doch er mußte sich etwas einfallen lassen, um einfühlsam ihr Vertrauen zu gewinnen. »Wenn es Euch lieber ist, kann ich warten, bis ich ein Bad genommen habe, bevor ich mir Euren Rücken ansehe«, schlug er vor.

»Es ist recht spät für ein Bad, meint Ihr nicht auch, Mylord?« fragte sie unsicher. »Die Diener sind bestimmt schon zu Bett gegangen.«

»Die Diener haben nicht den ganzen Tag und einen Teil der Nacht im Sattel zugebracht«, sagte er herablassend und entfernte sich bereits von ihr. »Ich glaube nicht, daß es sie umbringen wird, Wasser heiß zu machen und einen Zuber für einen Mann zu bringen, der einen anstrengenden Ritt hinter sich hat. Pflichtet Ihr mir da nicht bei?«

Er lächelte beinahe über Tess' Reaktion auf die Zurechtweisung. Sie nickte eifrig. »Von dem langen Ritt sind meine Muskeln ganz steif geworden«, log er. »Ein Bad scheint mir jetzt genau das richtige zu sein.«

»Eine glänzende Idee, Mylord.«

»Das dachte ich mir.« Er lächelte in sich hinein. Wenn er sich erst ausgekleidet hatte, würde es nicht lange dauern, bis Tess ihm folgte. Sie würde bald ebenso unbefangen mit seiner Nacktheit umgehen wie er mit der ihren. Nun, das war nicht ganz, was er wollte, aber welchen besseren Weg gab es, um Tess mit seinem Körper vertraut zu machen? Mit jedem einzelnen Zentimeter seines Körpers.

Energisch ging Kenric zur Tür und gab einem im Korridor wachestehenden Soldaten Anweisungen. Während eine kleine Armee von Dienstboten erschien, rasierte er sich zum ersten Mal seit Tagen. Die Diener schleppten Eimer mit heißem Wasser herbei und füllten den Zuber, der ans Feuer gerückt wurde. Einer von ihnen brachte sogar noch ein Tablett mit Speisen. Nach der Rasur nahm Kenric das Tablett und stellte es ans Fußende des Bettes, dann ließ er sich neben Tess nieder.

»Hungrig?« fragte er. Als sie nickte, reichte er ihr ein großes Stück mit Butter bestrichenen Brots und einen Becher Ale.

»Stolziert Ihr immer fast nackt vor Eurer Dienerschaft herum?« flüsterte Tess. Ihr Blick hing an seinem Lendenschurz.

Kenric zuckte gleichgültig die Achseln. »Es scheint ihnen nichts auszumachen.«

Tess sah ihn ungläubig an.

»Ihr meint, ich soll etwas überziehen?«

Sie nickte, und ihr Blick glitt über seine breiten Schultern und seine Brust. Sie starrte ihn so unverwandt an, daß er sich fragte, ob sie die Narben zählte, von denen sein Körper übersät war. In der Vergangenheit hatte er nie darüber nachgedacht, doch plötzlich war er sich jeder kleinsten Schramme bewußt.

»Es war vorlaut von mir, Euch diesen Vorschlag zu machen, Mylord«, sagte sie ein wenig atemlos. »Ihr braucht Euch nicht meinetwegen anzukleiden.«

Kenric verbarg sein Lächeln und trank seinen Becher leer. Sein Zutrauen in seine Fähigkeit, seine Gattin zu verführen, wuchs. Sie verschlang ihn förmlich mit den Blicken. Als der letzte Diener verschwunden war, schob er das Tablett von sich und sah Tess erwartungsvoll an.

»Mylord?« fragte sie.

»Ich warte auf Euer Anerbieten, mir bei meinem Bad behilflich zu sein.«

»Oh!« Tess glitt vom Bett und ging zu der Truhe, auf der Seife und Tücher bereitlagen. Sie sah zu Boden, als Kenric seinen Lendenschurz abnahm und ins Wasser stieg.

»Habt Ihr das schon einmal gemacht?« fragte er.

»Nein«, gab sie zu. Sie versuchte angestrengt, den Blick auf seine Brust zu heften. Sein kräftiger Körper nahm den Zuber, der soeben noch so groß gewirkt hatte, nahezu völlig ein.

»Gut«, erwiderte er selbstgefällig. »Mir würde der Gedanke, daß Ihr jene Schotten gebadet habt, auch nicht gefallen.«

Er hielt sich an den Seiten des Zubers fest, schloß die Augen und beugte sich nach hinten, um den Kopf einzutauchen. Dann richtete er sich wieder auf und strich sein nasses Haar zurück. Tess stand wie angewurzelt da. Sie fand diese schlichten Bewegungen anziehender als alles, was sie jemals im Leben gesehen hatte. Das Wasser ließ Kenrics Haut glänzen wie geschmolzene Bronze, und seine natürlichen Bewegungen hoben die Vollkommenheit seines Körpers noch hervor. Die Wärme in ihrem Gesicht breitete sich bis in ihre Arme und ihren Bauch aus.

Kenric, der sich seiner Wirkung auf seine Braut nicht bewußt war, winkte sie zu sich. »Jetzt wascht mir erst einmal das Haar.«

Sie trat näher und rieb Seife in seine dunklen Locken, genoß es, mit den Händen durch sein dichtes Haar zu fahren. Er trug das Haar länger als die meisten Ritter. Vorn war es ein wenig kürzer geschnitten, doch hinten fiel es ihm bis über die Schultern herab. Als sie die langen Strähnen um ihre Finger wickelte, sah sie belustigt zu, wie sein Haar sich um ihre Fingerspitzen ringelte.

Jetzt wäre ein günstiger Zeitpunkt, um sich zu entschuldigen, sagte sie sich, da er gerade nicht ungehalten über sie war. Offenbar plante er, sie heute nacht zu verführen, aber wann würde die Bestrafung folgen? Dieser Gedanke ließ sie innehalten.

»Ich möchte mich für das entschuldigen, was geschehen ist, bevor ich krank wurde«, sagte sie und zwang sich, mit ihrer Arbeit fortzufahren.

»Das will ich hoffen. Ihr tut gut daran, mich später noch einmal daran zu erinnern. Zu einem geeigneteren Zeitpunkt.«

»Aye«, flüsterte sie und spürte, wie sich ihr Herz zusammenschnürte.

Geduldig ließ Kenric es zu, daß sie mit seinem Haar spielte, und dachte, daß es vermutlich das längste Bad seines Lebens werden würde. Doch dann tauchte er wieder unter.

»Ich hatte sieben lange Tage Zeit, darüber nachzudenken, welche Strafe ich empfangen werde«, begann sie, als sein Kopf aus dem Wasser auftauchte. »Wenngleich Ihr meine Entschuldigung zu einem späteren Zeitpunkt anzuhören wünscht, Mylord, möchte ich meine Strafe doch gern jetzt erfahren.«

Da sie hinter ihm stand, konnte sie Kenrics Lächeln nicht sehen. Gott, war sie hartnäckig. Nach seinem Aufbruch nach Marshall war ihm bereits der Gedanke gekommen, daß sie die Zeit seiner Abwesenheit damit zubringen würde, sich zu sorgen, was ihr seine Rückkehr bringen würde. Er hatte sogar laut gelacht über das Bild, das er vor sich sah. Geschah ihr nur recht, nachdem sie ihm solche Schwierigkeiten bereitet hatte. Er hatte vier kostbare Tage zur Ausbildung seiner Soldaten verloren, weil er den Krankenpfleger spielen mußte. Außerdem hatte ihre Flucht ihn schlicht als Dummkopf hingestellt. Ja, sie hatte jeden einzelnen Augenblick der Selbstquälerei verdient. »Ihr wollt also wissen, welche Strafe ich bezüglich Eures Fluchtversuchs für angemessen erachte?«

»Ja«, sagte sie fest.

Kenric ließ sich Zeit und wischte sich erst einmal das Wasser vom Gesicht. »Ihr wollt die Buße für Euer plötzliches Verschwinden erfahren? Dafür, daß ich im Morgengrauen die ganze Burg aufgeweckt habe, um jeden Zentimeter nach Euch abzusuchen? Für die Ungelegenheiten, denen ich und fünfzig andere Männer, die Euch nachritten, ausgesetzt waren? Und nicht zuletzt für Eure Weigerung, mit Eurem Gatten zurückzukehren, als Ihr gefunden wurdet?« Er schüttelte Wassertropfen von seiner Hand. »Und dann habt Ihr zu guter Letzt auch noch einen Pfeil auf mich gerichtet. Ist das so ungefähr alles?«

»Ja«, erwiderte sie kleinlaut.

»Ich kann mir denken, daß Ihr in der vergangenen Woche viel Zeit hattet, über Eure Dummheit nachzudenken. Bereut Ihr Eure Handlungsweise inzwischen, Tess?«

»Ja.« Jetzt klang ihre Stimme wieder entschieden.

»Und gebt Ihr mir Euer Versprechen, daß Ihr nie wieder einen Fluchtversuch unternehmen werdet, ganz gleich, was ich in Euren Augen mit Euch vorhabe?«

Tess zögerte und griff nach ihrem Zopf. Sie schwieg lange genug, um Kenrics Argwohn zu wecken. »Ja, ich verspreche es.«

Sie log, und Kenric wußte es. Sie traute ihm nicht, ebensowenig, wie er ihr traute. Dennoch konnte er dafür sorgen, daß sie ihr Versprechen hielt, selbst gegen ihren Willen. Wenn Tess einen Bewacher brauchte, würde sie ihn bekommen.

»Ich zweifle nicht daran, daß Ihr Euch die Quälereien, die Eurer harrten, in der vergangenen Woche in den schlimmsten Farben ausgemalt habt. Das gefällt mir auch, denn Ihr habt es verdient. Doch ich bin bereit, in Betracht zu ziehen, daß hauptsächlich Euer Fieber für Eure Torheit verantwortlich war. Keine Frau bei Verstand würde solch einen närrischen Plan ausführen, da sie wüßte, daß ihr sowohl bei Erfolg als auch bei Mißerfolg nur die übelsten Folgen drohten. Daher habe ich beschlossen, daß diese eine Woche Gefangenschaft als Strafe für Euer Vergehen ausreicht.« Kenric beobachtete sie genau; er hielt Ausschau nach einem Zeichen der Dankbarkeit. Offenbar war sie zu überwältigt, um ihren Gefühlen Ausdruck zu verleihen, denn sie starrte ihn nur an, und auf ihrem Gesicht zeigte sich Verblüffung. »Aber mißversteht mich nicht, Tess. Wenn Ihr noch einmal eine solche Torheit begeht, werde ich Euch bestrafen. Und an diese Strafe werdet Ihr nicht nur eine Woche, sondern Euer ganzes Leben lang denken. Sie wird so grausam sein, daß keine vornehme Dame sie sich in ihren kühnsten Fantasien vorstellen könnte. Denkt daran, solltet Ihr noch einmal den Plan fassen, Euch gegen mich aufzulehnen.«

Zufrieden mit seiner kleinen Ansprache, spritzte Kenric Wasser auf seine Arme und Schultern, bestrebt, eine weit angenehmere Aufgabe zu vollenden.

»Das war alles? Ich soll keine weitere Strafe erhalten?«

»Habt Ihr den Wunsch, es mir auszureden?« fragte er milde.

»Nein«, erwiderte sie verwirrt.

»Ihr könnt mit meinem Rücken fortfahren«, sagte er, als sie keine Anstalten machte, sich wieder um sein Bad zu kümmern. Sie nahm ein Leinentuch, doch er entriß es ihr. »Ich möchte, daß Ihr mich mit Euren Händen wascht.«

Tess antwortete nicht, aber er spürte, wie ihre seifigen Hände über seine Schultern glitten. Bald widmete sie sich dieser Aufgabe ebenso gründlich wie seinem Haar und arbeitete sich Stück für Stück an seinem Rücken vor. Die sachten, erotischen Striche ließen ihn heftig atmen und sein Herz schneller schlagen. Allmählich kamen Kenric Zweifel, ob seine Idee, ein Bad zu nehmen, wirklich so klug war.

Tess war zu sehr in ihre eigenen Gedanken vertieft, um die Wirkung ihrer Liebkosungen zu bemerken. Kenric war ein Rätsel für sie; ein Mann, bekannt für seine Grausamkeit, der sie andererseits so bittersüß küßte, daß sie kaum noch an sich halten konnte; ein Mann, der keine Gattin wünschte, sie jedoch vier Tage lang aufopfernd gepflegt hatte. Selbst wenn sie ihn verriet, schien er ihr zu verzeihen, ohne nur einmal die Hand gegen sie zu erheben. Wie um Himmels willen hatte dieser Mann sich den Ruf erworben, der blutdürstigste Kriegsherr von England zu sein? War der Henker von Wales wahrhaft imstande, Gerechtigkeit zu üben? Verfügte er über Mitgefühl? Das gab ihr Stoff zum Nachdenken.

Je länger Tess die Seife auf Kenrics Rücken verteilte, um so weniger fürchtete sie sich vor ihm. Er wollte ihr tatsächlich nichts Böses. Zumindest nicht jetzt. Aber er hatte vor, mit ihr zu schlafen. So naiv, sich auch nur einen Augenblick lang von diesem Bad täuschen zu lassen, war sie nicht. Er wollte sie damit verführen. Doch sie war es ja, die ihn liebkoste. Sie blickte auf seinen Rücken, beobachtete, wie seine Schultern, seine Muskeln unter ihren Händen zuckten. Er genoß es. Ganz und gar.

»Wollt Ihr, daß ich das auch für andere Ritter tue?« fragte sie und experimentierte instinktiv mit kreisenden Bewegungen.

»Nein!« fuhr Kenric auf. »Wenn Ihr jemals gebeten werdet, einem Ritter beim Bad zu helfen, lehnt Ihr höflich ab. Sagt, Euer Gatte verbietet Euch, dergleichen zu tun, und er müsse erst meine Erlaubnis einholen.« Die Vorstellung, daß die Hände seiner Gattin den Körper eines anderen Mannes berührten, weckte seinen Unmut. »Ich werde sie ihm nicht erteilen.«

»Oh, gut. Es ist nicht so, daß ich Euch nicht gern bediente, Mylord. Ich glaube nur nicht, daß ich einen anderen Mann so berühren wollte …« Tess blickte auf ihre Hände. Sie wirkten so klein gegen seine breiten Schultern. Seine Haut war viel dunkler als ihre, von der Sonne gebräunt, goldbraun selbst jetzt mitten im Winter. Ob er im Sommer auf dem Übungsplatz wohl seinen Überrock auszog? Wie sah er dann wohl aus? Wie würde sie reagieren, wenn sie ihn vor anderen mit entblößter Brust sah, in dem Wissen, daß sie ihn hinter verschlossenen Türen so innig liebkost hatte? »So …«

»Ich weiß, was Ihr meint«, sagte er und befahl ihr dann, zu seinen Armen überzugehen. Seine Muskeln schienen sich unter ihren Berührungen zusammenzuziehen. Tess war fasziniert von dieser Reaktion. Ihre Finger zogen jede Erhebung und Kontur nach. Sie war wie verzaubert, als sie seine Brust wusch, mit den Fingern in dem Haarflaum spielte, kleine Kreise um seine aufgerichteten Brustwarzen zog. Sie spreizte die Finger auf seiner Brust und fuhr hinunter, bis ihre Hände das Wasser berührten, das bis zu seinem flachen

Bauch reichte, zu vertieft in die Erkundung seines Körpers, um sein Keuchen zu bemerken.

»Meine Beine«, sagte er heiser, hob eines aus dem Wasser und stützte es auf den Rand des Zubers.

Tess wusch sein Bein mit langsamen, trägen Bewegungen. Sie umschloß seinen Knöchel mit den Händen, dann glitt sie aufwärts. Erst als sie seinen Oberschenkel berührte, der noch vom Wasser bedeckt war, hielt sie inne. Sie spürte in sich das Verlangen, ihre Lippen auf die Stellen zu drükken, an denen sie ihn berührt hatte, um zu wissen, wie seine Haut schmeckte.

Kenric wußte nicht, ob er die nötige Selbstbeherrschung aufbringen würde, um seinen Plan zu Ende zu führen. Er war unsagbar erregt. Er schloß die Augen und versuchte seine Empfindungen zu unterdrücken. Die Berührung ihrer Hände war fast nicht mehr zu ertragen. Sie setzte seine Haut in Flammen, und er sehnte sich danach, ihr ebensolche süßen Qualen zu bereiten. Er mußte all seine Willenskraft aufbieten, um stillzuhalten.

»Jetzt der Rest.« Unvermittelt stand er auf und schloß erneut die Augen, als er hörte, wie Tess Luft holte. Er spürte beinahe, wie ihr Blick über seinen Körper strich.

Geduld, dachte er. Geduld.

Tess sah ihren Gatten staunend an, ihr Blick wurde von dem unübersehbaren Zeichen seines Verlangens angezogen. Der Anblick seiner Männlichkeit bannte sie, und sie konnte nicht aufhören, diesen Teil seines Körpers mit den Augen zu erforschen. Seine Erregung entfachte ein Feuer in ihr, das sie nicht löschen konnte.

Verlegen hob sie den Blick, weil sie ihn so lange und so offen angestarrt hatte, doch Kenric schien nichts davon bemerkt zu haben. Seine Augen waren fest geschlossen, und sein Gesichtsaudruck schien gequält. Sein ganzer Körper war angespannt, hart, jeder einzelne Muskel zeichnete sich ab, seine Hände waren zu Fäusten geballt.

»Ihr habt Schmerzen?« fragte sie verwundert.

»Aye.« Seine Antwort war halb Stöhnen, halb Lachen.

»Habe ich etwas falsch gemacht?«

Er öffnete die Augen und sah sie an. Die glühende, unverstellte Begierde in seinem Blick ließ sie zurückweichen. »Ihr macht alles sehr richtig.«

Er holte tief Luft. »Ich will, daß Ihr meinen Körper kennt, Tess. Ich will nicht, daß Ihr jetzt Angst habt.«

Erneut musterte Tess ihn kühn. Er war riesengroß, seine Brust fast doppelt so breit wie ihre, mit seinen starken Armen könnte er sie zerdrücken. Seine Beine waren ebenso muskulös, so fest wie der Rest seines Körpers. Der Anblick solch unverhüllter Kraft war nahezu überwältigend. Sie empfand einen Anflug von Furcht, gespeist von der Ungewißheit, ob er diese Kraft nicht doch irgendwann gegen sie richten würde.

Er ist mein Gatte, sagte sie sich immer wieder. Diesen herrlichen Mann durfte sie berühren, küssen, liebkosen …

Ihr Blick fiel auf das vergessene Stück Seife in ihrer Hand. Sie trat hinter ihn und fuhr mit den Händen über die glatte, feste Haut seiner Hinterbacken. Ihre Hände zitterten und verhielten an seinen Hüften, während sie Mut sammelte, um ihn vollends zu entdecken.

»Genug«, sagte er heiser, schob ihre Hände weg und drehte sich zu ihr um. »Ich kann es nicht mehr ertragen, Tess. Zieht Euer Hemd aus.«

Mit zitternden Fingern machte sie sich an der Spitze ihres Nachthemds zu schaffen und sah Kenric dabei an, als der weiche Stoff auf ihre Füße herabfiel. Erst als sein Blick abwärts glitt, errötete sie. Ihre Haut glühte, wo sein Blick sie streifte. Er betrachtete ihre Brüste, und sie spürte, wie ihre Brustspitzen hart wurden. Er betrachtete ihre Beine, und ihre Knie begannen zu zittern.

Mein Körper gehört jetzt ihm, dachte sie und beschloß, ihm Genuß zu bereiten, indem sie ihm ihren Körper ebenso offen zeigte wie er ihr den seinen. Sie kämpfte gegen den Impuls, ihre Nacktheit mit den Armen zu bedecken.

Kenric stieg aus dem Zuber und hob sie auf. Es nahm ihnen beiden den Atem, die Wärme, die Haut des anderen zu spüren. Doch es blieb keine Zeit, dieses Gefühl auszukosten. Er trug sie zum Bett und ließ sie sanft an seinem Körper entlang in die Kissen gleiten. Dann stützte er sich mit einer Hand am Bett ab und legte sich auf sie.

»Ich weiß nicht ...«

Tess wollte ihm zwischen trunkenen Küssen sagen, daß sie nicht wußte, was sie tun sollte. Doch als seine Lippen über ihr Ohr strichen, betörte sein heißer Atem ihre Sinne.

»Ich weiß, Liebste«, murmelte er. Sein Mund liebkoste ihren Hals und ihre Brüste. »Ich will Euch überall berühren, Tess.«

Er strich ihr zärtlich über ihre Hüften, seine Finger näherten sich ihrem Zentrum und schlüpften schließlich zwischen die heißen, feuchten Blütenblätter. Dann drangen sie in ihre enge Öffnung ein, und er erstickte ihr Stöhnen mit seinem Mund. Der Kuß war innig, fordernd, seine Zunge ahmte die Bewegungen seiner Finger nach, als er ihr Inneres streichelte und liebkoste, um sie auf das Kommende vorzubereiten.

»Bald werde ich in Euch sein«, sagte er und bedeckte ihr Gesicht mit Küssen. Seine Worte kamen stoßweise. »Aber ich muß Euch kurz weh tun, bevor ich Euch Vergnügen bereiten kann. Mehr, als Ihr Euch jetzt vorstellen könnt, meine Kleine.«

Tess glaubte nicht, daß das noch möglich war. Wieviel mehr Vergnügen konnte man einem Menschen bereiten? Sein Mund zog bereits eine Flammenspur zu ihren Brüsten, wo er mit seiner Zunge ihre empfindlichen, schwellenden Brustspitzen liebkoste. Er tastete nach ihren Händen und ermunterte sie beharrlich, ihrerseits auf Entdeckungsreise zu gehen. In ihre eigene Lust versunken, hatte Tess beinahe vergessen, wie lustvoll es war, ihn zu berühren. Sie ließ ihre Hände frei schweifen, entzückt von seiner Wärme, seiner Kraft, der Begierde, die seinen Körper ebenso anspannte wie ihren.

Kenric gewöhnte Tess allmählich an seine Berührungen und die Glut seines Verlangens. Je mehr er sie erregte, um so größer wurde seine eigene Erregung. Ihre unverstellte Hingabe umnebelte seine Sinne, als sie sich unter ihm wand und ihm die Hüften entgegenbog. Er suchte ihre Lippen, und gleichzeitig bereitete er sich darauf vor, in sie einzudringen.

»Ruhig, Liebste.« Er packte Tess' Hüften, damit sie stillhielt, dann schob er sich vorsichtig in sie hinein. Mit aller Macht versuchte er, sich nicht zu schnell zu bewegen, sie so sanft wie nur möglich seinem Begehren zu öffnen. Mit dem Kinn hielt er ihren Kopf fest, sein Körper lastete auf ihr, so daß sie sich kaum rühren konnte. Der Impuls loszulassen, endlich jegliche Selbstbeherrschung zu vergessen und sie mit all der süßen Wildheit zu nehmen, die er empfand, war unsagbar verlockend.

Er zog sich zurück, doch Tess drängte ihn wiederzukommen. »Bitte. Hört nicht auf«, sagte sie und zog ihn an sich.

Ihr Flehen ließ Kenric in sie hineinstoßen, und er erschauerte, als er tief in ihren Körper eindrang. Der Beweis ihrer Unberührtheit verlangsamte seine Bewegungen. Er zögerte, um das Gefühl ganz auszukosten, den letzten Moment vor der völligen Inbesitznahme zu verlängern. Bis zu diesem Augenblick hatte er einen leisen, jedoch hartnäckigen Zweifel verspürt, ob eine Jungfrau sich so frei, so lustvoll hingeben könnte. Wie würde sie erst sein, wenn sie erfahrener war? Ein Feuerstrom raste durch seinen Körper, und er schloß die Augen, versuchte diesen Gedanken in dem verzweifelten Kampf um Selbstbeherrschung auszuschalten.

Er verlor den Kampf.

Kenric zog sich zurück, um erneut kraftvoll in ihren weichen Körper vorzustoßen. Er konnte nicht aufhören, bis er gänzlich von ihrer Enge umschlossen war und sein gedämpftes Stöhnen von Tess' Schmerzensschrei übertönt wurde. Er ächzte besiegt und hielt sofort inne, um ihr Zeit zu lassen, sich von dem Schock seines Eindringens zu erholen.

»Psst, Liebste«, stieß er hervor. Das Blut pochte wild in seinen Adern, und es drängte ihn, den Akt zu vollenden. »Jetzt wird es nicht mehr weh tun, du Schöne.«

Sie zitterte heftig unter ihm, und er spürte, daß ihr heiße Tränen über die Wangen liefen. Er hob den Kopf, um zärtlich ihr Gesicht zu küssen, flüsterte Trostworte, streichelte sanft ihr Gesicht und ihr Haar. Doch sie umschloß sein Glied in konvulsivischem Zucken, und die Empfindungen waren zu stark, um sie zu ignorieren. Instinktiv stieß er noch einmal zu. Wimmernd kniff Tess die Augen zusammen.

Kenric bot die letzten Reserven seiner schwindenden Willenskraft auf und stählte sich gegen das berauschende Gefühl, tief in ihrem Körper vergraben, ihr so nahe zu sein, daß sie ein Teil von ihm war. Er holte angestrengt Luft und begann erneut, sie zu erregen. Er hoffte inständig, daß ihre Schmerzen rasch abklangen. »Von jetzt an wird es nur noch Lust für Euch geben, mein Engel.«

»Irgend etwas ist geschehen«, keuchte sie und wich seinen Lippen aus. »Bitte laßt mich aufstehen. Ich will jetzt aufhören.«

»Psst, Liebste. Es ist zu spät, um aufzuhören.«

Sie versteifte sich und stemmte sich gegen ihn, bis Kenric sich auf die Ellbogen stützte. Ihr in die Enge getriebener Blick ließ ihn innehalten. »Mir fehlt etwas. Ich kann das nicht tun!«

An die Stelle seiner drängenden Begierde trat plötzlich der Wunsch, sie zu trösten. Er nahm ihr Gesicht in seine Hände und wischte mit den Daumen ihre Tränen ab. Zu seinem Ärger merkte er, daß seine Hände zitterten. Er hatte noch nie in seinem Leben gezittert.

»Euch fehlt gar nichts, Tess.« Seine Stimme klang nicht so ruhig und fest, wie er es gewünscht hätte, doch Tess schien ihn zu hören. »Das Jungfernhäutchen einer unberührten Frau kann nur einmal durchstoßen werden. Ich werde Euch nicht mehr weh tun.«

»Aber Ihr tut mir jetzt weh«, flüsterte sie unter Tränen.

Verflucht. Jetzt wünschte er, besser aufgepaßt zu haben, wenn seine Soldaten damit prahlten, wie man am besten eine Frau entjungferte. Vermutlich hatte er es ganz falsch angefangen. Er war nicht sanft genug vorgegangen, und er wußte nicht, wie lange eine Frau brauchte, um sich von der ersten körperlichen Begegnung mit einem Mann zu erholen. »Tut es noch genauso weh wie am Anfang?«

Sie schüttelte den Kopf.

»Seht Ihr?« Er lächelte, um seine Unsicherheit zu überspielen. »Euer Körper stellt sich bereits auf mich ein.«

Sein Lächeln verschwand, als sie sich um ihn zusammenzog, als wollte sie seine Worte auf die Probe stellen. »Ihr müßt mir vertrauen, Tess.« Das Sprechen bereitete ihm Mühe, denn seine Begierde war mit aller Macht zurückgekehrt. »Ich will Euch Vergnügen bereiten, Euch den Schmerz vergessen lassen. Laßt mich Euch küssen, mein Engel.«

Sie zögerte nur kurz, dann hob sie das Gesicht und erwiderte seinen Kuß. Er erzwang keine neue Leidenschaft, sondern ließ sie das Tempo bestimmen, bis sie bereit war, sich seinen Küssen hinzugeben. Er wußte, wie wichtig dieser Augenblick war. Wenn er sie jetzt zu etwas zwang, hieße das, daß sie sich ihm nie freiwillig schenken würde. Sie würde ihm nie wieder vertrauen. Dies mußte sie aus freien Stükken zu Ende führen.

Die Anspannung in Tess' Körper ließ nach, und sie gab sich vorbehaltlos seinen Küssen hin. Sie bewegte sich unruhig unter ihm und stöhnte lustvoll auf.

»Himmel, Tess«, stieß er mit zusammengebissenen Zähnen hervor. »Bewegt Euch nicht, wenn …« Er konnte den Satz nicht beenden. Er vergrub das Gesicht an ihrem Hals und kämpfte mit sich, um stillzuhalten.

»Ihr fühlt Euch wunderbar an.« Tess seufzte.

Kenric hielt sich zurück, bis sie sich unter ihm aufbäumte. Erst dann begann er sich in ihr zu bewegen. Wellen puren sinnlichen Vergnügens überfluteten sie beide bei jedem seiner köstlichen, gezielten Stöße. Ihr Körper bog und krümmte sich, bewegte sich scheinbar ohne ihr Zutun. Er wußte, wie er sie berühren, küssen, sich bewegen mußte, um ihre Lust fast ins Unermeßliche zu steigern.

Ihr leises, atemloses Stöhnen sagte Kenric, wie bedingungslos sie sich ihm hingab, und er flüsterte verführerische Worte an ihrem Ohr. Seine Stöße wurden heftiger, trieben sie beide auf den Gipfel des Begehrens.

Schließlich spürte er, wie sie erbebte. Er sah den erstaunten Blick in ihren weit geöffneten Augen, bevor sie in den

Wogen der Erfüllung versank, die ihren Körper zum ersten Mal in ihrem Leben erfaßten. Sein gewaltiger Höhepunkt brach sich in einem rauhen Aufschrei Bahn.

Kenric kehrte nur langsam in die Gegenwart zurück. Ihm war, als habe Tess ihm alle Kraft genommen. Vermutlich erdrückte er sie, doch er hatte nicht die geringste Lust, sich zu rühren. Er würde sich erst bewegen, wenn sie keine Luft mehr bekam. Seine Befriedigung war vollkommen, ein einzigartiges Gefühl. Noch nie hatte er etwas Ähnliches empfunden. Gewöhnlich rollte er von der Frau hinunter, sobald er den Akt vollzogen hatte. Der Wunsch, noch in den Armen seiner Gattin zu liegen, war ihm völlig neu, und er beunruhigte ihn.

Er zwang sich, sein Gewicht auf die Ellbogen zu verlagern, um Tess' Reaktion auf ihre erste Liebesnacht zu sehen. Ihre violetten Augen schimmerten weich und glutvoll, ihr Haar, das sich irgendwann unter seinen Händen gelöst hatte, war wie ein Fächer, eine goldene Woge über die Kissen gebreitet. In ihrem unverwandten Blick spiegelten sich immer noch ihre Unschuld und ihr Staunen.

Plötzlich befangen, wandte er sich ab. Was sie getan hatten, hatte nichts mit Unschuld zu tun, sondern nur mit Lust. Er wollte ihr Verlangen, ihren Körper, sonst nichts. Sein Blick glitt noch einmal zu ihr zurück, und er sah Spuren seiner Leidenschaft, Flecken, die die zarte Haut an ihrem Hals und an ihren Brüsten entstellten. Sein Gesicht wurde noch finsterer, als er sich vergeblich zu erinnern suchte, wie sie entstanden waren. Noch nie hatte er die Beherrschung so vollends verloren. Was hatte sie mit ihm gemacht? Als er in ihr Gesicht sah, war der schläfrige, zufriedene Ausdruck verschwunden. Sie wirkte besorgt.

»Habe ich Euch kein Vergnügen bereitet?«

Kenric zerstreute ihre Befürchtungen nicht. Ja, er nahm ihre Frage nicht einmal wahr. Während er sich noch über sein Widerstreben ärgerte, sich von ihrem Körper zu trennen, löste er sich bereits von ihr. Er verschränkte die Hände hinter dem Kopf und sah zur Decke empor. So verhielt es sich also mit seiner gepriesenen Selbstbeherrschung, dachte er unwillig, sein feierliches Gelöbnis, sein Verlangen nach ihr streng im Zaum zu halten. Sie hatte ihn in ein Tier verwandelt.

Nie wieder, schwor er sich. Er würde ihr nie wieder solche Macht über seinen Körper einräumen. Niemandem auf der Welt würde er solche Macht über sich geben. Das nächste Mal würde er nur seine eheliche Pflicht erfüllen. Sie würde ihn nie mehr mit Augen ansehen, die ihm das Gefühl gaben, ein wilder Eroberer und der zärtlichste aller Liebhaber zugleich zu sein.

Von Scham erfüllt wandte Tess sich von Kenric ab. Sie schlug die Decke zurück und wollte aufstehen, doch er hielt sie am Handgelenk fest.

»Wo wollt ihr hin?«

»Ich will ein Bad nehmen«, antwortete sie mutig, unfähig, ihm in die Augen zu sehen.

»Noch nicht.« Seine Stimme duldete keinen Widerspruch. Er lockte sie ins Bett zurück, indem er ihre Handfläche küßte. Sie wandte sich jedoch ab und verbarg ihr Gesicht hinter ihrem Haar.

»Seht mich an, Tess.«

Sie schüttelte den Kopf.

Er preßte die Lippen aufeinander. »Habe ich Euch so weh getan?«

»Nein, ich wollte nur ein Bad nehmen«, erwiderte sie leise.

Sie wollte ihre Demütigung abwaschen, die Erinnerung an das, was ihr in ihrer Dummheit soviel bedeutet hatte, und ihm nichts.

»Ihr werdet meinen Samen nicht abwaschen«, sagte er ungerührt. »Diese Heirat hat mir bisher nur Scherereien eingebracht. Da will ich wenigstens einen Erben von Euch.«

»Ich soll wohl eine Zuchtstute sein?«

»Eure Fähigkeit, mir einen legitimen Erben zu schenken, ist im Augenblick Euer größter Trumpf«, beschied er sie schroff. »Meine übrigen Bedürfnisse kann jede gewöhnliche Magd erfüllen.«

Tess mußte sich beherrschen, um ihn nicht zu schlagen. »Ihr glaubt also, meine Fähigkeit, Euch legitime Kinder zu schenken, ist das einzige, was mich von Euren Dienern und Dienerinnen unterscheidet?«

Er zuckte die Achseln und setzte eine gleichgültige Miene auf. Tess kochte innerlich, doch sie wollte keinen Streit anfangen. Wenn er wirklich so unwissend war, daß er glaubte, eine Ehefrau sei zu nichts anderem gut, als Kinder zu bekommen, könnte sie ihn mit Worten gewiß nicht vom Gegenteil überzeugen. Allerdings würde sie es ihm mit Taten beweisen. Angesichts des Zustandes von Burg Montague würde ihr das sogar in kürzester Zeit gelingen. Nicht, daß sie irgend etwas tun würde, um ihm das Leben angenehmer zu machen, diesem herzlosen Tier. Er war –

»Seid zufrieden, daß ich mein Vergnügen mit Euch hatte.«

Sie kniff wütend die Augen zusammen, weil er die Stirn besaß, sie dermaßen anzulügen. Es verletzte sie, daß er sie für so ganz und gar wertlos hielt. »Jetzt da ich weiß, daß Euer Stirnrunzeln ein Zeichen Eures Vergnügens ist, werde ich es nie wieder irrtümlich als Abscheu auslegen, Mylord.«

»Abscheu?« Kenric lachte zuerst leise, dann immer lauter. Er strich ihr eine Haarlocke hinters Ohr und zog die Kontur ihrer Wange nach. »Ja, den Geschmack Eurer Lippen fand ich wirklich abscheulich, Tess. Vielleicht sollte ich mir genau in Erinnerung rufen, wie furchtbar er war.«

»Ich will nicht –«

Er verschloß ihren Mund mit seinem und hielt sie fest, als sie sich abwenden wollte. Doch er zwang ihr den Kuß nicht auf, sondern zog sich zurück, ehe sie ihn erwidern konnte.

»Nein, ich fand Eure Küsse überhaupt nicht abscheulich. Vielleicht war es der Anblick Eures Körpers«, zog er sie auf und maß sie von Kopf bis Fuß. Tess wurde rot und versuchte sich zu bedecken, doch er zog ihre Hände weg.

»Nein, ich sehe nichts, was mir mißfallen würde«, sagte er gespielt enttäuscht. »Es muß das Gefühl Eurer Haut an meinen Lippen gewesen sein, oder als Euer Körper unter mir lag.« Er küßte sacht ihre Schulter, ging dann höher, knabberte an ihrem Ohr und preßte seinen Körper gegen ihren.

»Ich glaube, wir müssen es noch mal versuchen, nur um sicherzugehen«, flüsterte er ihr ins Ohr.

Tess versuchte an ihrer Wut festzuhalten, sie als Waffe gegen seine Verführung einzusetzen. Aber er war der geborene Eroberer und blieb unerbittlich, bis sie sich ihm voll und ganz unterwarf. Sie war verloren, als er ihr leise sein Verlangen gestand, ihr die erregendsten Liebesspiele versprach. Welchen Grund sein Unmut auch gehabt haben mochte, er überzeugte sie, daß er nichts mit der körperlichen Seite ihrer Ehe zu tun hatte.

Doch später starrte er sie wieder grimmig an, und seine Miene war unheilvoll wie zuvor. Schließlich wandte er ihr den Rücken zu. Tess seufzte und fragte sich, ob sie diesen Mann wohl jemals verstehen würde.

9.

Obwohl Kenric sie vor drei Stunden verlassen hatte, um eine nachmittägliche Patrouille anzuführen, spürte Tess seine Anwesenheit noch immer. Sie betrachtete sich prüfend im Spiegel, konnte aber keine Veränderung an sich feststellen. Wenn eine Jungfrau zur Frau wurde, sollte man es ihr ansehen können. Sie sollte reifer, erfahrener wirken.

Kenric jedenfalls hatte sich überhaupt nicht verändert, weder innerlich noch äußerlich. Heute morgen, als er aus dem Bett stieg, hatte er so finster dreingeschaut wie eh und je. Während er sich ankleidete, fiel kein Wort zwischen ihnen. Mit der knappen Erklärung, er müsse eine Patrouille anführen und sie würden sich beim Nachtmahl sehen, ging er hinaus. Weder hatte er sie gefragt, was sie heute anfangen wollte, noch irgendwelche Vorschläge gemacht, wie sie ihre Pflichten als neue Herrin von Montague in Angriff nehmen sollte. Scheinbar war ihr Wert für ihn auf die Pflichten beschränkt, die sie in seinem Schlafgemach erfüllte.

Tess hatte nicht übel Lust, aus Trotz genau das zu tun, was er von ihr erwartete, nämlich gar nichts. Sollte dieser Mann doch im Schmutz seiner Behausung ersticken. Sie könnte tatenlos zusehen, wie die Festung allmählich verfiel, während sie sich darauf beschränkte, auf ihren Gatten zu warten, um allnächtlich der einzigen Aufgabe nachzukommen, die er ihr zugedacht hatte. Doch ihr Verstand rebellierte gegen die Vorstellung, so schamlos von ihm benutzt zu werden. Außerdem würde er nie wissen, was ihm entging, wenn sie es ihm nicht zeigte. Das genaue Gegenteil von dem zu tun, was Kenric erwartete, war das einzige Mittel, um sich einen Rest von Selbstachtung zu bewahren und ihm vor Augen zu führen, wie töricht seine Ansichten über den Wert einer Ehefrau waren.

Sein Benehmen war eine Mahnung für sie, ihrer neugewonnenen Nähe keine Bedeutung beizumessen. Nichts hatte sich dadurch verändert. Sie mußte alles tun, was in ihrer Macht stand, um erneut zu fliehen, diesmal endgültig. Bis dahin würde sie nicht nur Kenrics Haushalt ebenso geschickt führen, wie er seine Männer führte, sondern sie würde auch die vollkommene Gattin spielen. Welchen besseren Weg gab es, sein Vertrauen und das seiner Leute zu gewinnen? Welch besseres Mittel, eine Flucht in die Wege zu leiten? Mit der Zeit würde sein Argwohn nachlassen. Früher oder später würde sich eine günstige Gelegenheit ergeben. Dann würde Kenric erkennen, wie wertvoll sie für ihn war, wieviel sie ihm gegeben hatte, nicht an Land oder in klingender Münze, sondern Reichtümer, die man nicht messen konnte.

Die Schatten waren länger geworden, und sie wußte, daß in etwa einer Stunde das Nachtmahl aufgetragen werden würde. Der Gedanke, Kenric wiederzusehen, ließ ihr Herz schneller schlagen, Furcht mischte sich mit Erregung. Abgesehen davon, daß sie den Nachmittag über Fluchtpläne geschmiedet hatte – wie sollte sie in Ruhe ihr Mahl einnehmen, wenn sie neben einem Mann saß, der sie noch vor wenigen Stunden nackt gesehen hatte? Himmel! Sie hatte viel mehr getan, als nur nackt neben Kenric zu liegen.

Tess löste das Band aus ihrem Haar und runzelte die Stirn, als sie ihren mißglückten Zopf betrachtete. Sie nahm ihre Haarbürste und ging zur Tür. Es war höchste Zeit, sich mit ihrer Schwägerin anzufreunden, und dies war ein passender Vorwand, um Helen einen Besuch abzustatten. Sie riß die Tür auf und blieb wie angewurzelt stehen. Die Wachen vor ihrer Tür wirkten fast ebenso überrascht wie sie.

»Ihr seid noch hier?« fragte Tess. »Ich hatte angenommen, ich könnte mein Zimmer jederzeit verlassen, seit mein Gatte zurückgekehrt ist. Er hat mich ausdrücklich gebeten, zum Nachtmahl in der Halle zu erscheinen.«

»Ihr könnt gehen, wohin Ihr wollt, Mylady.« Der ältere der beiden Männer verneigte sich leicht und zog entschlossen seinen dunkelblauen Überrock zurecht. »Ich bin Sir Simon Delacort, und dies ist Sir Evard von Cordray«, sagte er und wies auf den jungen Mann zu seiner Rechten. Evard trug die gleiche dunkelblaue Uniform wie Simon. Sein braunes Haar war leicht zerrauft, als sei er soeben mit den Händen hindurchgefahren, und in seinen hellgrünen Augen stand Staunen. Fast schien es, als hätten alle Männer Kenrics die Angewohnheit, Damen unverhohlen anzustarren.

»Der Baron wünscht, daß wir Euch begleiten, wenn Ihr Eure Gemächer verlaßt«, fuhr Simon fort. »Er sorgt sich, Ihr könntet Euch verirren, da Euch die Burg neu ist. Wir sind hier, um Euch zu führen, wohin Ihr wünscht.«

»Und dafür müßt Ihr vor meiner Tür schlafen?« fragte Tess spitz und maß die Feldbetten, die an der Wand standen.

»Wir stehen stets zu Eurer Verfügung, Mylady.« Simon verbeugte sich erneut. »Es ist der Wunsch des Barons.«

»Ich wollte gerade Lady Helen aufsuchen«, sagte Tess. Mit diesem Ansinnen bot sich ihr die Gelegenheit, herauszufinden, ob sie den Befehl erhalten hatten, sie nicht aus den Augen zu lassen. »Ich möchte Lady Helen einige Fragen stellen, aber zu dieser Besorgung brauche ich keine Eskorte. Es reicht mir völlig, wenn Ihr mir den Weg zu ihren Gemächern weist.«

»Die Beschaffenheit Eurer Besorgungen gehen mich nichts an, Mylady«, erwiderte Simon geduldig. »Mag die Besorgung groß oder klein sein, wir stehen zu Euren Diensten.« Er setzte ein Lächeln auf, als wollte er zeigen, daß seine Pflicht ihm eine Freude war.

»Nun gut«, murmelte Tess. Ihre Frage war unbeantwortet geblieben.

Als Tess zögerte, deutete Simon auf den Südkorridor, dann schloß er sich der Baronin an. Sie drehte sich noch einmal um und sah, daß Evard wie angewurzelt dastand, immer noch so traumverloren wie in dem Augenblick, als sie die Tür geöffnet hatte. Simon eilte zu ihm und ergriff seinen Arm. »Reißt Euch zusammen«, zischte er ihm warnend zu. »Soll ich dem Baron etwa melden, daß Ihr Eure Pflichten vernachlässigt, weil ihr seiner Gattin wie ein Mondkalb nachstarrt?«

Evard löste sich aus seiner Befangenheit und setzte sich energisch in Bewegung.

Als sie Helens Zimmer erreichten, war Tess plötzlich unsicher, ob ihr Besuch bei der Schwägerin überhaupt angebracht war. Sie holte tief Luft und klopfte an die Tür. Zu ihrer Überraschung schob Simon sich vor sie, öffnete und raunte ihr zu, daß eine Baronin es nicht nötig habe, an die Türen ihrer Burg zu klopfen. Laut verkündete er: »Die Baronin wünscht Eure Gesellschaft, Lady Helen.«

Simon verneigte sich leicht vor Helen. Kenrics Schwester saß an einem kleinen Tisch, und ihre Hand war über einem der vielen Töpfchen erstarrt, die vor ihr aufgereiht standen. Schließlich machte Simon kehrt, verbeugte sich förmlich vor Tess und zog sich zurück.

Helen schenkte Tess keine Beachtung, sondern wandte sich wieder ihrer Toilette zu. Diese Frau war offenbar sehr eitel, wenn es um die Pflege ihrer äußeren Erscheinung ging, doch wie war es um ihre Eitelkeit bezüglich des Zustands der Burg bestellt? Auch Helens Gemach war geschmackvoll, wenn auch nicht so kostbar eingerichtet wie das Kenrics. Ein dicker, handgeknüpfter Läufer lag vor dem Kamin, ansonsten war der Fußboden mit gewebten Matten bedeckt. Doch diese waren sauber und mit Kräutern bestreut, um die Luft aufzufrischen. Ja, alles hier war so hübsch hergerichtet wie seine Bewohnerin. Entweder war es Helen gleichgültig, wie es in der Burg aussah, oder sie verfolgte eine bestimmte Absicht.

»Beeilt Euch mit der Näharbeit«, befahl Helen.

»Aye, Mylady«, sagte Miriam leise. Die Dienerin saß auf eleganten blausamtenen Kissen in der Fensternische. Der Sitz sah so einladend aus, daß Tess beschloß, sich eine ähnliche Nische als Leseecke in ihrem Zimmer einzurichten. Über Miriams Schoß war ein rosenrotes Gewand gebreitet.

»Euer Gatte ist einfach zu unhöflich, Lady«, verkündete Helen und wandte sich nun endlich ihrer Schwägerin zu. Sie streifte sie mit einem flüchtigen Blick, als sei sie ein lästiges Insekt.

»Er scheint ein wenig förmlich, was den Umgang in der Familie betrifft«, sagte Tess verblüfft von ihrer Schroffheit. »Obgleich wir uns ja auch kaum kennen.«

Tess wartete auf eine Antwort und fragte sich, warum ihre Schwägerin so haßerfüllt war. Der angewiderte Ausdruck auf Helens Gesicht, als sie ihre neue Verwandtschaft ansprach, war ihr nicht entgangen. Verabscheute Helen ihren Bruder so sehr, daß sie diese Gefühle auch auf seine Gattin übertrug? Und woher rührte dieser Haß gegen Kenric? Tess gab den Vorsatz auf, sie zu bitten, ihr das Haar zu flechten, und beschloß, auf den eigentlichen Anlaß ihres Besuchs zu sprechen zu kommen.

»Ich wollte Euch in einer Angelegenheit um Hilfe bitten, durch die wir uns besser kennenlernen könnten. Ich kenne Montague zwar kaum, aber mir sind bereits einige Dinge aufgefallen, die man ändern könnte, um die Burg wohnlicher zu gestalten. Die Festung ist sehr groß, und ich kann verstehen, daß es einer Frau allein große Mühe macht, solch einen Besitz zu verwalten, doch wir könnten viel erreichen, wenn wir uns die Aufgaben teilten.«

Helen sah sie ausdruckslos an. Diese unpersönlichen Blicke der Montagues brachten Tess allmählich auf. Sie hob den Kopf, nicht willens, sich einschüchtern zu lassen. Das Lächeln, das ihre Schwägerin schließlich aufsetzte, war eiskalt.

»Ich wünsche Euch Glück bei Eurem Vorhaben, Lady Tess.« Helen wandte sich wieder einem der Töpfchen zu und tauchte die Finger hinein. Dann legte sie den Kopf in den Nacken und trug die Creme auf ihren Hals auf. Dabei belehrte sie Tess wie ein Kind. »Aber Ihr werdet sehen, daß die Dienerschaft jede Einmischung einer Fremden als störend empfinden wird. Es wird eine Zeitlang dauern, bis sie Euch als die neue Herrin anerkennen.«

»Das ahnte ich bereits«, erwiderte Tess. »Allerdings habe ich nicht um die Hilfe der Dienerschaft gebeten, sondern um die Eure. Die Halle würde zum Beispiel durch bequeme Stühle und bestickte Kissen wie diese hier gewinnen.« Tess fuhr mit der Hand über Helens blaue Kissen. »Um die Stühle werden sich die Zimmerleute kümmern, aber ich wäre Euch dankbar, wenn Ihr mir mit den Kissen helfen könntet. Habt Ihr sie selbst genäht?«

»Ich nähe nicht.« Helen kniff die Lippen so fest zusammen, daß sie fast weiß wurden. Ihre Miene war versteinert.

»Ihr näht also nicht«, wiederholte Tess langsam. Sie ließ den Blick durch den Raum schweifen und musterte die zahlreichen Wandbehänge und den Stapel bestickter Kissen auf Helens Bett. »Oder näht Ihr vielleicht nur für andere nicht? Wer hat die Kissen auf Eurem Bett genäht, Lady Helen?«

»Ich kann mich nicht erinnern.« Helen zuckte die Achseln. Tess schwieg einen Moment, dann zuckte sie ebenfalls die Achseln.

»Dann werdet Ihr in der nächsten Zeit nähen lernen, Lady Helen.« Tess stand auf und ging zur Tür. Dort drehte sie sich noch einmal um. »Ja, ich glaube sogar, Ihr werdet bereits in vierzehn Tagen Sitzkissen nähen können.«

Nach dieser Prophezeiung und einem letzten Blick in Helens rebellisches Gesicht schloß Tess die Tür. Es war ein Anfang, dachte sie und lächelte grimmig. Kein sehr vielsprechender, aber dennoch ein Anfang.

Kenric mußte an sich halten, nicht in der Halle auf und ab zu gehen, während er auf die Ankunft seiner Frau wartete. Fitz Alan schwärmte von irgendeinem dummen Pferd in seinen Stallungen, aber Kenric war mit seinen Gedanken ganz woanders. Die Kerze, die als Zeitmesser diente – es dauerte eine Stunde, bis sie von einem der roten Ringe zum nächsten herunterbrannte – zeigte an, daß Tess sich verspätet hatte. Kenric haßte Säumigkeit. Es war ein Zeichen für mangelnde Disziplin. Er würde über dieses Thema mit ihr reden müssen.

Vielleicht ließ sie ihn ja absichtlich warten, nur um ihn zu reizen. Er fragte sich, ob sie aus irgendeinem Grund zornig auf ihn sein könnte – vielleicht weil er sie allein gelassen hatte, um die Patrouille anzuführen? Als er ging, schien alles in Ordnung gewesen zu sein. Außerdem hätte sie auch kein Recht dazu. Es war seine Aufgabe, auf dem Gelände der Burg zu patrouillieren, wenn er hier war. Es führte seinen Männern vor Augen, wie ernst er seine Pflichten nahm. Er war kein verweichlichter Burgherr, der in Luxus schwelgte, während andere für seinen Schutz sorgten. Daß er mit seinen Männern auszog, bewies seine Sorge um ihre Sicherheit. Das mußte Tess einsehen.

Natürlich verstand sie das, dachte Kenric. Er lehnte sich an die Einfassung des Kamins und stützte einen Arm auf den polierten Balken aus Eichenholz. Wenig später sah er Tess aus den Augenwinkeln eintreten und richtete sich auf. All seine Sinne waren plötzlich hellwach. Er entfernte sich vom Kamin, um sie im Auge zu behalten. Als sie ihren Platz am Kopf der Tafel einnahm, tat er so, als unterhalte er sich mit Fitz Alan, um sie beobachten zu können, ohne dabei sein Interesse zu verraten.

Dieses Fohlen hat die erstaunlichste rosarote Farbe, die ich jemals gesehen habe«, erklärte Fitz Alan.

»Hmm«, machte Kenric geistesabwesend, während sein Blick an Tess hing. Ihre Augen funkelten wie Juwelen, ihr Haar war von einem Glanz, den kein Gold aufzuwiegen vermochte. Gott, war sie schön, wie ein Sonnenstrahl in dieser trüben Halle. Er würde sich niemals an ihr satt sehen.

»Und stellt Euch mein Erstaunen vor, als dem Tier plötzlich Flügel wuchsen und es aus dem Stall flog, direkt über meinen Kopf hinweg.«

»Wirklich erstaunlich«, antwortete Kenric ernst. Tess wandte sich Simon zu, um ihm zu danken, als er ihr Wein einschenkte, hielt den Blick jedoch auf den Tisch gesenkt. Warum wollte sie ihn nicht ansehen? Kenric runzelte die Stirn und versuchte sich zu erinnern, wodurch er sie gekränkt haben mochte.

»Obschon man natürlich nichts anderes erwartet hätte. Schließlich war der Deckhengst hellgrün und hatte große blauen Flügel.«

»Was zum Teufel redet Ihr da?« fuhr Kenric verärgert auf, weil Fitz Alan nun endlich seine Aufmerksamkeit erlangt hatte. »Nein, erklärt es mir lieber nicht«, fuhr er unwillig fort, in der Gewißheit, daß die Erklärung ihm nicht gefallen würde. »Es ist Essenszeit, und ich bin hungrig. Spart Euch Eure Ammenmärchen für einen leichtgläubigen Knappen auf.«

Fitz Alan verbeugte sich tief, um sein Lächeln zu verbergen. Er ging zum Tisch hinüber und ließ sich links neben Kenrics Platz nieder. Kenric sprach leise mit Evard, bevor er sich setzte. Drohend fixierte er Simon, der Tess eine höchst amüsante Geschichte zu erzählen schien. Sie mied immer noch seinen Blick. Zufall oder Absicht?

»Ihr könnt Euch neben Fitz Alan setzen«, befahl er Simon, unzufrieden mit der Aufmerksamkeit, die sein Vasall seiner Gattin erwies. Das geziemte sich nicht. Und es gefiel ihm nicht, wie Tess sich versteifte, als sie seine Stimme hörte. Simon zog sich zurück, und Tess drehte sich um und griff nach ihrem Weinkelch. Sie trank einen kleinen Schluck, und dann endlich, endlich wandte sie sich ihm zu.

»Guten Abend, mein Gatte.«

Kenric fand, daß ihre Stimme bezaubernd heiser klang. Sie trug keinen Schmuck in ihrem wunderbaren Haar, das ihr Gesicht umrahmte wie eine weiche goldene Wolke. Ihre Augen hatten die Farbe von Frühlingsveilchen. Er betrachtete sie lange und entdeckte nicht den kleinsten Hinweis auf eine Verstimmung. Kenric seufzte, als er merkte, daß er wieder einmal den Atem angehalten hatte.

»Guten Abend, Gattin.« Kenric betonte das Wort »Gattin«, um sie daran zu erinnern, daß sie in der gestrigen Nacht ihre Vermählung vollzogen hatten. Er lächelte ihr sogar zu. Tess senkte den Kopf und starrte auf ihre Hände.

Das Mahl begann in angespanntem Schweigen. Tess sah überallhin, nur nicht zu ihrem Gatten. Kenric war unwillig, weil er so ganz und gar übersehen wurde. Nach drei vergeblichen Anläufen gab Fitz Alan es auf, ein Gespräch mit ihm anzuknüpfen, und wandte sich Simon zu. Ihre laute Unterhaltung übertönte bald das leise Zwiegespräch des Barons und der Baronin.

»Euer Haar ist nicht geflochten«, bemerkte Kenric und ärgerte sich, weil seine Stimme so verlegen klang.

»Gefällt es Euch so nicht?«

»Im Gegenteil. Ich finde es sehr reizend.«

»Dann werde ich es häufiger so tragen.« Errötend schlug Tess die Augen nieder und widmete sich dem unappetitlichen Mahl.

»Gut.« Kenric wandte sich ebenfalls wieder der Mahlzeit zu und fragte sich, was ihren Stimmungsumschwung veranlaßt haben mochte. Sie schien wegen irgend etwas verunsichert zu sein. Was war geschehen?

Er versuchte es noch einmal. »Evard sagt, Ihr hättet heute Helen besucht.«

»Ja«, erwiderte sie nur.

»War es ein ... angenehmer Besuch?« Kenric hatte niemals in seinem Leben auch nur eine angenehme Stunde mit Helen verbracht. Es war eine kindische Frage.

»Ja, sehr angenehm.«

»Habt Ihr über etwas Besonderes gesprochen?« fragte er, jetzt erst recht neugierig geworden.

Tess zuckte die Achseln und schob eine matschige Zwiebel auf ihrem Teller hin und her. »Über dies und jenes, Mylord.«

»Zum Beispiel?«

»Lady Helen stimmt mir zu, daß die Hocker in Eurer Halle durch feste Stühle und Bänke ersetzt werden sollten.« Mit der Spitze ihres Messers drehte Tess die Zwiebel nun um. »Sie hat mir liebenswürdigerweise angeboten, schöne, weiche Kissen für die neuen Stühle zu nähen.«

Kenric lachte ihr beinahe ins Gesicht. Helen hatte noch nie ›liebenswürdigerweise‹ etwas angeboten, das ihrem Bruder zugute kommen könnte. Tess log das Blaue vom Himmel hinunter. »Ich verstehe«, sagte er. »Habt Ihr noch über etwas anderes gesprochen? Unsere kürzliche Vermählung zum Beispiel?«

»Oh, nein, Mylord!« Tess war sichtlich entsetzt. Sie beugte sich zu ihm hinüber und flüsterte hinter vorgehaltener Hand: »Ich würde niemals darüber sprechen, was wir ... Ich meine, unsere ... Ich würde nie mit einem anderen Menschen darüber sprechen als mit Euch.«

Kenric war verwirrt. Er brauchte eine Weile, um zu verstehen, daß sie die körperliche Seite ihrer Ehe meinte. »Seid Ihr sicher, daß es nichts gibt, worüber Ihr zu sprechen wünscht? Vielleicht über eine Sache, die nur Euch betrifft?«

»Nein, Mylord!« Tess fächelte sich mit einer Hand Luft

zu, dann bemerkte sie, was sie tat, und ließ die Hand sinken.

»Oh, ich glaube aber schon«, sagte er selbstgefällig und lächelte über ihre Verlegenheit.

Tess schüttelte den Kopf und begann wahllos in ihrem Essen herumzustochern. Sie gab sich erneut alle Mühe, ihn zu ignorieren. Er konnte kaum glauben, daß dieses empfindsame Mädchen und die leidenschaftliche Frau, mit der er noch vor wenigen Stunden das Bett geteilt hatte, ein und dieselbe Person waren. Plötzlich erkannte er den Grund für ihre Scheu. Fast hätte er laut aufgelacht. Ihre jungfräuliche Sittsamkeit kam wieder zur Geltung. Er hatte erwartet, daß Tess sich wie all die anderen verhalten würde, die Frauenzimmer, die ihn umschmeichelten und an seinem Arm hingen, nachdem er mit ihnen im Bett gewesen war, die ihre Reize spielen ließen, um ihm Komplimente oder Geschenke zu entlocken. Nicht so Tess. Sie würde vermutlich vor Schreck in Ohnmacht fallen, wenn er sie auch nur berührte. Mit einem lauernden Lächeln legte er die Hand auf ihren Rücken und streichelte dann sacht ihre Hüfte.

Sie fiel nicht in Ohnmacht.

Gut, das mußte er ihr lassen. Dafür sprang sie erschrokken auf und stieß ihren Hocker um. Schnell stellte Kenric den Hocker wieder an seinen Platz und half Tess, sich zu setzen, bevor er sich an die Anwesenden wandte. Alle starrten sie an.

»Es war nur eine Maus.« Kenric nahm wieder Platz und beugte sich zu Tess. »Seid Ihr sicher, daß Euch nichts bedrückt, Liebste?« flüsterte er.

Tess rieb an ihrem Ohr.

»Nichts von Bedeutung«, erwiderte sie mit versteinertem Gesicht. Er griff nach ihrer Hand und streichelte ihre Finger, doch sie entzog sich ihm, als habe er sie verbrannt. »Bitte laßt das, Mylord!«

»Warum?«

»Warum?« wiederholte Tess und sah ihn an. Ihre Augen wurden weich und sehnsüchtig. Als sie ihre Lippen befeuchtete, wallte ein Hitzestrom in ihm auf. Sie blickte auf seinen Mund, und er ballte die Hände zu Fäusten, um sie nicht an seine Brust zu ziehen und ihr einen leidenschaftlichen Kuß zu geben.

»Ihr solltet mich nicht vor aller Augen so ansehen«, flüsterte Kenric, doch sein Protest klang nicht sehr überzeugend. In Wahrheit gefiel es ihm ungemein, wenn sie ihn mit den Blicken verschlang. Nur nicht hier, wo alle es sehen konnten. »Geht nach oben, Tess. In unser Gemach. Ich komme bald zu Euch.«

»Die Mahlzeit ist noch nicht beendet«, flüsterte sie ebenfalls. »Es ist unhöflich, wenn ich mich von der Tafel erhebe, bevor Ihr fertig seid. Eure Männer werden darüber reden.«

»Stellt Euch vor, was sie erst sagen werden, wenn ich hier über Euch herfalle.«

Tess starrte ihn an. Es dauerte eine Weile, bis sie sich fing. Dann nickte sie scheu.

Fitz Alan wartete, bis die Baronin auf der Stiege verschwunden war, bevor er sich an Kenric wandte.

»Vielleicht wäre jetzt ein günstiger Zeitpunkt, uns die Anweisungen für den morgigen Tag zu geben, Mylord.« Fitz Alan griff nach dem Henkelkrug mit Ale und füllte ihre Becher. »Dann brauche ich Euch morgen nicht zu stören.«

Kenric musterte ihn schweigend. Seine umnebelten Sinne verhinderten, daß er die Bedeutung dieser Worte sogleich verstand. Seine Frau nahm ihm den Verstand. Er war so tief gesunken, daß er sich vor seinen Leuten gebärdete wie ein liebeskranker Knappe. »Bin ich so leicht durchschaubar?«

»Aye«, erwiderte Fitz Alan gutmütig. »Das seid Ihr, Mylord.

Kenric blickte ihn finster an. »Sie lenkt mich ab. Sie nimmt meine Gedanken viel zu sehr in Anspruch.«

»Es ist nicht unbedingt ein Fluch, eine schöne Gattin sein eigen zu nennen«, bemerkte Fitz Alan. »Viele Männer würden sich glücklich schätzen, eine Lady wie die Eure zu besitzen.«

»Ich werde sie niemals lieben«, sagte Kenric leise. »Ihr kennt ebensogut wie ich die Gefahren, die daraus entstehen. Der walisische Baron … Welton hieß er. Erinnert Ihr Euch, wie wir seine Frau benutzten, um ihn in die Knie zu zwingen?«

Fitz Alans Miene verfinsterte sich, als er begriff. Ein Mann, der viele Feinde hatte, konnte es sich nicht leisten, seine Frau zu einer Waffe zu machen, die gegen ihn gerichtet werden konnte. Lady Tess wäre sicherer, wenn die Feinde des Barons glaubten, daß sie ihm nichts bedeutete.

»Es ist gewiß nichts weiter als Leidenschaft«, prophezeite er.

»Aye, und zwar eine, die bald erlöschen wird. Ich habe vor, sie mit in mein Bett zu nehmen, bis ich mich an ihren Reizen gesättigt habe. Der Zauber ließ bisher noch immer nach«, fügte er vertraulich hinzu und kippte einen mächtigen Schluck Ale hinunter. »Oftmals habe ich schon nach zwei Nächten Mühe, mich zu daran erinnern, was mich an einer Frau gereizt hat.«

Fitz Alan nickte. »Wollt Ihr, daß ich die Waffenübungen morgen beaufsichtige?«

Kenric war froh, das Thema Liebe fallenlassen zu können. Doch er konnte nicht umhin zu bemerken, wie eilig er es hatte, Fitz Alan seine Anweisungen zu geben, und wie sehr er die vor ihm liegende Nacht ersehnte.

10.

Manchmal mußte eine Mann all seine Sorgen hintanstellen und einfach den Augenblick genießen. Ein ungewöhnlicher Gedanke für einen Kriegsherrn, der sein Tagewerk sonst mit eiserner Disziplin erfüllte. Doch Kenric beschloß, seine Pflichten heute zugunsten seiner Gattin zu vernachlässigen. Der Tag war ohnehin halb vorüber, und sie lagen noch immer im Bett. Tess schmiegte sich an seine Brust.

Sein inbrünstiges Gelöbnis, die Selbstbeherrschung zu bewahren, wenn er mit Tess schlief, hatte sich als undurchführbar erwiesen. Eine Berührung, ihr Duft, ihr weiches Haar, das über seine Brust strich, das Farbenspiel in ihren Augen, wenn sie von Verlangen ergriffen wurde – Kenric wußte nicht mehr, was genau ihn aus der Bahn warf. Es gab nichts, worauf er besonders achten oder wovor er auf der Hut sein konnte. Er wollte Tess die Schuld geben, weil er kopflos vor Lust war, bis er gesättigt in ihren Armen lag und seinen verräterischen Körper verwünschte. Doch sie schaute so unschuldig, so verwirrt zu ihm auf, daß er nur insgeheim gegen die Macht wüten konnte, die sie ohne ihr Wissen über ihn besaß. Er merkte, daß sie seine Stimmungen noch immer nicht zu deuten wußte, sagte jedoch nichts. Soll sie sich ruhig sorgen, dachte er mit Genugtuung. Ihm ging es schließlich nicht anders.

Die Kur würde irgendwann Wirkung zeigen, beruhigte er sich selbst. Niemand würde es als eigenartig empfinden, daß ein frisch vermählter Mann einen vollen Tag mit seiner Braut verbrachte. Bisher war er nie länger als zwei Tage mit einer Frau zusammen gewesen, bevor er ihrer überdrüssig wurde. Entweder hatte er dann ihr Geschwätz satt, oder ihr Schweigen langweilte ihn. Die Schönheit jener Frauen verflog, und er sah nur noch deren Fehler. Er sättigte sich bis zu einem Punkt, an dem nicht einmal mehr eine römische Orgie seinen Appetit hätte wecken können. Alles würde sich von selbst klären, daher war sein Grübeln sinnlos. Er benahm sich eben wie ein kleiner Junge mit einem neuen Spielzeug, das ihn faszinierte. Es würde nicht mehr lange dauern, bis sie ihm gleichgültig würde und seine Aufmerksamkeit nicht mehr so vollends in Anspruch nähme. Warum sollte er es bis dahin nicht in vollen Zügen genießen?

Kenric ließ den Blick durchs Zimmer schweifen und hielt nach einer Ablenkung Ausschau. Er lächelte, als er einen umgestoßenen Eimer neben dem Zuber entdeckte. Als er gestern abend die Kammer betreten hatte, warteten zu seiner Freude ein heißes Bad und eine sehnsüchtige Frau auf ihn. Bei der Erinnerung, wie ihre seifigen Hände seinen Körper liebkost hatten, stieß er mit den Hüften gegen Tess. Er schlang einen Arm um ihre Taille und drückte sie an sich. Anscheinend hatte er sie ein wenig zu gut gelehrt, wie man einen Mann verwöhnte.

»Mm.« Tess seufzte. Sie schlug die Augen auf, und er versank in ihrem schlaftrunkenen, befriedigten Blick. Träge preßte sie sich an ihn. »Guten Morgen.«

»Es ist Nachmittag, Mädchen. Ihr schlaft länger als jeder andere Mensch, den ich kenne.«

»Gewöhnlich tue ich das nicht«, sagte sie. Ihr Lächeln wurde mutwillig, und sie bewegte verführerisch die Hüften. »Immerhin bin ich jetzt völlig ausgeruht.«

Kenric packte ihre Hüften, um sie an dem Spiel zu hindern, und verzog das Gesicht. »Ich habe mir da ein liederliches Weib herangezüchtet.«

»Tut es Euch leid?« fragte sie mit unschuldsvoller Miene, rieb sich jedoch mit Bewegungen an ihm, die man keineswegs als unschuldig bezeichnen konnte.

»Mag sein. Hört auf damit«, sagte Kenric. Tess rieb sich noch einmal an seiner Brust, bevor sie ihm gehorchte. »Ich mag nicht viel Schlaf brauchen, aber ausruhen muß ich mich schon.«

»Ha«, sagte sie neckend. »Mein Gatte ist offenbar erschöpft von seiner Gattin, von ihrer …«

Tess hielt inne, um nach dem richtigen Wort zu suchen. Sie blickte zur Decke empor, als könne sie dort die Antwort finden.

»Begeisterung?« schlug Kenric verbindlich vor.

»Ja. Begeisterung.« Tess nickte. »Vielleicht würde Euch ein kleines Nickerchen guttun, mein Gatte?«

»Eure Worte erstaunen mich, Frau. Nicht ich bin es, der heute kaum wird gehen können.« Er streichelte ihre Beine, die noch um seine Hüften geschlungen waren. »Glaubt mir, Ihr werdet nicht einmal aufrecht stehen können.«

Tess' Lächeln verschwand, als sie probehalber ein Bein bewegte und ihre Muskeln ihr nicht gehorchen wollten. Kenric half ihr, doch ihr Stöhnen ließ auch sein Lächeln erlöschen.

»Ihr hättet nicht in dieser Haltung schlafen sollen.« In seiner Stimme schwang Sorge, jedoch auch männlicher Stolz. »Wenigstens nicht, bis Ihr an diese Stellung gewöhnt seid«, flüsterte er anzüglich.

Tess lächelte trotz ihrer Schmerzen über diese lasterhafte Anspielung und zog vorsichtig die Knie an. Es war keine Sünde, sich an ihrem Gatten zu erfreuen, sagte sie sich vernünftig und verscheuchte den Gedanken, daß er nicht sehr lange ihr Gatte bleiben würde. »Ich freue mich schon auf weitere Übungen, Mylord.«

»Hört auf«, stöhnte Kenric und grub die Finger in ihre Hüften, um sie festzuhalten. »Ihr werdet mich noch umbringen.«

»Davon sterbt Ihr doch bestimmt nicht«, neckte Tess ihn. Sie richtete sich auf und fuhr mit den Fingern durch das weiche Gekräusel seiner Brusthaare. Es gab nichts an ihm, was sie nicht faszinierte. Ihr Plan, sich als die vollkommene Gattin zu geben, wurde so reich belohnt, wie sie es sich nie hätte träumen lassen, und sie spielte ihre Rolle so mühelos, daß sie sich bereits fragte, was daran Spiel und was Ernst war. Sie lächelte triumphierend über seinen Gesichtsausdruck, als sie abermals die Hüften bewegte. »Ich habe es mir nur bequem gemacht.«

»Macht es Euch nicht zu bequem, kleine Katze.« Kenric nahm ihr Haar und breitete die seidigen Locken über ihre Schultern aus. »Sonst ändere ich noch meine Meinung und nehme Euch nicht mit auf den Rundgang durch die Burg.«

»Ein Rundgang?« fragte Tess erfreut. Sie konnte nicht fassen, daß er ihren Plänen so bereitwillig entgegenkam. »Wirklich?«

»Wirklich.« Kenric lachte leise.

»Ich kann es kaum erwarten! Können wir gleich gehen? Werdet Ihr mir alles zeigen?«

»Aye, alles«, versicherte er ihr. »Seid vorsichtig, Liebste, sonst kränkt Ihr mich noch durch Eure Begeisterung. Soeben noch schient Ihr es nicht eilig zu haben, mein Bett zu verlassen.«

Ein verführerisches Lächeln umspielte Tess' Lippen. »Wenn Ihr es wünscht, werde ich Euer Bett den ganzen Tag nicht verlassen, Mylord.«

»Ihr seid eine Lügnerin, Frau.« Kenrics Lächeln verschwand, als er sich von ihr löste und sein Blick über ihren Körper wanderte. Rauh befahl er ihr, sich anzukleiden.

Tess rollte vom Bett hinunter und massierte ihre Beine. Rasch wusch sie sich, dann kramte sie wahllos in ihren Kleidern. Die Aussicht auf einen Rundgang mit ihrem Gatten spornte sie an.

Wenig später war sie angezogen, doch ihr Haar hielt sie unerträglich lange auf. Sie war erstaunt, als Kenric ihr die Haarbürste aus der Hand nahm und sanft die wirren Strähnen auskämmte.

»Es macht Euch nichts aus, mir das Haar zu kämmen?« fragte sie leise. Nur eine Frau oder ihre Zofe sollten sich mit derlei Aufgaben befassen. Es wäre ihr nie in den Sinn gekommen, daß ein Mann solch einen Liebesdienst übernehmen könnte.

»Ich liebe es, Euer Haar zu fühlen«, erwiderte er und ließ mehrere Strähnen durch seine Hände gleiten. »Es fühlt sich an wie gesponnenes Gold, Tess, und es erinnert mich an die Geschichte vom alten Geizhals, der seine Hände immer wieder in den Goldschatz getaucht hat.«

Tess lächelte über die fantasievolle Bemerkung, überrascht von dieser unbekannten Seite seines Charakters. Der Henker von Wales – Unsinn, dachte sie verächtlich. Wie sehr sich doch ihr Gatte von dem Mann der Legenden unterschied.

Denk an Remmington, wies sie sich entschlossen zurecht, da sie spürte, daß ihr Widerstand allmählich wich. Es war unwichtig, ob Kenric eine sanfte Seite hatte. Trotz allem war er ein Krieger und hatte die Absicht, ihr Land mit Feuer und Schwert zu überziehen. Nur eine Närrin würde sich von ihrem eigenen Verwirrspiel täuschen lassen. Kenrics folgende Worte bestärkten sie nur in ihrem Entschluß.

»Kommt, Tess«, sagte er schroff und streckte die Hand aus. »Ihr habt lange genug gezögert. Ich will nicht den ganzen Tag in diesem Gemach vertun.«

Drei Stunden später standen sie hoch oben auf der Zinne und blickten auf die Innenhöfe der Burg hinunter. Die Aussicht war atemberaubend, doch Tess hatte nur Augen für die Gebäude außerhalb und innerhalb der Festungsmauern und prägte sich alles ein, was Kenric ihr über die verschiedenen Teile von Montague erzählte. Er hatte ihr bereits die wichtigsten Räume und die Verteidigungsanlagen der Burg gezeigt, sie jedoch nicht zu den Plätzen geführt, die sie am liebsten sehen wollte. In ihrer Rolle als Burgherrin würde sie die Abläufe in der Küche, der Gerberei, der Schmiede und an allen anderen Orten, die für die täglichen Verrichtungen in der Burg unerläßlich waren, kennenlernen müssen. Da sie wußte, daß derlei Aufgaben einem Mann wie Kenric wenig Interesse entlockten, beschloß sie, noch zu warten und Miriam später um einen zweiten Rundgang zu bitten. Sie würde sich schon bald um ihre Pflichten kümmern, doch im Augenblick genoß sie die Zeit mit Kenric zu sehr.

Eine Botschaft von Fitz Alan unterbrach das Paar, und Kenric ging mit Simon davon, versprach jedoch, bald wiederzukommen. Tess beugte sich über die Zinne und blickte auf die verkohlten Bäume. Sie war froh, eine Weile allein zu sein, um alles in sich aufnehmen zu können, was sie von der Burg gesehen hatte. Den Plan, drastische Veränderungen auf Montague herbeizuführen, hatte sie wegen der abweisenden Haltung der Dienerschaft vorerst zurückgestellt. Sie gehorchten zwar aufs Wort, doch war ihre Fügsamkeit nur vorgetäuscht. Da Helen ihnen als ihre Herrin mit gutem Beispiel voranging, war es wohl nicht anders zu erwarten. Sie hatte nur nicht damit gerechnet, daß Kenric dieses Benehmen duldete.

Tess stützte sich auf die kalte Steinmauer, legte das Kinn auf ihre gefalteten Hände und sah das Blitzen von Metall unten auf dem Kampfplatz, wo Kenrics Männer übten. Im Gegensatz zur Dienerschaft hatte sie die Herzen von Kenrics Soldaten im Sturm erobert. Als sie beide auf dem Kampfplatz erschienen waren, war sofort Stille eingekehrt. Die Männer warteten in respektvollem Schweigen, bis Kenric das Wort an sie richtete, dann begrüßten sie sie höflich. Ja, Kenric verlangte absoluten Gehorsam von seinen Männern. Ein bloßes Stirnrunzeln von ihm konnte jeden Ritter, der sie in seinen Augen ein wenig zu sehr beeindrucken wollte, in tiefste Verlegenheit stürzen.

Wie hätten sich die MacLeith über sie lustig gemacht, wenn Tess von Gordon und seinen Männern das gleiche Maß an Respekt verlangt hätte. Die MacLeith beleidigten sie vor aller Augen. Zumindest aber hatte der Clan Dunmores Befehl respektiert, sich von Tess fernzuhalten. Das war die einzige freundliche, wenngleich selbstsüchtige Geste, für die Tess ihm dankbar sein konnte. Dunmore wollte unbedingt verhindern, daß sie vor der Vermählung mit Gordon einen Bastard gebar, statt einem von ihm gezeugten legitimen Erben das Leben zu schenken. Ha. Als ob Gordon dazu imstande wäre! Welch ein Mann war Kenric hingegen! Es würde bestimmt nicht mehr lange dauern, bis sie ein Kind von ihm unter dem Herzen trug. So viele Schwierigkeiten, dachte sie und seufzte leise. So viele Entscheidungen, die sie nicht treffen wollte.

Schweigend stand Kenric in der Tür des Turms, gefesselt von dem Bild, das sich ihm darbot. Tess schaute von der Burgzinne. Da ihr Kinn auf ihren Händen ruhte, hob sich ihr vollendetes Profil gegen den wolkenlosen blauen Himmel ab, ein leichter Wind spielte hin und wieder mit ihrem Haar, wie mit einem Schleier aus Sonnenschein. Sie sah so schön und dennoch traurig aus. Sie schien auf Burg Montague nicht glücklicher zu sein als er.

Nein, sie hatte ihn nicht mit leeren Schmeicheleien bezüglich seines Besitzes überhäuft. Sie war still neben ihm her gegangen, als er ihr die Festung zeigte, hatte nur wenige Fragen gestellt. Am liebsten hätte er sie in ihr Gemach gebracht, um anschließend Helen aufzusuchen und ihr zu befehlen, die Burg wohnlich zu gestalten. Aber nein, er würde niemals den Eindruck erwecken wollen, daß Montague ihm mehr wert war als ein bloßer Steinhaufen. Statt dessen hatte er Tess den Kampfplatz gezeigt, ihr das einzige in seinem Leben vorgeführt, worauf er stolz war: sein Heer.

Er hatte erwartet, sie werde entsetzt sein. Vornehme Damen hatten wenig Sinn für solche Dinge. Die Damen am Hofe hätten es als Beleidigung empfunden, der Derbheit eines Kampfplatzes ausgesetzt zu werden. Das Ansinnen, sie den gemeinen Soldaten vorzustellen, hätte sie zutiefst in ihrem Feingefühl verletzt. Tess hingegen hatte seine Männer herzlich begrüßt, mit den verschwitzten Soldaten gesprochen, als seien sie feingekleidete Höflinge.

Und seine Männer hatten sich aufgeführt wie Narren. Er war so besorgt über die mögliche Reaktion seiner Gattin auf die Soldaten gewesen, daß er nicht über die Reaktion seiner Soldaten auf seine Frau nachgedacht hatte. Der eine starrte sie mit offenem Mund an, während andere beinahe mit ihren Schwertern jonglierten, um sie zu beeindrucken. Die Wirkung dieser zierlichen Frau auf die rauhen, kampfgestählten Männer wäre erheiternd gewesen, wenn es sich nicht um Tess gehandelt hätte. Kenric spürte, daß er einen Zustand besitzergreifender Eifersucht erreicht hatte, in dem er jeden Mann anherrschte, der sich um sie bemühte. Er hatte seine Soldaten schneller entlassen, als er ursprünglich vorgehabt hatte. Plötzlich war er nicht mehr in der Stimmung gewesen, sein neues Spielzeug zu teilen.

Nach dem Besuch auf dem Kampfplatz lächelte Tess, als sei dieser der angenehmste Teil ihres Rundgangs gewesen. Kenric freute sich wie ein Kind über dieses Lächeln. Jetzt aber sah sie aus, als sei sie den Tränen nahe. Ihre Stimmungen waren unmöglich einzuschätzen. Sie runzelte die Stirn über eine Burg, die jede andere Frau trotz der Verwahrlosung zu schätzen gewußt hätte, und lächelte über ein Heer, das die halbe zivilisierte Welt in Angst und Schrecken versetzte.

Kenric überließ sich einen Augenblick lang seiner Fantasie und stellte sich vor, Tess stünde allein hier, wartete auf seine Rückkehr von einem Feldzug oder aus der Schlacht, und ihr Herz wäre schwer vor Sorge, daß er nie mehr zurückkommen würde. Der Gedanke, daß eine so schöne Frau wie Tess sich nach ihm verzehrte, schmeichelte ihm. Ein Leben lang an den Henker von Wales gebunden zu sein, wäre für jede Frau Grund genug, um Ströme von Tränen zu vergießen. Vermutlich überließ sie sich gerade ihrem Selbstmitleid, war traurig, weil sie ebenso wie er an diesen gräßlichen Ort gekettet war. Ob sie es jemals zugeben würde?

» Woran denkt Ihr?«

Tess war derart in ihre Gedanken vertieft, daß sie Kenric nicht gehört hatte. Sie fuhr zusammen.

»Daran, daß Ihr Euch nicht immer so anschleichen solltet«, schalt sie ihn und lächelte, um ihren Worten die Spitze zu nehmen. Kenric zuckte die Achseln und wandte sich dem Land jenseits der Burg zu. Obwohl er sich nicht bewegte, war Tess plötzlich zumute, als habe er sich von ihr entfernt, eine Mauer zwischen ihnen aufgerichtet, ebenso unverrückbar wie die, auf die sie sich stützte. »Habt Ihr die Angelegenheit mit Fitz Alan geklärt?«

»Eine unbedeutende Kleinigkeit. Ihr habt meine Frage nicht beantwortet. Weshalb das ernste Gesicht an einem solch schönen Tag?«

Tess wollte erst lügen, gelangte jedoch zu dem Schluß, daß sie ihm ruhig die Wahrheit sagen könne.

»Noch vor zwei Wochen glaubte ich, es sei mein Schicksal, Gordon MacLeith zu heiraten. Ich dachte daran, wie anders mein Leben mit ihm verlaufen wäre.« Sie legte den Kopf in den Nacken und schaute ihm unsicher in die Augen. »Ich möchte Euch den Grund sagen, warum er mich das letzte Mal geschlagen hat.«

»Ich kenne ihn bereits.« Kenric lächelte sie spitzbübisch an. »Ihr habt es mir im Fieber erzählt.«

»Was habe ich Euch erzählt?« fragte Tess besorgt.

»Ihr nanntet Gordon einen Wüstling.«

»Es ist wahr«, flüsterte Tess. »Er kam in mein Zimmer, nachdem er mich geschlagen hatte, und schickte alle anderen fort. Ich dachte, er wolle mich töten, aber er wollte mich nur mit seinen Drohungen einschüchtern. Er sagte, ich widere ihn an, und verhieß mir, er werde mich seinen Männern überlassen, sobald wir verheiratet wären. Sie gehörten ja alle zu den MacLeith, daher spiele es keine Rolle, wer mein Kind zeuge, solange ich nur einen Erben gebar. Er drohte mir auch noch andere Dinge an, aber sie sind ... sie sind zu scheußlich, zu gemein, um sie zu wiederholen.«

Kenric nahm ihr Gesicht in seine Hände. »Ich kann Euren Schmerz über die Vergangenheit nicht auslöschen, aber ich kann Euch versichern, daß Ihr Gordon oder seinen Vater nie wieder zu fürchten braucht. Ihr seid jetzt mein, Tess, und ich beschütze alles, was mein ist.«

Eine Welle der Zärtlichkeit überspülte sie, so süß und so machtvoll, daß ihr die lange zurückgedrängten Tränen in die Augen schossen. Sie schmiegte sich in seine Arme und legte die Wange an seinen weichen pelzbesetzten Mantel. Er sprach die Wahrheit. Tief im Herzen wußte Tess, daß er sein Leben für sie geben würde. Und sie hatte die Absicht, zum Dank vor ihm davonzulaufen. Schuldbewußtsein, so dachte Tess, war das qualvollste Gefühl überhaupt. Sie könnte viel leichter mit ihrem Entschluß leben, wenn Kenric grausam wäre, ein Mann, so brutal wie die MacLeith. Er hatte etwas Besseres verdient als eine Frau, die die liebende Gattin mimte und ihn bei erstbester Gelegenheit im Stich lassen wollte.

»Die MacLeith sind Schakale, man kann ihnen nicht trauen«, sagte sie zögernd, um ihn zu warnen, falls er es jemals mit ihrem Stiefvater zu tun bekam. »Rechnet nicht mit einem fairen Kampf, wenn Ihr es mit diesen Verrätern aufnehmt.«

»Das sagtet Ihr mir auch, als Ihr krank wart.«

»Es scheint, ich war sehr gesprächig«, erwiderte Tess vorsichtig. »Was habe ich Euch sonst noch erzählt?«

»Was sonst?« wiederholte er und rieb sein Kinn. »Laßt

mich nachdenken. Vermutlich gibt es nur wenig, was Ihr mir nicht anvertraut habt. Zumindest sehr wenig Wichtiges. Ihr neigt dazu, Euch zu verplaudern, Frau.«

Sie runzelte die Stirn über sein anzügliches Grinsen. »Es war nicht recht von Euch, meinen sinnlosen Fieberträumen zu lauschen.«

»Euch gefallen meine Augen.«

»Ich habe über Euch gesprochen?« Tess war entsetzt von dieser Vorstellung. Es war demütigend, wenn sie ihm unwissentlich all ihre Geheimnisse verraten hatte.

»Ich erinnere Euch an einen Ritter, von dem ihr in der Woche vor unserer Vermählung geträumt habt.«

»O Gott«, stöhnte Tess. Doch dann fing sie sich schnell und versuchte ihn abzulenken. »Seht Ihr? Ich habe unsinniges Zeug geredet. Ihr dürft nichts auf die Dinge geben, die ich im Delirium gesagt habe.«

Kenric nickte, doch an seiner Miene erkannte sie, daß er ihr kein Wort glaubte. Zum Glück wechselte er das Thema. »Gleich wird das Nachtmahl aufgetragen. Möchtet Ihr dieses Gespräch in unseren Gemächern fortsetzen? Wir können unser Mahl auch dort einnehmen.«

Zu Tess' Bestürzung stand Kenric zu seinem Wort. Er schilderte ihr den Verlauf ihrer Krankheit in allen Einzelheiten. Tess stritt alles ab und machte ein finsteres Gesicht, als Kenric laut über ihre Einwände lachte. Doch als sie ihn nach seinem Leben vor ihrer Vermählung fragte, lachte er nicht mehr. Er behauptete, es gäbe wenig zu erzählen. Jetzt mußte Tess über seine dreiste Lüge lachen. Sie ließ nicht locker, bis er endlich nachgab und ihr zumindest einige faszinierende Geschichten von den Kreuzzügen erzählte.

Tess konnte sich später nicht mehr erinnern, daß sie auf ihrem Stuhl eingeschlafen war und er sie kurz darauf ins Bett gebracht hatte. Als sie mitten in der Nacht erwachte, lag Kenric neben ihr, den Kopf auf einen Arm gestützt. Schatten verhüllten sein Gesicht, doch sie war sicher, daß er sie beobachtet hatte, als er beschwichtigend ihren Arm streichelte. Sie wußte nicht mehr, was er geantwortet hatte, als sie ihn schlaftrunken fragte, ob etwas geschehen sei. Hatte er gesagt, er sei nicht sicher? Diese seltsame Antwort überzeugte sie, daß sie das Ganze nur geträumt hatte.

An den folgenden Tagen spielte sich eine angenehme Routine ein. Kenric stand früh auf, um mit seinen Männern zu arbeiten oder eine Patrouille anzuführen. Tess erkundete eifrig die Burg. Hin und wieder leistete er ihr beim Mittagsmahl in der Halle Gesellschaft, aber ebenso oft führte er Unterredungen mit dem Landvogt oder dem Verwalter, oder mit irgendeinem seiner Männer, der ihn um Rat fragte. Das Nachtmahl nahmen sie zumeist in ihren Gemächern ein, um sich ungestört unterhalten zu können.

»Es wundert mich nicht, daß es Euch gelungen ist, mich zu den Mahlzeiten hierher zu locken«, bemerkte Kenric eines Abends und betrachtete den sämigen Eintopf auf seinem Teller. Obwohl es ein schlichtes Mahl war, schmeckte es doch viel besser als die Speisen, die in der Halle gereicht wurden. »Wie schafft Ihr es nur, hier so gutes Essen aufzutreiben?«

»Ich würde mich gern mit diesen Lorbeeren schmücken«, erwiderte Tess lächelnd, froh, daß ihr Plan, die vollkommene Gattin zu spielen, sich so gut anließ. »Aber es ist Miriam, die uns jeden Abend das Essen zubereitet.«

»Dann dankt ihr in meinem Namen.« Er aß einen Löffel von dem Eintopf, spülte ihn mit einem Schluck Apfelwein hinunter und griff nach dem frischen Laib Brot.

»Ich habe mich schon oft bei ihr bedankt, aber sie will kein Lob hören. Vielleicht hat sie Angst vor Helen?«

Helen war die Person, die Miriam fürchtete. Die Dienerin hatte Tess bedeutet, daß Helen allem sogleich ein Ende bereiten würde, wenn sie von Miriams Diensten erfuhr. Schon seit dem Tag ihrer Ankunft auf Montague wollte Tess ihren Gatten fragen, warum Helen so haßerfüllt war.

»Ich bin Eurer Schwester heute in der Halle begegnet«, begann sie. »Seht Ihr beide Eurem Vater oder Eurer Mutter ähnlich?«

Kenric sah von seinem Teller auf, und sein eiskalter Blick ließ sie innehalten. Was hatte sie getan, um seinen Unwillen zu erregen?

»Meine Familie geht Euch nichts an.«

»Wieso nicht?« fragte sie aufsässig. »Wenn ich Helen nach Eurer Familie frage, sagt sie jedesmal, ich solle mich an Euch wenden. Wenn ich Euch frage, wechselt Ihr schnell das Thema oder sagt mir, es ginge mich nichts an. Bin ich des Namens Montague so unwürdig, daß ich nichts wissen darf, was mir helfen könnte, meinen Platz in der Familie zu finden?«

Kenrics Zorn legte sich. Seine Stimme klang nun überraschend sanft. »Im Gegenteil, der Name Montague ist Eurer unwürdig, Tess. Ihr seid neugierig, und das ist nur natürlich, aber ich spreche nie über meine Familie. Vielleicht werde ich Euch mehr erzählen, wenn ich Remmington eingenommen habe, aber das wird nicht so bald geschehen, es sei denn, Ihr könnt mir sagen, was Ihr über die Verteidigungsanlagen wißt. Man sagt, Remmington sei uneinnehmbar, und das bedeutet, daß wir uns höchstwahrscheinlich auf eine lange Belagerung einrichten müssen. Gibt es Schlupflöcher unter den Mauern?«

»Nicht, daß ich wüßte«, erwiderte Tess, noch schockiert von der Enthüllung, daß er seinen Namen für ihrer unwürdig hielt. Erstaunlich – dabei hatte er ihr Anlaß gegeben, das genaue Gegenteil anzunehmen. »Mein Vater ließ nicht zu, daß Fluchttunnel angelegt wurden. Er war sehr stolz darauf, daß Remmington jeder Belagerung standhalten könne, und meinte, Fluchtwege seien nicht notwendig.«

»Und doch fiel Remmington an MacLeith«, gab Kenric zu bedenken.

»Mein Vater wurde in einen Hinterhalt außerhalb der Burg gelockt«, antwortete Tess. Sie hielt den Weinkelch so fest, daß ihre Knöchel weiß wurden. »Dunmore MacLeith wird sich wohlweislich hinter den Mauern von Remmington verkriechen, bis er mich wiederhat.«

Kenric erhob sich vom Tisch und ging zu ihr. Er zog sie überraschend an seine Brust.

»Ihr seid mein, vergeßt das nicht. Ich werde Euren Stiefvater unschädlich machen.«

Tess wollte ihm sagen, daß es unrecht sei, MacLeith anzugreifen, denn sie wußte, daß Kenric alles zerstören würde, was ihre Familie aufgebaut hatte, alles, was für ihre Familie stand. Seine Worte weckten eine so tiefe Trauer in ihr, daß es sie körperlich schmerzte. Doch bevor sie etwas erwidern konnte, verschloß er ihren Mund mit einem unnachgiebig besitzergreifenden Kuß. Tess erwiderte den Kuß ebenso innig. Er ließ sie eine Zeitlang vergessen, daß sie nicht hierher, auf die Burg Montague, gehörte.

Zu Beginn der folgenden Woche traf ein Besucher ein, und die Neuigkeiten, die er brachte, beendete die friedliche Zeit. Einer von Kenrics Vasallen, der Herr über Penhaligon Keep, war gestorben, woraufhin der Bastard des Ritters die Herrschaft über den Außenposten an sich gerissen hatte und dem legitimen Erben seine Rechte vorenthielt. Alle waren zum Nachtmahl versammelt, als die Neuigkeit verkündet wurde, und Tess wunderte sich über das betretene Schweigen, das diese Nachricht hervorrief. War der Bastard auf Penhaligon ein solch gefährlicher Mann? Sie sah Kenric an, und ihre Frucht legte sich. Er zeigte sich nicht im mindesten besorgt.

Knapp eine Stunde später waren hundert von Kenrics Soldaten im Haupthof versammelt. Tess wußte, daß es Kenrics Pflicht war, mit seinen Männern auszuziehen. Sie verstand und billigte seine Entscheidung, sich selbst um diese Angelegenheit zu kümmern. Was sie nicht begriff, war ihr Widerstreben, ihn fortgehen zu lassen.

»Es ist ein langer Ritt nach Penhaligon«, sagte Kenric zu ihr. Sie standen im Hof, Kenric hatte die Zügel seines Streitrosses um seinen Arm geschlungen, während er sich von seiner Gattin verabschiedete. »Ich bin vielleicht einen Monat oder noch länger fort, aber Simon und Evard bleiben hier, um nach Euch zu sehen.«

»Mir wird nichts geschehen, Mylord.« Tess lächelte ihm mutig zu und bemühte sich, nicht in Tränen auszubrechen. Es war ihr ein Rätsel, warum sie so traurig war. Sie sollte sich freuen, daß er fortzog, denn das verschaffte ihr vielleicht die Gelegenheit, ihre Pläne in die Tat umzusetzen.

»Ich mache mir nur Sorgen, daß dies eine List sein könnte, um Euch aus der Festung zu locken.«

Wo um Himmels willen kam nur dieser Gedanke her? Tess runzelte die Stirn. Sie spielte anscheinend schon so lange die vollkommene Gattin, daß es ihr zur zweiten Natur geworden war.

»Darvell hat mir schon öfter Schwierigkeiten bereitet«, beruhigte er sie. »Die meisten meiner Männer bleiben auf Montague, ebenso die regulären Burgwachen. Es ist nicht mehr, als es scheint, Frau.« Er streichelte sanft ihre Wange. »Wenn Ihr irgend etwas braucht, sagt es Simon.«

»Wenn Ihr nichts dagegen habt, würde ich während Eurer Abwesenheit gern meine Stellung als Herrin der Burg einnehmen«, sagte sie rasch. Da Kenric sie verblüfft ansah, beeilte sie sich hinzuzufügen: »Ich möchte gern einige Veränderungen vornehmen, vor allem in der Küche und im Saal. Ihr wißt ja, daß das Essen besser sein könnte.«

»Aye.« Er lachte leise. »Ich wäre schon zufrieden, wenn meine Männer keine Magenschmerzen davon bekämen. Ich werde mit Simon sprechen, bevor ich losreite. Er wird dafür sorgen, daß Ihr die Hilfe bekommt, die Ihr braucht.«

Sein Gesicht wurde ernst. »Kommt, gebt mir einen Kuß, Frau. Es ist Zeit für den Abschied.«

Der Kuß war süß, doch kurz, da sie sich beide des Publikums bewußt waren. Er wandte sich als erster ab und rief Simon zu sich.

»Meine Dame wünscht als neue Herrin von Montague einige Veränderungen vorzunehmen. Ihr werdet sicherstellen, daß sich ihr keine Hindernisse in den Weg stellen«, teilte Kenric seinem Getreuen mit. Er wartete, bis sie nicht mehr in Tess' Hörweite waren, bevor er dem erfahrenen Ritter seine übrigen Instruktionen erteilte. »Laßt sie nicht aus den Augen, es sei denn, sie hält sich in unseren Gemächern auf. Sie geht nirgendwo ohne Eure Begleitung hin. Ich verlasse mich darauf, daß Ihr auf sie achtgebt, Simon.«

»Aye, Mylord«, erwiderte Simon. »Ich werde für Euch auf sie achtgeben. Der Baronin soll kein Leid geschehen, solange sie unter meinem Schutz steht.«

11.

Es dauerte nur drei Tage, bis Simon sich eingestehen mußte, daß er seinem Herrn zuviel versprochen hatte. Inzwischen hätte fast jeder innerhalb der Mauern von Montague die Baronin frohen Herzens ermorden können. Simon hegte nicht den geringsten Zweifel daran, daß der Henker von Wales eine Frau geheiratet hatte, die es geradezu darauf anlegte, den Ruf ihres Gatten noch zu übertreffen. Am Ende der zweiten Woche gab er sich geschlagen und schickte eine Nachricht an Baron Montague. Es wäre für alle sicher angenehmer, wenn der Baron nach Hause gerufen wurde, um seine eigensinnige Frau zu zügeln, als wenn er zurückkehren mußte, um ihrem Begräbnis beizuwohnen. Der Bote, der mehrere Tage darauf in Penhaligon Keep eintraf, war sich dessen allerdings nicht sicher, als er Baron Montague Bericht erstattete.

»Sie hat *was* getan?«

»Aye, Mylord«, sagte der Bote und trat mehrere Schritte zurück. »Sie hat gedroht, dem Koch die Zehen abschneiden zu lassen. Lady Tess hat sogar allen Zuträgern des Kochs dieselbe Strafe angedroht, wenn sie nicht tun, was sie verlangt.«

Kenric verschränkte die Hände hinter dem Rücken und blickte von der Zinne hinunter. Er hoffte, der Anblick des Waldes würde ihn besänftigen. Es war vergeblich. Aufgebracht befahl er dem Soldaten, mit seinem Bericht fortzufahren.

»Am Tag Eurer Abreise wurde auf Lady Montagues Befehl eine Patrouille zu jedem Eurer Außenposten entsandt. Sie ordnete an, jeder Außenposten solle in Zukunft regelmäßig einen Zehnten seines Ertrags abliefern. Als Derry Town sich weigerte, befahl sie, die Scheune mit den Getreidevorräten in Brand zu setzen. Bevor Eure Gattin dem Wirtshaus die gleiche Behandlung angedeihen ließ, streckte der Mayor die

Waffen. Sir Simon läßt Euch ausrichten, daß Lady Montague auch Eure Hunde hat wegbringen lassen. Außerdem hat sie einige Soldaten abgestellt, um Matten für den Fußboden der großen Halle zu flechten.« Der Ton des Boten verriet deutlich seinen Unmut über diese entehrende Aufgabenverteilung. »Und Sir Simon ist zutiefst besorgt wegen der Entscheidung Eurer Dame, die Dorfheilerin zum Kräutersammeln in den Wald zu begleiten. Sir Simon hat versucht, sie von diesem Vorhaben abzubringen, doch die Baronin war fest entschlossen, sie behauptete, Ihr hättet ihr die Erlaubnis erteilt, der Alten eine Helferin zu verschaffen, und sie selbst sei für diese Aufgabe am geeignetsten. Obwohl Sir Simon und zwanzig weitere Männer die Baronin begleiteten, sorgt er sich um ihre Sicherheit, da sie der Alten jede Woche zur Hand gehen will.«

Kenric beugte sich abermals über die Zinne. Darvell den Außenposten zu entreißen, war ein leichtes gewesen im Vergleich zu der Herausforderung, die Tess inzwischen darstellte. Das kam dabei heraus, wenn man einer Frau seine Gunst schenkte. Frauen wurden dreist, wenn sie sich über jede Bestrafung erhaben wähnten. »Ist das alles?«

»Nein, Mylord«, fuhr der Bote fort. »Es gab weitere Vorfälle, vor allem mit den Handwerkern und den Dörflern, doch Sir Simon wünscht Euch in diesen Angelegenheiten persönlich zu sprechen, und er möchte Euch wissen lassen, daß er sie für weniger ernst hält. Er bittet Euch vielmals um Verzeihung, daß er Euch mit diesen Schwierigkeiten behelligt, doch er denkt, daß seine Macht begrenzt ist. Lady Tess behauptet, sie hätte Eure Erlaubnis, als Herrin von Montague frei schalten und walten zu dürfen, daher sieht sich Sir Simon gezwungen, ihren Wünschen Folge zu leisten, selbst wenn er den Eindruck hat, daß Ihr es nicht gutheißen würdet. Sir Simon sagt, er wäre Euch überaus dankbar, wenn Ihr die Ordnung wiederherstellt, bevor Eurer Dame noch etwas zustößt.«

Kenric hätte über Simons verzwickte Lage gelacht, wäre er nicht gleichzeitig so ungehalten über Tess' Handlungsweise gewesen. Ungläubig schüttelte er den Kopf und fragte sich, ob Tess lebensmüde oder schlicht zu einfältig war, um zu merken, in welche Gefahr sie sich brachte.

»Sucht Roger Fitz Alan«, wies er den Boten an. »Sagt ihm, wir reiten in einer Stunde nach Montague.«

»Den geschickten Umgang mit der Nadel erlernt man durch Übung und Geduld«, sagte Helen, als sie sah, wie Tess sich an die ungeliebte Aufgabe machte, mehrere Reihen ihrer neuen Stickerei aufzutrennen, um einen Fehler zu korrigieren. Tess' Entschlossenheit, ohne viel Erfahrung ein solch kompliziertes Muster wie die Standarte von Montague auszuführen, nötigte ihr Bewunderung ab.

»Vielleicht ist dieses Vorhaben doch zu ehrgeizig in Anbetracht meiner Fähigkeiten«, gab Tess zu.

Die beiden Frauen hatten ihre Stühle an den Kamin in Helens Zimmer gezogen. Helen beugte sich vor, um Tess' Stickerei zu begutachten. »Ihr schlagt Euch recht gut für eine Frau, die fünf Jahre nicht genäht oder gestickt hat. Für eine Anfängerin ist es sehr gute Arbeit.«

Tess quittierte das Kompliment mit einem Nicken. Helen wunderte sich über ihr Widerstreben, Tess' zu entmutigen. Sie sollte die Frau ihres Bruders eigentlich hassen – wie sie es sich vorgenommen hatte. Doch wenige Tage nach Kenrics Abreise war Tess in ihrem Zimmer erschienen und hatte verkündet, sich so lange nicht von der Stelle zu rühren, bis sie gemeinsam mit der Arbeit an den Sitzkissen für die große Halle begannen. Fast ein ganzer Ballen Stoff war ruiniert worden, bevor Helen erkannte, daß sie sich in Zukunft mit Wasser und Brot begnügen müßte, wenn sie die Aufgabe nicht zufriedenstellend erfüllte. Noch zwei weitere Tage gingen ins Land, an denen Helen unwillig die Nadel durch den Kissenstoff zog und sich im stillen hämisch über die mangelnden Nähkünste ihrer Schwägerin freute. Tess plauderte unablässig, erzählte Geschichten, als sei Helen aufrichtig an ihren Worten interessiert. Schließlich konnte Helen nicht mehr mitansehen, wie Tess immer wieder dieselben Stiche löste. Am dritten Tag zeigte sie ihr widerwillig den richtigen Stich, und aus dem unerklärten Krieg wurde eine Art Waffenstillstand. Zwei

Wochen später betrachtete Helen sie nicht mehr als Feindin, hielt sich jedoch auch nicht für ihre Freundin.

»Ich sollte Euch eigentlich immer noch böse sein, weil Ihr mich zu dieser Arbeit gezwungen habt«, sagte Helen.

»Ja«, bestätigte Tess, ohne aufzublicken. »Ihr habt eben ein gutmütiges Herz, Lady Helen. Ich dachte, Ihr würdet Euch viel länger sträuben, mir zu helfen. Ich war mir auch nicht sicher, ob Ihr jemals mit mir reden würdet.« Tess ließ die Nadel sinken und schaute nachdenklich ins Feuer. »Es ist lange her, daß ich mich wirklich mit jemandem unterhalten habe.«

»An den ersten Tagen habt Ihr mich fast taub geredet«, gab Helen lächelnd zu. »Ihr habt so viele Fragen gestellt, daß ich dachte, sie seien als eine Art Bestrafung gedacht. Was meine Lieblingsfarbe sei; ob ich Schoßtiere hätte; woher ich die Stoffe für meine Kleider bekäme. Schließlich beantwortete ich sie, nur um meine Ruhe zu haben. Aber nachdem ich einmal angefangen hatte zu reden, merkte ich, wie sehr ich Gesellschaft vermißt hatte.« Helen senkte den Blick erneut auf ihre Stickerei. »Vor dem Tod meines Vaters betrachtete ich die Anwesenheit meiner Freunde als selbstverständlich. Ich wußte ja nicht, daß sie bald darauf nach Hause gerufen würden.«

»Eure Freunde besuchen Euch nicht mehr?«

»Oh, hin und wieder schon«, sagte Helen. »Wenigstens vor Kenrics Rückkehr. Aber früher lebten sie auch hier. Junge Männer wurden hergeschickt, um sich zum Ritter ausbilden zu lassen. Die jungen Frauen kamen, um sich mit den Abläufen in einem großen Haushalt vertraut zu machen, obgleich es den meisten natürlich nur darum ging, einen Ehemann zu finden.«

»Und sie wurden alle heimgerufen?« fragte Tess. Doch Helen arbeitete an ihrer Stickerei und war so vertieft in ihre Aufgabe, daß Tess nicht mehr mit einer Antwort rechnete.

»Ihre Eltern wollten nicht, daß sie sich in Kenrics Haushalt aufhielten. Binnen eines Monats waren alle verschwunden. Sogar mein jüngerer Bruder Guy wurde in den Dienst des Königs abberufen.«

»Ihr habt noch einen Bruder?« fragte Tess überrascht.

»Guy ist im letzten Sommer sechzehn geworden.« Helens Augen wurden feucht, und sie wandte sich ab. »Ich habe ihn fast ein Jahr nicht gesehen. Seine Ausbildung hat Vorrang, und er darf nur einmal im Sommer zu Besuch kommen.«

»Jetzt da Kenric zurückgekehrt ist, läßt der König sich vielleicht dazu überreden, Guy nach Hause zu schicken. Kenric verfügt doch über alle Voraussetzungen, um für eine gute Schulung Guys zu sorgen.«

Helen versteifte sich sichtlich, und die altbekannte Maske der Gleichgültigkeit schob sich vor ihre Züge. Tess wünschte erneut, sie wäre nur halb so talentiert wie die Montagues, ihre Gefühle zu verbergen. Kein Zeichen von Ungeduld mehr. Keine Spur von Wut. Nur ein Blick bar jeglichen Gefühls. Wie praktisch wäre das damals bei den MacLeith gewesen!

»Guy wird nie mehr auf der Burg Montague leben. Nicht solange Kenric hier ist.«

»Aber Guy ist hier zu Hause«, wandte Tess ein. »Wenn Kenric nicht will, daß Guy zurückkommt, solltet Ihr ihm begreiflich machen, wie sehr er sich irrt.«

»Es gibt vieles, was Ihr über die Montagues nicht wißt«, sagte Helen bitter und schüttelte den Kopf.

»Ich weiß so gut wie nichts über die Montagues. Aber jeder merkt, daß hier etwas im argen liegt. Selbst ein Blinder würde es spüren, sobald er die Tore durchschreitet. Und ich werde nie wissen, was los ist, wenn es mir niemand sagt.«

»Wie naiv Ihr seid.« Helen lächelte höhnisch. »Wißt Ihr denn nicht, wen Ihr geheiratet habt? Kennt Ihr nicht den wahren Grund, warum man ihn den Henker von Wales nennt? Er tötet zum Vergnügen. Nicht nur feindliche Soldaten, sondern auch wehrlose Frauen und Kinder.«

»Kenric tötet nicht zum Vergnügen«, verteidigte Tess ihren Gatten. »Er ist ein Ritter und ein Kriegsmann. Ritter erschlagen ihre Feinde, aber sie töten keine Unschuldigen.«

»Der Henker von Wales schon. Fragt, wen Ihr wollt. Vor vier Jahren stießen Kenric und sein Heer auf ein Rebellenlager in den Wäldern von Wales. Die walisischen Soldaten waren abgezogen, um an einem anderen Ort zu kämpfen, daher tötete Kenric ihre Frauen und Kinder.« Helens Augen wurden schmal, ihre Stimme war haßerfüllt. »Deshalb nennt man ihn den Henker. Der Ehrenkodex der Ritter bedeutet einem Mann, der keine Spur von Ehre besitzt, gar nichts. Er tötet jeden, der sich ihm in den Weg stellt. Denkt an die Frauen, die er vergewaltigt hat, wenn er Euch des Nachts in den Armen hält, denkt daran, wie er ihnen danach die Kehle durchschnitt. Denkt an die Kinder, die er in Stücke hackte, wenn sich die Euren eines Tages um Eure Röcke scharen. Versucht zu –«

»Hört auf!« rief Tess und hielt sich die Ohren zu.

»Glaubt Ihr, ein solches Ungeheuer würde zögern, den Jungen zu töten, dessen rechtmäßigen Platz als Baron von Montague er eingenommen hat? Dessen Erbe er gestohlen hat? Wollt Ihr die Wahrheit wissen? Die Wahrheit ist, daß er Euch getäuscht hat. Er hat Euch glauben machen wollen, er sei der rechtmäßige Baron von Montague, der es verdiene, eine Frau von edlem Geblüt zu heiraten. Dabei ist er in Wahrheit nur ein Bastard.«

»Das glaube ich nicht«, flüsterte Tess, die in Gedanken immer noch bei den Geschehnissen in Wales war. Kein ehrenhafter Ritter würde wehrlose Frauen und Kinder töten. Andererseits würde man niemanden sonst einen Henker nennen. Sie schlang die Arme um sich und begann hin und her zu schaukeln.

»Es ist wahr. Ihr habt einen Bastard geheiratet«, fügte Helen eindringlich hinzu. »Eure Kinder werden den Makel seines Bluts in sich tragen. Eure eigene Seele ist befleckt, auch wenn Ihr mit Kenric verbunden wurdet, ohne von seiner Sünde zu wissen. Pater Bronson sagt, Bastarde seien dem verdorbenen Samen eines Mannes entsprossen. Teufelsbrut, die auf die Erde geschickt wird, um die Menschen für ihre Sünden zu bestrafen.«

Tess wollte fliehen, sich vor der Wahrheit verkriechen, die sie in ihrer Naivität von Helen eingefordert hatte. Doch jetzt, da sie erreicht hatte, was sie wollte, wäre es töricht, die Flucht zu ergreifen. Ihr Wissen könnte sie als Waffe einsetzen. Sie zwang sich, zum Schein auf Helens abergläubische Ansichten einzugehen.

»Ihr und Kenric seht Euch sehr ähnlich«, begann sie, doch Helen unterbrach sie.

»Er ist der Sohn meiner Mutter. Sie war Hofdame bei König Edwards Mutter. Unser König war in seiner Jugend ebenso anziehend, wie er es noch jetzt, in seinen besten Jahren, ist. Und die Plantagenets hatten immer eine Vorliebe für schöne Frauen. Meine Mutter war eine wunderschöne Frau«, sagte Helen achselzuckend. »Ihre Ehe mit meinem Vater wurde arrangiert, sobald man die Schwangerschaft entdeckt hatte.«

»Der König ist Kenrics Vater?« flüsterte Tess zutiefst schockiert über diese Neuigkeit. O Gott. Das stieß all ihre Pläne um.

»Ja, das ist die traurige Wahrheit.« Helen stand auf und wandte sich dem Feuer zu. Tess blieb stumm und benommen sitzen.

»Mein Vater war schon einmal verheiratet gewesen, aber seine erste Gattin starb kinderlos. Er war fast vierzig Jahre alt und der letzte seiner Familie. Ohne Erben sollte Montague beim Tode meines Vaters an die Krone zurückfallen. Der alte König Henry fand einen Weg, zugleich die mit der Ernennung eines neuen Barons verbundenen Schwierigkeiten zu umgehen und den Skandal, daß die Mätresse seines Sohnes schwanger war, zu vermeiden. Er gab meinem Vater einen Erben, den er als seinen Sohn ausgeben konnte, und meiner Mutter einen Namen für ihren Bastard. Niemand hätte gedacht, daß sie jemals eigene Kinder haben würden. Doch vier Jahre nach ihrer Vermählung wurde ich geboren, und Guy kam drei Jahre später zur Welt. Meine Mutter hatte einen besänftigenden Einfluß auf Vater, aber sein Haß auf Kenric wurde allen offenbar, als Guy geboren wurde. In seinen letzten Lebensjahren tat mein Vater alles, was in seiner Macht stand, um den Bastard des Königs aus dem Haus zu jagen. Aber er konnte nichts mehr daran ändern, daß Kenric als sein legitimer Erbe geboren wurde.«

Und Tess hatte gedacht, sie könne den König um eine Annullierung der Ehe mit Kenric – seinem Sohn – ersuchen. Er würde ihr ins Gesicht lachen. Ihr ausgeklügelter Plan, die Unterstützung des Königs zu gewinnen, löste sich in Luft auf.

»Ihr müßt –«

»Ich muß nachdenken«, unterbrach Tess und bedeutete ihr zu schweigen. Vielleicht würde ein Priester die Ehe annullieren, weil Kenric ein Bastard war. Falls sie einen Priester finden konnte, dem sein Leben nicht viel bedeutete, dachte Tess düster. Und was wäre ihr eigenes Leben wert, wenn sie ein Geheimnis enthüllte, das der König selbst mit soviel Mühe bewahrt hatte? Es war alles vergeblich. Niemals würde es eine Annullierung geben.

»Die Bewohner von Montague kennen die Wahrheit«, sagte Helen, die entschlossen schien, Tess' Gedankengang zu stören. »Deshalb wollen sie Kenric auch nicht als ihren Baron anerkennen.«

»Ihr habt auch nichts unternommen, um die Situation zu entschärfen«, beschied Tess sie gereizt. Helens Haß auf Kenric war im Augenblick eigentlich ihre geringste Sorge. Doch die nächste Bemerkung ihrer Schwägerin ließ sie aufhorchen.

»Aus diesem Grund kann mein Bruder nicht nach Hause kommen. Denn wenn Guy nach Montague zurückkehrt, wird Kenric ihn töten. Guy ist der wahre Baron von Montague«, sagte sie hochmütig, so daß Tess eine Augenbraue hob. »Wäre es ihm möglich gewesen, so hätte mein Vater Kenric wohl getötet, um die Frage der Erbfolge in seinem Sinne zu entscheiden.«

»Und Eurer Vater hatte keine Gelegenheit, Kenric etwas anzutun?«

»Nein, der König muß geahnt haben, in welcher Gefahr Kenric schwebte«, sagte Helen. »Kenric wurde kurz nach Mutters Tod bei Guys Geburt an den Hof berufen, um dort erzogen zu werden.«

Helen verstummte und begann auf und ab zu gehen. Tess lehnte sich an die Wand, wie betäubt von Helens Geschichte. Kein Wunder, daß Kenric so skrupellos war. Sie empfand einen Augenblick lang tiefen Kummer um das Kind, das von der einzigen Familie zurückgewiesen und sogar gehaßt wurde, die es sein eigen nennen konnte. Wie sollte ein Mann Mitgefühl aufbringen, wenn er solches nie in seinem Leben empfangen hatte? Tess schüttelte niedergeschlagen den Kopf. Was dachte sie da? Es spielte keine Rolle, ob sie ihn verstand oder nicht. Seine Skrupellosigkeit würde den Tod ihrer Leute herbeiführen, wenn er Remmington eroberte.

Sie dachte daran, wie zärtlich Kenric sie küssen und liebkosen konnte, dann aber stellte sie sich vor, wie er seine Klinge auf ihren Hals richtete. *Denkt an die Frauen, die er vergewaltigt hat, wenn er Euch des Nachts in den Armen hält, denkt daran, wie er ihnen danach die Kehle durchschnitt.* Er würde bald zurückkehren und zweifellos mit ihr schlafen wollen. Wie sollte sie seine Berührungen ertragen, wenn sie jedesmal, sobald sie die Augen schloß, das Bild vor sich sah, wie unschuldige Kinder seinem Schwert zum Opfer fielen?

Tess schauderte, als sie sich erinnerte, wie bereitwillig sie sich seinen Liebkosungen hingegeben, wie sehr sie ihr Liebesspiel genossen hatte. Der Mann, mit dem sie geschlafen hatte, war ihre Erfindung, er entsprang ihrer Einbildungskraft. In Wahrheit hatte sie bei einem Mörder gelegen. Die Montagues hatten dieses Ungeheuer hervorgebracht, den Mann, den man eines Tages vielleicht auch als Henker von Remmington bezeichnen würde. Ihr Zorn richtete sich gegen den Mann, der ihren Gatten an Sohnes Statt angenommen und ein unschuldiges Kind in einen seelenlosen Teufel verwandelt hatte.

Tess erhob sich und griff nach Helens Arm. Sanft, aber bestimmt drückte sie sie auf ihren Stuhl. Dann verschränkte sie die Hände hinter dem Rücken. Angesichts des Durcheinanders in ihrem Kopf klang ihre Stimme erstaunlich ruhig.

»Ihr müßt Kenric verabscheuen, weil er Eurem Vater solchen Kummer bereitet und Guy daran gehindert hat, seinen rechtmäßigen Titel zu übernehmen.«

»O ja, das tue ich«, sagte Helen leidenschaftlich. »Der König hat seinen verdorbenen Samen in unser Haus gepflanzt und ...«

»Genug!« schrie Tess. Helen wich mit großen Augen vor ihr zurück. »Die Worte ›verdorbener Samen‹ will ich nie wieder hören. Es ist unrecht, einem Kind die Schuld an den Sünden seiner Eltern zu geben. Es ist ebenso unrecht, Rache an einem Mann zu üben, der keinen Einfluß auf sein Schicksal hatte, für eine Sünde, die er nicht beging. Das ist es, was Euer Priester Euch hätte lehren sollen, Helen, obwohl es so aussieht, als habe nicht ein Funken christlicher Nächstenliebe sein frommes kaltes Herz erwärmt. Zweifellos hat Euer Vater ihn mit seiner Meinung beeinflußt.«

Tränen verschleierten ihr die Sicht, als sie sich die kalte, einsame Kindheit vorstellte, die Kenric gewiß hatte ertragen müssen. Wütend wischte sie sich die Augen; niemals würde sie ihn durch Mitleid demütigen.

»Die Sünde lastet nicht auf Kenrics Schultern«, sagte sie. »Und sein Blut ist nicht unreiner als Eures oder meines.«

Sie beugte sich über Helen, die wie leblos ins Leere starrte, und versuchte sie aufzurütteln. »Hört Ihr mir zu, Helen?«

Eine Weile herrschte Schweigen. Tess wollte gerade ihre Frage wiederholen, als sie von einer Stimme hinter ihr beantwortet wurde.

»Ich glaube nicht, daß sie Euch hört.«

»Großer Gott«, stöhnte Tess. Sie schwankte und hoffte inständig, daß ihre Ohren sie getäuscht hatten. Sie schloß die Augen und fand nicht den Mut, sich umzudrehen und ihrem Gatten ins Gesicht zu sehen.

12.

»Ich wünsche in unserem Gemach mit Euch zu reden, Frau.« Kenric zwang sich zur Ruhe. Das war kein gutes Zeichen. Tess senkte den Kopf und hielt die Hände hinter den Rükken, um ihr Zittern zu verbergen.

»Jetzt sofort, Tess!«

Kenric machte kehrt, stolzierte hinaus und schlug die Tür hinter sich zu. Beide Frauen fuhren heftig zusammen, dann brach Helen in Tränen aus.

»Er hat alles gehört!« jammerte sie und rang angstvoll die Hände. »Er wird mich schlagen, weil ich ihn verraten habe, ich weiß es genau.«

Ausdruckslos starrte Tess auf die Tür. Sie hätte sich kein schlimmeres Ende ihres Gesprächs mit Helen ausmalen können. Was sonst konnte noch schiefgehen? Eine seltsame Ruhe überkam sie, die ihre Sinne betäubte und ihr zu willkommen war, um sich dagegen zu wehren. Sie blickte in Helens tränenüberströmtes Gesicht, und es gelang ihr sogar, sie aufmunternd anzulächeln.

»Sorgt Euch nicht, Helen. Er wird seinen Zorn gewiß an mir auslassen.«

Helen sah sie entsetzt an, ihre Augen waren voll Mitgefühl. Tess streichelte beruhigend ihre Hand, dann ging sie zur Tür. Noch ehe sie den Riegel zurückschieben konnte, sprang die Tür auf. Kenric packte Tess am Handgelenk und zerrte sie in den Korridor.

»Ihr tut mir weh«, keuchte sie und versuchte sich aus dem schmerzhaften Griff zu befreien. Doch er zog sie so schnell hinter sich die Turmtreppe hinunter, daß ihr schwindelig wurde.

Am Fuß der Treppe blieb Kenric so unvermittelt stehen, daß Tess gegen seinen Rücken prallte. Ebenso erging es den beiden Soldaten, die dicht hinter ihr folgten. Kenric stieß die beiden Männer weg.

»Ihr habt die Bedeutung dieser Worte noch nicht kennengelernt.« Zum Glück wurde er von Simon unterbrochen, der Tess eine kurze Atempause verschaffte.

»Mylord!«

Kenric fuhr herum.

»Wo habt Ihr gesteckt?« brüllte Kenric außer sich. Er zerrte Tess vorwärts, als sei sie der lebende Beweis von Simons Versagen. »Ihr wagt es, sie aus den Augen zu lassen?«

»Mylord, eine dringende Angelegenheit unten im Burghof machte meine Anwesenheit erforderlich«, erklärte Simon.

»Eine dringende Angelegenheit in den Gemächern meiner Schwester machte Eure Anwesenheit erforderlich«, wütete sein Herr. Simon zuckte zusammen und verbeugte sich. Kenric zwängte sich an ihm vorbei. Tess zog er mit sich. »Mit Euch befasse ich mich später, Simon.«

»Baron, bitte«, sagte Simon und beeilte sich, Kenric einzuholen. »Ich muß über meine Botschaft mit Euch sprechen. Es ist dringend.«

Kenric riß die Tür zu seiner Kammer auf und schlug sie ihm dann vor der Nase zu. »Später!«

Tess verlor das Gleichgewicht, als Kenric sie ins Zimmer stieß. Sie flüchtete zum Kamin. Er würde ihr weh tun, das hatte er ihr gerade angedroht. Tess biß die Zähne zusammen und versuchte, ihr hämmerndes Herz zu beruhigen. Was auch geschah, sie würde sich keine Blöße geben, indem sie um Gnade flehte. Dieser Mann kannte keine Gnade.

»Wenn Ihr mich tötet, liefert ihr den MacLeith einen Grund, die Ehe annullieren zu lassen, und Ihr werdet jeden Anspruch auf Remmington verlieren.« Die Wahrheit zu sagen bedeutete nicht, um Gnade zu flehen. Schließlich war es unwahrscheinlich, daß sie Kenrics Schläge überleben würde. Sie wollte ihm in die Augen sehen, statt dessen fiel ihr Blick jedoch auf seine Hände. Sie konnte sich nicht von ihnen losreißen und beobachtete die kleinste ihrer Bewegungen. »Auch die MacLeith brauchten mich lebend, wenngleich Gordon das in seiner Wut außer acht ließ. Das solltet Ihr nicht vergessen, Mylord.«

Tess wagte nicht, ihm ins Gesicht zu sehen, denn sie fürchtete sich vor dem, was sie dort entdecken würde. Er hatte sich die Zeit genommen, seine Waffen abzulegen, trug jedoch immer noch den wattierten schwarzen Überrock, der als Schutz vor dem schweren Kettenhemd diente. Er hatte nicht lange gezaudert, bevor er sie holen kam. Der schwache Geruch von Schweiß und Leder stieg ihr in die Nase, ein Hinweis, wie schnell er geritten war, um Montague noch vor Anbruch der Nacht zu erreichen. Ob er ihre Angst wohl spüren konnte?

»Ihr wollt also unbedingt sterben, ist es nicht so?«

»Durch Eure Hand?« fragte sie tonlos. »Es wäre jedenfalls ein schnelleres Ende als jenes, das Gordon mir zugedacht hatte. Ich trat für meine Leute ein, wenn er sie mißhandelte, und lenkte seinen Zorn auf mich. Der Preis dafür sollte mein Tod sein. Ihr hingegen könntet mich besinnungslos schlagen oder töten, weil ich mit Eurer Schwester geschwatzt habe. Welch sinnloses Ende.«

»Geschwatzt?« Kenric lachte in ohnmächtigem Zorn. »Ihr seid eine Närrin. Es kümmert mich nicht, was meine Schwester Euch erzählt.«

»Das kann ich nicht glauben«, erwiderte Tess kühn, aufgebracht von seiner Lüge. Warum sonst war er so zornig? Sie entschied, daß sie nichts zu verlieren hatte, wenn sie ihn offen fragte. »Hat Helen die Wahrheit gesagt? Habt Ihr in Wales Frauen und Kinder erschlagen?«

»Ich habe Euch nicht hergebracht, um über meine Taten in Wales zu sprechen. Ihr seid hier, um Eure Handlungen zu rechtfertigen.«

Ein Unschuldiger hätte diese Vorwürfe bis zu seinem letzten Atemzug bestritten. Davon war sie überzeugt. Der Frage auszuweichen kam fast einem Eingeständnis gleich.

»Ich habe Eurer Schwester lediglich einige Fragen gestellt«, sagte Tess leise. Er hatte nie geleugnet, wer und was er war. Sie selbst hatte sich eingeredet, daß er ihrer Zuneigung würdig war. Sogar jetzt, da sie die Wahrheit kannte, wirkte er nicht weniger anziehend auf sie. Abgesehen von seiner Wut konnte sie immer noch keinen Hinweis auf seine finstere Seele entdecken. Er war wirklich anders als die gottlosen Männer, die sie bisher gekannt hatte. Wahrscheinlich hatte sie den Teufel selbst geheiratet.

»Ich spreche von den Schwierigkeiten, die Ihr während meiner Abwesenheit verursacht habt«, stellte er richtig. »Was Helen Euch erzählt hat, ist bedeutungslos.«

Sie schüttelte den Kopf, konnte es nicht zulassen, daß er sich ihr entzog. »Ihr haltet es für unbedeutend, daß Eure Schwester Euch des Mordes beschuldigt?«

»Was ich in Wales oder sonstwo getan habe, geht Helen nichts an. Und Euch ebensowenig«, fügte er schroff hinzu. »Ihr werdet mir erklären, warum drei meiner Soldaten in der Halle Binsen flechten.«

»Sie haben sich mir widersetzt. Diese drei –«

»Schweigt!« Sein Zischen klang wie ein Peitschenhieb. Er wies auf einen Stuhl am Feuer. »Setzt Euch!«

Tess entschied, daß es besser wäre, ihm zu gehorchen. Sie sank auf den Stuhl und ordnete geistesabwesend ihre Röcke. Was sollte jetzt aus ihren Plänen einer Annullierung der Ehe werden? Onkel Ian hätte diese Heirat niemals zulassen dürfen. Sie bezweifelte, ob er seine Zustimmung gegeben hätte, wenn er mehr über den Baron von Montague gewußt hätte. Tess' Brauen schnellten in die Höhe, als ihr eine Idee kam. Ein englischer Priester würde ihre Ehe nicht annullieren, aber vielleicht ließ sich ein schottischer Geistlicher überreden, sich ihrem Standpunkt anzuschließen.

Kenric trat einen Schritt vor, hielt jedoch plötzlich inne und wandte sich dem Fenster zu. Er starrte hinaus und verschränkte die Hände hinter dem Rücken. »Ihr werdet nie wieder eigenmächtig einen meiner Männer bestrafen, nie wieder, ganz gleich, was geschieht. Ist das klar?«

»Aber ich –«

Er sah sie zornig funkelnd an. »Ist das klar?«

Tess nickte und rieb gedankenverloren ihr Kinn. Die Flucht aus Montague würde jetzt noch leichter sein, da sie die Anlage der Burg und die täglichen Abläufe kannte. Doch Onkel Ians Besitz war mehr als sieben Tage entfernt, und der kürzeste Weg würde sie nur eine halbe Meile an Remmington Castle vorbeiführen. Diese Reise wäre also ebenso gefahrvoll wie die Reise nach London.

»Meine Hunde sind nicht in der Halle. Ist das auch Euer Werk?«

Tess nickte abermals und dachte bei sich, daß es ihr nur wenig Schwierigkeiten bereiten würde, an ein Pferd und Proviant zu kommen. Sie hatte sich bereits überlegt, wie sie beides aus der Festung schleusen würde.

»Habt Ihr damit gedroht, den Küchenbediensteten die Zehen abschneiden zu lassen?«

Erneut antwortete sie mit einem zerstreuten Nicken. Nach der Annullierung wäre ein Kloster der geeignete Ort, um für die Sünden zu büßen, die sie in den vergangenen Monaten begangen hatte. Und die sie noch begehen mußte, um diese Ehe beenden zu können. In einem Kloster würde sie nie wieder von einem anziehenden Gesicht überlistet werden, hinter dem sich ein grausames Herz verbarg. Dort wäre sie in Sicherheit. Und ihre Leute wären auch in Sicherheit. Erleichtert, daß sie einen Plan hatte, der sie neue Hoffnung schöpfen ließ, konzentrierte sie sich auf das Gespräch mit Kenric.

»Habt Ihr ohne meine Erlaubnis einen Zehnten der Vorräte meiner Außenposten angefordert?«

Tess sah ihn aus großen Augen an. Wie hatte er das so schnell herausgefunden? Ihr Nicken fiel etwas unsicher aus.

»Seid Ihr verantwortlich für den Brand in der Scheune von Derry Town?«

»Ja, aber –«

»Ja oder nein!«

»Ja«, flüsterte sie, und eiskalte Furcht stieg in ihr auf.

»Habt Ihr einen meiner Soldaten beauftragt, Eure Befehle auszuführen, obwohl ich Simon zu Eurem Schutz abgestellt hatte?«

Tess nickte erneut.

»Und habt Ihr Simons Anweisungen mißachtet und seid in den Wald gegangen, obwohl Ihr wußtet, daß Ihr einem Trupp der MacLeith in die Hände fallen konntet, die vermutlich nur auf eine solch günstige Gelegenheit warten?«

»Ja, ich habe mich Simon widersetzt und bin in den Wald gegangen, und ich kannte die Gefahren«, gab Tess zu und nestelte an einer Falte ihres Rocks. »Doch ich weiß auch, daß Martha alt ist und vielleicht den Winter nicht überlebt. Niemand hat Interesse gezeigt, ihre Heilkünsten zu erlernen, und niemand wußte, wo sie ihre Kräuter und ihre Medizin sammelt. Ich kann mich an ihrer Stelle um die Kranken und Verletzten auf Montague kümmern, sollte Martha krank werden, aber dazu mußte ich wissen, wo sie die Zutaten für ihre Tränke findet.«

»Also habt Ihr Euer Leben und das meiner Männer der bloßen Möglichkeit wegen riskiert, daß eine Frau sterben könnte?« Kenrics Stimme klang herablassend. »Es gab andere, die Martha hätten begleiten können. Außerdem hat man mir zugetragen, daß Ihr einige Diener verstümmeln ließet«, fuhr er energisch fort. »Ihr werdet mir die Namen der Bestraften und Eure Gründe nennen.«

»Kein Diener ist in irgendeiner Weise verstümmelt worden oder sonstwie zu Schaden gekommen«, verteidigte sich Tess. »Ich würde niemals wirklich eine solche Strafe verhängen, aber es war durchaus von Nutzen, damit zu drohen. Nach dem Brand in Derry Town glaubten mir die Küchenbediensteten unbesehen. Danach war es ihnen möglich, den frischen Proviant in Form von genießbaren Mahlzeiten zu servieren, und nicht als ekelerregenden Brei.«

»Man droht nicht mit einer Strafe, wenn man nicht bereit ist, sie zu vollziehen«, beschied er sie abgehackt. »Habt Ihr meinen Soldaten befohlen, die Speisekammer aufzuräumen, nur um den Dienern die Säuberung zu erleichtern, obwohl Ihr wußtet, daß Ihr meine Männer von ihren Pflichten auf dem Kampfplatz abhieltet?«

»In Eurem Mund klingt das so –«

Plötzlich begriff Tess. Man hatte ihm alles zugetragen, was sie in seiner Abwesenheit getan hatte, und das allein versetzte ihn so in Wut.

»Antwortet!«

»Jawohl!« Tess' wütender Aufschrei überraschte Kenric. Staunend sah er, wie sie aufstand und mit in die Hüften gestemmten Händen vor ihn hintrat. »Und ich würde gern ein Wort des Lobes hören, anstatt mir meine Verdienste ins Gesicht schleudern zu lassen, als wären es Anklagepunkte vor Gericht!«

»Lob?« stieß Kenric hervor. Er zeigte wieder auf den Stuhl. »Ich habe Euch nicht erlaubt aufzustehen!«

»Ich habe nicht um Eure Erlaubnis gebeten.« Tess warf herausfordernd ihren Zopf über die Schulter. Sie schlug alle Vorsicht in den Wind. »Hätte ich geahnt, was auf Montague vor sich geht, hätte ich gewußt, daß Ihr Eure Pflichten als Lord aus einem geheimen Grund vernachlässigt, hätte ich mir in den vergangenen Wochen nicht die Finger wundgearbeitet, um Schäden auszubügeln, die allein durch Eure Nachlässigkeit entstanden sind. Nun gut, ich werde mich nie wieder in Euren Haushalt einmischen, Mylord. Eure Soldaten können weiter hausen wie die Schweine und in ihrem eigenen Unrat ersticken, in trauter Gesellschaft mit den Mäusen, die sich von den Überbleibseln ihrer Mahlzeiten ernähren.«

»Ihr wagt es, mich der Vernachlässigung meiner Pflichten zu bezichtigen, und dann weigert Ihr Euch, die Euren zu übernehmen?« fragte er in unheilverkündendem Ton. »Es ist Eure Pflicht, meinen Haushalt zu versorgen, und das wißt Ihr sehr gut. Aber es gebührt Euch nicht, meine Soldaten zu disziplinieren oder Euch Befehlsgewalt anzumaßen. Also werdet Ihr auch künftig klaglos Eure Pflichten als meine Gattin erfüllen.«

Tess wollte ihm widersprechen, doch gerade noch rechtzeitig fiel ihr ein, daß sie den Haushalt würde beaufsichtigen müssen, um sich eine Gelegenheit zur Flucht zu eröffnen. Daher nickte sie trotzig.

»Wenn Ihr noch irgendwelche weiteren Erklärungen für Eure Handlungen während meiner Abwesenheit vorzubringen habt, möchte ich sie jetzt hören.«

Erklärungen, die er auseinandernehmen würde, um sie in jedem Falle als die Schuldige hinzustellen? Wohl kaum. Tess schüttelte den Kopf und blickte zu Boden, um ihre Wut vor ihm zu verbergen.

»Seit unserer Vermählung habt Ihr nichts anderes getan, als Euch mir zu widersetzen«, sagte Kenric leise. »Seht mich an, Tess.«

Sie schaute ihm mutig in die Augen. Sie waren fast schwarz vor Zorn und seine Miene wirkte erbittert. Offenbar wollte er sie dafür bestrafen, daß sie wie ein Pferd geschuftet hatte und weil sie Dinge getan hatte, die vor langer Zeit seine Aufgabe gewesen wären. Dieser Gedanke trieb sie zur Verzweiflung. Doch sie wußte, daß die Wut ihr genug Kraft geben würde, um seiner Bestrafung standzuhalten. Schließlich brauchte er sie lebend, beruhigte sie sich.

»Hätte einer meiner Männer so viele Menschenleben aufs Spiel gesetzt oder auch nur die Hälfte von dem getan, was Ihr in den vergangenen Wochen verbrochen habt, ich würde ihn öffentlich auspeitschen lassen. Wäre als Folge seiner Dummheit jemand gestorben, würde er ebenso sterben müssen. Es ist nur dem Zufall zu verdanken, daß niemand Schaden durch Eure Handlungen genommen hat.« Er ließ ihr einen Augenblick Zeit, um über seine Worte nachzudenken. Seine Kälte war beängstigender als alle bösen Worte oder Blicke. »Ich werde Euch nicht auspeitschen lassen und es auch selbst nicht tun. Erst vor wenigen Wochen wurde Euer Rücken von einer Peitsche zerfetzt, und ein zweites Mal würdet Ihr diese Tortur nicht überleben. Aber ich kann über das, was Ihr getan habt, nicht hinwegsehen. Dieses Mal werde ich Euch bestrafen.«

Tess schwankte. Großer Gott, er wollte sie mit den Fäusten schlagen! Sie schloß die Augen, um ihn nicht ansehen zu müssen. Sie war von Dunmore und Gordon mit den Fäusten traktiert worden, doch nie, wenn sie wirklich aufgebracht waren, sondern nur, wenn sie die Männer gereizt und das Pech gehabt hatte, in ihrer Reichweite zu sein. Trotz Kenrics äußerer Gelassenheit wußte sie, daß er außer sich war vor Zorn.

»Im großen und ganzen halte ich Eure Fähigkeiten, die Pflichten einer Gattin zu erfüllen, für betrüblich gering. Doch eine Pflicht gibt es, für die Ihr ein Talent zu haben scheint.« Seine Stimme verriet keinerlei Gefühl. »Legt Eure Kleider ab, Tess.«

Tess spürte, wie alles Blut aus ihrem Gesicht wich. Er würde sie zwar nicht schlagen, aber was er jetzt vorhatte, war viel grausamer.

»Ihr wollt mich noch tiefer demütigen, indem Ihr verlangt, daß ich mich dieser Pflicht gegen meinen Willen unterziehen soll?«

»Ihr könnt wenig tun, um es zu vermeiden. Immerhin habt Ihr eingewilligt, klaglos Eure Pflichten als meine Gattin zu erfüllen. Wollt Ihr etwa sagen, daß Ihr mich belogen habt?«

Tess senkte den Kopf. Er sollte ihr Gesicht nicht sehen. Sie hatte eingewilligt, ihren Pflichten im Haushalt auch in Zukunft nachzukommen, und das würde er ihr vermutlich verbieten, wenn sie ihm jetzt nicht zu Willen war. Solange sie seine Gattin war, stand es nicht in ihrer Macht, sich ihm zu verweigern. Sie schwor sich, daß er bald den Unterschied zwischen freiwilliger Hingabe und Unterwerfung kennenlernen würde. »Ich habe nicht gelogen.«

Sie zögerte noch einen Augenblick, dann machte sie sich an den Bändern ihres Gewands zu schaffen. Vor Angst zitterten ihre Finger.

»Legt Euch ins Bett.«

Tess ließ das Hemd fallen, das sie vor ihre Brust gehalten hatte, und gehorchte. Sie glitt ins Bett und deckte sich zu. Dann schloß sie die Augen und wartete darauf, daß er ihr das Bettzeug entzöge und sie vergewaltigte. Minuten verstrichen. Statt sich auf sie zu stürzen, berührte Kenric sie kaum, als er unter die Decke schlüpfte. Er fiel nicht über sie her, um sie grob in Besitz zu nehmen, sondern zog sie fast sanft an sich. Er war nackt.

Sie spürte seine Hand an ihrer Hüfte und machte sich steif. Als seine Finger über ihre Beine glitten, preßte sie die Knie zusammen. Er fing an, sie zu streicheln, wollte ihr eine Reaktion entlocken, indem er mit den Fingerspitzen sacht über den Spalt zwischen ihren Beinen fuhr. Tess versuchte, seiner unausgesprochenen Forderung zu widerstehen, spürte aber, wie ihr Körper sich entspannte. Er fuhr unermüdlich fort, sie zu liebkosen. Sie wollte all das heraufbeschwören, was Helen ihr erzählt hatte, versuchte, an das Blutbad zu denken, dem so viele Unschuldige zum Opfer gefallen waren. Es war unmöglich. Seine Hände lenkten sie beharrlich ab, seine Berührungen zogen sie in ihren Bann. Ihr Körper konnte sich ihm nicht so leicht entziehen. In den Wochen ihrer Trennung hatte sie sich zu oft nach seinen Zärtlichkeiten gesehnt.

Ihr Atem ging schneller, doch immer noch leugnete sie, was mit ihr geschah. Er würde sie nicht zwingen, ihre Pflicht als Gattin zu erfüllen. Er wollte sie dazu verführen, sich ihm hinzugeben, sie mit ihrer eigenen Begierde beschämen. Er hatte die Macht über ihr Leben und würde jetzt ebenso ihren Körper beherrschen.

»Wie viele Frauen habt Ihr vergewaltigt, Mylord?« fragte sie mit zusammengebissenen Zähnen. »Habt Ihr sie danach getötet, oder habt Ihr einige wenige verschont? Töten ist Euer größtes Talent, oder nicht? Wie lange werdet Ihr mir erlauben, am Leben zu bleiben, nachdem Ihr die Herrschaft über Remmington erlangt habt?«

Kenric verlagerte unvermittelt sein Gewicht. Bevor sie die Knie zusammenpressen konnte, zwängte er sein Bein zwischen ihre. Mit einer Hand packte er ihren Zopf und zog sie an sich, bis sie die Augen öffnete und in seine Augen sah. »Stößt Euch der Gedanke, freiwillig in mein Bett zu kommen, so sehr ab? Ist der Gedanke, von einem Bastard verführt zu werden, Eurem Feingefühl so unerträglich?«

»Nein«, sagte sie aufrichtig. Es traf ihn also durchaus, was Helen ihr erzählt hatte. Nur schien ihn vor allem der unwichtigste Teil zu interessieren.

»Lügnerin!«

»Nein, ich –«

»Schweigt!«

Er ließ ihren Zopf los und bedeckte ihre Brüste mit den Händen. Trotz seiner harten Worte liebkoste er sie, bis sie sich auf die Unterlippe biß, um seine Berührungen nicht zu erwidern.

»Es gefällt Euch, was ich mit Euch tue«, murmelte er an ihrem Ohr. »Auch wenn Ihr Euch wehrt, Euer Körper kann es nicht.«

Er rutschte ein Stück zur Seite, und seine Hand wanderte tiefer, fuhr über ihren Bauch zu ihren Beinen, um ihre weiche Mitte zu finden.

»Nein«, rief Tess heiser und hoffte, ihr Stöhnen mit dem Ausruf überspielen zu können. Es war sinnlos. Sie konnte die Seufzer der Lust nicht unterdrücken, konnte ihre Erregung nicht verleugnen.

»Aye, Frau. Euer Körper ist bereit für meinen Körper. Ihr wollt mich. Gebt es zu.«

Tess schüttelte den Kopf. Seine Finger öffneten sie, erkundeten sie, bis er den empfindlichsten Punkt ihrer Weiblichkeit fand. Dann streichelte er sie, sanft, unablässig. Sie schüttelte abermals den Kopf, versuchte das Stöhnen zu unterdrücken.

»Sagt mir, daß Ihr mich wollt, Tess.«

Es war sinnlos, die Wahrheit zu leugnen. Sie schob nur das Unausweichliche hinaus. »Ich will Euch«, flüsterte sie heiser, besiegt.

Sie spürte, wie er ihre Beine streichelte, dann ihre Hüfte, wie er sie anhob, damit sie ihn in sich aufnahm. Sie hielt sich am Bett fest, als er in sie eindrang, schrie vor Lust, als er sie ganz ausfüllte.

Tess konnte die entsetzlichen Bilder, die seine Berührungen in ihr hätten auslösen sollen, nicht heraufbeschwören. Sie vermochte an nichts anderes zu denken als an das starke Verlangen, das sie zu lange geleugnet hatte. Sie spürte, wie ihr Körper unter ihm erbebte, und gab sich völlig in seinen Besitz, nicht willens, darüber nachzudenken, was an diesem Augenblick höchster Erfüllung unrecht war.

13.

Aufgebracht zog Kenric seine Kleider an. Eine willige Frau im Bett war das mindeste, was er von der Ehe erwartete, und Tess versuchte ihm selbst das zu verweigern. Er hätte sie doch mit Gewalt nehmen sollen, dachte er finster, sie in ihrer Meinung über ihn bestätigen sollen. Sie lag noch auf dem Bett und wandte ihm den Rücken zu. Ob sie weinte?

Er fuhr sich durchs Haar, dann drehte er sich um und ging zur Tür. Als er in die Halle trat, stellte er erfreut fest, daß Fitz Alan dort wartete. Er brauchte die Gesellschaft eines Freundes, um sich abzulenken. Kaum hatten seine Soldaten seine üble Laune wahrgenommen, leerte sich der Saal so schnell, als wäre die Pest ausgebrochen. Nur Fitz Alan und Simon blieben.

»Ich habe nicht erwartet, Euch vor morgen früh wiederzusehen«, sagte Fitz Alan mit unsicherem Lächeln.

Simon näherte sich vorsichtig und berührte Kenric an der Schulter. Als Kenric ihn zornig anfunkelte, wich er einen Schritt zurück.

»Mylord, ich möchte mit Euch über Lady Tess sprechen.«

Kenric ergriff die Gelegenheit, seiner Wut freien Lauf zu lassen. »Aye, ich möchte wissen, warum Ihr sie nicht beim ersten Anzeichen all dieser Schwierigkeiten in meinem Gemach eingesperrt habt, damit sie keinen Unfug mehr anrichten konnte.«

»Sie ist Eure Gattin, Mylord.« Simons erschrockener Ton wies darauf hin, daß er solch drastische Maßnahmen niemals in Erwägung gezogen hätte.

»Sie ist eine üble Unruhestifterin.« Kenric nahm seinen Platz ein und schenkte sich einen Becher Ale ein. »Ist Euch nicht in den Sinn gekommen, daß einer meiner Männer oder die Diener es für gerechtfertigt halten könnten, sich gegen sie aufzulehnen? Ihr habt mir doch selbst übermitteln lassen, daß Ihr um ihre Sicherheit fürchtet.«

»Der Bote ritt los, bevor ich erkannte, was die Herrin im Sinn hatte. Auf den ersten Blick erschienen ihre Handlungen närrisch, doch schließlich habe ich ihre Absichten begriffen. Was Lady Tess getan hat, geschah nur zum Nutzen Montagues und Eurer Männer, Baron.«

»Sie hat meine Soldaten Weiberarbeit verrichten lassen«, entgegnete Kenric. »Denkt Ihr, die Krieger werden so schnell einer Frau verzeihen, die sie gedemütigt hat? Ich habe schon Männer aus geringerem Anlaß sterben sehen.«

»Sie würden es nicht wagen, Eurer Dame Schaden zuzufügen.« Simon schüttelte überzeugt den Kopf.

»Ach nein? Vermutlich nur deshalb nicht, weil sie wußten, daß es allein mein Recht und meine Verantwortung war, für ihre Bestrafung zu sorgen.«

»Sie haben sie schätzen gelernt«, wandte Simon leise ein.

Kenric fragte sich, warum sein Soldat so entschlossen war, Tess zu verteidigen, wenn es doch keine Rechtfertigung für ihre Verfehlungen geben konnte. »Sie hat sie sich zu Feinden gemacht. Ihr seid verhext, alter Mann. Laßt Euch von unschuldsvollen Augen an der Nase herumführen, hinter denen sich eine unbelehrbare Ränkeschmiedin verbirgt.«

Simons Gesicht lief rot an, und es fiel ihm schwer, sich eine heftige Antwort zu verbeißen.

»Nennt mir den Grund, warum sie meine Außenposten ausgeraubt hat«, forderte Kenric ihn auf.

»Lady Tess hat mir ihre wahren Absichten erst enthüllt, als der Landvogt plötzlich verschwunden war«, erwiderte Simon ausweichend und nestelte unruhig an seinem Kragen. »Euer Landvogt konspirierte gegen Euch. Lady Tess suchte seinen Verrat zu vertuschen, bevor jemand entdeckte, daß er Montagues Verteidigung geschwächt hatte.«

»Erklärt das näher!«

Simon wich noch weiter zurück. »Es ist eine lange Geschichte, Mylord.«

»Dann fangt besser gleich an.«

Der Soldat nickte. »Ihr erinnert Euch gewiß an die Unruhe nach unserer Rückkehr aus Wales. Jeder wußte, daß Montague reichlich mit Vorräten eingedeckt war, doch man fürchtete, daß es der Festung schwerfallen würde, mitten im Winter noch zusätzliche fünfhundert Mäuler zu stopfen.«

»Ihr habt mir versichert, daß mein Heer die Vorräte der Burg nicht erschöpfen würde«, rief Kenric ihm in Erinnerung.

»Ja, Mylord. Doch diese Information stammte vom Landvogt. Kurz nach Eurer Abreise nach Penhaligon fand Lady Tess die Wahrheit heraus. Sie brachte mehrere Tage damit zu, die Speicher zu inspizieren, und stellte fest, daß sie alle nahezu leer waren. In Wahrheit litten die Dörfler unter Hunger, und der Proviant für Euer Heer und die Dienerschaft der Burg war fast aufgebraucht.«

»Was sagt Ihr da?« Kenric erhob sich von seinem Hocker. Fitz Alan war bereits aufgesprungen, und seine Hand lag an seinem Schwert.

»Wo ist der Landvogt jetzt?« fragte er.

»Er ist vor fast vierzehn Tagen geflohen«, erwiderte Simon, und seine Enttäuschung spiegelte sich auf den Gesichtern Kenrics und Fitz Alans.

»Findet ihn«, befahl Kenric ausdruckslos.

»Ich habe bereits ein Dutzend Männer nach ihm ausgeschickt, aber sie hatten bisher kein Glück. Er versteckte sich in den Dörfern zwischen den Außenposten von Montague und war uns stets einen Schritt voraus. Lady Tess glaubt, er könne auf dem Weg nach Remmington sein, um sich dem Schutz ihres Stiefvaters zu unterstellen. Ich folgte ihrem Rat und sandte Patrouillen nach Norden aus.«

»Ihr traut dem Urteil einer Frau mehr als Eurem eigenen?« Ein Muskel an Kenrics Kinn zuckte gefährlich.

»Der Rat schien vernünftig.«

»Ihr werdet die Soldaten anweisen, die Suche in den Dörfern fortzusetzen.« Kenric biß die Zähne zusammen bei dem Gedanken, daß der Mann, dem er sein Heer unterstellt hatte, ausgerechnet von seiner Frau Befehle entgegennahm. »Der Landvogt hat sich noch nie in seinem Leben außerhalb von Montague aufgehalten. Er wird unser Gebiet auch jetzt nicht verlassen, sondern Unterschlupf auf vertrautem Boden suchen.«

»Ja, Mylord.«

»Warum hat denn vorher niemand den Mund aufgemacht?« fragte Kenric, entschlossen, dem Verrat auf den Grund zu gehen.

»Lady Tess stellte sich die gleiche Frage«, erwiderte Simon und runzelte die Stirn, als diese Bemerkung ihm einen weiteren zornigen Blick eintrug. »Jeder, den sie nach den Vorräten befragte, sagte ihr, sie müsse sich an den Landvogt wenden. Doch von ihm hätte sie keine ehrliche Antwort erhalten, und deshalb beriet sich Lady Tess mit Eurem Verwalter. Er gab zu, wie schlecht es um die Vorräte stand, dann berichtete er ihr, daß schon viele vor ihr dem Landvogt ihre Sorgen vorgetragen, jedoch den Befehl erhalten hätten, Stillschweigen zu bewahren. Euch sei die Lage bekannt, behauptete der Landvogt, dennoch wärt Ihr nicht bereit, die Abgaben Eurer Außenposten einzutreiben. Er gab ferner vor, daß Ihr jeden bestrafen wolltet, der die Angelegenheit vor dem Frühjahr noch einmal vorbrächte. Lady Tess erfuhr, daß Eure Lehen reich an Getreide und Vieh sind, da ihre Abgaben seit drei Jahren nicht mehr eingetrieben wurden. Diesen Plan habe der Landvogt ausgeheckt. Nach dem Tod des Vasallen, der für die Eintreibung des Zehnten zuständig war, habe er keinen Nachfolger für ihn ernannt. Der Verwalter selbst war nicht in der Lage, die Abgaben zu beschlagnahmen, und er war ohnehin überzeugt, daß Ihr in jedem Fall seinen Kopf fordern würdet. Er stellte sich der Gnade Eurer Dame anheim, und sie versprach, er würde straflos ausgehen, wenn er die Abgaben eintreiben half. Eure Dame handelte sehr geschickt, Mylord. Statt alle auf die ernste Lage aufmerksam zu machen und weiteren Verrat zu riskieren, ließ sie an Eure Außenposten den Befehl ergehen, sogleich ein Zehntel der Wintervorräte zu entrichten, um Montagues Bestände aufzufüllen. Sie sorgte dafür, daß alle glaubten, ihre Habgier sei der Grund für diesen Befehl und sie wolle selbst den Erlös aus dem Verkauf der Vorräte einstreichen. Deshalb verweigerte sich Derry Town ihrer Forderung, und sie befahl, die Scheune abzubrennen, um die Bewohner in die Knie zu zwingen. Derry Town besitzt seit dem letzten Jahr eine neue Scheune, die alte war leer und bereits baufällig. Doch es war ein hervorragendes Mittel, um das Gerücht der Skrupellosigkeit Eurer Dame bis in Eure entlegensten Außenposten vordringen zu lassen. Es genügte, dieses Exempel zu statuieren, denn im Nu waren Montagues Speicher aufgefüllt.«

»Wie ist es jetzt um die Vorräte bestellt?« Kenric wünschte, er hätte auf eine Erklärung für die Handlungen seiner Gattin verzichtet, und sehnte sich nach dem Schlachtfeld, wo niemand ihm jemals Nachlässigkeit vorwerfen konnte. *Ich würde nur gern ein einziges Wort des Lobes hören ...* Tess' Worte gingen ihm nach. Sie hatte recht. Er hatte seine Pflichten Montague gegenüber sträflich vernachlässigt, sie völlig aus den Augen verloren. Sein Haß auf diesen Ort trübte sein Urteil, und er hatte die Warnzeichen übersehen, die sie klar erkannt hatte. Und dafür hatte er sie auch noch bestraft.

»Die Speicher sind wieder voll, Mylord. Es sind mehr als genug Lebensmittel und Getreide da, um uns über den Sommer und bis zur ersten Ernte zu bringen.«

»Und Ihr, Simon? Habt Ihr eine Entschuldigung, daß Ihr diese Nachricht bis jetzt vor mir zurückgehalten habt?«

Simon starrte schuldbewußt zu Boden. »Ich war sicher, daß meine erste Botschaft Euch nach Hause locken würde, Mylord. Lady Tess hatte die Lage bereits im Griff, bevor eine zweite Nachricht Euch in Penhaligon erreicht hätte, und ich wußte, daß Ihr dadurch nicht schneller heimgekehrt wärt. Wenn eine solche Nachricht in die falschen Händen gefallen wäre, hätte das bedeutet –«

»Ihr erstattet mir Bericht, nicht meine Gattin! Es kümmert mich nicht, ob die Botschaft mich auch nur einen Steinwurf von Montague entfernt erreicht hätte. Ihr werdet mich nie wieder im ungewissen darüber halten, was ich als erster erfahren sollte!«

»Ja, Baron«, murmelte Simon und verbeugte sich. »Ich habe einen Fehler begangen.«

»Sorgt dafür, daß es nie wieder vorkommt.« Kenric entließ den Soldaten mit einer Handbewegung. »Bezieht Euren Posten vor der Tür meiner Dame, bevor ich mich besinne und Euch die Strafe zuteil werden lasse, die Ihr verdient.«

Simon verneigte sich erneut, dann verschwand er hastig.

»Himmel!« stieß Fitz Alan hervor und ließ sich wieder auf seinen Hocker fallen. Er griff so heftig nach seinem Becher, daß das Ale überschwappte und auf seinen ledernen Überrock spritzte. Mit dem gebauschten Ärmel seines Hemdes wischte er den Fleck ab. »Verflucht.«

»Deutlicher kann man es kaum sagen«, bemerkte Kenric und füllte seinen Becher nach.

Fitz Alan ging nicht auf die Bemerkung ein. »Hätten Eure Vasallen im Norden gewußt, was in Wahrheit hinter der ›Habgier‹ Eurer Dame stand, und erfahren, daß Montague von einer Hungersnot bedroht war, wären sie eingefallen wie ein Heuschreckenschwarm. Zumal die meisten wußten, daß ihr mehrere Tagesreisen entfernt auf Penhaligon weiltet. Die Festung wäre gefallen.«

»Aye«, stimmte Kenric ihm angespannt zu. »Aber ich hätte die Burg ebenso schnell wieder geräumt und sie alle getötet.«

Aye, Euer größtes Talent ist das Töten ... Kenric runzelte die Stirn und schob die Erinnerung an den Spott seiner Gattin von sich. Er leerte seinen Becher.

Fitz Alans Gesicht war nachdenklich, als er den leeren Becher musterte. »Eure Gattin –«

Der eiskalte Blick des Barons ließ ihn verstummen.

»Ihr habt sie bestraft, bevor Ihr vom Verrat des Landvogts gehört habt«, folgerte Fitz Alan mitfühlend.

»Ob etwas Gutes aus Tess' Einmischung entstanden ist, spielt keine große Rolle«, fuhr Kenric, dessen Zorn wuchs, ihn an. Er war hergekommen, um sich von den Problemen mit seiner Frau abzulenken, statt dessen war sie das einzige Gesprächsthema. »Sie hat sich und andere in Gefahr gebracht, indem –« Kenric brach plötzlich ab, er packte seinen Becher fester, als er Fitz Alan wütend fixierte. »Wollt Ihr die Methoden kritisieren, mit denen ich meine Gattin Disziplin lehre?«

»Nein, natürlich nicht, Mylord. Sie wird Euch gewiß verzeihen.«

»Mir verzeihen?« Kenric schlug mit dem Becher auf den

Tisch. »Was zur Hölle soll sie mir verzeihen? Sie hätte mich sogleich benachrichtigen müssen, als sie von dem Verrat des Landvogts erfuhr. Tess hätte sich nicht in Dinge einmischen dürfen, die sie nichts angingen. Sie hat mir getrotzt, und sie weiß das.«

Fitz Alan war klug genug, nichts zu erwidern. Schweigend tranken sie noch einen Becher Ale.

»Mußtet Ihr schon einmal eine Frau züchtigen?« fragte Kenric und schaute in seinen Becher, um Fitz Alans Blick auszuweichen.

»Einmal. Ich ertappte eine Magd, die meine Geldbörse stehlen wollte, und ich habe sie tüchtig für dieses Vergehen verprügelt.« Fitz Alan zuckte die Achseln. »Sie ist noch glimpflich davongekommen. Der Sheriff hätte sie für diese Tat aufgehängt.«

»Das ist nicht dasselbe.« Kenric trank einen großen Schluck. Seine Hand war erstaunlich ruhig, als er nachschenkte. »Bei der eigenen Gattin ist es etwas völlig anderes.«

»Habt Ihr sie geschlagen?« fragte Fitz Alan frei heraus.

»Denkt Ihr, ich wollte in ihren Augen genauso sein wie die MacLeith?« Kenric stieß einen angewiderten Laut aus. »Glaubt mir, sie hat nicht lange gelitten.«

Fitz Alan nickte, sah ihn jedoch gespannt an. Zweifellos wollte er genau wissen, welche Strafe er ihr hatte angedeihen lassen. Seufzend gab Kenric sich geschlagen.

»Ich habe nur mit ihr geschlafen, wenn Ihr es unbedingt wissen müßt. Obwohl es Euch nicht das mindeste angeht.«

Er war überrascht, als Fitz Alan auflachte.

»Und das findet Ihr spaßig?« fragte Kenric. In seinen Augen lag ein drohendes Funkeln.

»Aye, Mylord«, sagte Fitz Alan verwegen. »Ich stelle mir gerade vor, wie Eure Dame am ganzen Körper zitterte, als sie von dieser schlimmen Strafe hörte.«

»Außerdem hat sie erfahren, daß ich ein Bastard bin.«

Diese Neuigkeit ließ Fitz Alan schlagartig ernst werden. Er stellte seinen Becher auf den Tisch und wartete schweigend auf eine nähere Erklärung.

»Ich fand sie in Helens Zimmer, und meine Schwester ergötzte sie mit den Einzelheiten meiner Herkunft. Außerdem erzählte sie ihr haarklein, warum man mich den Henker von Wales nennt.«

»Wie hat sie es aufgenommen?« fragte Fitz Alan zögernd.

»Ich stoße sie ab. Sie wollte sich mir verweigern.«

Fitz Alan machte ein nachdenkliches Gesicht. »Wahrscheinlich hat sie Euch zurückgewiesen, weil ihr Stolz verletzt war. Sie war wohl enttäuscht, weil Ihr ihre Bemühungen nicht anerkannt hattet.«

Ich würde gern ein einziges Wort des Lobs hören … Wie viele Frauen habt Ihr vergewaltigt, Mylord? Kenric fragte sich finster, wie viele Becher Ale er noch brauchen würde, um ihre Stimme in sich zum Schweigen zu bringen.

»Nein, sie haßt mich«, sagte er überzeugt.

»Ihr solltet Eure Gattin lieber verführen, als Ihr zu befehlen, bei Euch zu liegen«, schlug Fitz Alan mit einem anzüglichen Augenzwinkern vor.

»Seid auf der Hut, mein Freund. Ich bin heute abend nicht in der Stimmung für derlei Scherze.« Kenric hob seinen Becher und sah ihn finster über den Rand hinweg an. Fitz Alan schenkte der Drohung keine Beachtung.

»Vielleicht braucht Ihr etwas Abwechslung, um die Schwierigkeiten mit Eurer Gattin zu vergessen. Es gibt viele hübsche Mägde auf Montague, die Euch bereitwillig ihre Gunst gewähren würden.«

»Ich will keine Frau«, murmelte Kenric und kippte den Inhalt seines Bechers hinunter. Dann griff er nach dem Krug und schenkte eine neue Runde ein. »Ich will noch wenigstens einen Krug Ale und dann ungestört bis morgen früh durchschlafen.«

Fitz Alan nickte verständnisvoll und stieß mit seinem Lehensherrn an.

Stunden später wachte Tess auf, als die massive Eichentür zu ihrem Zimmer aufgestoßen wurde und mit ohrenbetäubendem Krachen gegen die Wand prallte. Es folgte ein lautes »Schsch!«

Sie fuhr im Bett auf und hielt die Decke an ihre Brust, als

sie zur Tür spähte. Die ersterbende Glut tauchte die Schwelle in tiefe Schatten.

»Ihr habt sie geweckt, unbeholfener Dummkopf!«

Tess erkannte Kenrics Stimme. Sie raffte die Decke an sich, als sie merkte, daß ihr Gatte nicht allein war.

»Bitte untertänigst um Verzeihung, Lady Tess.«

Tess erkannte Fitz Alan. Er beging den Fehler, sich an einer galanten Verbeugung zu versuchen, hatte aber vergessen, daß Kenric sich mit dem Arm auf seine Schultern stützte. Beide Männer verloren das Gleichgewicht und stürzten unter lautem Geschrei zu Boden.

Tess eilte zu Kenric, überzeugt, daß einer der Männer sich verletzt hatte. »Mylord, kommt vom Kamin weg!«

Doch die beiden lachten wie kleine Jungen, und Kenric richtete sich als erster mühevoll auf. Der Anblick von Tess, die nur ihr Nachtgewand trug, ließ ihn verstummen. Er schlug die Hand vor die Augen und brüllte über seine Schulter: »Bedeckt Eure Augen, Fitz Alan!«

»Mylord.« Seufzend griff sie nach Kenrics Hand. »Ihr haltet die falschen Augen zu.«

Kenric spähte durch seine Finger auf Tess, dann streckte er den Arm aus, um Fitz Alans Augen zuzuhalten. Allerdings traf er Fitz Alan dabei an der Brust und schlug ihn zu Boden.

»Ihr solltet im Bett sein«, sagte er anklagend. Fitz Alan war bereits vergessen.

»Ich war im Bett. Vielleicht wärt Ihr dort auch besser aufgehoben, Mylord.« Tess blickte unruhig auf den Kamin. Ihr war klar, daß sich beide Männer sinnlos betrunken hatten. Sie wedelte mit der Hand vor seinem Gesicht. »Ihr beide riecht, als hättet ihr in Ale gebadet.«

»Soll das eine Unbotmäßigkeit sein, Frau? Das werde ich nicht dulden.«

Sie schenkte ihm ihren unschuldigsten Blick. Es hatte keinen Sinn, mit einem Betrunkenen zu streiten. »Aber nein, Mylord. Ich wäre meinem Gatten gegenüber niemals so respektlos.«

»Ihr lügt«, sagte Kenric halbherzig und stand mühsam

auf. Er zeigte unsicher auf das Bett. »Ihr seid fast nackt, Lady. Geht ins Bett, bevor dieser Mann Euch sieht.«

»Ich glaube nicht, daß er so bald wieder etwas sehen wird«, entgegnete sie und wies mit dem Kopf auf den Fußboden. Kenric drehte sich um.

»Ihr könnt hier nicht schlafen«, brüllte er und stieß Fitz Alan mit dem Fuß in die Rippen. »Steht auf, Mann.«

»Er kann ruhig dort liegenbleiben. Kommt.« Tess zog ihn am Arm. Das hatte ihr gerade noch gefehlt. Kenric wollte streiten. Fitz Alan hatte wenigstens den Anstand besessen, das Bewußtsein zu verlieren. Lockend fragte sie: »Warum legen wir uns nicht auch schlafen? Es war ein langer Tag, Mylord.«

»Hört auf mit dem ›Mylord‹-Unfug.« Er schlug Tess' Hand weg, dann drohte er ihr mit dem Finger. »Ich will meinen Vornamen aus Eurem Mund hören.«

»Es ist Schlafenszeit«, sagte Tess ausweichend. Sie wollte seinen Namen nicht sagen. Sie war überzeugt, daß er ebenso tief und fest schlafen würde wie Fitz Alan, wenn er erst im Bett lag. Dann könnte sie sich fortstehlen und einen Schlafplatz suchen, an dem es nicht stank wie in einer Schenke.

Tess kroch ins Bett und dachte, daß er ihr folgen würde, aber er brauchte länger als gewöhnlich, um sich auszukleiden. Es wäre bedeutend schneller gegangen, hätte er die Hose heruntergezogen, bevor er aus dem linken Hosenbein steigen wollte. Tess erstickte ihr Lachen mit der Hand. Seine unbeholfenen Bewegungen ähnelten denen des Tanzbären, den sie im letzten Jahr auf der Frühjahrskirmes gesehen hatte.

»In Zukunft wünsche ich, daß Ihr nicht lacht, während ich mich auskleide.« Kenric warf ihr einen einschüchternden Blick zu, bevor er ins Bett kletterte. Er stützte sich auf einen Ellbogen. »Ihr denkt, ich bin betrunken?«

Sie hob herausfordernd eine Braue. »Ich weiß es.«

Er schob den Arm unter sie und zog sie an sich, so daß ihr Kopf an seiner Schulter lag. »Gut. Das war mein Plan.«

Tess versteifte sich. Sie war froh, als ihr Körper nicht die gewohnte verräterische Reaktion auf seine Nähe zeigte. Dafür sorgte schon der Alegestank. »Was war Euer Plan?«

»Mich zu betrinken.« Er stützte das Kinn auf ihren Kopf und seufzte. »Daran seid allein Ihr schuld, Frau. Ihr treibt mich zum Wahnsinn.«

Endlich erfuhr sie an diesem Tag doch noch eine Spur von Gerechtigkeit, dachte Tess. Sie hätte ihm gern gesagt, daß er all den Ärger, den sie ihm machte, verdient hatte, aber Kenric schlief bereits. In dem Gedanken, daß sie noch ein wenig warten würde, bis er tief und fest eingeschlafen war, bevor sie hinausschlich, bettete sie den Kopf wieder an seine Schulter und schloß die Augen. Sie mußte aus Montague entfliehen – und zwar schon sehr bald.

14.

Der helle Sonnenstrahl wanderte durch den Raum, bis er das Bett erreichte. Kenric drehte sich um und begrub Tess unter seinem Körper. Im Traum schwamm sie gerade in einem von der Sommersonne wunderbar gewärmten Teich. Plötzlich jedoch schienen sich ihre Beine im Schilf am Grund des dunklen Gewässers zu verfangen und sie tief unter die Oberfläche zu ziehen. Sie kämpfte gegen die Schlingpflanzen an, die sich wie eiserne Klammern um sie schlossen, aber durch den Kampf verstrickte sie sich nur noch fester in die tödliche Umschlingung.

»Liegt still!«

Das rauhe Flüstern an ihrem Ohr ließ sie sich noch erbitterter zur Wehr setzen. Da sie weder Arme noch Beine bewegen konnte, mußte sie sich mit den Zähnen wehren. Sie biß in etwas, das sich überhaupt nicht anfühlte wie Schlingpflanzen.

»Autsch!«

Endlich schlug sie die Augen auf. Sie stieß einen leisen Schrei aus, als Kenric sich über sie beugte. Übellaunig rieb er eine verdächtige Bißspur an seiner Schulter. Er sah sie vorwurfsvoll an.

Tess begriff, was geschehen war. Sie errötete.

Ihre Verlegenheit besänftigte ihn keineswegs. Seine rotgeränderten Augen wurden schmal.

»Ich weiß, was Ihr denkt. Aber Ihr täuscht Euch, Tess. Ich bin heute morgen nicht dazu aufgelegt, Euch zu besitzen.«

Schwacher Alegeruch ging von ihm aus, und Tess rümpfte die Nase, als sie sich aufsetzte. Er mißdeutete ihre Miene. »Wie ich sehe, geht es Euch nicht anders«, fuhr er sie an.

»Mein Kopf.« Fitz Alan, der auf dem Fußboden kauerte, rieb sich den Schädel.

Kenric deckte Tess zu, dann setzte er sich auf.

Tess blickte von Fitz Alans grünlichem Gesicht zu Kenric,

verblüfft, daß jener noch so viel elender aussah als ihr Gatte. Sie hoffte dennoch, daß es Kenric mindestens ebenso schlecht ging wie seinem Freund.

»Guten Morgen, Fitz Alan«, rief sie sarkastisch.

Fitz Alan zuckte zusammen, als könne er kein Geräusch ertragen. Dann hob er vorsichtig den Kopf, und sein Blick fiel auf die finstere Miene ihres Gatten. »Guten Morgen, Mylady. Allerdings scheint es mir bisher kein sehr angenehmer Tag zu werden.«

Tess pflichtete ihm im stillen bei. Sie wagte einen Blick zu Kenric hinüber, der sie unverwandt anstarrte. Seine Miene verriet, daß es noch etwas zwischen ihnen zu klären gab, und sie hatte nicht den leisesten Wunsch zu erfahren, was es war. Sie verwünschte sich, weil sie gestern nacht eingeschlafen war, statt sich fortzustehlen, und wickelte sich fester in ihre Decke. Ihr Hemd war nahezu durchsichtig.

»Eine pflichtbewußte Gattin würde bereits mit einem herzhaften Frühstück auf ihren Gatten warten«, sagte Kenric herausfordernd, ohne sie aus den Augen zu lassen.

»Und ein pflichtbewußter Gatte würde sich nicht sinnlos betrinken.« Tess biß sich auf die Zunge. Sie sollte ihn wohl besser nicht reizen.

»Ich hätte meine Pflichten als Gatte gestern abend bereitwillig erfüllt, wenn ich geahnt hätte, daß Ihr so bissig sein würdet, weil Ihr Euch vernachlässigt fühltet. Hat Euch die Aufmerksamkeit, die ich Euch zuvor erwies, nicht genügt?«

Als sie das Lauern in seinen Augen sah, beschloß sie, ihn nicht mit einer Antwort herauszufordern. »Euch scheint es heute morgen besser zu gehen als Eurem Freund.«

Kenric zuckte die Achseln. »Ale hat kaum eine Wirkung auf mich.«

Tess lachte auf, als sie sich an seine nächtlichen Possen erinnerte. Den Zustand, in dem er sich entkleidet hatte, konnte man wohl kaum als nüchtern bezeichnen.

»Er kann es nur besser überspielen als ich«, murmelte Fitz Alan und stand unsicher auf.

»Seid Ihr immer noch hier?« fragte Kenric, ohne den Blick von seiner Frau zu wenden.

»Ich gebe mir alle Mühe, meiner Wege zu gehen.« Fitz Alan lehnte sich gegen den Kamin. »Aber ich muß Euch noch einen Moment um Nachsicht bitten.«

Kenric seufzte und stützte sich auf einen Ellbogen. Tess versuchte ihm auszuweichen, doch er erwischte mit einer Hand ihren Zopf und hielt sie fest. Als sie sich ihm wütend zuwandte, strich er mit der seidigen Spitze über sein Kinn.

»Ich bitte um Verzeihung, Lady Tess.« Fitz Alan nickte ihr vorsichtig zu. Er drehte sich um und wollte auf direktem Wege zur Tür gehen, mußte jedoch mehrmals stehenbleiben und sich mit einer Hand an der Wand abstützen.

Als die Tür hinter ihm ins Schloß fiel, wartete Tess schweigend, daß Kenric sie freigab. Er aber kratzte sich mit der freien Hand an der Brust und gähnte träge. »Ich glaube, nach dem Frühstück werde ich ein Bad nehmen.«

Tess wollte die Flucht ergreifen, vergaß dabei jedoch, daß er ihren Zopf festhielt. Sie fiel in die Kissen zurück.

»Schon wieder müde?« Er schüttelte den Kopf, und sein Sarkasmus strafte seine Worte Lügen. »Ich werde eine Eurer Wachen in die Küche schicken, um mein Frühstück zu holen und alles für mein Bad zu veranlassen. Ihr, meine arme, erschöpfte Gattin, dürft Euch hier ausruhen, bis ich Eure Hilfe benötige.«

Er ging zur Tür und gab seine Anweisungen, ohne sich darum zu kümmern, daß er nackt war. Tess zog die Decke über den Kopf und versteckte sich. Sie wünschte, sie könnte sich in eine Schlange verwandeln und unbemerkt davonkriechen.

Leise Schritte und das Plätschern von Wasser waren der einzige Hinweis auf das Erscheinen der Diener. Nachdem sie sich wieder zurückgezogen hatten, horchte Tess, ob Kenric ins Wasser stieg. Sie stellte sich schlafend und hoffte, daß er sie in Ruhe ließe. Doch da zog er mit einem Ruck die Dekke weg.

Kenric blickte grimmig auf seine Gattin. Ihr Gesicht war in die Kissen vergraben, Arme und Beine hatte sie schützend angezogen. Sie sah nicht so aus, als wartete sie bereitwillig darauf, das Geheiß ihres Gatten zu erfüllen. Der letzte Rest des Schuldbewußtseins, das ihm Simons Bericht eingeflößt hatte, verflog angesichts ihres Widerstrebens. Vor seiner Abreise nach Penhaligon hatte sie ihm stets gern bei seinem Bad geholfen. Inzwischen freute er sich schon jeden Abend darauf, doch selbst dieses kleine Vergnügen wollte sie ihm noch rauben.

»Es ist Zeit für mein Bad.«

Tess glitt vom Bett. Ihr Blick hing sehnsüchtig an der Tür.

»Ihr würdet es nicht schaffen«, warnte er sie, da er ihre Gedanken erriet. »Glaubt nur nicht, daß meine Nacktheit mich davon abhalten wird, Euch einzufangen.«

Tess nickte und ging zum Zuber hinüber. Mit gesenktem Kopf wartete sie auf ihn.

Kenric ließ sich langsam in das dampfend heiße Wasser gleiten; jeder Muskel tat ihm weh. Dennoch war er im Augenblick mit seinem körperlichen Zustand zufrieden. Allerdings wußte er aus Erfahrung, daß zuviel Ale am Abend zuvor ihn unempfindlich gegenüber jeder Frau – auch wenn es seine Gattin war, machte.

Als er den Kopf ins Wasser tauchte, mußte er gegen eine Welle von Übelkeit ankämpfen. Er war entschlossen, sich nicht anmerken zu lassen, wie krank er sich plötzlich fühlte. Ja, er würde der kleinen Hexe eine weitere Lektion erteilen. Er wußte, daß sie ihn gern berührte. Oft genug hatte er sie beobachtet, wenn sie mit den Händen über seinen Körper fuhr. Bevor sie von seiner Herkunft erfahren hatte, hatte sie nur zu gern mit ihm geschlafen. Und nach diesem Bad würde sie ihn erneut begehren.

Kenric stellte sich Tess' Gesicht vor, wenn sie merkte, daß er ihr Begehren nicht stillen würde. Dann würde sie am eigenen Leib erfahren, wie bitter eine Zurückweisung schmeckte. Diese kleine Lektion würde ihr einen Eindruck davon vermitteln, was er sein Leben lang empfunden hatte. Zischend zog er die Luft ein. Sie rieb an seinem Rücken wie an einem Waschbrett.

»Zieht gefälligst Eure Krallen ein!«

Tess gehorchte, und er beugte sich vor und schöpfte mit den hohlen Händen Wasser, um es sich über den Kopf zu gießen und die Seife abzuspülen. Er war nicht ganz sicher, ob er sich wieder aufrichten könnte, wenn er noch einmal mit dem Kopf untertauchte. Als sie mit der Hand gegen seine Schulter drückte, beugte er sich vor, damit sie seinen Rükken abspülen konnte. Sein Magen rebellierte heftig. Während er auf sein Bad gewartet hatte, hatte er einen halben Laib Brot mit Butter verschlungen und einen Becher Apfelwein hinuntergestürzt. Jetzt bereute er, daß er überhaupt etwas zu sich genommen hatte.

Kenric konzentrierte sich darauf, tief Luft zu holen, während Tess seine Arme wusch, obgleich er sich nicht so beherrschen mußte wie sonst in ihrer Gegenwart. Wahrscheinlich floß immer noch mehr Ale als Blut durch seinen Körper.

»Hört auf, mich zu kratzen«, herrschte er sie mit Mühe an. »Ich bin kein Pferd, das gestriegelt werden muß.«

Tess spülte seine Arme mit sanfteren Bewegungen ab, dann ging sie um den Zuber herum und nahm sich seine Brust vor. Sie hielt den Kopf gesenkt, doch er merkte, wie sie mit den Zähnen an ihrer Unterlippe nagte. Gut, dachte er, es wirkte. Nicht mehr lange, dann hätte er sie, wo er sie haben wollte. Er sah ihr Gesicht weicher werden, als sie die Hände auf seine Brust legte, und lächelte in sich hinein. Doch sein Triumph hielt nur kurz an.

Erschrocken packte Kenric ihre Hände, als sie zu seinem Bauch glitten. Tess erschreckte die jähe Bewegung, doch sie zuckte nicht zusammen. Sie sah ihn nur unsicher an. Kaum ließ er ihre Hände los, griff sie nach einem der leeren Wassereimer und reichte ihn ihm gerade noch rechtzeitig.

Das heftige Würgen ihres Gatten zu hören, erfüllte sie mit Genugtuung. Er hatte sein Elend verdient. Dennoch lief Tess zum Tisch, um einen Becher Apfelwein einzuschenken, der vom Frühstück übrig war. Sie nahm ein Leinentuch und ging zum Zuber zurück.

Nachdem er sich übergeben hatte, stellte er den Eimer auf den Boden und lehnte sich mit geschlossenen Augen zurück. Sein Gesicht war aschfahl. Tess hielt den Eimer so weit wie möglich von sich weg und brachte ihn zur Tür. Dort übergab sie ihn einem der bedauernswerten Wachleute. Das

Leinentuch tauchte sie in einen Eimer mit frischem Wasser und tupfte sacht Kenrics Gesicht ab.

»Möchtet Ihr einen Schluck Apfelwein?« fragte sie und hielt ihm den Becher hin. Kenric nickte, hob jedoch weder den Kopf, noch öffnete er die Augen. Sie führte den Becher an seine Lippen und stützte seinen Kopf, als er einen kleinen Schluck trank.

Kenric dankte ihr mit heiserer Stimme, aber Tess überlegte bereits, wie sie ihn am besten ins Bett schaffen konnte. Auch wenn er sich seinen Zustand selbst zuzuschreiben hatte, war es ihr fremd, ihm deshalb nicht zu helfen. Sie fragte sich flüchtig, wie es Fitz Alan wohl ergehen mochte, doch dann entschied sie, daß sich um ihn schon jemand anderes kümmern müsse. Sie würde mit Kenric alle Hände voll zu tun haben.

»Könnt Ihr es bis zum Bett schaffen?«

Er öffnete eines seiner blutunterlaufenen Augen und sah sie mißtrauisch an. »Noch nicht.«

Was sollte sie jetzt tun? Am sichersten war es wohl, einen Teil des Wassers aus dem Zuber abzuschöpfen, damit er nicht ertrank, aber andererseits könnte er sich dann vielleicht erkälten. Das fehlte ihr noch. Sie brachte den Becher mit dem Apfelwein zum Tisch und goß alles bis auf einen kleinen Rest wieder in den Krug. Anschließend kramte sie in ihrer Truhe nach den Beuteln mit den Kräuterpulvern, die sie brauchte, gab von jedem etwas in den Becher und rührte die Mischung um, bis das Pulver sich auflöste.

»Trinkt das«, befahl sie und hielt den Becher wieder an Kenrics Lippen.

»Gift?«

»Ein Heilmittel dagegen.« Sie träufelte das Tonikum in seinen Mund. Er würgte zweimal, schaffte es jedoch, zu schlucken.

»Scheußlich!«

»Ja.« Sie war froh, als er wieder die Augen öffnete, auch wenn er sie zornig anfunkelte. Sehr wirkungsvoll war sein Blick jedoch nicht, denn seine Augen tränten, waren rotgerändert und blutunterlaufen. Tess stellte den Becher ab und nahm ein frisches Leinentuch. »Ihr werdet Euch erkälten, wenn Ihr noch länger im Wasser bleibt. Ein warmes Bett ist da doch gewiß viel verlockender?«

»Das einzig Verlockende wäre in diesem Augenblick ein schneller Tod.«

Ohne auf seine Klagen zu achten, trocknete sie ihm Kopf und Schultern ab und hoffte, daß er inzwischen wieder zu Kräften käme. Als er unsicher aufstand und aus dem Zuber kletterte, trocknete sie seinen Körper ab und nahm dann seinen Arm, um ihn zum Bett zu lotsen. Kenric aber machte sich schwankend von ihr los.

»Ich bin kein Krüppel«, sagte er mit zusammengebissenen Zähnen, obwohl er taumelte. »Ich kann ohne Eure Hilfe zu meinem Bett gehen.«

Tess schwieg und ließ ihn gewähren. Als er endlich im Bett lag, sammelte sie die Kleider auf, die er vorige Nacht überall verstreut hatte.

»Ihr werdet Euch bald besser fühlen. Ein paar Stunden Ruhe, und Ihr seid wieder gesund und kräftig.« Sie blickte über ihre Schulter zu ihm hin und stellte fest, daß er bereits eingeschlafen war. Sein Gesicht war immer noch blaß, und er hatte dunkle Augenringe, aber im Bett schien es ihm bedeutend besser zu gehen. Vielleicht würde er ihre Hilfe später zu schätzen wissen.

Tess verdrehte die Augen. Wie unverbesserlich naiv war sie doch, vom Henker von Wales Dankbarkeit zu erwarten! Zweifellos würde er einen Weg finden, um ihr die Schuld an seinem Zustand zu geben, ihr zum Beispiel vorwerfen, sie habe vergiftetes Ale auftragen lassen oder dergleichen Unfug. Er würde den ganzen Tag schlechte Laune haben. Sie sollte sich um ihre eigenen Angelegenheiten kümmern und ihn allein leiden lassen. Tess blickte sehnsüchtig zur Tür, dann zu Kenric. Doch dann überlegte sie und hatte Sorge, daß ihm noch einmal schlecht werden könnte. Wenn sie dann nicht da war, um den Eimer zu halten, könnte er das Bett oder die Teppiche besudeln. Tess schauderte bei der Vorstellung und beschloß, lieber zu bleiben.

Als sie Ordnung im Zimmer schuf, stieß sie auf eines ihrer Kleider, an dem sich der Saum gelöst hatte. Es war ihr häßlichstes Kleid, und Tess hatte diese Näharbeit schon lange vor sich hergeschoben. Es lag ihr nicht viel daran, ein Kleid auszubessern, das fast wie ein Flickenteppich aussah. Eigentlich bestand es aus mehreren alten Kleidern, die Mag geschickt zu einem neuen vernäht hatte. Das Oberteil stammte von einem safrangelben Gewand, der Rock aus Streifen eines kürbisfarbenen und eines waldgrünen Gewands. Mag hatte das Ergebnis als ›farbenfroh‹ bezeichnet. Verglichen mit Helens Kleidern wirkte dieses schlicht lächerlich. Dennoch war es eines ihrer wenigen eigenen Kleider, und sie hatte gelernt, sich mit wenigem zu begnügen. Zwei Stunden später waren der zerrissene Saum und andere kleine Schäden so gut wie repariert. Da regte sich Kenric und ließ ein langgezogenes, gedämpftes Stöhnen vernehmen.

»Wird Euch wieder übel?«

»Nein.« Er klang müde, doch seine Augen waren nicht mehr so blutunterlaufen. Kenric musterte sie, und sein Blick blieb an dem Kleid hängen, das sie über ihren Schoß gebreitet hatte. »Ihr habt einen gräßlichen Geschmack, Frau. Von diesem Kleid tun mir ja fast die Augen weh.«

Tess preßte die Lippen zusammen. Sie hatte nicht die Absicht, auf diese Beleidigung zu antworten, und wünschte, sie hätte ihn in dem Augenblick allein gelassen, als er sich übergeben mußte. Undankbares Ungeheuer.

Kenric schloß wieder die Augen und holte mehrmals tief Luft. Er überprüfte den Zustand seines Magens. Flau, aber erträglich, entschied er, als er sich aufsetzte. Der Schwindel war nicht mehr so schlimm, wenn auch noch unangenehm. Ein übles Gebräu, dachte er und vergaß dabei die Anzahl der Alekrüge, die er und Fitz Alan geleert hatten. Sein Blick wanderte abermals zu Tess, die immer noch am Bett saß. Er betrachtete sie. Wenn er sie als Bastard nicht schon vollends abgestoßen hatte, dann sicher durch seinen jetzigen Zustand.

»Ich dachte, Ihr wärt inzwischen längst gegangen. Seid Ihr geblieben, um meinen Schlaf zu bewachen?«

»Ich dachte, Euch könnte vielleicht wieder übel werden.«

»Ah, Ihr habt auf weitere Unterhaltung gehofft.« Kenric entging ihre empörte Miene. »Was war in dem Tonikum, das Ihr mir eingeflößt habt?«

»Kamille, Minze und allerlei andere Kräuter, die Euren Magen beruhigen und Eure Kopfschmerzen lindern sollten.«

Kenric merkte, daß seine Kopfschmerzen tatsächlich verschwunden waren. Auch sein Magen hatte sich einigermaßen erholt. »Warum?«

Tess blickte zur Decke empor, als sei sie mit ihrer Geduld am Ende. »Weil ich mir vorstellen kann, daß Ihr genug Ale getrunken habt, um eine halbe Armee zu ersäufen.«

»Nein, ich meinte, warum habt Ihr mir den Trank eingeflößt? Es muß Euch doch Freude gemacht habt, mich leiden zu sehen. Warum habt ihr etwas getan, um meine Schmerzen zu lindern?«

»Es macht mir nie Freude, jemanden leiden zu sehen, obwohl Ihr und Fitz Alan Eure Kopfschmerzen auf jeden Fall verdient habt. Ihr beide konntet gestern nacht kaum aufrecht stehen. Ihr seid sogar am Kamin hingefallen. Ich hätte Euch dort liegenlassen, hätte ich nicht befürchtet, daß Euer Haar Feuer fängt.«

»Ich habe nichts dergleichen getan.« Kenric zog verblüfft die Brauen zusammen.

Tess lächelte. »Dann erinnert Ihr Euch auch nicht daran, daß Ihr Euch bei mir entschuldigt habt?«

»Wofür?« Kenric war entsetzt. Er erinnerte sich schwach, daß Fitz Alan gestern abend etwas Ähnliches gesagt hatte. Er fuhr sich mit der Hand durchs Haar und verwünschte im stillen das Ale und alle, die es brauten, samt ihrer Vorfahren.

»Nun, weil Ihr nicht zu schätzen wußtet, was ich während Eurer Abwesenheit getan habe.«

Kenric beäugte die Hand, mit der sie an ihrem Zopf spielte, und verzog den Mund. »Ihr seid eine sehr schlechte Lügnerin, Frau.«

Tess gab sich seufzend geschlagen. »Ich weiß.«

»Da Ihr das Thema nun schon angeschnitten habt, kann

ich Euch auch gleich sagen, daß ich seit unserem letzten Gespräch mehr weiß. Simon kam gestern abend zu mir und berichtete mir vom vollen Ausmaß Eurer Einmischung im Falle des Landvogts.« Kenric schlug die Bettdecke zurück und erhob sich vorsichtig, um sich anzukleiden. »Ich habe es ihm gesagt, und ich sage es jetzt auch Euch. Wenn Euch jemals wieder eine so ernste Angelegenheit zu Ohren kommt, bin ich der erste, der davon erfährt. Nur durch viel Glück wurde eine Tragödie auf Montague verhindert.«

Kenric blickte von den Bändern auf, die er verschnürte, als er einen abfälligen Laut hörte; doch Tess saß still da und hielt den Kopf gesenkt.

»Falls Ihr dachtet, ich wäre erfreut, sobald ich die ganze Geschichte erfahre, habt Ihr Euch getäuscht«, fuhr er fort und zog ein sauberes Leinenhemd an. Er wollte ihr nicht die Genugtuung geben, zu erfahren, daß er insgeheim froh war, weil sie so geschickt eine Katastrophe abgewendet hatte. »Ihr seid große Risiken eingegangen und habt Euch in Konflikte eingemischt, die Euch nichts angingen. In Zukunft werdet Ihr Euch auf die Aufgaben beschränken, die im Haushalt anfallen und die Euer Gatte Euch erteilt. Habe ich mich klar ausgedrückt, Tess? Versteht Ihr, was ich von Euch verlange und was ich in Zukunft keinesfalls dulden werde?«

»Ja, aber es gibt noch etwas, wovor ich Euch warnen muß«, begann sie zögernd. »Ich hatte den Koch gebeten, anläßlich Eurer Rückkehr ein Festmahl vorzubereiten. Ich hatte ihn angewiesen, zur Mittagszeit alles fertig zu haben. Mir ist klar, daß Euch heute nicht nach einer Feier zumute ist, doch die Speisen sind zubereitet und es wäre Verschwendung, wenn Ihr nicht wenigstens in der Halle erscheinen und Eure Männer auffordern würdet, nach Herzenslust zuzugreifen.«

Kenric seufzte erleichtert. Er war auf eine weit schlimmere Nachricht gefaßt gewesen. Fast hatte er auch wieder Hunger. Tess' Tonikum war überaus wirkungsvoll.

»Meine Männer werden zweifellos feiern wollen, daß Ihr Herr zurückgekehrt ist und der Schreckensherrschaft seiner Gattin ein Ende bereitet hat. Ich bin nicht solch ein Schwächling, daß ich nicht an einem Fest zu meinen Ehren teilnehme. Kommt, Frau. Wir gehen zusammen hinunter.«

Kenric streckte die Hand aus, doch als sie auf ihn zu ging, hielt er sie auf. »Bevor Ihr in der Halle zu mir stoßt, werdet Ihr zu meiner Schwester gehen und sie ebenfalls um ihre Anwesenheit bei diesem Fest ersuchen. Ihr könnt ihr ausrichten, daß ich ihr etwas zu sagen habe, und daß ich es am besten vor anderen tue, damit ich nicht in Versuchung gerate, ihr die Prügel zu verabreichen, die sie verdient.«

Tess nickte nur unsicher.

15.

Der Anblick, der sich Kenric in der Halle bot, verdroß ihn. Das Mahl war bereits im Gange, obwohl die Diener niemals hätten auftragen dürfen, solange der Lord und die Lady nicht anwesend waren. Mehrere seiner Männer riefen ihm einen Gruß zu, während sie fettige Knochen und Speisereste über ihre Schultern warfen. Kenric hätte es nicht für möglich gehalten, aber das Essen war noch schlechter als vor seiner Abreise nach Penhaligon.

Seine Männer stellten ihn auf die Probe, sie schienen völlig sicher zu sein, daß ihr Anführer die neuen Regeln seiner Frau nicht gutheißen würde. Nach dem Zustand des Essens zu urteilen, versuchten die Küchenbediensteten den Burgherrn ebenfalls zu prüfen. Er hatte keinerlei Zweifel daran, daß jeder von ihnen den Grund für seine frühe Rückkehr kannte und von seiner Wut auf Tess erfahren hatte. Jetzt wartete ganz Montague auf ein Zeichen, woher der Wind wehte.

Wenn Tess dieses Durcheinander sah, würde sie sicherlich ihm die Schuld geben, vermutete Kenric. Zweifellos würde sie ihm erneut die Vernachlässigung seiner Pflichten vorwerfen. Kenric gab Evard ein Zeichen. »Sagt dem Koch, ich wünsche ihn zu sprechen.«

Der Koch erschien und eilte sogleich zum Baron. Als er vor ihm stehenblieb, sah er sich unsicher um. Der Lärm in der Halle verstummte, und alle versuchten das Gespräch mitzuhören. Neugier malte sich auf den Gesichtern der Männer.

»Zieht Eure Schuhe aus.« Kenrics Stimme klang täuschend ruhig. Der Koch gehorchte, und Kenric nahm einen kleinen Dolch aus seinem Gürtel und spielte mit der Waffe, indem er sie auf einer Hand balancierte. »Wie ich sehe, habt Ihr immer noch alle Zehen.«

Der Koch schwankte. »Aye, Mylord.«

Kenrics Blick ruhte auf einer Platte mit in geronnenem Fett erstarrten Speisen. »Ich nehme an, das wird nicht mehr der Fall sein, wenn meine Gattin erfährt, daß Ihr meinen Männern einen Schweinefraß serviert habt.«

»A-aye, Mylord.«

»Da ich ein gerechter Mann bin, würde ich Euch und Euren Leuten die Wahl lassen«, sagte Kenric gedehnt und stieß die Spitze des Dolchs in ein Astloch der Tischplatte.

»Die Wahl, Mylord?«

»Welche Zehen entfernt werden sollen.«

Das Gesicht des Kochs wurde bleich.

»Allerdings ist meine Dame kurz aufgehalten worden.« Kenric tippte mit dem Dolch an seine Lippen, als versuche er eine schwerwiegende Entscheidung zu treffen. »Vielleicht schaffen es Eure Leute ja noch, diese Unordnung zu beseitigen, bevor sie kommt.«

Der Koch fiel fast auf die Knie, als er sich tief vor seinem Herrn verbeugte. »Es wird sogleich geschehen, Mylord«, flüsterte er dankbar, mit heiserer Stimme. »Die Gerichte, die die Baronin Montague für Eure Ankunft bestellt hat, sind fast fertig.«

Er schien noch einen Vorwand für die unansehnlichen Speisen auf dem Tisch liefern zu wollen, überlegte es sich jedoch offenbar anders. Kenric entließ ihn mit einer Handbewegung und wartete, bis er sich einige Schritte entfernt hatte. Dann erst hielt er den Mann mit einer weiteren beunruhigenden Frage auf.

»Habt Ihr eingewilligt, dieses Fest auszurichten?«

»Aye, Mylord.«

»Dann laßt Euch gesagt sein, daß die Strafen meiner Gattin die einer Dame von vornehmer Herkunft sind. Ich hingegen schneide Lügnern die Zunge ab. Ihr habt eine halbe Stunde Zeit, um Euer Versprechen zu halten.«

Der Mund des erstaunten Kochs stand offen, klappte jedoch einen Augenblick später wieder zu, als wolle er seine Zunge mit den Zähnen schützen. Kenric wandte sich an seine Männer.

»Jeder von Euch wäre ebenfalls gut beraten, meine Mahnung an den Koch zu beherzigen«, verkündete er und blickte vielsagend auf mehrere Knochenhaufen. Die Männer legten fast gleichzeitig ihr Essen aus der Hand und hoben schnell die Reste vom Boden auf. Er winkte Evard zu sich.

»Finde die Lady und halte sie wenigstens eine halbe Stunde lang von hier fern.«

»Was soll ich ihr sagen?« fragte Evard.

»Das ist Eure Sache«, fuhr Kenric ihn an.

»Aye, Mylord.« Aufstöhnend verneigte Evard sich vor Kenric, bevor er davoneilte.

Die vorgesehene Zeit war fast verstrichen, als Tess die Halle betrat, zu ihrer Linken die totenbleiche Helen, zu ihrer Rechten den hochroten Evard. Simon folgte dem Trio grinsend.

»Seid Ihr sicher, daß Ihr Euch jetzt besser fühlt?« fragte sie Evard. »Ihr wirkt immer noch sehr erhitzt.«

»Es geht mir gut, Mylady.« Evards Antwort war kurz angebunden, er preßte die Lippen aufeinander.

»Was höre ich da? Es ging Euch nicht gut?« Kenric begrüßte Tess mit einem merklich kühlen Nicken und half ihr, Platz zu nehmen, bevor er seine Aufmerksamkeit wieder Evard zuwandte. »Evard, Ihr habt meine Frage nicht beantwortet.«

»Er wurde ohnmächtig!« Simon hustete laut, um nicht zu lachen.

»Wie bedauerlich.« Kenric warf Evard einen mitfühlenden Blick zu. »Aber jetzt fühlt Ihr Euch besser?«

»Ich bin wieder völlig in Ordnung«, sagte Evard mit zusammengebissenen Zähnen und funkelte Simon an. Steif verbeugte er sich vor Kenric, dann ging er zu seinem Platz.

Simon setzte sich neben ihn. Fitz Alans Stuhl aber blieb leer.

Der Koch trat ein und führte eine Reihe von Küchenbediensteten an, die dampfende Platten, Schüsseln und Schalen in den Händen hielten. Nur mit Mühe konnte Tess sich zurückhalten. Am liebsten hätte sie vor Freude in die Hände geklatscht. Sie hatte vermutet, daß der Koch über Talent verfügte, doch das Essen, das jetzt aufgetragen wurde, übertraf ihre kühnsten Erwartungen. Auf eine Platte mit Geflügel in köstlicher Sahnesauce folgten Rüben in Aspik, gerösteter Mais, Gewürzäpfel und Roastbeef. Zwei Diener stellten einen Tisch in die Mitte der Halle, ihnen folgten sechs weitere Diener, die ein Spanferkel brachten.

Zuletzt erschienen die Knappen, ein jeder in seine feinsten Kleider gehüllt, die vor kurzem von Lady Helens Näherinnen ausgebessert oder neu genäht worden waren. Die jungen Männer warteten, bis Thomas einen Teller für Kenric und Tess gefüllt hatte, bevor sie ihre jeweiligen Ritter bedienten.

Kenric schnitt Roastbeef auf und bot seiner Dame galant den besten Bissen an. In Tess' Augen blitzte Argwohn auf, sie nahm den Tribut jedoch huldvoll entgegen.

»Dachtet Ihr, es fehle mir an höfischen Manieren?« fragte er süffisant. »Selbst Bastarde kann man lehren, an der Tafel von Königen zu speisen.«

Tess' Freude über das Mahl verpuffte. Sie beugte sich vor, damit niemand außer ihm ihre Antwort hörte. »Da Ihr der Bastard des Königs seid, überrascht mich das kaum.«

Sie funkelten einander an, bis Fitz Alan auf dem Hocker neben Kenric Platz nahm und eine Entschuldigung für sein spätes Kommen murmelte.

»Ich bitte um Verzeihung, Baron. Ich wurde von einer … Unpäßlichkeit aufgehalten.« Fitz Alan warf einen skeptischen Blick auf das Essen, während einer der Knappen herbeieilte, seinen Teller mit den herzhaften Speisen füllte und ihm Wein einschenkte. Fitz Alan starrte auf den Kelch, als enthielte er eine Schlange.

»Meine Gemahlin schwört auf einen Trank, der Euch von jedem Leiden kuriert«, sagte Kenric zu ihm. Fitz Alan sah ihn hoffnungsvoll an. »Seht zu, daß Ihr ihn nach dem Mahl zu Euch nehmt. Auf Euch warten heute noch Pflichten, bei denen ein Nachttopf stören würde.«

»Aye, Mylord«, murmelte Fitz Alan und blickte bekümmert auf seinen Teller.

Kenric wandte sich seiner Schwester zu. »Helen, tretet vor.«

Helen hielt den Blick gesenkt, als sie seinem Befehl nachkam.

»Zu lange schon habt ihr nicht die feste Hand eines Mannes gespürt, der Euch leitet«, begann Kenric. »Ihr hattet viel Zeit, um Euren Wert für Montague und Euren Herrn unter Beweis zu stellen, doch ich sehe nur wenig Anzeichen dafür, daß Eure Abwesenheit einen Verlust für Montague bedeuten würde. Ich habe keinen Platz für nutzlose Frauenzimmer.«

Helen riß ängstlich die Augen auf.

»Es gibt zwei Möglichkeiten, der Situation abzuhelfen«, fuhr er fort. »Die Aussicht auf Eure Mitgift reicht aus, um einen Mann davon zu überzeugen, daß Ihr ihm von Nutzen sein könnt. Und mein Vasall Roger Fitz Alan ist wohlbekannt für seine Fähigkeit, mit widerspenstigen, schwierigen Frauen umzugehen.«

Fitz Alan verschluckte sich an seinem Wein, von dem er schließlich mutig gekostet hatte. Simon klopfte ihm mitfühlend auf den Rücken. Helens entsetzter Blick heftete sich auf Fitz Alan, sie beäugte ihn, als habe er sich in eine schleimige Kröte verwandelt. Kenric lächelte. Fitz Alan war ebenfalls ein Bastard, und Helen wußte davon. Er erinnerte sich an jedes einzelne ihrer Worte über verdorbenen Samen und befleckte Seelen und hoffte, daß Helens Gedächtnis ebenso gut war wie seines. Es war die ideale Strafe.

»Und die andere Möglichkeit?« flüsterte sie, während ihr angstvoller Blick sich wieder auf Kenric richtete.

»Ihr habt viele Jahre lang den Haushalt auf Montague geführt. Ihr seid vertraut mit den Pflichten der Burgherrin, und meine Gattin scheint wenig darüber zu wissen, welche Pflichten der Herrin zukommen und welche ihrem Herrn. Die zweite Möglichkeit ist, daß Ihr meiner Gattin helft. Ihr werdet Ihr zur Hand gehen, sie in ihre Aufgaben einweisen und jede Arbeit verrichten, die sie Euch aufträgt.«

»Ich werde tun, was immer Lady Tess von mir verlangt«, erwiderte Helen schnell.

»Vergeßt nicht, daß Ihr nur noch eine Wahl habt, wenn Ihr in dieser Hinsicht versagt.« Kenric wandte sich an Fitz

Alan. »Ihr werdet um meine Schwester werben, bis sie sich meiner Gattin als nützlich erwiesen hat. Vielleicht wird sie ja doch noch Eure Braut.«

Fitz Alan nickte nur, denn es schien ihm die Sprache verschlagen zu haben.

Kenric entließ Helen mit einer herablassenden Handbewegung. »Ihr dürft Euch bis morgen früh in Eure Gemächer zurückziehen, um über Eure neuen Pflichten nachzudenken.«

Helen stand einen Augenblick still da, dann raffte sie ihre Röcke zusammen und verließ hocherhobenen Hauptes die Halle.

Tess empfand Mitleid mit ihr. Kenric hatte seine Schwester ebenso tief gedemütigt wie sie selbst. Sie schob ihren Teller von sich, da sie keinen Appetit mehr hatte.

»Wenn Ihr Euer Mahl beendet habt, dürft Ihr Euch entschuldigen, um einen Trank für Fitz Alan zu mischen«, sagte Kenric zu ihr. »Ich glaube, er braucht dringend eine Medizin.«

Erleichtert verließ Tess mit Fitz Alan zusammen die Halle. Herzlos, starrsinnig, arrogant, beleidigend. Im stillen zählte sie die Fehler ihres Gatten auf, während sie zu ihrem Gemach gingen, und gelobte sich, von nun an in seiner Anwesenheit zu schweigen. Dieser ungehobelte Kerl verdiente es nicht anders. Ja, sie würde nie wieder mit ihm sprechen.

Fitz Alan folgte ihr in die Schlafkammer, hielt sie jedoch zurück, als sie die Tür schließen wollte. Statt dessen schob er sie weit auf. »Ich möchte nicht, daß Euer Gatte auf den Gedanken kommt, daß es hinter dieser Tür irgend etwas zu verheimlichen gibt, falls er uns folgen sollte.«

Tess zuckte die Achseln. Es kümmerte sie so oder so nicht, was Kenric von ihr dachte. Sie holte die Kräuter aus ihrer Truhe und breitete sie auf dem Tisch aus. Ein kleiner Kessel hing an einem Spieß über dem Feuer, und sie füllte ihn mit Wasser. Nachdem sie Kräuter hineingestreut hatte, nahm sie einen Schürhaken, um den Kessel wieder aufzuhängen.

»Der Trank wirkt am besten, wenn er angewärmt ist«,

sagte sie. »Obgleich er überflüssig wäre, wenn bestimmte Männer ihren Durst zu bezähmen wüßten.«

Fitz Alan verschränkte verlegen die Hände auf dem Rükken. »Es kommt selten vor, daß ich mich von zuviel Ale kurieren lassen muß. Der Baron schätzt es nicht, wenn man unmäßig trinkt.«

»Das hätte ich nie vermutet.«

»Nun, ich gebe zu, nach gestern abend sieht es nicht unbedingt so aus. Aber ich muß sagen, daß ich Euren Gatten noch nie soviel habe trinken sehen.«

»Und Ihr fühltet Euch verpflichtet, ihm in nichts nachzustehen?«

»Aye, Lady. Ich hatte keine große Lust, ihm nüchtern Gesellschaft zu leisten.« Fitz Alans Grinsen war entwaffnend, doch dann wurde sein Blick nachdenklich. »Nicht, nachdem Simon berichtet hatte, was sich in unserer Abwesenheit zugetragen hat.«

Tess packte die Kräuter zusammen und hoffte, daß Fitz Alan ihre Unsicherheit entging. »Wahrscheinlich schäumte er vor Wut?«

»Ihn schien eher das zu beschäftigen, was er vorher gehört hatte. Genauer gesagt, Eure Reaktion darauf.«

»Kenric hat gestern vieles zu hören bekommen, das ihm nicht gefiel«, erwiderte Tess von ihm abgewandt. »Bitte drückt Euch deutlicher aus, Sir.«

»Er schien besorgt über das, was Helen Euch erzählt hat.«

Tess zuckte die Achseln. »Falls Ihr die Wahrheit leugnen wollt, spart Euch die Mühe. Er hat seine abscheulichen Verbrechen so gut wie eingestanden.«

»Verbrechen?« wiederholte Fitz Alan.

»Ich weiß, daß er in Wales unschuldige Frauen und Kinder ermordet hat.«

»So wie auch ich«, sagte er und schüttelte den Kopf. »Es hat sich nur nicht so zugetragen, wie Helen behauptet.«

Tess kniff die Augen zusammen. »Wie meint Ihr das?«

»In dieser Meute von Heiden befanden sich keine Kinder, die jünger waren als vierzehn Jahre, und die Rebellen selbst haben viele Männer erschlagen, bevor Kenric ihren Greueltaten ein Ende bereitete. Es war nicht die Schuld Eures Gatten, daß unter ihnen drei ebenso blutdürstige Frauen waren. Sie wollten töten oder getötet werden und mußten den Preis für diese Entscheidung bezahlen. So kam es zu dem Gerücht, der Henker von Wales habe Frauen und Kinder auf dem Gewissen. Der Rest der Geschichte wurde jedoch wohlweislich unterschlagen.« Fitz Alans Miene war mißbilligend. »So meine ich das, Lady.«

»Ich verstehe.« Tess war erleichtert, hielt sich jedoch zurück. »Eure Erklärung ändert nichts an der Tatsache, daß Kenric zugleich mit MacLeith' Männern auch meine treuen Diener hinmetzeln wird, wenn Ihr Remmington belagert.«

Dies war eigentlich eine Frage, und sie wußte, daß Fitz Alan ihr nicht die gewünschte Antwort geben konnte. Er zuckte erneut ohne Bedauern die Achseln. »Im Krieg geht es nicht anders. Die Unschuldigen gehen mit den Schuldigen zugrunde. Ihr solltet Euch damit trösten, daß Euer Gatte Euch Remmington zurückgeben wird.«

»Ich soll mich damit trösten, obwohl ich weiß, daß der Boden von Remmington sich rot vom Blut meiner Leute färben wird?« Tess schüttelte den Kopf, sie war sich ihrer Entscheidung zur Flucht wieder ganz sicher. »Ich weiß nur zu gut, was geschieht, wenn eine Stadt von einem Heer belagert wird. Die Bewohner der Außenposten und Festungen werden langsam ausgehungert, bis sie entweder kämpfen oder sterben. Wenn Kenrics Heer vor den Stadtmauern erscheint, sind sie ohnehin dem Tod geweiht. Meine Vasallen und Dienstboten haben die Schwerter der MacLeith im Rücken und die von Kenrics Leuten an der Kehle. Sie werden die ersten Opfer sein.«

Fitz Alan schwieg, er konnte nicht leugnen, was er zweifellos schon unzählige Male erlebt hatte. Tess wußte, daß sie mit ihrer Darstellung im großen und ganzen recht hatte. Daß Remmington dem Gesetz nach Kenric gehörte, würde den Kriegsherrn nur zu einem noch skrupelloserem Vorgehen veranlassen.

Aus dem kleinen Topf über dem Feuer stieg Dampf auf, und Tess nahm den Kessel herunter. Mit ihrem Rock schützte sie ihre Hände, als sie die Mixtur in den Becher goß, den Fitz Alan ihr hinhielt.

»Es ist heiß«, warnte sie ihn, als er mit gerümpfter Nase an dem Gebräu roch.

»Ihr habt nichts zu den anderen Dingen gesagt, die Lady Helen Euch erzählt hat«, murmelte Fitz Alan und blies leicht in den Becher, um die Flüssigkeit zu kühlen. »Die meisten Damen wären gekränkt, wenn sie erführen, daß ihr Gatte keiner legitimen Ehe entstammt.«

Tess merkte, daß Fitz Alan das Wort ›Bastard‹ vorsichtig umging. Er schien der einzige Bewohner von Montague zu sein, der eine Abneigung dagegen hatte. »Das ist unwichtig. Wieso sollte dieser Umstand jetzt noch etwas an meiner Meinung über Kenric ändern?«

»Ja, warum?« sagte er und lächelte. Sein Lächeln trübte sich, als er erneut an dem Trank roch. Widerwillig trank er aus und reichte ihr den leeren Becher. »Gott, schmeckt das scheußlich!«

»Das gleiche hat Euer Herr auch gesagt.« Tess lächelte und dachte, daß die beiden Männer sich vermutlich erst recht übergeben würden, wenn ihnen die Zusammensetzung der Mixtur bekannt wäre. Ihr Lächeln erlosch, als sie im Korridor Lärm hörte. Kenric erschien auf der Türschwelle, dicht gefolgt von Simon und Evard. Er sah auf die offene Tür, dann warf er Fitz Alan einen vielsagenden Blick zu und nickte anerkennend.

»Ich dachte mir, daß Ihr noch kommt«, sagte Fitz Alan achselzuckend.

»Ihr habt eine halbe Stunde gebraucht, um eine elende Medizin zu schlürfen?« wollte Kenric wissen. Trotz Fitz Alans Zustand waren ihm plötzlich Bedenken gekommen, Tess mit ihm allein in sein Schlafgemach zu schicken. Es war bekannt, daß Fitz Alan schon in viel riskanteren Situationen die günstige Gelegenheit genutzt hatte.

»Lady Tess sagte, der Trank müsse zuerst aufgewärmt werden«, erklärte Fitz Alan.

Kenric warf Tess einen vorwurfsvollen Blick zu. »Meinen Trank habt Ihr nicht aufgewärmt.«

»Ich hielt es für das Beste, ihn Euch ohne Verzug einzuflößen.«

Er durchquerte den Raum und legte Armbinden, einen wattierten Überrock aus Leder und andere Kleidungsstükke, die er gewöhnlich unter der Rüstung trug, bereit. An Fitz Alan gewandt sagte er: »Bereitet Euch auf einen Ritt nach Derry Town vor. Simon sagt, in diesem Dorf habe der Landvogt zuerst Zuflucht gesucht. Wir werden sehen, ob wir den Mayor überreden können, uns etwas über die Flucht des Verräters zu berichten. Wir treffen uns in einer Viertelstunde in der Waffenkammer.«

Fitz Alan verneigte sich kurz und ging hinaus. Kenrics Blick glitt über Tess hinweg.

»Ihr beide bleibt bei meiner Gattin«, sagte er zu Simon und Evard. »Bleibt vor ihrer Tür, wenn sie sich in diesem Gemach aufhält. Und wenn sie ausgeht, haltet Euch in Sichtweite.«

Mit diesen Worten verließ Kenric den Raum. Tess schloß die Tür hinter ihm und versuchte die Anwesenheit der Soldaten, die wieder Posten im Korridor bezogen hatten, zu vergessen. Kenrics Verhalten war demütigend, er machte sich nicht einmal die Mühe, ihr ein Wort des Abschieds zu sagen oder ihr auch nur mitzuteilen, wann er zurückkommen würde. Nicht, daß das jetzt noch eine Rolle gespielt hätte. Schließlich wußte bereits die ganze Burg, wie wenig Achtung er ihr entgegenbrachte. Tess stieß einen langen Seufzer aus, als ihr bewußt wurde, daß Kenrics neuester Befehl, ihre Wächter sollten stets in Sichtweite bleiben, ihre Flucht noch erschwerte. Ja, eine Flucht war geradezu unmöglich, wenn es ihr nicht gelang, die Wachen abzulenken.

Da sie in Selbstmitleid zu versinken fürchtete, wenn sie noch länger in ihrem Gemach blieb, legte Tess ihren Mantel um und stieg auf die Zinne. Evard und Simon folgten ihr pflichtbewußt. Die frische, reine Luft war belebend, aber Tess sah, daß ihre Wächter sie unsicher, beinahe schon ängstlich beobachteten, als sie sich weit über die Mauer beugte. Simon stand schon neben ihr, noch bevor sie sich richtig umgesehen hatte.

»Bitte, Mylady«, mahnte er leise. »Wenn Ihr in die Tiefe stürzt, wird der Baron dafür sorgen, daß wir das gleiche Schicksal erleiden.«

Tess zweifelte daran, trat jedoch einen Schritt zurück. »Sorgt Euch nicht, Simon. Von der Zinne zu springen lockt mich nicht.«

Sie lehnte sich vorsichtig an die Mauer, und Simon nickte anerkennend. Es dauerte nicht lange, bis sie Kenric mit zwanzig Männern durch die Haupttore reiten sah. Selbst in voller Rüstung erkannte sie ihn auf Anhieb. Abgesehen von seinem blau-weißen Überrock war er der größte und kräftigste von allen; außerdem hob ihn sein schwarzes Streitroß von den anderen ab. Er bot einen imposanten Anblick. Der Mayor von Derry Town tat ihr leid. Der Mann würde vor Angst den Verstand verlieren, wenn sein Oberherr in solch kriegerischem Aufzug in seiner Stadt erschien.

»Es ist unklug von ihm, so spät noch mit so wenigen Männern loszureiten«, bemerkte Tess und schätzte die Zeit nach dem Stand der Sonne über den Baumwipfeln im Westen.

»Nur ein Narr würde den Baron herausfordern, ganz gleich unter welchen Umständen«, stellte Evard fest, und seine Stimme war von Stolz auf seinen stattlichen Baron erfüllt.

Tess wollte entgegnen, wilde Tiere scherten sich wenig um den Ruf eines Mannes, aber gerade in diesem Augenblick drehte Kenric sich im Sattel um und blickte zur Burg zurück. Sie unterdrückte den kindischen Impuls, ihm zum Abschied zuzuwinken. Er selber hatte ihr keine einzige anerkennende Geste gewährt. Er wandte sich wieder nach vorn, doch plötzlich fuhr sein Kopf erneut herum, und Tess wußte, daß er sie entdeckt hatte. Sie konnte seinen Blick fast körperlich spüren, obwohl seine Augen hinter dem Helm verborgen waren. Sicherlich wartete er auf einen Gruß von ihr. Er würde umsonst warten. Schließlich wandte er sich wieder nach vorn, als der Trupp über eine Hügelkuppe ritt und aus ihrem Blickfeld verschwand. Tess entfernte sich von der Mauer. Die Tränen, die ihr in die

Augen schossen, versuchte sie mit einem Lächeln zu überspielen.

»Wie wäre es, wenn wir der Küche einen Besuch abstatten?« schlug sie gekünstelt munter vor. »Ich möchte dem Koch mein Lob aussprechen. Er hat uns heute ein köstliches Mahl servieren lassen.«

Die beiden Soldaten tauschten einen verwunderten Blick aus, dann nickten sie zustimmend.

In der Küche herrschte immer noch reger Betrieb, die Diener schafften Ordnung und verarbeiteten die Überbleibsel des Festgelages zu neuen Mahlzeiten für den kommenden Tag. Alle hielten jäh inne, als sie die Baronin erblickten, und das Schweigen, das plötzlich eintrat, erinnerte an die Stille einer kirchlichen Andacht, bis jemandem ein Tablett aus der Hand glitt und die aufgestapelten Schüsseln klirrend zu Boden fielen. Da löste sich die Spannung auf, und alle wandten sich erneut ihrer Arbeit zu, noch eifriger als zuvor. Gedämpftes Gemurmel erfüllte den Raum.

»Mylady«, sagte der Koch und trat eilig vor. Er verbeugte sich, dann wich er einen Schritt zurück und musterte sie unsicher. »Ist … ist etwas nicht in Ordnung, Baronin?«

»Ich wollte Euch persönlich für das gute Essen danken«, sagte Tess herzlich und mißdeutete das verlegene Erröten des Kochs als bescheidenen Stolz. »Das Mahl hat meine Erwartungen noch übertroffen. Euer Talent und das Eurer Leute ist einer königlichen Tafel würdig.«

Der Koch nestelte an seinen Schürzenbändern und mied den offenen Blick der Baronin. »Danke, Mylady. Es ist uns eine Ehre, unserem Herrn und unserer Herrin zu dienen.«

Tess sah sich in der betriebsamen Küche um. Sie wußte, welche Mühe die Zubereitung des Festmahls gekostet hatte. »Nach all dieser Arbeit habt Ihr Euch einen weniger anstrengenden Tag verdient. Morgen seid Ihr von Euren Pflichten entbunden. Ich werde die Kammerdiener anweisen, ein einfaches Mittagsmahl aus den Resten des Gelages zu bereiten.«

Diese Belohnung brachte den Koch in Verlegenheit. Freie Tage waren eine Seltenheit, wenn man – ganz gleich wie –

täglich eine Burg verköstigen mußte. Tess wunderte sich über seine verhaltene Reaktion.

Da sie wußte, daß ihre Anwesenheit nur störte, hielt Tess sich nicht mehr lange in der Küche auf. Es war zu spät, um noch eine größere Arbeit zu beginnen, aber wiederum zu früh, um sich zurückzuziehen. Sie ging in die Halle, um sich einen Becher Apfelwein einzuschenken und sich eine Beschäftigung einfallen zu lassen. Zu ihrer Überraschung traf sie dort auf das gleiche Schweigen wie in der Küche. Etwa sechzig von Kenrics Männern hatten sich um die Kamine versammelt, doch alle wandten sich ihr zu und beobachteten sie gespannt. Befangen unter ihren Blicken, trank Tess schnell ihren Apfelwein aus und begab sich dann zur Burgkapelle. Simon und Evard stellten sich zu beiden Seiten der Tür auf, die in das große Gewölbe führte. Statt zu beten, begab Tess sich in das Hauptschiff, wo Tag und Nacht hohe Kerzen brannten. Sie nahm eine der Kerzen und zündete die Fackeln in den rings an den Wänden angebrachten Wandleuchtern an.

»Gebetet habe ich bereits heute morgen«, erklärte sie ihren beiden Wächtern. »Heute abend haben wir hier eine Aufgabe irdischeren Charakters zu erfüllen. Die Diener werden morgen die Kapelle säubern.« Sie entfernte eine riesige Spinnwebe von einem der Leuchter. »Pater Gilard bleibt noch drei Tage in der Abtei von Roeston, und ich möchte ihn bei seiner Rückkehr überraschen. Es wird einfacher sein, den Boden zu reinigen, wenn die Kniestühle und die Altarbilder in den Vorraum geschafft sind, bevor die Diener kommen.«

Beide Männer stießen laute, langgezogene Seufzer aus, machten sich jedoch gehorsam an die Arbeit und trugen die Kniestühle hinaus. Tess hob die Altarbilder herunter und legte sie vorsichtig in eine Ecke des Vorraums.

»Habt Ihr bemerkt, wie eigenartig sich die Leute in der Küche benahmen?« fragte sie, während sie eine feingeschnitzte Madonnenfigur in Stoff einschlug. Sie bemerkte nicht, daß die Soldaten ein trockenes Lächeln austauschten. »Und in der Halle ebenso. Glaubt Ihr, daß irgend etwas nicht stimmt?«

»Nicht stimmt, Mylady?« fragte Simon, der einen Kniestuhl auf seine Hüfte stemmte und hinaustrug. Mutlos blickte er auf etwa fünfzig weitere, die noch seiner harrten.

»Alle waren so still«, sagte sie schließlich, da sie die beklommene Stimmung nicht anders zu beschreiben wußte.

»Sie wollten Euch lediglich ihre Achtung erweisen, Baronin. Diener wie Soldaten müssen auf Eure Befehle warten, sobald Ihr erscheint.«

»Bis heute haben sie mir keinen besonderen Respekt erwiesen«, sagte Tess, während sie Simon mit einer Statuette in den Vorraum folgte, wo Evard bereits die Kniestühle in einer Reihe aufstellte.

»Der Baron hat allen angst gemacht –« Evard hielt inne, um die heiligen Gegenstände zu begutachten, die den Raum füllten. Offenbar fragte er sich, ob er nicht schon zuviel verraten hatte. »Er hat sie zur Ordnung gerufen.«

»Und wie?« fragte Tess neugierig. Sie stellte die Statuette ab und wartete auf Evards Erwiderung. Sein Blick glitt zu Simon.

»Ihr könnt es ruhig sagen, jetzt da Ihr Euch schon verplaudert habt«, sagte Simon.

»Sie wollten sich gegen Euch auflehnen, Mylady. Sowohl die Diener als auch die Soldaten. Sie haben den Baron auf die Probe gestellt. Sie wollten wissen, ob er die Regeln, die Ihr in seiner Abwesenheit aufgestellt habt, gutheißen würde.«

»Sie haben sich über mich beklagt?« fragte Tess leise und verriet dadurch ihren verletzten Stolz. »Vor meinem Gatten?«

»Nein, Mylady. Sie haben sich einfach über Eure Regeln hinweggesetzt. Ich glaube nicht –«

»Der Baron mag es nicht, auf die Probe gestellt zu werden«, unterbrach Simon ihn. »Euer Gatte stellte klar, daß Eure Regeln befolgt werden müßten, andernfalls werde er sie alle dazu zwingen.«

»Ich verstehe.« Tess drehte sich um und ging wieder zum Altar, um die nächste Statuette einzuwickeln. Simon und Evard folgten ihr und tauschten einen unbehaglichen Blick aus.

»Er hat sich hinter Euch gestellt, Mylady«, sagte Simon, während er den nächsten Kniestuhl in die Höhe wuchtete.

»Aye«, erwiderte sie nur. Sie hatte nicht geahnt, daß ihre Handlungsweise solche Auswirkungen haben würde. Kein Wunder, daß Kenric sich während des Festes so abweisend verhalten hatte. Zweifellos gab er ihr auch noch die Schuld an dieser Auseinandersetzung. Und zu ihrem Ärger mußte sie sich eingestehen, daß es berechtigt war. »Vielleicht könnten wir schon einmal die Spinnweben wegfegen, wenn die Kniestühle fortgeschafft sind. Ich glaube, im Vorraum habe ich Besen gesehen.«

Beide Männer waren entsetzt. Evard behauptete, er würde sich lieber auspeitschen lassen, als einen Besen zu schwingen. Als Simon den eigensinnigen Gesichtsausdruck der Baronin sah, versuchte er sie mit Vernunftgründen von ihrem Vorhaben abzubringen. Er sagte, es sei bereits spät, und ihr Bad sei gewiß schon bereitet. Zu ihrer ungeheuren Erleichterung gab Tess schließlich nach.

Es war spät, als Kenric am folgenden Tag von Derry Town zurückkam. Als Tess gerade in die Halle gehen wollte, um ihn zu begrüßen, überbrachte ihr ein Diener die Nachricht, der Baron wünsche an diesem Abend gewisse Angelegenheiten mit seinen Männern zu erörtern. Tess verstand diese Botschaft als Befehl, auf ihrem Zimmer zu bleiben. Mitternacht war lange vorüber, als er endlich die Schlafkammer betrat. Tess stellte sich schlafend und horchte auf die leisen Geräusche, als er sich auskleidete. Sie versteifte sich, als sie spürte, wie das Bett unter seinem Gewicht nachgab. Sie wartete darauf, daß er sie wie immer an sich zog. Doch mehrere lange, stille Minuten verstrichen, bis sie erkannte, daß er sie nicht anrühren würde.

Auch gut, dachte sie und sagte sich, daß der leise Seufzer, den sie ausstieß, ein Zeichen ihrer Erleichterung war. Tess war bereit, Kenric gehörig die Meinung zu sagen, falls er vorhatte, heute nacht erneut ihre Pflichten als Gattin einzufordern. Sie hatte lange darüber nachgedacht, was sie ihm bei seiner Rückkehr sagen würde. Doch jetzt war sie einfach zu müde, um einen handfesten Streit anzufangen.

Kenrics Körperwärme lockte sie, doch Tess widerstand dem Impuls, sich an ihn zu schmiegen. Sie würde nichts tun, was ihn auf den Gedanken bringen könnte, daß sie ihn begehrte. Solange er sie tagsüber grob behandelte, wußte Tess, daß sie unbedingt an ihrem Entschluß, nach Schottland zu fliehen, festhalten würde. Wenn er sie nachts jedoch mit Liebesworten und zärtlichen Liebkosungen betörte, würde es vielleicht nicht lange dauern, bis sie sich von selbsterfundenen Lügen den Verstand umnebeln ließ. Bis sie immer neue Ausreden erfand, um ihre Flucht hinauszuzögern? Nein, sie mußte stark bleiben. Das Leben ihrer Leute stand auf dem Spiel.

16.

»Ich bewundere Euch, daß Ihr mit einem Plektron so gut auf Eurem Saiteninstrument spielen könnt«, erklärte Tess und wies auf das Psalterium in Helens Schoß. Sie zupfte an einer Saite ihrer Laute und versuchte sie auf Helens Instrument einzustimmen.

Die beiden Frauen saßen an einem Tisch in der Halle und nutzten die Zeit nach dem Nachtmahl, um das Spiel auf ihren Instrumenten zu üben. So konnten sie sich beschäftigen, während die Männer sich zu Glücksspielen versammelten oder einander Geschichten erzählten. Helen war strahlend schön in ihrem cremefarbenen, mit Goldtressen verzierten Gewand. Verglichen mit den Kleidern ihrer Schwägerin wirkte Tess' robustes Leinenkleid fast schäbig. Es war zwar ebenfalls hell, jedoch verblichen vom häufigen Waschen. Kenric und die meisten seiner Männer vergnügten sich am anderen Ende der Halle lärmend beim Würfelspiel.

In den fünf Tagen seit Kenrics Rückkehr aus Derry Town hatten Simon und Evard sich als solch aufmerksame Wächter erwiesen, daß Tess sich allmählich fragte, ob sie jemals die Gelegenheit zur Flucht bekommen würde. Zumindest brauchte sie sich wegen Kenric keine Sorgen zu machen. Er hatte die ganze Zeit kaum ein Wort zu ihr gesagt. Am ersten Tag war ihr sein Schweigen angenehm gewesen. Sie war immer noch zornig auf ihn, weil er sie in der Halle gedemütigt hatte und ohne ein Wort des Abschieds nach Derry Town aufgebrochen war. Als die Tage sich jedoch dahinzogen, wurde sie mißtrauisch. Er sprach nur das Allernotwendigste mit ihr, als sei er zu dem Entschluß gelangt, daß sie einander nichts Wichtiges mehr zu sagen hätten. Sie warf einen kurzen Blick auf ihren Gatten und fragte sich, ob er wieder bis in die Nacht hinein in der Halle bleiben würde, so wie er es bisher die ganze Woche über gehalten hatte. Es blieb niemandem verborgen, daß er ihr aus dem Weg ging. Jeden Tag stand er bei Tagesanbruch auf, um mit seinen Männern für den Kampf zu üben, und zog sich erst weit nach Mitternacht in sein Gemach zurück. Wenn er dann zu ihr ins Bett gestiegen war, wandte er ihr den Rücken zu und schlief ein.

Tess versuchte sich einzureden, daß es so das Beste sei. Schließlich spielte es keine Rolle, ob er sie noch begehrenswert fand. Eigentlich sollte sie sich darüber freuen, daß er nicht das mindeste Interesse zeigte, sie zu küssen oder zu liebkosen. Und sie sollte nicht das geringste Bedauern verspüren, weil er jedesmal zurückschreckte, wenn er sie unabsichtlich berührte, als fände er sie abstoßend. Auch sollte sie nicht von verzehrender Eifersucht erfüllt sein, wenn sie sich vorstellte, daß Kenric vielleicht mit einer anderen Frau zusammen war. Inzwischen beobachtete sie jede Frau auf der Burg mit Argusaugen und suchte nach Anzeichen dafür, daß sie die Aufmerksamkeit genoß, die der Burgherr eigentlich keiner anderen als seiner Gattin erweisen sollte. Ihr Argwohn wurde allmählich immer schlimmer.

»Ich könnte nicht auf dem Psalterium spielen, schon gar nicht mit einem Plektron«, sagte Tess, um sich von Kenric abzulenken. »Es sind zu viele Saiten, da finde ich nie schnell genug die richtige.«

»Es tut mir leid, daß ich Euch an jenem Tag in meinem Zimmer solche Schwierigkeiten eingehandelt habe«, sagte Helen plötzlich. »Ich war schrecklich zornig auf Kenric, weil er den Schwur gebrochen hatte. Deshalb habe ich drauflosgeredet, ohne an die Folgen zu denken.«

»Welchen Schwur?« fragte Tess, und die Laute lag vergessen auf ihrem Schoß.

Helens blickte sich um, ob auch niemand ihnen zuhörte. »Vor vielen Jahren schwor Kenric, sich niemals zu vermählen. Damals waren wir alle noch sehr jung, trotzdem legte er diesen Schwur am Grab seiner Mutter ab. Guy und ich waren Zeugen. Nach dem Tode meines Vaters versprach er Guy, daß Montague eines Tages ihm gehören würde. Kenric schwor, er werde keinen legitimen Erben zeugen, der Guy sein Erbe streitig machen könnte.« Helen preßte die Lippen zusammen. »Doch er vergaß dieses Gelübde prompt, als ihm Remmington wie eine reife Frucht in den Schoß fiel. Jetzt wird er sogar zwei mächtige Burgen besitzen, während Guy leer ausgeht.«

Tess starrte Helen verblüfft an. Sie erinnerte sich an die ersten Tage ihrer Ehe, und Kenrics damals geäußerter scheinbar grundloser Zorn ergab plötzlich einen Sinn. Er hatte ihr gesagt, er wolle keine Gattin.

»Macht den Mund zu«, wies Helen sie zurecht. »Ihr seht aus wie ein Karpfen.«

Tess schüttelte den Kopf. »Helen, Euer Bruder hatte nicht die Absicht, mich zu heiraten. Kenric wurde ebenso wie ich zu dieser Heirat gezwungen. Er wollte sein Wort halten.«

Helen winkte ab. »Es war dumm, ihm überhaupt Glauben zu schenken. Er wußte, was seine Heirat für Guy bedeuten würde, und doch vermählte er sich mit Euch. Niemand kann Kenric zwingen, etwas gegen seinen Willen zu tun.«

»Einer schon«, sagte Tess hintergründig. Ihr Blick ruhte unverwandt auf Helen. Ihre Schwägerin machte große Augen, als sie die Wahrheit erriet. »Der König?«

Tess war einen Augenblick lang unschlüssig, dann nickte sie langsam. »Mehr kann ich Euch nicht verraten. Und wenn Ihr auch nur mit einem Menschen darüber sprecht, werde ich Euch eigenhändig töten.«

Helen nickte.

»Und glaubt nicht, daß dies eine leere Drohung ist«, warnte Tess sie leise. »Die Zukunft meiner Leute hängt davon ab, daß dieses Geheimnis gewahrt bleibt. Versteht Ihr?«

»Ich gebe Euch mein Wort«, flüsterte Helen, während sie sich erneut umsah. »Euer Geheimnis ist sicher bei mir aufgehoben. Ich werde es niemandem verraten.«

»Gut«, erwiderte Tess und griff wieder zu ihrer Laute. »Und ich nehme Eure Entschuldigung wegen der häßlichen Dinge, die Ihr an jenem Tag zu mir gesagt habt, an.«

»Ich wußte nicht, daß Ihr zu der Heirat gezwungen wurdet«, sagte Helen nachdenklich. »Ich wollte Euch mit dem, was ich an jenem Tag über Kenric gesagt habe, nur kränken.«

»Das weiß ich jetzt.« Tess seufzte. Sie wußte inzwischen vieles, von dem sie zuvor nichts geahnt hatte. »Ihr haßt Euren Bruder nicht wirklich, nicht wahr?«

Helen wand sich unbehaglich auf ihrem Stuhl. »Er hat nicht viel getan, um sich meine Zuneigung zu erwerben. Aber ich glaube nicht, daß ich ihn wirklich hasse. Als wir Kinder waren, war Kenric gut zu mir, er hat mich sogar beschützt, wenn mein Vater mich bestrafen wollte. Mein Vater war ebenfalls kein sehr liebenswerter Mann«, gab sie mißmutig zu.

Tess sagte nichts zu diesem Eingeständnis. Sie war nur froh, daß sie dem Mann, den Kenric gezwungenermaßen als seinen Vater betrachten mußte, niemals begegnet war.

»Alle haben inzwischen bemerkt, daß zwischen Euch beiden etwas nicht stimmt.« Helen wies mit dem Kopf auf Kenric. »Liegt es an den Dingen, von denen ich Euch an jenem Tag erzählt habe?«

»Nein«, gab Tess unglücklich zu. Dabei sollte sie froh sein, weil Kenric das Interesse an ihr verloren hatte. »Kenric hat sich in letzter Zeit nicht sehr um mich bemüht. Ich fürchte allerdings, er denkt das gleiche über mich.«

»Er betrachtet Euch, wenn er sich unbeobachtet fühlt.«

Tess sah sie überrascht an, dann wurde ihre Miene bitter. »Zweifellos überlegt er sich Mittel und Wege, wie er seine Frau am besten loswerden kann.«

Helen zuckte die Achseln, als glaube sie nicht an diese Deutung der Blicke ihres Bruders.

»Guten Abend, Lady Helen, Baronin.«

Tess blickte zu Roger Fitz Alan auf. Sie legte ihre Laute beiseite, als er Helen gegenüber an der anderen Seite des Tisches Platz nahm.

»Guten Abend, Sir Roger«, begrüßte sie ihn neugierig. »Was führt Euch heute abend an unseren Tisch?«

»Euer Gatte schlägt vor, daß ich mit der Werbung um seine Schwester beginne«, erwiderte er wenig begeistert von dieser Aussicht. »Er bittet außerdem um Eure Gesellschaft, Baronin.«

Tess befolgte diese Aufforderung sogleich. Sie beeilte

sich, den Platz neben Kenric einzunehmen, der gerade vom Würfelspiel zurückkam.

»Ihr wünscht mich zu sprechen, Mylord?«

»Ich wünsche, daß Ihr Fitz Alan allein laßt, wenn er um Helen wirbt«, sagte er schroff. Er hielt dies für einen guten Vorwand, auf ihrer Anwesenheit zu bestehen. Um keinen Preis wollte er den Eindruck erwecken, daß er sie in den vergangenen Tagen an seiner Seite vermißt hatte. »Möchtet Ihr einen Kelch Wein?«

Tess blickte überrascht auf. Er wußte, daß dies die freundlichsten Worte waren, die er in dieser Woche an sie gerichtet hatte. Der Ritt nach Derry Town hatte sich zwar als nutzlos erwiesen, doch er hatte ihm wenigstens Zeit verschafft, darüber nachzudenken, wie er am besten mit seiner Gattin verfahren sollte. Diesmal war er fest entschlossen, sich an seine Vorsätze zu halten. Er würde nicht um ihre Gunst betteln. Sie würde entweder freiwillig zu ihm kommen oder gar nicht. Als er ihre steife Haltung bemerkte, hatte Kenric allmählich den Verdacht, daß das niemals geschehen würde. Wie viele Nächte würde er es noch ertragen, neben ihr zu liegen und darauf zu warten, daß sie ihn berührte, ohne selbst etwas zu unternehmen? Es war Wahnsinn, sich so zu quälen.

»In letzter Zeit scheint Ihr sehr häufig die Gesellschaft meiner Schwester zu suchen«, begann er, drehte den Stiel seines Kelchs in den Fingern und tat so, als sei es an der Tagesordnung, daß sie derlei müßige Gespräche führten.

»Ja, Mylord.«

Tess senkte den Kopf. Die ganze Woche über war sie allzu still gewesen, selbst während der abendlichen Mahlzeit saß sie schweigend neben ihm. Sie sah ihn selten an und zog sich auch gleich zu Helen zurück, sobald das Mahl beendet war. Ja, sie mied ihn, versuchte ihm so gut wie möglich aus dem Weg zu gehen. Kenric war zwar bewußt, daß es seine Geduld auf eine harte Probe stellen würde, aber er nahm sich vor, sie häufiger von sich aus aufzusuchen. »Leistet sie Euch tatkräftige Hilfe?«

Tess rutschte unruhig auf ihrem Stuhl herum und legte die Hände auf den Tisch. »Ja, Mylord.«

Er legte seine Hand neben ihre. Nur eine winzig kleine Bewegung wäre nötig. Sie brauchte nur die Hand zu heben und auf seine zu legen, und er würde sie sofort ergreifen. Kenric starrte auf ihre Finger, als wollte er durch schiere Willenskraft erzwingen, daß sie sich bewegten. Ein Blitz durchzuckte ihn, als dies tatsächlich geschah, doch dann verlor er allen Mut, als ihre Hand nur in ihren Schoß sank.

Vielleicht faßte er die Sache ganz falsch an. Dieses gegenseitige Anschweigen führte zu nichts.

»Was habt Ihr beide in dieser Woche getan?« fragte er kurz angebunden.

Tess zupfte an ihren Nägeln. »Fast alle Kamine wurden gesäubert, wir haben die Fenster gereinigt, die Schweinekoben etwas weiter von der Küche entfernt aufgebaut, um den Gestank zu verringern, und die Frühjahrssaat für den Garten vorbereitet. Außerdem haben wir einen Vorrat an Seife und Kerzen für die kommenden Monate angelegt.«

Tess holte tief Luft und fuhr noch eine Zeitlang in ihrer Aufzählung fort. Kenric stützte das Kinn in die Hände und hörte verwundert zu. Nicht nur das Ausmaß ihrer Tätigkeiten war beeindruckend, ebenso verblüffend war, daß sie sich an alles so genau erinnern konnte. Er hatte nicht geahnt, daß sie soviel arbeitete. Kein Wunder, daß ihre Hände schwielig waren. Er fragte sich, wann er ihre Finger endlich wieder auf seiner Haut spüren würde. Dann blickte er auf die Wölbung ihrer Brüste. Wann würde er sie wieder berühren können?

»Die Räucherkammer liegt jetzt näher an der Hütte des Schlachters, und ein Teil des Dachs der Waffenkammer wurde mit neuen Balken und Schindeln ausgebessert.« Tess blickte zögernd auf. »Ihr habt doch nichts dagegen?«

»Wogegen soll ich etwas haben?« Kenric hatte gerade den Schwung ihrer Hüften betrachtet. Gegen ihre Hüften hatte er wirklich nicht das geringste einzuwenden.

Tess' Augen wurden schmal. »Habt Ihr mir überhaupt zugehört?«

»Im großen und ganzen schon«, gab er zu und grinste. Er freute sich über das Blitzen in ihren Augen, das er in letzter

Zeit so vermißt hatte. »Habt Ihr das alles in den letzten Tagen veranlaßt, oder bereits in der Zeit, als ich mich in Penhaligon aufhielt?«

»Ich … nein, in der vergangenen Woche.« Tess senkte wieder den Blick. »Möchtet Ihr wissen, was ich gemacht habe, während Ihr in Penhaligon wart? Ich meine die Aufgaben in der Haushaltsführung? Von den … den anderen wißt Ihr ja bereits.«

»Ich glaube Euch aufs Wort, daß die Liste noch länger ausfallen würde.« Er lächelte immer noch. Es war falsch gewesen, so lange zu schweigen. Mit Tess zu reden war weitaus wirkungsvoller, als ihr zu erlauben, sich jeden Abend ohne ein Wort davonzustehlen. »Warum erzählt Ihr mir nicht, was Ihr als nächstes vorhabt?«

»Im Dorf sind mehrere Kinder an einem Brustleiden erkrankt, und ich dachte, ich bringe ihren Müttern Medizin und –«

»Ihr werdet keine kranken Kinder versorgen«, unterbrach Kenric. »Die alte Martha kümmert sich um die Krankheiten der Dörfler.«

»Die alte Martha ist letzte Woche auf der Treppe im Südturm gestürzt und hat sich den Knöchel verstaucht. Sie wird noch wenigstens eine Woche bettlägerig sein.«

»Dann werdet Ihr jemand anderen mit Euren Tränken ins Dorf schicken.« Kenric hätte gern ihr Kinn in die Hand genommen, wie er es früher so oft getan hatte. Er war es leid, nur auf ihren Scheitel zu starren, doch er wollte sie um keinen Preis berühren. Zwar hatte er das Schweigen gebrochen, aber er würde ihr nicht als erster die Hand reichen. Dies war der wichtigste Teil seiner Willensprüfung. Sie mußte als erste die Hand ausstrecken, um ihm zu beweisen, daß sie ihren Abscheu vor dem Makel seiner Geburt überwinden konnte. »Ich zöge es vor, daß Ihr mich anseht, wenn wir miteinander reden.«

Langsam hob Tess den Kopf und fing seinen Blick auf. Er nickte anerkennend und lächelte sie erneut an. Ihre Augen schimmerten jetzt blaßviolett, wie immer, wenn sie Angst hatte. Sie fürchtete sich vor der Wirkung, die er auf sie hatte.

»Schickt einen meiner Männer mit der Medizin«, sagte er sanft. »Ich will nicht, daß Ihr in Berührung mit einer Krankheit kommt und Euch ansteckt.«

»Ich …« Tess räusperte sich mehrmals. »Ich habe ein eigenartiges Kratzen im Hals. Vielleicht könnte ein Schluck von Eurem Wein dagegen helfen«, sagte sie matt.

Kenric bot ihr seinen Kelch an, den er mit der Hand umschloß. Tess griff nach dem Stiel, aber Kenric ließ ihn nicht los. Er starrte auf ihre Hände. Erst bei ihrem zweiten Versuch gab er den Kelch frei. Nachdem sie einen kleinen Schluck getrunken hatte, gab sie ihm das Gefäß zurück, doch er vermied es sorgfältig, sie zu berühren.

»Ich werde einen Eurer Männer bitten, die Medizin ins Dorf zu bringen«, gab sie schließlich nach. Sie sah, wie Fitz Alan ein Schachspiel zum Kaminsims brachte.

»Oh, die Partie ist beendet«, erklärte Tess und erntete einen fragenden Blick von Kenric. Sein Blick folgte dem ihren. »Möchtet Ihr, daß ich noch bleibe, oder darf ich mich für heute zurückziehen, Mylord?«

Ich möchte, daß Ihr Eure Hand in meine legt. »Ihr dürft Euch zurückziehen, Tess.«

Kenric beobachtete den Schwung ihrer Hüften, als sie den Saal verließ, zufrieden, weil er Fortschritte erzielt hatte, und zugleich enttäuscht, weil sie ihm recht dürftig erschienen. Doch sie nagte an ihrer Unterlippe, als sie hinausging. Das war ein untrügliches Zeichen. Vielleicht würde sie ihn heute nacht berühren.

Doch Tess berührte ihn weder in dieser noch in der folgenden Nacht. Trotzdem wußte Kenric, daß er Fortschritte machte. Die Mauer zwischen ihnen zerbröckelte mit jedem Tag mehr. Wenn sie ihn auch noch nicht berührte, so liebkoste sie ihn doch mit den Augen. Ein schlichtes freundliches Wort oder auch zwei, wenn sie seinem Blick auswich, und prompt wurde er von ihren violetten Augen nahezu verschlungen. Sie beobachtete ihn fortwährend, und er sah sie unverwandt an. Oft lächelte er sogar, um sie zu ermutigen. Nicht lange, und er erkannte, daß sein Lächeln eine seltsame Wirkung auf seine Gattin hatte. Jedesmal errötete sie auf einnehmende Weise, wenngleich sie häufig auch verstummte oder verwirrt reagierte. Kenric lächelte häufiger als jemals zuvor in seinem Leben.

Während sie tagsüber beide beschäftigt waren, versuchte er sie des Abends unter dem Vorwand der Werbung Fitz Alans an seiner Seite festzuhalten. Er staunte über die Vielzahl von Themen, über die sie sprachen. Sie war aufrichtig an allem interessiert, was er zu sagen hatte, und Kenric gab sich zum ersten Mal in seinem Leben gesprächig. Manchmal führten sie ernste Gespräche, aber ebenso häufig drehte sich die Unterhaltung auch um belanglose Dinge wie die Farbe des Mondes oder die Frage, warum dieser im Laufe des Jahres seine Form veränderte, oder aber um ihre Abneigungen und Vorlieben, ob es sich dabei um Speisen, Haustiere oder Menschen handelte. Vielleicht bildete er es sich nur ein, aber Kenric hatte den Eindruck, daß sie ihm während ihrer leisen Gespräche jedesmal ein wenig näher rückte und daß ihre Sehnsucht nach ihm wuchs. Doch nachts in ihrer Kammer breitete sich dann wieder tiefes Schweigen zwischen ihnen aus. Daran änderte sich nichts.

Kenric stand weiterhin früh auf, obgleich morgens seine Willenskraft am schwächsten war. Oft lag seine Gattin dann in seinen Armen. Doch das zählte nicht. Sie mußte sich ihm bewußt schenken, sich völlig im klaren darüber sein, was sie tat. Seltsamerweise schien sein Entschluß sich mit jedem Tag mehr zu festigen, und sein Körper war über den Punkt hinweg, an dem er noch mehr erregt, noch mehr gequält werden konnte. Statt reizbar zu werden, weil er schlecht schlief und fast ständig erregt war, sonnte sich Kenric geradezu im Schein des wachsenden Begehrens seiner Frau. Bald würde sie lichterloh brennen. Und er konnte es kaum erwarten, von ihrer Flamme verzehrt zu werden.

17.

»Bitte macht nicht so ein böses Gesicht. Ihr vermittelt Thomas einen falschen Eindruck.« Kenric hob seinen Becher und warf Tess einen zornigen Blick zu, bevor er einen kräftigen Schluck trank. Die Halle war nahezu leer. Kenric wußte, daß der größte Teil seiner Männer aufgrund der angekündigten Darbietung des heutigen Abends gleich nach dem Nachtmahl die Flucht ergriffen hatte. Als Burgherr dagegen mußte er sich wohl oder übel den neuesten Versuch seines Knappen in epischer Dichtung anhören.

»Es ist unmöglich. Wie lange soll das noch so weitergehen?« flüsterte er Tess aufgebracht zu.

»Schsch.«

Kenric verzog das Gesicht und lehnte sich in seinem neuen Stuhl zurück, den der Zimmermann erst an diesem Morgen gebracht hatte. Die wackligen Tische waren bereits gegen zwanzig robuste ausgetauscht worden, die im Speicher gestanden hatten. Wieder einmal Helens Werk, zweifellos. Allerdings hatte sie aus freien Stücken verraten, wo sie steckten, ebenso wie die dazu passenden Tischtücher. Kenric lächelte zufrieden. Tess bezauberte Helen, wie sie jeden bezauberte.

»Welch entzückendes Gedicht«, rief Tess und klatschte begeistert in die Hände, als Thomas seinen Vortrag endlich doch noch beendete. Kenric hatte den Verdacht, daß sie eher von dessen Ende entzückt war. »Meint Ihr nicht auch, Gemahl?«

»Aye, überaus entzückend«, stimmte Kenric ironisch zu. »Und jetzt ins Bett mit Euch, Bursche. Morgen habt Ihr einen langen Tag vor Euch.«

Tess wartete, bis Thomas den Saal verlassen hatte, bevor sie sich stirnrunzelnd an Kenric wandte. »Habt Ihr die Absicht, den Jungen morgen mit zusätzlicher Arbeit zu bestrafen, nur weil sein Epos ein wenig langatmig war?«

»Das würde mir nicht im Traum einfallen.« Kenric tat unschuldsvoll. »Aber vielleicht wird harte Arbeit meinen Knappen so sehr erschöpfen, daß er keine Zeit mehr hat, solch quälende Poeme zu ersinnen.«

Helens leises Lachen wehte durch die Halle, und seine Aufmerksamkeit wandte sich dem Schach spielenden Paar zu. Fast eine Woche war vergangen, seit Fitz Alan mit der Werbung begonnen hatte, und seither waren die beiden nahezu unzertrennlich. Mann hätte meinen können, daß seine Schwester Fitz Alan wahrhaftig mit ihren Reizen eingefangen hatte. Helen wirkte ebenso hingerissen. Die beiden schmachteten einander an wie verliebte Narren.

»Er wird noch vor meinen Augen mit ihr schlafen«, murmelte er und funkelte Fitz Alan an.

»Was sagtet Ihr?« fragte Tess und folgte der Richtung seines Blicks.

Kenric beobachtete, wie Helen über das Spielbrett gebeugt ihren nächsten Zug plante, während Fitz Alan in den Anblick seiner Schwester versunken war. Ohne seinen Freund aus den Augen zu lassen, befahl er Tess: »Geht und sagt Fitz Alan, daß ich ihn zu sprechen wünsche. Ihr leistet Helen so lange Gesellschaft.«

Tess ging, um sein Geheiß auszuführen, und er blickte unmutig auf ihren Rücken, schon jetzt zornig auf Fitz Alan, weil er ihn der Gesellschaft seiner Gattin beraubte.

»Wie ist Euch die Poesie bekommen?« fragte Fitz Alan, als er zu Kenric kam. Er goß sich einen Becher Ale ein und ließ sich neben ihm nieder.

»Thomas hat kein Gespür für Poesie, und das wißt Ihr sehr gut«, erwiderte Kenric gereizt, weil Fitz Alan sich der abendlichen Zerstreuung hatte entziehen können, indem er Helen unterhielt. »Ihr scheint einen Zeitvertreib gefunden zu haben, der Euch neuerdings dazu verleitet, Euch abzusondern.«

»Aye, das ist wahr. Eure Schwester hat mich mit ihrer raschen Auffassungsgabe im Schachspiel in Erstaunen versetzt. Ich fürchte, bald wird sie mich schlagen«, gestand Fitz Alan lächelnd, während sein Blick auf Helen ruhte. »Ebensolches Talent hat sie in der Musik. Wirklich eine erstaunliche Frau.«

»Erstaunlich hinterhältig.« Kenric lachte spöttisch auf.

Fitz Alans Miene wurde verlegen. »Sie fragt oft, ob ich Eure Pläne bezüglich der Burg Montague kenne, und in letzter Zeit erwähnt sie häufiger Guys Namen.«

»Das ist der einzige Grund für ihre plötzliche Verliebtheit. Ihr hattet recht mit Eurem Verdacht.«

Fitz Alan neigte lächelnd den Kopf. »Sie will mich tatsächlich dazu bringen, meinen Einfluß bei Euch zu nutzen, um Guy eine Stellung zu verschaffen. Gestern habe ich ihr endlich versprochen, mit Euch darüber zu reden.«

»Sie spielt ihr Spiel hervorragend.«

»Aye, in der Tat. Sie war bisher die süßeste, fügsamste aller Jungfern. Ihr Spiel bereitet mir großes Vergnügen.«

»Vergeßt nicht, daß es nur ein Spiel ist«, sagte Kenric warnend. »Und ich werde nicht zulassen, daß Ernst daraus wird. Ich habe die Absicht, einen Gatten für Helen auszuwählen, wenn wir an den Hof gehen, und diese Aufgabe wird nicht gerade leichter, wenn sie Euren Bastard unter dem Herzen trägt.«

Fitz Alan ließ fast seinen Becher fallen. Er fuhr herum und starrte Kenric verblüfft an.

»Ich habe gesehen, wie Ihr sie anschaut«, fuhr Kenric fort. »Und ich habe nicht vergessen, wie Ihr die Frauen umschmeicheln könnt. Für mich ist es nur eine Frage der Zeit, bis Ihr sie überredet habt, in Euer Bett zu steigen.«

Fitz Alan errötete schuldbewußt und konnte Kenrics eindringlichem Blick nicht standhalten. »Ich hatte nicht vor, daß es soweit kommt.«

»Aber es wird so kommen«, stellte Kenric fest.

Fitz Alan seufzte. »Sie ist ganz anders, als ich dachte. Verlockender, als ich sie mir jemals vorgestellt hatte.«

»Ihr seht, was sie Euch sehen lassen will. Sie benutzt Euch, Mann!«

»Aye«, sagte Fitz Alan bedrückt. »Aber ich glaube, allmählich gewinnt sie mich auch lieb.«

»Das kann nicht Euer Ernst sein! Sobald sie von meinen

wahren Plänen bezüglich der Burg Montague erfährt, wird sie Euch behandeln wie einen Aussätzigen.«

»Mag sein.«

»Mag sein?« Kenrics Miene wurde grimmig. »Es ist höchste Zeit, diese Farce zu beenden. Helens Plan sieht genauso aus, wie wir dachten, und es ist nichts dadurch gewonnen, wenn wir ihr verheimlichen, daß wir Bescheid wissen. Ihre Strafe wird die Vermählung mit einem Mann meiner Wahl sein. Ich glaube, sie wird einsehen, daß es am besten ist, wenn sie sich weiterhin fügsam gibt, in der Hoffnung, daß ich eine gute Wahl treffe. Ich gebe Euch eine Stunde Zeit, ihr zu sagen, daß das Spiel beendet ist, denn ich habe die Absicht, sie von ihrer Strafe in Kenntnis zu setzen.«

Fitz Alan hörte Kenric nachdenklich zu. Es war eine Zeitlang still, bevor er ihm antwortete.

»Ihr habt mich beauftragt, zum Schein um Eure Schwester zu werben, um ihren Plänen auf die Spur zu kommen und mich zu versichern, daß sie keinen Schaden anrichten kann. Das habe ich getan. Aber ich habe die Dame liebgewonnen, trotz ihrer Intrigen, und ich möchte nicht, daß sie einen anderen heiratet. Deshalb bitte ich Euch demütig um die Hand Eurer Schwester, Mylord.«

Kenric starrte Fitz Alan an, als habe er sich plötzlich in einen Troll verwandelt. Schließlich fand er die Sprache wieder, konnte jedoch nur ungläubig flüstern.

»Ihr habt den Verstand verloren.«

»Vielleicht habt Ihr recht«, stimmte Fitz Alan mit trockenem Lächeln zu. »Mein Herz ist mir bereits abhanden gekommen, wenn ich auch nicht weiß, wie. Ich kannte das Spiel der kleinen Hexe von Anfang an, und doch bin ich ihrem Zauber verfallen. Ich gebe mich keinerlei Illusionen hin, daß sie meine Gefühle erwidert, aber ich glaube, daß ich mit der Zeit ihre Zuneigung erringen kann.«

»Es ist Euch tatsächlich ernst!« Ungläubig schüttelte Kenric den Kopf. »Viel wahrscheinlicher ist, daß sie Euch eines Nachts im Schlaf ihren Dolch in die Kehle bohren wird.«

»Ich hatte vor, noch eine Woche zu warten, bis ich Euch um ihre Hand bitte«, fuhr Fitz Alan fort, ohne auf Kenrics

Bemerkung einzugehen. »Aber Euer Entschluß zwingt mich, meinen Antrag schon heute vorzubringen. Ihr wißt ja, daß ich nicht über Landbesitz verfüge, doch die Reichtümer, die ich auf unseren Feldzügen angesammelt habe, sind groß genug, um einer Frau jeden Lebensstil zu bieten, den sie sich wünscht. Eure Schwester wird gewiß protestieren, aber sie kann Euch nicht das Recht streitig machen, einen Gatten für sie zu bestimmen. Wenn Ihr Helen unbedingt für ihre Ränke zu bestrafen wünscht, bitte ich Euch, mich zu ihrem Gatten zu bestimmen. Sie wird gewiß lange unglücklich sein und nicht weniger darunter leiden als unter der Furcht vor der Vermählung mit einem anderen.«

»Sie würde Euch unglücklich machen. Himmel, Fitz Alan, sie würde Euch doppelt so unglücklich machen. Seid Ihr denn so vernarrt, daß Ihr Euch selbst bestrafen wollt?«

»Aye«, sagte Fitz Alan feierlich, ohne eine Spur seines sonstigen Humors. Kenric hatte ihn noch nie so ernst gesehen. »Aber ich würde den Antrag nicht vorbringen, wenn ich nicht glaubte, daß sie mich irgendwann als Gatten erträglich finden wird. Wenn Ihr meiner Bitte entsprecht, werde ich ihr gegenüber so lange meine Gefühlen verbergen, bis sie sie erwidern kann. Ich werde sie in dem Glauben lassen, daß die Heirat ausschließlich als Bestrafung für ihre Intrigen gedacht ist und daß ich nur ihrer Mitgift wegen zugestimmt habe. Ich denke, sie wird es glaubhaft finden, da sie nichts von meinem Vermögen weiß.«

»Ihr habt offenbar über die Sache nachgedacht«, sagte Kenric. »Was ist aus dem Mann geworden, der meinte, mit einer Frau zu schlafen sei das beste Mittel, um sie zu vergessen? Wenn es das ist, was Ihr braucht, um dieses wahnwitzige Vorhaben fallenzulassen, würde ich vielleicht sogar in Erwägung ziehen, ein Auge zuzudrücken.«

»Nein«, entgegnete Fitz Alan. »Seit Eurer Heirat habe ich oft von einer Gattin geträumt, und ich bin zu dem Schluß gelangt, daß ich Kinder haben will, bevor ich zu alt bin, um mich an ihnen zu freuen. Ich möchte, daß Helen ihre Mutter ist.«

»Großer Gott, Fitz Alan. Ihr seid zum Poeten geworden.«

Kenric mußte über Fitz Alans Worte lächeln. Er empfand sie als Bestätigung dafür, daß er sich mit seinen Gedanken über Tess zu Beginn ihrer Ehe nicht lächerlich gemacht hatte. Das Beispiel wahrer Vernarrtheit saß vor ihm.

Fitz Alan zuckte die Achseln. »Ihr werdet meinen Antrag in Erwägung ziehen?«

»Und Ihr habt keinerlei Zweifel?« gab Kenric zurück.

»Viele.« Fitz Alan grinste, und der gewohnte Humor blitzte wieder in seinen Augen auf. »Aber keinen, den ich nicht zum Schweigen zu bringen wüßte.«

Kenric dachte über die Folgen von Fitz Alans Bitte nach. Er würde seine Schwester in den kommenden Jahren viel öfter sehen müssen, als ihm lieb war. Seufzend gab er sich geschlagen. »Betrachtet Euch als verlobt.«

Fitz Alan tat so, als hätte er ihm einen gewaltigen Schatz geschenkt. Kenric fragte sich, ob sein Freund ihm auch in einem Jahr noch dankbar sein würde. Die folgende Stunde brachten die beiden Männer damit zu, die Einzelheiten der Heirat abzuklären, und sie beschlossen, Helen in dem Glauben zu lassen, daß sie sich in ihrem eigenen Netz verfangen hatte. Als Kenric schließlich die beiden Frauen zu sich rief, bedeutete er Tess, sie solle sich auf Fitz Alans Platz niederlassen, während dieser sich an Helens Seite setzte.

»Ich habe gerade ein überaus interessantes Gespräch mit Fitz Alan geführt«, begann Kenric an Helen gewandt. »Er glaubt, Ihr wollt mich dazu bringen, Guy zum Herrn über Montague zu machen, sobald meine Stellung in Remmington gesichert ist. Er glaubt ebenso, daß dies der einzige Grund ist, warum Ihr in den vergangenen Tagen auf seine Aufmerksamkeiten eingegangen seid.«

»Nein, das ist nicht wahr«, protestierte Helen. »Ich habe Sir Roger inzwischen recht gern und finde Gefallen an seiner Gesellschaft.«

»Seid Ihr sicher?«

»Aye, ganz sicher, Mylord.«

Kenric schwieg einen Augenblick, als wäge er ihre Worte ab. »Dann sehe ich keinen Grund, warum Ihr meine Entscheidung in Frage stellen solltet, Euch mit Roger Fitz Alan zu vermählen.«

»Was?« rief Helen. Panisch blickte sie von Kenric zu Fitz Alan. »Das könnt Ihr nicht tun, Mylord. Bitte, ich beschwöre Euch.«

»Dann sagt mir lieber die Wahrheit«, befahl Kenric mit dröhnender Stimme. »Nennt mir die Gründe, warum Ihr diese Werbung so bereitwillig akzeptiert habt, und ich werde meine Übereinkunft mit Fitz Alan noch einmal überdenken.«

Tess' Freude verwandelte sich in Bestürzung. In dieser Woche hatte sie kaum einen Abend mit Helen verbracht, da Fitz Alan stets in ihrer Nähe zu sein schien. Doch tagsüber, wenn sie ihren Haushaltspflichten nachgingen, sprach Helen von kaum etwas anderem als Roger Fitz Alan. Wenn Helen ihr nur etwas vorgespielt hatte, dann hatte sie sehr überzeugend gespielt.

»Nun gut«, sagte Helen bitter, und der Ärger stand ihr deutlich ins Gesicht geschrieben. »Ich habe ihn nur ermutigt, um ihn zu meinem Verbündeten zu machen, damit Guy als Euer Vasall über Montague herrschen würde. Er sollte Euch in dieser Sache beeinflussen. Sobald dies geschehen wäre, wollte ich die Werbung beenden.« Sie funkelte Fitz Alan an, der nicht besonders zerknirscht wirkte. »Es tut mir leid, Roger, daß ich Euch getäuscht habe, aber ich hielt es für gerechtfertigt.«

»Ihr habt mich ganz und gar nicht getäuscht«, teilte ihr Fitz Alan mit einem fröhlichen Grinsen mit. »Ich habe Euer Spiel von Anfang an durchschaut.«

»Ihr … Ihr elender Schurke! Ihr habt die ganze Zeit über mich gelacht?«

Fitz Alans Nicken rief eine Flut von Beschimpfungen hervor, wie Tess sie noch nie aus dem Mund einer Dame gehört hatte.

»Genug!« brüllte Kenric. Alle verstummten. Er nickte Fitz Alan zu. »Es scheint, als hättet Ihr recht gehabt, Fitz Alan. Ich verdopple ihre Mitgift, wie ausgemacht.«

»Ihr habt um mich gewettet?« kreischte Helen und stürzte sich auf Fitz Alan, als wolle sie ihm die Augen auskratzen. Doch dann trat ein Ausdruck schieren Entsetzens auf ihr Gesicht, und sie wechselte die Farbe. »Ihr habt also trotzdem vor, mich zu heiraten?«

Kenric antwortete statt seiner.

»Und darüber solltet Ihr Euch freuen, Schwester. Ihr braucht einen Gatten, der Euch leitet. Meine Geduld ist erschöpft. Ich hatte ursprünglich die Absicht, Euch einen Gatten unter meinen Bekannten bei Hofe zu suchen, aber unsere Wette und die Größe Eurer Mitgift haben Fitz Alan schließlich überzeugt, und nun ist er bereit, mich von Euch zu befreien. Ihr habt noch viele lange Jahre, um ihm Eure Dankbarkeit zu zeigen, denn die Männer, die ich als Kandidaten im Auge hatte, hätten Euch noch weit weniger gefallen.«

Helen schwankte leicht und öffnete den Mund, um zu protestieren, doch statt dessen wurde sie ohnmächtig. Fitz Alan fing sie mühelos auf.

»Ich glaube, meine Braut ist von ihrem Glück überwältigt«, erklärte er lachend. »Wenn Ihr uns entschuldigt, Mylord, Lady Tess, werde ich sie an einen bequemeren Ort bringen, um unsere Hochzeit zu besprechen.«

Kenric begann zu lachen, noch ehe Fitz Alan die Halle verlassen hatte. Bei Gott, er mußte sich hinsetzen und sich die Tränen vom Gesicht wischen, so lustig fand er das Vorgefallene.

»Ah, ich habe seit Jahren nicht mehr so gelacht«, keuchte er. »Habt Ihr Helens Gesicht gesehen? Sie war so weiß wie Mehl.« Als er sich seiner Frau zuwandte, verschwand sein Lächeln. »Ihr lacht ja gar nicht.«

»Ich kann nicht fassen, daß ich so naiv war, auf Helens Schmachten hereinzufallen«, stieß Tess hervor. »Ich hatte wirklich gedacht, sie habe sich in ihn verliebt.«

»Die Menschen sind nicht immer das, wofür Ihr sie haltet«, sagte er leise, und sein Gesicht wurde ernst. Tess blickte in seine rauchgrauen Augen und wußte, daß er jetzt nicht mehr von Helen sprach. »Manchmal muß man hinter die Fassade sehen, um den wahren Charakter eines Menschen zu erkennen.«

Er hatte ihr fast zwei Wochen lang gezeigt, was hinter seiner Fassade steckte, dachte Tess betroffen von dieser plötzlichen Erkenntnis. Vermutlich war ihm nicht einmal bewußt, daß ihr der Mann in der Rolle des wilden Kriegers auch gefiel, und zwar so sehr, daß es ihr angst machte. Sie hatte sich so sehr darauf konzentriert, seiner rauhen Fassade zu widerstehen, daß sie sich nicht gegen die Seite in ihm gewappnet hatte, die viel tiefer reichte. Ihre Augen weiteten sich. Kenric hielt sie nicht für abstoßend. Er hatte nicht im mindesten das Interesse an ihr verloren. Er wartete nur darauf, daß sie ihm zeigte, was sie für ihn empfand.

»Ich habe hinter die Fassade gesehen, Mylord.«

Kenrics Hand lag auf dem Tisch, und sie streckte die Hand aus, um mit den Fingerspitzen über seine dunkle Haut zu streichen. Er rührte sich nicht, als sie scheu ihre Hand wegzog.

»Berührt mich noch einmal«, flüsterte er rauh.

Tess zögerte. Sie wußte, worum er bat, wußte, daß dies weit über eine schlichte Berührung hinausging. Ihre Hand glitt zu ihm, und er ergriff sie, als fürchtete er, sie wieder zu verlieren. Seine Augen waren geschlossen, und auf seinem Gesicht lag ein Ausdruck, den sie noch nie an ihm gesehen hatte.

Schließlich drückte er einen innigen Kuß auf ihre Handfläche. Er ließ sie nicht los, als er aufstand und mit ihr aus der Halle ging und schwieg, bis sie ihre Kammer erreicht hatten. Nachdem er die Tür geschlossen hatte, lehnte er sich gegen das stabile Eichenholz und gab sie endlich frei. Sein Blick wanderte langsam an ihr hoch, ruhte auf ihren Brüsten und länger noch auf ihrem Mund.

»Zeigt es mir«, sagte er nur und wartete, daß sie zu ihm kam.

Tess trat vor, legte leicht die Hände auf seine Schultern und stellte sich auf die Zehenspitzen, um den Spalt an seinem Kinn zu küssen. Er umfaßte ihre Hände, genoß das Gefühl, sie so nah an seinem Körper zu spüren. Dann preßte er sie an sich und näherte sich ihrem Mund. Es war ein langer, berauschender Kuß, fordernd und geduldig zugleich. Er küßte ihre Lippen, die geschwungene Linie ihrer Wange, ihre Schläfen, dann wieder ihren Mund, um ausgiebig von ihr zu kosten. Mit vorsichtigen Bewegungen löste er ihren Zopf, so daß ihr Haar ihre Schultern umfloß.

»Gesponnenes Gold«, murmelte er an ihren Lippen und ließ die sonnenhellen Strähnen durch seine Finger gleiten. Mit einer Hand umfaßte er ihre Wange, streichelte ihre glatte Haut, fuhr federleicht über ihren zarten Hals, dann hob er ihr Kinn, um sie erneut zu küssen. Zunächst strich er mit seinen Lippen nur über die ihren, liebkoste sie eher, als sie zu küssen, doch schließlich bedeckte er ihren Mund, um sich zu nehmen, was sie ihm nur zu bereitwillig darbot.

Nach einer kleinen Ewigkeit schlang er die Arme um sie, hob sie auf, und ohne den Kuß zu beenden, trug er sie zum Bett. Tess dachte, er wolle sie in die Kissen betten, doch im letzten Moment drehte er sich um, setzte sich und bettete sie auf seinen Schoß. Mit dem Mund zeigte er ihr dann, was es bedeutete, die süßesten Qualen zu erleiden, er drang tief mit seiner Zunge vor, zog sich langsam zurück, gab abwechselnd und entzog sich ihr wieder, sog sie in seinen Mund ein, um sie von seiner Kraft kosten zu lassen, dann nahm er sie erneut in Besitz. Seine Umarmung wurde leidenschaftlicher, er hielt sie fest umschlungen und stützte mit einer Hand ihren Kopf, um ihre Lippen miteinander verschmelzen zu lassen.

Langsam strich er mit seinem Bein über ihre Beine, hielt sie zwischen seinen fest und zog sie an sich, bis ihr Oberschenkel an seine erregte Männlichkeit gepreßt war. Tess' Körper erbebte, und ihr Stöhnen vermischte sich mit dem seinen, gemeinsam stimmten sie den sehnsüchtigen Gesang der Liebe an. Wie durch einen Nebel merkte sie, daß sie die Arme um seinen Hals geschlungen und die Hände in seinem Haar vergraben hatte. Widerstrebend ließ sie ihn los, um seinen kräftigen Nacken zu streicheln, sein Gesicht mit den Händen zu umschließen. Seine rauhen Wangen, die Bewegungen seines Körpers unter ihren Händen, während er ihren Mund erforschte, machten sie schwindelig. Sie fiel, fiel immer tiefer, doch Kenric hielt sie, beschützte sie; sorgte dafür, daß die wirren Gefühle, die schiere Freude und die berauschende Furcht kein Ende nahmen. Schließlich schob Tess ihn von sich. Mit sanftem Druck versuchte sie sich vor ihren Gefühlen zu retten.

Sein Kuß wurde weniger glühend, und er zog sich zurück, bis ihre Lippen sich nur mehr leicht berührten und er ihr in die Augen sehen konnte. Als er deren Farbe sah, ein untrügliches Zeichen, daß sie seiner Lockung nicht zu widerstehen vermochte, wurde sein Kuß wieder inniger. Dann löste er sich widerstrebend von ihr. Tief in ihren amethystfarbenen Augen sah er Panik aufglimmen.

»Was fehlt Euch, Liebste?« fragte er leise und hauchte winzige Küsse auf ihre taufeuchten Lippen. Bisher hatte Kenric nicht gewußt, wie lustvoll es sein konnte, den Mund einer Frau in Besitz zu nehmen. »Sagt es mir, dann kümmere ich mich darum.«

»Ich ... ich glaube, ich werde ohnmächtig«, flüsterte sie matt.

Lächelnd zog Kenric die Umrisse ihrer Lippen mit der Zungenspitze nach. Sie schauderte. Er neigte den Kopf und flüsterte verführerische Worte an ihrem Ohr, das seine Zunge ebenso gründlich erkundete. »Solltet Ihr in Ohnmacht fallen, passe ich auf Euch auf und liebkose Euch, bis Ihr wieder erwacht.«

Ihre Lider schlossen sich zuckend.

»Tess?« fragte er und dachte, daß sie nur zum Schein auf seine Neckerei einginge. Sie antwortete nicht. Kenric lehnte sich zurück und musterte sie prüfend. Ihr Körper lag schlaff in seinen Armen, sie atmete tief und gleichmäßig. Er schüttelte sie sanft. Nichts. Großer Gott, sie war tatsächlich ohnmächtig geworden.

Kenric lachte leise, er kam sich wie der mächtigste Mann der Welt vor. Das Warten hatte sich wirklich gelohnt, jede einzelne Sekunde. Er fuhr mit den Fingern über ihre samtweiche Wange, dann zog er jede Linie ihres Gesichts nach. Er hatte noch nicht einmal mit ihr geschlafen, und dennoch wußte er, daß er die Schlacht gewonnen hatte. Tess akzeptierte ihn, sie wußte, wer er war, wußte, daß er an den Umständen seiner Geburt nichts ändern konnte. Ihre Hingabe war unerträglich süß, sie weckte verborgene Gefühle in ihm, von deren Existenz er nichts geahnt hatte. Niemals hätte er sich träumen lassen, daß die Prüfung seiner Willenskraft zu solch erstaunlichen Ergebnissen führen würde. Tess regte sich in seinen Armen, und er strich ihr das Haar aus dem Gesicht.

»Da seid Ihr ja wieder«, murmelte er, als sie die Augen öffnete. Sie waren purpurn, voller Leidenschaft. Sein Körper reagierte unwillkürlich, als er erkannte, daß sie noch immer erregt war.

Tess legte matt die Hand auf ihre Stirn. »Ich weiß nicht, was geschehen ist.«

»Aber ich weiß es«, sagte er lächelnd. »Obwohl ich zugeben muß, daß ich es bis jetzt für eine Übertreibung gehalten hatte.« Er drückte einen zärtlichen Kuß auf ihre Stirn. »Ihr habt bewiesen, daß eine Frau tatsächlich von der Leidenschaft überwältigt werden kann.«

»Es ... es tut mir leid.« Sie errötete, als sie sich in seinem Schoß aufzusetzen versuchte.

»Mir nicht.« Er lockerte seinen Griff und ließ es zu, daß sie sich aufrichtete, während er seine Manneskraft hervorhob. »Ich kenne keinen anderen, der sich solcher Fähigkeiten rühmen könnte. Das bedeutet wohl, daß ich der geschickteste aller Liebhaber bin.«

Tess lächelte über seine Selbsteinschätzung, und zugleich wurde ihr das Herz schwer. Kenric mochte zwar ihren unerklärten Krieg gewonnen haben, doch er wußte noch nicht, was es ihn kosten würde. Dies würde das letzte Mal sein, daß sie ihn verriet, und sie würde die heutige Nacht in vollen Zügen genießen, um sie niemals zu vergessen. Das hatte sie sich verdient für das Opfer, das sie morgen würde bringen müssen. Tiefe Traurigkeit überkam sie. Es schien, als sei ihr Leben angefüllt mit Opfern für Remmington. Ihre Eltern waren für Remmington gestorben. Tess hatte in Langston Keep nur Remmington zuliebe überlebt. Sie hatte sogar in Erwägung gezogen, Gordon MacLeith zu heiraten, weil sie wußte, daß ihr Kind die Burg eines Tages erben würde. Jetzt zwang Remmington sie, ihren Gatten zu verlassen.

»Ihr braucht über eine Ohnmacht doch nicht zu weinen«, wies er sie zurecht und runzelte die Stirn über die Tränen, die ihr still aus den Augen rannen. Er wischte sie fort. »War es so schwer für Euch, auf mich zuzugehen?«

»Nein«, erwiderte sie und versuchte trotz der Tränen zu lächeln. Ihr Plan war immer noch die beste Lösung, dachte sie, während sie das Gesicht an Kenrics Schulter barg, um nun erst recht in Tränen auszubrechen. »Es tut mir leid!«

»Ich dachte, Ihr hättet gewußt, daß ich auf ein Zeichen von Euch wartete«, sagte er zögernd und versuchte, den Grund für ihre Tränen zu erraten. Die Wochen der Trennung waren gewiß schwer für sie gewesen. Es leuchtete ihm ein, daß Tess deswegen verzweifelt war. Er hatte diese Zeit ja ebenfalls als Qual empfunden. »Wußtet Ihr das nicht?«

Sie schüttelte den Kopf und wischte sich mit dem Ärmel die Augen. »Ich dachte, Ihr wolltet mich nicht mehr. Ich dachte, Ihr hättet eine Mätresse.«

Kenric hätte sich einen Tritt geben können, weil er nicht deutlicher gezeigt hatte, was er empfand. »Ihr brauchtet Zeit, um Euch an den Gedanken zu gewöhnen.«

»An welchen Gedanken?« fragte sie schniefend.

»Den Gedanken, daß Ihr einen Bastard geheiratet habt«, sagte er leise.

Tess verzog mißmutig das Gesicht. »An jenem Tag habe ich Euch die Wahrheit gesagt. Das ist mir gleichgültig.«

»Keiner Edelfrau ist das gleichgültig«, antwortete er schroff und wartete auf die verräterischen Zeichen, die ihm sagten, daß sie log. An die Stelle seines Unmuts trat Verwirrung. »Aus diesem Grund ist mir auch selten eine Heirat angetragen worden. Die meisten Höflinge kennen oder ahnen die Wahrheit, und niemand würde es wagen, sein edles Blut mit dem eines Bastards zu vermischen.«

»Großer Gott. Euer Vater ist der König von England. In Euren Adern fließt mehr königliches Blut als in denen jedes anderen Edelmannes, ausgenommen die Königsfamilie selbst. Haltet Ihr Euch deshalb im Ernst für minderwertig?«

»Nein«, gab er zu und warf ihr einen scharfen Blick zu. »Aber die meisten anderen.«

»Nun, ich nicht«, sagte sie nur.

»Warum habt Ihr dann versucht, Euch mir zu verweigern, als Ihr die Wahrheit erfuhrt? Warum seid Ihr mir in den letzten Wochen aus dem Weg gegangen?«

Tess' Augen wurden schmal. »Ich wollte mich Euch verweigern, weil Helen mir davon erzählte, daß Ihr skrupellos Frauen und Kinder tötet. Ich war wütend, weil Ihr dachtet, Ihr könntet Eure Rechte als Gatte einfordern, nachdem Ihr mich wie ein unbotmäßiges Kind behandelt hattet.«

Kenric bereute es, ihr diese Frage gestellt zu haben. »Nun gut, ich gebe zu, daß der Zeitpunkt an jenem Tag unglücklich gewählt war. Und in der folgenden Zeit?«

Tess sah ihn mißtrauisch an, als könne sie nicht glauben, daß er auf ihren Einwand eingegangen war. »Wenn ein Mann anderswo sein Vergnügen findet, braucht er es nicht bei seiner Gattin zu suchen.«

Er hob die Braue. Sie forderte ihn heraus, wollte ebenfalls eine Antwort auf ihre Fragen. Tess ahnte nicht, daß er nachts stundenlang wach gelegen und sich unablässig gequält hatte, während sie sich vor Eifersucht auf eine eingebildete Mätresse verzehrte. Es war fast zum Lachen – aber nur fast.

»Ihr müßt viel verlorene Zeit aufholen.« Er beschloß, sie hinsichtlich der Mätresse im unklaren zu lassen, um jeder Selbstgefälligkeit vorzubeugen. Ohne Tess freizugeben, stand er auf, dann ließ er sie langsam an sich hinuntergleiten. »Heute nacht werdet Ihr mich für all die Nächte entschädigen, in denen Ihr Euch mir verweigert habt.«

»Ihr seid –«

Kenric legte einen Finger auf ihre Lippen. »Ich werde Euch ebenfalls für die verlorene Zeit entschädigen.«

Sie lächelte.

Von seinen starken Armen umfangen, fiel es Tess erstaunlich leicht, alles um sich herum zu vergessen. Sie ließ nur noch den Gedanken an Kenric zu, dachte nur mehr daran, sich ihm ganz und gar zu schenken. Und sie war nahezu unersättlich. Das Wissen, daß dies ihre letzte gemeinsame

Nacht war, verscheuchte jede Versuchung zu schlafen. Mit den Händen prägte sie sich seinen Körper ein, bannte jeden Teil von ihm in ihr Gedächtnis. Sie begann mit seinem Rükken, staunte immer noch über die Macht, die sie über ihn besaß, als sie beobachtete, wie seine Muskeln unter ihren sanften, forschenden Liebkosungen zuckten. Als er sich umdrehte, fand ihre Entdeckungsreise ein jähes Ende. Schließlich holten ihn seine schlaflosen Nächte ein, und er drehte sich auf den Rücken und drückte sie an sich. Binnen weniger Minuten war er eingeschlafen. Als das kalte graue Licht allmählich die Dunkelheit verdrängte, spürte Tess, wie ihr abermals die Tränen übers Gesicht liefen, unaufhörlich, stumm.

Eine schwächere Frau wäre in seinen starken Armen geblieben. Sie wollte nicht über die Folgen ihrer Selbstsucht nachdenken. Tess zwang sich, an die Schlacht zu denken, zu der es kommen würde, wenn sie bei Kenric blieb, sich die Menschen vor Augen zu rufen, die sie schon ihr ganzes Leben lang kannte und die seinem Schwert zum Opfer fallen oder den langsameren, grausameren Hungertod sterben würden. Ihr Leben war nur eines von vielen. Ihr Vater hatte ihr oft gesagt, es sei ihre Pflicht, stets das zu tun, was notwendig war, um die Bewohner von Remmington zu beschützen, und daß die Bürde, die sie als seine einzige Erbin trug, sowohl ein Segen als auch ein Fluch sei. Als Tess sich umdrehte, um einen zärtlichen Kuß auf Kenrics Brust zu drücken, und ihre eigenen Tränen schmeckte, dachte sie, daß ihr Vater sich hinsichtlich des Segens getäuscht hatte. Es war Zeit, Abschied zu nehmen.

18.

Tess blieb noch so lange wie möglich in Kenrics Armen liegen. Sie war froh über seine Erschöpfung, weil sie dadurch aus dem Bett gleiten konnte, ohne ihn zu wecken. Sie wählte das ungeliebte Kleid mit dem safrangelben Oberteil und dem bunten Rock, da es bei ihrer Flucht vermutlich zerrissen würde. Nachdem sie sich angezogen und rasch ihr Haar geflochten hatte, griff sie nach ihrem Mantel und schlich aus dem Zimmer.

Die jungen Soldaten, die nachts Simon und Evard ablösten, waren im Korridor eingeschlafen. Geräuschlos stieg sie über die Männer hinweg und ging die Turmstiege hinunter. Sie würde höchstens eine Stunde brauchen, um aus der Burg herauszukommen. Wenn die Festung erst noch durchsucht wurde, würde sie sogar einen noch größeren Vorsprung gewinnen. Sollte ihr Glück anhalten, würde Kenric erst nach Stunden wissen, was sie vorhatte. Sie wollte nicht an seine Reaktion denken, wenn er erfuhr, daß sie unbemerkt an den Wachen vorbeigekommen war. Sie würde nicht zulassen, daß dieses Bild Gestalt in ihrem Kopf annahm.

In der Halle war es noch still, aber Tess konnte die gedämpften Geräusche der Diener hören, die ihr Tagewerk in der Küche begannen. Die Sonne erschien bereits am Horizont, als Tess durch eine kleine Tür schlüpfte und in den Garten eilte.

Kenric vermißte Tess' Wärme und streckte die Hand aus, um sie an sich zu ziehen. Er tastete nach ihr, doch das Bett neben ihm war kalt und leer. Er öffnete erst ein Auge, dann das andere, und sein Blick glitt durch den Raum. Vermutlich arbeitete sie bereits, sagte er sich und schloß wieder die Augen. Heute morgen hätte sie bei ihm bleiben sollen, sie mußte doch wissen, daß er sich nicht so schnell von ihr trennen wollte. Himmel, sie hätte wissen müssen, daß er den ganzen

Tag mit ihr verbringen wollte. Verstimmt schlug er die Augen auf und beschloß, sie zu suchen und ihr seine Wünsche kundzutun. Keine Geheimnisse mehr.

Das warme Bett verleitete ihn jedoch dazu, noch eine Zeitlang liegenzubleiben. Er streckte Arme und Beine aus, gähnte herzhaft und fragte sich, ob Tess wohl in die Küche gegangen war, um sein Frühstück zu holen. Wie herrlich das wäre! Doch wie er Tess kannte, steckte sie eher bis zu den Ellbogen in einem Putzeimer. Er entschied, ihr noch etwas Zeit zu geben, falls sie wider Erwarten tat, was sie heute morgen eigentlich tun sollte: für sein Frühstück sorgen.

Er war sehr geduldig. Er legte ein Bein über das andere und verschränkte die Hände hinter dem Kopf. Hatte er nicht nahezu zwei Wochen gewartet, um seine Gattin in Besitz zu nehmen, und Nacht für Nacht heldenhaft der Versuchung widerstanden? Aye, jeder wußte, daß er über die Geduld eines Hiob verfügte. Wahrscheinlich ging Tess jetzt gerade durch die Halle. Er änderte seine Stellung, legte das andere Bein nach oben. Geduld war eine Tugend, die er im Übermaß besaß. Gleich würde die Tür aufgehen. Der in die Luft gestreckte Fuß wippte gereizt auf und ab. Wo zum Teufel blieb sein Frühstück?

Empört stieg er aus dem Bett. Aber er würde ihr noch ein wenig mehr Zeit geben, beschloß er, während er zum Fenster ging. Die Tage wurden bereits wärmer, und er schob den Laden zur Seite, der nachts die Zugluft abhielt. Die Sonne erschien am Horizont, und es versprach ein schöner Tag zu werden.

Eine Bewegung tief unter ihm zog seinen Blick an, und er schaute in den Garten, der noch im Schatten der Zinne lag. Eine Dienerin ging durch das Labyrinth der Rosensträucher. Er hätte ein Stelldichein vermutet, wäre sie nicht so zielstrebig auf die südliche Mauer zugegangen. Es war der abgelegenste Teil des Gartens und der ideale Ort für ein Rendezvous, doch die dornigen Kletterpflanzen, die an der Mauer wucherten, verbargen auch das einzige Schlupfloch der Burg.

Der Mantel der Dienerin verfing sich in den Dornen, und

sie mußte einen Schritt zurücktreten, um den Stoff loszumachen. Nachdem sie zweimal an ihrem Mantel gezerrt und sich befreit hatte, warf die Frau die Zipfel über ihre Schultern, um weitere Zwischenfälle zu vermeiden, und Kenric erhaschte einen Blick auf ihr Kleid. Nur eine Frau auf Montague besaß ein solch häßliches Gewand.

Sie machte lediglich einen Morgenspaziergang. Kenric hatte diese stumme Litanei fünfmal wiederholt, bis sie die Sträucher erreichte, hinter denen sich das Schlupfloch verbarg. Sein Blut gefror, als er sah, wie sie sich bückte. Selbst aus dieser Entfernung konnte er die Umrisse eines Leinensacks erkennen, den sie aus einem Versteck holte. Sie schob die Kletterpflanzen zur Seite. Es würde nur noch wenige Minuten dauern, bis sie sich in dem Tunnel befand, der unter der Mauer hindurchführte. Sie hatte tatsächlich die Absicht, vor ihm davonzulaufen. Zum zweiten Mal.

Lügnerin! rief er stumm. Alles, was sie in der gestrigen Nacht getan, jedes einzelne Wort, das sie zu ihm gesagt hatte, war eine Lüge. Wie mußte sie über ihren vernarrten Gatten gelacht haben. Sie war eine gute Schauspielerin, das mußte er ihr lassen. Etwas in ihm, von dessen Existenz er nichts gewußt hatte, verglühte, und die Asche wurde von einem Sturm rasender Wut hinweggefegt.

»TESS!«

Kenric sah, wie die Gestalt erstarrte, und wußte, daß sie sein Rufen gehört hatte. Aufgeregt stopfte sie den Leinensack in das Versteck zurück. Befriedigt, weil sie nicht in den Tunnel eintauchte, marschierte er zur Tür und riß sie auf. Die beiden Wächter seiner Frau erhoben sich mühsam, einer mit gezücktem Schwert.

»Wenn Ihr den Sonnenuntergang noch erleben wollt, begebt Ihr Euch sofort in den Garten und bringt meine Gattin hierher zurück!«

Er knallte die Tür zu, dann schritt er zu einer Truhe und holte frische Kleider heraus. Dieses Mal würde er sie töten. Ganz sicher. Die gestrige Nacht war eine Täuschung gewesen. Tess war ihm so lange wie möglich aus dem Weg gegangen, hatte nachgegeben, als sie dachte, er sei mit seiner Geduld am Ende, und dann, als sie sicher war, daß er beruhigt und erschöpft schlief, war sie geflohen. *Hinterhältige kleine Hexe.*

In Windeseile kleidete er sich an, verschnürte peinlich genau die Bänder, schlüpfte wütend in seine Stiefel. Er brauchte sie lebend. Dieser Gedanke versetzte ihn in noch größere Wut. Er brauchte sie lebend, und sie wußte es. Wenn sie ein Wort zu ihm sagte, nur eine einzige Lüge, würde er ihren Hals packen und alles Leben aus ihr herauspressen. Und er würde es genießen.

Kenric verließ sein Gemach und eilte durch die Halle zum Quartier der Soldaten. Einige von ihnen waren bereits aufgestanden, aber die meisten lagen noch in ihren Betten. Kenric marschierte durch den Raum, bis er einen der beiden Männer fand, die er suchte. Mit dem Stiefel schubste er Evard vom Bett auf den Steinfußboden. Simon wartete bereits, als Kenric kehrtmachte, um ihn zu holen.

»Ihr beide kommt mit mir«, befahl er drohend. »Jetzt gleich!«

Simon war bereits angekleidet. Evard griff hastig nach seiner Hose und zog sie über das Leinenhemd, das er im Bett getragen hatte. Der Baron ging durch die Halle voraus zum Sonnenzimmer der Burg, wo er eine gute Viertelstunde lang zornig auf und ab ging.

»Evard«, sagte er schließlich. »Meine Gattin wird inzwischen in meinem Schlafgemach sein. Wenn nicht, kommt Ihr sofort hierher zurück und gebt mir Bescheid. Wenn Ihr sie dort findet, werdet Ihr dafür sorgen, daß sie dort auch bleibt. Die beiden Wachen, die gestern nacht Dienst hatten, bleiben in ihrem Quartier, bis ich mein Urteil verkünde. Geht jetzt.«

In seiner Hast, den Raum zu verlassen, vergaß Evard, sich zu verbeugen. Kenric ging weiter auf und ab, und Simon schwieg klugerweise.

Kenric quälte sich mit der Erinnerung an jeden einzelnen Moment der vergangenen Nacht, die erste Berührung in der Halle, das Gefühl, als habe Tess ihm gerade das schönste Geschenk der Welt bereitet. Ihr hatte es nichts bedeutet. Er war beinahe ehrfürchtig mit ihr umgegangen, hatte sie mit Zärtlichkeit überschüttet. Sie hatte sich die Augen ausgeweint, zweifellos hatte sie getrauert, weil ihr eine ganze Nacht seiner verhaßten Umarmungen bevorstand. Ihre süße Hingabe in ihrer Kammer war ihr nichts als eine Pflicht gewesen, der sie nicht länger ausweichen konnte. Ihrer Kammer. Er preßte die Kiefer aufeinander, seine Wangenmuskeln zuckten. Es war nicht ihrer beider Kammer, es war seine Kammer. Er würde sie nie wieder mit ihr teilen.

Es verging noch eine weitere Stunde, ehe er bereit war, ihr gegenüberzutreten. Sein Schlafgemach enthielt zu viele Erinnerungen. Er würde sie hierher kommen lassen, wo die Versuchung, gewalttätig zu werden, nicht so groß war. Doch er wußte, daß es im Grunde kaum eine Rolle spielte, ob er sie hier oder in seiner Kammer zur Rede stellte. Er wollte sie leiden sehen, und da war es gleichgültig, wo.

»Bringt sie her.«

Simon gehorchte sofort.

Tess ging ebenfalls auf und ab und grübelte. Sie wußte, daß Kenric ihr Vorhaben durchschaut hatte. Als Simon in der Tür erschien, erkannte sie an seiner Miene, daß ihre Bestrafung bevorstand. Mit zitternden Knien folgte sie ihm zum Sonnenzimmer. Simon klopfte einmal an die Tür, dann schob er sie auf und nickte ihr aufmunternd zu. »Ich warte draußen, Mylady«, flüsterte er ihr zu.

Tess erwiderte sein Nicken, hatte jedoch nicht viel Hoffnung, daß er ihr irgendwie helfen könnte. Leise trat sie ein und wartete mit gesenktem Kopf. Kenric, der ganz in Schwarz gekleidet war, wandte ihr den Rücken zu. Er starrte aus dem Fenster in das grelle Morgenlicht, das sich in den Raum ergoß. Sein Groll war fast körperlich spürbar.

»Wer hat Euch von dem Schlupfloch erzählt?« Seiner Stimme war kein Gefühl anzumerken.

»Der Verwalter«, sagte sie leise. »Er sagte, der Landvogt müsse es zur Flucht benutzt haben.«

»Was wolltet Ihr tun, sobald Ihr die andere Seite erreicht hättet?«

Tess schwieg.

»Beantwortet meine Frage!«

»Ich wollte zu meinem Onkel nach Schottland.«

»Sein König hätte ihm befohlen, Euch zu den MacLeith zu bringen. Sagt mir die Wahrheit!«

Tess wünschte, er würde sich umdrehen und sie ansehen, dann änderte sie ihre Meinung. Sie wollte ihn so in Erinnerung behalten, wie er sie gestern nacht angesehen hatte, mit Wärme in seinen Augen, als sie ihm ihr Herz zu Füßen legte. Heute würde er es unter seinen Stiefeln zertreten. Sie hätte in dem Augenblick in den Tunnel eintauchen sollen, als er ihren Namen rief, hätte wissen müssen, daß er alles durchschaut hatte und sie nicht einen harmlosen Spaziergang vortäuschen könnte. Ein verhängnisvoller Fehler. Ihre letzte Hoffnung war dahin.

»Ich wollte mich zu einem Priester flüchten«, begann Tess, da er es früher oder später ja doch erfahren mußte. »Seit unserer Vermählung weiß ich, daß es nur einen Weg gibt, Blutvergießen in Remmington zu vermeiden. Die Kirche verkörpert das einzige Gesetz, gegen das MacLeith sich niemals auflehnen würde. Nicht einmal seine Männer würden einem Anführer folgen, der die Legitimation durch die Kirche eingebüßt hat.«

»Ihr wolltet die Ehe annullieren lassen«, stellte Kenric ausdruckslos fest.

Tess konnte es nicht abstreiten. Sie brachte es jedoch nicht über sich, es laut auszusprechen.

»Ich fasse Euer Schweigen als Eingeständnis Eurer Schuld auf.«

Sie spürte die Endgültigkeit in seinen Worten und wußte, daß er ein abschließendes Urteil über sie gefällt hatte. Doch er kannte keinen ihrer wirklichen Gründe. »Es schien mir am besten so, Mylord. Mein Land würde dann an König Edward fallen. Er würde gewiß Euch zum Herrn der Burg ernennen, und Ihr müßtet nicht um Euren Besitz kämpfen. Ohne mich könntet Ihr den Schwur halten, den Ihr Eurem Bruder Guy geleistet habt, obgleich –«

»Schweigt! Ihr werdet nie wieder zu Eurem Herrn sprechen, es sei denn, er hat Euch dazu aufgefordert.«

Stille breitete sich aus. Tess wußte nicht zu sagen, was er

mit ihr vorhatte. Es spielte auch keine Rolle. Nichts spielte mehr eine Rolle. Sie hatte getan, was sie konnte, um Remmington zu retten, und sie hatte versagt. Doch sie hatte eine weitere Niederlage erlitten, die schlimmer war als alles, was sie jemals erlebt hatte. Remmington war nicht das einzige, was sie am heutigen Tag verlieren würde. Sie hatte ebenso ihren Gatten verloren.

»Geht in meine Kammer und packt alles ein, was Euch gehört. Ihr habt eine Viertelstunde Zeit, um Eure Habe zu holen. Ich will mich nicht mehr mit Eurer Anwesenheit besudeln.«

Irgendwie schaffte es Tess, den Raum zu verlassen. Sie war so benommen, daß sie ihren Körper kaum noch spürte. Der Befehl, ihre Sachen zu packen, war unmißverständlich. Sie sollte gehen. Er wollte nicht mehr mit ihr leben; er hatte ihr gerade schonungslos klargemacht, daß er sie nie wiedersehen wollte. Ob er sie nun aus der Festung entfernen ließ oder sie in der Burg bleiben durfte, was spielte das noch für eine Rolle? Nichts mehr hatte einen Sinn, einen Zweck. Sie hatte alles getan, was in ihrer Macht stand. Remmington würde in einem Meer von Blut versinken.

Wie im Traum, einem bösen Alptraum, ging sie durchs Zimmer und stopfte den Rest ihrer Kleider in einen der Leinensäcke, die sie aus Langston Keep mitgebracht hatte. Ihre anderen Habseligkeiten waren bereits in dem Sack verstaut, den sie im Garten versteckt hatte. Sie hatte keine Verwendung mehr dafür.

Nachdem Tess ihre Sachen in der Hälfte der ihr zugestandenen Zeit gepackt hatte, setzte sie sich aufs Bett und wartete. Sie starrte blicklos in den Kamin. Keine lästigen Gedanken gingen ihr mehr durch den Kopf, innerlich war sie wie tot. Die Minuten verstrichen. Ihr Blick wanderte vom Kamin zu ihren Händen, die schlaff in ihrem Schoß lagen, und sie spürte als einziges Lebenszeichen ihrem Pulsschlag nach.

»Mylady?« fragte Simon zögernd. Er stand in der Tür und wandte sich an Evard und zwei weitere Soldaten, die neugierig im Korridor warteten. »Evard, Ihr geht schon voraus. Ihr beide kehrt in die Halle zurück.«

Simon wartete, bis seinen Anweisungen Folge geleistet war, dann trat er einen Schritt vor. »Mylady, ich habe Befehl, Euch ins Sonnenzimmer zu bringen.«

Tess erhob sich wie eine Marionette und folgte Simon aus dem Zimmer. Sie spürte kaum seine Hand an ihrem Arm, als sie durch die langen Korridore entlang gingen. Kenric war nicht mehr dort.

»Man hat mir ausgerichtet, daß der Baron mit mir zu sprechen wünscht«, sagte Simon leise, nachdem er Tess zu einem Stuhl am Feuer gelotst hatte. Er mied den leeren Blick der Baronin. »Evard ist draußen, falls Ihr etwas braucht, während ich fort bin. Ich lasse die Tür offenstehen, damit er Euch hört, wenn Ihr nach ihm ruft. Braucht Ihr noch etwas, bevor ich gehe?«

Simon wartete geduldig auf eine Antwort. Die Baronin starrte ohne zu blinzeln in die helle Kammer. Leise fluchend ging er hinaus und eilte zum Baron. Er fand Kenric in der Waffenkammer. Thomas half ihm in die leichte Rüstung, die er wie gewöhnlich für die morgendlichen Übungen mit seinen Männern trug. Es schien, als habe er die Absicht, wie gewohnt seinen täglichen Pflichten nachzugehen. Simon trat vor, und Kenric entließ seinen Knappen mit einem Nicken.

»Meine Schwester wird die Aufgaben der Burgherrin wieder übernehmen, und Alan wird dafür sorgen, daß sie dabei hinlängliche Sorgfalt walten läßt. Meine Gattin aber wird im Sonnenzimmer bleiben«, sagte Kenric ohne Umschweife zu dem Soldaten, während er den Blick auf die Schnallen einer metallenen Armbinde heftete. »Sie wird das Zimmer unter keinen Umständen verlassen. Niemand darf sie sehen außer jenen, die ihr Nahrung bringen, und ihren Wächtern. Ihr und Evard werdet Eure Pflichten auf dem Übungsplatz wiederaufnehmen, wo Eure Talente dringender gebraucht werden. Ihr werdet andere auswählen, die die Tür des Sonnenzimmers bewachen, und keiner wird diese Aufgabe länger als zwei Tage hintereinander übernehmen. Jeder Soldat, der den Raum ohne meine Erlaubnis betritt, wird ausgepeitscht. Jeder Soldat, der ihr erlaubt, auch nur einen Schritt vor die Tür zu tun, wird hingerichtet. Die Männer, die gestern nacht vor meiner Tür eingeschlafen sind, mögen nun im Kerker so lange schlafen, wie sie wollen. Sie werden drei Tage und Nächte ohne Nahrung dort festgehalten. Das sind meine Befehle. Sorgt dafür, daß sie ausgeführt werden.«

Entgegen Simons Befürchtungen brach die Baronin nicht zusammen, als er ihr die Neuigkeiten überbrachte. Sie blieb reglos und mit leerem Blick auf dem Stuhl sitzen. Obwohl er versuchte, die Befehle abzumildern, reagierte sie nicht auf seine Worte. Er versuchte sie mit Fragen zu einer Äußerung zu bewegen, doch nicht einmal die Aussicht, daß Miriam ihr die Mahlzeiten bringen würde, konnte sie aus ihrer Erstarrung lösen.

Simon ließ ein Bett aus einer der unbenutzten Kammern bringen, aber selbst für diese Aufmerksamkeit erhielt er keinen Dank. Er trieb auch eine Kleidertruhe für ihre wenigen Habseligkeiten auf, und einige Möbel wurden ebenfalls in das Zimmer gebracht. Alles vergeblich. Ein Gegenstand blieb so unbeachtet wie der andere. Da Simon wußte, daß man ihn bald auf dem Übungsplatz vermissen würde, ging er schließlich.

Um die Mittagszeit kam Miriam mit einem verlockenden Eintopf und Apfelwein. Das Mahl blieb unberührt auf dem Tisch stehen, den Simon in die Nähe des Kamins gestellt hatte. Nachdem sie Tess eine Weile gut zugeredet hatte, gab Miriam auf. Sie bezog das Bett mit frischen Laken und einer Decke, die sie mitgebracht hatte.

»Lady Helens Wandteppich ist halb fertig, Mylady«, sagte sie in fröhlichem Ton. Sie wies mit dem Kopf auf den Webstuhl in einer Ecke des Raums, auf den der Teppich gespannt war, doch die Baronin sah nicht hin. »Sie wäre Euch dankbar, wenn Ihr ihr helfen würdet. Es spendet mir oft Trost, wenn ich die Nadel tanzen lasse. Und wenn die Arbeit vollendet ist, fühle ich mich überreich belohnt.«

Miriam schüttelte die Kissen auf und hielt sich länger mit dieser Arbeit auf als nötig. »Die alte Martha ist immer noch bettlägerig, aber sie will Euch hin und wieder Euer Essen bringen, sobald sie wieder laufen kann. Außerdem möchte sie Euch für Eure Hilfe danken. Die Medizin, die Ihr den Müttern der kranken Kinder zugedacht hattet, ist bereitet, und sie fragt, ob sie sie ins Dorf schicken soll.« Miriam wartete kurz auf eine Antwort. »Möchtet Ihr, daß Martha die Medizin ins Dorf schickt, Mylady?«

Miriam fröstelte, als sie Tess' leeren Blick sah. Sie stellte der Baronin noch weitere Fragen, gab es dann aber mit einem niedergeschlagenen Kopfschütteln auf. Stunden später, als sie das Nachtmahl brachte, war ihr ebenso wenig Glück beschieden. Nichts zeigte die kleinste Wirkung auf die Lady, die reglos und stumm wie eine Statue dasaß.

Kurz nachdem Miriam gegangen war, mußte Tess sich erleichtern. Endlich wandte sie steif den Kopf zu der Tür, die zum Abtritt führte. Sie stand auf, fiel jedoch auf die Knie. Die Muskeln ihrer Beine wollten ihr nach so vielen Stunden völligen Stillsitzens nicht gehorchen. Langsam rappelte sie sich auf und stolperte zur Tür, und nachdem sie sich erleichtert hatte, kehrte sie wieder ins Zimmer zurück. Miriam hatte das Feuer geschürt, und Tess ging auf der Suche nach Wärme zum Kamin hinüber. Sie setzte sich mit übereinandergeschlagenen Beinen auf das Fell, das vor dem Kamin ausgebreitet war, und starrte in die Flammen. Der Anblick des Feuers schlug sie in seinen Bann.

Am nächsten Morgen fand Miriam sie in dieser Haltung vor, wie sie blicklos in den erkalteten Kamin starrte. Sie machte Feuer, konnte die Baronin jedoch weder ins Bett noch auf den Stuhl locken. Tess' Muskeln versteiften sich instinktiv, als Miriam sie hochzuziehen versuchte. Miriam sah in die leeren Augen der Baronin, bekreuzigte sich gegen den bösen Blick und verließ dann schnell die Kammer.

Die Wärme des Feuers breitete sich langsam in Tess' Körper aus, als erwache sie aus einem tiefen Schlaf. Sie beobachtete den Tanz der Flammen rings um die Scheite aus Eichenholz, doch das Feuer übte nicht mehr die gleiche seltsame Anziehungskraft aus wie am Abend zuvor. Mit der Wärme kam auch das Geräusch von Stimmen. Tess wollte sie nicht hören, aber sie ließen sich nicht zum Schweigen bringen.

Die Welt zu vergessen und sich in sich selbst zurückzuziehen, war nicht die Antwort. Sie versuchte die eigenartige Stumpfheit abzuschütteln, streckte die Beine aus und rieb sie, um ihr Blut wieder in Bewegung zu bringen. Als sie einigermaßen sicher war, daß sie ihr nicht den Dienst versagen würden, erhob sie sich und ging zum Tisch, wo Miriam das Frühstück hingestellt hatte. Von dem Geruch der Speisen drehte sich ihr der Magen um, doch Tess zwang sich, etwas zu essen, einen kleinen Bissen nach dem anderen. Eine dicke Träne fiel auf ihre Hand, und Tess wischte sie gedankenverloren ab. Das Essen rumorte in ihrem Bauch, sie hielt die Hand vor den Mund und schaffte es kaum bis zum Abtritt, bevor sie sich übergab.

Als Miriam mittags mit ihrem Essen kam, machte Tess es wie Kenric und starrte stumm aus dem Fenster. Sie wandte der Zofe den Rücken zu, um sie von jedem Gespräch abzuschrecken. Sie war noch nicht bereit, mit jemandem zu reden, es mit Fragen oder vorwurfsvollen Blicken anderer Menschen aufzunehmen.

Die List zeigte Erfolg, und Tess wurde mit ihren Mahlzeiten allein gelassen. Es fiel ihr schwerer, das Essen bei sich zu behalten, als sie gedacht hatte. Am dritten Tag ihrer Gefangenschaft hatte sie gelernt, alle Speisen zu meiden, die gewürzt waren oder einen intensiven Geschmack hatten. Bisher war ihr Brot recht gut bekommen. Die Übelkeit würde vorübergehen, sagte sie sich und versuchte, nicht darüber nachzudenken, was sie bedeuten mochte.

19.

Kenric aß mehr aus Gewohnheit als aus Hunger, er schmeckte die köstlichen Speisen kaum. Das gute und abwechslungsreiche Essen hielt trotz der Abwesenheit seiner Frau an. In der Halle war es auch an diesem Abend wieder still. Seine Männer aßen in respektvollem Schweigen, und sie besudelten die Halle nicht mehr mit den Überbleibseln ihrer Mahlzeiten. Niemand auf Montague war so taktlos, ihn auf die Probe zu stellen. Sie wußten, daß die Tage seiner Nachsicht vorüber waren.

»Simon bleibt meiner Tafel immer noch fern«, bemerkte er an Fitz Alan gewandt und wies mit dem Kopf auf einen leeren Stuhl. In der vergangenen Woche hatte Simon oft einen Vorwand gefunden, um sich beim Essen rar zu machen.

»Aye«, erwiderte sein Freund. »Er sagt, es gäbe heute bis spätabends in der Waffenkammer zu tun.«

»Keine Nachricht von dem Landvogt?« fragte Kenric.

»Nein. Wir haben in jedem Dorf nach ihm gesucht. Seit mehr als vierzehn Tagen hat ihn niemand mehr gesehen. Es ist, als hätte er sich in Luft aufgelöst.«

Kenric nickte und wandte sich wieder seiner Mahlzeit zu. Fitz Alan runzelte die Stirn. Das Gespräch war offenbar beendet. Seit der gescheiterten Flucht seiner Gattin sprach der Baron nur noch selten, meist um Befehle zu geben oder eine Bemerkung wie eben zu machen, die nicht zu einem längeren Gespräch einlud. Fitz Alan war der einzige Bewohner von Montague, der in der vergangenen Woche seine Gesellschaft nicht absichtlich gemieden hatte. Er war irrtümlich der Meinung gewesen, Kenric brauche ein geneigtes Ohr, um seinem Ärger Luft zu machen, doch sein Herr behielt seinen Zorn für sich. Niemand zweifelte jedoch daran, daß er vor Wut schäumte. Tag für Tag trieb er die Männer bis an die Grenze ihrer Leistungsfähigkeit, und oft erschien er selbst auf dem Kampfplatz, um ihr Stehvermögen auf die

Probe zu stellen. Jeder kleinste Fehler wurde schonungslos bestraft.

Fitz Alan wußte, daß Kenric guten Grund hatte, wütend zu sein, doch allmählich fragte er sich, wer am härtesten bestraft wurde. Er fragte sich außerdem, was geschehen würde, wenn sie an den Hof geladen wurden. Man erwartete von Kenric, daß er eine Frau mitbrachte, die gern an seiner Seite war. Das schien jedoch fraglich zu sein, wenn er seinen Entschluß nicht änderte und sie weiter eingesperrt hielt. Fitz Alan war zwar nicht so dumm, Kenric nach seinen Absichten mit Lady Tess auszufragen, doch Simon hatte ihn eingeweiht. Es fiel Fitz Alan schwer, die Strenge der Bestrafung zu verstehen. Schließlich war es der Lady nicht gelungen zu fliehen, niemand hatte sich verletzt oder hatte auch nur einen Tropfen Schweiß vergossen, als sie zurückgebracht wurde. Ein Arrest von ein, zwei Wochen schien angebracht, um ihr das Ausmaß ihres Fehlverhaltens vor Augen zu führen, aber Gefangenschaft für den Rest ihres Lebens? Das war unsinnig. Jeder außer Kenric schien das einzusehen.

»Helen hat sich in letzter Zeit sehr geschickt angestellt«, wagte Fitz Alan sich vor, nachdem er seinen ganzen Mut zusammengenommen hatte. Das Thema, das er anschneiden wollte, würde ihm gewiß ein blaues Auge oder zumindest eine kräftige Ohrfeige einbringen. Niemand hatte bisher den Mut gehabt, Lady Tess' Namen im Beisein des Barons zu erwähnen. Er würde der erste sein. »Sie sagt, Eure Gattin habe alles so wohlorganisiert, daß ihr nur wenig zu tun bleibt.«

»Helen führt Euch schon wieder an der Nase herum«, sagte Kenric zwischen zwei Bissen. »Die Pflichten, die sie übernommen hat, sollten sie den ganzen Tag in Atem halten.«

»Nun, vielleicht habe ich ein wenig übertrieben«, gab Fitz Alan zu. »Die Wahrheit ist, Helen hat gehofft, sie könnte die Erlaubnis erhalten, Lady Tess zu besuchen. Die Bitte erschien mir vernünftig, und ich habe mich bereit erklärt, Euch um Erlaubnis zu fragen.«

»Nein.«

»Seit fast einer Woche hat niemand in der Festung die

Lady gesehen.« Fitz Alan wußte, daß er sich auf äußerst gefährliches Gebiet vorwagte, fuhr jedoch trotzdem fort. »Nur Miriam hat Zugang zu Lady Tess, und ihre Berichte bereiten Helen Sorge. Miriam zufolge ißt sie kaum, und seit sie dort oben ist, hat sie noch kein Wort zu jemandem gesagt.«

»Es steht Helen nicht zu, sich um meine Gattin zu kümmern. Tess tut sich selbst leid. Sie wird essen, wenn ihr Hunger groß genug ist.«

»Sie ist –«

»Ich will nicht mehr über dieses Thema reden.«

Fitz Alan ließ mürrisch von ihm ab. Es war sinnlos. Kenric wollte nicht auf die Stimme der Vernunft hören. Was Lady Tess auch getan haben mochte, der Schaden war groß, es schien weit über einen mißlungenen Fluchtversuch hinauszugehen. Fitz Alan nahm sich vor, sich jeden Tag von Miriam über den Zustand der Baronin berichten zu lassen. Notfalls würde er die Sache in die eigenen Hände nehmen. Wenn Kenric sich weigerte, auf Vernunftgründe zu hören, würde eben er an seiner Stelle handeln. Eines Tages würde er dafür vielleicht sogar Dank ernten, angenommen, er lebte bis dahin noch.

Kenric hingegen war entschlossen, Fitz Alans Warnung zu ignorieren. Wenn Tess litt, gut, sie hatte es nicht anders verdient. Ihr Hungern war vermutlich nur eine List, da sie wußte, daß er über kurz oder lang davon erfahren würde. Er hoffte, daß der Klatsch unverfälscht zu ihr gelangte. Sie sollte wissen, daß man ihm von ihrer Fastenkur berichtet hatte und es ihn kaltließ. Sobald sie erfuhr, daß ihr Trick nichts bewirkte, würde sie vermutlich kräftig zulangen.

In der vergangenen Woche hatte er unablässig an sie denken müssen, obgleich er versuchte, die ihm unliebsamen Gedanken zu verbannen, so wie er sie selbst aus seinem Leben verbannt hatte. Er kannte andere Männer, die ihre ungewollten Gattinnen praktisch gefangenhielten. Aber Tess war nicht irgendeine Frau. Sie war ein Geschenk seines Königs, und Edward hatte klargemacht, daß er einen männlichen Erben für Remmington wünschte, bevor sie an den Hof gerufen wurden. Tess hatte keinerlei Anzeichen erkennen lassen, daß sie seinem Befehl so schnell Folge leisten würde. Das zwang Kenric, seine Beziehung zu seiner Gattin zu überdenken, obgleich seine Entscheidung letzten Endes kaum anders ausfallen würde als an dem Tag, an dem er sie ins Sonnenzimmer verbannt hatte. Um die Übereinkunft mit seinem König einzuhalten, wäre er gezwungen, sie hin und wieder aufzusuchen, bis sie ein Kind von ihm empfing. Und wenn es ihr nicht gelang, zuerst einen Jungen zur Welt zu bringen, würde er die Besuche sogar fortsetzen müssen.

Bei der Aussicht, mit seiner Gattin zu schlafen, sträubte sich alles in ihm. Ihn plagte die Sorge, daß er wieder schwach werden könnte und es nicht nur als reine Pflicht betrachtete.

Tess verdiente nichts anderes als seine Verachtung. Er versuchte sich mit der Hoffnung zu trösten, daß sie vielleicht schwanger geworden war, als er das letzte Mal mit ihr geschlafen hatte. Es wäre die gerechte Belohnung für die Hölle, durch die sie ihn gehen ließ.

All das ging ihm durch den Kopf, als er in dieser Nacht die Turmstiege erklomm und seine Schlafkammer betrat. Es war die Tageszeit, die er am meisten fürchtete, denn er wußte, daß die langen Stunden auf dem Kampfplatz niemals erschöpfend genug waren, um ihn nachts in einen tiefen, erlösenden Schlaf fallen zu lassen. Alles in seinem Zimmer erinnerte ihn noch immer an Tess. Ihr Bild stieg vor ihm auf und plagte ihn mit ihrem lügnerischen sanften Lächeln und ihrem unschuldsvollen Gesicht. Er warf einen Blick auf den Tisch, und ihm fiel ein, wie sie das Kinn in die Hand stützte, wenn sie seinen Erzählungen lauschte. Ihre Augen leuchteten – vor Bewunderung, so hatte er gedacht –, wenn er seine edleren Taten schilderte. Ein anderes Mal überwältigte ihn die Erinnerung daran, wie sie sich umdrehte und ihn anlächelte, während sie ihr Haar kämmte. Sie lag in seinem Bett, stand an seinem Zuber, trocknete ihr Haar am Feuer, schob die Läden auf, um die Morgensonne hereinzulassen, und durch ein nahezu durchsichtiges Unterkleid sah man jede Linie ihres Körpers.

Doch langsam wurden die Erinnerungen etwas schwächer. In wenigen Wochen würden sie vollends verschwunden sein. Bis dahin würde er wissen, ob er gezwungen war, seine Gattin aufzusuchen und all diese Bilder von neuem zum Leben zu erwecken. Wenn er sich in sein leeres Bett legte, versuchte er sich mit den Plänen für den kommenden Tag abzulenken, mit jeder einzelnen Übung, der er sich unterziehen würde, um sich für die bevorstehenden Kämpfe zu stählen. Er hoffte, ungestört schlafen zu können. Doch jede Nacht wachte er wenigstens einmal auf, weil er Tess an seiner Seite suchte und bemerkte, daß er ins Leere griff.

Ihre Bestrafung war zu der seinen geworden.

Tess hätte nie geglaubt, daß Kenric so sehr litt. Sie war überzeugt, daß er sein altes Leben wiederaufgenommen hatte, so als habe es sie nie gegeben. Vermutlich war er bester Dinge und froh darüber, endlich von ihr befreit zu sein. Dieses alberne, hinreißende Lächeln. Er fehlte ihr mehr, als sie es für möglich gehalten hätte, und der Verlust erzeugte einen dumpfen Schmerz in ihrer Brust.

Die Nächte waren nicht so schlimm, denn da konnte sie von ihm träumen. In ihren Träumen hielt er sie wieder in seinen Armen, flüsterte ihr zärtliche Worte ins Ohr, beschützte sie vor Gefahren, bis das kalte Licht der Wirklichkeit durchs Fenster einfiel. Am siebten Tag ihrer Verbannung wurde sie nicht nur vom Sonnenschein geweckt, sondern auch von einem Gefühl der Beklommenheit. Trotz der Einförmigkeit ihrer einsamen Tage wurde sie das Gefühl nicht los, daß etwas geschehen war – oder geschehen würde. Verzagt beugte sie sich über Helens Wandteppich, an dem sie aus schierer, verzweifelter Langeweile zu arbeiten begonnen hatte. Die Luft war so drückend, als stünde ein Unwetter bevor.

Der Wandteppich näherte sich seiner Vollendung, und Tess fragte sich bereits, was sie danach anfangen sollte. Vielleicht durfte Miriam ihr ja die Materialien für einen neuen bringen. Wenn ihre Wächter es nicht mit einer Tobsüchtigen aufnehmen wollten, würde man ihr das gewiß erlauben.

Es war erst Vormittag, doch sie mußte immer wieder gähnen, während sie unermüdlich ihre Nadel durch den Teppich zog. Einmal zerrte sie gereizt an der Nadel und stach sich versehentlich in den Finger. Sie starrte auf den hellen Blutstropfen und wußte, daß es nur ein Nadelstich war, zu ihrem Entsetzen sah sie jedoch, wie ein Rinnsal über ihre Hand in ihren Schoß lief und Blut auf den Boden tropfte. Rings um sie breitete sich eine hellrote Lache aus. Sie schloß die Augen, verängstigt von dem Bild, das, wie sie wußte, nicht wahr sein konnte. Die Vision begann, sobald sie die Augen geschlossen hatte, und dauerte nur wenige Minuten an, aber es schienen ihr die längsten Minuten ihres Lebens zu sein. Als sie die Augen wieder öffnete, schrie sie.

Tess' Wächter stürzten mit gezücktem Schwert herein. Erschrocken kehrte sie in die Wirklichkeit zurück. Schnell zeigte sie auf das Fenster, das sie zuvor geöffnet hatte.

»Ein – ein Mann ist von der Zinne gesprungen und durch das Fenster hereingekommen!« Sie wandte sich zum Abtritt. »Als ich schrie, floh er dort hinein!«

Die Wachen näherten sich dem Raum vorsichtig, zu konzentriert auf ihre Beute, um zu bemerken, wie die Baronin sich leise zur Tür stahl. Sie war bereits auf der Turmstiege angelangt, bevor die Männer die Tür zum Abtritt geöffnet hatten und die kleine Kammer leer vorfanden.

Tess aber rannte die Stufen hinunter und durch die kleine Tür, die in den Garten und zum Hof führte, als hinge ihr Leben davon ab, daß sie den Kampfplatz erreichte. An den Schreien hinter sich erkannte sie, daß die Wachen aufholten. Die Vision hatte ihr gezeigt, wo sie Kenric finden würde. Sie wußte nur nicht, ob sie noch rechtzeitig zu ihm gelangen könnte.

20.

Die Stimmung des Barons war mörderisch. Und daran war nicht nur seine Schlaflosigkeit schuld. Nein, der eigentliche Anlaß war das Gespräch zwischen einem seiner Soldaten und einer Dienstmagd, das er im Garten belauscht hatte. Er hatte heute morgen eine Abkürzung zum Übungsgelände genommen. An der langen Reihe hoher Bäume, die den Weg vom Kräutergarten trennten, ließ ihn eine Stimme innehalten.

»Meinst du, er wird sie bald freilassen?«

Es schien ihm fast, als hätten die Bäume gesprochen. Doch wenig später erkannte Kenric, daß sich ein Paar im Schutz des Gebüschs zu einem Stelldichein getroffen hatte.

»Aye«, erwiderte der Soldat. »Ich stehe seit vielen Jahren im Dienst des Barons. Er ist streng, aber gerecht. Er wird sie freilassen, sobald sein Zorn verraucht ist.«

»Man sagt, sie hatten einen erbitterten Streit«, vertraute ihm das Mädchen an. »Jane glaubt, die Baronin wollte davonlaufen, weil sie den Zorn ihres Gatten fürchtete. Ich möchte auf keinen Fall in der Nähe des Barons sein, wenn er einen Wutanfall hat.«

Kenric konnte sich lebhaft vorstellen, wie das Mädchen schauderte. Er wollte das Paar sich selbst überlassen und weitergehen, doch die folgende Enthüllung ließ ihn abrupt stehenbleiben.

»Jeder in der Burg erfüllt weiter pflichtbewußt die Aufgaben, die sie ihm zugewiesen hat. Der Verwalter sagt, nur so können wir der Baronin unsere Treue beweisen. Wenn sie wiederkommen darf, wird Lady Tess sehen, daß wir uns nicht wie der Baron von ihr abgewandt haben.«

»Wir halten es ungefähr genauso«, gab der Soldat zu, »obwohl es keiner großen Mühe bedarf, sich die Stiefel abzuwischen und wie ein zivilisierter Mensch zu essen. Ich glaube, die meisten meiner Kameraden genießen es, sich endlich wie normale Menschen zu verhalten.«

Kenric schätzte die Richtung ab, aus der die Stimme des Soldaten kam. Sich an diesem Punkt des Gesprächs zu zeigen wäre demütigend gewesen, daher entschied er sich für eine andere Form der Rache. Er stieß sein Schwert in das dornige Gebüsch und wurde mit einem erschrockenen Aufschrei belohnt. Da er für diesen Tag genug gehört hatte, stolzierte er zähneknirschend davon. Als er den Übungsplatz erreichte, brach sich der Zorn, der die ganze Woche in ihm geschwelt hatte, ungehindert Bahn.

Die Soldaten hielten sich vom Baron fern, denn sie erkannten auf Anhieb, welch übler Stimmung er war. Da er keinen Übungspartner fand, ging Kenric zu der Reihe hoher Pfosten, die man hier in den Erdboden gerammt hatte. Mit seinem langen Kampfschwert hieb er auf die Pfosten ein, schwang die Waffe hoch über seinem Kopf, um erst auf die eine, dann auf die andere Seite einzuschlagen, bis das Holz zersplitterte. Der Klatsch vergiftete ihn langsam. Niemand in der Festung ahnte etwas von dem wahren Verrat hinter dem Fluchtversuch seiner Gattin. Alle dachten, es hätte einen Streit zwischen Liebenden gegeben und er schmolle nur, weil sie das falsche Mittel der Gegenwehr gewählt hatte. Kein Wunder, daß Simon ihn nicht ansah, ohne ein rebellisches Funkeln in seinen Augen sehen zu lassen. Sie standen alle auf *ihrer* Seite. Er aber würde sich nicht lächerlich machen, indem er die Wahrheit kundtat. Sollten sie ruhig denken, daß er sie mißhandelte und unmäßig grausam war. Was konnte man vom Henker von Wales schon anderes erwarten?

»Mylord?«

Kenric fuhr herum und hielt Fitz Alan instinktiv das Schwert an die Kehle. Fitz Alan trat vorsichtig einen Schritt zurück.

»Ihr solltet Euch nicht von hinten anschleichen. Was wollt Ihr?«

»Der Zweikampf«, sagte Fitz Alan. »Der Italiener wollte seine Kampfkraft erproben, und Ihr habt Euch bereit erklärt, heute gegen ihn zu reiten.«

»Sagt Roberto, ich werde ihm seinen Wunsch erfüllen.«

Kenric hob das Hemd auf, das er zuvor abgelegt hatte, und wischte sich die Stirn. Er stolzierte zu seinem Streitroß und murmelte vor sich hin: »Er sollte sich lieber auf ein wundes Hinterteil gefaßt machen.«

Ein Zweikampf war eine ungewöhnliche Übung für Kenrics Männer, wenn sie sich auf eine Schlacht vorbereiteten. Solch ritterliche Kunst war unnötig für die Belagerung von Remmington, und in der Regel übten sie nur den Umgang mit Kriegswaffen. Doch der junge Ritter aus Italien war ein Neuling in Kenrics Heer und wollte sich unbedingt vor seinem berühmten Herrn hervortun. Einige der Männer hatten versucht, Roberto von seinem unbedachten Plan abzubringen, aber die meisten warteten nur darauf, daß der überhebliche junge Ritter in seine Schranken gewiesen wurde.

Kenric nahm von Thomas die Zügel seines Streitrosses entgegen und führte das Tier bis zum Ende des Übungsplatzes. Er brauchte nicht lange, um sich auf das Kräftemessen vorzubereiten. Stumpfe Enden wurden auf die Spitzen der tödlichen Lanzen gesteckt, die den Gebrauch schwerer Waffen überflüssig machten. Auf diese Weise konnten die Ritter einen Zweikampf führen, ohne sich ernsthafte Verletzungen zuzuziehen. Nur Schilde waren vonnöten, um die Schläge abzuwehren, obgleich jeder wußte, daß Kenric keinen Schild benutzen wollte, wenn er mit einer stumpfen Lanze kämpfte. Er zog es vor, sich selbst damit für einen seiner seltenen Fehler zu bestrafen. Außerdem wußte er, daß das Fehlen eines zusätzlichen Schutzes den Gegner einschüchterte.

Die beiden Kontrahenten nahmen gerade Aufstellung an entgegensetzten Enden des Übungsplatzes, als von den Toren zum Garten Lärm erscholl. Zuerst dachte Kenric, er bilde sich das alles nur ein. Es konnte nicht sein, daß Tess auf ihn zugelaufen kam, als stünden ihre Röcke in Flammen, mit einem Gesicht, auf dem sich das schiere Entsetzen malte. Doch als er erst einen, dann den zweiten Soldaten durch die Tore brechen sah, die sie offenbar verfolgten, besann er sich. Der erste Soldat überholte Tess schließlich, packte sie am Arm und riß sie zurück. Kenric verspürte den wahnwitzigen Impuls, sich auf ihn zu stürzen, weil er es wagte, sie zu berühren. Doch das spielte jetzt keine Rolle mehr. Er hatte ohnehin sein Leben verwirkt, weil er sie nicht an der Flucht gehindert hatte, ebenso wie der zweite Mann, der in einiger Entfernung stehengeblieben war, um Atem zu schöpfen.

Tess war tatsächlich viel dünner als an dem Tag, an dem er sie zuletzt gesehen hatte, fast hager. Kenric staunte, als sie trotz ihrer Zartheit die Kraft aufbrachte, sich loszureißen, und zu ihrem Gatten floh, als erwarte sie, Schutz bei ihm zu finden. Er stieg ab, verschränkte die Arme vor der Brust und wartete. Sie wollte ihm gerade etwas sagen, als der Soldat sie erneut einholte.

Der Mann packte das Ende ihres Zopfes und riß sie heftig zurück, während er gleichzeitig versuchte, ihren Nägeln auszuweichen. Der Schlag seines Herrn traf ihn unerwartet.

Mit eisernem Griff zerrte Kenric sie mit sich. Als Tess sah, daß er von der Taille aufwärts nackt war, senkte sie den Kopf. Sie schwieg, während er einen knappen Befehl gab und der niedergestreckte Soldat fortgeschafft wurde, froh, daß sie nach ihrer wilden Flucht zu Atem kommen konnte. Die übrigen Männer traten respektvoll zurück, beobachteten jedoch genau, was vor sich ging.

»Gott sei Dank, ich komme nicht zu spät«, keuchte sie.

Kenric ergriff ihre Arme und schüttelte sie, dann näherte er sich bis auf wenige Zentimeter ihrem Gesicht. »Ihr habt gerade das Todesurteil über Eure Wachen gesprochen. Sagt, Tess, war Euer kopfloser Versuch, die Freiheit zu erlangen, diesen Preis wert?«

»Nein, Mylord! Ich wollte nicht fliehen. Ich mußte nur die Wachen täuschen, weil ich nicht die Zeit hatte, ihnen die Gefahr begreiflich zu machen. Es war keine Zeit mehr.«

»Welche Gefahr?«

»Ihr seid in Gefahr.« Sie wies mit dem Kopf zum anderen Ende des Platzes, auf Kenrics Gegenspieler. »Er hat vor, Euch zu töten.«

»Roberto?« Er hatte mit einem Ammenmärchen gerechnet, aber diese Ausrede war wirklich zu lächerlich. »Ihr denkt, der Italiener plant einen Mord?«

»Ich habe alles in einer Vision gesehen. Das stumpfe Ende seiner Lanze wird abspringen, wenn er Euch an der Schulter trifft, und das Gift an der Spitze wird Euch binnen eines Tages töten. Ich weiß, es klingt –«

»Ich habe genug gehört.« Er fing Simons Blick auf und befahl ihn mit einer Kopfbewegung zu sich.

»Ihr glaubt mir nicht«, stellte sie ausdruckslos fest.

»Ich glaube, Ihr habt einen sehr unüberlegten Versuch unternommen, aus dem Eurem Raum zu fliehen, und Euch dann diese Geschichte einfallen lassen, als Ihr gemerkt habt, daß Eure Flucht nicht gelingen würde. Ich glaube, Ihr kamt zu mir, als Euch der Fluchtweg, den Ihr dieses Mal ausgewählt hattet, abgeschnitten wurde. Ihr dachtet, ich wäre dumm genug, Euren Lügen Glauben zu schenken. Das ist es, was ich glaube, Tess.«

»Ihr habt gewiß recht, Mylord.« Sie senkte den Kopf und starrte zu Boden. »Verzeiht, daß ich Euch gestört habe.«

Sie bat um Verzeihung, weil sie ihn gestört hatte? Er konnte nicht fassen, wie leicht sie darüber hinwegging, daß zwei seiner Männer wegen ihr den Tod finden würden. Sie war herzloser, als er vermutet hatte. Als er sah, daß sie an ihrem Zopf spielte, fiel ihm ein, daß sie dies zwar nicht unbedingt jedesmal tat, wenn sie die Unwahrheit sagte – aber jetzt log sie. Es tat ihr nicht im mindesten leid. Er unterdrückte den Impuls, auf ihren lügnerischen Mund zu schlagen. Vermutlich würde er ihr damit das Genick brechen.

»Mylord?« Simon erschien neben ihm.

»Bringt sie wieder zurück. Ich werde mich später mit ihr befassen.«

Kenric drehte sich um und ging davon. Simon bedeutete Tess, sie solle ihm folgen. Er zerrte sie nicht mit sich und ergriff auch nicht ihren Arm, um sie wegzuführen. Da der Platz voller Männer war und ihr der Zorn ihres Gatten drohte, glaubte niemand, daß sie sich der Rückkehr ins Sonnenzimmer widersetzen und alles noch schlimmer machen würde.

Tess wartete, bis Kenric sich entfernt hatte, dann machte sie kehrt und hielt auf die Tore zu. Sie warf einen Blick über die Schulter, um einzuschätzen, wie dicht Simon hinter ihr ging. Erleichtert seufzte sie auf, als sie sah, daß genug Abstand zwischen ihnen lag. Mehr Vorsprung brauchte sie nicht. Sie raffte ihre Röcke bis über die Knie und rannte auf den Italiener zu. Ob sie den Mörder rechtzeitig erreichen und ihm die Lanze entreißen konnte, bevor jemand erriet, was sie vorhatte? Sie hörte Rufe und Simons Wutschrei, aber sie rannte entschlossen weiter. Nein, sie würden sie nicht mehr einholen.

Sie war so konzentriert auf ihren Plan, daß sie nicht gleich merkte, was Roberto vorhatte, als er die Lanze senkte und sich duckte. Erst als der Italiener seinem Pferd die Sporen gab, begriff sie, was geschehen würde.

Tess blieb jäh stehen und stellte sich todesmutig der Gefahr, als das mächtige Streitroß den Erdboden zwischen ihnen aufpflügte. Die trügerische Lanze befand sich in Höhe ihrer Augen, und ihr gefror das Blut in den Adern, als sie das grausame Lächeln des Italieners sah. Sie hörte, wie Kenric ihren Namen rief, konnte sich jedoch nicht von der Stelle rühren. Sie stand wie gebannt da, zu verängstigt, um einen Schritt zu tun, ganz gleich in welche Richtung.

Kenric zweifelte jetzt nicht mehr daran, daß Tess die Wahrheit gesagt hatte. Er warf sein nutzloses Schwert beiseite und rannte los. Alle wußten, daß er nichts tun konnte. Selbst Simon war zu weit entfernt. Als Kenric sah, wie der berittene Krieger auf die kleine, schutzlose Gestalt vor ihm zuhielt, war ihm, als werde ihm das Herz aus dem Leib gerissen. Er rief Tess zu, sie solle weglaufen, aber sie wollte oder konnte sich nicht bewegen. Sie würde vor seinen Augen sterben, und er hatte nicht die Macht, ihren Tod zu verhindern!

Der Pfeil schien aus dem Nichts zu kommen.

Dann ging alles ganz schnell. Der Italiener lächelte noch, als er getroffen wurde, und im nächsten Moment ragte der Schaft eines Pfeils aus seinem linken Auge. Sein Anblick war ein solcher Schock für Tess, daß sie aus ihrer Erstarrung erwachte. Sie drehte sich um und lief los. Roberto stürzte vom Pferd. Die Lanze fiel ihm aus der Hand. Sein Pferd galoppierte weiter über den Platz, es folgte Tess und würde sie niedertrampeln, wenn es nicht aufgehalten wurde. Ein Hagel von Pfeilen traf nun auch das Tier an Kopf und Hals, doch es blieb nicht stehen.

Tess lief an Simon vorüber zu Kenric und glaubte den Atem des Pferdes bereits in ihrem Nacken zu spüren. Sie warf sich in Kenrics Arme, der sie hochhob, um sie in Sicherheit zu bringen.

Tess hörte ein entsetzliches Knacken, als das Pferd an ihnen vorbeischoß. Simon hatte sich der Zügel bemächtigt und seinen Kopf zurückgerissen. Das Pferd überschlug sich und blieb reglos auf dem Boden liegen. Sein Genick war gebrochen. Kenric wagte nicht stehenzubleiben, bis er sicher war, daß sie sich außerhalb der Reichweite des Tieres befanden. Erst dann ging er langsamer und sank schließlich in die Knie. Er hielt Tess so fest umschlungen, daß sie keine Luft mehr bekam. Besorgt nahm er ihr Gesicht in seine Hände, dann legte er die Hand auf ihre Brust, um sich zu versichern, daß sie noch lebte.

»Ihr seid nicht verletzt?«

Kenric wußte, daß seine Stimme seine Angst verriet. Er hatte noch nie in seinem Leben so große Angst empfunden. Einen Augenblick später, und sie wäre tot gewesen. Er konnte noch nicht darüber nachdenken, daß sie gerade ihr Leben riskiert hatte, um seines zu retten. Das widersprach jeder Logik. Kenric wollte sich auch die mögliche Bedeutung all dessen noch nicht klarmachen. Jedenfalls jetzt noch nicht. Er würde warten, bis er allein war, um sich mit derlei Überlegungen zu quälen. Im Augenblick mußte er sich mit einem Verräter auf Burg Montague und seinen möglichen Komplizen befassen – sobald er das Gefühl hatte, wieder laufen zu können. Gott, er hätte sie beinahe verloren!

»Ich bin nur ein wenig außer Atem.« Ihre Stimme war unsicher, als sie ihn fragte: »Ihr glaubt mir jetzt?«

Kenric funkelte sie an und konnte sich eines gewissen

Zorns nicht erwehren, weil sie so dumm gewesen war, ihr Leben aufs Spiel zu setzen, nur um ihm zu beweisen, daß sie recht gehabt hatte. Doch dann ging ihm auf, daß sie ihm damit das Leben gerettet hatte. Er gab sich mit einem unwilligen Stirnrunzeln zufrieden.

»Aye.« Diese schlichte Antwort eröffnete eine ganze Reihe neuer Fragen, aber er wollte im Moment nicht über die verwirrende Vision seiner Gattin nachdenken. »Seid Ihr sicher, daß Euch nichts geschehen ist?«

»Es geht mir gut«, versicherte sie ihm lächelnd. Kenric staunte über ihre Gefaßtheit, ihre Fähigkeit, so schnell nach der Todesgefahr wieder zu lächeln. Er dachte, daß er niemals wissen würde, was in ihrem Kopf vor sich ging. »Ist es jetzt vorbei?«

»Aye, aber ich werde den Bogenschützen, der mich des Vergnügens beraubte, diesen Verräter eigenhändig zu töten, zur Rechenschaft ziehen.« Kenric runzelte erneut die Stirn. »Nein, ich werde dem Mann, der Euer Leben gerettet hat, jede Belohnung zuteil werden lassen, die er verlangt.«

»Ich werde nach den Verletzungen des Italieners sehen«, sagte Fitz Alan milde. Er stand dicht hinter Kenric, den Langbogen noch in der Hand. »Zumindest bis Ihr Euch entschieden habt, ob ich geköpft oder mit Gold überschüttet werden soll.« Er lächelte Tess zu. »Ihr werdet mich das Urteil wissen lassen, Lady Tess? Ich möchte mich nämlich lieber rar machen, wenn die Entscheidung zu meinen Ungunsten ausfällt.«

Tess lachte verwirrt, doch Kenrics Miene blieb finster. Er stand auf und ging zu Simon hinüber. Tess trug er noch immer auf den Armen. Der alte Soldat lag noch auf dem Boden, mehrere Männer standen mit gezückten Schwertern neben ihm, noch sichtlich erschüttert von den Ereignissen. Simon hob mühsam die Hand, als Kenric näherkam. Sein Arm war merkwürdig verdreht.

»Ich wollte nur eine kurze Verschnaufpause einlegen, Mylord«, scherzte Simon, doch man merkte ihm die Schmerzen deutlich an. »Das verdammte Pferd hat mir den Arm ausgekugelt.«

Sogleich versuchte Tess sich Kenrics Armen zu entwinden. »Ich kann seine Schmerzen lindern, wenn Ihr es mir erlaubt.«

Er zögerte kurz, bevor er sie absetzte. Tess freute sich über die Gelegenheit, sich um Simon zu kümmern. Es lenkte sie von der Menge ab, die sich rings um sie versammelte, und von der Gruppe Soldaten, die sich in einiger Entfernung um Roberto scharte. Wenig später erkannte sie den Grund für Simons Schmerzen; seine Schulter war ausgerenkt. Die Qualen, die Simon erdulden mußte, um seinen Arm wieder gebrauchen zu können, waren unumgänglich und hoffentlich überstanden, ehe der Soldat noch wußte, wie ihm geschah. Kenric hatte ihn kaum hochgezogen, als Tess hinter ihn trat und den nötigen Druck auf seine Schulter ausübte. Sie runzelte die Stirn, als Simon aufschrie, wußte jedoch, daß er gleich die Erleichterung spüren würde. Während sie Simon noch Anweisungen für seine Genesung gab, kam Fitz Alan zurück.

»Er lebt«, raunte er Kenric zu. »Obwohl ich nicht sagen kann, wie lange noch.«

»Ich kann es Euch aber sagen.« Kenric war bereit, ihn mit bloßen Händen zu töten. Doch er schwankte zwischen dem Wunsch, dem Verräter seine gerechte Strafe zuteil werden zu lassen, oder bei Tess zu bleiben. Er legte den Arm um ihre Schultern und zog sie an sich. Er brauchte sie an seiner Seite, um die wilde Wut zu bezähmen, die durch seinen Körper raste.

»Ich bleibe bei Lady Tess«, erbot sich Fitz Alan. Kenric nickte.

»Nein. Ich gehe mit Euch«, sagte Tess ruhig. »Ich habe schon Wunden aller Art gesehen, Mylord. Macht Euch keine Sorgen, daß ich den Anblick nicht ertragen kann. Ich weiß, wo der Pfeil ihn getroffen hat.«

Kenrics Miene blieb grimmig, doch er schlang den Arm um ihre Taille und führte sie zu dem Trupp Soldaten rings um den Italiener. Die Männer traten sogleich zurück, um sie zu Roberto durchzulassen, dann schlossen sie den Kreis wieder.

Es war wirklich ein grausiger Anblick. Tess holte mehrmals tief Luft, entschlossen, vor Kenrics Männern nicht zimperlich zu erscheinen. Sie versuchte, dem Italiener mit Distanz zu begegnen, ihn wie jeden anderen Verwundeten zu betrachten. Er würde nicht überleben. In seiner Qual hatte Roberto den Pfeil aus der Augenhöhle gerissen, und eine gräßliche offene Wunde war zurückgeblieben. Er würde langsam verbluten. Tess wunderte sich, daß Roberto noch bei Bewußtsein war. Sein gesundes Auge war glasig vor Schmerz, doch er blickte wachsam, mißtrauisch in die Runde.

»Holt seine Lanze«, befahl Kenric. Thomas lief los, um seinem Geheiß zu entsprechen, und kam mit der Waffe zurück. Kenric nahm die Lanze und richtete das stumpfe Ende auf Robertos Hals. Er verhielt einen Augenblick, dann stieß er die Spitze plötzlich knapp oberhalb seiner Schulter in den Boden. Die falsche Kappe zersplitterte, und die messerscharfe Klinge kam zum Vorschein. »Wer sind Eure Komplizen, und wo sind sie? Nennt sie oder sterbt eines langsamen Todes. Eines Todes, der noch viel schlimmer sein wird als Eure jetzigen Qualen.«

Roberto schloß sein gesundes Auge und blieb still. Kenric trat vor, dann hielt er plötzlich inne. Er gab Fitz Alan ein Zeichen. »Bringt sie an einen Ort, an dem sie nichts sehen oder hören kann.«

»Ich verstehe Euren Wunsch, ihm weh zu tun«, flüsterte Tess, damit der Verwundete sie nicht hörte. »Aber er wird den Tag nicht überleben. Laßt es mich noch einmal an seine Vernunft appellieren, bevor Ihr ihn foltert.«

Es würde noch Stunden dauern, ehe Roberto an seiner Verletzung starb oder durch die Mittel, die Kenric benutzen würde, um die gewünschten Auskünfte aus ihm hervorzulocken. Kenric befahl seinen Männern, Roberto festzuhalten, dann erlaubte er Tess, neben ihm niederzuknien.

»Ich habe schon einmal solch eine Wunde gesehen«, sagte sie mitfühlend zu ihm. »Wir können nichts tun, um Euch zu retten, aber Ihr werdet sehr langsam sterben. Meinem Gatten bleiben noch viele Stunden, vielleicht ein Tag oder mehr, um Euch für Euren Verrat zu bestrafen. Er war viele Jahre im

Heiligen Land, wo er von den Ungläubigen lernte, wie man seinem Opfer große Schmerzen zufügen kann, ohne es zu töten.« Tess wußte nicht, ob dies die Wahrheit war, aber sie fand, daß es abschreckend genug klang, um glaubhaft zu sein. »Die Foltern, die Ihr erleiden werdet, kann sich eine Frau nur schwer vorstellen, aber Ihr müßt wissen, was Baron Montague seinen Feinden anzutun weiß.«

Roberto sah sie an, und Tess merkte, daß seine Angst wuchs. Sie zog so rasch ihren Dolch, daß Kenrics Männer nicht einschreiten konnten. Der kleine, juwelengeschmückte Dolch, den Tess beim Essen hatte benutzen dürfen, war auf den Hals des Italieners gerichtet. Sie versuchte die Erinnerung an den anderen Mann abzuschütteln, der ihr ebenso auf Gedeih und Verderb ausgeliefert gewesen war.

»Sagt meinem Gatten, was er wissen will, und ich werde Euch töten. Ein einziger Schnitt, und die Folter bleibt Euch erspart.«

Sein Schweigen würde ihm nichts mehr einbringen, und da sich Roberto niemandem außer sich selbst verpflichtet fühlte, entschied er sich dafür, seinen Plan preiszugeben. Seine Stimme war nur noch ein rauhes Flüstern, als er sein Geheimnis offenbarte, die Schmerzen und seine zunehmende Mattigkeit waren ihm deutlich anzumerken.

Wie vermutet, steckte MacLeith hinter dem Komplott des Italieners. Der Ritter war ein Söldner. MacLeith hatte vor zwei Monaten am Hofe des schottischen Königs Kontakt zu ihm aufgenommen und ihn beauftragt, seinen lästigen Schwiegersohn aus dem Weg zu räumen. Von Montagues Landvogt hatte er erfahren, daß sich seine Stieftochter als Kenrics Gattin auf der Burg aufhielt. MacLeith fürchtete Kenrics Heer. Ohne ihren Anführer, so dachte er, würden Kenrics Männer nicht gegen Remmington ausziehen. Roberto sollte daher den Baron töten und dann auf eigene Faust aus der Festung fliehen. Auf der Straße nach Schottland wartete der Landvogt mit einigen Männern und frischen Pferden. Dort sollten sie sich treffen, um sich später wieder mit MacLeith zu vereinen und die Abrechnung vorzubereiten.

»Das … ist … alles, Lady.« Roberto hatte Mühe, gegen die Schwellung in seiner Kehle anzukämpfen.

»Warum habt Ihr nicht versucht, zuerst mich zu töten?« fragte Tess verwundert darüber, daß Kenric die Zielscheibe des Anschlags gewesen war.

»Remmington gehört dem Baron … durch Eure Heirat. Ihr solltet nur sterben, wenn … ich Euren Gatten nicht … hätte töten können.« Roberto holte tief Luft, und seine Stimme wurde vorübergehend kräftiger. »Haltet Euer Versprechen. Tötet mich … jetzt, Lady.«

»Wünscht Ihr noch eine Frage zu stellen, Mylord?« fragte Tess, ohne Kenric anzusehen, unfähig, den Blick von Robertos entstelltem Gesicht loszureißen.

»Nein. Das ist alles, was ich wissen muß.«

Sie erkannte an seiner Stimme, daß er ihr die Erlaubnis gab, Robertos Leben zu beenden. Ihr Blick fiel auf die Spitze ihres Dolchs, die noch immer auf den Hals des Italieners gerichtet war. Sie hatte es schon einmal getan. Es wäre eine gute Tat, Robertos Leiden zu beenden und ihm Kenrics Vergeltung zu ersparen. Selbst wenn Kenric ihn in Ruhe ließ, würde Roberto lange leiden müssen, bevor er schließlich starb. Er bat bereits um den Tod.

»Ich muß mein Versprechen halten«, flüsterte sie. »Aber ich kann es nicht.« Kenrics Hand schloß sich um ihre. Sanft nahm er den Dolch an sich.

»Ihr braucht es nicht zu tun.«

Tess wehrte sich nicht, als er sie hochzog und Fitz Alan übergab.

»Dreht Euch um, Tess.«

Sie wandte Roberto den Rücken zu und spürte kaum, daß Fitz Alan sie an sich drückte, um ihr den Anblick zu ersparen. Sie hörte, wie Kenric dem Italiener etwas zuraunte, konnte die Worte jedoch nicht verstehen. Wenig später hob Kenric sie auf und trug sie vom Übungsplatz. Sie wagte nicht zu sprechen, bis sie fast in der Halle angelangt waren.

»Ist es vorüber?«

»Roberto ist tot, aber es ist nicht vorbei. Fitz Alan reitet mit einer Patrouille los, um Robertos Männer und den

Landvogt zu suchen. Sie werden mir erst morgen vorgeführt. Heute nämlich würde ich sie alle töten, noch ehe sie mir ihre Geheimnisse preisgegeben hätten.« Er blickte in ihr bleiches Gesicht und runzelte die Stirn. »Vielleicht tue ich es trotzdem.«

21.

Tess war leicht wie eine Feder, als Kenric sie die Stufen zur Halle hinauf trug. Er fragte sich, ob sie wirklich vorgehabt hatte, zu verhungern. Der Duft von Frühlingsblumen stieg ihm in die Nase, und er wußte, daß es der ihre war. Er atmete tief ein, versuchte den berauschenden Duft in sich aufzunehmen. Jetzt, da die unmittelbare Gefahr vorüber war, erregte es seine ausgehungerten Sinne, sie im Arm zu halten. Sie hatte die Arme um seinen Hals geschlungen, und am liebsten hätte er ihren Körper an den seinen gepreßt. Ihre Finger hatten sich in seinem Haar verflochten, liebkosten leicht seinen Nacken, und er hatte Lust, das schmale Band herunterreißen, das ihren Zopf hielt, um ihr Haar über seine Brust zu breiten. Es waren kindische Gedanken. Sie war noch viel zu aufgewühlt, um zu wissen, was sie tat.

Oben an der Treppe zögerte er nur einen flüchtigen Augenblick, ehe er in den Gang einbog, der zu ihrem Raum führte. Wenn er sie in sein Gemach brachte, würde er zweifellos mit ihr schlafen. Nachdem er sie um ein Haar verloren hatte, war er von dem glühenden Wunsch erfüllt, sie von neuem in Besitz zu nehmen. Aber sie mit in sein Bett zu nehmen war nicht die Antwort. Er würde sich später nur fragen, ob sie es genossen oder ihm nur wieder etwas vorgespielt hatte, weil sie hoffte, ihre Freiheit mit ihrem Körper erkaufen zu können.

Die Veränderungen im Sonnenzimmer fielen ihm sogleich auf. Der Raum wirkte jetzt behaglicher, am Kamin standen Tisch und Stuhl, es gab ein kleines Bett, in das er nicht im Traum hineingepaßt hätte, in einer Ecke stand eine Kommode und in einer anderen ein Badezuber. Es war ein warmer, freundlicher Ort. Sie müßte hier eigentlich zufrieden sein.

Er legte sie aufs Bett und sah, daß sie sich Tränen aus den Augen wischte. Er ließ ihr einen Moment Zeit, sich zu fangen, und goß ihr aus dem Krug auf dem Tisch einen Becher Apfelwein ein. »Trinkt das.«

Tess nahm den Becher, und er sah zu, wie sie einen kleinen Schluck trank. Die Farbe, die ihr durch die ganze Aufregung in die Wangen gestiegen war, verblaßte allmählich, und ihm fiel erneut auf, wie dünn sie geworden war. Wirre Haarsträhnen umrahmten ihr Gesicht, und das Kleid, das sie trug, hätte besser zu einer Bettlerin in den Straßen Londons gepaßt. Aye, sie sah furchtbar aus. Und doch war sie immer noch die schönste Frau, die er sich vorstellen konnte. Er wandte sich ab, suchte nach etwas, das ihn ablenken konnte, und wußte doch, daß nichts auf der Welt ihn so gefangennahm wie seine Gattin. Er sollte sie hassen. Sie war eine hinterhältige, intrigante Frau, die ihn entmannen würde, wenn sie nur die Gelegenheit dazu bekäme. Er wollte sie leiden sehen. Und doch wollte er in dieses kleine Bett steigen und sie tagelang in den Armen halten, sich an ihrem Körper erfreuen, bis er gesättigt war – während sie vermutlich die ganze Zeit über ihn lachen würde.

»Schmeckt Euch das Essen, das Miriam Euch bringt?« Er warf noch ein Holzscheit aufs Feuer, dann griff er nach dem Schürhaken und machte sich an den Kohlen zu schaffen, um sich zu beschäftigen.

»Das Essen ist gut. Ich war in letzter Zeit nicht sehr hungrig.«

»Ihr werdet es Euren Wachen sagen, wenn Ihr etwas Besonderes essen wollt.«

Tess wischte sich die Augen. »Werdet Ihr die Soldaten, die mich heute bewacht haben, trotz allem noch bestrafen? Sie konnten nicht wissen, daß ich ihnen entwischen wollte. Ich sagte ihnen, ein Mann sei in mein Zimmer eingedrungen, und sie versuchten nur, ihre Pflicht zu tun und mich zu beschützen. Es scheint mir nicht richtig, wenn sie … wenn sie –«

»Sie werden nicht sterben«, sagte Kenric knapp. »Simon und Evard werden von nun an vor Eurer Tür stehen. Ihr werdet Euch an Simon wenden, wenn noch etwas … Ungewöhnliches vorfällt.«

Er traute diesen beiden Männern mehr als allen anderen zu, ihr Leben zu schützen. Die MacLeith wollten jetzt ihren Tod, aber es würde niemandem gelingen, ihr hier etwas anzutun. Er tat Tess einen Gefallen, wenn er sie im Sonnenzimmer festhielt. Sollte sie erwarten, daß er ihr im Austausch gegen sein Leben die Freiheit zurückgab, dann irrte sie. Allerdings konnte er ihr durchaus einige Vergünstigungen für ihr heutiges Verhalten gewähren. »Helen hat darum gebeten, Euch besuchen zu dürfen. Ich werde veranlassen, daß sie kommt.«

Er warf einen Blick auf sie, um ein Zeichen von Dankbarkeit zu sehen, doch Tess schien diese Vergünstigung kaltzulassen. Sie senkte rasch den Kopf und trank noch einen Schluck Apfelwein. Er legte den Schürhaken weg und musterte die übrigen Gegenstände im Raum. Eingehend betrachtete er den Wandteppich, als sei er von besonderem Interesse für ihn.

Tess bemerkte seine Rastlosigkeit und fragte sich, warum er nicht ging. Ja, sie wünschte sich, daß er sie endlich allein ließe, damit sie den Tränen freien Lauf lassen konnte. Doch andererseits wollte sie auch, daß er blieb, da sie nicht wußte, wann sie ihn wiedersehen würde.

»Ihr gebt Simon Bescheid, wenn Ihr noch etwas braucht oder wünscht«, sagte er schließlich und riß sich von dem Wandteppich los.

Tess nickte. Sie dachte schon, er würde sie jetzt allein lassen, doch statt dessen ließ er sich auf dem Stuhl nieder. Verlegen räusperte er sich.

»Warum habt Ihr mir das Leben gerettet?«

Tess war verblüfft von dieser unerwarteten Frage. Es wäre ihr nie in den Sinn gekommen, daß er einen Grund dafür wissen wollte. »Ihr wart in Gefahr.«

»Mein Tod hätte zu dem gleichen Ergebnis geführt wie eine Annullierung die Ehe. Ihr hättet Eure Freiheit erlangt, ohne die lästigen Formalitäten erfüllen zu müssen.«

»Ich wollte niemals Euren Tod!«

Er schwieg einen Moment, dann lehnte Kenric sich zurück und verschränkte die Arme. »Erzählt mir von Eurer Vision.«

Tess erbleichte und schüttelte den Kopf. »Ich will nicht mehr daran denken.«

»So furchtbar war es?«

»O ja!« Ihre Augen verdunkelten sich von Furcht.

»Ihr hattet schon früher Visionen.« Das war zwar keine Frage, doch er verlangte eine Antwort.

Tess nickte. »Keine wie diese, aber hier und da flüchtige Eindrücke von Ereignissen, an die ich mich nicht erinnern kann, bis sie eintreten und mir vertraut erscheinen.«

»Seid Ihr eine Hexe?«

Kenric hielt es für eine vernünftige Frage, doch Tess wirkte gekränkt. Sie kreuzte die Arme vor der Brust, und ihre Augen nahmen die Farbe dunkler Saphire an, als ein empörter Ausdruck auf ihr Gesicht trat.

»Es ist eine Gabe«, behauptete sie unerschrocken. »Onkel Ian sagt, daß schon einige Frauen unserer Familie sie besessen haben. Meine Großmutter war die letzte, die darüber verfügte. Ich bezweifle, daß jemand, dem sie das Leben rettete, sie jemals der Hexerei beschuldigt hätte.« Sie warf ihm einen scharfen Blick zu, und ihre Augen wurden schmal. »Und außerdem hegten jene, die sie kannten, auch keinen Zweifel an der Richtigkeit ihrer Warnungen.«

Das hatte er wohl verdient, dachte er und hätte am liebsten über die Zornesblitze in ihren Augen gelacht. Aye, sie war zutiefst gekränkt. Wenn Tess ihm sagte, der Himmel werde einstürzen, erwartete sie zweifellos, daß er seine Männer in Reih und Glied antreten ließ, um das Ereignis später zu bezeugen. »Erzählt mir von den Dingen, die Ihr in der Vergangenheit vorausgesehen habt, Ereignisse vielleicht, die weniger gräßlich waren als der heutige Vorfall.«

Tess musterte ihn argwöhnisch, sie traute ihm nicht. Ein Mann, der mit dem Gedanken spielte, seine Gattin vor dem Tribunal der Kirche der Hexerei anzuklagen, würde Beweise brauchen. »Warum?«

»Ich bin neugierig. Tut mir den Gefallen.«

»Ich kann mich an nichts erinnern«, sagte sie hastig und schüttelte den Kopf. »Aye, es ist alles verblaßt.«

Kenric betrachtete ihren Zopf. »Ich möchte Euch trotz allem danken, daß Ihr mir das Leben gerettet habt. Ich möchte nur nicht, daß Ihr noch einmal Euer eigenes Leben dafür riskiert. Eine schlichte Warnung reicht.«

»Ich habe es gern getan«, sagte sie leise.

»Simon und Evard haben zweifellos schon Posten vor Eurer Tür bezogen. Ich werde veranlassen, daß sie dort bleiben.« Kenric stand auf und streckte die Arme aus, eine alte Gewohnheit von ihm, wenn sich ein Gespräch seinem Ende näherte. »Fitz Alan wird die Patrouille zusammengestellt haben, um den Landvogt zu suchen. Ich werde mit den Männern reiten, um dafür zu sorgen, daß der Verräter ihnen dieses Mal nicht entwischt.«

Tess starrte auf seine Brust, und Kenric folgte ihrem Blick. Er hatte vergessen, daß er kein Hemd trug. Plötzlich wurde ihm bewußt, daß er halbnackt und Tess nicht mehr als zwei Schritte von ihm entfernt war. Ihr sehnsüchtiger Blick verwirrte ihn. Nein, er würde nicht zulassen, daß er seine eigene Schwäche in ihren Gesichtsausdruck hineindeutete. Es war Zeit zu gehen, solange er sich noch beherrschen konnte.

»Ihr habt heute morgen Schlimmes durchgemacht, und ich will Euch nicht davon abhalten, Euch auszuruhen. Helen wird Euch morgen besuchen.« Kenric drehte sich um und ging rasch zur Tür. Als sie seinen Namen rief, lag seine Hand schon am Türriegel. Er erinnerte sich, unter welchen Umständen er ihn viele Male zuvor gehört hatte. Er antwortete, ohne sie anzusehen. »Aye?«

»Werdet Ihr mich wieder besuchen?«

Er schloß die Augen und sagte sich, daß nicht Sehnsucht, sondern schlichte Neugier in ihrer weichen Stimme schwang. Seine Stimme klang gezwungen, als er sagte: »Vielleicht.«

22.

Das ungewöhnlich warme Wetter ließ die wintergraue Landschaft plötzlich in den hellen Farben des Frühlings erstrahlen. Seit der Enttarnung Robertos war eine volle Woche verstrichen, doch Tess hatte das Gefühl, daß es mindestens ein Jahr her war. Der jähe Wechsel der Jahreszeiten ließ ihr die im Sonnenzimmer verbrachte Zeit nur noch länger erscheinen. Jeden Tag wartete sie mit neuer Hoffnung auf Kenrics Besuch, doch jeden Tag wartete sie vergeblich. Sein ›Vielleicht‹ war eine höfliche Umschreibung für ein ›Nein‹ gewesen. Helen und Miriam waren die einzigen, die an ihrer Tür erschienen, und manchmal ließ Tess diese auch offenstehen, wenn Simon und Evard zu Gesprächen aufgelegt waren.

Obgleich sie sich vor Helens erstem Besuch ein wenig gefürchtet hatte, freute sie sich jetzt jeden Tag auf ihre Schwägerin. Die langen Nachmittage vergingen schneller, wenn Helen berichtete, was in der Burg geschah. Sie erfuhr, daß der Landvogt und Robertos Männer nur wenige Stunden nach Robertos Tod gefangengenommen worden waren, aber mehr wußte Helen über das Schicksal der Verräter nicht zu sagen. Es dauerte zwei Tage, bis Helen mit Fitz Alan darüber sprach, dann erzählte sie Tess alles in einem scheinbar endlosen Wortschwall. Ihre plötzliche Verlobung versetzte Helen in widersprüchliche Gefühle, denn sie war immer noch wütend, weil Fitz Alan und ihr Bruder um die Entscheidung gewettet hatten, ob er sie heiraten würde oder nicht. Eines Tages jedoch verkündete sie Tess, daß sie sich in ihn verliebt hatte.

Tess staunte. Helen mußte lange auf sie einreden, bis sie ihr auch nur ansatzweise glaubte. Sie erinnerte sich nur zu gut daran, daß sie schon einmal auf Helens Täuschungsmanöver hereingefallen war. Andererseits war es kein Geheimnis, daß Fitz Alan den Frauen gefiel. Manchmal beschwerte sich Helen über ihn, um im gleichen Atemzug verliebt zu seufzen. Tess konnte nicht fassen, daß die Eisprinzessin, die sie am Tag ihrer Ankunft auf Montague kennengelernt hatte, und die Frau jetzt ein und dieselbe war.

Heute aber schwieg sich Helen gegen ihre sonstige Gewohnheit über Fitz Alan aus. Fast eine Stunde ihres täglichen Besuchs war vergangen, und sie hatte seinen Namen noch nicht einmal erwähnt.

»Wann werdet Ihr etwas an Euren gräßlichen Kleidern ändern?« fragte Helen, während sie die Nadel durch ihre Stickerei zog. Ihre Handarbeitsrahmen standen in der Mitte des Zimmers, wo sie das meiste Licht hatten. Sie saßen einander gegenüber, um sich besser unterhalten zu können. Helen beugte sich über ihren Rahmen und musterte kritisch Tess' Leinenkleid.

Tess blickte auf das abgetragene Gewand hinunter, das seine besten Zeiten schon lange hinter sich hatte. »Als ich hier eintraf, gab es so viel zu tun, daß mir neue Kleider unwichtig erschienen. Durch all die Arbeit hätte ich sie ohnehin verdorben. Ich dachte, ich warte bis zum Frühjahr, wenn die Stoffhändler kommen.«

Sie hatte außerdem darauf gewartet, daß Kenric Notiz von ihren Kleidern nahm und ihr das erforderliche Geld anbot, um sie ersetzen zu lassen. Durch ihre sture Weigerung, ihn auf sein Versäumnis hinzuweisen oder das Geld zu erschmeicheln, hatte sie sich letztlich nur selbst geschadet. Sehnsüchtig betrachtete sie Helens Kleid, obwohl es nur ein schlichtes moosgrünes Tageskleid war. Tess konnte sich kaum noch erinnern, wie es war, ein solch makelloses Kleid zu besitzen, das nicht mehr als ein Jahr alt war. In diesem Jahr würden sicher keine Stoffhändler zu Tess kommen.

»Ich würde Euch ja welche von meinen Stoffen überlassen, aber sie wurden im Herbst alle zu Kleidern verarbeitet«, sagte Helen und runzelte leicht die Stirn. »Aber einige von meinen Sachen könnten leicht für Euch geändert werden.«

Tess war versucht, das Angebot anzunehmen. Jedes einzelne von Helens Kleidern wäre ein großes Geschenk für sie, doch hinsichtlich ihrer Garderobe war sie nach wie vor eigen. Sie würde nicht die abgelegten Kleider einer anderen Frau tragen. Tess schüttelte den Kopf und lehnte das Angebot ab.

»Kenric glaubt, Ihr zieht Euch absichtlich so an«, sagte Helen gleichmütig. »Gestern abend fragte er, ob Ihr noch immer dieses Kleid mit dem gelben Oberteil tragt. Als ich bejahte, sagte er, Ihr wärt farbenblind.«

Tess runzelte die Stirn. »Habt Ihr den erhabenen Herrn darauf hingewiesen, daß ich keine andersfarbigen Kleider habe, unter denen ich auswählen kann? Und daß er seine prallgefüllte Börse vielleicht ausnahmsweise durch die unerhörte Ausgabe für einen Stoffballen erleichtern könnte?«

Helen lächelte über Tess' Temperamentsausbruch. »Ich werde ihn heute beim Nachtmahl darauf hinweisen. Er hat mich überrumpelt, sonst hätte ich gleich in Eurem Sinne geantwortet. Wißt Ihr eigentlich etwas über die Einzelheiten von Verlobungen?« fragte Helen plötzlich.

»Ein wenig.«

»Als Ihr Eurem Stiefbruder versprochen wart, wart Ihr und er ... Ich meine, seid Ihr Euch ... nähergekommen?«

»Nein, niemals«, erwiderte Tess. »Gordon hatte kein Interesse an mir. Gordon McLeith hatte an überhaupt keiner Frau Interesse, wenn Ihr versteht, was ich meine.«

Helen starrte sie nur verständnislos an.

»Schon gut«, murmelte Tess. »Warum fragt Ihr?«

Helen wurde blutrot und beugte sich wieder über ihren Stickrahmen. »Aus keinem besonderen Grund.«

»Seid Ihr und Fitz Alan Euch nähergekommen?« fragte Tess und bemühte sich, einen ungezwungenen Ton anzuschlagen.

»Er wollte mich glauben machen, daß einander versprochene Paare gewöhnlich ... nun, gewisse Dinge miteinander tun.« Helen sah immer noch nicht von ihrer Arbeit auf.

Tess lächelte. Sie sah fast bildlich vor sich, wie Fitz Alan die widerstrebende Helen umschmeichelte und lockte. »Ich glaube durchaus, daß viele verlobte Paare sich vor der Vermählung ebenso nahekommen wie danach. Ja, auf diese Weise ist übrigens auch Fitz Alan entstanden.«

»Wie meint Ihr das?«

»Kenric hat mir erzählt, daß Fitz Alans Eltern einander versprochen waren und sein Vater nur wenige Tage vor der Heirat in einer Schlacht getötet wurde. Da eine Verlobung ebenso bindend ist wie jede Vermählung und Fitz Alans Vater der Erbe eines großen Besitzes war, beseitigte sein Onkel schnell jeden Beweis für die rechtmäßige Verlobung. Die Familie seiner Mutter war empört, und die beiden Häuser führten viele Jahre Krieg gegeneinander, aber keine Seite konnte gewinnen, und schließlich schlossen sie einen Waffenstillstand. Leider konnte Fitz Alan keinen Anspruch mehr auf seinen Besitz erheben, wenngleich er später aus eigener Kraft zu Wohlstand kam.«

»Oh, dieser elende Lügner!« Helen ballte die Hände zu Fäusten. »Mir hat er gesagt, seine Mutter sei eine gemeine Wirtshausdirne gewesen! Und sie sei sich nicht sicher gewesen, ob der Fischhändler oder der Schweinehirt des Dorfes sein Vater sei.« Tess' Lachen fachte ihre Wut nur noch mehr an. »Er hat mich in dem Glauben gelassen, daß er von niedrigerer Geburt ist als ein Diener!«

»Er möchte wohl, daß Ihr ihn so annehmt, wie er ist, ganz gleich welcher Herkunft«, sagte Tess ruhig, obwohl sie immer noch lächelte. Helen öffnete den Mund, um etwas einzuwenden, überlegte es sich jedoch anders. »Ihr habt kein Geheimnis daraus gemacht, daß Ihr Euren Bruder verabscheut, weil er ein Bastard ist. Wieso sollte Fitz Alan denken, daß Ihr vor ihm größere Achtung habt?«

»Nein, er will mit seinen Lügen erreichen, daß er in meiner Achtung noch tiefer sinkt«, entgegnete sie und kniff die Augen zusammen. »Ich soll denken, daß er ein Kind der Sünde ist, obwohl die Kirche die Verbindung seiner Eltern bereits durch die Verlobung gesegnet hatte.«

»Was macht das für einen Unterschied?« wandte Tess ein. »Ob die Verbindung gesegnet war oder nicht, ihr wäre dasselbe Kind entsprungen. Dadurch wird der Mann, der aus dieser Verbindung hervorging, nicht besser oder schlechter. Die Welt sieht nur, daß Fitz Alan keinen rechtmäßigen Anspruch auf den Namen seines Vaters oder seinen

Besitz anmelden kann, und daher wird er zum Bastard erklärt. Doch er sollte deshalb nicht weniger Anspruch auf Respekt haben.«

»Aber er sollte nicht gezwungen sein, diesen üblen Namen zu tragen«, fuhr Helen auf. »Diese Ungerechtigkeit schreit zum Himmel!«

»Da bin ich Eurer Ansicht«, sagte Tess langsam. »Und doch wolltet Ihr, daß Kenric ebenso bezeichnet wird, obwohl Euer Vater sich bereiterklärte, ihn durch die Heirat mit Eurer Mutter zu seinem Sohn zu machen. Auch das schreit zum Himmel, Helen.«

»Die beiden Fälle sind völlig verschieden. Kenric wurde der Besitz nicht verweigert, der rechtmäßig ihm gehörte!«

»Nein?« fragte Tess milde und blieb trotz Helens wachsendem Zorn ruhig. »Ist Euch nie in den Sinn gekommen, daß Kenric wenigstens zehn Jahre älter ist als Edwards zweiter, mit der Königin gezeugter Sohn? Begreift Ihr, was Kenric zugestanden hätte, wenn die Kirche die Verbindung seiner Eltern anerkannt hätte?« Tess schwieg einen Augenblick, um den Gedanken auf Helen wirken zu lassen, denn deren Miene verriet, daß sie diese Möglichkeit noch nie in Betracht gezogen hatte. »Meint Ihr wirklich, daß Kenric noch nie daran gedacht hat? Montague und Remmington zusammen sind nichts im Vergleich dazu.«

»Ihre Verbindung war nicht gesegnet«, murmelte Helen, die stur an ihren Überzeugungen festzuhalten versuchte.

Tess zuckte die Achseln. »Gott hielt es für angemessen, sie mit einem Kind zu segnen.«

»Oh, Ihr versucht mich zu verwirren.« Helen griff zu ihrer Nadel und machte sich wieder an der Stickerei zu schaffen. »Ihr alle drei treibt mich noch in den Wahnsinn.«

Tess schwieg und arbeitete ebenfalls weiter. Sie wartete, bis ihre Schwägerin sich beruhigt hatte. Als Helens Stiche weniger schwungvoll wurden, senkte sie den Kopf, um ihr Gesicht zu verbergen, und sprach leise weiter.

»Ich höre seit Tagen, was Ihr über den Mann sagt, den Ihr heiraten werdet. Ihr scheint zärtliche Gefühle für ihn zu hegen, doch Ihr laßt Euch von den Dingen beeinflussen, die andere über ihn sagen, Ihr seht nur in ihm, was Ihr glaubt sehen zu müssen. Ihr seid meine Freundin, Helen, und ich möchte nicht, daß Ihr den gleichen Fehler in Eurer Ehe begeht wie ich. Bastard oder nicht, Fitz Alan hat ebensoviel Stolz wie mein Gatte. Wenn Ihr ihn ungerecht beurteilt, wird er sich gegen Euch wenden. Wenn das geschieht ...« Tess konnte nicht fortfahren. Sie hatte zuviel von ihrem Schmerz offenbart.

»Verzeiht mir«, flüsterte Helen, als sie sah, wie Tränen über Tess' Wangen liefen und auf ihre Stickerei tropften. Tess nickte kaum merklich, um ihr Mitgefühl anzuerkennen. Helen rutschte unbehaglich hin und her. »Möchtet Ihr, daß ich gehe?«

Tess schüttelte den Kopf und wischte sich die Tränen ab. »Nein, ich sollte Euch um Verzeihung bitten. Ich bin eine erwachsene Frau und sollte nicht weinen wie ein Kind.« Es gelang ihr, Helen ein mattes Lächeln zu schenken. »Sonst bekommt Ihr noch den Eindruck, daß die Ehe etwas Furchtbares ist, dabei kann sie wirklich wunderschön sein. Habt Ihr schon den Tag der Trauung festgelegt?«

»Nein«, erwiderte Helen, die sichtlich kämpfen mußte, um den Wechsel des Themas zu verarbeiten. »Fitz Alan hat mir gesagt, er habe es nicht eilig.«

»Es klingt aber, als habe er es ganz besonders eilig, wenn er Euch schon jetzt unbedingt näherkommen will. Ich glaube, ich würde ihn warten lassen, bis er sich herabläßt, den Tag der Vermählung festzulegen.«

»Warten lassen worauf?« fragte Helen unschuldsvoll.

Tess verdrehte die Augen. Helen würde Fitz Alan gewiß noch zur Verzweiflung treiben.

23.

»Nun?«

Kenric funkelte Helen an. Er wünschte, sie würde endlich mit der Sprache herausrücken. Vor Tagen schon hatte er aufgehört, bloße Neugier wegen ihrer Besuche bei Tess vorzuschützen. Inzwischen verlangte er jedesmal einen vollständigen Bericht, ergänzt durch den strikten Befehl, Tess gegenüber kein Wort über sein Interesse zu verlieren. Diese abendlichen Verhöre in seiner Kammer wurden allmählich zu einer Quälerei. Helen mußte sich zuerst unbedingt widerspenstig gebärden und stand errötend und stammelnd vor ihm, bis er ihr eine grobe Schilderung des Nachmittags entreißen konnte.

»Sie möchte neue Kleider haben«, stieß sie schließlich hervor. »Aber von den Stoffen aus dem letzten Jahr ist nichts mehr übrig. Ich dachte –«

Kenric hob die Hand, um sie zum Schweigen bringen. »Ihr werdet zwei Eurer eigenen Kleider für sie ändern lassen.«

»Aber sie –«

»Wagt es nicht, mir zu widersprechen. Ihr habt genug Kleider für zehn Frauen.« Helen öffnete den Mund, als wolle sie seine Anordnung in Frage stellen, besann sich jedoch und nickte. »Was noch?«

»Wir sprachen über das schöne Wetter. Sie hat bemerkt, daß ich gestern in der Sonne war und riet mir, einen Schleier zu tragen, um keine Sommersprossen zu bekommen.«

Kenric fragte sich, ob Tess wohl noch immer so blaß war wie bei ihrer letzten Begegnung. Frische Luft und Sonnenschein würden ihr vermutlich guttun. Vielleicht würde er ihr gestatten, jeden Tag eine Stunde im Garten spazierenzugehen. Vielleicht war das aber auch eine unglaublich dumme Idee. »Ißt sie genug?«

»Ich habe heute wieder mit ihr zu Mittag gegessen, und sie schien einen gesunden Appetit zu haben.« Helen wußte, daß dies eine Untertreibung war. Tess hatte alles bis auf den letzten Krümel verschlungen. Es verblüffte sie, daß eine so zierliche Frau soviel essen konnte.

»Hat sie heute von mir gesprochen?«

Helen zögerte einen Augenblick zu lange.

»Was hat sie gesagt?«

»Sie beklagt sich nicht über Euch, Mylord.« Helen war klar, daß er mit diesen allabendlichen Berichten einen Zweck verfolgte. Allerdings war sie sich nicht sicher, welchen. Falls er vorhatte, sich an Tess' Unglück zu weiden, wollte sie ihm nichts erzählen, das ihm diese Genugtuung verschaffte. Doch falls er nur auf ein Zeichen wartete, daß Tess genug gelitten hatte, wollte sie auch nichts zurückhalten. Es wurde immer schwieriger, ausweichend zu bleiben, da seine Fragen jeden Abend eindringlicher wurden. Bei ihrem ersten Besuch im Sonnenzimmer hatte Tess furchtbar ausgesehen. Seither hatte sich ihr Zustand stetig verbessert, während es nun Kenric war, der immer verhärmter aussah. Es schien, als habe er nächtelang kein Auge zugetan. Er war seit Tagen unrasiert, und seine Stimmung änderte sich häufig von einem Moment auf den anderen. Das gab ihr zu denken, doch was mochte dahinterstecken? »Ich glaube, sie sagte, Fitz Alan sei ebenso stolz wie Ihr.«

Aha. Eine Bemerkung, die man entweder als Kompliment oder als Beleidigung auffassen konnte.

»Ihr habt über Fitz Alan gesprochen?«

»Nun, irgendwie kamen wir auf die Verlobung zu sprechen. Laßt mich überlegen. Ja, sie fragte, ob ich schon wisse, wann die Vermählung stattfinden soll. Ich verneinte, und sie riet mir, Roger zu fragen, welchen Tag er im Sinn habe, worauf ich erwiderte, Roger scheint sich noch nicht festlegen zu wollen und vielleicht würde ich selbst einen Tag vorschlagen.«

Kenrics Augen verengten sich drohend. »Und was antwortete Tess auf all dieses Geschwätz?«

»Sie sagte, sie hielte es für einen guten Plan.«

Sein Blick wurde noch drohender. »An welcher Stelle genau erwähnte Tess, daß Fitz Alan stolz sei?«

Helen dachte angestrengt nach. Sie zog die Brauen zusammen und nagte an ihrer Unterlippe. Kenric konnte seine Ungeduld kaum beherrschen, als ihr Blick durch den Raum schweifte.

»Wenn Euch keine besseren Lügen einfallen, probiert es doch ausnahmsweise mit der Wahrheit.« Er verschränkte die Arme vor der Brust und wartete.

Helen riß sich zusammen. Sie vergaß beinahe zu atmen. »Sie warnte mich davor, Fitz Alans Stolz zu verletzen. Sie meinte, er würde sich sonst gegen mich wenden.«

Kenric dachte darüber nach. Er versuchte zu entscheiden, ob er mehr in Tess' Bemerkung hineindeuten sollte als eine freundschaftliche Warnung. Seine Gattin hatte recht. Fitz Alan würde sich gegen Helen wenden, wenn sie ihn zu demütigen versuchte. Tess war anscheinend eine sprudelnde Quelle an Weisheiten bezüglich männlichen Stolzes. Auf seinen Stolz hatte sie allerdings keine Rücksicht genommen.

Tess mußte wohl verbittert sein. Sie hatte gedacht, er würde ihr vergeben, weil sie ihm das Leben gerettet hatte. Die Warnung, die sie Helen heute mit auf den Weg gegeben hatte, ließ erkennen, daß sie nicht mehr darauf hoffte. Ein Bild nahm vor ihm Gestalt an – Tess in eines ihrer erbärmlichen Kleider gehüllt, nicht in jenes, das ihn schwindelig machte, sondern in ein anderes, vom Waschen ausgebleichtes Kleid. Ja, genau, dieses Bild sah er viel deutlicher. Sie saß auf dem kleinen Bett in ihrem Zimmer, wurde immer dünner, immer blasser. All ihre Reize schwanden mit diesem farblosen Bild dahin.

»Über mehr haben wir heute nicht gesprochen, Mylord.«

Helens Stimme zitterte merklich. Kenric wußte sofort, daß sie log. Er wollte nichts mehr hören. Erschöpft rieb er sich die Stirn und entließ sie mit einer knappen Geste.

An diesem Abend ging er nicht in die Halle, er aß nicht, trank nicht, sondern dachte nur an seine Frau, versuchte zu entscheiden, was er mit ihr anfangen sollte. Er hatte sie leiden sehen wollen, und sie hatte gelitten. Er wollte sie für ihren Betrug bezahlen lassen, und sie hatte ihm das Leben gerettet. Er hatte sie mit dem Wissen quälen wollen, daß sie ihn nie wiedersehen würde und hatte sich statt dessen selbst unglücklich gemacht. Er wollte, daß sie zu ihm zurückkam, sich ihm schenkte wie in der Nacht vor ihrem Fluchtversuch, und er wollte Worte von ihr hören, die sie niemals zu ihm sagen würde. Wenn er nachts schlaflos im Bett lag, belog er sich selbst. In Gedanken durchlebte er noch einmal jeden Moment ihrer letzten Liebesnacht und sagte sich, daß sie ihn nicht betrogen, daß sie jedes Wort ernst gemeint hatte. Er verlor allmählich den Verstand.

Er lehnte sich in seinem Stuhl zurück und klappte den Deckel der hinter ihm stehenden Truhe auf. Nach kurzer Suche nahm er Tess' Spiegel heraus. Bereits am Tag ihrer Flucht hatte er den Leinensack aus dem Versteck geholt. Er dachte, es würde ihn freuen, daß sie ohne diese wenigen Annehmlichkeiten auskommen mußte. Jetzt aber hing er fast krankhaft an ihnen. Sie standen für die Frau, die er in ihr gesehen hatte. Er drehte den Spiegel um und starrte auf sein Spiegelbild. Es war kein besonders schöner Anblick. Konnte er ihr wirklich übelnehmen, daß sie vor ihm hatte fliehen wollen?

Das allabendliche Verhör seiner Schwester stieß ihn allmählich ab. Er mußte mit eigenen Augen sehen, wie es Tess ging. Tess würde seinen Besuch gewiß nicht für sonderbar oder gar für verheißungsvoll halten. In einem Augenblick der Schwäche hatte er gesagt, er werde sie vielleicht wieder aufsuchen. Bis heute hatte er dies für eine Lüge gehalten. Jetzt würde er seine Worte wahr machen. Er rieb sich das Kinn und betrachtete seine Bartstoppeln. Dieses Gesicht würde ihr angst machen. Mit neuem Schwung holte er sich einen Krug Wasser, die Klinge, die er gewöhnlich benutzte, und rasierte sich gründlich. Dann dachte er über seine Kleider nach und entschied, daß die Hose und das schlichte Leinenhemd, die er trug, völlig ausreichten, sonst würde sie vielleicht noch denken, daß er sich eigens für den Besuch bei ihr geschmückt hatte.

Und worüber sollten sie reden?

Vor Tess' Verbannung ins Sonnenzimmer hatten sie immer ein Gesprächsthema gefunden. Nun, vielleicht nicht immer, aber selbst das Schweigen war angenehm gewesen. Heute abend wäre es allerdings überhaupt nicht angenehm, wenn sie schwiegen. Er zog seinen Stuhl an den Tisch und stützte das Kinn in die Hand, während er sich den Kopf über ein unverfängliches Thema zerbrach. Er wußte nichts über Stickereien oder Näharbeiten, die anscheinend den Löwenanteil ihres Tages in Anspruch nahmen. Eine Handvoll Worte, und er wäre am Ende seiner Weisheit angelangt. Sie danach zu fragen, was sie heute getan hatte, verbot sich von selbst. Es wäre keine Anteilnahme, sondern nur ein Hinweis darauf, daß er ihr alle Tätigkeiten verboten hatte, von denen sie ihm früher so stolz berichtet hatte. Und warum sollte sie ihn nach seiner Beschäftigung fragen? Schließlich hatte sie an seinem Leben keinen Anteil mehr. Gott, welch großer Irrtum! Ihr gehörte jede Stunde, jede Minute seines Tages. Selbst der Kampfplatz konnte ihn nicht mehr ablenken. Denn jedesmal, wenn er ihn betrat, sah er vor sich, wie Roberto sie hatte überrennen wollen.

Vielleicht war es an der Zeit, über ihre Ehe zu sprechen, daß er sie gelegentlich würde aufsuchen müssen, bis sie ein Kind von ihm empfing. Das würde todsicher ein fröhliches Gespräch werden. Nein, er würde sie erst ein- oder zweimal besuchen, bevor er ihr diese Ankündigung machte. Als Kenric in die ersterbende Glut blickte, bemerkte er, daß es spät geworden war, vermutlich war Mitternacht längst vorüber. Sie würde längst zu Bett gegangen sein. Und selbst wenn es ihm gelang, sie aus ihrem gewöhnlich so tiefen Schlaf zu wecken, schien es ihm zweifelhaft, ob ein Gespräch aus einem Dutzend Wörtern sie wachhalten würde – ›guten Abend‹, ›wie geht es Euch‹ und ›gute Nacht‹. Nein, darüber würde sie wieder einschlafen. Sie konnte fast immer einschlafen … durchschlafen … Der Anflug eines Lächelns spielte um seine Lippen, als er sich erhob und seine Kammer verließ.

Drei Soldaten waren vor ihrer Tür. Im Licht der Fackeln erkannte er Simon und Evard, die auf dem Boden schliefen. Bertram hatte die Nachtwache übernommen. Er vertrieb sich die Zeit mit einem Würfelspiel. Sobald er den Baron sah, sprang er auf. Doch noch ehe er ein Wort hervorstoßen konnte, legte Kenric einen Finger an die Lippen und schüttelte rasch den Kopf.

Zu seiner Erleichterung nickte Bertram, griff aber sofort nach dem Türriegel, doch Kenric schob unsanft seine Hand beiseite und stieß die Tür selbst auf. Leise trat er ein und wartete, bis sich seine Augen an die Dunkelheit gewöhnt hatten. Der kaum wahrnehmbare Schein des Feuers war die einzige Lichtquelle, denn der Mond, dessen fahles Licht sich in klaren Nächten durch die Fenster ergoß, war hinter den Wolken verborgen. Er mußte sie sehen.

Tess konnte man so leicht nicht wecken, versicherte er sich noch einmal, während er einige Scheite von dem Brennholzstapel nahm, den man für das morgendliche Feuer bereitgelegt hatte. Draußen mochte es schon recht warm sein, aber die Kälte des Winters würde erst viel später aus den dicken Steinmauern weichen. Er schürte die Kohlen, bis sie erneut aufflammten und sich an den Holzscheiten nähren konnten. Dann durchquerte er das Zimmer und kniete vor dem Bett nieder. Sie lag auf der Seite, eine Hand hatte sie unter ihre Wange geschoben, und ihr Gesicht war dem Kamin zugewandt. Obwohl ihre Züge in dem trüben Licht kaum zu erkennen waren, musterte er sie prüfend, suchte nach einem Zeichen für Krankheit oder Verzweiflung.

Gerade als er sich tiefer über sie beugte, ging ein Holzscheit in Flammen auf, und das flackernde Licht tauchte Tess' Gesicht in strahlendes Gold. Kenric hielt den Atem an und wich zurück, der plötzliche Anblick ihrer Schönheit traf ihn unvorbereitet. Die Erinnerung reichte bei weitem nicht an die Wirklichkeit heran. Er streckte die Hand aus und fuhr mit den Fingern über ihre Wange. Ein leises Lächeln erschien auf ihrem Gesicht, und sie rieb die andere Wange an ihrem Kissen, so wie sie es früher an seiner Brust getan hatte. Kenric rührte sich nicht, als sie im Schlaf seinen Namen murmelte. Es klang herrlich, und er hatte es immer als selbstverständlich betrachtet. Bis jetzt.

Da er fürchtete, sie zu wecken, nahm er die Hand von ihrem Gesicht und strich statt dessen über ihre nackte Schulter, ihren Arm entlang bis zu ihrer anderen Hand, die auf der Bettdecke lag. Ihre Hände waren nicht so weich wie ihr übriger Körper, aber viel weicher und viel zarter als seine. Er küßte zärtlich ihre Handfläche, dann schmiegte er die Wange in ihre Hand, so wie sie ihre Wange ins Kissen geschmiegt hatte. Sie murmelte etwas Unverständliches, dann rutschte sie näher zur Bettkante, zu ihm. Langsam, Zentimeter für Zentimeter, schob Kenric erst den einen Arm, dann den anderen unter sie, bis er sie ganz umschloß. Vorsichtig glitt er aufs Bett und setzte sich in die Mitte des Lagers. Ihren Körper zu halten war eine erlesene Folter. Sie schmiegte sich vertrauensvoll an seine Brust und veränderte mehrmals ihre Lage, um ihm noch näher zu sein. Er beugte sich über sie, um die Lippen auf ihre Stirn zu drücken und mit seiner Wange über ihr seidenweiches Haar zu streichen. Dann tastete er nach ihrem Zopf, löste das Band und lockerte vorsichtig ihr Haar. Es würde ihm stundenlang Vergnügen bereiten, nur dazusitzen und die seidigen Strähnen durch seine Finger gleiten zu lassen.

Eine Stunde vor Morgengrauen ging die Tür des Sonnenzimmers auf und Kenric schlich in den Korridor. Inzwischen waren alle drei Soldaten wach und warteten bereits auf das Erscheinen des Barons. Sie verbeugten sich tief, um ihr anzügliches Grinsen zu verbergen. Kenric stolzierte davon, ohne ihnen auch nur einen Blick zu schenken.

»Ich sagte Euch doch, letztendlich gibt er nach«, prahlte Evard, nachdem Kenric verschwunden war, und stieß Simon an. Simon sah dem Baron schweigend nach. »Jetzt, da er der Versuchung erlegen ist, wird er sie noch vor heute abend wieder zu sich holen. Unser Wachestehen im Korridor ist vorüber. Endlich können wir die Nacht wieder im Bett verbringen, oder in der Gesellschaft einer kecken Magd«, fügte er mit einem Augenzwinkern hinzu.

»Wir werden sehen«, murmelte Simon skeptisch.

Tess erwachte erstaunlich erfrischt, sie fühlte sich so ausgeruht wie schon seit langem nicht mehr. Irgend etwas war anders heute morgen, aber sie wußte nicht, was. Als sie sich aufsetzte, bemerkte sie, daß ihr Haar sich in der Nacht gelöst hatte, aber das war es nicht. Sie schlug die Decke zurück, stieg aus dem Bett und ging zum Abtritt. Erst als sie ihr Kleid anzog, nahm sie wahr, was den heutigen Tag von den anderen Tagen unterschied. Die Übelkeit, die sie jeden Morgen befallen hatte, war gänzlich verschwunden. Endlich!

Glücklich über die Gnadenfrist, kleidete sie sich lächelnd zu Ende an und stieß dann die Tür auf. Wie gewohnt standen Simon und Evard auf ihrem Posten. Beide sahen sie erwartungsvoll an. Sie wünschte ihnen wie stets einen guten Morgen, um kurz darauf zu frühstücken.

»Sie tut so, als sei nichts geschehen«, flüsterte Evard, als die Baronin von Miriam abgelenkt wurde. Er legte verblüfft die Stirn in Falten. »Und sie hat auch ihre Sachen noch nicht gepackt. Haltet Ihr es für möglich, daß sie nicht weiß, daß er sie heute freilassen wird?«

Simon nickte. »Es ist möglich, daß er ihr gestern nacht keine Versprechungen gemacht hat. Der Baron gibt nicht so leicht nach. Meines Wissens hat er sich noch nie geschlagen gegeben. Er wird vielleicht einige Zeit brauchen, um mit diesem Zugeständnis zurechtzukommen. Wir werden beim Nachtmahl erfahren, ob er wirklich vorhat, dem Spuk ein Ende zu bereiten.«

Als Tess zu Abend gegessen hatte, wirkten ihre Wächter niedergeschlagen. Den ganzen Tag über waren sie ungewöhnlich still gewesen, schweigsam, aufmerksam, als warteten sie auf irgend etwas. Tess zuckte die Achseln über ihr seltsames Benehmen. Sie schloß die Tür hinter den Dienern, die ihren Badezuber mit Wasser gefüllt hatten, dann verbrachte sie eine Stunde im Bad.

Helen war ebenfalls sehr still gewesen, wenngleich sie Tess noch weitere Fragen zu ihrer Verlobung gestellt hatte, die beide Frauen in Verlegenheit brachten. Tess brauchte nicht lange, um zu merken, daß ihre eigenen Kenntnisse über die Ehe die Helens schon früher bei weitem übertroffen hatten. Auf Montague gab es zweifellos viele für ein Stelldichein geeignete Winkel, auf die ein Burgfräulein jedoch niemals zufällig stoßen würde. Auf Langston Keep sah das anders aus. Außerdem hatte Tess' Interesse an der Heilkunst dazu geführt, daß sie einiges mitbekam. So hatte sie zum Beispiel schon Geburten miterlebt. Helen war dagegen völlig ahnungslos. O ja, Fitz Alan würden noch die Augen übergehen.

Helens Fragen ließen Tess zwangsläufig an ihre eigene Vermählung denken, an Kenrics unbekümmerte Küsse und Liebkosungen. Die Sehnsucht nach seinen Berührungen machte alles noch schlimmer. Mehr als eine Stunde lang warf sie sich rastlos im Bett hin und her, bevor sie endlich erschöpft einschlafen konnte.

In der Nacht stieß Bertram mit dem Fuß gegen Simon, als er aufstand, um den Baron zu begrüßen. Als dieser Stunden später wieder auftauchte, ohne ein Wort zu sagen, grinste keiner der Männer. In ihren Gesichtern spiegelte sich verblüffte Neugier. Am Morgen begrüßte die Baronin sie wie gewohnt und ging ihren Geschäften nach, als sei nachts nichts Ungewöhnliches vorgefallen. Im Morgengrauen des vierten Tages ging Simon schließlich auf, daß Lady Tess vielleicht gar nichts von den Besuchen ihres Gatten ahnte.

»Ich habe bemerkt, daß Ihr nachts mehr Holz für Euer Feuer nehmt«, sagte er, nachdem sie an diesem Morgen gefrühstückt hatte. »Ich kann abends mehr Holz auflegen lassen, bevor Ihr Euch zurückzieht. So könntet Ihr Euch die Mühe ersparen, Euch selbst darum zu kümmern, wenn es zu kalt im Zimmer ist, um ... zu schlafen.«

»Mir ist nachts überhaupt nicht kalt, Simon.« Tess wirkte aufrichtig erstaunt über seine Sorge. »Und ich habe mich ganz bestimmt nicht am Kamin zu schaffen gemacht.«

»Jeden Morgen fehlt Holz von dem Stapel, den ich am Abend zuvor aufgeschichtet habe«, sagte er und wies mit dem Kopf zum Kamin.

»Ihr irrt Euch gewiß. Das Holz, das Ihr abends in den Kamin legt, reicht bis zum Morgen.«

Simon nickte, seine Neugier war gestillt. Lady Tess ahnte nichts davon, daß der Baron eine neue Folter für sich erfunden hatte.

24.

Der Herold des Königs und seine Eskorte waren ein prächtiger Anblick. In jedem Dorf, jedem Weiler, den sie auf dem Weg nach Montague passierten, versammelten sich die Menschen neugierig am Straßenrand. Zwei Pagen führten die Prozession aus dreißig Soldaten an, die je zu zweit ein gewaltiges Banner trugen. Jeder kannte das seidene Banner mit den drei goldenen Löwen auf scharlachrotem Hintergrund – das Wappen des Königs. Goldquasten säumten die imposanten Banner, die im Wind flatterten und alle Blicke auf sich zogen.

Vincent de Guille, der Herold des Königs, ein hochgewachsener, würdevoller Mann, ritt inmitten des Zuges. Sein Bart war so schneeweiß wie sein langes Haar. Er trug die offizielle Tracht seines Amtes, den in Scharlachrot und Gold gehaltenen Mantel, der an der Schulter von drei Spangen in Form eines Löwen zusammengehalten wurde. In der Hand hielt er ein robustes, mit Eisenklammern verschlossenes Kästchen. Darin war das Schreiben des Königs verwahrt, die Rolle war mit rotem Wachs versiegelt, um sie vor neugierigen Augen zu schützen.

Kenric wußte schon zwei Tage vor der Ankunft des Herolds von seinem Kommen. Die Nachricht von solch wichtigem Besuch eilte dem Reisenden stets voraus. Kenric traf die nötigen Vorbereitungen, nutzte die Zeit, um mehr als nur die Entscheidung zu treffen, welchen Proviant sie für die lange Reise zum Hof benötigen würden. Bevor der Herold mit seinem Gefolge durch die Tore von Montague einritt, hatte er die wichtigste Entscheidung gefällt. Nachdem er sich viermal des Nachts im Schutze der Dunkelheit in Tess' Zimmer geschlichen hatte, wußte er, daß er damit unbedingt aufhören mußte. Ja, es war Zeit, daß all dies ein Ende hatte.

Der Herold wurde in der Halle empfangen, und Kenric

brachte die Begrüßung schnell hinter sich. Nach der Übergabe des Kästchens mußte der Herold überrascht mitansehen, wie Kenric es sich unter den Arm schob und Anstalten machte, sich zurückzuziehen.

»Mylord, Ihr braucht keinen Priester zu holen, um die Worte des Königs vorzulesen. Man hat mich zu diesem Zweck geschickt.«

»Ich will keinen Priester«, sagte Kenric kurz angebunden. »Ich werde die Botschaft selbst lesen.«

»Verzeiht, Baron«, entgegnete der Herold eigensinnig. »Aber viele Männer hätten Mühe, diese edlen Worte zu entziffern. Meine Aufgabe ist es, dafür zu sorgen, daß die Botschaft des Königs in ihrer Gänze übermittelt wird.«

Kenric blickte auf das Kästchen und betrachtete die auf den Metallklammern eingravierten Worte. »Das Wort König Edwards sei mir Befehl. Nur Gottes Wort steht über dem seinen.« Kenric warf dem Herold einen ungeduldigen Blick zu. »Seid Ihr jetzt überzeugt, daß ich imstande bin, die Botschaft des Königs zu lesen?«

»Aye, Mylord.« Der Herold verneigte sich, als der Baron sich umdrehte und die Halle verließ.

Kenric zog sich in seine Kammer zurück, um Edwards Nachricht ungestört lesen zu können. Er breitete das Pergament auf dem Tisch aus und kämpfte sich durch die höfische Rhetorik und die blumige Handschrift des Schreibers, dessen Aufgabe es war, die Botschaften des Königs zu notieren. Das kunstvolle Siegel am Fuß des Dokuments belegte dessen Echtheit, aber ein Teil der Nachricht überraschte Kenric. Er las sie zweimal, bevor er verstand, warum der König eine Annullierung der Ehe erwähnte. Sie wußten beide, daß die MacLeith sie fordern würden, daher gab es wenig Grund, darauf hinzuweisen. Der König warnte Kenric. McLeith mußte sich an die Kirche gewandt haben, um Edward dazu zu zwingen, wegen Tess' Verlobung mit MacLeith' Sohn Gordon die Ehe zu annullieren. Wenn die Kirche sich ernsthaft in die Angelegenheit einmischte, würde alles viel weniger glimpflich verlaufen. Die Warnung des Königs besagte, er solle sich auf das Schlimmste gefaßt machen. Am liebsten hätte er über die Ironie, die der ganzen Angelegenheit innewohnte, gelacht.

Nachdem er das Schriftstück wieder zusammengerollt und unter seinen Arm geklemmt hatte, verließ Kenric seine Kammer und ging zielstrebig zum Sonnenzimmer hinauf. Tess' Tür stand offen, Simon und Evard standen auf der Schwelle, Helen und Miriam befanden sich im Zimmer. Tess saß vor ihrem Wandteppich und trug ausgerechnet das ausgeblichene Gewand, das er längst verbrannt sehen wollte.

»Hinaus.«

Sofort leerte sich das Zimmer, nur Tess und Kenric blieben zurück. Die Tür schloß sich, und sie waren allein. Tess hatte Kenric seit dem Kampf auf dem Übungsfeld nicht mehr gesehen. Sie sah ihn unverwandt an, während er schweigend aus dem Fenster schaute. Er schien an Gewicht verloren zu haben, seine Hose aus dunklem Leder und der Überrock lagen nicht so eng an wie früher. Unter den Augen hatte er tiefe Ringe, als habe er lange nicht geschlafen. Sie spürte seine Anspannung, sein Gesicht war auf beunruhigende Weise verändert. Irgend etwas war geschehen. Etwas Ernstes. Er war nicht zornig, vielmehr besorgt. Furcht breitete sich in ihrem Innern aus, sie wollte nicht hören, was er ihr zu sagen hatte.

»Unsere Vermählung war ein Fehler«, begann er, und seine Stimme klang nicht bedauernd, nein, er stellte es nur nüchtern fest. »Diese Verbindung wird niemandem nützen, weder jetzt noch in der Zukunft. Eine Annullierung ist die einzige Lösung.«

Vor Wochen hatte Tess genau diese Worte herbeigesehnt, in den ersten Tagen ihrer Ehe sogar darum gebetet. Sie schwor sich nun, nie wieder in ihrem Leben um etwas zu beten. Ihr war, als habe sich ein Messer in ihr Herz gebohrt. Ob er an dem Tag, als sie ihm sagte, sie wünsche eine Annullierung, auch nur annähernd solchen Kummer verspürt hatte? Nein, an jenem Tag war sein Stolz verletzt worden, nicht sein Herz.

»Der Herold des Königs ist mit dem Befehl eingetroffen, daß wir in zwei Wochen am Hofe erscheinen sollen.« Er blickte auf das Pergament, als habe er vergessen, daß er es bei sich trug. Dann hob er die Rolle in die Höhe, um ihr das königliche Siegel zu zeigen, den Beweis für seine Echtheit, und warf die Rolle auf den Kaminsims. Er verschränkte die Hände hinter dem Rücken. »Ihr hattet von Anfang an recht. Der König schlägt eine Annullierung vor, damit Remmington unversehrt bleibt. Die MacLeith fordern ebenfalls eine Annullierung, aber ich werde Euch ihnen nicht ausliefern, sondern dem König übergeben. Wenn die Mißhandlungen offenbar werden, die Gordon Euch zugefügt hat, wird der König die Verlobung mit ihm für ungültig erklären. Man wird Euch erlauben, Euch in ein Kloster zurückzuziehen. Helen und Miriam dürfen Euch an den Hof begleiten. Wir reisen morgen ab.«

Ohne ein weiteres Wort oder auch nur einen Blick machte Kenric kehrt und verließ das Zimmer. Tess starrte stumm auf die Tür und versuchte zu begreifen, was er gesagt hatte. Er ließ sie gehen. Sie hatte gewonnen. Doch noch nie hatte sie sich so verloren gefühlt. Ihr Blick wanderte durch den Raum, den sie bald verlassen durfte. Eigentlich sollte sie glücklich sein. Die Zeit ihrer Gefangenschaft war vorüber.

Tess schüttelte den Kopf. Nein, ihr Unglück fing gerade erst an. Sie hatte gedacht, irgendwann werde Kenric ihr verzeihen, ihr die Gelegenheit geben, sein Vertrauen zurückzugewinnen. Vielleicht hätte das Kind, das sie unter dem Herzen trug, ihn dazu bewegen können. Er wußte nicht einmal von ihrer Schwangerschaft. Es würde noch etwa einen Monat dauern, bevor ihr Zustand offenbar wurde. Wenn sie schwieg, würde er niemals erfahren, daß sie schwanger war. Würde es ihm etwas bedeuten, wenn er es wüßte?

Tess legte schützend die Hände auf ihren Bauch. Eine Annullierung wäre die beste Lösung. Das wußte sie seit der Vermählung. Selbst der König war dieser Ansicht. Und Kenric jetzt ebenfalls. Die Ehe würde aufgelöst, die MacLeith gezwungen, aus Remmington abzuziehen, und alle könnten weiterleben, als wäre dies alles nie geschehen. Doch im Laufe der kommenden Monate würde alle Welt den Beweis für ihre Liebe sehen. Zum ersten Mal dachte sie darüber nach, wie die Zeit nach der Annullierung aussehen würde.

Sie würde sich in ein Kloster zurückziehen, vermutlich in das Kloster nahe der Abtei von Kelso. Ihr Kind würde dort zur Welt kommen und bei seiner Mutter bleiben dürfen, wenn es ein Mädchen war; einen Knaben würde man in die Obhut seines Vaters geben. Ganz gleich wie inbrünstig sie um ein Mädchen gebetet hatte, Tess spürte instinktiv, daß sich dieser Wunsch nicht erfüllen würde. Selbst dieser Teil von Kenric würde ihr genommen werden. Er würde seinen Erben und Remmington bekommen, und sie bliebe mit leeren Händen zurück. Als Vater eines Sohnes würde Kenric gewiß dafür sorgen, daß Remmington eine neue Blütezeit erlebte. Er würde ihre Leute und den Besitz schützen. In einigen Jahren würde sich niemand mehr an sie erinnern. Sie würde nicht miterleben, wie ihr Kind aufwuchs, und sie würde ihren Gatten niemals wiedersehen. Das war der Preis, den sie bezahlen mußte, um Remmington eine Belagerung zu ersparen.

Tess stand auf und ballte die Hände zu Fäusten. Dieser Preis war zu hoch! So edel war sie nicht, solch ein Opfer konnte sie nicht bringen. Sollte sie denn gar nichts bekommen? Und wenn die MacLeith beschlossen, Remmington zu behalten, auch gegen den Widerstand der Kirche? Ihr Opfer wäre sinnlos, niemand würde verschont bleiben. Erregt rang Tess die Hände.

Wenn Kenric von dem Kind erfuhr, könnte sie ihn vielleicht von der Annullierung abbringen. Würde er die Auflösung der Ehe wirklich noch wollen, wenn er wußte, daß er dadurch sein Kind zum Bastard machte? Würde er Remmington zerstören, wenn er wußte, daß er gegen die Zukunft seines Kindes zu Felde zog? Sie ging auf und ab und überlegte, welch andere Folgen es haben würde, wenn sie um ihre Ehe kämpfte.

Angenommen, Kenric duldete sie in Remmington, dann durfte sie vielleicht ihr Kind sehen, sich vielleicht sogar in den ersten Jahren um seine Erziehung kümmern. Wenn sie die Festung verlassen durfte, könnte sie für die Kranken und

Verletzten sorgen, ihnen zeigen, daß sie sie niemals vergessen hatte. Vielleicht durfte sie sogar den Haushalt führen, um ihrem Leben einen Sinn zu geben. Welchen Grund sollte Kenric haben, sie in Remmington einzusperren und zur Untätigkeit zu zwingen? Ja, selbst die Beschränkungen in einer Ehe wirkten weit verlockender als das Leben im Kloster. Irgendwann würde Kenric ihr dann vielleicht doch noch verzeihen.

Sie hegte keinerlei Zweifel daran, daß Kenric den schimpflichen Namen Bastard verabscheute. Er würde sein Kind nicht wissentlich dieser Schande aussetzen. Davon war sie überzeugt. Ihr Einwand gegen die Annullierung war nahezu unumstößlich. Aber was war mit dem König? Sie rieb sich die Stirn, um diese Sorge zu verscheuchen, doch sie ließ sich nicht so leicht abschütteln. Wenn Edward auf der Annullierung der Ehe bestand, würde Kenric dann gegen die Wünsche seines Monarchen handeln, um sein Kind zu legitimieren? Mit einer Frau leben, die er nicht wollte? Zu viele Gründe sprachen gegen sie. Kenric würde schließlich nicht nur über einen Erben und Remmington verfügen, er wäre zudem seine Gattin los und könnte seinen Schwur Guy gegenüber halten. Ihr Kind hätte keinen Anspruch auf Montague. Tess' Hoffnung schwand.

Ihr Blick fiel auf das Pergament auf dem Kaminsims. Kenric mußte es in der Eile vergessen haben. Da er die Botschaft bereits kannte, brauchte er ja nicht mehr besonders sorgsam mit dem Dokument umzugehen, und er würde niemals vermuten, daß sie es gelesen hatte. Tess breitete es auf dem Tisch aus, da sie dachte, es könne irgend etwas enthalten, das ihrer Sache förderlich war. Der ganze erste Abschnitt bestand aus sinnlosen Grußformeln, doch im zweiten Abschnitt ging der König auf den anstehenden Konflikt ein. Er berichtete, Kenric werde der Entführung beschuldigt, und ihre Familie fordere die sofortige Annullierung der Ehe. Der dritte Abschnitt versetzte sie in ungläubiges Staunen. Den ersten Satz las sie gleich dreimal. *Euer König empfände es als schmerzlich, die Ehe seines Barons auf Montague annulliert zu sehen.*

Aufmerksam las sie den Rest des Schriftstücks, doch die Annullierung wurde nicht mehr erwähnt. Der König wollte die Auflösung ihrer Ehe nicht. Kenric hatte sie belogen. Er hatte die Absicht, sich den Wünschen seines Königs zu widersetzen. Andererseits log er vielleicht auch nur, um einen Streit zu vermeiden und sie ohne Schwierigkeiten an den Hof zu bringen. Sie stand entschlossen auf, gewillt, um jeden Preis die Wahrheit zu erfahren. Sie würde ihn zu einer Auseinandersetzung zwingen, ob er wollte oder nicht. Tess rollte das Dokument zusammen und ging zur Tür. Als sie das Zimmer verließ, versuchten Simon und Evard sie aufzuhalten.

»Mylady«, sagte Simon flehentlich und hielt sie am Arm fest. »Ihr dürft das Zimmer nicht verlassen.«

»Nehmt Eure Hand weg«, befahl Tess. Simon war so überrascht von ihrer ungewohnten Kälte, daß er gehorchte. »Tretet beiseite.«

Doch Simon versperrte ihr den Weg. »Das darf ich nicht tun, Mylady.«

»Entweder tretet Ihr freiwillig beiseite, oder ich sorge dafür, daß Ihr es tut.«

Simon lächelte auf die zierliche Baronin hinab, als stellte er sich vor, wie sie ihn wohl mit Gewalt aus dem Weg schaffen wollte. Als Tess jedoch den kleinen Dolch aus ihrem Kleid zog, erstarb sein Lächeln. »Baronin, nehmt Vernunft an.«

»Aye, Mylady. Wir dürfen Euch nicht passieren lassen«, warf Evard ein, der den Dolch unsicher beäugte. »Der Baron würde unseren Kopf fordern.«

Tess sah von Simon zu Evard. Ihr stand mehr als ein Weg zu Gebote, ihren Willen durchzusetzen.

»Das Leben Eures Barons ist in Gefahr«, log sie. Befriedigt sah sie, wie Simons Augen sich weiteten. »Wenn Ihr mich jetzt von ihm fernhaltet, wird er sterben.«

Simon zögerte. Er blickte auf Tess' linke Hand, in der sie aufgeregt ihren Zopf drehte. Dann trat er beiseite. »Der Baron ist in seiner Kammer, Mylady.«

»Aber –« Evard wollte protestieren, doch Simon stieß ihm mit dem Ellbogen in die Seite. »Au!«

»Tretet zur Seite, Evard. Wir werden die Baronin zu ihrem Gatten geleiten.«

Je näher sie der Schlafkammer kamen, um so mehr Zweifel stiegen in Tess auf, ob es klug war, Kenric zur Rede zu stellen. Vielleicht war es sogar ein dummer Plan. Aber jetzt war es zu spät, um umzukehren. Simon hatte bereits an die Tür geklopft. Sie legte die Hand auf den Riegel, doch Simon schüttelte den Kopf und schob sie hinter sich. Er wartete auf Kenrics Befehl einzutreten.

Als er Simon auf seiner Türschwelle sah, fuhr Kenric von seinem Stuhl auf. Das Schwert hielt er bereits in der Hand. Simon hob die Hand, um ihn aufzuhalten. »Die Baronin ist in Sicherheit, Mylord. Sie glaubt, daß Ihr in Gefahr seid, und hat Grund, um Euer Leben zu fürchten.« Simon ließ Tess vortreten. »Wir hielten es für angebracht, sie eiligst zu Euch zu führen.«

Kenric steckte sein Schwert in die Scheide, ohne Tess aus den Augen zu lassen. »Schließt die Tür hinter Euch, Simon.«

Tess' Blick wanderte langsam durch das Schlafgemach, und sie stellte fest, daß sich nur wenig verändert hatte. Sie hörte, wie sich die Tür schloß und sah dann endlich Kenric an. Er hatte die Arme vor der Brust verschränkt und wartete auf eine Erklärung, was sie so Hals über Kopf zu ihm geführt hatte.

»Ihr habt dies hier im Sonnenzimmer vergessen«, sagte sie matt und hielt ihm das Pergament hin. Er dachte nicht daran, die Rolle zu nehmen, und so ging sie zum Tisch und legte sie dort ab. Eine unausgesprochene Drohung lag in der Luft, die sie zu ignorieren versuchte.

»Was habt Ihr gesehen?« Er sah ihr so eindringlich in die Augen, daß Tess sich abwenden mußte. Mit gesenktem Kopf griff sie nach der Spitze ihres Zopfes und spielte an ihrem Haar.

»Nur eine Warnung, daß Ihr in Gefahr sein könntet.«

»Ihr lügt.«

Tess nickte, ohne aufzusehen. »Ich habe die Botschaft des Königs gelesen.«

»Ihr habt was getan?« Sein Ton besagte, daß er es ihr nicht glaubte.

»Es ist die Wahrheit. Bruder Bennet hat mich lesen gelehrt.« Tess suchte Kenrics Blick. Sie nahm die Rolle und las die Grußformeln vor. »Von Edward, König von England, Verteidiger des Glaubens, weise in seiner Großmut und furchtbar in seiner Rache, wie er Alfred von Carlys zu diktieren geruhte, am vierundzwanzigsten Tage des –«

Kenric entriß ihr das Dokument und warf es ins Feuer. »Die Botschaft war nicht für Eure Augen bestimmt. Ihr werdet Eure Annullierung bekommen, Tess. In diesem Punkt habe ich Euch nicht belogen. Der König wird sie mir gewähren, weil ich Euch den MacLeith entrissen habe. Ich sehe ein, daß Ihr recht hattet, was unsere Ehe betrifft, und ich werde Edward ebenfalls davon überzeugen.«

Kenric wandte sich ab. Was würde sie noch alles tun, um ihm seine Entscheidung noch schwerer, noch schmerzlicher zu machen? Der Duft von Blumen wehte zu ihm herüber. Er starrte auf das Bett, dann schloß er die Augen. Ihre Anwesenheit hier in diesem Zimmer war zuviel für seine ausgehungerten Sinne. »Geht ins Sonnenzimmer zurück, Tess. Ihr hättet nicht herkommen sollen.«

»Nein, ich möchte meine letzte Nacht auf Montague in Eurem Bett verbringen.«

Langsam drehte Kenric sich zu ihr um, sein Unglaube verwandelte sich in Wut und Mißtrauen. »Was habt Ihr vor, Tess?«

»Wenn Ihr wirklich die Absicht habt, unsere Ehe annullieren zu lassen, dann wird dies unsere letzte ungestörte Nacht sein, die letzte Nacht, in der ich hoffen kann, Eure Meinung zu ändern.«

»Ihr wolltet die Annullierung seit dem Augenblick unserer Trauung«, sagte er. »Vergeßt den Plan, mich umstimmen zu wollen. Ihr habt es Euch zu spät anders überlegt.«

»Ich hatte unrecht«, sagte sie leise. Kenric schüttelte den Kopf, weigerte sich, ihr zu glauben. Tess nickte. »In der Zeit unserer Trennung habe ich lange über unsere Ehe nachgedacht. Ich habe mich gefragt, was es für mich wirklich bedeuten würde, wenn sie aufgelöst würde. Der Preis ist zu hoch, Mylord. Ich hatte vor, mich zu opfern, um Remmington zu retten, aber es besteht durchaus die Möglichkeit, daß die MacLeith sich selbst dem Gesetz der Kirche widersetzen. Sie haben jedes andere Gesetz auch schon gebrochen. Ich habe vor Gott gelobt, meinen Gatten zu ehren und ihm zu gehorchen, doch beides habe ich nicht getan. Seit wir vermählt wurden, gehört Remmington Euch. Es wird Euch auch gehören, wenn die Ehe annulliert wird. Ich war blind und begriff nicht, daß Ihr der Herr über Remmington seid, daß Ihr entscheiden müßt, was das Beste für die Burg ist. Ja, Euch allein steht dieses Recht zu. Ich werde Euch nur um Schonung der Unschuldigen bitten, solltet ihr meine Heimstatt belagern, aber ich werde jede Entscheidung, die Ihr fällt, achten. Ich möchte aus freien Stücken Eure Gattin bleiben, Mylord.«

Mit zwei Schritten war Kenric bei ihr. Er packte sie am Hals und zog sie unsanft an sich, bis ihre Stirn beinahe die seine berührte. Es ängstigte Tess, doch sie wehrte sich nicht gegen ihn.

»Haltet Ihr mich für einen solchen Narren, daß ich all diese Lügen glaube?« Er schüttelte sie. »Was erhofft Ihr Euch davon? Sagt mir die Wahrheit, Tess!«

Tränen stiegen ihr in die Augen, und sie stieß die Antwort mühsam hervor. »Ich täte alles, um bei Euch bleiben zu können, selbst wenn ihr mich für immer ins Sonnenzimmer verbannen würde. Ich würde Remmington entsagen, um nur einen Funken Hoffnung zu haben, Euch wenigstens gelegentlich zu sehen. Ich würde meinen König verraten, wenn ich mir so Eure Verzeihung erkaufen könnte.«

Er gab sie frei und stieß sie zurück. »Ihr seid eine bessere Lügnerin, als ich dachte.«

»Bitte«, flüsterte sie und ließ ihren Tränen freien Lauf. »Sagt mir, was ich tun soll, ich tue es ohne Murren. Wenn ich Euren Stolz verletzt habe, nehmt mir meinen. Ohne Euch habe ich keine Verwendung für ihn.«

»Sehr schöne Worte«, sagte er gedehnt, ohne seinen inneren Aufruhr preiszugeben. Sie hatte bereits mehr getan, als er in seinen kühnsten Träumen erhofft hatte, sie hatte Dinge gesagt, die ihr nur ein völliger Narr glauben konnte. Er verschränkte wieder die Arme vor der Brust und blickte Tess herablassend an. »Ihr könnt nichts tun. Wenn Ihr heute nacht hierbleiben wollt, werde ich Euch skrupellos benutzen. Es wird jedoch nichts ändern.«

Er glaubte sie damit nun endgültig in die Flucht zu schlagen. Welcher Grund auch immer sie zu diesem aberwitzigen Spiel veranlaßte, sie würde ihm nie ihren kostbaren Körper überlassen, wenn sie wußte, daß sich an seiner Entscheidung nichts ändern würde. Er glaubte nicht eine Minute, daß sie die Annullierung, die sie monatelang geplant hatte, plötzlich nicht mehr wollte. Hinter ihren Lügen verbarg sich irgendeine hinterhältige Überlegung, der er nicht auf die Spur kam, weil sie ihn durch ihre verlockenden Worte verwirrte. Sie würde sich ins Sonnenzimmer zurückziehen und einen neuen Plan entwerfen, um ihre Ziele durchzusetzen. Sie würde neue Lügen erfinden, um ihn zu quälen.

Tess löste das Oberteil ihres Kleides.

»Was zum Teufel tut Ihr da?« wollte er wissen und starrte auf ihre Hände, die sich an den Bändern zu schaffen machten.

»Ich möchte noch diese eine Erinnerung haben. Wenn Ihr mich heute nacht wollt, gehöre ich Euch.«

Kenric ergriff ihre Arme und schüttelte sie. »Ich sagte Euch doch, daß es nichts ändert! Warum tut Ihr das?«

»Weil ich Euch liebe«, flüsterte sie mit brüchiger Stimme.

Das waren die Zauberworte. Von allem, was sie ihm sagen konnte, waren dies die einzigen Worte, die seine Abwehr ins Wanken bringen konnten. Er hatte sie in Gedanken oft gehört, überzeugt, daß sie niemals daran denken würde, sie als Waffe gegen ihn zu benutzen. Sie durchbohrten ihn wie das schärfste Messer. Er zog sie an sich. Sein Körper reagierte instinktiv auf sie. »Noch einmal! Sagt es mir noch einmal.«

»Ich liebe Euch. Obwohl ich weiß, daß deswegen Menschen sterben werden, die ich mein ganzes Leben lang kenne, liebe ich Euch.«

Kenric blickte tief in ihre violetten Augen und versuchte die Lüge zu erkennen, doch er sah nur echte Gefühle. Gefühle, ebenso verletzt wie die seinen. »Gott helfe Euch, wenn Ihr lügt, Tess.«

Mit all seiner aufgestauten Sehnsucht nach ihr, während zu vieler Nächte ohne sie und zu vieler Tage, an denen er sich vor diesen Nächten fürchtete, preßte er seinen Mund auf ihre Lippen. Er schlang die Arme um ihre Hüften, hob sie auf und drückte sie so fest an sich, wie er nur konnte. Sie erwiderte seinen Kuß, seine Leidenschaft. Sie schlang die Arme um seinen Hals, vergrub die Hände so fest in seinem Haar, daß seine Kopfhaut brannte. Es störte ihn nicht. Sie liebte ihn.

Wie viele Nächte hatte er davon geträumt, daß sie zu ihm kommen würde? Obwohl er sie im Sonnenzimmer gefangengehalten hatte, war es ihr dennoch gelungen. Er hatte entgegen allen seinen Zweifeln gehofft, daß sie etwas für ihn empfand. Und nun hatte sie ihm dreimal gesagt, daß sie ihn liebte. Er fürchtete sich, den Kuß zu beenden, fürchtete, daß er erneut in Schweiß gebadet erwachen und entdecken würde, daß dies alles nur ein Fiebertraum war. Daß sie zu ihm aufschauen und sagen würde, sie habe sich geirrt, sie habe kein Wort von dem, was sie gerade zu ihm gesagt hatte, ernst gemeint. Er mußte es wissen, mußte Gewißheit haben. Widerstrebend löste er sich von ihrem Mund, wollte sie von sich schieben, doch statt dessen vergrub er sein Gesicht an ihrem Hals, strich mit den Lippen über die glatte, seidige Haut, während er darauf wartete, daß sein Herz aufhörte, gegen seine Rippen zu schlagen. Er murmelte die Frage, die ihn quälte, an ihrem Ohr.

»Könnt Ihr darüber hinwegsehen, daß ich ein Bastard bin?« Er spürte, wie sie sich in seinen Armen versteifte, und sein Herz pochte schmerzhaft in seiner Brust. Endlich zog er sich zurück und schaute in ihr Gesicht.

»Ich kann darüber hinwegsehen, daß Ihr ein Kriegsherr seid, der vermutlich mehr Menschen getötet hat, als ich jemals wissen werde. Die Umstände Eurer Geburt sind im Vergleich dazu unwichtig.« Mit den Fingerspitzen zog sie die Konturen seines Gesichts nach. Ihr Blick war eindringlich. »Ich habe Euch in dieser Hinsicht nie belogen, Kenric. Man sagt, Bastarde hätten keine Seele, doch es war der Mann, der Euch aufzog, der keine Seele hatte, denn er versuchte, Euch die Eure zu stehlen. Ich fürchte mich nicht vor dem Namen ›Bastard‹. Nein, ich fürchte mich mehr davor, was dieser Name aus Euch gemacht hat. Von klein auf lehrte man mich, Leben zu erhalten, es um jeden Preis zu schützen. Euch lehrte man, es zu zerstören.«

Tess fuhr mit der Hand über seine Stirn, um sie zu glätten. »Nein, ich verurteile Euch nicht, mein Gatte. Das ist die Wahrheit, und Ihr wißt es. Ist Euch nie in den Sinn gekommen, daß wir füreinander bestimmt sind, gerade weil wir so verschieden sind? Um ein Gleichgewicht herzustellen?«

Kenric schüttelte den Kopf. Ihre Beweisführung war sonderbar, sehr fantasievoll, aber er würde sie nicht in Frage stellen. Wenn es nicht die Wahrheit war, so waren es die schönsten Lügen, die es je gegeben hatte. Er war ein Kriegsherr, und die Frauen fürchteten ihn, weil er ein Bastard war. Er war ein Bastard, und Tess fürchtete ihn, weil er ein Kriegsherr war. Das ergab keinen Sinn, aber es störte ihn nicht.

Die Lügen, die zwischen ihnen standen, waren Lügen, die er sich selbst ausgedacht hatte. Jene Nacht vor ihrem Fluchtversuch war kein Betrug gewesen. All ihre Worte, mit denen er sich so gequält hatte, waren aus tiefstem Herzen gesprochen. Tess war so besessen von dem Gedanken, das Leben von Dienern und Untertanen zu retten, daß sie bereit war, ihr eigenes zu opfern. Er überlegte, daß sie eine Bestrafung verdient hatte, weil sie ihr Leben für weniger wertvoll hielt. Hoffentlich hatte sie ihre Lektion gelernt. Eine Wiederholung all dieser Vorfälle würde ihn gewiß umbringen.

»Ihr werdet mich nicht ändern«, warnte er sie. »Ich kann nicht mit der Sorge in die Schlacht reiten, ob mein Schwert vielleicht den Falschen erwischt.«

»Ich weiß«, erwiderte sie leise und umschloß sein Gesicht mit den Händen. »Ich habe lange gebraucht, um es zu akzeptieren.«

Der Kuß, den er ihr gab, war lang und innig, er kostete ihre Süße ganz aus. Er trug sie zum Bett hinüber, und Tess holte erstaunt Luft, als er plötzlich aufs Bett stieg, sich mit gekreuzten Beinen in der Mitte niederließ und sie auf seinen Schoß bettete. Lächelnd nahm er ihren Zopf, zog das Band herunter und löste geschickt ihr Haar.

»Ich will Euch nur eine Weile im Arm halten«, erklärte er und zog die Finger durch ihr Haar, um es über ihre Schultern zu breiten. »Habt Ihr Euch in den letzten Tagen nie gefragt, warum Euer Zopf jeden Morgen offen war?«

Tess blickte verblüfft zu ihm auf. Er freute sich über die Mischung aus Unglaube und Verstehen, die ihren besorgten Ausdruck verscheuchte.

»Aye, Ihr schlaft tiefer als jeder andere Mensch, den ich jemals gekannt habe.« Er beugte sich hinunter, um ihr den Kuß zu geben, nach dem er sich jede Nacht in ihrem Bett gesehnt hatte. »Ich habe mich oft gefragt, ob das eine Mal nur ein Zufall war, oder ob ich es wirklich schaffen kann, daß Ihr vor Lust in Ohnmacht fallt.«

25.

»Wann habt Ihr das letzte Mal etwas gegessen?«

Tess' Magen knurrte erneut bei der bloßen Erwähnung des Wortes ›essen‹. Es war beinahe Zeit für das Nachtmahl, und sie hatte Heißhunger. Es lag an ihrem Kind. Die Zeit war reif, Kenric von seinem Kind zu erzählen. Vor einer Stunde hatten sie sich mit einem Ungestüm geliebt, der sie noch immer erstaunte. Danach, als sie befriedigt waren, machten sie sich durch ihre Liebkosungen langsam neu mit ihren Körpern vertraut. Sie lagen einander zugewandt in den Kissen und betrachteten einander verträumt. Ihre Zärtlichkeiten drückten behutsame Neugier und unverhohlene Begierde aus. Tess fuhr fort, Kenrics Hüften zu erkunden, während er mit den Fingerspitzen ein Muster auf ihre Rippen zeichnete und den Schwung ihrer Brüste nachmalte.

»Ich habe heute morgen gefrühstückt«, erwiderte sie und stöhnte leise, als Kenric mit der Handfläche über ihren Körper strich. »Es gibt etwas, das ich Euch sagen möchte.«

Kenric hauchte eine Spur von Küssen bis zu ihrem Mund und murmelte an ihren Lippen: »Sagt mir noch einmal, daß Ihr mich liebt.«

Sie sagte es ihm, während er sie küßte. Mit dem Mund erkundete er langsam ihren Hals, und Tess fuhr ihm mit den Fingern durchs Haar. Daß er sie die Worte so oft wiederholen ließ, hieß vermutlich, daß er das gleiche empfand, auch wenn er es selbst noch nicht gesagt hatte. Sie war immer noch unsicher, wie er die Nachricht seiner bevorstehenden Vaterschaft aufnehmen würde. Gewiß würde er glücklich sein, aber es galt auch Guy zu berücksichtigen. Jetzt, da sie darüber nachdachte, fiel ihr auf, daß er nicht direkt gesagt hatte, er wolle sie bei sich behalten. Nein, seine letzten Worte zu diesem Thema hatten gelautet, daß körperliche Liebe nichts an seiner Entscheidung ändern würde.

»Nun gut«, murmelte er und küßte sie noch einmal auf den Mund. Er rollte von Bett hinunter und lächelte sie an. »Ich werde dafür sorgen, daß Ihr etwas zu essen erhaltet. Eure Kräfte müssen für die Nacht schließlich wiederhergestellt werden.«

Tess erwiderte sein Lächeln, froh, daß sie noch ein paar Minuten Zeit hatte, um Mut zu sammeln. Er würde ärgerlich auf sie sein, weil sie es so lange geheimgehalten hatte. Ganz sicher.

Kenric fand die zu Boden geglittene Bettdecke und sorgte dafür, daß der schöne Körper seiner Gattin verhüllt war, bevor er die Tür zu seiner Kammer öffnete. Er war überrascht, als er Fitz Alan bei Simon und Evard vorfand.

»Holt unser Nachtmahl«, sagte er knapp zu Evard und wandte sich an Fitz Alan, sobald der junge Soldat davoneilte. Er stützte sich mit dem Arm am Türrahmen ab, eine täuschend lässige Haltung, die jedoch eigentlich nur den Blick auf Tess versperren sollte. Diesen bezaubernden Anblick wollte er nicht mit anderen teilen. »Was wollt Ihr?«

»Eurer Mangel an Sittsamkeit setzt mich manchmal immer noch in Erstaunen.« Fitz Alan verdrehte die Augen und wandte angestrengt den Blick ab. Simon schaute ebenfalls zur Decke empor.

Kenric fiel erst jetzt auf, daß er nackt war. Sein Ton wurde mürrisch. »Mir fehlt die Zeit, mich mit Euren Empfindlichkeiten zu beschäftigen, Fitz Alan. Was macht Ihr hier?«

»Die Gepäckwagen sind im Hof vorgefahren«, erwiderte sein Vasall steif. »Reisen wir morgen nach London ab?«

Kenric rieb sich das Kinn. »Nein, wir brechen erst in drei Tagen auf, werden aber dennoch in der uns von Edward zugestandenen Zeit in London sein.«

»Und der Herold?« fragte Fitz Alan. »Er wartet in der Halle auf die Gesellschaft seines Gastgebers.«

Kenric verzog mißmutig das Gesicht. Er hatte den Gesandten des Königs völlig vergessen. Für diesen Quälgeist hatte er ebenfalls keine Zeit. »Meine Frau und ich müssen gestern verdorbenen Fisch gegessen haben. Sagt dem Herold, wir seien krank und könnten bis zur Abreise das Bett nicht verlassen. Bittet ihn in unserem Namen um Verzeihung.«

»Aye, Mylord.«

Kenric hätte Fitz Alan das unverschämte Lächeln am liebsten mit einer Ohrfeige vom Gesicht gewischt. Doch dann merkte er, daß Simon genauso lächelte. Immerhin hatte es seit fast vierzehn Tagen keinen Fisch mehr auf Montague gegeben. Sie gingen ihm beide auf die Nerven.

»Simon, Ihr werdet dafür sorgen, daß uns während dieser ›Krankheit‹ Essen gebracht wird, aber niemand darf ohne Erlaubnis den Raum betreten. Laßt das Tablett draußen vor der Tür stehen, wenn Ihr keine Antwort erhaltet. Seht zu, daß auch jeden Abend ein Bad bereitet ist. Nein, die Bäder werden morgens bereitet.« Kenric beschloß, dieses Ritual bei Tageslicht zu genießen. Ein weiterer Gedanke kam ihm, und er warf einen Blick über die Schulter. Tess war weit genug entfernt, um ihn nicht zu hören. Dennoch senkte er die Stimme. »Meine Gattin darf das Zimmer unter keinen Umständen verlassen. Haben wir uns verstanden?«

Simon rieb sich den Mund und starrte auf seine Stiefelspitzen, um sein Grinsen zu verbergen. »Aye, Mylord.«

»Gut.« Kenric trat einen Schritt zurück und schlug heftig die Tür zu, um seinem Ärger Luft zu machen. Als er sich umdrehte und zum Bett ging, lächelte er wieder. »Nun, wo waren wir stehengeblieben?«

Er zog die Bettdecke weg, um Tess' nackte Hinterbacken und ihren schmalen Rücken zu bewundern. Er hatte sich schon vor langer Zeit an die Narben auf ihrem Rücken gewöhnt und schenkte ihnen nicht mehr Beachtung als seinen eigenen Schrammen. Mit seinen Lippen zog er eine Spur von ihren Kniekehlen über ihre Hüfte und Taille, dann weiter zu ihrer Schulter, um spielerisch an ihrem Nacken zu knabbern. »Ich glaube, wir wollten uns noch mehr Appetit machen.«

Er glitt hinter Tess aufs Bett und schmiegte sich an ihren Körper, fuhr mit der Hand von ihrem schmalen Knöchel bis zu ihrem zarten Hals. Sie nahm seine Hand und küßte innig seine Handfläche. Er rückte noch näher, beglückt über die Wirkung dieses Kusses, doch sie entwand sich ihm und drehte sich zu ihm um.

»Ich muß Euch etwas sagen.«

Kenric sah ihren ernsten Blick und wußte, daß es nichts mit ihrem Hunger auf Speisen oder dem Hunger auf ihren Gatten zu tun hatte.

»Was ist denn?« fragte er leise.

Tess küßte erneut seine Hand, und als sie ihm in die Augen sah, waren die ihren hell vor Angst, und er wurde unruhig.

»Ihr werdet Vater, noch bevor das Jahr um ist, Mylord.«

Kenrics Lächeln wurde noch strahlender, und sein ganzes Gesicht leuchtete. Doch dann verblühte das Lächeln wieder und er entzog ihr seine Hand. »Wie lange wißt Ihr es schon?«

»Wenige Tage.« Sie nahm eine lose Haarsträhne und drehte das Ende um ihren Finger.

»Wie lange wißt Ihr es?« Seine Stimme klang jetzt drohend. »Sagt es.«

»Ich hatte eine erste Vermutung, als die Morgenübelkeit begann. An dem Tag, nachdem Ihr mich ins Sonnenzimmer geschickt hattet.« Sie verschwieg, daß die Übelkeit Tag und Nacht angedauert hatte. Sie war vorüber und nicht mehr wichtig. Wichtig war jetzt nur, daß Kenrics Ausdruck immer kühler wurde.

»War das der Grund, warum Ihr heute hergekommen seid?«

»Nein! Ich wußte ja nicht, wie Ihr die Nachricht aufnehmen würdet. Da ich von Eurem Gelübde Guy gegenüber wußte, hatte ich keine Ahnung, in welcher Weise es Eure Meinung von unserer Ehe beeinflussen würde. Ich – ich weiß immer noch nicht, ob Ihr die Absicht habt, mich als Gattin zu behalten!«

Tess wandte das Gesicht ab, um ihre Tränen zu verbergen, doch sie versiegten sogleich, als er ihr Haar streichelte.

»Ihr müßt noch fragen?« Er strich ihr das Haar aus dem Gesicht, und sie wagte es, seinen eindringlichen Blick zu erwidern. »Kein Mann auf dieser Welt könnte Euch mir wegnehmen.«

»Ihr glaubt mir?«

Vor kurzem noch hatte er sich eingeredet, nicht unterscheiden zu können, ob sie log oder die Wahrheit sagte. Doch von jetzt an würde er seinem Instinkt nie wieder mißtrauen. »Wie konntet Ihr denken, daß ich etwas anderes als überglücklich sein würde?«

»Das Kind wird der Erbe von Montague sein, ebenso wie von Remmington. Euer Gelübde Guy gegenüber –«

Er legte einen Finger auf ihre Lippen, um sie zum Schweigen zu bringen. »Unser Kind wird keinen Anspruch auf Montague haben.«

»Aber –«

Kenric hielt ihr den Mund zu. »Man wird mir meinen Titel und jeden Anspruch auf Montague aberkennen, als Strafe für Eure Entführung und daß ich mich ohne die Erlaubnis meines Königs mit Euch vermählte, eine Frau zu meinem Eigentum machte, die bereits einem anderen versprochen war.«

Tess biß ihm in die Hand. Sie stützte sich auf einen Arm und funkelte ihn an. »Das ist empörend! Der König selbst hat Euch all das zu tun befohlen! Entgegen Eurem Wunsch! Ihr sollt für Eure Treue bestraft werden?«

»Ich habe selbst um diese Strafe gebeten, Tess.«

»Aber warum solltet ...«

Kenric nickte, als er das Verstehen in ihren Augen aufglimmen sah. »Aye, Tess. Der Titel wird an Guy fallen. Ich wollte ihn nie. Allein mein Heer und was ich mir auf den Feldzügen erworben habe, werden mein bleiben. Und Ihr«, fügte er mit einem neckenden Lächeln fort und tippte ihr auf die Nase. »Es ist möglich, daß mir der König eines Tages den Titel Eures Vaters als Entschädigung für meine treuen Dienste verleihen wird, aber an meinen Sohn wird er ohnehin fallen. Allerdings fände ich es lästig, den Kopf vor meinem eigenen Kind beugen zu müssen, nur weil es mich an Rang übertrifft.«

»Das kann ich mir nicht vorstellen«, sagte Tess und ließ

den Kopf wieder in die Kissen sinken. Kenric sah sie stirnrunzelnd an und zögerte kurz, bevor er sie zwang, ihn anzusehen. »Ich werde diese Schmach überstehen«, versicherte er ihr und umschlang sie mit seinen Armen.

»Ich dachte, Ihr würdet zornig sein, weil ich es Euch nicht eher gesagt habe.«

»Ich bin auch nicht besonders erfreut.« Sein nachdenkliches Gesicht verfinsterte sich. »An dem Tag, als Ihr auf dem Kampfplatz Euer Leben aufs Spiel setztet, wußtet Ihr, daß Ihr mein Kind unter dem Herzen tragt.«

Tess nickte schuldbewußt und schlug die Augen nieder.

»Ihr werdet nie wieder etwas so Hirnverbranntes tun!«

Tess zuckte zusammen. »Aye, Mylord.«

»Zeigt mal her«, befahl er und sah sie forschend an, während er mit der Hand über ihren Bauch strich. Seine Miene war skeptisch. »Seid Ihr ganz sicher, Tess? Ich kann keinen Unterschied feststellen. Eure Brüste sind voller, vielleicht, aber –«

»Seid Ihr denn blind?« Tess richtete sich halb auf und warf ihm einen ärgerlichen Blick zu, dann drückte sie seine Hand auf ihren Bauch. »Euer Same wächst seit mindestens zwei Monaten in mir. Ich dachte, Ihr würdet es bemerken, noch ehe ich die Gelegenheit hätte, es Euch zu sagen.«

Die kleinen Veränderungen, die in Tess' Augen so deutlich waren, waren für ihn kaum zu erkennen. Doch dann preßte sie seine Hand kräftiger auf ihren Bauch, als er es selbst gewagt hätte, und schließlich spürte er die Festigkeit, die zuvor nicht dagewesen war.

»Das ist alles?« fragte er immer noch skeptisch.

»Euer Mangel an Anerkennung verstimmt mich.«

Er ärgerte sie noch mehr, indem er lachte.

»Oh, Liebste, es hat mir die Sprache verschlagen«, sagte er halb im Scherz. Er kniete sich über ihre Beine und drückte Küsse auf die Stelle, wo das Kind in ihr wuchs. »Ich kann es kaum erwarten zu sehen, wie mein Same in Euch anschwillt.«

»Es hat bereits begonnen. Ich werde noch so dick, daß es Euch abstoßen wird.«

Kenric nahm ihr Gesicht in seine Hände. »Ihr werdet die schönste Frau der Welt sein, Tess.«

Er beugte sich hinunter, um sie zu küssen, und lockte sie mit der Zunge, bis sie den Mund öffnete und es zuließ, daß er ihn vollends in Besitz nahm. Er begann ihren Körper zu liebkosen. Sein Kuß wurde inniger, und er schien die Absicht zu haben, das leise Klopfen an der Tür zu überhören.

»Da ist jemand an der Tür«, murmelte sie und legte den Kopf auf die Seite. Er küßte ihren Hals.

»Nur unser Nachtmahl«, sagte er ungeduldig, bestrebt, erst einen anderen Hunger zu stillen. Tess' Magen knurrte wieder. Kenric zog sich zurück. »Würdet Ihr nicht lieber noch eine Weile mit dem Essen warten?« fragte er hoffnungsvoll.

Ihr Magen beantwortete die Frage. Tess' Entschuldigung half nicht viel, aber es gelang ihm, trocken zu lächeln, als er aus dem Bett stieg. Dieses Mal entschied er sich, einen Umhang überzuwerfen, und dazu kramte er in einer seiner Kleidertruhen. Nachdem er sich überzeugt hatte, daß Tess zugedeckt war, hüllte er sich in einen dunkelblauen Mantel und schob die Tür einen Spalt auf. Beim Anblick des Tabletts in Evards Händen machte er große Augen. Es war mehr Essen, als zwei Männer auf einmal verspeisen konnten.

»Wir werden bis morgen früh auf keinen Fall verhungern«, bemerkte er trocken, während er die Größe der Teller und die Auswahl an Gerichten sah.

»Myladys Nachtmahl«, verkündete Evard feierlich. »Und das Eure, Baron«, fügte er hinzu und wies mit dem Kopf auf einen Teller Eintopf von normaler Größe neben einem viel größeren Teller.

Kenric warf dem Soldaten einen unwilligen Blick zu, dann nahm er das Tablett an sich und stieß die Tür mit dem Fuß hinter sich zu. Tess hatte ebenfalls einen Mantel von ihm umgelegt, der von einem satten Weinrot war, welches ihrem Haar einen verführerischen Schimmer verlieh. Sie wartete bereits am Tisch, noch bevor er dort anlangte, und betrachtete gierig die Gerichte, während sie ihm half, ein herzhaftes Mahl aus fünf Gängen auf den Tisch zu stellen.

Kenric sah sprachlos vor Staunen zu, als sie eine Portion verschlang, wie er sie nach einem anstrengenden Tag auf dem Kampfplatz zu sich nehmen würde. Rasch aß er ebenfalls sein Essen, denn er befürchtete, daß es sonst mit allem anderen, was sie aß, verschwinden würde.

»Hat man Euch nicht gut versorgt?«

»Wir haben das Mittagsmahl ausgelassen«, sagte sie zwischen zwei Bissen, als könne das ihren ungeheuren Appetit erklären.

Bisher bestand ein gewöhnliches Nachtmahl für Tess etwa aus einer Schöpfkelle Eintopf und einem Stück Brot. Und er war sich ziemlich sicher, daß diese Menge ihr heute nur als Appetitanreger gedient hatte.

»Eurer Kind braucht Nahrung, Mylord. Wir entschädigen uns für die Woche, in der ich zu krank war, um mehr als Brot und dünne Suppe zu mir zu nehmen.« Tess zeigte mit dem Dolch, den sie benutzte, um ihr Essen zu zerkleinern, auf die Gewürzäpfel. »Wollt Ihr die Äpfel noch essen?«

»Euch wird noch übel«, prophezeite er und schob ihr die Schale mit den Früchten hin.

»Ich scheine recht schnell zu verdauen. Oft habe ich bereits eine Stunde oder zwei Stunden nach solch einer Mahlzeit wieder Hunger.«

Kenric schüttelte entgeistert den Kopf. »Die Speisekammer wird leer sein, bis dieses Kind geboren ist.«

»Ihr braucht Euch nicht zu sorgen.« Tess ließ den Blick über die leeren Teller und Platten wandern, ob sie nicht noch etwas übersehen hatte. Sie starrte auf den süßen Sirup am Grund der Schale mit den Äpfeln, doch Kenric zog sie weg, bevor sie die Schale noch auslecken konnte. »Meist läßt der Appetit einer schwangeren Frau nach, wenn das Kind erst einmal mehr Raum in ihrem Bauch einnimmt. Dann nämlich wird nicht mehr viel Platz für Essen sein.«

Tess klopfte auf ihren straffen, jedoch vollen Bauch, und plötzlich verblaßte ihr Lächeln. Bald würde ihr keines ihrer Kleider mehr passen. Nur drei von den Kleidern, die sie aus Langston mitgebracht hatte, waren noch übrig, und die sahen scheußlich aus.

»Ich habe keine passenden Kleider für den Hof, Mylord. Helen hat mir liebenswürdigerweise angeboten, ich dürfte ihre benutzen, und wenn ich auf einem der Gepäckwagen mitfahre, könnte ich vielleicht während der –«

»Es ist nicht nötig, daß Ihr die Kleider meiner Schwester ändert.«

»Aber sie ist viel größer als ich. Ihre Kleider werden zu lang –«

»Ihr werdet keine geborgten Kleider bei Hofe tragen.«

»Ja, Mylord.« Sie neigte den Kopf und versuchte, nicht in Selbstmitleid zu versinken oder an die Verlegenheit zu denken, der sie in London gewiß ausgesetzt sein würde. Sie würde aussehen wie eine Bettlerin.

»Ich habe eine kleine Überraschung für Euch, Gattin.«

Tess schien verwirrt, als Kenric aufstand und ihr die Hand hinhielt. Er führte sie zu einer der Truhen, die stets verschlossen waren. Aus einem Versteck hinter der Truhe holte er einen kunstvollen Schlüssel und winkte sie zu sich. Zögernd trat sie an seine Seite und blickte ihn fragend an, als er ihr den Schlüssel in die Hand drückte.

»Öffnet sie.« Er schob ihre Hand zu der Truhe.

Tess öffnete das Schloß, brauchte jedoch Kenrics Hilfe, um den schweren Deckel zu heben. Zuerst sah sie einen Gürtel aus feingeschmiedetem Gold, über und über mit Saphiren und Amethysten besetzt. Er holte ihn heraus, um ihr zeigen, daß Saphire und Amethyste an kurzen Goldketten von ihm herabhingen. Dann kamen ein passendes Halsband, Armreife, Ohrringe und ein Stirnband zum Vorschein, so reich mit Juwelen geschmückt, daß das Gold nur innen zu sehen war.

»Dieses hier müßte gut zu dem Schmuck passen«, sagte er, holte ein Gewand aus der Truhe und drapierte es über ihren Arm. Solch einen Stoff hatte sie noch nie gesehen; er war aus hauchdünnem Garn in Violett und Schwarz gewebt, so fein, daß die Farben sich vermischten und die Färbung des Himmels kurz vor Einbruch der Nacht ergaben.

»Erkennt Ihr die Farben nicht wieder? Die Amethyste haben die Farbe Eurer Augen, wenn Ihr lächelt, und die Saphire sehen aus wie Eure Augen, wenn sie vor Zorn blitzen. Und das Gewand?« Kenric schloß sie in seine Arme und küßte ihre Lippen. Seine Miene war erst zärtlich, dann belustigt und schließlich völlig ernst. »Das Gewand hat die Farbe Eurer Augen, wenn Ihr vor Verlangen nach mir glüht.«

Er umfing ihre Lippen mit einem sengenden Kuß und sah ihr immer wieder in die Augen, um sich zu bestätigen, daß er die richtige Farbe für das Kleid gewählt hatte. Es dauerte jedoch nicht lange, bis Kenric das alles vergaß und ihr süßer Mund ihn wieder gänzlich gefangennahm. Dann ließ er sie so schnell los, daß Tess sich mit einer Hand auf die Truhe stützen mußte, um sich zu fangen. Seine Hände zitterten, als er das Gewand und das Stirnband aufs Bett legte und sich erneut der Truhe zuwandte. Er sagte sich, daß ihm später noch viel Zeit für ihr Liebesspiel blieb. Im Augenblick wollte er sehen, wie sie vor Freude lachte, wenn er ihr all seine Geschenke zeigte.

»Ich muß zugeben, daß dies mein Lieblingskleid ist«, sagte er, während er weitere Juwelen und Gewänder aus der Truhe holte. »Vielleicht findet Ihr ja etwas, das Euch besser gefällt. Es sind alles in allem zwölf Kleider mit passendem Schmuck, Schuhen und Unterkleidern.«

Tess sah schweigend zu, wie er die Schätze ausbreitete. Bald sah das Zimmer aus wie ein juwelengeschmückter Regenbogen. Überall lagen Gewänder, Strümpfe und Umhänge auf den Möbeln, und Myriaden kostbarer Steine blinkten auf den Falten der herrlichen Stoffe.

»Ich hatte große Mühe, Euch vom Ostturm fernzuhalten«, sagte er zu ihr, überrascht von der Reaktion seiner Gattin auf seine Geschenke. Jede andere Frau würde vor Freude durch den Raum tanzen. Tess aber sah eher entsetzt aus. »Das ist der Grund, warum Simon Euch sagte, in jenem Turm seien Verbrecher eingesperrt und Ihr dürftet ihn nicht betreten. Kurz nach unserer Heirat ließ ich Näherinnen und Goldschmiede aus London kommen, und Simon versteckte sie im Ostturm, damit sie insgeheim dort arbeiten konnten. Sie benutzten die Maße eines Eurer Gewänder, das ich Ihnen überließ. Ich dachte schon, Ihr würdet es bemerken, bevor ich das Kleid zurücklegen konnte.«

»Ich wollte Euch überraschen«, fuhr er fort, um das peinliche Schweigen zu füllen. Hatte er etwas Falsches gesagt? Was war nur mit ihr los? »Viele der Juwelen und Stoffe stammen aus dem Heiligen Land, ich habe sie auf dem Kreuzzug erbeutet. Andere habe ich als Preise auf Turnieren und Wettkämpfen gewonnen.«

Tess sah sich um, während er sprach, blieb jedoch weiterhin still. Ihr Gesicht verriet kein Gefühl. Sehr eigenartig für sie. Er befürchtete, daß sie in Tränen ausbrechen würde. Weshalb sie allerdings angesichts der Aussicht, an den Hof zu gehen, gefaßt blieb, um anschließend über eine Truhe voll neuer Gewänder in Tränen auszubrechen, ging über seinen Horizont.

»Die Juwelen können neu eingefaßt werden, wenn die Muster Euch nicht gefallen.« Er seufzte verärgert auf, überzeugt, daß sie seine Auswahl nicht guthieß. »Die Kleider wurden lose genug genäht, um letzte Änderungen vornehmen zu können, obwohl ich nicht glaube, daß sie völlig umgestaltet werden können.«

Sein enttäuschter Ton riß Tess endlich aus ihrer Erstarrung. »Wie könnte ich Vollkommenheit ändern wollen? Ich habe noch nie in meinem Leben etwas so Schönes gesehen.« Staunen stand in ihrem Blick. »Eure Geschenke überwältigen mich, Mylord. Ich bin solcher Herrlichkeiten unwürdig. Sie sind ein Vermögen wert, vielleicht Euer gesamtes Vermögen. Wie kann ich soviel annehmen, wenn ich Euch nichts gegeben habe? Selbst um meinen Besitz müßt Ihr noch Krieg führen.«

»Mein Kind ist nichts?« fragte er. Kenrics Lächeln war zärtlich, doch sein Herz schnürte sich zusammen. Selbstverständlich war sie überwältigt. Die Kleider, die sie aus Langston mitgebracht hatte, waren kaum besser als die einer Dienstmagd, und er hatte nicht einmal einen Armreif an ihr gesehen. Selbst die Bänder für ihr Haar waren fadenscheinig. Und doch hatte sie sich nie beklagt. »Ich kann Euch versichern, es ist nicht mein ganzes Vermögen.« Er holte mehrere Lederbeutel aus der Truhe und füllte den Schmuck hinein. »Wartet ab, bis Ihr meine Garderobe für den Hof seht, Frau. Die Männer bei Hofe sind ebenso eitel wie die Damen, doch wir werden sie alle überstrahlen.« Er nahm Tess' Hände und hob erst die eine, dann die andere, um sanft ihre Innenflächen zu küssen. »Und ich kann mir keine edlere Fassung für solche Juwelen vorstellen. Eure Schönheit überstrahlt den funkelndsten Edelstein. Ihr seid mein größter Schatz. Es gibt nichts ... Tess?« Er zog seine weinende Frau an sich und versuchte sie zu trösten. Er hätte wissen müssen, daß ihm zärtliche Worte nicht lagen. Er wußte seine innersten Empfindungen nicht auszudrücken. »Was ist los, Liebste? Habe ich etwas Falsches gesagt?«

Tess schüttelte den Kopf, sie war zu erregt, um zu antworten. Schließlich versiegten die Tränen, doch sie vergrub immer noch den Kopf an seiner Brust. Ihre Stimme zitterte, als sie sprach. »Ihr ... Ihr mögt mich wirklich?«

»Ich liebe Euch, Tess.«

Sie blickte zu ihm auf, und in ihren großen violetten Augen standen Schock und Unglaube, vor allem aber sah Kenric einen Funken Hoffnung in ihnen aufglimmen. Er versuchte seine Rührung zu verbergen und lächelte sie an. »Ich glaube, ich begann Euch in dem Augenblick zu lieben, als Ihr in der Abtei mit Eurem Onkel gestritten habt. Mit jedem Tag wurdet Ihr mir teurer, bis ich mir nicht mehr vorstellen konnte, ohne Euch zu sein.«

»Wie kann das sein? Ich habe Euch solche Schwierigkeiten eingehandelt. Himmel, Kenric. Meinetwegen wird es Krieg geben. Wie könnt Ihr mich nur lieben?« Ihr Blick wurde argwöhnisch. »Ihr sagt das alles, weil ich Euch leid tue.«

»Ich sage nichts als die Wahrheit.« Kenric stöhnte gereizt auf. Er hätte damit rechnen müssen. Nur Tess konnte so eigensinnig sein.

»Ihr könnt diese Worte nicht zurücknehmen.« Sie weinte wieder. Ihre Stimme war gedämpft, weil sie an seiner Brust lag.

»Ich habe noch keiner anderen Frau gesagt, daß ich sie liebe«, sagte er ärgerlich, wenngleich er ihre Hand sanft auf seine Brust legte. »Diese Worte sage ich nicht leichthin, Frau. Mein Herz ist Euer, bis es aufhört zu schlagen.«

Kenric runzelte die Stirn über den frischen Tränenstrom. Er tröstete sie auf die einzige Art und Weise, die er kannte, indem er sie zum Bett trug und sie sanft auf die juwelengeschmückten Kleider legte. Die kostbaren Kleider schob er auf den Boden, denn er war viel besorgter um seinen größten Schatz.

Tess wandte das Gesicht ab, doch er öffnete ihren Mantel und streichelte ihren zuckenden Körper. Lächelnd verhielt er an ihren Bauch und dachte, sie wäre wohl am glücklichsten, wenn er die kleine Erhebung anstarrte, als sei sie so groß wie ein Kürbis. Zweifellos würde es in wenigen Monaten soweit sein. Der Gedanke bereitete ihm plötzlich Sorge. Wie breit würde sich das Kind machen, das er in ihren Bauch gepflanzt hatte? Er breitete die Hand aus und sah, daß sie allein schon ihren Leib völlig bedeckte.

»Sollte Euer Bauch so schnell rund werden?« Seine Schultern versteiften sich, und er betastete mit beiden Händen ihren Leib, wobei er völlig vergaß, daß die Schwellung ihm nicht einmal aufgefallen war, bis sie ihn darauf hingewiesen hatte. »Ihr seid so klein, Tess. Wie wollt Ihr mein Kind austragen, wenn er nach seinem Vater gerät?«

»Er?« fragte Tess lächelnd. »Ihr hofft auf einen Sohn?«

»Ich wäre ebenso glücklich über eine Tochter«, erwiderte er aufrichtig. »Ich weiß nur, daß dieses und die nächsten beiden Kinder Knaben sein werden. Ihr habt es mir im Fieber selbst gesagt.« Er nickte, als sie ihn ungläubig ansah. »Ich glaube, es war eine Eurer Visionen.«

Die plötzliche Erkenntnis, daß Tess diese Schwangerschaft gut genug überstehen würde, um noch mindestens zwei Kinder zu bekommen, erleichterte ihn gewaltig. »Mein Sohn würde niemals zu groß für seine Mutter werden«, erklärte er und fuhr erneut mit der Hand über Tess' Bauch. »Ich verbiete es ihm.«

Seine Miene war so ernst, daß Tess lachte. Als ihr Blick den seinen traf, sagten ihr seine dunklen Augen, daß es in dieser Nacht keine Unterbrechungen mehr geben würde.

»Wir haben noch drei Nächte zusammen«, sagte er heiser, und in seinen Augen brannte das Feuer seines Verlangens. Er schüttelte den Kopf, als sich ihre Augen angstvoll weiteten. »Nein, Tess. Euch habe ich für immer, aber in drei Tagen reisen wir nach London ab. Dort gibt es Männer, die jede Lüge erzählen würden, um Euch so zu berühren, wie ich es jetzt tue.«

Mit wilder Zärtlichkeit drückte er ihre Brüste.

»Andere würden den Tod auf sich nehmen, um zu kennen, was nur ich kennen darf.«

Sie spürte, wie seine Hand tiefer wanderte, und hielt den Atem an.

»Ich weiß, daß Ihr Euch niemals willentlich einem anderen schenken würdet, aber Ihr sollt wissen, daß es Männer gibt, die alles versuchen würden, um Euch zu besitzen. Andere werden bald begreifen, was Ihr mir bedeutet, Feinde, die nie zuvor eine geeignete Waffe gegen mich in der Hand hatten. Solange wir bei Hofe sind, müßt Ihr immer dicht an meiner Seite bleiben.« Erneut bedeckte er ihren Mund mit einem leidenschaftlichen Kuß, ehe sie antworten konnte. Er hob erst wieder den Kopf, als er sicher war, daß sie ihm nichts entgegnen würde.

»Ihr gehört *mir*«, sagte er wild, mit vor Verlangen rauher Stimme. In seinen Augen brannte das unheilvolle Feuer vollkommenen, unerbittlichen Besitzerstolzes. »Solange ich atme, wird Euch kein anderer Mann so berühren, wie ich Euch berühre. Kein anderer Mann wird Euren Geschmack auf den Lippen spüren.«

Zärtlich streichelte er ihre Wange, zog mit den Fingern leicht ihre Lippen nach. Diese liebevolle Geste widersprach völlig seinem harten Gesichtsausdruck.

»Und kein Mann wird die Hand gegen Euch erheben, ohne dafür mit dem Tod zu bezahlen. Ihr seid mein, und ich beschütze, was mein ist. Wenn Ihr noch einmal Euer Leben in Gefahr bringt, wie an jenem Tag mit Roberto, werde ich Euch allerdings selbst schlagen.« Kenric packte ihr Kinn. »Zweifelt Ihr an meinen Worten?«

Tess schüttelte den Kopf, soweit sein Griff es zuließ, hin-

und hergerissen zwischen Furcht, Verlangen und dem aberwitzigen Impuls, über seine Drohung zu lächeln. Sie glaubte nicht wirklich, daß er sie schlagen würde, aber in diesem Augenblick wagte sie es nicht, ihm zu widersprechen. Sie wandte den Kopf und rieb ihre Wange an seiner Handfläche, sagte ihm ohne Worte, daß sie sich bedingungslos seinem Befehl unterwarf.

Diese kleine Liebkosung, als schlichte Geste ihrer Zuneigung, entfesselte ein Gefühl, das tief in Kenrics Innerem verborgen lag. In diesem Augenblick verstand er endlich, was Männer dazu trieb, einer Frau wegen in den Kampf zu ziehen, warum ein Mann fast alles geben würde, um die Frau zu besitzen, die er mehr als jede andere begehrte. Weder Gold noch Ruhm konnten auch nur annähernd die Gefühle in ihm wecken, die sie ihm einflößte. Nichts sonst auf der Welt.

26.

Die Reise nach London dauerte länger als geplant wegen der nassen, schlammigen Straßen, auf denen die Wagen stekkenblieben und die Hufe der Pferde einsanken. Kenric hatte Tess ursprünglich auf einem Zelter reiten lassen wollen, doch jetzt saß sie vor ihm auf seinem Streitroß, da er sie in ihrem Zustand in seinen Armen halten wollte. Wenn sie nachmittags ihr Lager aufschlugen, war er jedesmal beunruhigt, sobald sie sich auch nur zwei Schritte von ihm entfernte. Während der letzten drei Tage auf Burg Montague mußte sie stets in seiner Nähe bleiben. In der ersten Nacht hatte er überhaupt nicht geschlafen, weil er fürchtete, in einem leeren Bett zu erwachen und feststellen zu müssen, er habe sich den vergangenen Tag nur eingebildet. Wenn sie sich nachts im Schlaf regte, schlang er die Arme sofort fester um sie.

Nachts plagten ihn Zweifel und der Verdacht, daß ihm seine Wünsche zu leicht gewährt worden waren. Sie waren ihm nicht nur einfach, sondern gleich zehnfach erfüllt worden. Tess liebte ihn so tief, daß es ihn erschütterte. Es war zu vollkommen, er hatte den Schatz zu mühelos errungen. Jeden Morgen erwartete er, daß der Gott, der ihm all dies zum Geschenk machte, es sich anders überlegte und ihm das Glück wieder nähme. Tess würde erwachen, ihren Gatten, den Bastard, plötzlich verabscheuen und die Annullierung der Ehe fordern. Doch dann erlebte er den süßesten Anblick, den er sich vorstellen konnte – wenn sie ihre violetten Augen aufschlug und ein schlaftrunkenes Lächeln auf ihrem Gesicht erschien. Ihm war also noch ein weiterer Tag gewährt worden.

Kenric wußte, daß er sich sogar gegen Gott empören würde, um Tess bei sich zu behalten. Entweder sie blieben verheiratet, oder aber er würde in Sünde mit ihr leben. Er würde tun, was in seiner Macht stand, um die Gültigkeit ihrer Vermählung zu behaupten, sein Recht zu verteidigen, Tess seine Gattin zu nennen, doch es gab eine Gefahr, gegen die er machtlos war; Tess könnte ihn bei Hofe verraten.

Sie wußte, daß er vorhatte, jeden Anspruch, den die MacLeith auf sie geltend machten, zu entkräften. Sobald dies geschehen war, könnte sie sich unter dem Schutz der Kirche auch gegen ihn wenden. Dies war der Grund, warum er sich schließlich zu der Annullierung bereit erklärt hatte, da er dachte, es sei ohnehin das, was sie wolle. Wenn sie sich an ihm rächen wollte, könnte sie ihn vor ganz England als liebeskranken Narren hinstellen und tun, was bisher keinem Mann gelungen war. Sie könnte ihm mühelos das Herz durchbohren.

Dem Tageslicht hielt seine Befürchtung jedoch nicht stand. Wenn Tess voller Liebe zu ihm aufsah, schien sie geradezu aberwitzig. Aber in der Nacht kamen die Zweifel wieder und setzten ihm zu. Er akzeptierte schließlich, daß er erst frei von diesen üblen Gedanken sein würde, wenn Tess bereitwillig an seiner Seite vor dem König erschien und schwieg, wenn die Kirche sie als rechtmäßig vermählt erklärte.

Schließlich zogen die Reisenden durch die Tore Londons ein und bahnten sich den Weg durch die schmalen, mit mehr Menschen bevölkerten Straßen, als Tess sie jemals in ihrem Leben gesehen hatte. Hier tummelte sich das Leben in seiner wundersamen Vielfalt, vom ärmsten Bettler bis zum reichsten Kaufmann. Endlich kamen die Außenmauern des Palastes in Sicht. Der Tower von London bot nicht den imposanten Anblick, den Tess erwartet hatte. Sie sah fast nur Gerüste und Steinblöcke, denn Edward war im Begriff, eine zweite Außenmauer und mehrere neue Türme errichten zu lassen. Sie passierten die Tore und ritten in einen abgeschlossenen Innenhof ein, wo ihnen der Hauptmann der Palastwache entgegenkam. Nachdem die Gruppe abgestiegen war, führte er sie durch eine Tür in ein so verschlungenes Labyrinth von Korridoren, daß Tess überzeugt war, niemals wieder den Weg nach draußen zu finden. Helen erklärte ihr, daß sie normalerweise durch die Höfe und Gärten gehen würden, heute jedoch wegen des schlechten Wetters die inneren Gänge nahmen. Es hatte wieder angefangen, heftig zu regnen.

Sie blieben vor zwei weit geöffneten großen Eichentüren stehen, hinter denen ein Raum, fast so groß wie die Halle von Montague, zu sehen war. Von den hohen Fenstern gegenüber blickte man auf einen Garten, der selbst im Regen noch seine Farbenpracht entfaltete; die feuerroten und weißen Rosen erhellten den grauen Tag. Die Äste hoher Eichen schaukelten anmutig über Wegen, die sich kunstvoll wie Spinnweben durch die Gärten schlängelten, ein ebensolches Labyrinth wie die Korridore, durch die man sie geführt hatte. Obgleich Tess sich nicht erinnern konnte, eine Treppe erklommen zu haben, befanden sie sich jetzt mindestens ein oder sogar zwei Stockwerke über dem Erdboden. Man hatte den Eindruck, der Raum liege in die Baumwipfel eingebettet. Es wäre ein sehr romantischer Ort gewesen, hätten die hinter ihnen eintretenden Männer Kenrics nicht solchen Lärm gemacht. Tess und Helen zogen sich in eine ruhige Ecke zurück, während Kenric und Fitz Alan sich um den steten Strom von Truhen und anderen Gepäcks kümmerten, den die Soldaten brachten. An zwei Seiten des Raums befanden sich drei Türen, und zu Tess' großer Erleichterung war Helen mit dem Saal vertraut. Sie erklärte ihr, daß die Türen in Schlafkammern führten. Die Edelleute, die den König aufsuchten, wurden gewöhnlich in Räume einquartiert, die Schlafsälen verdächtig ähnlich sahen, doch Kenric und einige wenige andere hochrangige Adlige erhielten eigene Wohnräume. Tess und Kenric würden ein eigenes Gemach bewohnen, und Helen sollte ihr Zimmer mit Miriam teilen, während die anderen Räume Kenrics Ritter beherbergten. Die übrigen Soldaten und Dienstboten schliefen auf Bänken im Hauptsaal. Diese Regelung sorgte für zusätzliche Sicherheit, da jeder Eindringling erst durch einen Saal voller Soldaten gelangen und anschließend unter sechs Türen auswählen mußte, wenn er im Sinn hatte, einem Lord oder seiner Lady ein Leid zuzufügen.

Eine volle Stunde verging, ehe Kenric Zeit fand, sich seiner Gattin zu widmen. Er mußte unwillkürlich über das Bild lächeln, das sie und Helen abgaben. Beide sahen aus, als hätten sie in ihren Kleidern ein Bad genommen. Er schlang den Arm um Tess' Schultern und brachte sie in ihr Zimmer. Wenngleich es längst nicht so groß oder so schön war wie ihre Kammer auf Montague, gab es ein breites Bett mit Baldachin, und die Fenster gingen wie die des Hauptsaals auf den Garten hinaus. Ein kleines Feuer prasselte im Kamin, um die Feuchtigkeit aus den Mauern der Burg zu vertreiben, und Wassereimer standen bereit, damit die von der Reise ermüdeten Gäste sich waschen konnten.

»Ich möchte, daß Ihr die nassen Kleider auszieht«, sagte er zu ihr und band bereits ihr Gewand auf. Tess war so müde, daß sie einfach dastand und ihm keine Hilfe anbot. Er begann, in einer Truhe zu kramen. »Habt Ihr eine Ahnung, wo ich ein Nachtgewand finden kann?«

»Es ist noch viel zu früh, um ins Bett zu gehen«, protestierte sie.

»Aye, aber ein wenig Ruhe würde Euch guttun.« Er fand ein Nachtgewand, legte es über seinen Arm und wartete, bis sie sich aus den Kleidern gekämpft hatte. An die Truhe gelehnt, genoß er den Anblick ihres Körpers. In den letzten Wochen hatten sie nicht einmal nachts ein trockenes Bett gehabt, und er hatte seine Frau nicht noch mehr ermüden wollen, als die Reise es ohnehin schon tat. Er war bereits zufrieden gewesen, wenn er sie nur in seinen Armen halten konnte. Jetzt erinnerten die weichen Umrisse ihres Körpers unter dem feuchten Hemd ihn daran, wie lange sie sich schon nicht mehr geliebt hatten. Er sah deutlich, was er im Halbdunkel des Zeltes nur erahnt und nachts mit seinen Händen entdeckt hatte. Sein Sohn mochte anfangs nur zögerlich gewachsen sein, doch nun holte er die verlorene Zeit erstaunlich schnell auf. Ohne ihren Mantel und die hochtaillierten Kleider war Tess' Zustand mehr als auffällig.

»Kenric?«

Es dauerte eine Weile, bis er merkte, daß er ihr das Nachtgewand reichen sollte. Er war so fasziniert von ihrem Körper und den Veränderungen, die mit ihm vorgingen, daß er einen Augenblick lang vergessen hatte, warum er sie gedrängt hatte, sich auszukleiden. Sie streckte die Hand nach dem Hemd aus, doch er schüttelte den Kopf und lockte sie mit dem Finger zu sich. Sie durchquerte den Raum, bis sie nur noch eine Armlänge entfernt stand, doch er berührte sie immer noch nicht. Er lächelte über ihre ernste Miene. »Ich gebe Euch das Gewand gegen einen Kuß.«

Erst sah sie überrascht aus, dann lachten ihre Augen seit Tagen zum ersten Mal. Sie trat zu ihm und schlang die Arme um seinen Nacken. Der Kuß, den sie ihm gab, verriet ihm, daß sie seine Zärtlichkeiten ebenso vermißt hatte wie er ihre. Ihr Mund wanderte zu seinem Ohr, und sie flüsterte mit tiefer, sinnlicher Stimme: »Ich möchte, daß Ihr Eure nassen Kleider auch auszieht, Mylord.«

Kenric erkannte seine eigenen Worte und lächelte. Doch als er sie zum Bett trug, wurde er ernst, das Verlangen, sie zu besitzen, ergriff ihn. Er wollte sanft sein, auf ihren Zustand Rücksicht nehmen und die Intensität seines Verlangens leugnen, doch Tess forderte seine Leidenschaft. Sie zwang ihn, sich seinem Begehren hinzugeben, bis er nicht mehr denken, sondern nur noch fühlen konnte.

Er hatte keine Zeit, über seine mangelnde Selbstbeherrschung nachzudenken, bis sie nach ihrem Liebesspiel erfüllt und innig verbunden nebeneinander lagen. Manche Dinge würden sich nie ändern, dachte er gähnend und streichelte sacht ihren Rücken. Tess hatte die Fähigkeit, jedesmal, wenn sie sich liebten, ein neues Gefühl in ihm zu wecken. Als er sie darauf ansprach, daß er sich seiner Wildheit wegen Sorgen machte, lächelte sie nur und fuhr mit dem Finger über seine Lippen.

»Das, was unser Kind gezeugt hat, kann ihm unmöglich schaden«, gab sie mit unschuldsvoller Miene zu bedenken, obgleich ihr Blick eine ganz andere Sprache sprach. Die Sorgen, die er sich ihrer Schwangerschaft wegen machte, waren eine Quelle steter Belustigung für sie.

Er dachte über ihre Worte nach und entschied erleichtert, daß sie vermutlich recht hatte. Er würde sich zurücknehmen, wenn die Zeit kam, doch bis dahin wollte er sich so oft wie möglich an ihr erfreuen. Er küßte sie auf die Stirn und strich ihr abermals zärtlich über den Rücken. »Jetzt müßt Ihr aber eine Weile schlafen, Liebste. Später schicke ich Euch Miriam, damit sie Euch hilft, Euch für das Nachtmahl anzukleiden.«

»Ich glaube nicht, daß ich schlafen kann, wenn ich daran denke, was uns heute abend bevorsteht«, sagte sie. Kenric runzelte die Stirn über die Furcht, die in ihren Augen stand. Sie drückte einen Kuß auf seine Brust. »Ich habe Vertrauen in Euch, daß Ihr uns sicher durch diese Prüfung geleitet, und dennoch habe ich Angst davor, Dunmore MacLeith gegenüberzutreten. Ich fürchte mich vor ihm, seit ich ihn kenne.«

»Schsch«, machte er und legte den Finger auf ihre Lippen. »Denkt jetzt nicht daran. Ich möchte, daß Ihr Euch nur mit schönen Gedanken über Euren Gatten beschäftigt.«

Seine Worte waren leichthin gesprochen, doch Kenric konnte selbst den Augenblick kaum erwarten, in dem dieser Mann und sein Sohn keine Bedrohung mehr für den Seelenfrieden seiner Gattin darstellen würden. Eigentlich sollte er jetzt vor seinem König erscheinen, um mehr über den Stand der Dinge zu erfahren, bevor sie beim Nachtmahl mit den anderen verhandelten. Doch er konnte sie nicht verlassen, bis sie nicht warm und sicher in seinen Armen eingeschlafen war. Noch bestand ihre Ehe. Aber dies konnte das letzte Mal sein, daß er sie als seine Gattin in seinen Armen hielt.

Fünf Minuten später war sie so tief eingeschlafen, daß er ihr vorsichtig das Nachtgewand anziehen konnte, ohne sie dabei zu wecken. Dann hielt er sie noch einige Minuten in seinen Armen und all die Zweifel, die ihm durch den Sinn gingen, ließen ihm die Umarmung fast zur Qual werden. Zum Abschied drückte er ihr einen zärtlichen Kuß auf den Mund, dann kleidete er sich an und ging leise aus dem Zimmer. Fast zwei Stunden waren seit ihrer Ankunft vergangen, und er wußte, daß der König wartete und inzwischen vermutlich überaus ungeduldig war. Kenric lächelte grimmig auf dem Weg zu den Gemächern des Königs. Er wußte, daß die Zeit der MacLeith sich ihrem Ende näherte, fragte sich jedoch auch, ob wohl sein Stern ebenfalls im Sinken begriffen war.

Die Unterredung mit Edward verlief in einer angespannten Atmosphäre. Wie gewohnt war sein Vater kühl, nichts in seinem Verhalten ließ auf väterliche Gefühle schließen, die er für seinen Bastard hegen mochte. Die Plantagenets waren dafür bekannt, nicht einmal ihren rechtmäßigen Erben viel Zuneigung entgegenzubringen. Als Bastard hatte Kenric niemals Anerkennung erwartet, und er hatte sie auch nie erhalten. Jede Gunst, die ihm der König erwies, hatte er sich auf dem Schlachtfeld verdient, das Band der Treue war stärker als das des Bluts. Edward zeigte sich zufrieden, weil Kenric seinen Teil der Übereinkunft ohne Zwischenfälle erfüllte, und er war erleichtert, als er von Tess' Schwangerschaft erfuhr. Ein Kind würde ihnen helfen. Eine unvorhergesehene Gefahr war in den Monaten seit Kenrics Vermählung durch die Einmischung der Kirche aufgetaucht. Kardinal Jerome würde an dem Nachtmahl teilnehmen, um den Ratschluß Gottes in der Frage der Gültigkeit der Ehe zu offenbaren.

Sowohl Edward als auch Kenric waren überzeugt, den wahren Grund für das plötzliche Interesse des Kardinals zu kennen. Kardinal Jerome war schottischer Herkunft und hatte vermutlich vom schottischen König das Versprechen erhalten, ein ansehnliches Stück der zu Remmington gehörenden Besitztümer zu bekommen. Aber es war auch durchaus möglich, daß der Kardinal weder eine Entscheidung zugunsten Schottlands oder Englands noch MacLeith' oder Kenrics fällen würde, sondern eine, die allein der Kirche nützte.

Edward hatte versucht, etwas zu ihren Gunsten in die Waagschale zu werfen, und es eingerichtet, daß ebenso drei englische Bischöfe an der Verhandlung teilnahmen, doch eine Entscheidung des Kardinals in MacLeith' Sinne würde die Einwände aller drei Bischöfe zunichte machen. Gegenwehr gegen das Urteil Kardinal Jeromes könnte Edwards Position der Kirche gegenüber schwächen, die wegen seiner früheren Kritik an der Habgier der Kirche ohnehin auf unsicherem Boden stand.

Es war ein wirres Durcheinander, und Kenric fand keinen Gefallen an derlei Verstrickungen. Auf dem Schlachtfeld eine Strategie zu entwickeln war dagegen einfach. Doch ganz gleich, wie er sein Hirn zermarterte, ihm fiel kein erfolgversprechender Plan für seine jetzige Lage ein. Die einzige gute Nachricht war, daß Dunmore MacLeith an seiner Stelle seinen Sohn geschickt hatte. Er behauptete, er habe sich das Bein gebrochen und könne deshalb nicht reisen. Kenric vermutete, daß Dunmore MacLeith für den Fall in Remmington verschanzt blieb, daß die Entscheidung zu seinen Ungunsten ausfallen würde. Sein Erscheinen am Hof würde ihn zu verwundbar machen.

Kenric war so in seine Gedanken vertieft, daß er nicht sogleich die seltsame Stille bemerkte, die im Hauptsaal seines Quartiers herrschte. Schließlich aber bemerkte er, wie die etwa dreißig anwesenden Männer die Tür seiner Schwester anstarrten. Nur Simon und Fitz Alan schienen nicht so fasziniert von Helens Tür zu stehen. Seine beiden Vasallen waren in ein Würfelspiel vertieft, das ein jähes Ende nahm, als Kenric sich neben Fitz Alan niederließ.

»Was ist los?« fragte Kenric verblüfft von dem eigenartigen Verhalten seiner Männer.

Simon lehnte sich zurück und verschränkte die Hände hinter dem Kopf. Er lächelte süffisant. »Ihr werdet es bald erfahren, Baron.

»Es geht um Eure Gattin«, erklärte Fitz Alan und legte eine Hand auf Kenrics Schulter, um zu verhindern, daß er aufstand. »Sie ist gerade zu Helen gegangen, in einem der neuen Kleider, die Ihr ihr geschenkt habt.«

Fitz Alan lächelte über Kenrics Verwirrung. »Erinnert Ihr Euch noch an unsere Reaktion, als wir Lady Tess das erste Mal in der Abtei sahen?« Als Kenric nickte, wurde sein Lächeln ebenso süffisant wie das Simons. »Eine ähnliche Reaktion könnt Ihr gerade an Euren Männern beobachten. Sie warten darauf, noch einen Blick auf Euren Engel erhaschen zu können.«

Kenric sah sich erneut um. Viele der Soldaten waren sprachlos vor Staunen. Seine Männer hatten Tess zu zahllosen Gelegenheiten gesehen. Warum brachte ein neues Kleid sie jetzt noch dazu, sich zum Narren zu machen? Er schlug krachend mit der Faust auf den Tisch, so daß die Würfel auf den Boden sprangen. Doch bis er alle Männer auf sich aufmerksam gemacht hatte, mußte er noch zweimal zuschlagen. In seiner Stimme schwang kaum verhüllter Spott. »Hat zufällig jemand bemerkt, daß Dunmore MacLeith gerade zu uns gestoßen ist?«

Im Saal brach das Chaos aus. Stühle und Bänke stürzten um, als die Männer ihre Schwerter zückten und den Saal nach ihrem Hauptfeind absuchten. Dann wandte sich einer nach dem anderen verlegen dem Baron zu. Der stand auf, verschränkte die Arme vor der Brust und blickte die Männer finster an. »Und Ihr nennt Euch –«

Der Anblick seiner Gattin ließ ihn mitten im Satz verstummen. Der Eingang zu Helens Kammer rahmte Tess ein wie ein zum Leben erwachtes Gemälde. In ihrem violetten Gewand sah sie aus wie eine Prinzessin, und die funkelnden Juwelen nahmen die Farbe ihrer Augen auf. Sogleich verstand er, warum seine Männer sich wie Dummköpfe aufführten. Er riß sich von ihrem Anblick los, erteilte seinen Männern einen strengen Verweis und ging zu Tess, um ihren Arm zu nehmen. Er sah sie erst wieder an, als er sie in ihre Kammer gebracht hatte. Dort stand sie, vor dem Kamin, und er trat zurück, bis er mit den Fersen gegen eine Truhe stieß. Er ließ sich auf die Truhe fallen. Seine Stimme war ein rauhes Flüstern. »Großer Gott!«

Tess blickte auf ihr Kleid. »Es gefällt Euch nicht?«

»Das Kleid?« Sein Blick glitt von ihren Schuhen zu ihrem Kopf. Die intensive, satte Farbe des amethystfarbenen Gewands ließ ihre Haut so hell und zart schimmern wie die weißen Rosen, die in dem Garten unter ihnen blühten, und die natürliche Farbe ihrer Lippen und Wangen war vollendeter, als ein Maler es je ersinnen konnte. Der Glanz ihrer Augen überstrahlte den der Edelsteine, die bei jedem ihrer Schritte aufblitzten, und ihr Haar war ein Schleier aus schierem Gold. Obgleich ihr goldener Gürtel mehr von Tess' geschwollenem Bauch offenbarte als verhüllte, verbarg der juwelenbesetzte Umhang, den sie trug, ihren Zustand dennoch. Kenric blickte sie finster an; er wünschte, die Schwangerschaft wäre deutlicher zu sehen, damit allen am Hofe sofort klar war, daß sie ihm gehörte. »Gott, Tess, Ihr seht aus wie eine antike heidnische Göttin. Laßt mir einen Augenblick Zeit, mich daran zu gewöhnen.«

Tess wartete geduldig, während er sie betrachtete. »Ich sehe kindisch aus, nicht wahr?«

Er schüttelte den Kopf, sein Blick hing am Oberteil des Kleides. Der Ausschnitt war nicht tiefer als der anderer Damen, denen er auf dem Weg zum König in den Korridoren begegnet war, doch er konnte sich nicht erinnern, daß sie so verführerisch ausgesehen hatten. »Gebt mir noch einen Augenblick, Tess.« Plötzlich verspürte er den wahnwitzigen Impuls, sie sogleich nach Montague zurückzubringen und in ihrer Kammer einzusperren, wo niemals jemand außer ihm sie sehen durfte. Heute abend würde sie sicherlich großes Aufsehen erregen. Mehr als ein Mann würde Verständnis für die Entführung seiner Braut aufbringen. Vielleicht würde sogar jemand auf den Gedanken kommen, eine ähnliche Taktik anzuwenden, um sie ihm wegzunehmen.

»Ihr seht sehr schön aus«, sagte sie scheu, kam auf ihn zu und fuhr mit der Hand über seinen weißen Umhang. Das Wappen Montagues war in Nachtblau und Gold auf seine Brust gestickt, und er trug einen tiefblauen Überrock, Strumpfhose und im gleichen Farbton gehaltene Stiefel. Blaugoldene Armbinden aus Leder bedeckten seine Arme vom Handgelenk bis zum Ellbogen, und zwei kunstvolle Schwerter hingen zu beiden Seiten an seiner Hüfte. Die Klingen steckten in juwelengeschmückten Scheiden aus Gold. Kenric war jeder Zoll der mächtige Kriegsherr, und Tess sprach ein stilles Dankgebet, daß er zu ihr gehörte. Schon der Anblick Kenrics würde den MacLeith' Respekt einflößen. Sie strich ihm das Haar aus der Stirn und küßte ihn zärtlich. »Ich liebe Euch so sehr, Kenric, aber Ihr macht mir allmählich angst. Soll ich das Kleid wieder ablegen? Sagt es Euch nicht zu?«

Kenric löste sich endlich aus der Erstarrung, konnte den Blick jedoch nicht von seiner Gattin abwenden.

»Eurer Kleid sagt mir voll und ganz zu, Frau. Ich bin nur besorgt wegen der anderen Männer, denen ihr auch gefallen werdet. Ich verbiete Euch, heute abend von meiner Seite zu weichen. Oder bei allen sonstigen Gelegenheiten«, fügte er sicherheitshalber hinzu. Es war eine dumme Forderung, ohnehin unerfüllbar, aber es ging ihm besser, nachdem er sie ausgesprochen hatte.

Tess gab ihm einen Kuß auf die Wange. »Ich freue mich, daß es Euch gefällt.«

»Dennoch brauche ich etwas Zeit, um mich an Euren Anblick zu gewöhnen.« Er konnte den Blick nicht von ihr losreißen. Wenn er so weitermachte, würde er sie beide vermutlich noch in Verlegenheit bringen, indem er auf dem Weg zum Nachtmahl ins Straucheln geriete, weil er seine Gattin betrachtete, statt auf seine Umgebung zu achten.

»Leider haben wir aber keine Zeit mehr. Wir werden ohnehin vermutlich als letzte im Festsaal erscheinen.« Er schloß Tess in die Arme und gab ihr einen süßen, innigen Kuß. Ehe er zu intensiv werden konnte, stand er auf und stützte das Kinn auf ihren Kopf. »Ich werde Euch von meiner Unterredung mit dem König berichten, und dann müssen wir uns unserem Urteil stellen.«

Kenric erzählte ihr von Kardinal Jerome und der Bedrohung, die er darstellte. Er war erleichtert, jedoch auch mißtrauisch, als Tess die Neuigkeit gelassen aufnahm. Sie wiederholte, sie vertraue darauf, daß er seine Familie beschützen werde, und erinnerte ihn so daran, daß nicht nur sie auf dem Spiel stand. Kenric dachte nicht darüber nach, was geschehen würde, wenn seine Gattin und sein Kind den MacLeith in die Hände fielen. Das würde nicht geschehen. Niemals. Er hatte bereits entschieden, daß ihn nichts von ihr trennen würde, nicht einmal Tess selbst. Wenn es den MacLeith auf irgendeine Weise gelänge, an ihrer Verlobung mit Gordon festzuhalten, oder wenn Tess selbst ihrem Gatten abschwor, würde er zu jedem Mittel greifen, sie zu behalten. Selbst wenn das bedeutete, es mit den Männern des Königs aufzunehmen und aus England zu fliehen, er würde es tun. Er hatte genügend Soldaten mitgenommen. Kenric hatte mehr als dreißig Getreue innerhalb der Burgmauern versammelt, und nur eine Handvoll von ihnen wußte, daß der Rest seines Heers nur wenige Meilen vor London kampierte. Der heutige Abend würde darüber entscheiden, ob sie gen Remmington marschierten oder sich den Weg zum Meer freikämpfen mußten.

Später, als sie zum Festsaal gingen, bemerkte Tess, wie sich eine erstaunliche Veränderung an ihrem Gatten vollzog. Seine Schultern versteiften sich, sein Rücken war gerade und unnachgiebig wie ein Speer. Die Falten um seine Augen und seinen Mund schienen sich tiefer einzugraben, seine Augen waren dunkel und unergründlich. Sie spürte fast körperlich, wie er sich immer weiter von ihr entfernte, als seien sie nicht durch wenige Zentimeter, sondern durch mehrere Meter getrennt. Ihre Hand lag zwar noch auf seinem Arm, aber sie fühlte sich ihm nicht näher als die beiden Schwerter, die zu seinen Seiten herabhingen. Er achtete nicht mehr darauf, daß sie nicht so schnell gehen konnte wie er, und sie beeilte sich, mit ihm Schritt zu halten. Als sie den Festsaal erreichten, sah Kenric genauso aus wie der Fremde, den sie geheiratet hatte. Angesichts der vielen unbekannten, entschieden unfreundlichen Gesichter verstand sie, was er getan hatte.

Kenric hatte sich zur Schlacht gerüstet.

27.

Bei einem König zu speisen war, als ob man einen Jahrmarkt besuchte, dachte Tess während des Mahls. Buntgekleidete Jongleure, Spielleute und Akrobaten wetteiferten um die Aufmerksamkeit des Publikums, doch Tess konnte sich des Gefühls nicht erwehren, daß sie und Kenric die Hauptattraktion darstellten.

Zunächst war sie zu fasziniert von König Edward, um auf die Aufmerksamkeit zu achten, die sie selbst erregte. Es war offensichtlich, woher Kenric seine Körpergröße hatte. Und das Profil des Königs war dem Kenrics ebenfalls ähnlich, aber vor allem hatten sie fast die gleichen Eigenheiten. Auch der König gab seine Befehle durch nur angedeutete Handbewegungen, und sie verstand die vielen verschiedenen Bedeutungen hinter seinen kleinsten Gesten, wenn er die Braue hochzog oder die Lippen zusammenkniff, während er sich umsah. Sie folgte seinem Blick und entdeckte bald, daß fast jeder in der großen Halle sie betrachtete.

Gleichgültig, wohin sie sah, stets hingen irgendwelche Blicke an ihr. Die meisten Frauen wandten unsicher den Blick ab, wenn Tess sie ertappte, und steckten dann die Köpfe zusammen und tuschelten. Die Männer waren noch schlimmer. Häufig waren sie nicht einmal so höflich, sich abzuwenden. Ein junger Bursche besaß sogar die Frechheit, ihr zuzuzwinkern! Sie überlegte, was sie gegen dieses empörende Verhalten tun sollte, als sie spürte, wie Kenric sich neben ihr versteifte und halb von seinem Stuhl auffuhr. Obwohl sie ihren Gatten nicht ansah, spürte sie, daß er das anzügliche Zwinkern ebenfalls mitbekommen hatte und ihren Möchtegern-Verehrer warnen wollte.

Die Reaktion des Ärmsten war fast komisch. Er ließ sein Messer fallen und stieß einen Weinkelch um, der sich über die Dame an seiner Seite ergoß. Er war so verstört, daß er sich nicht einmal für sein Ungeschick entschuldigte, sondern sogleich davonstürzte. Tess wandte sich an ihren Gatten, um ihn dankbar zuzulächeln, aber der funkelte bereits einen anderen Mann an. Sie seufzte und versuchte sich auf das Essen zu konzentrieren.

Das Nachtmahl bestand aus sieben Gängen, jeder köstlich zubereitet, doch das Wenige, das sie zu sich nehmen konnte, schien keinen Geschmack zu haben. Selbst der Prunk, der am Hofe herrschte, und der riesige, mit schillernden Menschen angefüllte Saal verblaßten vor Tess' Furcht angesichts dessen, was ihnen heute abend bevorstand.

Gordon MacLeith und drei andere Männer seines Clans saßen am anderen Ende des Saals, und mehr als einmal spürte sie Gordons kalten Blick auf sich. Immer wieder griff sie nach Kenrics Hand, um sich seines Schutzes zu versichern.

Schließlich war das Mahl beendet, und die Tische und Stühle wurden unauffällig fortgebracht. Der Thron des Königs wurde hereingetragen und auf ein großes Podest an einem Ende des Saals gestellt. Der König nahm seinen Platz ein und war bald von seinen Ratgebern und den Bischöfen umringt, von denen Kenric ihr erzählt hatte. Binnen weniger Minuten hatte die Halle sich vom Speisesaal in das königliche Gericht verwandelt.

Sie beobachtete fasziniert, wie die Höflinge um die besten Plätze wetteiferten, um dem bevorstehenden Drama zuzuschauen. Viele nahmen übertriebene Posen ein, um ihre Kleider und ihren Schmuck zur Schau zu stellen. Der Lärm in der Halle ebbte ab, als der König Gordon ein Zeichen gab.

Die Damen des Hofes schoben sich nach vorn, um einen Blick auf den jungen MacLeith zu erhaschen, der wahrlich schön anzusehen war. Der smaragdgrüne Überrock betonte durch seinen geschickten Schnitt seinen schlanken Körper, die Hose aus Leder schmiegte sich eng an seine langen Beine. Keine einzige Narbe verunzierte sein glattes, klassisches Gesicht, das nur deshalb nicht zu schön wirkte, weil er seine männlichen Züge übertrieben hervorhob. Seine Angewohnheit, lässig den Kopf zurückzuwerfen, lenkte das Auge des

Betrachters auf seine überraschend weißblonden Haare, und in seinen tiefblauen Augen schienen sich viele Geheimnisse zu verbergen. Ganz gleich, welche Vorlieben eine Dame haben mochte, man konnte seine körperliche Vollkommenheit nicht abstreiten. Man mußte ihn unwillkürlich mit dem rauhen, kräftigen, dunklen Baron Montague vergleichen. Tess jedoch fand, daß Gordon der häßlichste Mann auf dieser Erde war.

Während Gordon sich den Weg durch die Menge bahnte, hielt Edward seinen Kelch von sich, und ein Knappe eilte herbei, um den Pokal mit Wein zu füllen. Der König schien es nicht eilig zu haben, mit der Prozedur zu beginnen, und ließ den verlegenen Gordon warten, bis der Knappe seine Aufgabe erfüllt hatte.

»Ihr habt unsere Erlaubnis, Euren König anzusprechen und Euer Begehr vorzubringen.«

»Gordon MacLeith, zu Euren Diensten, Majestät.« Er verneigte sich tief, dann richtete er sich wieder auf. Sein Blick war wachsam, sein Benehmen herausfordernd. »Heute abend vertrete ich mich selbst und meinen Vater, Dunmore MacLeith, und möchte unserem König ein Gesuch in einer äußerst schmerzlichen Angelegenheit unterbreiten – der Entführung meiner Braut durch Kenric von Montague.«

Gordon hielt inne, um die Wirkung seiner Anschuldigung auf die Zuschauer abzuwarten. Ein Raunen ging durch das Publikum. Er drehte sich nicht um, doch Tess merkte, daß er auf zustimmende Kommentare horchte. Er zeigte auf Kenric. »Dieser Mann hat Tess Remmington nicht nur ihres Heims und ihrer liebevollen Familie beraubt, er krönte seine Verbrechen, indem er sie heiratete, obwohl er wußte, daß sie einem anderen versprochen war, und zwar mir, der hier vor Euch steht, Euer Majestät.« Erneut ging ein überraschtes Gemurmel durch die Menge, das anzeigte, daß viele der Anwesenden nichts von dieser Verlobung gewußt hatten. Tess versuchte, das flaue Gefühl in ihrem Magen zu ignorieren, als sie sich fragte, wie Gordon die Worte ›liebevolle Familie‹ aussprechen konnte, ohne daran zu ersticken. Sie hoffte inständig, daß die Bischöfe die offensichtlichen Lügen durchschauen würden, und war dankbar über Edwards angewiderte Miene.

»Viele Wochen lang trauerten wir um unsere Tess, wir wußten nichts von ihrem Schicksal, bis wir durch Zufall von einem Besucher erfuhren, daß sie sich in Baron Montagues üblen Klauen befand. Er sagte uns, die Baronin von Montague empfände Todesangst vor ihrem Gatten, der sie fortwährend schlüge. Wir sandten Boten nach Montague und hofften, der Baron werde ein Einsehen haben und die Frau, die er so grausam festhielt, zu ihrer liebevollen Familie und mir, dem sie rechtmäßig versprochen war, zurückschicken. Unsere Boten kamen jedoch mit leeren Händen zurück, Euer Majestät, man hatte sie fortgeschickt, ohne sie auch nur anzuhören.« Gordon wirkte so niedergeschlagen, daß mehrere Damen im Publikum mitfühlend seufzten. »Deshalb stehe ich heute vor Euch, mein König – um Gerechtigkeit zu erflehen. Und ich weiß, daß Ihr mir Tess Remmington wiedergeben und jene, die sie mir raubten, bestrafen werdet. Obgleich sie zweifellos schwer mißhandelt wurde, möchten wir, daß sie nach Hause zurückkehrt, wo sie sicher ist und die Schrecken der letzten Monate vergessen kann.«

Edward war eine Zeitlang still und starrte Gordon an, als schätzte er seine Worte genau ab. Gordon zuckte nicht einmal unter dem Blick des Königs zusammen, sondern erwiderte ihn kühn. Edward trank einen Schluck Wein, dann sah er zu Kenric hinüber. Mit seiner tiefen Stimme übertönte er mühelos das Geflüster der Höflinge. »Kenric von Montague, Ihr werdet schwerer Verbrechen bezichtigt. Habt Ihr eine Antwort auf die Beschuldigungen vorzubringen?«

»Aye«, erwiderte Kenric und trat vor. Er sah sich kurz um und versicherte sich, daß Tess von Fitz Alan, Simon und Evard bewacht wurde, dann ging er zum König. Während Gordon sich umdrehte und seinem Gegner ins Gesicht sah, würdigte Kenric den Schotten zunächst keines Blickes. Er verbeugte sich tief vor dem König, nickte den Ratgebern und den Vertretern der Kirche zu und wartete dann auf die Erlaubnis zu sprechen.

»Ihr habt heute abend eine seltsame Geschichte zu hören

bekommen, Euer Majestät.« Kenric sprach an den König gewandt, warf jedoch einen vielsagenden Blick auf Gordon. »Und ich wette, sie wird noch seltsamer weitergehen. Deshalb möchte ich gleich zu Anfang sagen, daß die Anschuldigung der Entführung schlicht nicht wahr ist.«

Kenric wartete, bis die Reaktion des Publikums zu einem gedämpften Raunen verklungen war. »Aye, es ist durchaus möglich, daß der Vorfall diesem Jungen und seinem Vater wie eine Entführung erschien. Doch man kann einem Ritter keine Entführung vorwerfen, wenn er zufällig einer Dame begegnet, die flieht, um ihr Leben zu retten.«

»Am besten erzählt Ihr die ganze Geschichte«, riet der König.

»Auf Euren Befehl hin begleitete ich Pater Olwen im ersten Monat dieses Jahres zur Abtei von Kelso«, begann er. »Nachdem ich den Priester sicher zu seiner neuen Wirkungsstätte gebracht hatte, beschlossen mein Vasall und ich, nachts in der Umgebung Wild zu jagen, um unsere Vorräte für die Heimreise nach Montague aufzustocken. Der Abt von Kelso erteilte uns die Erlaubnis, in den umliegenden Wäldern zu jagen, und dort stießen wir auf Lady Remmington. Obgleich die Lady verkleidet war, erkannten wir an dem Schnitt ihrer Kleider, daß es sich um eine Dame edlen Geblüts handelte. Da wir die Dame nicht im Wald lassen konnten, brachten wir sie sogleich in der Abtei in Sicherheit. Erst dort erfuhren wir, wer sie war, und wir erhaschten einen ersten Blick auf unsere Beute, als sie ihre Verkleidung ablegte. Ich glaube, Ihr werdet mir zustimmen, Euer Majestät, wenn ich sage, daß man meine Gattin nur anzusehen braucht, um zu begreifen, warum ich beschloß, die Dame noch am gleichen Abend zu heiraten und sie unter den Schutz meines Namens zu stellen.«

Kenric wandte sich nicht zu Tess um, doch er wußte, daß alle anderen Anwesenden es taten. Das zustimmende Gemurmel störte ihn nicht, doch das anzügliche Lachen um so mehr.

»Ich verstehe, worauf Ihr hinauswollt.« Das Lächeln des Königs verriet nicht, daß er in die Vorfälle eingeweiht gewesen war. »Aber erzählte Euch die Dame nicht von Ihrer Verlobung?«

»Doch, das tat sie. Aber wenn ich Euch die näheren Umstände Ihrer Lage zu Gehör bringe, werdet Ihr die Verlobung mit Gordon MacLeith gewiß in einem anderen Licht sehen.«

»Eine Verlobung, der ein König zugestimmt hat, kann nicht aufgehoben werden, nur weil ein Baron vor Lust wie von Sinnen ist«, höhnte Gordon neben ihm.

»Schweigt!« befahl der König und warf ihm einen zornigen Blick zu. »Ihr habt Eure Anschuldigungen vorgebracht, ohne unterbrochen zu werden, und werdet Baron Montague jetzt die gleiche Rücksicht entgegenbringen.« Er gab Kenric ein Zeichen. »Fahrt fort.«

»Lady Remmington wurde seit fast fünf Jahren, seit dem Tod ihrer Mutter, auf Langston Keep gefangengehalten. Während dieser Zeit wurde sie von ihrem Stiefbruder, dem Mann, der hier vor Euch steht, regelmäßig geschlagen. Obgleich eine Familie sehr wohl das Recht hat, eine Frau in angemessener Weise zu bestrafen, wurde meine Gattin nicht irgendwelcher Verstöße wegen mißhandelt, sondern aus reinem Haß. Die letzten Prügel, die sie von Gordon MacLeith bezog, waren so schlimm, daß sie aus ihrer Heimstatt in den Wald floh.«

»Das ist eine Lüge!« Gordon starrte Kenric so entsetzt und schockiert an, daß Kenric seine Worte selbst in Zweifel gezogen hätte, wenn er den Beweis dafür nicht gesehen hätte.

Kenric fuhr ungerührt fort. »Es ist die traurige Wahrheit, Majestät. Meine Gattin verlor kurz nach unserer Vermählung das Bewußtsein, und da erkannte ich das volle Ausmaß der Mißhandlungen. Auf ihrem Rücken waren die Spuren von nicht weniger als fünfzig Peitschenhieben zu sehen – zugefügt von Gordon MacLeith. Meine Männer können ihre Verletzungen bezeugen. Als Folge lag sie fast eine Woche mit hohem Fieber darnieder und sie war so krank, daß wir nicht wußten, ob sie es überstehen würde.«

»Er lügt«, sagte Gordon an den König gewandt. »Wenn

sie geschlagen wurde, dann von ihm, um ihm einen Vorwand für seine Missetaten zu schaffen. Aye, ich behaupte, er hat Lady Tess seitdem viele Male geschlagen, damit sie lügt, um ihn zu schützen. Sie wird zu große Angst vor seiner Vergeltung haben, um die Wahrheit zu sagen.«

»Ich habe meine Gattin nie geschlagen und werde es nie tun. Sie hat sich aus freien Stücken mit mir vermählt und widersetzt sich keinem meiner Befehle. Ein Baron mißhandelt seine Schutzbefohlenen nicht, wenn sie treu zu ihm stehen.«

Es gab beifälliges Gemurmel, und Gordon schien besorgt.

»Mit Eurer Erlaubnis, König Edward?« Alle wandten sich Kardinal Jerome zu, als dieser sich von seinem Platz erhob und sich schwer auf seinen Krummstab stützte. Der König nickte, und der Kardinal trat vor, um zu den beiden Männern zu sprechen. »Der Umstand, daß die Dame geschlagen wurde, ist erschütternd, doch in der Angelegenheit ihrer Verlobung ist er nicht von Belang. Ihr, Kenric von Montague, habt zugegeben, eine Frau zur Gattin genommen zu haben, die rechtmäßig einem anderen versprochen war. Solch ein bindender Vertrag kann wegen derlei unwichtiger Dinge nicht einfach übergangen werden. Gordon MacLeith hat einen älteren Anspruch auf die Dame, und sie muß an ihren rechtmäßigen Platz zurückkehren, es sei denn, es ist etwas geschehen, das die Übereinkunft vor Gott ungültig machte. Wenn Ihr keinen Beweis für derlei Ereignisse vorweisen könnt, Baron Montague, wird die Kirche Eure Ehe annullieren.«

Nach der Ansprache des Kardinals warteten alle in gespanntem Schweigen auf Kenrics Antwort.

»Ich verfüge über solche Beweise, Euer Eminenz.« Ohne sich umzudrehen, winkte Kenric Fitz Alan zu sich und nahm eine Schriftrolle von ihm entgegen. Kenric reichte das Dokument dem Kardinal. »In diesem Schriftstück werdet Ihr die unter Eid gemachten Aussagen von vier Männern finden, die von Pater Olwen und Abt Samuels von Kelso bezeugt werden. Zwei dieser Männer standen früher als Soldaten in MacLeith' Diensten auf Langston Keep, einer ist Kaufmann und verkehrte häufig auf Remmington Castle, der vierte ist ein früherer Gefährte von Gordon MacLeith. Meine Gattin hat keine Kenntnis von diesem Dokument, aber in den letzten Monaten hat sie vieles von dem, was Ihr hier lesen werdet, bestätigt. Die vier Männer beschwören, daß Gordon MacLeith nicht die Absicht hatte, Tess Remmington mehr als nur dem Namen nach zu seiner Gattin zu machen. Zu zahlreichen Gelegenheiten versprach er die Gunst seiner Braut den Soldaten in seiner Gesellschaft. Einer von ihnen sollte mit ihr ein Kind zeugen.«

Kenric hielt inne, bis die lärmende Reaktion der Zuhörer sich gelegt hatte, dann führte er den entscheidenden Schlag gegen die MacLeith. »Der Grund, warum Gordon MacLeith derlei Versprechungen machte, ist folgender: Er selbst ist nicht imstande, die Pflichten eines Gatten zu erfüllen. Im Haushalt der MacLeith weiß jeder, daß Gordon niemals bei einer Frau gelegen hat, sondern eine Vielzahl unchristlicher Verbindungen mit jungen Männern und Knaben einging. Er war so abgestoßen von dem Gedanken, rechtmäßig an eine Frau gebunden zu sein, daß er schwor, seine Braut zu töten, sobald ein Erbe für Remmington geboren sei.«

Alle holten erschrocken Luft. Solch einen offenen Skandal hatte es am Hofe noch nie gegeben, und dieses Mal machte sich keiner der Zuschauer die Mühe, seine Bemerkungen zu dieser aufsehenerregenden Enthüllung nur zu flüstern. Gordon erbleichte. Selbst Kardinal Jerome wirkte verblüfft und las rasch das Pergament durch, um die Anschuldigungen zu überprüfen. Kenric wartete nicht, bis die Aufregung sich gelegt hatte, sondern fuhr trotz des Lärms fort.

»Ich bitte Euch, im Lichte dieser Tatsachen die frühere Verlobung meiner Gattin für nichtig zu erklären. Anders als eine Verbindung mit Gordon MacLeith steht ihre Ehe mit mir im Einklang mit Gottes Wort, und er hat unsere Verbindung doppelt gesegnet. Meine Frau wird mir noch in diesem Herbst einen Sohn schenken. Sie trägt den Erben für Remmington und Montague unter dem Herzen.«

Es wurde noch lauter in der Halle, vor allem weil diejenigen, die diese letzten Worte gehört hatten, sie weitergeben mußten an jene, die sie nicht hatten hören können. Einige wunderten sich, daß der Baron so überzeugt schien, einen männlichen Erben zu bekommen. Andere wiesen darauf hin, daß Lady Tess gewiß alles in ihren Kräften Stehende tun würde, um dem Henker von Wales den ersehnten Sohn zu schenken. Schließlich hob der König die Hand, um für Ruhe zu sorgen, doch es dauerte eine ganze Weile, bis überhaupt jemand Notiz davon nahm. Selbst dann riß das gedämpfte Gemurmel nicht ab. Kardinal Jerome kehrte auf seinen Platz hinter dem König zurück, und die vier Vertreter der Kirche steckten die Köpfe zusammen und tuschelten. Edwards Blick bohrte sich in Gordon, und er zog die Mundwinkel herab, als empfände er Ekel vor ihm. »Die Anschuldigungen, die gegen Euch erhoben werden, sind schwerwiegend, junger Mann. Habt Ihr etwas darauf zu erwidern?«

»Aye, Majestät.« Es kostete Gordon keine große Mühe, die Haltung eines bitter enttäuschten Mannes anzunehmen. »Ich weiß nicht, wo Baron Montague Männer aufgetrieben hat, die solche Lügen erzählen, und ich bezweifle ernsthaft, ob sie wahrhaft die sind, für die sie sich ausgeben, denn auf Remmington Castle leben im Augenblick drei von mir gezeugte gesunde Bastarde. Niemals, niemals in meinem Leben habe ich die grauenhaften Taten verübt, die mir vorgeworfen werden.« Er warf einen Blick auf Tess und setzte ein bedauerndes Lächeln auf. »Vergebt mir meine Indiskretion, Liebste, aber Ihr müßt verstehen, daß hier viel auf dem Spiel steht.« Er wandte sich wieder dem König zu. »Ich wünsche meine Verlobte nicht bloßzustellen, doch ist es gewiß mein vierter Sprößling, der in Lady Tess' Leib heranreift, wenn sie tatsächlich schwanger ist.«

Fitz Alan hielt Kenrics Arm fest, als dieser nach seinem Schwert griff. Mehrere der Wachen des Königs eilten herbei, während Gordon sich vorsichtig dem König näherte, als wolle er sich unter dessen Schutz stellen.

Kenric vermied es, seinen Feind anzusehen, denn sonst hätte er ihn sofort getötet. Er heftete den Blick auf den König. »Meine Gattin war Jungfrau, als wir heirateten, Majestät, und ich schwöre bei allem, was mir heilig ist, daß sie nie einen anderen Mann gekannt hat.«

»Es ist Zeit, die Dame selbst anzuhören«, verkündete Edward. Er wirkte besorgt.

Er gab Tess ein Zeichen, und die Menge teilte sich, um sie passieren zu lassen. Ohne zu zaudern ging sie zu Kenric und blieb an seiner Gordon abgewandten Seite stehen. Viele nickten anerkennend, als sie auf diese Weise ihre Unterstützung für ihren Gatten bekundete. Fitz Alan stellte sich an Kenrics linke Seite als Puffer und nahm zwischen den Feinden Aufstellung.

»Es tut uns leid, Euch diesem Verhör aussetzen zu müssen, Lady Tess, aber wir möchten hören, ob Euer Kind von Gordon MacLeith gezeugt sein könnte oder nicht.«

Kardinal Jerome räusperte sich, und der König neigte den Kopf.

»Habt keine Angst, meine Liebe«, begann der Kardinal und bedachte Tess mit einem väterlichen Lächeln. »In den Augen der Kirche ist es keine schwerwiegende Sünde, vor der Vermählung dem Verlobten näherzukommen. Er ist schließlich der Mann, dem Ihr vor Eurem König und vor Gott versprochen wurdet. Ihr sollt außerdem wissen, daß Ihr jetzt unter dem Schutz Gottes und des Königs steht. Der Mann, der sich als Euer Gatte bezeichnet, hat nicht die Macht, Euch zu bestrafen, wenn Ihr die Wahrheit sprecht. Ihr müßt uns jetzt in völliger Aufrichtigkeit sagen, ob Ihr Gordon MacLeith jemals nähergekommen seid.«

»Nein, niemals«, erwiderte Tess. Sie flüsterte nur. Der König wirkte befriedigt, doch die Miene des Kardinals blieb skeptisch. Tess holte tief Luft, sie wußte, daß ihre Zukunft von dem Mut abhing, den sie in diesem Augenblick aufbrachte. Ihre nächsten Worte waren klar zu verstehen, ihre Stimme war fest. »Ich schwöre, daß Gordon MacLeith mich nur berührt hat, wenn er mich mit der Faust oder mit der Peitsche schlug. Zuletzt mißhandelte er mich, weil ich es wagte, mich zwischen ihn und den achtjährigen Knaben zu stellen, dem er Gewalt antun wollte. Ich wußte –«

»Lügen! Gemeine Lügen«, fiel Gordon ein und spielte

den empörten Unschuldigen. »Nur ein Mann wie Montague würde den Verstand einer edlen Dame mit solch üblen Verleumdungen besudeln.« Er wandte sich an Tess und streckte in hilfloser Geste dem Arm aus. »Mylady? Was haben sie Euch angetan? Hat er Euch bedroht? Ihr habt die Möglichkeit, ihm zu entsagen, dann wird er Euch nie wieder etwas tun oder Euch drohen können.«

Tess trat noch näher zu Kenric und merkte nicht, daß sie seine Hand hielt, bis er die ihre ermutigend drückte. Sie schaute zu ihm auf und fand den Trost, den sie brauchte, in seinen Augen. Er schämte sich nicht ihretwegen oder wegen der gräßlichen Vorfälle, die ihr Leben bei den MacLeith bestimmt hatten. Nein, sie sah nur Stolz in seinen Augen, und das gab ihr neuen Mut.

»Ich wußte, daß er mich schlagen würde«, fuhr sie fort, ohne auf Gordons Worte einzugehen. »Aber bis zu jenem Tag hatte ich bei seinen Mißhandlungen nie wirklich um mein Leben gefürchtet. Dennoch wußte ich, daß er mich letztlich töten würde, und deshalb floh ich von Langston Keep, um mich MacLeith' abscheulichen Plänen zu entziehen. Die Anschuldigungen, die mein Gatte gegen Gordon MacLeith vorgebracht hat, sind wahr. Gordon schwor, nie das Bett mit mir zu teilen, und sobald ich den von einem seiner Soldaten gezeugten Erben zur Welt gebracht hätte, sollte ich eines elendiglichen Todes sterben. Baron Montague hat mir dieses Schicksal erspart, und ich habe der Vermählung aus freiem Willen zugestimmt. Obwohl ich wußte, daß es Sünde ist, einen anderen Mann zu heiraten als den, dem man bereits versprochen ist, war ich überzeugt, daß mein König und die Kirche einen so unchristlichen Mann wie Gordon MacLeith nicht anerkennen würden.«

»Er hat sie durch Einschüchterung zu diesen Lügen gezwungen«, erklärte Gordon. »Man kann eine Frau zu allem gefügig machen, und Baron Montague hatte viele Monate Zeit, sie gegen mich aufzuhetzen. Ihr könnt an dem Kleid und den Juwelen, die sie trägt, sehen, daß er ihr die Schätze gegeben hat, die Frauen so sehr lieben, damit sie seine Behauptungen stützt. Es betrübt mich, daß sie die zärtlichen

Augenblicke vergessen hat, die wir teilten, und die Versprechungen, die wir einander gaben. Doch ich werde ihr verzeihen, denn diese Anschuldigungen sind zu gemein, als daß eine zarte Dame sie erdacht haben könnte. Sie stammen von einem anderen. Jeder Mann hier weiß, wie grausam der Henker von Wales seinen Feinden begegnet. Ich wußte allerdings nicht, wie tief dieser Mann noch sinken kann. Jede meiner Aussagen beantwortet er mit einer Lüge und legt mir die gemeinsten Verbrechen zur Last. Ich aber kann mich nur mit der Wahrheit verteidigen.«

»Die Kirche ist in dieser Angelegenheit nicht überzeugt«, verkündete Kardinal Jerome und nickte Gordon zu zum Zeichen, daß er ihm den Vorzug gab. Gordon frohlockte innerlich.

Kenric geriet in Zorn. »Majestät, ich möchte um eine vertrauliche Beratung mit Kardinal Jerome und Euch bitten.«

»Der von Euch Beschuldigte hat das Recht, jede zusätzliche Klage zu hören, die Ihr gegen ihn vorbringt«, warnte Edward ihn. Kardinal Jerome nickte zustimmend.

»Ich will es meiner Gattin nur ersparen, diese Worte zu hören.«

»Stimmt Ihr unter dieser Bedingung zu?« fragte Edward den Kardinal. Verblüfft über die eigenartige Bitte, nickte Kardinal Jerome. Tess war ebenso verwirrt und sah Kenric fragend an. Er streichelte ihre Hand, ein schwacher Trost, aber der einzige Weg, ihr ohne Worte zu sagen, daß nichts Schlimmes geschehen würde – so hoffte er zumindest.

Kenric war überzeugt gewesen, daß die bisherigen Anschuldigungen gegen Gordon die Kirche dazu bringen würden, dessen Verlobung mit Tess für ungültig zu erklären. Jetzt hatte er nur noch eine Waffe gegen ihn in der Hand. Wenn sie ebenfalls versagte, wäre er gezwungen, um Tess zu kämpfen, und zwar nicht nur mit Worten, sondern mit dem Schwert. Fast hoffte er darauf, auch wenn es für sie beide Exkommunikation und Verbannung bedeutete.

Edward befahl Fitz Alan, sich mit Tess zu entfernen, und bedeutete auch Gordon zurückzutreten. Kenric trat zum Podest vor. Die beiden Männer beugten sich zu ihm, um seine geflüsterten Worte zu hören, und alle anderen in der Halle spitzten ebenfalls die Ohren. Die Menge wurde unruhig, als eine geraume Zeit verging. Am Ende der Beratung wirkten König und Kardinal belustigt, Baron Montague wirkte unsicher, und Gordon MacLeith schien ausgesprochen beklommen.

Edward winkte Tess wieder nach vorn, hielt Kenric jedoch zurück, als er zu seiner Gattin gehen wollte. »Ihr bleibt hier, Kenric, an meiner Seite, wo alle sehen können, daß Ihr keinen Einfluß auf die Antworten Eurer Gattin nehmt.« Zu Gordon sagte er: »Kardinal Jerome und ich haben beschlossen, daß Kenrics Worte vorläufig geheim bleiben, aber Ihr werdet alles erfahren, bevor eine Entscheidung gefällt wird.

Im Lichte dessen, was Euer Gatte gerade enthüllt hat, müßt Ihr noch einige Fragen beantworten, Lady Tess«, sagte Edward. Tess nickte verzagt und blickte Kenric hilfesuchend an. Dieser schenkte ihr ein aufmunterndes Lächeln, das Tess jedoch nicht täuschen konnte. Er war besorgt. »Zunächst sagte Euer Gatte, er habe Euch vom ersten Augenblick an, als er Euch sah, heiraten wollen. Habt Ihr der Vermählung mit Baron Montague bereitwillig zugestimmt, als Ihr von seinem Wunsch erfuhrt, Euch zu heiraten?«

Tess runzelte die Stirn, sie versuchte herauszufinden, warum der König solch eine Frage stellte. Sie konnte nur vermuten, daß die korrekte Antwort ›ja‹ lautete, brachte es jedoch nicht über sich, ihren König offen anzulügen. Ihr Blick wanderte unsicher hin und her, während sie nach einer Antwort suchte, die ihren Gatten nicht bloßstellen würde. »Mir wurde die Klugheit dieser Verbindung sehr rasch klar, Majestät.«

»Aber habt Ihr der Verbindung zugestimmt, als Euch die Vermählung das erste Mal angetragen wurde?«

Tess hielt inne und wickelte eine Haarsträhne um ihre Finger. »Aye, Majestät, ich stimmte von Anfang an zu.«

Kardinal Jerome wirkte überrascht von der Antwort, der König war sehr zufrieden. Tess lächelte über die Anerkennung, die sie in Kenrics Blick las. Doch die Hochstimmung, die sie empfand, war kurzlebig und verwandelte sich jäh in eiskalte Furcht.

»Euer Gatte behauptet etwas anderes. Sagt Ihr mir auch die volle Wahrheit, Lady Tess?« fragte Edward sanft.

Sie ließ ihr Haar los und senkte beschämt den Kopf. »Nein.«

Edward versuchte ihr einen ehrenhaften Ausweg zu eröffnen. »Habt Ihr zuerst abgelehnt, weil Ihr Gordon MacLeith versprochen wart?«

»Zum Teil«, erwiderte sie, noch immer nicht imstande, ihrem König in die Augen zu sehen. Sie war überzeugt, nie wieder einem Menschen in die Augen sehen zu können, da sie nun als Lügnerin gebrandmarkt sein würde. Eine Lügnerin, die keinen Geringeren als den König belog! Sie stieß den vollen Grund für ihre Gegenwehr gegen die Heirat hervor, jedoch so leise, daß Edward sie bat, ihre Worte zu wiederholen. Ihre Stimme war zwar lauter, jedoch noch ebenso kläglich. »Ich dachte, er verspeise kleine Kinder zum Nachtmahl und trinke das Blut seiner Feinde. Ich dachte nicht, daß er ein guter Ehemann sein würde.«

Ersticktes Kichern war hier und da zu hören, aber erst als Edward selbst lächelte, brach der Saal in Lachen aus. Doch dabei blieb es nicht. Nein, der König selbst lachte nun offen über ihr Geständnis, bis ihm Tränen über die Wangen liefen.

»Mein erster Eindruck war falsch, Majestät. Kenric, mein Herr, ist ein sehr guter Ehemann.« Sie funkelte mehrere Höflinge, die immer noch lachten, böse an. »Kenric von Montague ist der beste Ehemann überhaupt! Er ist der freundlichste, sanfteste Mann, den ich jemals kannte.« Aus irgendeinem Grund fanden das alle um sie herum ebenso lustig. Tess verstand diese Reaktion nicht, bis ihr aufging, daß sie den Henker von Wales gerade als einen ›freundlichen‹, ›sanften‹ Mann bezeichnet hatte. »Er ist natürlich auch Kriegsherr und kann schonungslos und blutdürstig sein, wenn die Umstände es erfordern.«

Dieses Mal wartete niemand, bis der König lachte. Höflinge, die eben noch in vollendeter Pose dagestanden hatten, stützten sich aufeinander, um an sich zu halten. Die würdigen Bischöfe versuchten ihr Gesicht zu bedecken, aber jeder konnte sehen, daß ihre Schultern zuckten. Selbst Kardinal Jerome lächelte, und sein runder Bauch hüpfte verräterisch. Nur zwei Anwesende außer Tess empfanden ihre Ausführungen nicht als komisch. Gordon und ihr Gatte. Es kümmerte sie nicht, was Gordon dachte, aber Kenrics zornfunkelnder Blick bereitete ihr Sorge. Sie senkte den Kopf und betete, die Erde möge sich auftun und sie verschlucken.

»Es erleichtert mich zu erfahren, daß mein freundlicher und sanfter Baron auch schonungslos und blutdürstig sein kann, wenn es nötig ist«, sagte Edward schließlich, obwohl er erneut lachen mußte. Endlich seufzte er, und seine Miene wurde wieder ernst. »Und nun, Lady Tess, müßt Ihr uns sagen, ob Euer Gatte Euch jemals geschlagen hat.«

»Nein, niemals«, sagte sie fest und hoffte, daß auch die übrigen Fragen des Königs so leicht zu beantworten seien. Sie faltete die Hände, entspannte sich und antwortete wahrheitsgemäß auf die gleiche Frage bezüglich Gordons Verhalten ihr gegenüber. »Aye, Gordon hat viele Male die Hand gegen mich erhoben, Majestät.«

»Sie lügt immer noch«, warf Gordon ein und wedelte mit der Hand, als wolle er ihre Antwort hinwegfegen. »Nach der Lüge, bei der Ihr sie gerade ertappt habt, ist doch offensichtlich, daß sie alles sagen würde, um Baron Montague zu schützen.«

Edward ging nicht auf Gordons Ausbruch ein und sah Tess an. »Lady Tess, habt Ihr in der Nacht Eurer Flucht aus Langston Keep noch einen anderen Mann als Euren Gatten und seinen Vasallen in den Wäldern getroffen?«

Tess' Blick ging panisch zum König, dann zu Kenric. Es war ihr gleichgültig, warum diese Frage gestellt wurde, oder wie lange sie im Fegefeuer würde schmoren müssen, um für diese Lüge zu bezahlen. Das Leben ihres Onkels hing davon ab, daß dieses Geheimnis gewahrt blieb. Sie schüttelte den Kopf, drehte jedoch fieberhaft an ihren Haaren. »Nein, sonst niemanden. Nur mein Gatte und Roger Fitz Alan waren in jener Nacht im Wald.«

Gordon zeigte anklagend mit dem Finger auf sie. »Sie lügt! Sie hatte einen Komplizen.«

»Ihr schweigt, oder Ihr werdet aus der Halle entfernt«, warnte Edward ihn leise.

Gordon verzog mißmutig das Gesicht und senkte den Kopf. Der König stellte noch sechs weitere Fragen, bevor Gordons Kopf plötzlich hochschnellte und sein erschrockener Blick dem Kenrics begegnete. Er verstand.

Kenric lächelte.

Der König hielt das Dokument mit den vier unterschriebenen Aussagen in die Höhe. »Treffen die Beschuldigungen, die heute abend gegen Gordon MacLeith erhoben wurden, Eures Wissens zu, Lady Tess?«

Tess nickte und öffnete den Mund, um zu sprechen, als sie aus den Augenwinkeln eine jähe Bewegung sah.

Plötzlich brach in der Halle das Chaos aus. Nur wenige wußten, woher die markerschütternden Schreie kamen, die in dem großen Raum vibrierten. Die Königliche Wache stürzte herbei, um den König zu umringen und vor jeder Gefahr zu beschützen. Weitere Wachen umringten die Bittsteller. Ihre Speere und Schwerter waren gezückt, um auf ein Wort des Königs den tödlichen Schlag auszuführen.

28.

Der König erhob sich und trat vor. Gebieterisch hob er die Hand, um seine Wachen aufzuhalten. Die Soldaten, die den König umringten, trennten sich langsam, blieben jedoch vorsichtshalber in der Nähe ihres Herrschers. Die Wachen rings um Fitz Alan, Gordon, Kenric und Tess wichen ebenfalls zurück und hielten die Höflinge in Schach, die über ihre Schultern spähten. Viele der Damen wandten sich entsetzt ab.

Gordon lag auf dem Boden, sein Gesicht war totenblaß. Mit der linken Hand hielt er den Armstumpf an seiner rechten Seite. Der sauber abgetrennte Arm lag in der Nähe auf dem Boden, und die leblosen Finger umklammerten noch einen langen Dolch. Der Verwundete stöhnte und schien nicht zu merken, daß Kenric ihm sein blutiges Schwert an die Kehle hielt, zu bestürzt über den Verlust seines Armes, um seine Umgebung wahrzunehmen. Kenric ragte vor seinem Feind auf wie ein Racheengel, mit dem rechten Arm hielt er das Schwert, mit dem linken Arm seine Gattin. Er drückte sie fest an sich und schützte sie mit dem Körper vor jeder Gefahr. Fitz Alan stand hinter Kenric, er hatte ebenfalls das Schwert gezogen, um seinen Herrn vor übereifrigen königlichen Wachen zu schützen.

Edward trat vom Podest und beschrieb einen Halbkreis um Gordon. Er griff nach dem Dolch und hielt ihn in die Höhe.

»Ein Anschlag!« verkündete er der Menge. Er trat vor seine Soldaten, damit alle die Waffe sehen konnten, dann drehte er sich um und deutete auf Kenric. »Wäre mein treuer Baron nicht gewesen, dann hätte dieser Verräter seinen König ermordet.«

Die Wachen des Königs ließen die Waffen sinken, doch Kenric hielt Gordon weiter mit dem Schwert in Schach. Edward kehrte zu seinem Thron zurück und warf den Dolch vor seine Füße. Angewidert sah er Gordon an. »Hiermit löse ich die Verlobung zwischen Gordon MacLeith und Tess von Remmington wegen Täuschung und Verrat. Außerdem habt Ihr heute abend Euer Leben an Baron Montague verwirkt, Gordon MacLeith. Er mag nach seinen Wünschen mit Euch verfahren.«

»Ich wollte Tess töten«, rief Gordon, von den Worten des Königs aus der Erstarrung geweckt. Er sah Kenric an und zuckte zusammen. »Bitte, Majestät. Mein Vater ... Erlaubt mir zu leben, und ich werde ein volles Geständnis ablegen.«

»Aye, Ihr gehört zu den Menschen, die ihren eigenen Vater verraten würden«, höhnte Edward. »Ich habe nicht den geringsten Zweifel, daß Ihr ein Geständnis ablegen werdet, noch ehe Baron Montague Euch Eurer Strafe zugeführt hat. Schafft diesen Mann in den Kerker.« Mit einer knappen, abschließenden Handbewegung besiegelte der Königs Gordons Schicksal. »Verbindet seine Wunde und sorgt dafür, daß er seiner Strafe nicht zuvorkommt und sein Leben selbst beendet. Er soll im Kerker auf das Urteil meines Barons warten.«

Kenric trat zurück, als Gordon von den Männern des Königs hochgezogen wurde. Er setzte sich gegen die beiden Männer, die ihn aus der Halle zerrten, zur Wehr und schrie vor Schmerz und Angst. Das staunende Publikum gab den Weg frei, um den Gefangenen passieren zu lassen, und blieb still, bis die Schreie verstummten.

Die Damen sahen als erste, wie der Baron seine Gattin hielt, die jetzt sicher in seinem Arm lag. Sie seufzten, als er die Hand an ihre Wange legte. Die Liebe des Paars lag offen zutage, als sie einander in die Augen schauten. Alle warteten gespannt, bis der Baron seinen Kopf neigte und seine wunderschöne Braut küßte. Die Frauen seufzten erneut über diesen Moment des Glücks, während von den Männern aufmunternde Zurufe zu hören waren. Schließlich unterbrach der König das Schauspiel, indem er Ruhe befahl. Dennoch lächelte auch er.

»Kenric von Montague, Ihr habt meinen Segen, die Dame zu küssen, die vor Gott und Eurem König Eure Gattin ist.«

Der Hof brach in Jubel aus. Kenric sah Tess an, ohne die Glückwünsche, die man ihnen zurief, wahrzunehmen. Tess lächelte zu ihm auf, doch ihre zusammengezogenen Brauen formten eine stumme Frage. Der Beifall legte sich, als der König mit plötzlich ernster Miene weitersprach. »Allerdings ist die Frage Eurer Ehe noch nicht vollends geklärt.«

Jetzt wird sie sprechen, dachte Kenric grimmig, und sein Griff an Tess' Arm wurde fester, als sie sich wieder dem König zuwandten. Tess schwieg jedoch und legte ihre Hand auf seine, um ihm zu bedeuten, daß er ihr weh tat. Er ließ sogleich los, und mit gesenktem Kopf hörte sie den Worten des Königs zu. Nach allem, was geschehen war, konnte Kenric die Spannung nicht länger ertragen. Er flüsterte an ihrem Ohr: »Dies ist Eure letzte Chance, um Euch von mir zu befreien, Tess.«

Kenric wußte nicht, ob sie ihn gehört hatte. Sie rührte sich nicht und blickte auch nicht zu ihm auf. Statt dessen trat sie nun näher an ihn heran, bis der Saum ihres Kleides sein Bein berührte. Sie richtete die Falten ihres Rocks, bis sie seinen Stiefel bedeckten, und dann spürte er, wie Tess ihm mit aller Kraft auf die Zehen trat. Es gelang ihr tatsächlich, ihm weh zu tun.

Der König warf Kenric einen strengen Blick zu, eine Aufforderung, sich in einem solchen Augenblick gefälligst ernst und zerknirscht zu geben. Statt dessen strahlte Kenric. Edward räusperte sich und fuhr fort.

»Obgleich wir uns freuen, daß die Besitztümer der Dame nicht in die Hände des Schurken Gordon MacLeith fielen, braucht Remmington einen Baron, der durch seine Anwesenheit für den angemessenen Schutz sorgt. Lady Tess braucht einen Gatten, der sich um ihr Land kümmert, doch Montague ist ebenso groß und braucht ebenfalls einen starken Herrn. Und wir können nicht darüber hinwegsehen, daß Ihr ohne die Erlaubnis Eures Königs eine Frau geheiratet habt, die zu diesem Zeitpunkt einem anderen versprochen war. Die Kirche sieht in derlei Handlungen einen groben Verstoß, und ich bin sicher, Kardinal Jerome wird mir zustimmen, daß eine Bestrafung notwendig ist.«

»Aye«, sagte der Kardinal und nickte nachdenklich. »Doch in Anbetracht der Umstände bin ich der Ansicht, daß es Gottes Wille war, diese beiden Menschen zu vereinen. Die Kirche fordert in dieser Angelegenheit keine strenge Bestrafung, Majestät.«

»Ich werde Eure Ansicht berücksichtigen, wenn ich mein Urteil fälle.« Edward hielt kurz inne und strich über seinen Bart, dann beugte er sich vor und sah Kenric eindringlich an. »Ehe ich das Urteil über diesen Mann spreche, sei vorausgeschickt, daß er sämtliche Güter, sein Heer und die Belohnungen, die er sich in seiner Eigenschaft als Ritter und Soldat erworben hat, behalten soll.«

Edward beobachtete, wie die Spannung der Anwesenden stieg.

»Als Strafe für die Handlungen, die in die Vermählung von Kenric von Montague und Lady Tess von Remmington mündeten, werden diesen ihre Titel eines Barons und einer Baronin von Montague aberkannt. Sie werden ihren Titel, ihr Land und sämtliche Einkünfte an Kenrics Bruder, Guy von Montague, abtreten.«

Der empörte Aufschrei der Höflinge schien selbst den König zu überraschen. »Glaubt Ihr denn, ich werde einen Mann, der seinem König solche Treue entgegenbringt, nicht auch belohnen?« fragte Edward verärgert. Die Proteste verstummten, und mit einem Nicken wandte er sich wieder an Kenric. »In Anbetracht dessen, daß Ihr Remmington und Englands Grenze vor einem Verräter bewahrt habt, verleihe ich Euch, Kenric, hiermit den Titel des Barons von Remmington, und Euch, Tess, den einer Baronin von Remmington. Alle Titel, Ländereien und Einkünfte aus Remmington sind Euer und gehen nach dem Tode Kenrics entsprechend den Bestimmungen unseres Landes an seinen Erben über.«

Kenric verbeugte sich und Tess vollführte einen tiefen Knicks, um dem König zu danken. Erneut brach der Hof in Jubel aus.

»Damit wäre es vollbracht«, sagte der König lächelnd. »Erhebt Euch, Baron von Remmington.«

Kenric richtete sich auf, trat vor und beugte sich über die Hand des Königs, um den Ring seiner Majestät zu küssen. Danach kehrte er langsam zu Tess zurück. Er spürte, wie ihre kleine Hand sich in seine schob, und drückte sie fest.

Es war spät, als Kenrics Trupp in ihre Wohnung zurückkehrte. Die Glückwünsche und Trinksprüche auf das Paar hatten sich lange hingezogen, bis Kenric schließlich merkte, wie müde seine Gattin aussah. Dennoch hatte er es an diesem Abend nicht eilig, den Hof zu verlassen, da er allen zeigen wollte, daß seine Gattin aus freien Stücken an seiner Seite war.

Sie zogen sich in ihr Gemach zurück. Tess konnte es nicht erwarten, daß Kenric sie in den Armen hielt, ohne daß die Höflinge sie beobachteten. Endlich brauchte sie sich nicht mehr um den Fortbestand ihrer Ehe zu sorgen, brauchte nicht mehr zu fürchten, daß ihr Gatte ihr entrissen wurde. Die Jahre, in denen sie sich allein gegen die MacLeith hatte behaupten müssen, hatten ein Ende gefunden.

Sie lehnte sich in die Kissen, schlang die Arme um ihre Knie und sah zu, wie Kenric sich auskleidete. Ihr Blick wurde weich und nachdenklich. Heute abend hatte er gedacht, sie wolle sich von ihm befreien.

»Wie geht es Eurem Fuß?« fragte sie höflich und wirkte nicht im mindesten zerknirscht.

»Er wird gewiß eine Woche lang höllisch weh tun«, sagte er und lächelte, als er ins Bett stieg. »Ich mache anscheinend eine ziemlich gewalttätige kleine Person aus Euch. Demnächst kratzt Ihr mich noch mit Eurem scharfen Dolch, wenn ich Euch mißfalle.«

»Daran hatte ich gar nicht gedacht«, sagte Tess, als sei diese Idee erwägenswert. »Glaubt nicht, daß Euch eine Strafe erspart bleibt, wenn Ihr noch einmal etwas so Dummes und Beleidigendes sagt.«

»Ich zittere aus Furcht vor Eurer Vergeltung, Lady.« Kenric setzte eine übertrieben reuige Miene auf.

Tess nickte. »Dazu habt Ihr auch allen Grund. Wie konntet Ihr mir solch eine Frage stellen, nach allem, was heute abend geschehen war? Habt Ihr kein Wort von dem geglaubt, was ich Euch in den letzten Wochen sagte?«

Kenrics Lächeln verschwand, und sein Gesicht wurde geradezu grimmig. »Ich habe nicht so lange überlebt, weil ich jedem vorbehaltlos mein Vertrauen schenkte, Tess.« Er schüttelte den Kopf, als er ihren traurigen Blick sah. »Nein, Liebste. Euch vertraue ich voll und ganz. Heute abend hättet Ihr mein Vertrauen mißbrauchen können. Jede andere Frau hätte es getan.«

»Jede andere Frau hätte Euch eins über den Schädel gegeben.« Sie begriff immer noch nicht, wie er ihr einerseits vertrauen und andererseits erwarten konnte, daß sie sich gegen ihn stellen würde.

»Ach, Tess, Ihr seid so bezaubernd blind. Ihr nennt mich schön, obwohl kein Mensch auf dieser Welt Euch darin beipflichten würde. Ihr seht mich mit Blicken an, die geradezu schmachtend sind, während jede andere Frau sich abgestoßen abwendet.« Er nahm ihren Finger und zog die Narbe an seiner Wange nach. »Habt Ihr nie bemerkt, daß mein Gesicht und mein Körper von Narben entstellt sind?«

»Euer Gesicht ist wunderschön«, erklärte sie und fuhr mit der Hand über seine Stirn und sein Kinn. »Jede Frau, die Augen hat, kann es sehen.« Ihre Augen wurden schmal, als sie seine Brust streichelte. »Ich werde jeder Frau die Augen auskratzen, die es wagt, Euren Körper und Eure Narben anzusehen, auf die Ihr so stolz seid.«

»Seht Ihr?« erwiderte er lächelnd. »Ganz gleich, wie fantastisch es klingt, ich muß Euch glauben. Wenn Ihr sagt, ich sei schön, dann bin ich eben schön.«

»Überheblicher Kerl«, stieß sie hervor und gab ihm einen Stoß. »Hätte ich gewußt, daß Ihr Schmeicheleien hören wollt, dann hätte ich gelogen und Euch mit einer Kröte verglichen.«

»Ich hätte aber gewußt, daß Ihr lügt«, erklärte er selbstgefällig.

Tess gab sich seufzend geschlagen. »Jeder merkt es, wenn ich lüge. Ist meine Miene dann so auffällig?«

»Aye.« Er lachte. »Ihr wirkt dann so schuldbewußt, daß es keiner übersehen kann. Ich schlage vor, Ihr gebt diese sündige Gewohnheit auf, bevor Ihr eines Tages noch in ernste Schwierigkeiten geratet.«

Sie wechselte das Thema. »Glaubt Ihr, mein Stiefvater wird Remmington freiwillig verlassen?«

»Nein«, erwiderte Kenric ernst. »Deshalb hielt ich Euren Plan, zu fliehen, auch stets für so dumm.« Er glättete ihr besorgtes Stirnrunzeln mit den Fingerspitzen. »Ihr werdet nie von mir zu hören bekommen, daß es ein kluger Plan war, Tess, aber ich verurteile Euch nicht mehr dafür. Es ist ein Zeichen für Eure Treue, daß Ihr bereit wart, Euer Leben für das aufs Spiel zu setzen, was Ihr für Eure Pflicht hieltet. Ihr begreift doch, daß es jetzt meine Pflicht als Euer Gatte ist, diese Risiken auf mich zu nehmen.« Er sah sie forschend an, bis sie nickte. »MacLeith gleicht mir in einem Punkt; er wird nicht aus freien Stücken hergeben, was er sich zu eigen gemacht hat. Der Umstand, daß die Kirche sich gegen ihn gewandt hat, fällt nicht ins Gewicht. Er wird sich bereits in diesen Augenblicken auf eine Belagerung vorbereiten.«

»Ich hätte Euch eher vertrauen sollen«, murmelte Tess.

»Aye, das hättet Ihr tun sollen«, sagte er, milderte den Verweis jedoch mit einem sanften Kuß auf ihre Stirn. »Ich kann nicht dafür einstehen, daß Eure Leute verschont werden, Tess. Aber ich werde sie nicht sinnlos niedermetzeln. Wer die Flucht vor meinem Heer ergreift, wird nicht verfolgt, es sei denn, es gibt Anzeichen dafür, daß er ein Heer um sich schart, um gegen mich zu kämpfen. Doch jene innerhalb der Mauern werden nicht soviel Glück haben.«

Tess nickte, doch sie wußte, daß es keinen anderen Ausweg gab.

»Ihr habt Euch heute schon genug Sorgen gemacht«, murmelte er und hauchte mehrere Küsse auf ihre Stirn, um sie zu vertreiben. »Ich möchte, daß Ihr mit angenehmeren Gedanken einschlaft.«

Seine Lippen umfingen die ihren in einem Kuß, der Tess den Atem nahm, und an Schlaf wollte sie überhaupt nicht denken. Sie war überrascht, als er ihren Kopf an seine Schulter bettete und sich in die Kissen zurücklehnte.

»Ihr braucht Eure Ruhe«, beantwortete er ihre unausgesprochene Frage. Dann streichelte er ihren gewölbten Bauch. »Ebenso wie mein Sohn.«

»Wir sind nicht müde«, sagte sie mit mutwilligem Lächeln. Kenric lag auf dem Rücken und hatte ein Bein angezogen, und sie strich lockend über die Innenseite seines Oberschenkels.

»In der Halle saht Ihr aus, als würdet Ihr im Stehen einschlafen«, entgegnete er, nahm ihre Hand und legte sie wieder auf seine Brust. »Ich habe gehört, daß so etwas möglich ist, es aber noch nie mit eigenen Augen gesehen. Ich war schon versucht, so lange zu warten, um es bei Euch zum ersten Mal zu beobachten.«

»Ich bin viel zu aufgeregt, um schon zu schlafen. Heute abend ist so viel passiert!«

»Aye, da habt Ihr recht«, gab er zu und blickte zu dem Baldachin ihres Betts hinauf. »Morgen abend soll mein Bruder an den Hof zurückkehren, um seine neuen Ehren in Empfang zu nehmen. Edward hatte ihn nach Windsor geschickt, um keinen Verdacht zu erregen. Ich bin neugierig auf ihn. Es ist einige Jahre her, seit ich Guy das letzte Mal gesehen habe, obwohl ich über seine Taten auf dem laufenden gehalten wurde.«

Tess holte Luft, sie stützte sich auf einen Ellbogen. »Guy habe ich völlig vergessen. Es wird eine Familienzusammenkunft stattfinden. Helen muß sich sehr freuen.«

»Helen hat vermutlich große Angst«, sagte Kenric lachend. Er schüttelte den Kopf. »Sie scheint zu glauben, daß zu ihrer Mitgift Ländereien von Montague gehören, die Guy jetzt einbehalten könnte. Ohne eine Mitgift könnte Fitz Alan die Verlobung lösen.«

»Das würde er doch nicht tun?«

»Nein, aber er will Helen mit der Möglichkeit quälen. Andererseits hat Guy das Recht, die Verlobung selbst zu lösen, da ich meine Zustimmung nach unserer Vermählung gab. Obgleich ich erst heute abend meine Strafe erhalten habe, ist diese nach dem Gesetz bereits in Kraft getreten, als wir heirateten. Ich hatte also kein Recht, einen Gatten für Helen auszuwählen.«

»Guy wird Fitz Alan gewiß akzeptieren«, sagte Tess fest, obwohl sie fragend die Brauen hochzog. »Oder etwa nicht?«

»Das steht noch nicht fest. Man hat mir berichtet, daß Guy mir nichts Böses will, aber was man sagt und was man wirklich empfindet, kann sehr verschieden sein. Auf jeden Fall«, fügte er hinzu und küßte seine Gattin auf die Nasenspitze, »werdet Ihr Guy die Klugheit einer solchen Verbindung vor Augen führen. Zweifellos habt Ihr einige Seuchen auf Lager, mit denen Ihr drohen könntet, sollte er Euch nicht beipflichten.«

»Ich bin keine Hexe«, sagte Tess empört. Sie sank in die Kissen und verschränkte die Arme vor der Brust. »Wie könnt Ihr nur so etwas Furchtbares sagen.«

»Ich necke Euch nur, meine Kleine.« Er knabberte an ihrem Nacken. »Ihr seid die beste aller Frauen, eine wahre Heilige unter lauter Sterblichen.«

»Jetzt verspottet Ihr mich«, sagte sie verärgert, obgleich sie ihm genußvoll den Nacken hinhielt.

»Hmm, ich glaube nicht«, murmelte er und saugte an ihrem Ohr. Dann beugte er sich vor, nahm den Saum ihres Nachthemds und zog es ihr geschickt über den Kopf. »Wenn das Spott war, dann will ich jetzt Euren ganzen Körper verspotten.«

Bevor er die Drohung wahrmachen konnte, stellte Tess ihm eine Frage, die ihn innehalten ließ. Sein Körper wurde starr. »Was werdet Ihr mit Gordon machen?«

»Er wird leben. Vorläufig«, fügte er hinzu. »Gordon wird mit mir zu seinem Vater nach Remmington gehen. Wir werden sehen, wie teuer dem Teufel sein eigen Fleisch und Blut ist.«

Tess schüttelte den Kopf. »Dunmore MacLeith wird Remmington nicht für seinen Sohn preisgeben. Euer Plan wird mißlingen, wenn Ihr glaubt, Ihr könntet Dunmore mit Gordon aus der Burg locken.«

»Nein, das ist nicht mein Plan.« Kenric streckte sich neben ihr aus. Er nahm ihre Hände und hielt sie zusammen, drückte kleine Küsse auf ihre Fingerspitzen. Dabei sah er sie eindringlich an. »Dunmore wird seinen Sohn ebenso leiden sehen, wie Ihr unter seiner Herrschaft gelitten habt. Das ist Teil der Strafe für ihre Vergehen.«

»Ihr seid wirklich schonungslos«, flüsterte sie.

»Ihr seid es, die gelitten hat, Tess. Wenn Ihr es möchtet, verspreche ich Euch, den MacLeith einen schnellen Tod zu gewähren. Aber bittet mich nicht, Ihr Leben zu schonen. Feinde wie die MacLeith werden eine Bedrohung für meine Familie sein, solange sie leben.«

Tess runzelte die Stirn. »Die MacLeith verdienen keine Gnade, sie haben alles getan, um sich Eurem Urteil unterwerfen zu müssen.« Sie befreite ihre Hände und streichelte sein Gesicht. »Ihr seid ein gerechter Mann, mein Gatte. Ihr habt in allen Dingen meine Liebe und meine Achtung. Nichts, was Ihr tut, wird in meinen Augen verabscheuungswürdig oder abstoßend sein.«

Kenric schob sie von sich. Sein Blick war eindringlich. »Ich habe über viele Männer das Urteil gesprochen und noch mehr im Kampf getötet. Aber ich ziehe kein Vergnügen aus dem Tod oder der Bestrafung anderer. Es ist keine Freude für mich, Tess. Aber Gott helfe mir, dieses Mal fürchte ich, daß es mir wahrhaft Vergnügen bereiten wird, das Urteil zu vollstrecken.«

»Wie wollt Ihr Remmington erobern?« fragte sie leise. »Die anderen Festungen werden vielleicht fallen, aber Remmington Castle verfügt über Wasservorräte und Lebensmittel für mehrere Jahre. Wie soll Eure Armee den Winter überstehen, wenn sie von den kärglichen Erträgen des umliegenden Landes leben soll?«

Er zuckte unbesorgt die Achseln. »MacLeith ist nicht mehr der Herr über Remmington. Ich werde alles tun, was nötig ist, um das Geburtsrecht unseres Sohnes zu behaupten. Ich hoffe, daß Dunmore MacLeith und sein Sprößling schon lange in ihren Gräbern ruhen, ehe mein Sohn den ersten Atemzug tut. Ich vertraue darauf, daß Gott mir den Weg weisen wird.«

»Ihr seid sehr zuversichtlich, was Gottes Interesse in dieser Angelegenheit betrifft«, sagte sie skeptisch.

»Ich habe Zuversicht in meine eigenen Fähigkeiten und in die göttliche Gerechtigkeit. Ich bin mir inzwischen sicher, daß Gott auf meiner Seite steht, denn viele Barone haben mir bereits ihre Männer und Waffen zur Verfügung gestellt, Barone, die mir ins Gesicht gelacht hätten, wenn ich sie vor einem halben Jahr um ihre Hilfe gebeten hätte. Ich habe um nichts gebeten, und doch hat man mir ein Heer angeboten, das größer ist als mein eigenes.«

Er lächelte ihr zu und nahm ihr Kinn. »Entweder es ist Gottes Hand oder die Eure, Liebste. Denn die meisten Männer können einer Dame in Not nicht widerstehen. Seit Gordons Angriff auf Euch heute abend hält Euch jedermann bei Hofe für die Heldin eines tragischen Epos. Daß Ihr so bereitwillig meinen Namen angenommen und Euch unter meinen Schutz gestellt habt, ist ihnen ein sicheres Zeichen, daß Ihr geradezu verzweifelt seid.«

»Ich bin nur verzweifelt in Euch verliebt«, erwiderte Tess fest. Ihre Augen wurden weicher und leuchteten im flakkernden Kerzenschein. Sie schmiegte sich in seine Arme und streichelte verführerisch seine Brust. »Nachdem Ihr diese gehässigen Worte gesagt habt, die Euch nur einen schmerzenden Fuß eingetragen haben, könntet Ihr mich vielleicht wieder versöhnen, indem Ihr mich Eurer Liebe versichert.«

Kenric gab ihr alle Versicherungen, die sie sich wünschte, und noch mehr.

29.

Remmington Castle lag wie ein kaltes, kostbares Juwel in das tiefe Tal eingebettet. Die Landgüter und Außenposten erstreckten sich in einer meilenlangen Kette an Englands Nordgrenze. Kenric hielt auf dem Kamm des letzten Hügels an und schaute in das fruchtbare Tal hinunter. Das üppige Land wurde von seiner künftigen Heimstatt beherrscht. Er hatte im Augenblick wenig Sinn für die kühle, unbezähmbare Schönheit von Remmington, sondern schätzte nur die möglichen Schwachstellen ab. Morgen würde er an den Außenmauern entlangreiten, denn heute abend mußten sie erst einmal ihr Lager aufbauen. Von seinem Aussichtspunkt aus konnte Kenric vier der hohen Türme und nur die Spitzen der übrigen vier hinter ihnen erkennen. Zwei der sechs kleineren Türme, die das Außenwerk flankierten, waren wie die beiden Wachtürme ebenfalls sichtbar.

Vom Südende der Burg stieg eine dünne Rauchsäule auf, vermutlich ging die Rampe zur Seitenpforte in Flammen auf, denn MacLeith wußte von seiner Ankunft. Kenric nahm kleine Punkte auf den Zinnen der Festung wahr – Soldaten, die sich jedoch zurückziehen würden, sobald sein Heer ins Tal einzog. Kenric lächelte, als er sich vorstellte, wie seine Gattin auf einer der Mauern stand und ihr langer, bunter Schleier im Wind wehte, um ihren Gatten bei der Heimkehr zu begrüßen. Im Moment befand sich Tess jedoch in der Abtei von Kelso, im Schutze Pater Olwens, bis Kenric die Herrschaft über Remmington übernommen hatte. Aberwitzigerweise hatte sie angenommen, er werde ihr erlauben, ihn nach Remmington zu begleiten, und einen heftigen Streit vom Zaun gebrochen, als sie merkte, daß er sie in der Abtei zurücklassen wollte. Selbst Tränen und Betteln konnten nichts an seiner Entscheidung ändern. Abgesehen davon, daß sie in ihrem Zustand nicht in ein Feldlager gehörte, würde er nicht zulassen, daß seine Gattin jemals wieder einen

MacLeith zu Gesicht bekam. Helen hatte er ebenfalls in Kelso gelassen. Er hoffte, daß sie Tess in den Wochen ihrer Trennung eine Stütze sein würde. Obgleich er noch nicht wußte, wie er sein Wort halten sollte, hatte er Tess feierlich gelobt, daß ihr Sohn in Remmington zur Welt kommen würde. Er hob die Hand und gab seinem Heer das Zeichen, ins Tal einzurücken.

Kenrics Feldlager erstreckte sich weit über das Land, ohne das Dorf außerhalb der Burg auszusparen. Die erste Überraschung wurde ihm zuteil, als früh am Morgen des folgenden Tages die Bewohner des Dorfes aus ihren Verstecken im umliegenden Wald zurückkehrten. Der Schmied, ihr Anführer, erklärte den Grund für dieses seltsame Verhalten mehreren von Kenrics Soldaten, bis ihm schließlich gestattet wurde, mit dem Kriegsherrn selbst zu sprechen. Gewöhnlich hielten sich die Dörfler von einer belagerten Burg soweit wie möglich fern, da sie wußten, daß die Ritter zu beiden Seiten der Burgmauern dem Leben von Bauern weit weniger Wert beimaßen als ihren Streitrössern oder Schwertern. Doch die Dörfler von Remmington wollten ihre dürftigen Vorräte nur zu gern teilen und Kenrics Heer in jeder Weise behilflich sein. Unter den MacLeith hatten sie nur Elend und Hunger kennengelernt. Die Dörfler hegten zudem die Hoffnung, daß dieses Heer ihre Hütten nicht dem Erdboden gleichmachen würde, wenn sie ihre Unterstützung anboten. Für sie spielte es keine Rolle, wer Kenric war oder was für Gründe er hatte, eine Belagerung durchzuführen, allerdings war der Schmied zu Tränen gerührt, als er erfuhr, daß der grimmige Feldherr der Gatte von Lady Tess sei. Die Dörfler erinnerten sich mit großer Zuneigung an sie, denn viele von ihnen verdankten ihr Leben einer Medizin oder der Pflege, die sie und ihre Mutter ihnen hatten angedeihen lassen. Kenric dankte dem Schmied für sein Anerbieten und versprach, die Behausungen der Bauern zu schonen. Vor seiner Vermählung hätte er das ganze Dorf abbrennen lassen, bevor er mit der Belagerung der Burg begann.

Am Mittag wurde in Sichtweite der Soldaten auf den Zinnen ein großer Pfosten in den Boden gerammt. Gordon MacLeith wurde vorgeführt, sein gesunder Arm war an seinen Rücken gefesselt, um seinen Hals lag eine Schlinge. Kenric nahm das Seil und bestieg sein Pferd. Er achtete nicht auf Gordons beleidigenden Wortschwall, als er das Pferd antrieb, um Gordon in Bedrängnis zu bringen. Kenric ritt die Burgmauern ab, in sicherer Entfernung zu den Bogenschützen, obwohl er deren Spottrufe von den Mauern hören konnte. Als er sich am Ende seines Rundritts wieder dem Lager näherte, vernahm er einen tiefen Wutschrei und wußte, daß der Vater des Gefangenen ihn gesehen hatte. Er ließ das Seil los und befahl, Gordon an den Pfosten zu fesseln. Es herrschte jetzt völlige Stille, im Lager wie auf den Burgmauern. Gordon war zu erschöpft, um etwas zu sagen. Kenrics Stimme hallte über den Platz.

»Ihr habt bis zum Einbruch der Nacht Zeit, das Leben Eures Sohnes zu retten, Dunmore MacLeith. Öffnet die Tore, und ich verspreche Euren Männern freien Abzug nach Schottland. Wenn die Tore bis zur Nacht geschlossen bleiben, wird Euer Sohn hängen. Bis zu Eurer Kapitulation oder seinem Tod erhält er jede Stunde zwanzig Peitschenhiebe.«

Kenric lenkte sein Pferd zu den Toren der Festung. Er blickte zu der Zinne empor, auf der er Dunmore MacLeith vermutete.

»Ihr kennt mich, MacLeith. Ihr wißt, daß ich den Beinamen Henker aus gutem Grund trage. Sind die Tore bei Tagesanbruch noch immer verschlossen, werde ich die Mauern dem Erdboden gleichmachen, bis kein Stein mehr auf dem anderen steht, und alles vernichten, was ich in der Burg vorfinde. Der Umstand, daß Remmington Castle mir gehört, wird meine Vorgehensweise nicht beeinflussen. Das Gold, das ich auf meinen Feldzügen erbeutet habe, wiegt schwer in meinen Truhen, und ich kann es mir leisten, eine neue Burg zu errichten. Wenn Ihr Euch bei Tagesanbruch noch hinter den Mauern verschanzt, werft einen letzten Blick auf die Berge hinter Euch, MacLeith, denn Ihr werdet sie nie wiedersehen.«

Kenric wendete sein Pferd und umrundete langsam den

Pfosten. Gordon blieb still, denn er wußte, daß er von dem Kriegsherrn keine Gnade zu erwarten hatte.

Es war so still, als die Nacht hereinbrach, daß man die Grillen auf den umliegenden Feldern und im nahen Wald hin und wieder den Ruf einer Eule hören konnte. Dann aber wurde der Friede von Gordons Flehen und Angstschreien durchbrochen, als dieser zu einer hohen majestätischen Eiche geführt wurde. Kurz darauf kehrte die Stille zurück, und die Grillen begannen wieder zu zirpen.

Später in dieser Nacht lag Kenric auf seiner Pritsche, eine leere Weinflasche neben sich. Er bereute keine seiner Taten am heutigen Tag. Dies war die Verantwortung, die einem Manne seines Rangs zukam. Er hatte zudem Gordon einen gnädigen Tod gewährt, einen viel leichteren als dieser Mann verdient hatte, der anderen mehr Kummer zugefügt hatte, als man an einem Tag vergelten konnte. Am wichtigsten war jedoch, daß seine Gattin für immer vor Gordon in Sicherheit war. Nur der Vater war noch übrig.

Tess drehte sich auf die Seite und schlug erneut auf das Strohkissen ein. Sie sehnte sich nach ihrem eigenen Bett. Kenrics Bett. Wie hatte sie so schnell vergessen können, wie es war, ein Leben ohne alle Annehmlichkeiten führen zu müssen? Sie blickte auf die andere Seite der kleinen Klosterzelle und sah Helen, die tief auf ihrer Strohpritsche schlief. Tess war überrascht, daß das winzige Fenster so viel Licht hereinließ.

»Schließt die Augen, Tess.«

Tess setzte sich auf und suchte die schattigen Winkel des Raums ab. Es war nur ein Gedanke gewesen, doch die Worte schienen von der tiefen Stimme eines Mannes gesprochen. Nur die Aufregung, sagte sich Tess und legte sich wieder hin. Sie schloß die Augen und versuchte sich vorzustellen, was ihr Gatte in diesem Moment tat. Es war spät, zweifellos würde er in seinem Zelt liegen und schlafen. Sie stellte sich vor, wie er auf seiner Pritsche lag, ein Arm über der Stirn, der andere auf seiner Brust. Seufzend schlummerte Tess wieder ein.

In ihrem Traum legte sie sich zu Kenric auf die Pritsche und lächelte, als er im Schlaf die Arme um sie schlang. Eine Zeitlang lag sie zufrieden da, bis Kenrics Zelt sich öffnete und ein Mann hereintrat. Sie fürchtete sich nicht, sie war auch nicht verwundert, als sie ihren Vater erkannte, sondern sie empfand Glück, verbunden mit Traurigkeit. Seine Züge, die in ihrer Erinnerung bereits verblaßt waren, wurden nun wieder deutlich. Sie hatte vergessen, wie groß ihr Vater gewesen war. Er lächelte ihr zu, dann wanderte sein Blick zu ihrem schlafenden Gatten und er nickte beifällig. Tess erwiderte sein Lächeln, erhob sich und ergriff seine Hand. Sie traten aus dem Zelt und durchquerten das Lager, gingen an den verlöschenden Feuern vorüber, bis sie vor den Mauern von Remmington standen. Ihr Vater schaute lange zu den Zinnen hinauf, und Tess empfand tiefe Trauer, weil er außerhalb seiner Mauern stand, während der Feind sich im Innern der Burg verschanzte.

»Seht genau her, mein Kind.« Tess sah nicht, daß seine Lippen sich bewegten, hörte jedoch seine Stimme. Ihr Vater zeigte auf eine lange, schmale Abflußrinne, die von einem Turm ausging, dem Turm, der die Küche beherbergte. »Meine Festung hat nur eine Schwachstelle.«

Vor Tess' Augen tauchten die schattenhaften Gestalten von Soldaten auf, die verstohlen zu der Rinne schlichen. Nein, es waren keine Soldaten, es waren nur Schatten. Die schwarzen Umrisse einer Leiter zeichneten sich ab, und die Männer begannen sie zu erklimmen, ein kleinerer Mann zuerst, um die Tragfähigkeit der Rinne zu prüfen. Einer nach dem anderen kletterte hinauf, bis mehr als zwanzig Männer sich Zutritt zu der Burg verschafft hatten.

»Ihr kennt die Anlage der Burg«, sagte ihr Vater und blickte über seine Schulter, sah dabei jedoch nicht Tess an. »Jetzt hängt es von Eurem Geschick ab, ob Ihr den Sieg erringt oder eine Niederlage erleidet.«

Tess sah sich um und war überrascht, als sie Kenric erblickte. Er nickte ernst.

»Kehrt zu Euren Träumen zurück, Tochter.« Er legte sanft die Hand auf ihre Augen.

Tess fühlte sich ausgeruht und erleichtert, als wäre eine wichtige Tat vollbracht. Die nebelhafte Erinnerung an einen Traum rührte ihre Sinne an, und sie kämpfte sich wach, weil sie dachte, sie könne sich besser an den Traum erinnern, wenn der Schlaf nicht ihre Gedanken verwirrte. Als sie die Augen aufschlug, sah sie als erstes Helens leere Pritsche. Sie suchte in dem dunklen Raum, bis sie ihre Schwägerin entdeckte. Sie hatte sich in eine Ecke gekauert und zitterte vor Angst.

»Ihr habt ihn auch gesehen?« flüsterte Tess, als die Erinnerung an den Traum über sie hereinbrach. Helen nickte.

»Mylord?«

Kenric riß den Blick von der Abflußrinne los, überrascht, daß Tess und ihr Vater nicht mehr bei ihm standen. Seine Augen waren verschleiert, als er sich umdrehte und Fitz Alan ansah.

»Kenric, seid Ihr wach?« fragte Fitz Alan leise, damit die Soldaten von MacLeith sie nicht hören konnten. Sie standen in Reichweite der feindlichen Bogenschützen. Er hatte gesehen, wie Kenric sein Zelt verließ und war ihm zum Fuß des Turms gefolgt. Bis jetzt hatte Kenrics Benehmen ihn davon abgehalten, ihn anzurufen oder am Arm festzuhalten. Es war, als wandle der Baron im Schlaf, seine Augen waren weit offen, schienen jedoch blicklos. Obwohl es eine warme Nacht war, fröstelte Fitz Alan, als er den Ausdruck in Kenrics Augen sah. »Wir müssen fort von hier, Mylord. Der Mond scheint zu hell, als daß wir uns dem Feind so weit nähern dürften.«

Fitz Alan wartete einen Augenblick, dann ergriff er Kenrics Arm und führte ihn so leise wie möglich zum Zelt zurück. Er war erleichtert, daß sie keinem der Soldaten begegneten. Als sie das Zelt betraten, erwachte Kenric aus dem seltsamen Zustand.

»Ich habe die Schwachstelle gefunden, Fitz Alan«, sagte er leise. Er zündete die hohe Kerze neben der Pritsche an, dann öffnete er eine kleine Truhe und entrollte den Plan von Remmington Castle, den er mit Hilfe seiner Gattin gezeichnet hatte. Er bedeutete Fitz Alan, sich neben ihn zu setzen.

Verblüfft hörte Fitz Alan zu, als Kenric ihm seinen Plan für die Eroberung der Burg erläuterte. In der kommenden Nacht, wenn alles in der Burg schlief, würden zwanzig Männer die Abflußrinne erklimmen, die zu einer Luke über der Küche führte. Dort würden sie die Dienstboten in Schach halten oder sie in einer der Vorratskammern einschließen, falls sie sich ruhig verhielten. Dann würden die Männer zu den Außenmauern schleichen. Wenn sie Glück hatten, könnten die wenigen Wachposten zum Schweigen gebracht werden und sie könnten ohne Kampf zum Torhaus vordringen.

Die Ausführung des Plans verlief besser, als Kenric erwartet hatte. Er und seine Männer erreichten nicht nur ohne großes Aufhebens das Torhaus, sondern die meisten Wachen schliefen auch tief und fest. Die Zugbrücke wurde heruntergelassen und das Fallgatter geöffnet. Kenrics Heer konnte sich der Burg bemächtigen, ehe der Feind noch richtig erwachte. Rasch nahmen seine Soldaten den großen Turm ein, bevor die MacLeith hier Zuflucht suchen konnten.

Nach drei Stunden war der Kampf innerhalb der Mauern von Remmington beendet. Es schien fast zu einfach. Wer nicht in der Schlacht gefallen war, wurde in den Kerker gepfercht. Kenric ließ die armen Seelen frei, die er dort vorfand, und befahl ihnen, die Festung zu verlassen. Er war überzeugt, daß ihre Verbrechen nicht im mindesten an die ihrer Kerkermeister heranreichten. Dann war es Zeit, nach Dunmore MacLeith zu suchen. Obwohl jeder Gefangene verhört wurde, konnte oder wollte niemand sagen, wo der Lord sich versteckt hatte. Kenric fürchtete allmählich, daß MacLeith die Burg durch einen Geheimgang verlassen hatte.

Zu seiner großen Freude war er es schließlich selbst, der seinen Feind aus seinem Versteck trieb. Kenric durchsuchte das höchste Stockwerk des Nordturms, als die Tür zu einem Abtritt aufsprang und ein Mann mit gezücktem Schwert hervorstürzte. Kenric erkannte seinen Widersacher sogleich.

Mit kaltem, unerbittlichem Lächeln zog er ebenfalls sein Schwert.

»Sprecht lieber Eure Gebete«, sagte der alte Mann und lächelte ebenfalls, als Kenric seinen Männer befahl zurückzutreten. MacLeith duckte sich und umkreiste langsam seinen Feind. »Ich werde Euch die Festung nicht übergeben, Montague. Man sagt, der Tod selbst führe Euer Schwert, aber meines führt der Teufel.«

Kenric wartete geduldig auf seinen Angriff. »Bevor dieser Tag zu Ende geht, werdet Ihr ihm wieder begegnen.«

»Es geht nur um uns beide«, sagte MacLeith und beschrieb mit seinem zweischneidigen Langschwert kleine Kreise in der Luft. In der linken Hand hielt er einen ebenso tödlichen Dolch. »Gebt mir Euer Wort, daß Eure Männer meinen Sieg anerkennen, wenn ich Euch die Kehle aufschlitze.«

Kenric schüttelte den Kopf. »Ihr werdet nicht lebend hier herauskommen. Und wenn mich in diesem Augenblick ein Blitz treffen würde, Ihr werdet jeden meiner Männer töten müssen, um selbst dem Tod zu entgehen.«

»Dann halten wir uns nicht länger auf.«

Noch ehe er ausgesprochen hatte, stürzte er vorwärts, um es mit dem Kriegsherrn aufzunehmen. MacLeith war ein guter Kämpfer, aber nicht so erprobt wie Kenric. Ihre Schwerter sausten durch die Luft, aber nach nicht einmal einer halben Stunde wußte MacLeith, daß seine Niederlage dicht bevorstand. Das Schlimmste für ihn war, daß Kenric ihn lebend haben wollte. Hiebe, die seinen Tod bedeutet hätten, wurden im letzten Augenblick abgemildert und brachten ihm tiefe, böse Verletzungen an den Armen und an der Brust bei. Seine Rüstung konnte der Wucht der Schläge nicht standhalten. Dunmore entwich rückwärts durch die Tür und floh auf die Zinne.

In dieser Höhe blies ein starker Wind, und MacLeith taumelte, als er vor seinem Verfolger zurückwich. Es gab weder Hoffnung auf Entkommen, noch auf einen schnellen Tod durch die Hand des Siegers. Dunmore sah das Feuer, das in den Augen seines Feindes brannte, und wußte, daß er teuer würde bezahlen müssen. Er warf einen letzten Blick auf die Mauern von Remmington Castle und bedauerte, daß er die Macht, die solch eine Festung gewährte, für nur fünf kurze Jahre innegehabt hatte. Er wich erneut zurück, froh darüber, daß der Henker von seinem Sieg so überzeugt war, daß er ihm den Spielraum ließ, den er brauchte.

Kenric erkannte MacLeith' Absicht erst, als es bereits zu spät war. Trotz blitzte in MacLeith' Augen auf, und er sprang leichtfüßig auf die Brüstung. Noch während Kenric zu ihm eilte, schwang er sein Schwert hoch über dem Kopf und stieß einen grimmigen Schlachtruf aus. Dann sprang er über die Mauer in den Tod.

Kenric beugte sich über die Zinne und blickte auf den zerschundenen Leichnam in der Tiefe hinunter. So schnell hatte es nicht enden sollen, aber zumindest war es nun vorbei. Die lange, blutige Herrschaft von Dunmore MacLeith war vorüber.

30.

Tess lächelte nicht, als sie zum ersten Mal seit fünf Jahren die Tore ihrer Heimstatt passierte. Nein, sie war den Tränen nahe. Soviel Tod und Zerstörung, seit ihr Vater durch diese Tore geritten war. Soviel Elend, soviel Blutvergießen. MacLeith hatte in vielerlei Hinsicht seine Spuren auf Remmington hinterlassen, wenngleich die schottischen Soldaten von den Zinnen verschwunden waren und jene, die überlebt hatten, ohne Pferde und Waffen zur Grenze geleitet wurden. Onkel Ian wartete hinter der Grenze, um dafür zu sorgen, daß sie sein Land schnell wieder verließen. Von Simon erfuhr sie, daß viele andere mächtige Lairds im Norden das gleiche vorhatten. Niemand wollte der geschlagenen Armee MacLeith' Zuflucht gewähren.

Tess war dankbar, daß so wenige von Kenrics Männern in der Schlacht verletzt worden waren, und sie staunte, daß niemand gefallen war. Alles war so schnell gegangen, daß nur wenige ihrer Leute verletzt waren. Nur einer war tot. Die Gerüchte über die Geschicklichkeit von Kenrics Soldaten waren wohlbegründet, denn mehr als einhundert von MacLeith' Männern hatten an jenem blutigen Tag den Tod gefunden. Sie und Helen hörten viele Male von Simon, Evard und Fitz Alan die Geschichte von Kenrics Sieg über MacLeith. Die lange Reise von Kelso, die durch ihre fortgeschrittene Schwangerschaft erschwert wurde, gab den Männern reichlich Zeit, die Geschichte immer wieder und in allen Einzelheiten zu erzählen. Als Tess sie zum ersten Mal hörte, konnte sie ihren Schrecken nicht verbergen. Sie erinnerte sich nur zu gut an den Traum von ihrem Vater. Sie wagte es nicht, mit jemand anderem als Kenric darüber zu sprechen, doch ihr Gatte kam nicht mit seinen Männern, um sie abzuholen. Sie versuchte Verständnis aufzubringen, als Fitz Alan ihr erklärte, Kenric sei mit seinem Bruder unterwegs, um die Außenposten von Remmington zu sichern, und würde bei ihrer Ankunft nicht in der Burg sein. Sie gab sich alle Mühe, ihre Enttäuschung zu verbergen. Tess wollte nicht sehen, was MacLeith im Innern ihrer Burg angerichtet hatte, ohne Kenric an ihrer Seite zu wissen. Es würde sie gewiß sehr belasten, und sie brauchte seine Unterstützung. Wieso schickte er nach ihr, wenn er doch wußte, daß sie nicht allein nach Hause kommen wollte?

Fast unbeachtet passierten sie die Tore. Tess war so tief in ihre Gedanken versunken, daß sie nicht auf Anhieb die Menge bemerkte, die sich im Innenhof versammelt hatte. Doch die lauten Willkommensrufe konnte sie nicht überhören.

Die ganze Burg war dort versammelt, Kenrics Ritter und Soldaten, und zu ihrer großen Freude sah sie viele alte, vertraute Gesichter von Dörflern und Burgbewohnern, die die Zeit der Herrschaft von MacLeith überlebt hatten. Doch das Gesicht, das sie erstrahlen ließ, war das ihres Gatten, der mit gekreuzten Armen oben auf der Treppe zur Halle stand.

Er kam langsam die Stufen herunter, um sie am Fuß der Treppe in Empfang zu nehmen. Er nahm die Zügel ihres Zelters und schloß sie dann behutsam in die Arme. Tess schlang die Arme um seinen Nacken, sie konnte kaum glauben, daß er hier war. »Simon und Evard sagten, Ihr wärt noch nicht wieder da –«

»Die Außenposten ergaben sich, als MacLeith' Vasallen von seinem Tod erfuhren«, sagte Kenric. Ohne sie loszulassen, wandte er sich an ihr Volk. »Eure Lady ist wieder in Remmington, und sie trägt den nächsten Erben unter dem Herzen.«

Obgleich ihnen diese Nachricht vorausgeeilt war, brach die Menge in Jubel aus. Kenric wartete, bis die Rufe und das Klirren der Schwerter an den Schilden verebbt waren, dann eröffnete er ihnen die nächste freudige Nachricht. »Dies soll ein Festtag sein. Die Vorratskammern sind geöffnet, und Ihr könnt Euch mit dem Segen Eures Herrn und Eurer Herrin an der Fülle von Remmington gütlich tun.«

Kenric wartete den Jubel der Menge nicht ab. Tess, die den Blick nicht von dem heißgeliebten Gesicht ihres Gatten losreißen konnte, merkte kaum, wie er sie durch die Halle und über die Treppe zu dem alten Schlafgemach ihrer Eltern führte. Sie hob den Kopf und wollte ihn küssen. Er schüttelte jedoch den Kopf. »Nein, Liebste. Wenn Ihr mich jetzt küßt, falle ich noch auf dieser Treppe über Euch her. Das ist unbequem, und ich wünsche Euch in einem behaglichen Bett zu besitzen.«

Tess nickte lächelnd, obgleich sie sich fürchtete, die Kammer ihrer Eltern zu betreten. Dort warteten vielleicht zu viele Erinnerungen auf sie. Auch fürchtete sie, auf Spuren von Dunmore MacLeith zu stoßen. Als Kenric dann die Tür öffnete, seufzte sie erleichtert auf. Nichts erinnerte hier noch an MacLeith. Und das Gemach wies auch wenig Ähnlichkeit mit der alten Kammer ihrer Eltern auf. Statt dessen sah es genauso aus wie Kenrics Schlafgemach auf Montague. Jedes Möbelstück, von dem massiven Bett bis zu den Teppichen, Truhen und Trophäen stand an seinem Platz. Das war der letzte Gedanke, der ihr bezüglich des Zimmers durch den Kopf ging, bevor er ihr einen langen, innigen Kuß gab.

Er hatte sie auf der Treppe nicht verspottet. Als seine Lippen die ihren berührten, konnte er nicht mehr an sich halten. Ihr Umhang, ihr Kleid, ihr Hemd segelten zusammen mit Kenrics Kleidern zu Boden wie Blätter in einem starken Herbstwind. Er war erst zufrieden, als sie nackt war, dann liebkoste er ihren Körper mit seinen Händen und seinem Mund.

»Ihr werdet noch mein Tod sein«, erklärte Kenric, als sie schließlich beide gesättigt beieinander lagen. Er drehte sich auf den Rücken und streckte seinen kräftigen Körper auf dem Bett aus. Mit einem Arm drückte er Tess an sich. »Ich staune jedesmal, daß ich Eure Leidenschaft überlebe.«

»Mmm«, machte sie und rieb ihre Wange an seiner Brust. »Es ist beunruhigend, nicht wahr?«

»Man hat Euch zweifellos erzählt, wie wir Remmington einnahmen«, sagte er unvermittelt.

Tess nickte. »Woher wußtet Ihr von der Abflußrinne?«

»Durch einen Traum.« Er schob eine Hand unter seinen Kopf und blickte zur Decke. »Zumindest glaube ich, daß es ein Traum war. Vier Tage, nachdem wir unser Lager vor Remmington aufschlugen, schlief ich in meinem Zelt und hatte den überaus angenehmen Traum, daß meine Gattin sich zu mir legte. Gerade als ich sie küssen wollte, trat ein Mann herein, ein Fremder, doch seine Züge kamen mir vertraut vor. Irgendwie wußte ich, daß es Euer Vater war. Er nahm Euch mit nach draußen und rief auch mich zu sich. Ich folgte Euch zur Burgmauer, wo er erklärte, wie die Burg eingenommen werden konnte. Ich sah Schattenbilder meiner eigenen Männer, als ich zur Mauer emporblickte. Dann wart Ihr und Euer Vater verschwunden.«

»Ich hatte den gleichen Traum.« Sie biß auf ihre Unterlippe und schaute ihn forschend an. »Haltet Ihr mich jetzt doch für eine Hexe?«

»Ihr seid meine Gattin«, murmelte er und schloß sie sanft in seine Arme. »Außerdem seid Ihr die Mutter meines Sohnes und die Frau, die ich mehr als alles auf dieser Welt liebe. Mich kümmert es nicht, wie andere Euch Eurer Fähigkeiten wegen nennen würden. Ich habe Euch immer für etwas Besonderes gehalten, Tess. Worüber Ihr verfügt, ist eine Gabe Gottes, denn der Teufel könnte zu einer solch vornehmen Seele wie der Eurigen niemals Zutritt erlangen. Die Menschen haben schon oft versucht, zu zerstören, was sie nicht verstehen, daher ist es am besten, wir behalten dieses Wissen für uns. Doch es gibt nichts, was Euch in meinen Augen herabwürdigen könnte, Liebste. Sollte irgend jemand meine Gattin verfolgen wollen, würde ich Euer Leben mit dem meinen schützen.«

»Es kümmert Euch wirklich nicht?« fragte sie verzagt. Er küßte ihre Stirn und sah ihr zärtlich in die Augen.

»Mich kümmert nur, ob Ihr mich liebt.«

Lächelnd schmiegte sie sich an seine Brust. Nach fünf Jahren unerfüllter Träume und enttäuschter Hoffnungen war Tess endlich nach Remmington zurückgekehrt.

Epilog

Fünf Jahre später

»Trevor, Tristan, ihr werdet Agnes keine Streiche spielen«, sagte Tess warnend und drohte den Zwillingen mit dem Finger. Die beiden nickten ernst, jedenfalls so ernst, wie es vierjährigen Knaben möglich war. »Euer Bruder Philip hat gerade gegessen, und ich will, daß jetzt alle meine Knaben schlafen.«

»Philip möchte noch eine Geschichte hören, Mama.« Trevor zeigte auf die Wiege, in der sein kleiner Bruder zufrieden gluckste.

»Aye, die Geschichte des unartigen Fuchses«, meldete sich Tristan zu Wort.

»Ihr habt Eure Geschichten gehört. Jetzt ab ins Bett. Eure Mutter braucht auch ihren Schlaf.«

Tess steckte die Kinder ins Bett und gab jedem einen Gutenachtkuß, dann schloß sie lächelnd die Tür hinter sich. Ihre Kinder schliefen in der Kammer, die sie als Kind bewohnt hatte, neben dem Gemach, das sie jetzt mit ihrem Gatten teilte. Miriams Tochter Agnes schlief ebenfalls im Kinderzimmer. Sie half Tess bei der Versorgung ihrer Sprößlinge.

Müde ging Tess zu Bett. Philip mochte im Augenblick satt und zufrieden sein, aber Agnes würde ihr den Kleinen in drei oder vier Stunden wieder bringen.

Es war erstaunlich, wie leicht es mit nur einem Säugling war, wenn man vorher Zwillinge bekommen hatte. Selbst Kenric hatte während ihrer letzten Schwangerschaft Gelassenheit gezeigt, sich nicht so viele Sorgen gemacht wie bei den Zwillingen. Tess konnte sich noch gut an das komische Gesicht erinnern, das er machte, als sie immer dicker wurde. Völlig entgeistert starrte er auf ihren Bauch, überzeugt, daß sie einen voll ausgewachsenen Mann zur Welt bringen würde. Aye, die Zwillinge waren eine angenehme Überraschung, denn selbst Tess machte sich allmählich Sorgen über ihren Leibesumfang, bevor die Wehen begannen. Doch dann war sie für ihre Sorgen doppelt belohnt worden. Beide Jungen waren das Ebenbild ihres Vaters, sie hatten dunkelbraunes Haar und rauchgraue Augen. Philip schien ebenfalls nach seinem Vater zu geraten, aber insgeheim hoffte Tess, daß er die blauen Augen behalten würde, die mit jedem Tag mehr violett schienen – ganz ähnlich wie die Augen seiner Mutter.

Sie war überzeugt, daß Kenric jetzt bald von Montague zurückkehren würde. Obgleich Guy sich als ein für sein Alter kluger und fähiger Herrscher erwiesen hatte, war er jüngst in Schwierigkeiten geraten, die den Rat und ebenso das berühmte Heer seines Bruders erforderlich machten.

Kurz vor Philips Geburt traf Guys Nachricht ein, in der er seinen Bruder um Hilfe bat, doch Kenric hatte die Reise nach Montague aufgeschoben, bis sein Sohn zur Welt kam. Fast hatte er sich geweigert, die Reise überhaupt anzutreten, als Tess – weil sie sich zu schnell wieder um die Zwillinge kümmerte – eine Zeitlang bettlägerig war. Obgleich Kenric nach außen hin sichtlich zögerte, vermutete Tess, daß er sich darauf freute, wieder an der Seite seines Bruders zu kämpfen, wenn sich aus Guys unüberlegtem Handeln tatsächlich eine bewaffnete Auseinandersetzung ergäbe. Er hatte sogar Roger Fitz Alan mitgenommen, ein sicheres Zeichen, daß er davon ausging, sein Schwert benutzen zu müssen. Die arme Helen. In diesem Augenblick verwünschte sie vermutlich gerade ihren Gatten, weil er sie mit zwei kleinen Töchtern allein gelassen hatte. Zudem war sie erneut schwanger.

Erschöpft schloß Tess die Augen, doch ein glückliches Lächeln spielte um ihre Lippen. Höchstens noch eine Woche, dann wäre ihr Leben wieder vollkommen, denn dann wäre Kenric wieder an ihrer Seite. Sie erwachte mehrere Stunden später. Ein kurzer Blick zum Fenster sagte ihr, daß es längst Nacht war, doch sie konnte das Echo vieler Pferdehufe im Innenhof hören. Sie setzte sich auf, und ihr

Herz schlug schneller, als ihr aufging, daß die Aufregung vermutlich ein Zeichen für die Rückkehr ihres Gatten nach Remmington war.

Kurz darauf trat Kenric in die Kammer. Bei dem Anblick, der sich ihm bot, standen ihm die Härchen in seinem Nacken zu Berge. Tess saß aufrecht im Bett und lächelte bezaubernd. Das Licht von zwei hohen Kerzen, die zu beiden Seiten des Bettes brannten, warf einen goldenen Schein auf ihr Haar. Es war das vollkommene Abbild einer Szene, die er vor vielen Jahren schon einmal erlebt hatte. Seine Begrüßung war so leise, daß seine Gattin ihn wohl nicht hörte. »Ich wußte, daß ich Euch so vorfinden würde.«

»Kenric!« Tess strahlte. Sie breitete die Arme aus und umarmte ihn fest, als er sich zu ihr aufs Bett setzte. »Ihr habt mir so sehr gefehlt!«

»Es geht Euch besser?« fragte er und zog sie an seine Brust. Er wußte genau, daß seine Frau bei bester Gesundheit war, da er während seiner Abwesenheit Boten nach Remmington geschickt hatte, nur zu dem Zweck, um zu erfahren, ob seine Familie wohlauf war.

»Ich fühle mich herrlich, jetzt da Ihr wieder da seid.« Sie seufzte, zufrieden, weil sie in seinen Armen lag. »Es scheint, als wäre nicht nur ein Monat vergangen, sondern ein Jahr. Was haltet Ihr von Eurem jüngsten Sohn?«

Kenric rieb seine Wange an ihrem Haar, viel interessierter an dem süßen Duft und dem weichen Körper seiner Frau. »Hmm?«

»Euer Sohn«, schalt sie und stieß ihn spielerisch an. Sie hatte irrtümlich angenommen, er habe nach den Kindern gesehen, wie es allabendlich seine Gewohnheit war, bevor er sich zurückzog. »Ihr seid nur eine Woche nach seiner Geburt aufgebrochen. Ihr habt den Kleinen doch nicht etwa vergessen? Oder schmollt Ihr mir noch, weil ich keine Tochter zur Welt gebracht habe?«

»Ich erinnere mich, daß wir dieses Gespräch schon einmal geführt haben«, erwiderte er und lächelte über ihr ernstes Gesicht. Dies war nicht die erste Situation, die er noch einmal durchlebte. Er erinnerte sich noch lebhaft an den

Abend kurz nach ihrer Vermählung, als Tess mit Fieber im Bett lag, genauso ausgesehen hatte wie jetzt und fast die gleichen Worte sprach. Die ersten Erfahrungen dieser Art hatten ihn erschreckt, da sie den Visionen seiner Gattin so sehr entsprachen. Doch allmählich hatte er sich an ihre ungewöhnlichen Fähigkeiten gewöhnt, und heute störte es ihn nur noch selten, eine ihrer Visionen tatsächlich zu erleben.

»Ihr solltet sagen, daß Ihr Euch freut, drei prächtige Knaben zu haben«, sagte sie. Ihr war die Bedeutung seiner Worte entgangen.

»Wartet«, sagte er und nahm sie rasch von seinem Schoß, um Überrock und Hemd auszuziehen. Dann nahm er sie wieder in die Arme und lächelte hinterhältig. »Jetzt könnt Ihr Euch an meiner Brust reiben, Frau.«

»Woher wußtet Ihr, was ich vorhatte?« fragte sie mißtrauisch und verweigerte sich seinem Befehl. Allerdings konnte sie nicht widerstehen, mit dem Finger eine Spur von seinem Nacken bis zum Bund seiner Hose zu ziehen. Sie liebte es, seine festen Muskeln zu spüren, und erschauerte.

»Dies ist eine alte Vision, Liebste. Erinnert Ihr Euch noch an das Fieber, unter dem Ihr in der ersten Woche nach unserer Vermählung gelitten habt?« Er zuckte die Achseln, als sie den Kopf schüttelte und behauptete, sie wisse nicht mehr viel über jene Krankheit. »Es ist fast genauso, bis auf eine kleine Einzelheit. Wir schliefen damals nicht miteinander, aber an jenem Abend konnte ich Euch kaum abschütteln.«

Verlangen flammte in Kenrics Augen auf, dann nahm er ihren Mund in einem langen, innigen Kuß in Besitz, der ihrer beider Begehren entfachte. Er zog die Stiefel aus und hörte sie zu Boden fallen, als er bereits die Bänder ihres Gewands löste, um ihre Schultern zu küssen.

»Ihr habt mir so sehr gefehlt, Liebste. Wir müssen die verlorene Zeit aufholen.«

»Die Geburt liegt lange genug zurück, um mit der Arbeit an unserer Tochter zu beginnen«, säuselte sie verführerisch und hielt ihm den Nacken hin. Dann zog sie sich schließlich zurück, um ihrerseits kleine Küsse auf seinen Hals regnen zu lassen, während sie mit den Fingerspitzen Muster auf seinen Oberschenkel malte und dem Zentrum seiner Lust immer näher kam.

Kenric ließ sich zuerst bereitwillig von seiner Frau verführen, doch plötzlich schob er Tess grob aufs Bett und stürzte zur Tür, das Schwert bereits in der Hand. Im nächsten Augenblick hielt er die Waffe einem Eindringling an die Kehle. Die arme Agnes schrie in Todesangst auf und ließ beinahe ihr kostbares Bündel fallen. Philip brachte lautstark seinen Protest zu Gehör.

»Himmel und Hölle, Frau!« brüllte Kenric. Dann seufzte er ungeduldig auf, als Agnes erneut zusammenzuckte. Er rammte sein Schwert wieder in die Scheide und nahm ihr seinen Sohn ab. »Zu dieser Stunde wäre es nicht unangebracht, erst an die Tür zu klopfen«, warnte er sie finster. Er wollte die Dienerin gerade aus dem Zimmer schicken, als Tess ihn zurückhielt.

»Kenric, Ihr habt Agnes geängstigt. Sie wollte nur rücksichtsvoll sein und mich nicht früher als nötig stören. Sie bringt den Kleinen jede Nacht, damit ich ihn füttern kann. Oft ist sie so leise, daß ich fast weiterschlafe, während er sich satt trinkt und bis er wieder sicher in seiner Wiege liegt.« Sie mußte schreien, um sich bei dem Gebrüll des Kleinen verständlich zu machen. »Ihr wußtet nichts von der Rückkehr Eures Barons, nicht wahr, Agnes?«

»Nein, Mylady.« Agnes vollführte einen kurzen, unsicheren Knicks vor ihrem Herrn. »Seid willkommen, Mylord.«

»Es tut mir leid, Agnes, wenn ich Euch angst gemacht habe«, sagte er zu der Zofe und überraschte sie mit diesem Eingeständnis. »Ihr habt meiner Dame gut gedient und verdient meinen Dank. Geht jetzt wieder ins Bett. Ich bringe den Kleinen in seine Wiege, wenn er getrunken hat.«

Agnes verließ rasch das Zimmer. Kenric blickte in das Gesicht seines kleinen Sohnes, das vom Weinen hochrot war. Er lächelte über sein kraftvolles Gebrüll, obwohl ihm die Ohren klingelten. Das Lächeln verwandelte sich jedoch in eine Grimasse, als eine der kleinen Fäuste sein Brusthaar packte und ihm prompt mehrere Härchen ausriß.

»Autsch!« Kenric rieb die brennende Stelle an seiner Brust. Verblüfft blickte er seine Gattin an. »Ich glaube, er mag mich nicht.«

»Er will eben eine andere Brust als Eure.« Lachend griff sie nach dem Kleinen.

Sobald Tess ihn in den Armen hielt, wurde er still. Kenric setzte sich neben seiner Gattin und seinem Sohn aufs Bett und dachte, daß es nichts Vollkommeneres gab als eine Mutter, die ihr Kind stillte. Er nahm den weichen Kopf des Kleinen in seine Hand und küßte ihn.

»Es ist seltsam, nur ein Kind an Eurer Brust zu sehen«, murmelte er und sah zu, wie Tess den Kleinen in den anderen Arm nahm. Er erinnerte sich an eine Zeit, als er sich geschworen hatte, niemals zu heiraten, auf Frau und Kinder zu verzichten. Jetzt wußte er, wie hoch der Preis für diesen Schwur gewesen wäre. Hatte er wirklich jemals geglaubt, daß seine Liebe zu Tess ihn schwach und verwundbar machen würde?

Tess fing seinen Blick auf und schenkte ihm ein weiches Lächeln, die Antwort stand wie jedesmal in ihren Augen. Nein, ihre Liebe machte ihn nicht schwächer, sondern sie beide noch stärker.

»Euer Sohn ist fertig«, sagte sie leise und wies mit dem Kopf auf das schlafende Kind in ihren Armen. Sie wirkte erstaunt über den eindringlichen Blick ihres Gatten.

»Rührt Euch nicht vom Fleck«, sagte er, nahm den Kleinen und stand auf.

Als er zurückkam, flüsterte er an ihrem Ohr: »Ich liebe Euch, Frau.«

Sein heißer Atem ließ ihre Sinne taumeln und erweckte ihren Körper wieder zum Leben. Sein Geschlecht stieß gegen ihren Bauch. »Und ich will Euch jetzt.«

»Ihr müßt mir erst noch erzählen, ob Eure Reise von Erfolg gekrönt war«, murmelte Tess mit vor Begierde heiserer Stimme. Sie bog ihm die Hüften entgegen, erwartete nicht wirklich eine Antwort. »Hat Guy die Absicht, die Frau, die er entführt hat, zu heiraten?«

Kenric küßte sie auf den Mund und drang in die Feuchtigkeit seiner Gattin ein, während er die Antwort an ihren Lippen flüsterte. Tess aber hörte kein Wort mehr.